ALEJA TAJEMNIC

POLECAMY

Czwarta ręka
Hotel New Hampshire
Jednoroczna wdowa
Małżeństwo wagi półśredniej
Metoda wodna
Modlitwa za Owena
Moje filmowe perypetie. Pamiętnik
Ratować Prośka
Regulamin tłoczni win
Syn cyrku
Uwolnić niedźwiedzie
Wymyślona dziewczyna
Zanim Cię znajdę
Ostatnia noc w Twisted River
W jednej osobie
Świat według Garpa

JOHN IRVING
ALEJA TAJEMNIC

Przełożyła
Magdalena Moltzan-Małkowska

Prószyński i S-ka

Tytuł oryginału
AVENUE OF MYSTERIES

Copyright © 2015 by Garp Enterprises, Ltd.
All rights reserved

Projekt okładki
Joanna Stękowska

Zdjęcie na okładce
© Chris Mattison/NaturePL/BE&W Agencja Fotograficzna

Redaktor prowadzący
Joanna Maciuk

Redakcja
Lucyna Łuczyńska

Korekta
Maciej Korbasiński
Grażyna Nawrocka

Łamanie
Jacek Kucharski

ISBN 978-83-8069-228-2

Warszawa 2016

Wydawca
Prószyński Media Sp. z o.o.
02-697 Warszawa, ul. Rzymowskiego 28
www.proszynski.pl

Druk i oprawa
Drukarnia POZKAL Spółka z o.o.
88-100 Inowrocław, ul. Cegielna 10-12

Dla Martina Bella
i Mary Ellen Mark.
Skończmy to,
co razem zaczęliśmy.

Dla Minnie Domingo
i Ricka Dancela
oraz ich córki, Nicole Dancel,
za pokazanie mi Filipin.

I dla mojego syna Everetta,
mojego tłumacza w Meksyku
oraz Kariny Juárez,
naszej przewodniczki po Oaxaca
– *dos abrazos muy fuertes*.

*Przed miłością, śliczna różo,
Nie obronisz się podróżą.*

William Shakespeare, *Wieczór Trzech Króli*,
w przekładzie Stanisława Barańczaka

1

ZAGUBIONE DZIECI

„Jestem Meksykaninem", zaznaczał niekiedy Juan Diego. „Urodziłem się w Meksyku i tam dorastałem". Ostatnio miał zwyczaj mawiać: „Jestem Amerykaninem: od czterdziestu lat mieszkam w Stanach". Bądź też, by uciąć kwestię narodowości, oznajmiał: „Pochodzę ze Środkowego Zachodu. A dokładnie ze stanu Iowa".

Nigdy nie przedstawiał się jako Amerykanin meksykańskiego pochodzenia. Nie dlatego, że nie lubił tej etykietki, chociaż, prawdę mówiąc, uważał to za etykietkę i za nią nie przepadał. Zdaniem Juana Diego narzuca ona wspólny mianownik, a takiego nie znajdował w swoim życiorysie. Zresztą wcale nie chciało mu się szukać.

Mawiał za to, że miał dwa życia: dwa oddzielne, skrajnie różne życia. Pierwsze było jego życie w Meksyku, dzieciństwo i wczesne lata dorastania. Po wyjeździe z Meksyku – nigdy tam nie wrócił – zaczął drugie życie, amerykańskie lub, innymi słowy, środkowozachodnie. (A może chciał w ten sposób dać do zrozumienia, że w jego drugim życiu właściwie niewiele się wydarzyło?).

Zawsze utrzymywał jednak, że w duchu – na pewno we wspomnieniach, lecz również w snach – wiódł i przeżywał na nowo swoje dwa życia na „równoległych płaszczyznach".

Serdeczna przyjaciółka, a zarazem lekarka Juana Diego, podśmiewała się z tej jego teorii. Mówiła, że on jest bez przerwy albo chłopcem z Meksyku, albo dorosłym ze stanu Iowa. Juan Diego lubił obstawać przy swoim, lecz w tym wypadku przyznawał pani doktor rację.

Zanim beta-blokery zaburzyły mu sny, Juan Diego wspomniał zaprzyjaźnionej lekarce, że budził się przy „najłagodniejszym" z powtarzających się koszmarów. Było to w zasadzie wspomnienie przełomowego poranka, kiedy stał się kaleką. W istocie jedynie początek owego koszmaru lub wspomnienia był „łagodny", a rzecz miała miejsce w Oaxaca w Meksyku, nieopodal miejskiego wysypiska śmieci, w roku tysiąc dziewięćset siedemdziesiątym, kiedy Juan Diego miał czternaście lat.

W Oaxaca był tak zwanym dzieckiem wysypiska (*un niño de la basura*), mieszkał w budzie w Guerrero, kolonii rodzin pracujących na wysypisku (*el basurero*). W tysiąc dziewięćset siedemdziesiątym roku w Guerrero mieszkało ich zaledwie dziesięć. Wielu obywateli stutysięcznego wówczas miasta Oaxaca nie miało pojęcia, że dzieci wysypiska odwalają większość roboty przy zbieraniu i sortowaniu śmieci. Ich zadaniem była segregacja szkła, aluminium i miedzi.

Ludzie, którzy wiedzieli, czym zajmują się dzieci wysypiska, zwali je *los pepenadores*: „zbieraczami". I właśnie takim był Juan Diego w wieku czternastu lat: dzieckiem wysypiska i zbieraczem. Ale okazało się, że prócz tego jest też czytelnikiem, i w okolicy rozeszła się wieść, że *un niño de la basura* nauczył się czytać. Dzieci stamtąd nie były z zasady zapalonymi czytelnikami, młodzi czytelnicy zaś, bez względu na pochodzenie, rzadko są samoukami. Dlatego wieść poszła w świat i o chłopcu z Guerrero dowiedzieli się jezuici, którzy przywiązywali wielką wagę do wykształcenia. Dwaj starzy jezuici ze Świątyni Towarzystwa Jezusowego nazwali Juana Diego „czytelnikiem z wysypiska".

– Niech ktoś zawiezie czytelnikowi z wysypiska dobrą książkę lub dwie: Bóg wie, co ten chłopak tam czyta! – niepokoił się ojciec Alfonso albo ojciec Octavio. Ilekroć mawiano „niech ktoś", zawsze padało na brata Pepe. A ten był istnym molem książkowym.

Po pierwsze, miał samochód, a ponieważ pochodził z miasta Meksyk, poruszanie się po Oaxaca nie sprawiało mu trudności. Po drugie, nauczał w szkole jezuitów, świetnej placówce, Towarzystwo Jezusowe bowiem miało smykałkę do prowadzenia szkół. Z kolei sierociniec jezuitów był dość nowy (minęło niespełna dziesięć lat, odkąd powstał na bazie dawnego klasztoru) i nie wszystkim przypadła do gustu jego nazwa Hogar de los Niños Perdidos, przydługa i bezduszna. Ale brat Pepe całym sercem oddał się szkole i sierocińcowi; z biegiem czasu większość wrażliwych duszyczek, którym nie pasowało brzmienie „Dom Zagubionych Dzieci", przyznawała bez cienia wątpliwości, że jezuici prowadzą też niezły sierociniec. Poza tym wszyscy zdążyli już skrócić nazwę do „Zagubionych Dzieci". Jedna z zakonnic, opiekunek dzieci, nie bawiła się w subtelności, chociaż gwoli sprawiedliwości należy przypuszczać, że siostra Gloria miała na myśli tylko garstkę niegrzecznych dzieci, a nie wszystkie sieroty, kiedy mamrotała czasami pod nosem „*los perdidos*" – z całą pewnością nazywała „straceńcami" jedynie psotników, szczególnie dających się jej we znaki.

Szczęśliwie to nie siostra Gloria przywiozła książki młodemu czytelnikowi z wysypiska: gdyby to ona wybrała mu lekturę i ją dostarczyła, historia Juana Diego mogłaby dobiec końca, zanim się rozpoczęła. Ale brat Pepe stawiał czytanie na piedestale; był jezuitą, gdyż jezuici zrobili z niego czytelnika i poznali go z Jezusem, niekoniecznie w tym szyku. Lepiej nie pytać, czy to czytanie, czy Jezus go ocalił ani co tak naprawdę o tym zdecydowało.

W wieku czterdziestu pięciu lat, mając sporą nadwagę, tak mawiał o sobie: „bardziej cherubinek aniżeli zwiewny anioł".

Był uosobieniem dobra, a swoją dewizą uczynił słowa świętej Teresy z Ávili: „Od niemądrych poświęceń i skwaszonych świętych uchowaj nas, Panie". Kładł na nie szczególny nacisk podczas codziennych modlitw. Nic dziwnego, że dzieci za nim przepadały.

Ale brat Pepe nigdy nie był na miejscowym *basurero*. W tamtych czasach palono na wysypisku wszystko, co się dało, wszędzie płonęły ogniska. (Książki nadawały się na rozpałkę). Kiedy wysiadł ze swojego garbusa, smród *basurero* i żar ognisk dokładnie odpowiadały jego wyobrażeniom o piekle – nie uwzględnił w nich małoletniej siły roboczej.

Na tylnym siedzeniu samochodu leżało kilka bardzo dobrych książek: stanowiły one najlepszą ochronę przed złem, jaką Pepe miał w ręku – nie sposób trzymać w ręku wiary w Jezusa, a przynajmniej nie tak, jak można mieć na podorędziu zacną lekturę.

– Szukam czytelnika – zwrócił się do pracowników, dzieci i dorosłych. *Los pepenadores*, zbieracze, obrzucili go pogardliwym spojrzeniem, z którego jasno wynikało, że czytanie mają w poważaniu. Pierwsza odezwała się jedna z dorosłych osób – kobieta, mniej więcej w wieku Pepe lub trochę młodsza, zapewne matka nie tylko jednego zbieracza. Poradziła Pepe, aby poszukał Juana Diego w Guerrero, w budzie *el jefe*.

Jezuita się zdziwił, może źle ją zrozumiał. *El jefe* był szefem wysypiska, to on rządził w *basurero*. Zapytał kobietę, czy czytelnik jest jego synem.

Kilkoro dzieci z wysypiska zachichotało, po czym się odwróciły. Dorośli nie widzieli w tym nic śmiesznego, a kobieta odpowiedziała tylko: „Niezupełnie". Wskazała w stronę Guerrero, położonego na zboczu poniżej *basurero*. Tamtejsze szałasy sklecono z materiałów znalezionych na wysypisku, a buda *el jefe* stała na obrzeżach kolonii, na skraju od strony *basurero*.

Słupy czarnego dymu wznosiły się wysoko, jak mroczne kolumny sięgające nieba. Sępy krążyły w górze, lecz Pepe zobaczył, że padlinożerców nie brakuje również na dole: wszędzie roiło się od psów, które skrzętnie omijały ogniska i schodziły z drogi mężczyznom w ciężarówkach, ale rzadko komu innemu. Na swój sposób stanowiły niebezpieczną konkurencję dla dzieci, bo też plądrowały wysypisko, choć w innym celu.

(Szkło, aluminium i miedź ich nie interesowały). Oczywiście były to głównie bezpańskie kundle, niektóre dogorywały.

Pepe nie zabawi tu na tyle długo, by spostrzec zdechłe psy lub poznać ich dalszy los: palono je, czasem jednak stawały się łupem sępów.

W Guerrero zastał ich jeszcze więcej. Tutejsze psy zostały przygarnięte przez rodziny, które pracowały na *basurero* i mieszkały w kolonii. Pepe doszedł do wniosku, że psy z Guerrero wyglądają na lepiej odżywione i zachowują się bardziej terytorialnie niż psy na wysypisku. Przypominały psy ze zwykłej dzielnicy: były bardziej najeżone i agresywne od psów z wysypiska, które przemykały ukradkiem, a przy tym umiały podstępnie bronić swego.

Lepiej nie dać się ugryźć psu z wysypiska albo z Guerrero, Pepe nie miał co do tego wątpliwości. Bądź co bądź, większość tych drugich pochodziła z wysypiska.

Brat Pepe zabierał chore dzieci z sierocińca do doktora Vargasa ze szpitala Czerwonego Krzyża na Armenta y López; Vargas miał zasadę, aby przyjmować je w pierwszej kolejności, podobnie jak dzieci z wysypiska. Mówił, że największym zagrożeniem dla małych zbieraczy są psy i strzykawki: na wysypisku walało się ich mnóstwo, wraz z używanymi igłami. *Un niño de la basura* mógł z łatwością pokłuć się starą igłą.

– Wirusowe zapalenie wątroby typu B lub C, tężec, nie wspominając o wszelkich możliwych zakażeniach – ostrzegał.

– A pies z wysypiska lub Guerrero pewnie może mieć wściekliznę – uzupełnił brat Pepe.

– Pogryzione dziecko musi dostać zastrzyki przeciwko wściekliźnie – odparł Vargas. – Ale dzieci z wysypiska boją się igieł. Nie tylko starych igieł, tak jak powinny, ale i zastrzyków! Pogryzione przez psa, bardziej boją się zastrzyków niż wścieklizny, a to źle. – Zdaniem jezuity Vargas był dobrym człowiekiem, choć reprezentował typ naukowca, a nie wierzącego. (Innymi słowy, umiał zaleźć za skórę, w sensie duchowym).

Pepe rozmyślał o zagrożeniu wścieklizną, kiedy wysiadał z garbusa i podchodził do budy *el jefe* w Guerrero; ściskał

wartościowe książki przywiezione dla chłopca, świadomy dobiegającego zewsząd szczekania i obecności wrogo nastawionych kundli.
— Hola! — zawołał pulchny jezuita przy drzwiach z siatki. — Przywiozłem książki dla Juana Diego, czytelnika. Dobre książki! — Na dźwięk złowróżbnego warczenia ze środka cofnął się o krok. Pracownica z *basurero* wspomniała coś o szefie wysypiska, samym *el jefe*. Wymieniła jego nazwisko i powiedziała: „Z łatwością rozpoznasz Riverę. Ma psa zbira".
Ale Pepe nie widział psa, który tak zawzięcie warczał w środku. Cofnął się kolejny krok od drzwi, które otworzyły się znienacka i stanął w nich nie Rivera czy ktoś, kto choćby mgliście go przypominał: nastroszona postać na progu budy nie była również Juanem Diego, tylko ciemnooką dziewczynką o zdziczałym wyglądzie — trzynastoletnią Lupe, młodszą siostrą czytelnika z wysypiska. Wyrażała się w sposób całkowicie niezrozumiały: dźwięki, które płynęły jej z ust, nie brzmiały nawet jak hiszpański. Tylko Juan Diego rozumiał siostrę, odgrywał rolę jej tłumacza dla świata. Dziwna mowa Lupe nie była przy tym jej najbardziej tajemniczą cechą, dziewczynka bowiem czytała w myślach. Wiedziała, co rozmówcy chodzi po głowie, a czasami znacznie więcej.
— Przyszedł facet z książkami! — krzyknęła w głąb domu, co wespół ze szczekaniem niewidocznego psa wywołało istną kakofonię. — To jezuita, i nauczyciel, jeden z dobroczyńców z Zagubionych Dzieci! — Urwała, czytając przybyszowi w myślach, a panował w nich mętlik, gdyż Pepe nie zrozumiał ani słowa z tego, co powiedziała. — Bierze mnie za niedorozwiniętą. Boi się, że nie zechcą mnie w sierocińcu... że jezuici spiszą mnie na straty! — zawołała do Juana Diego.
— Nie jest niedorozwinięta! — wrzasnął chłopiec z wnętrza domu. — Ona wszystko rozumie!
— Zdaje się, że szukam twojego brata — zwrócił się Pepe do dziewczynki. Uśmiechnął się, a Lupe skinęła głową; zauważyła, że aż się poci pod ciężarem książek.

– Miły jezuita, tylko trochę gruby – krzyknęła do brata, cofając się w głąb domu. Przytrzymała drzwi gościowi, jezuita ostrożnie wszedł do środka i rozglądał się za warczącym, ale wciąż niewidocznym psem. Chłopiec, czytelnik z wysypiska we własnej osobie, też nie rzucał się w oczy. Otaczające go półki z książkami wyglądały na solidne, podobnie jak sama buda, w której Pepe domyślił się dzieła *el jefe*. Juan Diego był marzycielskim chłopcem, jak wielu młodocianych, ale poważnych moli książkowych, był też bardzo podobny do siostry i Pepe miał wrażenie, że kogoś mu przypominali. Ale nie wiedział kogo.

– Jesteśmy podobni do mamy – oznajmiła Lupe, bo wyczuła, że to go męczy. Juan Diego, który leżał na zdezelowanej kanapie z otwartą książką na piersi, tym razem nie zadał sobie trudu, aby przetłumaczyć: wolał zostawić jezuitę w niewiedzy.

– Co czytasz? – zainteresował się brat Pepe.

– O lokalnej historii... kościelnej historii, można by właściwie powiedzieć – odpowiedział chłopiec.

– Nuda – stwierdziła Lupe.

– Lupe uważa, że to nuda. I chyba ma trochę racji – przyznał Juan Diego.

– Ona też czyta? – zapytał brat Pepe. Obok kanapy stał prowizoryczny, ale całkiem solidny stół ze sklejki wspartej na dwóch skrzynkach po pomarańczach. Pepe złożył na nim swój balast.

– Czytam jej na głos... wszystko – oświadczył nauczycielowi Juan Diego. Podniósł czytaną książkę. – To rzecz o tym, jak wy, jezuici, zjawiliście się jako trzeci – wyjaśnił. – Augustianie i dominikanie przybyli do Oaxaca przed jezuitami, wy byliście trzeci. Może dlatego nie macie tu zbyt mocnej pozycji – uzupełnił. (W uszach brata Pepe zabrzmiało to dziwnie znajomo).

– A Maryja Dziewica góruje nad Matką Boską z Guadalupe, która stoi w cieniu Maryi i Matki Boskiej Samotnych – wybełkotała niezrozumiale Lupe. – La Virgen de la Soledad to lokalna bohaterka w Oaxaca: ona i jej głupia bajeczka o osiołku! Soledad wysiudała też Guadalupe. Guadalupe to moja idolka! – Lupe wskazała na siebie ze złością.

Brat Pepe spojrzał na Juana Diego, który chyba miał dość maryjnych wojen, ale przetłumaczył wszystko co do słowa.
– Znam tę książkę! – zawołał Pepe.
– Nic dziwnego, to wasza. – Juan Diego podał mu książkę. Wydzielała intensywną woń *basurero* i miała przypalone kartki. Była to jedna z katolickich pozycji naukowych, jakich prawie nikt nie czyta. Pochodziła z jezuickiej biblioteki w dawnym zakonie, obecnie Hogar de los Niños Perdidos. Wiele starych książek, nienadających się do lektury, posłano na wysypisko przy okazji przekształcania zakonu w sierociniec oraz zwalniania półek na użytek jezuickiej szkoły.

Niewątpliwie to ojciec Alfonso lub ojciec Octavio zadecydowali, jakie książki posłać na wysypisko, a jakie ocalić od zagłady. Opowieść o jezuitach, którzy jako trzeci zjawili się w Oaxaca, zapewne nie wzbudziła ich aprobaty; poza tym rzecz raczej wyszła spod pióra augustianina bądź dominikanina – nie jezuity – co samo w sobie skazywało ją na ognie piekielne *basurero*. (Jezuici stawiali edukację na pierwszym miejscu, ale nikt nie powiedział, że nie mają żyłki rywalizacji).

– Przywiozłem ci książki, które bardziej nadają się do czytania – poinformował Pepe Juana Diego. – Powieści z ciekawą fabułą… no wiesz, fikcja literacka – dorzucił zachęcająco.
– Sama nie wiem, co myślę o fikcji – odezwała się podejrzliwie trzynastoletnia Lupe. – Nie każda fabuła jest tym, czym się wydaje.
– Tylko nie zaczynaj – zgromił ją Juan Diego. – Ta o psie była dla ciebie za poważna.
– Jaka o psie? – zainteresował się brat Pepe.
– Proszę nie pytać – odparł chłopiec, ale za późno: Lupe już szperała na półce. Wszędzie leżały książki, ocalone przed pożogą.
– Ten Rusek – wymamrotała.
– Powiedziała „Rusek"? Chyba nie czytasz po rosyjsku? – zapytał chłopca Pepe.

– Nie, nie, ona ma na myśli pisarza. Pisarz jest Ruskiem – odparł.
– Jak ty ją rozumiesz? – zdumiał się Pepe. – Chwilami nie jestem pewien, czy mówi po hiszpańsku...
– Jasne, że po hiszpańsku! – warknęła dziewczynka. Znalazła książkę, która nasunęła jej wątpliwości co do fabuły, co do fikcji literackiej. Podała ją bratu Pepe.
– Ona mówi trochę inaczej – tłumaczył siostrę Juan Diego.
– Ale rozumiem.
– Ach, ten Rusek – powiedział Pepe. Był to zbiór opowiadań Czechowa, *Kobieta z psem i inne opowiadania*.
– To wcale nie jest o psie – poskarżyła się Lupe. – Tylko o ludziach, którzy uprawiają seks pozamałżeński.
Oczywiście Juan Diego to przetłumaczył.
– Obchodzą ją tylko psy – poinformował jezuitę. – A mówiłem, że to dla niej zbyt poważna lektura.
Pepe nie mógł sobie przypomnieć *Kobiety z psem*; psa, rzecz jasna, nie pamiętał w ogóle. Było to opowiadanie o zakazanych związkach – nic więcej nie mógł sobie przypomnieć.
– Nie jestem pewien, czy jest odpowiednia dla was obojga – zauważył i zaśmiał się, by zatuszować skrępowanie.
Dopiero wtedy zdał sobie sprawę, że było to angielskie tłumaczenie opowiadań Czechowa, wydane w latach czterdziestych.
– Przecież to po angielsku! – zawołał. – Znasz angielski? – zwrócił się do nastroszonej dziewczynki. – Czytasz też po angielsku? – zapytał chłopca. Oboje wzruszyli ramionami. Gdzie ja widziałem to wzruszenie ramionami, zastanowił się Pepe.
– U naszej matki – poinformowała go Lupe, ale Pepe jej nie zrozumiał.
– O co ci chodzi? – zapytał Juan Diego siostry.
– Zobaczył, jak wzruszamy ramionami – odpowiedziała Lupe.
– Nauczyłeś się czytać po angielsku – rzekł z wolna Pepe, zwracając się do chłopca; nie wiedzieć czemu dziewczynka nagle przyprawiła go o ciarki.

– Angielski jest tylko trochę inny. Ja go rozumiem – oznajmił Juan Diego, jakby rozmowa nadal dotyczyła dziwnego języka siostry.

Myśli przelatywały jezuicie błyskawicznie. Nie ulegało wątpliwości, że ma do czynienia z niezwykłymi dziećmi – chłopak czytał, co mu wpadło w rękę, i pewnie wszystko rozumiał. A dziewczynka – no cóż, była inna. Nauczenie jej normalnej mowy będzie nie lada wyzwaniem. Ale czy te dzieci nie są małymi geniuszami, jakich poszukuje jezuicka szkoła? I czy kobieta w *basurero* nie wspomniała przypadkiem, że Rivera, *el jefe*, to „niezupełnie" ich ojciec? Kim był ich ojciec i gdzie przebywał? Matki też ani widu, przynajmniej w tej ruderze, rozmyślał Pepe. Meble wyglądały możliwie, ale reszta się sypała.

– Powiedz mu, że nie jesteśmy Zagubionymi Dziećmi... przecież nas znalazł – odezwała się nagle Lupe do brata. – Powiedz, że nie nadajemy się do sierocińca. I że nie muszę normalnie mówić; ty mnie rozumiesz – ciągnęła. – Powiedz mu, że mamy matkę, pewnie ją zna! – krzyknęła. – Powiedz, że Rivera jest dla nas jak ojciec, tylko lepszy. Powiedz, że *el jefe* jest lepszy od wszystkich ojców!

– Wyhamuj, Lupe! – powiedział Juan Diego ostro. – Nic mu nie powiem, jeśli nie wyhamujesz. – Trochę się tego nazbierało, począwszy od faktu, że Pepe zapewne znał ich matkę, która pracowała nocą na ulicy Zaragoza, a za dnia dla jezuitów: była u nich sprzątaczką.

To, że matka dzieci z wysypiska pracowała nocą na ulicy, czyniło ją potencjalną prostytutką, a brat Pepe ją znał. Esperanza była najlepszą sprzątaczką jezuitów – nikt nie miał wątpliwości co do pochodzenia ciemnych oczu dzieci oraz ich niefrasobliwego wzruszania ramionami, chociaż źródło czytelniczego geniuszu chłopca pozostawało niejasne.

Należy zaznaczyć, że Juan Diego nie użył słowa „niezupełnie" na określenie potencjalnego ojcostwa Rivery. Dał do zrozumienia, że *el jefe* „raczej" nie jest jego ojcem, acz mógłby nim być – istniało ku temu pewne prawdopodobieństwo, tak to ujął. Co do Lupe, *el jefe* „zdecydowanie" nie był jej ojcem. Odnosiła wrażenie, że ma wielu ojców, „zbyt wielu, aby ich wymienić", lecz brat nie podjął wątku tej biologicznej niemożliwości. Stwierdził jedynie, że matka „nie była już z Riverą w ten sposób", gdy zaszła w ciążę i urodziła Lupe.

Sposób, w jaki przedstawił ich wizję Rivery („jak ojciec, tylko lepszy") oraz posiadania przez nich domu, stanowił przydługą, ale spokojną formę narracji. Powtórzył za siostrą, że nie nadają się do sierocińca.

– Nie jesteśmy obecnymi ani przyszłymi Zagubionymi Dziećmi – oznajmił, trochę koloryzując. – Nasz dom jest tutaj, w Guerrero. Mamy pracę w *basurero*!

Ale brata Pepe nurtowało pytanie, dlaczego nie zastał tych dzieci na wysypisku razem z pozostałymi *los pepenadores*. Dlaczego Lupe i Juan Diego nie przebierali śmieci wraz z innymi? Byli traktowani lepiej czy gorzej niż dzieci z innych rodzin, które pracowały w *basurero* i mieszkały w Guerrero?

– Lepiej i gorzej – odparł bez wahania Juan Diego. Brat Pepe przekonał się, że inne dzieci z wysypiska gardzą książkami; Bóg jeden wie, co sobie myślą o dzikusce, która przyprawia go o gęsią skórkę.

– Rivera nie pozwala nam wychodzić bez niego – wyjaśniła Lupe. Juan Diego nie tylko to przetłumaczył, ale rozwinął jej słowa.

Powiedział, że Rivera naprawdę się nimi opiekuje. Jest dla nich jak ojciec i lepszy niż ojciec, bo zapewnia im utrzymanie i nad nimi czuwa.

– I nawet nas nie tłucze – dorzuciła Lupe, co Juan Diego sumiennie przełożył.

– Rozumiem. – Brat Pepe pokiwał głową. Lecz dopiero zaczynał rozumieć ich sytuację: mieli lepiej aniżeli rzesze dzieci, które sortowały śmieci na wysypisku. I gorzej, bo nie cieszyli się sympatią śmieciarzy oraz ich rodzin w Guerrero. Rivera może i się nimi opiekował (za co ich nie lubiano), ale „niezupełnie" był ojcem. Matka zaś, która pracowała nocą na ulicy Zaragoza, była prostytutką i nie mieszkała w Guerrero.

Wszędzie obowiązuje hierarchia, pomyślał ze smutkiem jezuita.
– Co to znaczy „hierarchia"? – zapytała Lupe brata. (Pepe zorientował się, że dziewczynka czyta mu w myślach).
– To, że inne *niños de la basura* patrzą na nas z góry – wyjaśnił jej Juan Diego.
– No właśnie – dodał Pepe, czując się trochę nieswojo. Przyjechał do czytelnika z wysypiska, słynnego chłopca z Guerrero, przywiózł mu odpowiednie książki, jak na dobrego nauczyciela przystało, i odkrył przy okazji, że on sam, Pepe jezuita, musi się jeszcze wiele nauczyć.
Wtedy ujawnił się pies, który dotąd jazgotał w ukryciu. Jeśli w ogóle można było nazwać to coś psem, gdyż spod kanapy wypełzło szczurze stworzenie. Pepe widział w nim raczej gryzonia, nie psa.
– Wabi się Biały Morusek i jest psem, a nie szczurem! – zaznaczyła Lupe, patrząc z urazą na jezuitę.
Juan Diego przetłumaczył jej słowa, ale dodał:
– Biały Morusek to kawał tchórzliwego śmierdziela i niewdzięcznika.
– Uratowałam mu życie! – krzyknęła Lupe. Piesek ruszył w stronę jej wyciągniętych ramion, ale odruchowo obnażył ostre kiełki.
– Powinnaś była go nazwać Uratowany od Zgonu, a nie Biały Morusek – zauważył ze śmiechem Juan Diego. – Znalazła go z głową w kartonie mleka.
– To szczeniak. Był głodny – zaoponowała Lupe.
– Biały Morusek jest nienażarty – oznajmił Juan Diego.
– Przestań – burknęła siostra. Piesek zatrząsł się w jej objęciach.
Pepe usiłował stłumić swoje myśli, co okazało się trudniejsze, niż przypuszczał; uznał, że lepiej będzie wyjść, choćby raptownie, niż pozwolić telepatce zaglądać sobie do głowy. Nie chciał, aby niewinna trzynastolatka wiedziała, o czym myśli.
Zapuścił silnik garbusa, a kiedy oddalał się od Guerrero, w okolicy nie było śladu Rivery ani jego psa „zbira". Słupy

czarnego dymu z *basurero* osaczały zacnego jezuitę zewsząd jak jego najczarniejsze myśli.

Ojciec Alfonso i ojciec Octavio postrzegali matkę Juana Diego i Lupe – prostytutkę Esperanzę – jako „upadłą". W oczach dwóch starych kanoników żadna ze zbłąkanych dusz nie upadła niżej niż prostytutki i nie zasługuje na większe ubolewanie. Jezuici zatrudnili Esperanzę jako sprzątaczkę, aby ją ratować.

Ale czy te dzieci z wysypiska też nie wymagają ocalenia, zastanawiał się Pepe. Czy *los niños de la basura* też nie zaliczają się do „upadłych" i czy w przyszłości nie grozi im upadek? Może nawet upadek jeszcze niżej?

Kiedy chłopiec z Guerrero dorósł i skarżył się swojej lekarce na beta-blokery, brat Pepe powinien stać przy nim i poświadczyć jego wspomnienia z dzieciństwa oraz najstraszniejsze sny. Brat Pepe wiedział, że nawet koszmary czytelnika z wysypiska są warte ocalenia.

Gdy dzieci z wysypiska miały po kilkanaście lat, najczęstszym snem Juana Diego nie był koszmar. Chłopiec często śnił o lataniu – chociaż nie do końca, gdyż była to podniebna, dziwaczna czynność mająca niewiele wspólnego z „lataniem". Sen zawsze przebiegał tak samo: ludzie podnosili głowy i widzieli Juana Diego spacerującego po niebie. Z dołu – czyli z ziemi – chłopiec wyglądał tak, jakby ostrożnie stąpał do góry nogami po nieboskłonie. (Wydawało się też, że liczy pod nosem).

Nie było w tym nic spontanicznego – nie leciał swobodnie jak ptak ani też nie parł naprzód z impetem samolotu. A jednak w tym nawracającym śnie Juan Diego czuł, że znajduje się tam, gdzie jego miejsce. Gdy patrzył w dół ze swojej pozycji, do góry nogami, widział wzniesione ku niebu, zaniepokojone twarze gapiów.

Opisując ten sen Lupe, dodawał: „W każdym życiu nadchodzi chwila, kiedy trzeba się puścić – oburącz". Oczywiście dla trzynastolatki nie miało to żadnego sensu – nawet dla normalnej trzynastolatki. Odpowiedź Lupe była kompletnie niezrozumiała, nawet dla Juana Diego.

Któregoś razu, kiedy zapytał o jej zdanie na temat snu o podniebnym spacerze do góry nogami, jak zwykle była tajemnicza, ale przynajmniej zrozumiał, co powiedziała.

– To sen o przyszłości – oznajmiła.
– Czyjej? – zapytał Juan Diego.
– Nie twojej, mam nadzieję – ucięła jeszcze bardziej tajemniczo.
– Ale ja uwielbiam ten sen! – zaoponował.
– To sen o śmierci – skwitowała Lupe.

Lecz teraz, gdy miał już swoje lata, beta-blokery położyły kres dziecięcym snom o chodzeniu po niebie i Juan Diego nie przeżywał na nowo koszmaru owego ranka sprzed lat, kiedy został kaleką w Guerrero. Trochę mu go brakowało.

Poskarżył się swojej lekarce.
– Beta-blokery blokują moje wspomnienia! – zawołał. – Kradną mi dzieciństwo... Obrabowują ze snów! – Dla lekarki cała ta histeria znaczyła tylko, że Juanowi Diego brakuje przypływu adrenaliny. (Beta-blokery duszą ją w zarodku).

Lekarka, rzeczowa Rosemary Stein, przyjaźniła się z Juanem Diego od dwudziestu lat i doskonale znała jego napady histerii.

Wiedziała też, z jakiego powodu przepisała Juanowi Diego beta-blokery: jej serdecznemu przyjacielowi groził atak serca. Miał nie tylko wysokie ciśnienie (sto siedemdziesiąt na sto), ale i prawie niezbitą pewność, że jego matka i jeden z potencjalnych ojców zmarli na zawał – matka na pewno, w młodym wieku. Nie brakowało mu adrenaliny – hormonu walki i ucieczki, uwalnianego w chwilach stresu, strachu, zagrożenia oraz tremy, a także w czasie zawału. Adrenalina odprowadza krew z trzewi i pompuje ją do mięśni, aby umożliwić ucieczkę. (Być może czytelnik z wysypiska ma większą potrzebę adrenaliny niż większość ludzi).

Beta-blokery nie zapobiegają atakom serca, tłumaczyła doktor Stein Juanowi Diego, blokują jednak receptory adrenaliny w ciele, chroniąc tym samym serce przed zgubnymi skutkami jej uwolnienia w czasie zawału.

– Gdzie są moje cholerne receptory adrenaliny? – zapytał Juan Diego doktor Stein. (Przekornie nazywał ją „doktor Rosemary").

– W płucach, naczyniach krwionośnych, sercu... prawie wszędzie – odpowiedziała. – Adrenalina przyspiesza tętno. Łapiesz oddech, włoski na rękach stają ci dęba, źrenice się rozszerzają, a naczynia krwionośne kurczą. W razie ataku serca nie wróży to nic dobrego.

– A cóż może być dobrego w razie ataku serca? – Juan Diego nie odpuszczał. (Dzieci z wysypiska to prawdziwe uparciuchy).

– Spokojne, odprężone serce, które bije powoli, a nie coraz szybciej – oznajmiła doktor Stein. – Pacjent na beta-blokerach ma powolne tętno, które nie przyspieszy, choćby nie wiem co.

Obniżanie ciśnienia ma również swoje minusy: pacjent nie może przeholować z alkoholem, bo podnosi ciśnienie, ale Juan Diego właściwie nie pił. (No dobrze, pił tylko piwo, uważał zresztą, że z umiarem). Do tego beta-blokery zaburzają krążenie w „końcówkach", toteż marzną ręce i stopy. Ale Juan Diego nie narzekał: żartował nawet, mówiąc do swej przyjaciółki Rosemary, że dla chłopca z Oaxaca chłód jest luksusem.

Niektórzy pacjenci na beta-blokerach skarżą się na apatię, znużenie, szybko się męczą podczas aktywności fizycznej, ale w jego wieku – miał pięćdziesiąt cztery lata – cóż go to mogło obchodzić? Od czternastego roku życia był kaleką, oprócz kuśtykania nie uprawiał żadnego sportu. Przez czterdzieści lat dosyć się nakuśtykał. Nie życzył sobie więcej aktywności!

Owszem, chętnie poczułby się bardziej żywy, nie taki „skurczony" – jak mawiał, opisując wpływ beta-blokerów w kontekście swojego braku libido. (Nie mówił, że jest impotentem; rozmowa zaczynała się i kończyła na określeniu „skurczony").

– Nie wiedziałam, że jesteś w związku seksualnym – powiedziała doktor Stein; tak naprawdę wiedziała, że nie jest.

– Moja droga doktor Rosemary – odparł Juan Diego. – Gdybym był w związku seksualnym, z całą pewnością byłbym skurczony.

Zapisała mu viagrę – sześć tabletek na miesiąc, sto miligramów – i poradziła eksperymentować.

– Nie czekaj, aż kogoś poznasz – dodała.

Nie czekał; nikogo nie poznał, ale eksperymentował. Doktor Stein co miesiąc dawała mu nową receptę.

– Może wystarczy pół tabletki – powiedział jej Juan Diego po swoich eksperymentach. Gromadził niewykorzystane tabletki. Nie narzekał na efekty uboczne po viagrze. Dzięki niej miał erekcję, mógł osiągać orgazm. Zapchany nos to żaden problem.

Efektem ubocznym po beta-blokerach jest bezsenność, ale dla Juana Diego nie było w tym nic nowego ani szczególnie denerwującego: leżenie po ciemku sam na sam ze swymi demonami prawie dodawało mu otuchy. Wiele demonów towarzyszyło mu od dzieciństwa – znali się jak łyse konie.

Przedawkowanie beta-blokerów może powodować zawroty głowy, a nawet omdlenia, lecz Juan Diego nie martwił się ani jednym, ani drugim.

– Kaleka umie się przewracać, upadek to dla nas nic wielkiego – mawiał.

Mimo to bardziej niż kłopoty z erekcją martwiły go chaotyczne sny; twierdził, że zarówno jego wspomnieniom, jak i snom brakuje porządku chronologicznego. Nie znosił beta-blokerów, bo zaburzając jego sny, odcinały go od dzieciństwa, a dzieciństwo znaczyło dla niego więcej, niż zdawało się znaczyć dla innych „dorosłych" – przynajmniej ich większości, uważał. Dzieciństwo, ludzie wówczas spotkani – którzy zmienili jego życie bądź stali się świadkami ważnych dla niego zdarzeń – stanowili jego namiastkę religii.

Na przekór ich przyjaźni doktor Rosemary Stein nie wiedziała o nim wszystkiego, o jego dzieciństwie zaś bardzo mało. I nie rozumiała, skąd u niego ten niecodzienny ostry ton, kiedy rozmowa schodziła na beta-blokery.

– Wierz mi, Rosemary, nie narzekałbym, gdyby beta-blokery odebrały mi wiarę! Przeciwnie, prosiłbym, żebyś każdemu je przepisywała!

Doktor Stein uważała to za kolejny przejaw jego skłonności do przesady. Bądź co bądź, poparzył ręce, gdy ratował książki z pożaru – nie wyłączając tych o katolickiej historii.

Ale Rosemary Stein znała jedynie urywki z jego życia na wysypisku, wiedziała więcej o jego późniejszym życiu. Chłopca z Guerrero tak naprawdę nie znała wcale.

2

ŚWIĘTE ZMORY

Dzień po Bożym Narodzeniu w dwa tysiące dziesiątym roku przez Nowy Jork przeszła zamieć. Następnego dnia nieodśnieżone ulice Manhattanu usiane były porzuconymi samochodami. Na Madison Avenue, w pobliżu Sześćdziesiątej Drugiej Wschodniej, spłonął autobus: zabuksował w miejscu tylnymi kołami, poszła iskra i stanął w ogniu. Na śniegu wokół zwęglonego kadłuba widniały skrawki popiołu.

Od południowej strony Central Parku, gdzie były hotele, nieskalana biel tegoż miejsca – wraz z widokiem garstki mężnych rodzin z małymi dziećmi, które bawiły się w świeżym śniegu – dziwnie kontrastowała z brakiem jakiegokolwiek ruchu kołowego na szerokich alejach i w mniejszych uliczkach. Wraz z nastaniem białego poranka nawet na Columbus Circle panowała osobliwa cisza i pustka, a na ruchliwych zwykle skrzyżowaniach, takich jak róg Pięćdziesiątej Dziewiątej Zachodniej i Siódmej Alei, nie uświadczyłbyś ani jednej taksówki. Jedyne widoczne samochody stały na wpół zakopane w śniegu.

Księżycowy krajobraz, jakim stał się Manhattan w ów poniedziałkowy ranek, skłonił portiera hotelu, gdzie zatrzymał się Juan Diego, do pomocy niepełnosprawnemu – w taki dzień nie powinien ryzykować przejażdżki taksówką. Portier załatwił limuzynę – z niezbyt dobrej firmy – która miała zawieźć Juana Diego do Queens, na przekór sprzecznym komunikatom dotyczącym międzynarodowego lotniska JFK. W telewizji podano, że zostało zamknięte, jednakże lot liniami Cathay Pacific do Hongkongu miał podobno odbyć się zgodnie z rozkładem. Portier szczerze w to wątpił – twierdził, że lot będzie spóźniony, jeśli w ogóle nie został odwołany – ale ustąpił zaniepokojonemu, kalekiemu gościowi. Juan Diego uparł się przybyć na lotnisko punktualnie – mimo zawieszenia wszystkich lotów z powodu śnieżycy.

Na Hongkongu mu nie zależało: był to jedynie przystanek, bez którego mógłby się obyć, ale paru kolegów przekonało go, że nie powinien lecieć na Filipiny, nie obejrzawszy po drodze Hongkongu. A cóż tam jest do oglądania, zastanawiał się Juan Diego. Wprawdzie nie pojmował idei „mil powietrznych" (ani zasad ich obliczania), ale dotarło do niego, że lot liniami Cathay Pacific jest darmowy; znajomi mówili mu też, że pierwsza klasa w Cathay Pacific to coś, czego musi doświadczyć – ponoć warta „obejrzenia".

Wzmożoną uwagę znajomych przypisywał temu, że rezygnuje z nauczania, z jakiegoż bowiem innego powodu uparliby się mu pomóc zorganizować tę wyprawę? A jednak. Był za młody na emeryta, ale naprawdę „niepełnosprawny" – i jego bliscy przyjaciele oraz koledzy po fachu wiedzieli, że leczy się na serce.

„Nie rezygnuję z pisania!", zapewniał. (Przyjechał do Nowego Jorku na święta na zaproszenie swojego wydawcy). Zaznaczał, że rezygnuje „tylko" z nauczania, które jednak latami było nieodłącznie związane z jego pisaniem: razem stanowiły całe jego dorosłe życie. A jeden z dawnych studentów bardzo zaangażował się w jego podróż na Filipiny. Do tego stopnia, że misja Juana Diego w Manili – od lat myślał o tym w ten sposób – stała się misją Clarka Frencha. Styl Clarka był tak samo asertywny i wymuszony jak jego zaangażowanie w podróż dawnego nauczyciela pisania – przynajmniej zdaniem Juana Diego.

Ale nie kiwnął palcem, aby przeciwstawić się tej nadgorliwości, nie chciał zranić uczuć Clarka. Podróże zawsze kosztowały go nieco trudu, i słyszał, że Filipiny bywają trudne, wręcz niebezpieczne. Dlatego uznał, że odrobina przesady nie zaszkodzi.

Ani się obejrzał, kiedy wyprawa na Filipiny nabrała kształtu, a misja w Manili dała początek pobocznym kwestiom i wyprawom, które nie miały z nią związku. Martwił się, że straci z oczu zasadniczy cel swojego wyjazdu, chociaż Clark French nie omieszkałby go zapewnić, iż jego nieustająca chęć niesienia pomocy zrodziła się z podziwu dla szlachetnych pobudek, które (tak dawno temu!) natchnęły Juana Diego do działania.

Jako bardzo młody chłopak w Oaxaca Juan Diego poznał amerykańskiego dekownika, uciekiniera ze Stanów Zjednoczonych, obawiającego się wysłania do Wietnamu. Ojciec dekownika znalazł się wśród tysięcy żołnierzy amerykańskich, którzy zginęli na Filipinach w czasie drugiej wojny światowej – ale nie w czasie bataańskiego marszu śmierci ani w bitwie o Corregidor. (Juan Diego nie zawsze pamiętał szczegóły).

Dekownik nie chciał zginąć w Wietnamie; przed śmiercią wyznał Juanowi Diego, że pragnie odwiedzić amerykański cmentarz poległych w Manili i oddać cześć zabitemu ojcu. Ale ucieczka do Meksyku okazała się dla niego niefortunna i umarł w Oaxaca. Juan Diego poprzysiągł sobie, że pojedzie na Filipiny zamiast niego, wyprawa do Manili miała być wyprawą w jego imieniu.

Imieniu, którego zresztą nie poznał: młody pacyfista zaprzyjaźnił się z Juanem Diego i Lupe, jego na pozór niedorozwiniętą siostrą, lecz znali go jedynie jako „dobrego gringo". Poznali *el gringo bueno*, zanim Juan Diego został kaleką. Początkowo nic nie zwiastowało katastrofy, choć Rivera nazywał go „zachlanym hipisem", a dzieci znały zdanie *el jefe* o hipisach, którzy zjeżdżali w tamtych czasach do Oaxaca ze Stanów Zjednoczonych.

Hipisów od grzybków halucynogennych szef wysypiska uważał za „kretynów"; chodziło mu o to, że poszukują czegoś, co uważają za głębokie, „wzajemnego połączenia wszystkiego czy podobnej bzdury", mimo że sam czcił Matkę Boską. Zdaniem Rivery amatorzy mezcalu, chociaż mądrzejsi, mieli za to „autodestrukcyjne ciągoty". Ponadto byli uzależnieni od prostytutek, tak przynajmniej uważał. „Dobry gringo wykańcza się na ulicy Zaragoza", mawiał *el jefe*. Dzieci w to nie wierzyły, uwielbiały *el gringo bueno*. Nie chciały, aby ich drogiego przyjaciela unicestwiły żądze bądź napój wyskokowy, destylowany ze sfermentowanego soku pewnego gatunku agawy.

– Na jedno wychodzi – mówił dzieciom ponuro. – Koniec jest niewesoły, możecie mi wierzyć na słowo. Upadłe kobiety, nadmiar mezcalu i człowiek zostaje z robakiem!

Juan Diego wiedział, że chodzi o robaka z dna butelki, jednakże Lupe twierdziła, że myśli także o swoim członku – a dokładnie o tym, jak wygląda on po spotkaniu z prostytutką.

– Tobie się wydaje, że wszyscy mężczyźni wiecznie myślą o swoich członkach – wytknął siostrze Juan Diego.

– Wszyscy mężczyźni wiecznie myślą o swoich członkach – oświadczyła czytająca w myślach dziewczynka. Ale jej uwielbienie dla dobrego gringo nieco osłabło, jakby młody straceniec przekroczył niewidzialną granicę – „falliczną", chociaż Lupe ujęłaby to inaczej.

Któregoś wieczoru, gdy Juan Diego czytał siostrze na głos, był z nimi Rivera i też słuchał. Pewnie robił nową półkę na książki albo grill się popsuł i *el jefe* go naprawiał, a może wpadł tylko sprawdzić, czy nie wykitował Biały Morusek (vel Uratowany od Zgonu).

Była to kolejna ciężko strawna, akademicka lektura z cyklu przeznaczonych na opał przez któregoś ze starych jezuitów, ojca Alfonso lub ojca Octavio.

Gwoli ścisłości, wyszła spod pióra jezuity i dotyczyła historycznego, a zarazem literackiego zagadnienia, mianowicie stanowiła analizę rozprawy D.H. Lawrence'a na temat Thomasa

Hardy'ego. Ponieważ czytelnik z wysypiska nie czytał nic ani jednego, ani drugiego, treść mówiłaby mu niewiele, nawet w rodzimym języku. Wybrał zaś tę książkę, bo była po angielsku: chciał podszlifować swoją znajomość języka, chociaż jego niezbyt wdzięczna publiczność (Lupe, Rivera i odrażający Biały Morusek) pewnie zrozumiałaby go lepiej *en español*. Dla utrudnienia sprawy parę kartek spłonęło i książka przeszła paskudnym smrodem *basurero*; pies uporczywie ją obwąchiwał.

Szef wysypiska też nie przepadał za uratowanym-od-zgonu pieskiem Lupe, podobnie jak Juan Diego. „Było zostawić go w kartonie po mleku", kwitował, na co Lupe (jak zawsze) oburzała się w imieniu psa.

Właśnie wtedy Juan Diego doszedł do zagmatwanego fragmentu na temat czyjejś idei fundamentalnej zależności między wszystkimi istotami.

– Zaraz, zaraz, wolnego – przerwał mu Rivera. – Kto to wymyślił?

– Możliwe, że Hardy – rzuciła Lupe. – Albo raczej Lawrence. To mi na niego wygląda.

Kiedy Juan Diego przetłumaczył Riverze słowa siostry, *el jefe* natychmiast przyznał jej rację.

– Lub autor książki, jak mu tam – dodał. Lupe przytaknęła. Książka nużyła, pozostając przy tym kompletnie niezrozumiałą, jakby drążyła temat, który wymykał się konkretnej interpretacji. – „Fundamentalna zależność między wszystkimi istotami"? Jakie istoty są niby od siebie zależne? – zawołał. – Brzmi jak wymysł jakiegoś ćpuna!

Rozśmieszyło to Lupe, która nieczęsto się śmiała. Po chwili zaśmiewała się razem z Riverą, co stanowiło jeszcze większą rzadkość. Juan Diego na zawsze zapamięta, jaką sprawiło mu to przyjemność.

A dziś, po tylu latach – dokładnie czterdziestu – jechał na Filipiny na cześć bezimiennego dobrego gringo, lecz ani jeden ze znajomych nie zapytał go, jak zamierza złożyć hołd poległemu – nie znał również imienia ani nazwiska ojca.

Oczywiście wszyscy wiedzieli, że Juan Diego jest pisarzem; może zamierzał odbyć tę podróż dla *el gringo bueno* w sensie symbolicznym.

Jako młody pisarz często podróżował, co znalazło odbicie w jego wczesnych powieściach, zwłaszcza cyrkowej, osadzonej w Indiach, z długachnym tytułem. Wspomniał tkliwie, że nikt nie zdołał wyperswadować mu tego tytułu. *Historia zapoczątkowana przez Matkę Boską* – cóż za skomplikowany tytuł i jaka długa, zagmatwana historia! Może najbardziej zagmatwana, pomyślał Juan Diego, gdy limuzyna sunęła pustymi, zaśnieżonymi ulicami Manhattanu, uparcie brnąc w stronę FDR Drive. Był to SUV i szofer miał w głębokiej pogardzie inne pojazdy oraz innych kierowców. Jego zdaniem te pierwsze nie były przystosowane do jazdy po śniegu, te „prawie przystosowane" zaś miały „złe opony"; co do innych kierowców, nie mieli bladego pojęcia o jeździe w takich warunkach.

– Myślisz, że gdzie jesteś, na zasranej Florydzie? – wrzasnął przez otwarte okno do motocyklisty, który wpadł w poślizg i stanął bokiem, tarasując wąską ulicę.

Na FDR Drive taksówka zjechała za barierkę i ugrzęzła w wysokiej zaspie ścieżki wzdłuż East River; taksówkarz usiłował odkopać tylne koła skrobaczką do szyb.

– Skąd ty się urwałeś, kretynie? Z zakichanego Meksyku? – krzyknął do niego szofer.

– Właściwie to ja jestem z Meksyku – oznajmił Juan Diego.

– Nie miałem na myśli pana, pan dojedzie punktualnie na lotnisko. Sęk w tym, że będzie pan tam musiał zaczekać – zapowiedział mu szofer niezbyt uprzejmie. – Nic nie lata, jeśli pan jeszcze nie zauważył.

Faktycznie, Juan Diego nie zauważył, że nic nie lata, po prostu chciał znaleźć się na lotnisku, gotów do lotu, bez względu na to, kiedy on nastąpi. Ewentualne opóźnienie nie grało dla niego żadnej roli. Nie mógł jedynie znieść myśli, że podróż miałaby nie dojść do skutku. „Każda podróż kryje powód", zadźwięczało mu w myślach zdanie, po czym uzmysłowił sobie, że już to napisał. Zawarł takie wyraziste przesłanie w *Historii zapoczątkowanej przez Matkę Boską*. I oto znów dokądś jadę – jak zwykle nie bez powodu, uzupełnił w duchu. „Przeszłość otaczała go niczym twarze w tłumie. Wśród nich znajdowała się twarz znajoma, pytanie tylko, do kogo należała". Osaczony śniegiem i onieśmielony przez gburowatego kierowcę, Juan Diego na chwilę zapomniał, że to też napisał. Niepamięć zrzucił na karb beta-blokerów.

Wnosząc z jego wypowiedzi, szofer był grubo ciosanym, paskudnym człowiekiem, ale świetnie znał Jamaicę w Queens, gdzie szeroka ulica przypominała dawnemu czytelnikowi z wysypiska tak dobrze znane mu miejsce, Periférico – ulicę w Oaxaca, podzieloną torami kolejowymi. *El jefe* jeździł do Periférico z dziećmi po sprawunki: na targowisku w La Central można było dostać najtańsze, nadpsute produkty. Ale w roku tysiąc dziewięćset sześćdziesiątym ósmym, podczas demonstracji studentów, La Central został zajęty przez wojsko i targ przeniesiono do *zócalo* w centrum Oaxaca.

Juan Diego i Lupe mieli wówczas odpowiednio dwanaście i jedenaście lat, i po raz pierwszy poznali okolice *zócalo*. Demonstracje długo nie potrwały i targ powrócił do La Central i Periférico (ze smętnym mostkiem ponad torami). *Zócalo* jednak zachowało szczególne miejsce w sercach dzieci, stając się ich ulubioną dzielnicą miasta. Spędzały tam możliwie jak najwięcej czasu z dala od wysypiska.

Dlaczego chłopiec i dziewczynka z Guerrero nie mieliby się interesować centrum wydarzeń? Dlaczego dwoje *niños de la basura* nie chciałoby zobaczyć turystów? Wysypisko leżało poza turystycznym szlakiem miasta, zresztą co tam było do zwiedzania? Jeden powiew smrodu bądź szczypiący dym z wiecznych ognisk wykurzyłby człowieka z powrotem do *zócalo*; wystarczyło jedno spojrzenie na psy (lub to, jak one na ciebie patrzyły).

Zatem czy może dziwić – w owym czasie wojsko zajęło La Central i dzieci z wysypiska zaczęły włóczyć się po *zócalo* – że Lupe, zaledwie jedenastoletnia, dostała zwariowanej i pokrętnej obsesji na punkcie miejscowych dziewic? Fakt, iż brat jako jedyny rozumiał jej bełkot, uniemożliwiał Lupe jakikolwiek znaczący dialog z dorosłymi. Poza tym chodziło rzecz jasna o „święte" panienki, sprawczynie „cudów" – z rodzaju tych, które zaskarbiają sobie rzesze wyznawców, nie tylko wśród jedenastoletnich dziewczynek.

Czyż nie było do przewidzenia, że Lupe będzie zrazu do nich ciągnęło? (Czytała w myślach i nie znała nikogo innego, kto miałby taki dar). Niemniej jednak które dziecko z wysypiska nie powątpiewałoby w cuda? Czymże wykazywały się te rywalizujące dziewice? Czy cudotwórczynie dokonały ostatnio jakichś cudów? Czy to nie oczywiste, że Lupe odnosiła się do hołubionych, ale bezczynnych panienek ze wszech miar podejrzliwie?

W Oaxaca znajdował się sklep z dziewicami; dzieci z wysypiska odkryły go podczas wypraw w okolice *zócalo*. Rzecz działa się w Meksyku, kraju zdobytym przez hiszpańskich konkwistadorów. Czy niestały Kościół katolicki od lat nie zajmował się handlem dziewic? Oaxaca leżało niegdyś w sercu cywilizacji Mistéków i Zapoteków. Czy od stuleci hiszpańska konkwista nie wpychała tubylcom dziewic, czy nie było to udziałem augustianów, dominikanów, jezuitów, a wszyscy narzucali się ze swoją Maryją Dziewicą?

Maryja nie stanowiła dzisiaj największego problemu – jak wynikało z oględzin wielu miejscowych kościołów – lecz nigdzie w całym mieście nie eksponowano zwaśnionych panienek tak jarmarcznie, jak we wspomnianym sklepie na Independencia. Wśród nich znajdowały się dziewice naturalnej i nienaturalnej wielkości, w tym trzy występujące najczęściej w przeróżnych tanich, kiczowatych egzemplarzach, jakich w sklepie było na pęczki: ma się rozumieć Maryja Dziewica, lecz również Nasza Pani z Guadalupe i oczywiście Nuestra Señora de la Soledad. La Virgen de la Soledad była dziewicą, którą Lupe dyskredytowała jako „lokalną bohaterkę" – chodziło o Panią Samotności i jej „głupią bajeczkę o osiołku". (Był pewnie Bogu ducha winien).

Sklep oferował też naturalnej wielkości (i większe) wersje Chrystusa Ukrzyżowanego; jeśli miałeś krzepę, mogłeś zataszczyć do domu wielkiego Krwawiącego Jezusa, lecz sklep, otwarty w tysiąc dziewięćset pięćdziesiątym czwartym roku, specjalizował się głównie w ozdobach na przyjęcia bożonarodzeniowe (*las posadas*).

W zasadzie tylko dzieci z wysypiska nazywały to miejsce na Independencia sklepem z dziewicami, inni mówili na nie po prostu sklep z ozdobami – a pełna nazwa brzmiała La Niña de las Posadas (w dosłownym tłumaczeniu „Dziewczyna Przyjęć Bożonarodzeniowych"). Tytułowa „dziewczyna" była dziewicą, którą brałeś do domu: jedna z owych naturalnej wielkości dziewic na sprzedaż siłą rzeczy stanowiła większą atrakcję świątecznego przyjęcia niż konający Jezus.

Na przekór powadze, z jaką Lupe podchodziła do tematu lokalnych dziewic, sklep z ozdobami stanowił dla niej i brata obiekt nieustających żartów. Sklep z dziewicami „Panienka", tak go czasem nazywali, stał się dla nich miejscem, do którego chodzili się pośmiać. Tamte dziewice na sprzedaż nie były tak realistyczne jak prostytutki na ulicy Zaragoza: należały bardziej do kategorii dmuchanych lalek. A Krwawiący Jezusowie wyglądali po prostu groteskowo.

Istniała również (jak ująłby to brat Pepe) „hierarchia" dziewic wystawionych na pokaz w miejscowych kościołach – niestety, ta hierarchia i te dziewice odcisnęły na Lupe niezatarte piętno. Kościół katolicki miał w Oaxaca własne sklepy z dziewicami – dziewicami, które odbierały Lupe ochotę do żartów.

Weźmy „głupią bajeczkę o osiołku" i niechęć Lupe do la Virgen de la Soledad. Basílica de Nuestra Señora de la Soledad robiła wrażenie – nadęty moloch między Morelos a Independencia – a gdy dzieci udały się tam po raz pierwszy, drogę do ołtarza zagrodził im miauczący kontyngent pielgrzymów, ludzi ze wsi (rolników bądź zbieraczy owoców, jak przypuszczał Juan Diego), którzy nie tylko wykrzykiwali modlitwy, ale podchodzili do świetlistej figury Naszej Pani Samotności na kolanach, niemal pełzali przez całą długość głównej nawy. Rozmodleni pielgrzymi napełniali Lupe wstrętem, podobnie jak lokalny aspekt Dziewicy Samotności, zwanej niekiedy „patronką Oaxaca".

Brat Pepe, gdyby tam był, przestrzegłby ich zapewne przed uprzedzeniami wynikającymi z własnego poczucia hierarchii: dzieci z wysypiska muszą czuć nad kimś wyższość, a w małej kolonii Guerrero *los niños de la basura* czuły się lepsze od wieśniaków. Zachowanie hałaśliwych pielgrzymów w bazylice Dziewicy Samotności w połączeniu z ich zgrzebnym ubiorem nie pozostawiało Juanowi Diego i Lupe cienia wątpliwości: bezwzględnie górowali oni nad zawodzącą zgrają rolników lub zbieraczy owoców (czy kim tam byli ci prostacy).

Lupe nie spodobał się też strój la Virgen de la Soledad, której surowa, trójkątna szata była wyszywana złotem.

– Wygląda jak zła królowa – oznajmiła.

– Chcesz powiedzieć, że wygląda zamożnie – uściślił Juan Diego.

– Dziewica Samotności nie jest jedną z nas – stwierdziła stanowczo. Chodziło o to, że nie była tutejsza, tylko hiszpańska, a co za tym idzie, europejska. (Do tego biała).

Zdaniem Lupe wyglądała jak „blada makówka w strojnej kiecce". Jeszcze bardziej ją rozzłościło, że w Basílica de Nuestra Señora de la Soledad potraktowano Guadalupe po macoszemu: jej ołtarz stał na lewo od głównej nawy i wyróżniał go jedynie portret (nawet nie posąg) ciemnoskórej dziewicy. A Nasza Pani z Guadalupe była tutejsza, pochodziła stąd i miała indiańskie korzenie; w nomenklaturze Lupe to „jedna z nas".

Brat Pepe zdziwiłby się liczbą książek przeczytanych na wysypisku przez Juana Diego i zainteresowaniem, jakie wzbudzały w Lupe. Ojciec Alfonso i ojciec Octavio uważali, że oczyścili jezuicką bibliotekę z najbardziej szkodliwych i wywrotowych elementów, ale młody czytelnik z wysypiska ocalił wiele niebezpiecznych tytułów z ogni piekielnych *basurero*.

Dzieła dokumentujące katolicką indoktrynację rdzennej ludności Meksyku nie przeszły niezauważone; jezuici odegrali zasadniczą rolę w hiszpańskich podbojach, i zarówno Lupe, jak i Juan Diego sporo dowiedzieli się o jezuickich konkwistadorach Kościoła rzymskokatolickiego. Podczas gdy najważniejszym celem Juana Diego była najpierw nauka czytania, Lupe w skupieniu słuchała i chłonęła.

W bazylice Dziewicy Samotności znajdowała się wyłożona marmurem kaplica z obrazami przedstawiającymi opowieść o osiołku: wieśniacy się modlili, a za nimi podążał samotny osiołek z podłużną skrzynką na grzbiecie. Wyglądała jak trumna.

– Każdy głupi zaraz by tam zajrzał – powtarzała Lupe. Ale nie durni wieśniacy: sombrera chyba odcinały im dopływ tlenu do mózgu. (Dzieci z wysypiska nie miały o wieśniakach dobrego mniemania).

Istniały – nadal istnieją – pewne kontrowersje co do losu osiołka. Czy któregoś dnia po prostu zatrzymał się i położył, czy może padł martwy? W miejscu, gdzie przystanął lub skonał, wzniesiono bazylikę de Nuestra Señora de la Soledad, gdyż dopiero tam i wtedy durni wieśniacy otworzyli skrzynię, którą targał na grzbiecie. W środku znajdowała się figura Dziewicy Samotności, a na jej kolanach leżał nieproporcjonalnie mniejszy Jezus, nagi, nie licząc ręcznika na biodrach.

– Co ten skurczony Jezus tam robi? – zapytywała zawsze Lupe. Rozdźwięk między wielkością posągów nie dawał jej spokoju: o połowę mniejszy od matki Jezus nie był Dzieciątkiem Jezus, tylko Jezusem z brodą, tyle że nienaturalnie małym i odzianym tylko w ręcznik.

Zdaniem Lupe osiołek został „wykorzystany", a duża Dziewica Samotności z mniejszym, półnagim Jezusem na kolanach dowodziła „przemocy jeszcze gorszego rodzaju" – nie wspominając o głupocie wieśniaków, którym nie starczyło oleju w głowie, by od razu zajrzeć do skrzyni.

Tak więc dzieci z wysypiska skreśliły patronkę Oaxaca i najbardziej hołubioną dziewicę, bo to mistyfikacja lub kpina – Lupe nazywała ją „kultową dziewicą". Co do niewielkiej odległości między sklepem z dziewicami na Independencia a bazyliką de Nuestra Señora de la Soledad, Lupe kwitowała ją jednym słowem: „Adekwatna".

Dziewczynka wysłuchała całego mnóstwa „dorosłych", nie zawsze dobrze napisanych książek; być może mówiła niezrozumiale dla wszystkich prócz Juana Diego, lecz jej kontakt z językiem – także dzięki książkom w *basurero*, mającym wyrafinowane słownictwo – wykraczał ponad jej wiek i doświadczenie.

Dominikański kościół na Alcalá nazywała dla odmiany „piękną ekstrawagancją". Mimo narzekań na wyszywaną złotem szatę Dziewicy Samotności, uwielbiała złocony sufit Templo de Santo Domingo i nie miała zastrzeżeń do jej „hiszpańskiego baroku" i „europejskości". Doceniała też złoty ołtarz Guadalupe oraz to, że w Santo Domingo nie stała ona w cieniu Maryi Dziewicy.

Jako zdeklarowana wielbicielka Guadalupe była przeczulona na punkcie owego „cienia". I nie chodziło jej tylko o to, że Maryja dominuje w katolickiej „stajni" dziewic: uważała ją za dziewicę „despotyczną".

Właśnie tego nie mogła darować jezuickiej Templo de la Compañía de Jesús na rogu Magón i Trujano – otóż Świątynia Towarzystwa Jezusowego uczyniła Maryję Dziewicę swoją główną atrakcją. Tuż za progiem wzrok przybysza padał na aspersorium z wodą święconą – *agua de San Ignacio de Loyola* – oraz portret świętego Ignacego we własnej osobie. (Loyola miał wzrok wzniesiony ku niebu, jak często jest przedstawiany).

Za aspersorium, w przytulnym kąciku, znajdował się skromny, lecz ładny ołtarzyk Guadalupe; szczególną uwagę poświęcono słynnym słowom śniadej dziewicy, uwiecznionym dużymi literami, dobrze widocznymi z ławek i klęczników.

– *¿No estoy aquí, que soy tu madre?* – Lupe modliła się tam, powtarzając to raz po raz. „Czy nie stoję tu, bo jestem twoją matką?".

Owszem, można powiedzieć, że było to wręcz nienaturalne przywiązanie – do matki i dziewicy, która zastąpiła jej prawdziwą mamę, prostytutkę (oraz sprzątaczkę u jezuitów), kobietę, z której dzieci nie miały większego pożytku, właściwie nieobecną w ich życiu i mieszkającą z dala od Lupe i Juana Diego. Do tego Esperanza pozbawiła Lupe ojca, nie licząc jego namiastki w postaci szefa wysypiska oraz przekonania córki, że ma ich „od groma".

Lupe naprawdę czciła Naszą Panią z Guadalupe, a przy tym zawzięcie w nią wątpiła, co wynikało z jej poczucia, iż Guadalupe „podporządkowała się" Maryi Dziewicy – sama przyłożyła rękę do jej pierwszeństwa.

Juan Diego nie przypominał sobie ani jednej z czytanych na głos książek, z której Lupe mogłaby wysnuć taki wniosek; o ile wiedział, wiara i nieufność siostry płynęły wyłącznie z jej własnych przemyśleń. Żadna książka z *basurero* nie naprowadziła telepatki na taką drogę przez mękę.

I bez względu na gustowny hołd oddany Naszej Pani z Guadalupe – świątynia jezuitów bynajmniej nie okazała jej braku szacunku – rola pierwszoplanowa bezwzględnie przypadła Maryi Dziewicy. Ona wisiała nad wszystkimi. Była ogromna; jej ołtarz znajdował się na podwyższeniu, a posąg Zawsze Dziewicy zdawał się niemal sięgać sufitu. U jej wielkich stóp krwawił niepozorny Jezus.

– O co chodzi z tym skurczonym Jezusem? – pytała zawsze Lupe.

– Przynajmniej jest ubrany – odpowiadał Juan Diego.

W miejscu, gdzie tkwiły wielkie stopy Maryi Dziewicy – na trzypoziomowym cokole – pojawiały się zastygłe w chmurach twarze aniołów. (Nie wiedzieć czemu sam cokół składał się z obłoków i anielskich twarzyczek).

– Co to ma znaczyć? – dopytywała się Lupe. – Maryja Dziewica depcze anioły... Nie do wiary!

A po bokach olbrzymki tkwiły znacznie mniejsze, pociemniałe ze starości figury nieznajomych: rodziców Maryi Dziewicy.

– To ona miała rodziców? – dziwiła się Lupe. – A któż może wiedzieć, jak wyglądali? Kogo to obchodzi?

Ogromny posąg Maryi Dziewicy w jezuickim kościele bezsprzecznie zasługiwał na miano „zmory". Matka dzieci narzekała na kłopoty z jego czyszczeniem. Miała za wysoką drabinę; nie było o co jej oprzeć, prócz samej Maryi. Esperanza modliła się do niej nieustannie: najlepsza sprzątaczka jezuitów, z nocną fuchą na ulicy Zaragoza, była bezkrytyczną fanką Maryi Dziewicy.

Wokół ołtarza ustawiono – aż siedem! – wielkie bukiety kwiatów, lecz nawet one ginęły na tle olbrzymki. Ona nie tylko górowała – wręcz zdawała się grozić wszystkiemu i wszystkim. Nawet uwielbiająca ją Esperanza przyznawała, że posąg jest „za duży".

– Mówiłam, że despotka – powtarzała Lupe.

– ¿*No estoy aquí, que soy tu madre*? – wypowiedział bezwiednie Juan Diego na tylnym siedzeniu otoczonej śniegiem limuzyny, która podjeżdżała do terminalu linii Cathay Pacific na JFK. Były czytelnik z wysypiska wymamrotał na głos, po hiszpańsku i angielsku, skromne hasło Naszej Pani z Guadalupe – skromniejsze od świdrującego wzroku olbrzymki z kościoła jezuitów. – Czy nie stoję tu, bo jestem twoją matką? – powtórzył do siebie.

Na dźwięk dwujęzycznego bełkotu szofer zerknął na Juana Diego we wstecznym lusterku.

Szkoda, że Lupe nie towarzyszyła bratu: odczytałaby jego myśli, powiedziałaby Juanowi Diego, co tamtemu chodzi po głowie.

Zasrany farciarz, pomyślał szofer – tak ocenił swego meksykańsko-amerykańskiego pasażera.

– Prawie dojechaliśmy, kolego – oznajmił; wcześniejsze „pan" wcale nie zabrzmiało uprzejmiej. Ale Juan Diego wspominał Lupe i czas, który spędzili razem w Oaxaca. Zamyślony, nie zwrócił uwagi na obraźliwy ton szofera. A bez drogiej siostry telepatki u boku nie mógł wiedzieć, co kołtun o nim myśli.

Nie żeby nigdy nie zaznał uprzedzeń na tle swojego pochodzenia. Była to raczej kwestia jego myśli i tego, gdzie nimi błądził – a często błądził bardzo daleko.

3

MATKA I CÓRKA

Nie przewidział, że utknie na lotnisku na dwadzieścia siedem godzin. Cathay Pacific skierowało go do poczekalni British Airways, z lepszymi warunkami niż w klasie ekonomicznej, gdzie zabrakło posiłków, a toalety pozostawiały wiele do życzenia. Jednakże lot do Hongkongu, przewidziany na dwudziestego siódmego grudnia na godzinę dziewiątą piętnaście, nastąpił dopiero w południe następnego dnia, a Juan Diego spakował leki do kosmetyczki w zdanym bagażu. Lot do Hongkongu miał potrwać szesnaście godzin. Juan Diego musiał obyć się bez beta-blokerów przez ponad czterdzieści trzy godziny, czyli nie zażyje leków przez prawie dwa dni. (Dzieci z wysypiska z reguły nie panikują).

Chciał zatelefonować do Rosemary z pytaniem, czy ryzykuje, odstawiając leki na czas bliżej nieokreślony, ale tego nie zrobił. Przypomniał sobie, co mówiła: że jeśli kiedykolwiek z jakiegoś powodu będzie zmuszony przestać brać beta-blokery, powinien odstawiać je stopniowo. (Z niewyjaśnionych przyczyn określenie „stopniowo" utwierdziło go w przekonaniu, że odstawienie bądź powrót do leków nie stanowi żadnego ryzyka).

Juan Diego wiedział, że nie pośpi sobie w poczekalni: liczył, iż nadrobi to w czasie długiego lotu do Hongkongu, kiedy już wreszcie wsiądzie na pokład. Nie zadzwonił do doktor Stein, bo ucieszyła go ta nieoczekiwana dyspensa od leków. Przy odrobinie szczęścia może przyśni mu się któryś z jego dawnych snów i może wrócą jego najważniejsze wspomnienia – miał nadzieję, że w porządku chronologicznym. (Jako pisarz miał trochę bzika na punkcie porządku chronologicznego, był pod tym względem nieco staroświecki).

Linie British Airways dołożyły starań, aby umilić mu czas oczekiwania – pozostali pasażerowie klasy biznes widzieli jego utykanie oraz specjalny but w dziwnym kształcie na uszkodzonej stopie. Ale okazali zrozumienie: mimo że w poczekalni nie starczyło dla wszystkich miejsc do siedzenia, nikt nie narzekał, że Juan Diego zajął dwa krzesła, robiąc sobie z jednego podnóżek.

Tak, utykanie postarzało Juana Diego – wyglądał przez nie na co najmniej sześćdziesiąt cztery lata, a nie na swoje pięćdziesiąt cztery. Było jeszcze coś: niemała doza rezygnacji nadawała jego twarzy osobliwy wyraz, można powiedzieć „odległy", jakby lwia część wrażeń w życiu Juana Diego przypadła na czas dzieciństwa i wczesnego dorastania. Bądź co bądź, przeżył wszystkich, których kochał – to niewątpliwie go postarzyło.

Nadal miał czarne włosy, jedynie z bliska było widać kilka srebrnych nitek. Ani trochę nie wyłysiał i wciąż nosił je długie, przez co wyglądał jak skrzyżowanie zbuntowanego nastolatka z podstarzałym hipisem – czyli kogoś, kto rozmyślnie nie podąża w ślad za modą. Ciemnobrązowe oczy były prawie tak czarne, jak włosy; mimo że szczupły i przystojny, jednak wyglądał staro. Kobiety – zwłaszcza młodsze – oferowały mu często zbyteczną pomoc.

Los naznaczył go swoim piętnem. Ruchy miał powolne i nierzadko wydawał się zatopiony w myślach; jakby żył w perspektywie swojej wyobraźni, jakby jego przyszłość była przesądzona, a on nie stawiał jej oporu.

Nie uważał, iż jest tak znany, że rozpoznaje go większość jego czytelników; ludzie, którzy nie czytali jego powieści, nie rozpoznawali go wcale. Zwracał uwagę jedynie swoich najbardziej zagorzałych wielbicieli. Były to przeważnie kobiety, na pewno starsze, lecz nie brakowało wśród nich wielu studentek.

Juan Diego nie sądził, że czytelniczki przyciąga tematyka jego powieści; zawsze powtarzał, że to kobiety są największymi miłośniczkami prozy, a nie mężczyźni. Nie popierał tego żadną teorią, jedynie stwierdzał fakt.

Nie należał do grona teoretyków ani nie specjalizował się w przypuszczeniach. Trochę nawet zasłynął tym, co powiedział w wywiadzie, kiedy dziennikarz zapytał go o rozważania na jakiś oklepany temat.

– Ja nie rozważam – oznajmił Juan Diego. – Wolę ograniczać się do opisów i obserwacji. – Oczywiście dziennikarz, uparty młody człowiek, nie dawał za wygraną. Dziennikarze lubią rozważania, zawsze wypytują pisarzy, czy powieść umarła lub kona. Pamiętajcie: Juan Diego wyciągał swoje pierwsze lektury z ogni piekielnych *basurero*, ręce poparzył, ratując książki. Nie wypada pytać czytelnika z wysypiska, czy powieść umarła lub kona.

– Czy zna pan jakieś kobiety? – zapytał tamtego młodego człowieka. – Mam na myśli kobiety, które czytają – dodał podniesionym głosem. – Niech pan z nimi gada... zapyta, co czytają! – Na tym etapie już krzyczał. – Powieść umrze w dniu, w którym kobiety przestaną czytać! – wrzasnął.

Poczytni pisarze mają więcej czytelników, niż przypuszczają. Juan Diego był sławniejszy, niż mu się zdawało.

Tym razem znalazł się na celowniku matki i córki.

– Wszędzie bym pana poznała. Przede mną pan się nie schowa – oświadczyła dość napastliwa matka. Jakby dawała do zrozumienia, że się chował. I gdzież on już widział taki świdrujący wzrok? Niewątpliwie u wielkiej Maryi Dziewicy z kościoła jezuitów – ona tak patrzyła. Zawsze z góry, ale Juan Diego nigdy nie wiedział, czy w jej oczach maluje się bezwzględność, czy politowanie. (I miał podobny dylemat w przypadku tej wytwornej matki, jednej z jego czytelniczek).

Co do córki, która też była jego wielbicielką, uznał ją za nieco łatwiejszą do rozszyfrowania.

– Rozpoznałabym pana po ciemku. Wystarczyłoby jedno zdanie, nawet niedokończone, a wiedziałabym, z kim mam do czynienia – zapewniła go trochę zbyt żarliwie. – Pański głos. – Zadrżała, jakby nie czuła się na siłach dalej mówić.

Była młoda i wylewna, lecz ładna na swój prząśny sposób, z grubszymi kostkami i nadgarstkami, dość szerokimi biodrami i nisko zawieszonym biustem. Miała ciemniejszą cerę od matki i ostrzejsze, albo raczej mniej „wyrafinowane", rysy, a do tego – zwłaszcza kiedy się odzywała – sprawiała wrażenie bardziej chropowatej i nieokrzesanej.

„Bardziej podobna do nas", wyobraził sobie słowa siostry. („Bardziej miejscowa", brzmiałaby ocena Lupe).

Juan Diego stropił się na myśl, jak przedstawiono by je obie w sklepie z dziewicami z Oaxaca. Przerysowano by zapewne niedbały styl córki, ale czy wynikał on z jej niechlujnej odzieży, czy może nonszalancji, z jaką ją nosiła?

Przyszło mu do głowy, że przedstawiający ją manekin naturalnych rozmiarów przybrałby wyzywającą pozę – wyrażałby coś w rodzaju zachęty, jakby krągłość bioder miała mówić sama za siebie. (A może to Juan Diego snuł już fantazje na jej temat?).

Sklep z dziewicami, zwany czasem przez dzieci z wysypiska „Panienką", w przypadku matki nie sprostałby wyzwaniu. Matkę otaczała aura finezji i przekonania o swoich prawach, a do tego reprezentowała klasyczny typ urody; z daleka krzyczała wyższością i pieniędzmi – jej poczucie uprzywilejowania zdawało się wrodzone. Gdyby ta matka, która tymczasowo utknęła w poczekalni pierwszej klasy na JFK, była Maryją Dziewicą, nikt nie odesłałby jej z kwitkiem do stajenki, tylko znaleziono by dla niej miejsce w gospodzie. Ordynarny sklep z dziewicami na Independencia nie umiałby jej odtworzyć, gdyż wymykała się stereotypom – nawet „Panienka" nie sfabrykowałaby dmuchanej lali na jej podobieństwo. Ta matka była bardziej „jedyną w swoim rodzaju" aniżeli „jedną z nas".

Juan Diego uznał, że zabrakłoby dla niej miejsca w sklepie z ozdobami na świąteczne przyjęcia; nigdy nie byłaby na sprzedaż. I nie chciałbyś jej zanieść do domu – a przynajmniej nie w celu zabawienia gości lub ku uciesze dzieci. Nie, pomyślał Juan Diego – chciałbyś ją zachować tylko dla siebie.

Tak się złożyło, że bez słowa z jego strony matka z córką zdawały się wiedzieć o nim wszystko i na przekór pozornym różnicom współpracowały ze sobą, tworząc zgrany zespół. Błyskawicznie wczuły się w rozdzierającą serce sytuację – żeby nie powiedzieć egzystencję – Juana Diego. Był zmęczony, bez wahania przypisał to beta-blokerom. Nie stawiał oporu, dobrowolnie zdał się na wolę kobiet. Zaznaczmy, że było to po dwudziestu czterech godzinach w poczekalni British Airways.

Uczynni znajomi Juana Diego, jego bliscy przyjaciele, zaplanowali dla niego dwudniowy pobyt w Hongkongu; teraz zanosiło się na to, że przed wczesnym lotem do Manili spędzi tam tylko jedną noc.

– Gdzie się zatrzymałeś w Hongkongu? – spytała matka, która miała na imię Miriam. Nie owijała w bawełnę, jej bezpośredniość szła w parze z badawczym spojrzeniem.

– Gdzie miałeś się zatrzymać? – zapytała jej córka, Dorothy. Juan Diego dostrzegł w niej pewne podobieństwo do matki; była agresywna jak Miriam, ale nie tak piękna.

Cóż takiego miał w sobie Juan Diego, że bardziej przebojowi ludzie czuli się uprawnieni do organizowania mu życia? Clark French, dawny student, objął pieczę nad jego wyprawą na Filipiny. A teraz dwie – obce – kobiety organizowały mu pobyt w Hongkongu.

Pewnie wywarł na nich wrażenie początkującego podróżnika, bo musiał zajrzeć do swojej rozpiski, aby sprawdzić nazwę hotelu. Kiedy gmerał w kieszeni, szukając okularów do czytania, matka wyrwała mu plan z ręki.

– Boże jedyny... nie chcesz spać w Intercontinental Grand Stanford – powiedziała. – To godzina jazdy od lotniska.

– Ściśle mówiąc, Koulun – wtrąciła Dorothy.

– Na lotnisku jest dobry hotel – stwierdziła Miriam. – Tam powinieneś nocować.
– My zawsze tam nocujemy. – Dorothy westchnęła.
Juan Diego zaczął mówić, że musi odwołać jedną rezerwację i zrobić drugą – ale nie dokończył.
– Załatwione – oświadczyła córka; jej palce zatańczyły na klawiaturze laptopa. Juan Diego nigdy nie mógł się nadziwić, że młodzi ludzie ślęczą przy laptopach zawsze odłączonych od prądu. Baterie im nie padały? (A kiedy nie siedzieli przyklejeni do laptopów, wystukiwali jak szaleni wiadomości na swoich komórkach, które zdawały się nigdy nie wymagać ładowania!).
– Uznałem, że nie ma sensu brać laptopa w tak długą podróż – wytłumaczył się matce, która spoglądała na niego z politowaniem. – Zostawiłem swój w domu – zwrócił się do córki, która ani razu nie podniosła wzroku znad migającego monitora.
– Odwołuję twój pokój z widokiem na port... dwie noce w Intercontinentalu, poszło. I tak mi się tam nie podoba – powiedziała Dorothy. – Rezerwuję apartament w Regal Airport Hotel na lotnisku. Całkiem gustowny, wbrew nazwie. I pomijając całą tę durną świąteczną otoczkę.
– Jedna noc, Dorothy – przypomniała jej matka.
– Oczywiście – odpowiedziała Dorothy. – Musisz wiedzieć, że w Regalu mają dziwne włączniki światła – poinformowała Juana Diego.
– Pokażemy mu, Dorothy – zapewniła matka. – Czytałam wszystkie twoje książki... każde słowo, które napisałeś. – Położyła rękę na jego nadgarstku.
– Ja prawie wszystko – dorzuciła Dorothy.
– Nie czytałaś dwóch – uściśliła matka.
– Dwóch... I co z tego? – burknęła Dorothy. – To prawie wszystko, nie? – zapytała Juana Diego.
– Tak... prawie – odpowiedział, rzecz jasna. Nie miał pewności, która z nim flirtuje, może żadna nie flirtowała. Ta niewiedza również przedwcześnie go postarzała, ale – gwoli

sprawiedliwości – dawno wypadł z obiegu. Minęło sporo czasu, odkąd z kimś się spotykał, zresztą nigdy nie brylował w tej dziedzinie, co dwie tak światowe globtroterki odgadły zapewne na pierwszy rzut oka.

Czy robił na nowo poznanych kobietach wrażenie zranionego? Należał do mężczyzn, którzy stracili miłość swego życia? Co takiego miał w sobie Juan Diego, że zdaniem kobiet nie przeboleje nigdy czyjejś straty?

– Naprawdę podoba mi się seks w twoich powieściach – wyznała Dorothy. – Lubię twoje opisy.

– Ja bardziej. – Miriam posłała córce wszechwiedzące spojrzenie. – Wiem z doświadczenia, czym jest naprawdę kiepski seks.

– Proszę cię, mamo, daruj sobie szczegóły – odpowiedziała Dorothy.

Juan Diego zauważył, że Miriam nie nosi obrączki. Była wysoką, szczupłą kobietą, zniecierpliwioną i spiętą, w perłowoszarym kostiumie ze srebrzystą koszulką pod spodem. Miała jasnobeżowe włosy, z pewnością farbowane, i chyba robiła sobie coś z twarzą – albo niedawno się rozwiodła, albo dłuższy czas temu owdowiała. (Niezbyt znał się na takich sprawach, nie miał doświadczenia z kobietami pokroju Miriam, z wyjątkiem swoich czytelniczek lub bohaterek).

Dorothy, córka, która przyznała, że po raz pierwszy zetknęła się z twórczością Juana Diego, kiedy „zadano" jej na studiach jego książkę do przeczytania, nadal wyglądała na studentkę – albo niewiele starszą.

Nie jechały do Manili – „na razie", jak oznajmiły – ale nie pamiętał, dokąd wybierały się z Hongkongu, jeśli mu powiedziały. Miriam nie podała mu nazwiska, ale jej akcent brzmiał z europejska – „cudzoziemskość" zwróciła uwagę Juana Diego. Oczywiście nie był znawcą akcentów – Miriam mogła być Amerykanką.

Co do Dorothy, nigdy nie będzie tak piękna jak matka, ale cechowała ją posępna, zapuszczona uroda – jak u młodej, pulchnej kobiety, której zbędne kilogramy ujdą na sucho jeszcze przez kilka lat. (Juan Diego wiedział, że Dorothy nie zawsze będzie „apetyczna" – i zrozumiał, że „pisze" o tych dwóch zaradnych kobietach, nim jeszcze skończyły mu pomagać).

Kimkolwiek były i gdziekolwiek jechały, podróż pierwszą klasą linii Cathay Pacific miały w małym palcu. Gdy pasażerowie lotu 841 do Hongkongu wreszcie wsiedli na pokład, Miriam i Dorothy nie pozwoliły stewardesie o twarzy lalki zademonstrować Juanowi Diego, jak należy włożyć jednoczęściową piżamę i obsługiwać podobną do kokonu kabinę do spania. Miriam wzięła na siebie to pierwsze, Dorothy zaś – złota rączka w tej dwuosobowej rodzinie – objaśniła mu działanie najwygodniejszego łóżka, z jakim miał do czynienia w samolocie. Można rzec, iż prawie ukołysały go do snu.

Zdaje się, że obie ze mną flirtują, napłynęła myśl, kiedy zasypiał – córka na pewno. Naturalnie Dorothy przypominała mu studentki poznane na przestrzeni lat; wiedział, że wiele z nich tylko pozornie z nim flirtowało. Kobiety w tym wieku – między innymi samotne pisarki w chłopięcym typie – znały w jego mniemaniu tylko dwa rodzaje zachowań: umiały flirtować i okazywać nieodwołalną pogardę.

Już prawie spał, kiedy przypomniał sobie niezaplanowaną przerwę od beta-blokerów; właśnie zaczął śnić, gdy naszła go niepokojąca myśl, aby zaraz odpłynąć. Brzmiała: tak naprawdę nie wiem, co się dzieje, gdy się przestaje brać beta-blokery i znów do nich wraca. Ale sen (lub wspomnienie) brało nad nim górę i się poddał.

4

Rozbite boczne lusterko

Gekon skurczył się w pierwszych promieniach słońca, uczepiony siatki na drzwiach budy. I zniknął w mgnieniu oka, w tym ułamku sekundy, zanim chłopiec zdążył dotknąć siatki. Szybsze niż zgaszenie albo zapalenie światła, zniknięcie gekona często wyznaczało początek snu Juana Diego – tak jak rozpoczynało wiele poranków chłopca w Guerrero.
 Rivera zbudował lepiankę dla siebie, ale przystosował ją dla potrzeb dzieci; wprawdzie raczej nie był ojcem Juana Diego, i na pewno nie Lupe, zawarł układ z ich matką. Już w wieku czternastu lat Juan Diego doskonale zdawał sobie sprawę, że z układu między tymi dwojgiem niewiele pozostało. Esperanza, na przekór swojemu imieniu, które znaczyło nadzieję, nigdy nie była jej źródłem dla własnych dzieci ani nie zachęcała Rivery – o ile Juan Diego mógł to stwierdzić. Czternastolatek pewnie nie zauważa takich rzeczy, a trzynastoletnia Lupe nie mogłaby wiarygodnie zaświadczyć, co łączy szefa wysypiska z jej matką.
 Co do „wiarygodności", Rivera był jedyną osobą, która opiekowała się tą dwójką – na tyle, na ile ktokolwiek mógł troszczyć się o dzieci wysypiska. Zapewniał im dach nad głową i nie tylko.

Kiedy *el jefe* wieczorami wracał do domu – lub ilekroć w ogóle wychodził – zostawiał psa i samochód Juanowi Diego. Furgonetka posłużyłaby im w razie potrzeby za drugi dach nad głową – w przeciwieństwie do chaty można było zamknąć się w niej od środka – i nikt oprócz dzieci nie odważyłby się zbliżyć do psa Rivery. Nawet szef wysypiska miał wobec niego pewne obawy: niedożywiony na oko samiec był skrzyżowaniem teriera z ogarem.

Zdaniem *el jefe* pies był krzyżówką pitbulla z posokowcem i dlatego miał ciągoty do walki i tropienia wszystkiego po zapachu.

– Diablo jest biologicznie skłonny do agresji – stwierdził kiedyś Rivera.

– Chciałeś powiedzieć, genetycznie – poprawił go Juan Diego.

Aż trudno uwierzyć, że chłopak z wysypiska tak rozwinął swoje słownictwo; nie licząc uwagi poświęcanej mu przez brata Pepe z jezuickiej misji w Oaxaca, Juan Diego nic miał żadnego wykształcenia, a jednak dokonał znacznie więcej, nie poprzestał tylko na nauce czytania. Bardzo ładnie się wysławiał. Mówił nawet po angielsku, mimo że kontakt z językiem mówionym zawdzięczał wyłącznie amerykańskim turystom. Jedynymi amerykańskimi ekspatriantami w Oaxaca w owym czasie byli artyści, w tym zwykle ćpuny. W miarę przeciągania się wojny w Wietnamie – po tysiąc dziewięćset sześćdziesiątym ósmym roku, kiedy Nixon wygrał wybory dzięki obietnicy, że ją zakończy – w mieście przybywało zbłąkanych dusz („młodych ludzi w poszukiwaniu siebie", jak nazywał ich brat Pepe), w wielu wypadkach dekowników.

Juan Diego i Lupe nie mogli się porozumieć z ćpunami, zbyt zajętymi rozwijaniem swej świadomości za pomocą środków halucynogennych; nie tracili czasu na rozmowy z dziećmi. Pijacy – jeśli tylko byli akurat trzeźwi – lubili gawędzić z dziećmi z wysypiska, i czasem znajdowali się wśród nich czytelnicy, przy czym mezcal zaburzał co nieco ich pamięć. Całkiem sporo dekowników czytało; oddawali Juanowi Diego swoje książki w miękkich okładkach. Oczywiście najwięcej było powieści amerykańskich, dzięki którym chłopiec wyobrażał sobie, że mieszka w Stanach.

Kilka sekund po tym, gdy zniknął poranny gekon i drzwi zatrzasnęły się za Juanem Diego, z maski samochodu Rivery poderwała się wrona i rozszczekały się wszystkie psy w Guerrero. Chłopiec śledził wzrokiem odlatującego ptaka – nie przepuszczał żadnej okazji, aby wyobrazić sobie latanie – podczas gdy Diablo podniósł się z platformy furgonetki swojego pana i wydał nieziemski skowyt, uciszając inne kundle. Zawdzięczał taki skowyt domieszce posokowca; domieszka pitbulla, czyli gen walki, odpowiadała za brak powieki w jego przekrwionym i stale otwartym lewym oku. Różowawa blizna w miejscu powieki nadawała spojrzeniu Diablo złowrogi wyraz. (Pamiątka po psiej walce lub czyimś nożu; szef wysypiska nie wiedział).

Co do poszarpanego, trójkątnego kawałka usuniętego dość mało precyzyjnie z jednego z długich uszu – można się było tylko domyślać.

– To twoja sprawka, Lupe – rzucił kiedyś Rivera, uśmiechając się do dziewczynki. – Wszystko możesz z nim zrobić, nawet odgryźć mu ucho.

Lupe złączyła kciuki i palce wskazujące w trójkąt. Jej słowa jak zwykle wymagały tłumaczenia, Rivera inaczej by nie zrozumiał.

– Żadne zwierzę ani człowiek nie ma zębów, żeby tak ugryźć – odpowiedziała.

Los niños de la basura nigdy nie wiedziały, kiedy (ani skąd) zjawiał się co rano Rivera ani jak docierał ze wzgórza na wysypisko w Guerrero. Zwykle zastawały go śpiącego w szoferce; budził się na huk trzaskających drzwi albo szczekanie. Niekiedy budził go skowyt Diablo, ułamek sekundy później – lub wcześniej gekon, którego nie widział prawie nikt inny.

– *Buenos dias, jefe* – wołał zazwyczaj Juan Diego.

– To dobry dzień, by wszystko robić jak należy, *amigo* – odpowiadał mu często Rivera. I dodawał: – A gdzie genialna księżniczka?

– Tam, gdzie zawsze – kwitowała Lupe i drzwi trzaskały za jej plecami. Drugi huk dotarł aż do piekielnych ogni *basurero*. Kolejne wrony wzbiły się w górę, po czym nastąpiła kakofonia szczekania; jazgotały psy na wysypisku i w Guerrero. Diablo znów zaskowyczał złowieszczo i dotknął mokrym nosem gołego kolana chłopca poniżej nogawki obszarpanych szortów.

Ogniska płonęły od dawna, rozżarzone stosy spiętrzonych śmieci i przebranych odpadków. Rivera musiał rozpalić je o świcie, a potem zdrzemnął się w szoferce.

Basurero w Oaxaca wyglądało jak gorejące uroczysko: czy stałeś tu, czy aż w Guerrero, słupy dymu z ognisk wzbijały się do nieba jak okiem sięgnąć. Oczy zaczęły łzawić Juanowi Diego zaraz za drzwiami. Z pozbawionego powieki ślepia Diablo ciekło bez przerwy, nawet gdy spał – z otwartym, ale niewidzącym lewym okiem.

Tamtego ranka Rivera znalazł na wysypisku kolejny pistolet na wodę; rzucił go na tylne siedzenie, gdzie Diablo liznął go i zostawił w spokoju.

– Mam dla ciebie prezent! – zawołał Rivera do Lupe, pałaszującej kukurydzianą tortillę z dżemem; miała umazaną brodę i jeden policzek, który nadstawiła psu do polizania. Oddała mu też resztę tortilli.

Dwa sępy pochylały się nad martwym psem na drodze, kolejne dwa kołowały w górze. Każdego ranka w *basurero* leżał co najmniej jeden zdechły pies, ale truchło nigdy długo się nie uchowało. Jeśli nie znajdowały go sępy i szybko się z nim nie uporały, ktoś go palił. Zawsze coś się paliło.

Martwe psy w Guerrero traktowano inaczej. Tamte psy zapewne do kogoś należały, więc nie wypadało palić cudzego psa – poza tym rozpalanie ognia w Guerrero było regulowane przepisami. (Istniały obawy, że osiedle pójdzie z dymem). Zdechłego psa pozostawiano w Guerrero własnemu losowi – zwykle nie leżał długo. Jeśli miał właściciela, ten pozbywał się truchła, ewentualnie wyręczali go padlinożercy.

– Nie znałam tamtego psa, a ty? – mówiła Lupe do Diablo, oglądając podarowany pistolet na wodę. Miała na myśli psa rozszarpywanego przez sępy na drodze, lecz Diablo nie dał po sobie poznać, czy go znał.

Dzieci widziały, że był to dzień miedzi; *el jefe* miał cały stos na platformie. Niedaleko lotniska stała wytwórnia zajmująca się miedzią, a nieco dalej inna, która skupowała aluminium.

– Dobrze, że nie jest dzień szkła... nie lubię dni szkła – mamrotała Lupe do Diablo, a może do siebie.

W pobliżu psa Rivery Biały Morusek siedział jak mysz pod miotłą. Tchórz nawet nie pisnął, pomyślał Juan Diego.

– Żaden tchórz, jest mały! – krzyknęła Lupe do brata, po czym zaczęła (pod nosem) narzekać na pistolet od Rivery, a konkretnie „słaby psikacz".

Szef wysypiska i Juan Diego patrzyli, jak biegnie do chałupy; pewnie dokładała nową zdobycz do pozostałych.

El jefe sprawdzał butlę z gazem przed domem: zawsze upewniał się, czy jest szczelna, ale tego dnia sprawdzał, czy jest pełna. Oceniał to po jej wadze.

Juan Diego często się zastanawiał, na jakiej podstawie Rivera uznał, że raczej nie jest jego ojcem. Byli zupełnie niepodobni, lecz – tak jak w przypadku Lupe – uderzające podobieństwo Juana Diego do matki wykluczało zdaniem chłopca podobieństwo do jakiegokolwiek ojca.

– Dobrze by było, gdybyś miał po Riverze dobroć – zauważył brat Pepe podczas którejś dostawy książek. (Juan Diego próbował go wybadać, co wie o jego potencjalnym ojcu).

Ilekroć zapytywał *el jefe*, dlaczego kategorycznie wyklucza własną osobę, ten niezmiennie odpowiadał z uśmiechem, że pewnie jest „za głupi".

– Któregoś dnia będę tak silny, *jefe*, że podniosę butlę. Nawet pełną – odezwał się nieoczekiwanie, patrząc, jak szef wysypiska unosi butlę; pełna była bardzo ciężka. (Tylko w ten sposób dawał do zrozumienia, że pragnie i ma nadzieję, iż to Rivera jest jego tatą).

– Jedziemy – uciął Rivera i wsiadł do szoferki.

– Jeszcze nie wymieniłeś bocznego lusterka – zauważył Juan Diego.

Lupe biegła do furgonetki, mamrocząc pod nosem; drzwi trzasnęły za jej plecami. Huk nie wywarł najmniejszego wrażenia na sępach pochylonych nad psem; było ich cztery i żaden nie drgnął.

Nauczony doświadczeniem, Rivera przestał dręczyć Lupe wulgarnymi żartami na temat pistoletów na wodę. Któregoś razu powiedział: „Wy macie fioła na punkcie tych pistoletów na wodę – jeszcze ludzie pomyślą, że ćwiczycie sztuczne zapłodnienie".

Określenie to od dawna funkcjonowało w kręgach medycznych, ale dzieci z wysypiska po raz pierwszy usłyszały je w ocalonej od ognia powieści science fiction. Lupe nie kryła niesmaku. Na dźwięk tych słów w ustach *el jefe* zapłonęła dziecięcym oburzeniem; miała wówczas jedenaście lub dwanaście lat.

– Lupe mówi, że wie, co to jest sztuczne zapłodnienie. Uważa je za obrzydliwe – przetłumaczył Juan Diego.

– Lupe nie wie, co to jest sztuczne zapłodnienie – upierał się Rivera, ale rzucił wzburzonej dziewczynce zaniepokojone spojrzenie. Któż mógł wiedzieć, co ten brat jej czytał? Lupe od dziecka nie znosiła świntuszenia, chociaż słuchała z ciekawością.

Nastąpił kolejny wybuch (nieartykułowanych) pretensji.

– Owszem, wie – skwitował Juan Diego. – Chcesz, żeby ci opisała?

– Nie, nie! – krzyknął Rivera. – Ja tylko żartowałem! Niech wam będzie, pistolety na wodę to tylko pistolety na wodę. Nie wracajmy do tego tematu.

Ale Lupe dalej nadawała.

– Ona mówi, że tobie tylko seks w głowie – oznajmił Juan Diego.

– Nie tylko! – zaoponował Rivera. – Przy was staram się o nim nie myśleć.

Pretensjom Lupe nie było końca. Tupała nogami; miała za duże buty, znalezione na wysypisku. Kiedy tak wymyślała Riverze, tupanie przeszło w zaimprowizowany taniec, zwieńczony piruetem.

– Powiedziała, że to żałosne potępiać prostytutki, jeśli sam do nich chodzisz – tłumaczył Juan Diego.

– Dobrze, już dobrze! – Rivera potrząsnął umięśnionymi rękami. – Pistolety na wodę to tylko zabawki, nie zachodzi się od nich w ciążę! Jak sobie chcecie!

Lupe znieruchomiała i z nadąsaną miną wycelowała palcem w swoją górną wargę.

– Co znowu? Co to ma być, język migowy? – zdumiał się Rivera.

– Lupe mówi, że nigdy nie znajdziesz sobie dziewczyny innej niż prostytutka, nie z tymi głupimi wąsami.

– Lupe mówi, Lupe mówi – burknął Rivera, ale ciemnooka dziewczynka dalej świdrowała go wzrokiem i rysowała sobie wąsy pod nosem.

– Rivera jest zbyt brzydki jak na twojego tatę – usłyszał od niej Juan Diego przy innej okazji.

– *El jefe* nie jest brzydki w środku – powiedział stanowczo.

– Przeważnie ma dobre myśli, nie licząc tych o kobietach.

– Rivera nas kocha, Lupe.

– Owszem, Rivera nas kocha... oboje – przyznała. – Mimo że nie jestem jego... ty pewnie też.

– Dał nam swoje nazwisko, obojgu – przypomniał jej.

– Traktowałabym to raczej jako pożyczkę – odparła.

– Jak nazwisko może być pożyczką? – zapytał, na co siostra wzruszyła ramionami, jak matka: w nieprzenikniony sposób. (Po trosze zawsze taki sam, po trosze nieco inny).

– Może ja jestem i zawsze będę Lupe Rivera – odpowiedziała cokolwiek wymijająco. – Ale ty jesteś kimś innym. Nie zawsze będziesz Juanem Diego Riverą: to nie ty. – I nie dodała nic więcej.

Tamtego ranka, kiedy miało się zmienić życie Juana Diego, Rivera darował sobie sprośne żarty o pistoletach. Siedział zamyślony za kółkiem, gotów do drogi – miał dużo na głowie, cały stos miedzi.

Samolot w oddali zwolnił; Juan Diego zrozumiał, że pewnie będzie lądować. Nadal wypatrywał na niebie latających obiektów. Tuż za miastem znajdowało się lotnisko (wówczas zaledwie pas do lądowania) i chłopiec uwielbiał obserwować samoloty latające nad *basurero*; sam nigdy nie leciał.

We śnie oczywiście wiedział, kto przyleci tym samolotem, którego widok natychmiast przypomniał mu, co go spotka. Na jawie, tamtego ranka, coś całkiem zwyczajnego odwróciło jego uwagę od dalekiego, zniżającego się samolotu. Zauważył coś, co wziął za piórko – ale nie sępa ani wrony. Przywarło do lewej tylnej opony samochodu, inne od pozostałych (chociaż może nie było w nim nic nadzwyczajnego).

Lupe zasiadła już w szoferce obok Rivery.

Diablo, pomimo chudości, był dobrze odżywiony – odstawał od psów ze śmietniska, nie tylko pod tym względem. Wyglądał na takiego, który zawsze chodzi własnymi ścieżkami. (W Guerrero zwano go „samcem").

Z przednimi łapami na skrzynce z narzędziami Rivery, sięgał głową do okna pasażera, a gdy oparł łapy na kole zapasowym, zasłaniał boczne lusterko – to stłuczone, od strony kierowcy. Kiedy szef wysypiska w nie zerknął, ukazał mu się zwielokrotniony widok: pajęczyna pękniętego szkła odbijała czterooki pysk Diablo. Nagle miał dwa nosy i dwa języki.

– Gdzie twój brat? – zapytał Rivera.

– Nie tylko ja jestem stuknięta – odpowiedziała Lupe, ale jej nie zrozumiał.

Na czas drzemki w kabinie *el jefe* często wrzucał wsteczny. Jeżeli dźwignia w podłodze znajdowała się na pierwszym biegu, dźgała go w żebra, kiedy próbował zasnąć.

„Normalny" pysk Diablo ukazał się teraz w lusterku od strony pasażera – tym całym – ale gdy Rivera zerknął w swoje, w pajęczynę stłuczonego szkła, nie zauważył Juana Diego, który usiłował zdjąć z lewej tylnej opony dziwne, czerwonobrązowe piórko. Furgonetką szarpnęło do tyłu i przetoczyła się przez prawą stopę chłopca. To tylko kurze piórko, uświadomił sobie Juan Diego. W tym samym ułamku sekundy został kaleką na całe życie – z powodu piórka, jakich pełno w Guerrero. Na obrzeżach Oaxaca wiele rodzin trzymało kury.

Samochód podskoczył i Guadalupe na desce rozdzielczej zakołysała biodrami.

– Uważaj, bo zajdziesz w ciążę – ostrzegła ją Lupe, ale Rivera nie miał pojęcia, co powiedziała, usłyszał krzyk Juana Diego. – Zatraciłaś smykałkę do cudów, tanio się sprzedałaś – dodała Lupe. Rivera zaciągnął hamulec, wyskoczył z szoferki i podbiegł do rannego chłopca. Diablo szczekał jak oszalały, jak nie on. Wszystkie psy w Guerrero mu zawtórowały. – Widzisz, co narobiłaś – zganiła lalkę Lupe, ale zaraz wyszła z szoferki i pobiegła do brata.

Chłopiec miał zmiażdżoną prawą stopę; spłaszczona i zakrwawiona, odgięła się na zewnątrz pod nienaturalnym kątem i wyglądała na mniejszą niż w rzeczywistości. Rivera zaniósł go do szoferki; chłopiec krzyczałby dalej, ale z bólu wstrzymał oddech, zaczerpnął tchu, po czym znów go zatkało. Spadł mu but.

– Spróbuj oddychać normalnie, bo zemdlejesz – poradził Rivera.

– Może teraz naprawisz to durne lusterko! – wrzasnęła na niego Lupe.

– Co ona mówi? – zapytał Rivera Juana Diego. – Mam nadzieję, że nie chodzi o moje boczne lusterko.

– Próbuję oddychać normalnie – powiedział słabo chłopiec.

Lupe pierwsza wsiadła do furgonetki, żeby brat mógł położyć głowę na jej kolanach i wystawić zmiażdżoną stopę przez okno od strony pasażera.

– Zabierz go do doktora Vargasa! – krzyknęła do Rivery, który zrozumiał słowo „Vargas".

– Najpierw spróbujemy cudu... potem Vargasa – odpowiedział.

– Nie licz na cud – burknęła Lupe. Trzepnęła Guadalupe na desce rozdzielczej i lalka znów zakołysała biodrami.

– Nie chcę do jezuitów – wykrztusił Juan Diego. – Lubię tylko brata Pepe.

– Może to ja powinienem pogadać z waszą matką – ciągnął Rivera. Jechał powoli, żeby nie przejechać żadnego psa w Guerrero, ale na autostradzie przyspieszył.

Telepanie furgonetki sprawiło, że Juan Diego jęknął; bok szoferki od strony pasażera spływał krwią ze zmiażdżonej stopy wystawionej przez okno. W całym bocznym lusterku ukazał się spryskany pysk Diablo. Wiatr chlapnął krwią na tyły wozu i teraz pies ją zlizywał.

– Kanibal! – krzyknął Rivera. – Ty zdrajco!

– Kanibal to nieodpowiednie słowo – uściśliła Lupe z właściwą sobie urazą. – Psy lubią krew. Diablo jest dobrym psem.

Zaciśnięte z bólu zęby uniemożliwiły Juanowi Diego przetłumaczenie tej mowy obronnej, więc bez słowa rzucił głową na boki na kolanach siostry.

Kiedy nieruchomiał, zdawało mu się, że widzi złowrogą wymianę spojrzeń między lalką na desce rozdzielczej a jej rozsierdzoną imienniczką. Lupe dostała imię na cześć Guadalupe, a Juan Diego na cześć Indianina, któremu ciemnoskóra dziewica ukazała się w tysiąc pięćset trzydziestym pierwszym roku. *Los niños de la basura* były dziećmi Indian z Nowego Świata, ale miały domieszkę krwi hiszpańskiej, co czyniło je (w ich własnym mniemaniu) bękartami konkwistadorów. Juan Diego i Lupe czuli, że Guadalupe niekoniecznie im sprzyja.

– Powinnaś się do niej modlić, niewdzięcznico, a nie ją bić! – rzucił Rivera. – Módl się za brata, proś Guadalupe o pomoc!

Juan Diego wielokrotnie tłumaczył zdanie Lupe na ten temat; teraz zacisnął zęby i usta, i nie powiedział nic.

– Guadalupe została skalana przez katolików – zaczęła Lupe. – Była naszą Panienką, ale katolicy ją ukradli, zrobili z niej ciemnoskórą służącą Maryi. Tak samo mogli ją nazwać jej niewolnicą. Albo sprzątaczką!

– Świętokradztwo! Bluźnierstwo! Herezje! – wrzasnął Rivera. Nie potrzebował tłumaczenia tej tyrady, znał ją na pamięć. Nie było dla niego tajemnicą, że Lupe ma ambiwalentny stosunek do Naszej Pani z Guadalupe. Wiedział też, że nie lubi Matki Boskiej. Stuknięta smarkula uważała ją za hochsztaplerkę, w przeciwieństwie do Panienki z Guadalupe, skradzionej przez cwanych jezuitów do niecnych, katolickich celów. Zdaniem Lupe została ona skreślona – i dlatego „skalana". Może kiedyś umiała czynić cuda, ale to się skończyło.

Tym razem lewa stopa Lupe mało nie strąciła lalki z deski rozdzielczej, ale przyssawka trzymała mocno i Guadalupe zatrzęsła się tylko w zgoła obrazoburczy sposób.

Lupe jedynie lekko się uniosła, żeby wziąć zamach, ale Juan Diego znowu krzyknął.

– Widzisz? Co ty mu zrobiłaś? – wrzasnął Rivera, lecz dziewczynka go zignorowała, pochyliła się i pocałowała brata w czoło, a jej przesiąknięte dymem włosy rozsypały się po obu stronach twarzy chłopca.

– Pamiętaj jedno – szepnęła do niego. – My jesteśmy cudem, ty i ja. Tylko my. Jesteśmy niebywali.

Leżąc z zaciśniętymi powiekami, Juan Diego usłyszał w górze ryk samolotu. Wówczas wiedział tylko, że są w pobliżu lotniska; nie miał pojęcia, kto leci tym samolotem i jest coraz bliżej. We śnie, naturalnie, wiedział wszystko – łącznie z tym, co nastąpi (częściowo).

– Jesteśmy niebywali – wyszeptał. Spał – wciąż śnił – ale ruszał ustami. Nikt go nie usłyszał, nikt nie słyszy pisarza, który pisze przez sen.

Poza tym 841 linii Cathay Pacific dalej zmierzał w stronę Hongkongu, z Cieśniną Tajwańską po jednej stronie i Morzem Południowochińskim po drugiej. Ale we śnie Juan Diego miał dopiero czternaście lat – skręcał się z bólu w furgonetce Rivery – i mógł tylko powtórzyć słowa swojej jasnowidzącej siostry: „Jesteśmy niebywali".

Może wszyscy pasażerowie samolotu spali, bo nawet przerażająco obyta matka i jej nieco mniej drapieżna córka go nie usłyszały.

5

ŻADEN NIE STRĄCI WIATR

Amerykanin, który tamtego dnia wylądował w Oaxaca – dla przyszłości Juana Diego najważniejsza osoba na pokładzie – uczył się na księdza. Zatrudniono go jako nauczyciela w jezuickiej szkole i sierocińcu, brat Pepe osobiście wybrał go z listy kandydatów. Ojciec Alfonso i ojciec Octavio, dwaj starzy kapłani z Templo de la Compañía de Jesús, mieli obiekcje co do znajomości hiszpańskiego. Pepe wskazywał na jego kwalifikacje: był prymusem, z pewnością nadrobi ewentualne braki językowe.

Czekali na niego wszyscy w Hogar de los Niños Perdidos. Zakonnice, które opiekowały się dziećmi, z wyjątkiem siostry Glorii, zwierzyły się bratu Pepe, że są pod wrażeniem zdjęcia młodego nauczyciela. Pepe zachował to dla siebie, ale jemu również się podobało. (Jeśli można na zdjęciu wyglądać żarliwie – cóż, ten człowiek właśnie tak wyglądał).

Ojciec Alfonso i ojciec Octavio wysłali brata Pepe na lotnisko. Na podstawie zdjęcia dołączonego do życiorysu Amerykanina brat Pepe spodziewał się mężczyzny grubszego, o bardziej krzepkim wyglądzie. Tymczasem niespełna trzydziestoletni Edward Bonshaw nie tylko zrzucił ostatnio sporo ciała, ale od tamtego czasu nie uzupełnił garderoby. Ubrania wisiały na nim wręcz karykaturalnie, co nadawało poważnemu teologowi aurę dziecinnego niedbalstwa. Edward Bonshaw przywodził na myśl beniaminka, który donasza ciuchy po starszych, bardziej rosłych kuzynach i rodzeństwie. Krótkie rękawy hawajskiej koszuli sięgały mu za łokcie, sama koszula zaś (w palmy i papugi) opadała do kolan. Młody Bonshaw wyszedł z samolotu i zaraz potknął się o nogawki za luźnych spodni.

W czasie lądowania samolot jak zwykle skasował jedną lub więcej kur, ocalałe rozpierzchły się po pasie startowym. Kłąb czerwonawobrązowych piór wzbił się w powietrze, porwany nagłym podmuchem wiatru: tam, gdzie zbiegają się dwa łańcuchy Sierra Madre, czasami ciągnie jak diabli. Ale Edward Bonshaw nie zauważył skasowanej kury (bądź kur): przyjął pióra i wiatr niczym komitet powitalny.

– Edward? – zaczął brat Pepe, lecz kurze piórko przywarło mu do dolnej wargi i splunął. Jednocześnie nasunęła mu się myśl, że Amerykanin wygląda niepozornie, jakby się z choinki urwał, przypomniał sobie jednak własne kompleksy w tym wieku i serce wyrwało mu się do młodego Bonshawa, jakby miał przed sobą jedną z sierot z Zagubionych Dzieci.

Po trzyletnim przygotowaniu do kapłaństwa Edward Bonshaw będzie studiować teologię przez kolejne trzy lata. Po teologii przyjdzie czas na ordynację, przypomniał sobie Pepe, przyglądając się młodemu nauczycielowi, gdy ten opędzał się od piór. Po ordynacji zaś czekał go czwarty rok teologii – nie wspominając o doktoracie z literatury angielskiej, który już zrobił! (Nic dziwnego, że schudł, stwierdził brat Pepe).

Ale nie doceniał gorliwości młodego człowieka z dziarską miną w wirującej zamieci z piór. Nie miał pojęcia, że przodkowie Edwarda Bonshawa byli szczególną bracią, nawet jak na jezuickie standardy.

Pochodzili z okolic szkockiego Dumfries, opodal granicy z Anglią. Andrew, pradziadek Edwarda, wyemigrował do wschodnich prowincji Kanady, Duncan zaś, jego dziadek, do

Stanów Zjednoczonych – acz z pewną dozą ostrożności. (Jak sam mawiał z upodobaniem: „Tylko do Maine, nie do pozostałych"). Graham, ojciec Edwarda, ruszył dalej na zachód – ale tylko do stanu Iowa. Edward Bonshaw urodził się w Iowa City; przed przyjazdem do Meksyku nie wychylił nosa poza Środkowy Zachód.

O tym, co zdecydowało, że zostali katolikami, wiedział tylko Bóg i pradziadek. Podobnie jak wielu Szkotów, Andrew Bonshaw wychował się w rodzinie protestanckiej: wypłynął z Glasgow jako protestant, ale wysiadł w Halifaksie już za pan brat z Rzymem – jako katolik.

Nawrócenie, jeśli nie cud na miarę ocalenia życia, musiało nastąpić na pokładzie tamtego statku: w czasie transatlantyckiego rejsu doszło do cudownego zdarzenia, lecz Andrew nie napomknął o tym nigdy ani słowem, nawet jako starzec. Zabrał ten cud do grobu. Wspomniał tylko à propos owej podróży, że zakonnica nauczyła go grać w madżonga. Coś musiało zajść w czasie jednej z partyjek.

Do większości cudów Edward Bonshaw odnosił się podejrzliwie, ale niecodzienne zjawiska niezwykle go interesowały. Mimo to ani razu nie zakwestionował swojego katolicyzmu – nawet niewyjaśnionego nawrócenia pradziadka. Naturalnie wszyscy członkowie jego rodziny nauczyli się grać w madżonga.

„Zdaje się, że w życiu ludzi najbardziej wierzących często istnieje sprzeczność, której nie sposób wyjaśnić", napisał Juan Diego w swojej indyjskiej powieści *Historia zapoczątkowana przez Matkę Boską*. Wprawdzie była to opowieść o fikcyjnym misjonarzu, ale może nawiązywał do Edwarda Bonshawa.

– Edward? – powtórzył brat Pepe, tylko z mniejszym wahaniem. – Eduardo? – spróbował. (Nie czuł się zbyt pewnie, mówiąc po angielsku; naszła go obawa, że źle wymówił imię „Edward").

– Aha! – wykrzyknął Edward Bonshaw i nie wiadomo czemu przeszedł na łacinę. – *Haud ullis labentia ventis!* – oznajmił bratu Pepe.

Brat Pepe raczkował w łacinie. Zdawało mu się, że usłyszał słowo „wiatr", a może liczbę mnogą; pomyślał, że Edward Bonshaw popisuje się swoim wykształceniem, w tym biegłą znajomością łaciny, i chyba nie żartuje z kurzych piór, dryfujących na wietrze. Tymczasem młody Bonshaw przytoczył motto swojej szkockiej rodziny, łacińskie powiedzenie, które powtarzał sobie zawsze w stresujących sytuacjach.

Haud ullis labentia ventis znaczyło: „Żaden nie strąci wiatr".

Boże jedyny, co my tu mamy, stropił się brat Pepe; biedak uznał, że słowa kryją przekaz religijny. Już on znał jezuitów, którzy fanatycznie wzorowali swoje zachowanie na życiu świętego Ignacego Loyoli, założyciela zakonu jezuitów – Towarzystwa Jezusowego. Święty Ignacy oświadczył w Rzymie, że odda życie, by zapobiec grzechom jednej prostytutki w ciągu jednej nocy. Brat Pepe spędził całe życie w mieście Meksyk i Oaxaca; wiedział, że święty Ignacy musiał mieć nie po kolei w głowie, by wyskoczyć z poświęcaniem się za grzechy jednej prostytutki w ciągu jednej nocy.

Pielgrzymka to głupiego robota, gdy się bierze za nią idiota, pomyślał brat Pepe, idąc po usłanym pierzem asfalcie w stronę młodego amerykańskiego misjonarza.

– Edward? Edward Bonshaw? – zagaił.

– Wolę „Eduardo". Tego jeszcze nie było. Bomba! – oznajmił Edward Bonshaw, wprawiając brata Pepe w osłupienie serdecznym uściskiem. Powitanie ogromnie przypadło mu do gustu, podobnie jak wylewność przybysza. Edward (lub Eduardo) pospieszył z wyjaśnieniem na temat łacińskiego okrzyku. Pepe dowiedział się ze zdumieniem, że „Żaden nie strąci wiatr" to szkockie, a nie kościelne dictum – chyba że miało protestanckie korzenie, stwierdził w duchu.

Doszedł do wniosku, że młody przybysz ze Środkowego Zachodu to wulkan energii, człowiek na wskroś pozytywny i budzący sympatię. Ale co inni sobie o nim pomyślą? Uważał, że „inni" nie mają za grosz poczucia humoru. Myślał tu o ojcu Alfonso i ojcu Octavio, ale też – a może zwłaszcza – o siostrze

Glorii. Te uściski in... ,y nie spodobają – nie wspominając o koszuli w papugi i palmy! W duchu zatarł ręce.

Następnie Eduardo – skoro tak wolał – chciał pokazać bratu Pepe, jak splądrowano jego bagaż na odprawie w mieście Meksyk.

– Niech brat patrzy, ile narobili bałaganu! – zawołał przejęty Amerykanin; otwierał walizki, żeby zademonstrować. Nieważne, że przechodnie mogli oglądać jego porozrzucane rzeczy.

Jak widać, celnik dał z siebie wszystko, ale znalazł tylko stos obszernych łachów.

– Gustowne... Czy tak się teraz nosi w Watykanie? – zapytał Pepe, wskazując na kolejne hawajskie koszule skłębione w małym, sponiewieranym neseserze.

– To ostatni krzyk mody w Iowa City – oznajmił Edward Bonshaw; chyba żartował.

– Pewnie będą cierniem w boku ojca Alfonso – przestrzegł nauczyciela brat Pepe. Źle to zabrzmiało, chyba miał na myśli „solą w oku" lub chciał powiedzieć, że ojcu Alfonso raczej się nie spodobają. Ale Edward Bonshaw zrozumiał, o co mu chodzi.

– Ojciec Alfonso jest trochę konserwatywny, co? – zapytał.

– Słabo powiedziane – odparł brat Pepe.

– Mało powiedziane – poprawił go Edward Bonshaw.

– Zardzewiał mój angielski – przyznał Pepe.

– Na razie daruję bratu swój hiszpański – obiecał Edward.

Opowiedział, jak to celnik znalazł pierwszy bat, a potem drugi. „Narzędzia tortur?", spytał młodego Bonshawa, najpierw po hiszpańsku, potem po angielsku.

„Narzędzia wiary", odpowiedział Edward (czy też Eduardo). Boże miłosierny, pomyślał brat Pepe. Zamiast nauczyciela angielskiego dostaliśmy biczownika!

Druga sponiewierana walizka była pełna książek. „Kolejne narzędzia tortur", ciągnął celnik, po angielsku i hiszpańsku.

„Wiary", uściślił Edward Bonshaw. (Przynajmniej biczownik czyta, skonstatował Pepe).

– Siostry w naszym sierocińcu, w tym kilka nauczycielek, były zachwycone twoim zdjęciem – oznajmił Amerykaninowi, który mozolnie upychał rzeczy z powrotem w walizkach.
 – Aha! Ale sporo schudłem od tamtej pory – stwierdził młody misjonarz.
 – Widzę. Mam nadzieję, że nie byłeś chory – zaryzykował brat Pepe.
 – Grunt to wstrzemięźliwość – wyjaśnił Edward Bonshaw.
 – Przestałem palić, przestałem pić... Zdaje się, że abstynencja zmniejszyła apetyt. Nie byłem już taki głodny jak kiedyś – dodał.
 – Aha! – skwitował brat Pepe. (Zaraził mnie, stwierdził w duchu). Sam nigdy nie pił, ani kropli. Abstynencja nie miała najmniejszego wpływu na jego apetyt.
 „Ciuchy, baty, książki", podsumował celnik, po angielsku i po hiszpańsku.
 „Same najpotrzebniejsze rzeczy!", uzupełnił Edward Bonshaw.
 Boże, zlituj się nad jego duszą, pomyślał Pepe, jakby dni tamtego na ziemskim padole były już policzone.
 Celnik w mieście Meksyk przyczepił się też do tymczasowej wizy Amerykanina.
 „Jak długo zamierza pan zostać?", spytał.
 „Trzy lata, jeśli wszystko dobrze pójdzie", zabrzmiała odpowiedź.
 Brat Pepe nie wróżył mu świetlanej kariery. Edward Bonshaw nie przetrwa nawet pół roku misjonarskiego życia. Będzie potrzebował więcej ubrań – w swoim rozmiarze. Skończą mu się książki do czytania, a dwa baty to za mało – zważywszy na to, ile razy zapragnie się nimi smagnąć.
 – Brat Pepe jeździ garbusem! – wykrzyknął Edward Bonshaw, gdy skierowali się w stronę zakurzonego, czerwonego samochodu na parkingu.
 – Wystarczy Pepe, „brat" jest zbyteczny – powiedział Pepe. Zastanawiał się, czy wszyscy Amerykanie są mistrzami prawd oczywistych, ale ten niespożyty entuzjazm nawet wzbudził jego sympatię.

Jak inaczej mieliby prowadzić szkołę, gdyby nie ktoś taki jak Pepe, który z całego serca podziwiał entuzjazm i był jego ucieleśnieniem? Kogóż innego wyznaczono by do opieki nad Niños Perdidos? Bez panikarzy pokroju brata Pepe, czujnego strażnika, nie tworzy się sierocińca przy renomowanej szkole i nie nazywa go „Zagubionymi Dziećmi".

Ale panikarze, zwłaszcza dobroduszni, bywają gapowatymi kierowcami. Może Pepe pomyślał o czytelniku z wysypiska, może zdawało mu się, że wiezie książki do Guerrero, w każdym razie po wyjeździe z lotniska skręcił nie tam, gdzie powinien – zamiast w stronę Oaxaca, z powrotem do miasta, ruszył w stronę *basurero*. I nim spostrzegł swój błąd, znajdowali się już w Guerrero.

Nie znał dobrze okolicy. W poszukiwaniu bezpiecznego miejsca, żeby zawrócić, wjechał na piaszczystą drogę ku wysypisku. Była szeroka, zwykle jeździły nią tylko cuchnące ciężarówki, które kursowały tam i z powrotem do *basurero*.

Oczywiście kiedy zatrzymał garbusa i zawrócił, osnuły ich czarne dymy z wysypiska, a nad drogą piętrzyły się góry osmalonych śmieci. Widać było dzieci pełzające po śmierdzących hałdach. Kierowca musiał uważać na nie i na psy. Młodemu Amerykaninowi aż dech zaparło od fetoru.

– Co to za miejsce? Wizja Hadesu, ze smrodem do kompletu! Jakąż straszliwą szkołę życia przechodzą tutaj te biedactwa? – spytał z właściwą sobie przesadą.

Co my poczniemy z tym kochanym wariatem, pomyślał brat Pepe; dobre chęci misjonarza nie zrobią tu na nikim wrażenia.

– To tylko wysypisko – odparł jednak. – Śmierdzi, bo palą zdechłe psy, i nie tylko. Nasza misja pomaga dwojgu z tutejszych dzieci, *dos pepenadores*, zbieraczom.

– Zbieraczom! – wykrzyknął Edward Bonshaw.

– *Los niños de la basura* – uzupełnił Pepe ściszonym tonem, aby zaznaczyć, że chodzi o dzieci.

W tej samej chwili brudny chłopiec w bliżej nieokreślonym wieku – na pewno z wysypiska, co wynikało z za dużych butów – wepchnął małego, rozdygotanego pieska przez okno od strony pasażera.

– Nie, dziękuję – odpowiedział grzecznie Edward Bonshaw, bardziej pod adresem śmierdzącego zwierzęcia niż chłopca, który oznajmił prosto z mostu, że wygłodniały pies jest za darmo. (Dzieci wysypiska nie żebrały).

– Nie powinieneś go dotykać! – krzyknął po hiszpańsku brat Pepe do chłopca. – Może cię ugryźć!

– Wiem o wściekliźnie! – odkrzyknął mały i zabrał pieska. – Wiem o zastrzykach! – dorzucił.

– Jakiż to piękny język! – zachwycił się Edward Bonshaw.

Na miłość boską, on nie rozumie hiszpańskiego ni w ząb, zmartwił się Pepe. Przednią szybę garbusa pokryła warstwa popiołu, a wycieraczki tylko ją rozmazywały, dodatkowo ograniczając widoczność. Brat Pepe musiał wysiąść i przetrzeć szybę, więc przy okazji opowiedział nowemu misjonarzowi o Juanie Diego, czytelniku z wysypiska. Być może powinien wspomnieć więcej o jego siostrze – a konkretnie zdolnościach telepatycznych Lupe i jej niezrozumiałej mowie. Lecz jak na optymistę oraz entuzjastę przystało, zwykł skupiać uwagę na tym, co pozytywne i nieskomplikowane.

Dziewczynka, Lupe, była trochę niepokojąca, za to chłopiec – ha, Juan Diego był po prostu wspaniały. Nie ma nic sprzecznego w urodzonym i wychowanym na wysypisku czternastolatku, który nauczył się czytać w dwóch językach!

– Dzięki ci, Jezu – powiedział Edward Bonshaw, kiedy ponownie ruszyli naprzód, kierując się we właściwą stronę, do Oaxaca.

Za co, zdumiał się Pepe w duchu, kiedy młody Amerykanin dalej snuł modlitwę dziękczynną.

– Dziękuję, że posłałeś mnie tam, gdzie jestem najbardziej potrzebny – odezwał się.

– To tylko miejskie wysypisko – powtórzył brat Pepe. – Tamtejsze dzieci mają dobrą opiekę. Wierz mi, Edwardzie, nie jesteś potrzebny na wysypisku.

– Eduardo – przypomniał mu młody Amerykanin.

– *Sí*, Eduardo – wykrztusił Pepe. Latami sam przeciwstawiał się ojcu Alfonso i ojcu Octavio, starszym i bardziej otrzaskanym teologicznie od niego. Ojciec Alfonso i ojciec Octavio umieli sprawić, że czuł się jak zdrajca katolickiej wiary – świecki humanista, albo jeszcze gorzej. (Czy z jezuickiego punktu widzenia mogło istnieć coś gorszego?). Ojciec Alfonso i ojciec Octavio mieli wykute dogmaty, lecz choć swoją wiedzą kładli go na łopatki i miał przy nich kompleksy, obaj byli nieodwracalnie zindoktrynowani.

Możliwe, że Pepe znalazł godnego przeciwnika dwóch starych jezuitów w osobie Edwarda Bonshawa – stukniętego, lecz śmiałego bojownika, zdolnego podważyć samą istotę misji w Niños Perdidos.

Czy młody kleryk dziękował Panu za możność uratowania dwojga dzieci z wysypiska? Naprawdę wierzył, że dzieci z wysypiska pretendują do zbawienia?

– Przepraszam, że nie przywitałem cię jak należy, señor Eduardo – powiedział brat Pepe. – *Lo siento* – *bienvenido* – dodał z podziwem.

– *¡Gracias!* – wykrzyknął przybysz. Przez umazaną popiołem przednią szybę dostrzegli jakąś przeszkodę na rondzie przed nimi; pojazdy omijały coś na asfalcie. – Zwierzę? – rzucił Edward Bonshaw.

Zbiorowisko psów i wron hałaśliwie biło się o niewidoczne truchło; gdy czerwony garbus podjechał bliżej, brat Pepe zatrąbił. Wrony odleciały, psy rozpierzchły się na wszystkie strony. Na drodze została tylko plama krwi. Reszta zwierzęcia, jeżeli to z niego pochodziła, zniknęła.

– Wrony i psy go zjadły – oznajmił Edward Bonshaw. Znów stwierdza rzecz oczywistą, pomyślał brat Pepe, lecz ta myśl zbiegła się ze słowami Juana Diego, który ocknął się z długiego snu, nie do końca będącego snem. (Były to bardziej sny z naleciałościami wspomnień, albo na odwrót; brakowało mu ich, odkąd beta-blokery ograbiły go z dzieciństwa i początków dorastania).

– Nie, to nie zwierzę – zaoponował. – To moja krew. Spłynęła z furgonetki Rivery, Diablo nie zlizał do końca.

– Pisałeś? – zapytała go Miriam, despotyczna matka.

– Chyba coś mrożącego krew w żyłach – dorzuciła jej córka Dorothy.

Pochyliły nad nim dwie niezbyt anielskie twarze. Spostrzegł, że zdążyły odwiedzić łazienkę i umyć zęby: w przeciwieństwie do niego miały świeży oddech. Stewardesy krzątały się po kabinie dla pierwszej klasy.

Samolot 841 linii Cathay Pacific przymierzał się do lądowania w Hongkongu; w powietrzu wisiał zapach obcy, ale zachęcający i zgoła niepodobny do zapachu *basurero* w Oaxaca.

– Właśnie miałyśmy cię budzić – zakomunikowała Miriam.

– Nie chcesz przegapić ciastek z zieloną herbatą: są prawie tak dobre jak seks – uzupełniła Dorothy.

– Seks, seks, seks... Wystarczy tego seksu, Dorothy – mruknęła matka.

Juan Diego, świadomy swego smrodliwego oddechu, uśmiechnął się do nich zaciśniętymi ustami. Powoli docierało do niego, gdzie się znajduje i kim są te dwie atrakcyjne kobiety. Ach tak, nie wziąłem beta-blokerów, przypomniał sobie. Na chwilę znalazłem się tam, gdzie moje miejsce, pomyślał, tak bliskie sercu.

Cóż to znowu? Miał erekcję w swoim śmiesznym kombinezonie do spania, w transoceanicznej piżamie jak z cyrku. A nie wziął nawet połówki viagry – niebieskoszare tabletki znajdowały się w jego walizce wraz z innymi lekami.

Przespał ponad piętnaście godzin lotu trwającego szesnaście godzin i dziesięć minut. Pokuśtykał do toalety zauważalnie szybszym, lżejszym krokiem. Jego samozwańcze anioły (niekoniecznie stróże) odprowadziły go czułym wzrokiem.

– Uroczy, prawda? – spytała Miriam.

– Milutki – przyznała Dorothy.

– Chwała Bogu, że go znalazłyśmy, bez nas by zginął! – zauważyła matka.

– Chwała Bogu – powtórzyła Dorothy; słowo „Bóg" nie pasowało do jej zmysłowych ust.

– On chyba pisał... Wyobrażasz sobie, pisać przez sen! – zawołała Miriam.

– O krwi kapiącej z furgonetki! – dodała córka. – Czy „diablo" nie znaczy przypadkiem „diabeł"? – spytała matkę, a ta tylko wzruszyła ramionami.

– Co ty masz z tymi ciastkami, Dorothy? To tylko ciastka, na litość boską – burknęła. – Ich jedzenie to nie to samo, co uprawianie seksu!

Dorothy z westchnieniem przewróciła oczami; wyglądała, jakby bez przerwy się garbiła, niezależnie, czy stała, czy siedziała. (Najlepiej wyglądałaby w pozycji leżącej).

Juan Diego wyszedł z toalety i uśmiechnął się do matki i córki. Zdołał wyplątać się z piżamy, którą oddał stewardesie; czekał na ciastko z zieloną herbatą, chociaż może nie tak niecierpliwie jak Dorothy.

Nadal miał erekcję, trochę mniejszą, co bardzo go absorbowało; brakowało mu tego. Zwykle musiał w tym celu brać połowę viagry – aż do tcraz.

Okaleczona stopa zawsze mrowiła go tuż po przebudzeniu, ale tym razem mrowienie miało nowy, zgoła odmienny wymiar – tak przynajmniej zdawało się Juanowi Diego. W duchu znów był czternastolatkiem i koło furgonetki Rivery właśnie zmiażdżyło mu prawą stopę. Czuł ciepło kolan Lupe na karku i z tyłu głowy. Guadalupe na desce rozdzielczej bujała się na wszystkie strony, jakby coś obiecywała, zupełnie jak Miriam i jej córka Dorothy. (One przecież stały spokojnie!).

Ale pisarz nie mógł się odezwać; siedział z zaciśniętymi zębami i ustami, jakby nadal się powstrzymywał, by nie krzyczeć z bólu i nie rzucać głową na kolanach siostry, której od dawna nie miał.

6

SEKS I WIARA

Długi korytarz do Regal Airport Hotel na międzynarodowym lotnisku w Hongkongu przystrojono niekompletnym zestawem rekwizytów świątecznych: był tam wesoły renifer i zgraja elfów, ale brakowało sań, prezentów i samego Mikołaja.
— Mikołaj wyskoczył na szybki numerek, pewnie zadzwonił do agencji towarzyskiej — wyjaśniła Dorothy Juanowi Diego.
— Wystarczy tego seksu, Dorothy — upomniała matka.
Wnosząc z ich wzajemnej uszczypliwości, podróżowały ze sobą latami — ba, przez stulecia.
— Mikołaj na bank mieszka w tym hotelu — uzupełniła Dorothy. — Wszędzie stale widać świąteczny szajs.
— Nie jesteś tutaj „stale", Dorothy — zauważyła Miriam. — Skąd możesz wiedzieć?
— Jestem za długo — burknęła opryskliwie córka. — Mam wrażenie, że siedzimy tu cały rok.
Jechali schodami do góry, mijając po drodze żłobek. Juan Diego nie mógł się nadziwić, że jeszcze ani razu nie wyszli na zewnątrz — odkąd przybył na zaśnieżone JFK. Żłobek tkwił w otoczeniu tradycyjnych postaci, ludzi i zwierząt, w tym jednego egzotycznego. Juan Diego zawsze sądził, że Najświętsza

Panienka nie mogła być do końca człowiekiem; tutaj w Hongkongu uśmiechała się nieśmiało, odwracając wzrok od wielbicieli. Czyż cała uwaga nie należała się jej wspaniałemu synowi? Jak widać nie – Najświętsza Panienka skupiała na sobie znaczną jej część. (Juan Diego uważał, że nie tylko w Hongkongu). Był też Józef – biedny głupiec, jak zawsze myślał o nim Juan Diego. Lecz jeśli Maryja faktycznie była dziewicą, jej małżonek dzielnie zniósł poród: nie łypał podejrzliwie na wścibskich królów i pasterzy ani na pozostałych gapiów: wołu, osła, koguta i wielbłąda (który to, rzecz jasna, stanowił ów egzotyczny akcent).

– Założę się, że ojcem był jeden z mędrców – rzuciła Dorothy.

– Wystarczy tego seksu, Dorothy – powtórzyła matka.

Juan Diego błędnie uznał, że tylko on nie zwrócił uwagi na brak Dzieciątka, być może zakopanego albo uduszonego w sianie.

– Jezusek... – zaczął.

– Ktoś buchnął go wieki temu – wyjaśniła Dorothy. – Chińczycy mają to w dupie.

– Może poszedł na lifting – podsunęła Miriam.

– Nie wszyscy robią sobie lifting, mamo – warknęła Dorothy.

– Jezusek nie jest dzieckiem, Dorothy – zapewniła Miriam. – Miał lifting, możesz mi wierzyć na słowo.

– Kościół katolicki zrobił sobie znacznie więcej niż lifting – rzucił ostro Juan Diego, jakby Boże Narodzenie wraz z całą otoczką było jedynie rzymskokatolicką sprawką. Rzuciły mu pytające spojrzenia, zaskoczone gniewnym tonem. Ale nie mogły się dziwić wzburzeniu, jeśli czytały powieści Juana Diego, a czytały. Miał na pieńku, nie z wierzącymi, ale z pewnymi społecznymi i politycznymi manewrami Kościoła katolickiego.

Jego okazjonalna zajadłość wprawiała jednak wszystkich w zdumienie: wyglądał na tak łagodnego i tak powolnego – z powodu swojego kalectwa. Był ryzykantem tylko w wyobraźni.

Na samej górze znaleźli się na zdumiewającym rozstaju przejść podziemnych, z drogowskazami do Koulun i na wyspę Hongkong oraz miejsce zwane półwysep Sai Kung.
– Jedziemy pociągiem? – zapytał Juan Diego. Domyślał się, że gdzieś znajduje się przejście na stację, ale otaczały go reklamy zakładów krawieckich, restauracji i sklepów jubilerskich; te ostatnie zachwalały „wieczne opale". – Dlaczego „wieczne"? Cóż jest takiego niezwykłego w opalach? – chciał wiedzieć, lecz jego towarzyszki nie słuchały wszystkiego, co mówił.
– Najpierw zameldujemy się w hotelu, żeby się odświeżyć – zarządziła Dorothy i złapała go za rękę.

Juan Diego pokuśtykał naprzód; zdawało mu się, że utyka mniej niż zwykle. Tylko dlaczego? Dorothy toczyła swoją i jego walizkę – bez żadnego wysiłku, jedną ręką. Jak ona to robi, zdumiał się, gdy naraz minęli wielkie lustro sięgające podłogi; wisiało w pobliżu recepcji. Lecz gdy Juan Diego pospiesznie omiótł wzrokiem swoje odbicie, nie zauważył swych towarzyszek, jakby ich w ogóle nie było. Zapewne nie zdążył się przyjrzeć.

– Pojedziemy pociągiem do Koulun: obejrzymy drapacze chmur na wyspie oraz ich światła odbite w wodach portu. Po ciemku jest lepszy widok – szepnęła mu do ucha Miriam.

– Pójdziemy coś przekąsić, może skoczymy na drinka, a potem wrócimy pociągiem do hotelu – wymruczała mu do drugiego ucha Dorothy. – Do tego czasu zachce nam się spać.

Coś mu podpowiadało, że gdzieś widział już te kobiety – ale gdzie? I kiedy?

Czyżby w taksówce, która zjechała za barierkę i utknęła w zaspie na ścieżce wzdłuż East River? Taksówkarz próbował odkopać tylne koła – nie łopatą, tylko skrobaczką do szyb.

„Skąd ty się urwałeś, kretynie? Z zakichanego Meksyku?", wrzasnął szofer Juana Diego.

Przez tylną szybę wyjrzały dwie kobiety; mogły być matką i córką, lecz Juan Diego nie sądził, aby te przestraszone kobiety były Miriam i Dorothy. Strach do nich nie pasował. Kogo miałyby się bać, albo czego? Jednak nie mógł uwolnić się od przekonania, że gdzieś widział już te straszne kobiety – na pewno.

– Bardzo nowoczesny. – Nic innego nie przyszło mu do głowy, kiedy jechali windą Regal Airport Hotel. Matka z córką zameldowały go w recepcji, musiał tylko pokazać paszport. Zdaje się, że nie zapłacił.

Był to jeden z pokoi hotelowych, gdzie klucz wygląda jak karta kredytowa: po wejściu do środka wsuwa się go w specjalny otwór w ścianie tuż za progiem.

– Inaczej nie włączysz światła ani telewizora – wyjaśniła Dorothy.

– Dzwoń, gdybyś miał kłopoty techniczne – zachęciła Miriam.

– Nie tylko techniczne... jakiekolwiek kłopoty – uzupełniła Dorothy. Na kopercie od klucza zapisała numer swojego pokoju – i pokoju matki.

Śpią oddzielnie?, zdziwił się Juan Diego, kiedy zostawiły go samego.

Pod prysznicem znowu mu stanął; wiedział, że powinien zażyć leki, doskwierała mu świadomość, że się ociąga. Lecz erekcja sprawiła, że się zawahał. A jeśli Miriam lub Dorothy mu się „zaoferują" – bądź jeśli obie to zrobią, co nie mieściło mu się w głowie?

Juan Diego wyjął z kosmetyczki beta-blokery i położył je obok kubka, przy umywalce. Był to lopressor, obłe niebieskoszare tabletki. Wyciągnął viagrę i ją obejrzał. Miała nieco inny kształt, przypominała piłkę futbolową, ale miała cztery boki. Jedynie kolor był zbliżony.

Wiedział, że gdyby cud pokroju Miriam lub Dorothy mu się „zaoferował", jeszcze za wcześnie na viagrę. Ale wyszperał z kosmetyczki przecinacz do tabletek i położył go obok viagry, po tej samej stronie umywalki – by nie zapomnieć, że połówka wystarczy. (Jako pisarz zawsze też był przezorny).

Fantazjuję jak napalony nastolatek, pomyślał, przebierając się do wyjścia. Zdziwiło go własne zachowanie. W tych jakże niezwykłych okolicznościach nie zażył leków; nie znosił tego, jak „kurczyły" go beta-blokery, i wiedział, że byłoby nieroztropnie łyknąć przedwcześnie połówkę viagry. Musi pamiętać, aby po powrocie podziękować Rosemary, że zachęciła go do eksperymentów!

Szkoda, że razem nie pojechali. „Podziękować Rosemary" (za rady przydatne zażywającemu viagrę) – o tym akurat nie musiał pamiętać. Doktor Stein mogłaby mu za to przypomnieć, dlaczego czuł się jak niewydarzony Romeo w ciele podstarzałego, kulawego pisarza: jeśli zapomnisz zażyć beta--blokery, miej się na baczności! Twoje ciało łaknie adrenaliny, nagle wytwarza jej coraz więcej, i coraz więcej jej receptorów. Tak zwane sny, będące w istocie wyostrzonym wspomnieniem z jego dzieciństwa, wynikały z odstawienia leków, tak samo jak nieoczekiwana żądza, skierowana pod adresem dwóch obcych kobiet – matki i córki, które wydawały mu się bardziej znajome, niż powinny.

Airport Express na stację Koulun kosztował dziewięćdziesiąt hongkońskich dolarów. Może nieśmiałość nie pozwoliła Juanowi Diego bliżej przyjrzeć się Miriam lub Dorothy w pociągu, gdyż wątpliwe jest, że dwukrotne przestudiowanie biletu z obu stron tak bardzo go zainteresowało. Ale ciekawe wydawało się porównanie chińskich znaków z angielskimi odpowiednikami. „Powrót tego samego dnia", napisano małymi literami, ale niezmienne chińskie znaki chyba małych liter nie uwzględniały.

Jako pisarzowi nie spodobał mu się zwrot „podróż w 1 stronę". Czy nie lepiej wyglądałoby „podróż w jedną stronę"? Prawie jak tytuł, uznał Juan Diego. Zanotował coś na bilecie długopisem, który zawsze nosił w kieszeni.

– Co robisz? – zapytała Miriam. – Przecież to zwykły bilet.

– Znowu pisze – poinformowała ją Dorothy. – On pisze bez przerwy.

– „Dorosły bilet do centrum" – przeczytał na głos Juan Diego. Czytał kobietom z biletu, który czym prędzej wsunął do kieszeni. Nie wiedział, jak się zachować na randce; zawsze miał z tym problem, ale te dwie peszyły go strasznie.

– Określenie „dorosły" zawsze kojarzy mi się z pornografią – oznajmiła z uśmiechem Dorothy.

Kiedy dojechali na stację Koulun, zapadł zmrok i w porcie roiło się od turystów, wielu fotografowało wieżowce, ale Miriam i Dorothy przemknęły niezauważone przez tłum. Juan Diego musiał być nimi zauroczony, skoro mu się zdawało, że nie kuleje tak bardzo, gdy któraś trzyma go pod ramię albo za rękę; zdawało mu się nawet, że też „przemyka" niezauważony, jak one.

Przylegające bluzki z krótkim rękawkiem, jakie nosiły pod rozpiętymi swetrami, podkreślały ich biust, swetry jednak były dość konserwatywne. Juanowi Diego przyszło do głowy, że właśnie ów konserwatywny aspekt pozwalał im się wtopić w tłum, a może wśród turystów byli głównie Azjaci, obojętni na wdzięki dwóch kobiet Zachodu? Do swetrów włożyły spódnice – też opięte, czy raczej „ciasne", lecz nie zwracały one takiej uwagi jak bluzki.

Czy tylko ja nie mogę od nich wzroku oderwać, zadał sobie w duchu pytanie. Nie znał się na modzie, nie znał siły oddziaływania neutralnych barw. Nie zauważył, że Miriam i Dorothy ubrały się na beżowo i brązowo tudzież srebrno i szaro, nie odnotował też nienagannego kroju ich odzieży. Co do tkaniny, być może przyszło mu do głowy, że wygląda na zachęcającą w dotyku, dostrzegł jednak tylko piersi – i biodra, siłą rzeczy.

Podróż na stację Koulun rozmyła się w jego pamięci, podobnie jak port, a nawet restauracja, w której zjedli kolację; pamiętał tylko, że był wyjątkowo głodny i dobrze się bawił w towarzystwie Miriam i Dorothy. Ba, nie pamiętał, kiedy się tak dobrze bawił ostatnio, chociaż później – niespełna po tygodniu – nie potrafił sobie przypomnieć, o czym rozmawiali. O jego książkach? Dzieciństwie?

W czasie spotkań z czytelnikami musiał uważać, by za dużo o sobie nie chlapnąć, bo zadawali mu osobiste pytania. Często usiłował skierować rozmowę na ich temat; na pewno poprosił Miriam i Dorothy, aby mu coś o sobie opowiedziały. Na przykład o swoim dzieciństwie, swoim okresie dojrzewania.

I musiał je zapytać, oczywiście dyskretnie, o mężczyzn ich życia; naturalnie byłby ciekaw, czy są wolne. A jednak nie utkwiło mu nic z tamtej rozmowy, wyjąwszy głupie zainteresowanie biletem w drodze na stację Koulun i urywek pogawędki o książkach w drodze powrotnej.

Tylko jedna rzecz zapadła mu w pamięć – niezręczna chwila w sterylnym podziemiu stacji Koulun, gdy wraz z dwiema kobietami czekał na pociąg do hotelu.

Przeszklone, osnute złocistą poświatą wnętrze stacji z lśniącymi śmietnikami ze stali nierdzewnej – niczym strażnicy czystości – nadawało peronowi aurę szpitalnego korytarza. Juan Diego właśnie poszukiwał ikonki zdjęcia lub aparatu w tak zwanym menu swojej komórki – chciał pstryknąć fotkę Miriam i Dorothy – kiedy wszechwiedząca matka odebrała mu telefon.

– Dorothy i ja nie chcemy zdjęć, bo fatalnie wychodzimy, ale ja tobie zrobię – oznajmiła.

Stali prawie sami na peronie, nie licząc dwojga młodych Chińczyków (smarkaczy, pomyślał Juan Diego), którzy trzymali się za ręce. Chłopak przyglądał się Dorothy, gdy ta wyrwała komórkę z rąk matki.

– Ja zrobię – rzuciła. – Ty nie umiesz.

Ale chłopak wziął od niej telefon.

– Jeśli można, zrobię wam wszystkim – zaproponował.

– O tak... Dziękuję! – zawołał Juan Diego.

Miriam posłała córce spojrzenie w rodzaju: „Nie doszłoby do tego, gdybyś nie zabrała mi komórki".

Usłyszeli nadjeżdżający pociąg i młoda Chinka powiedziała coś do chłopaka – zważywszy na pociąg, zapewne go ponagliła.

Bez zapowiedzi podniósł telefon. Oboje z dziewczyną uznali chyba, że zdjęcie nie wyszło – może było zamazane? – lecz pociąg zajechał na stację. Miriam wyrwała im komórkę, a Dorothy – jeszcze szybsza – odebrała ją matce. Juan Diego zajął już miejsce, gdy Dorothy oddała mu telefon, już z wyłączonym aparatem.

– Źle wychodzimy na zdjęciach – zwróciła się Miriam do młodych Chińczyków, którzy wyglądali na osobliwie wzburzonych zajściem. (Być może zwykle robili ładniejsze zdjęcia).

Juan Diego ponownie przejrzał menu telefonu, wciąż będące dla niego zagadką. Do czego służy ikonka Media Center? Nic mi po niej, pomyślał, gdy Miriam nakryła dłońmi jego dłonie; nachyliła się blisko, jakby siedzieli w głośnym tramwaju (nie siedzieli), i odezwała się, jak gdyby byli sami, bez Dorothy, która słyszała każde słowo.

– Nie chodzi o seks, Juanie Diego, ale muszę o coś spytać – powiedziała Miriam. Jej córka roześmiała się głośno, zwracając uwagę młodych Chińczyków, którzy szeptali do siebie na pobliskim siedzeniu. (Dziewczyna siedziała chłopakowi na kolanach, ale wyglądała na rozzłoszczoną). – Naprawdę nie chodzi o seks, Dorothy – warknęła Miriam.

– Zobaczymy – odparła dziewczyna z pogardą.

– W *Historii zapoczątkowanej przez Matkę Boską* jest fragment, gdzie twój misjonarz... zapominam, jak miał na imię.

– Martin – podsunęła Dorothy.

– No właśnie, Martin – podjęła pospiesznie Miriam. – Rozumiem, że czytałaś, Dorothy. Martin podziwia Ignacego Loyolę, prawda? – zapytała Juana Diego, ale nim zdążył odpowiedzieć, mówiła dalej. – Mam na myśli spotkanie świętego z Maurem na mule i ich rozmowę o Matce Boskiej – dodała.

– Obaj jechali na mułach – powiedziała Dorothy.

– Wiem – zbyła ją matka. – Maur twierdzi, że jest skłonny uwierzyć, iż Matka Boska poczęła bez udziału mężczyzny, ale nie w to, że po porodzie pozostała dziewicą.

– Przypominam, że tam nie ma mowy o seksie – wtrąciła Dorothy.

– Zgadza się – syknęła matka.

– A kiedy Maur jedzie dalej, młody Ignacy uważa, że powinien pojechać za nim i go zabić, tak? – spytała Dorothy.

– Tak – potwierdził Juan Diego, lecz nie myślał o tamtej powieści sprzed lat ani misjonarzu nazwanym Martin, który podziwiał świętego Ignacego Loyolę. Myślał o Edwardzie Bonshawie i przełomowym dniu, gdy przyjechał on do Oaxaca. Kiedy Rivera wiózł rannego Juana Diego do Templo de la Compañía de Jesús, a chłopiec wił się z bólu z głową na kolanach Lupe, Edward Bonshaw również jechał do świątyni jezuitów. I podczas gdy Rivera liczył na cud w rodzaju cudów autorstwa Najświętszej Panienki, to nowy amerykański misjonarz miał stać się największym cudem w życiu Juana Diego – cudem człowieka, nie świętego, na wskroś przyziemnym i ludzkim.

Brakowało mu señora Eduardo! Gdy o nim pomyślał, oczy zaszły mu łzami.

– „Niezwykła była ta chęć obrony Jej cnoty" – ciągnęła Miriam, ale ucichła, widząc, że jest bliski płaczu.

– „Szkalowanie poporodowego stanu krocza Najświętszej Panienki było haniebnym i niedopuszczalnym zachowaniem" – uzupełniła Dorothy.

W tej samej chwili, przełykając łzy, Juan Diego uświadomił sobie, że matka i córka cytują fragment z jego *Historii zapoczątkowanej przez Matkę Boską*. Lecz jakim cudem tak doskonale go pamiętały, niemalże słowo w słowo? Czy to w ogóle możliwe?

– Och, nie płacz... nie płacz, kochany! – zawołała nagle Miriam i dotknęła jego twarzy. – Uwielbiam ten kawałek!

– Przez ciebie się rozpłakał – wytknęła jej Dorothy.

– Nie, nie... to nie to, co myślicie – zaoponował Juan Diego.

– Twój misjonarz – podjęła Miriam.

– Martin – przypomniała jej Dorothy.

– Przecież wiem, Dorothy! – prychnęła Miriam. – To takie wzruszające, takie słodkie, że Martin podziwia Ignacego – ciągnęła. – Który musiał być kompletnie obłąkany!

– Chce zabić obcego człowieka na mule... tylko dlatego, że zwątpił w poporodowy stan krocza Marii. To nienormalne! – oznajmiła Dorothy.

– Jednakże, jak w każdym przypadku – wtrącił Juan Diego – Ignacy zdaje się na wolę boską.

– Daruj sobie wolę boską! – zawołały jednocześnie Miriam i Dorothy, jakby często to powtarzały, razem lub osobno. (To dopiero zwróciło uwagę młodych Chińczyków).

– „I na rozdrożu Ignacy popuścił cugli mułowi: gdyby zwierzę podążyło za Maurem, Ignacy zabiłby niewiernego" – dokończył. Znał to na pamięć. Pisarze często pamiętają, co sami napisali, stwierdził. Ale żeby czytelnik przytaczał tekst słowo w słowo – to rzecz doprawdy niespotykana, prawda?

– „Lecz muł wybrał inną drogę" – oświadczyły jednym głosem matka i córka z niezachwianym przekonaniem chóru greckiego.

– „Ale święty Ignacy był szalony, chyba rozum mu odebrało" – dodał Juan Diego; nie miał pewności, czy zrozumiały ten fragment.

– Tak – oznajmiła Miriam. – Bardzo odważne stwierdzenie, nawet jak na powieść.

– Temat stanu czyjegoś krocza po porodzie ma wymiar seksualny – zauważyła Dorothy.

– Nieprawda. Tu chodzi o wiarę – stwierdziła Miriam.

– O seks i wiarę – uściślił Juan Diego. Nie bawił się w dyplomację – mówił szczerze. A one to widziały.

– Znałeś kogoś takiego jak tamten misjonarz, kto podziwiał świętego Ignacego? – zapytała Miriam.

– Martin – powtórzyła cicho Dorothy.

Muszę wziąć beta-bloker – Juan Diego nie powiedział tego na głos, ale tak pomyślał.

– Ona pyta, czy Martin istniał naprawdę? – uzupełniła Dorothy; zobaczyła, że zesztywniał na pytanie matki, aż Miriam puściła jego ręce.

Serce tłukło mu w piersi – czuł, że jego receptory adrenaliny szaleją, ale słowa nie mógł wykrztusić. Straciłem tyle osób, chciał powiedzieć, lecz ostatnie słowo brzmiało niezrozumiale, jakby wypowiadała je Lupe.

– Chyba naprawdę – zakomunikowała matce Dorothy.

Teraz obie dotknęły Juana Diego, który siedział i cały drżał.

– Mój znajomy misjonarz nie miał na imię Martin – wydusił.

– Dorothy, on biedak stracił bliskich: obie czytałyśmy ten wywiad – przypomniała jej Miriam.
– Wiem – mruknęła Dorothy. – Ale pytałaś o Martina.
Juan Diego zdołał tylko potrząsnąć głową, potem popłynęły łzy, całe mnóstwo. Nie mógł wytłumaczyć tym kobietom, dlaczego (i za kim) płacze – a przynajmniej nie w pociągu.
– *¡Señor Eduardo!* – krzyknął. – *¡Querido Eduardo!*
Właśnie wtedy Chinka, nadal siedząca na kolanach chłopaka – i nadal podminowana – dostała jakiegoś szału. Zaczęła okładać chłopaka pięściami, bardziej z bezsilności niż gniewu, jakby dla zabawy (ponieważ nie miało to nic wspólnego z prawdziwą przemocą).
– Mówiłam mu, że to pan! – odezwała się nagle do Juana Diego. – Wiedziałam, że to pan, ale on mi nie wierzył!
Chciała powiedzieć, że rozpoznała pisarza, być może od razu, ale chłopak miał inne zdanie – albo nie czytał książek. Właśnie na takiego wyglądał, w przeciwieństwie do niej. A co Juan Diego zawsze powtarzał? To czytelniczki trzymają przy życiu literaturę: miał przed sobą żywe potwierdzenie swojej teorii. Wykrzykując po hiszpańsku imię nauczyciela, utwierdził dziewczynę co do słuszności jej przypuszczenia.
Juan Diego zrozumiał, że znów został rozpoznany. Usiłował powstrzymać się od płaczu. Pomachał do Chinki i wysilił się na uśmiech; gdyby zauważył, jak Miriam i Dorothy zmroziły ją wzrokiem, mógłby zadać sobie pytanie, na ile jest bezpieczny w towarzystwie tej obcej matki i jej córki. Ale nie zauważył, jak uciszyły Chinkę miażdżącym (nie, raczej złowróżbnym) wzrokiem. (Który mówił: Byłyśmy pierwsze, szmato. Idź, poszukaj sobie własnego pisarza – ten jest nasz!).
Czemu Edward Bonshaw zawsze cytował Tomasza à Kempis? Señor Eduardo lubił trochę się nabijać z jednego fragmentu z *O naśladowaniu Chrystusa*: „Unikaj młodzieży i nieznajomych".
No cóż – w przypadku Juana Diego było za późno na ostrzeżenia. Nie pomija się dawki beta-blokerów, żeby zignorować takie kobiety jak Miriam i jej córka.

Dorothy przycisnęła Juana Diego do piersi i kołysała go w swoich nadspodziewanie silnych ramionach, a on szlochał.

Bez wątpienia zauważył, że nosiła rodzaj stanika, spod którego widać brodawki – odznaczały się pod stanikiem oraz bluzką, którą miała pod rozpiętym swetrem.

Któraś, zapewne Miriam (tak mu się zdawało), masowała mu kark; znów nachyliła się nad nim i wyszeptała do ucha:
– Biedaku, oczywiście, że cierpisz! Większość mężczyzn nie odczuwa tego tak jak ty – dodała. – Ta nieszczęsna matka z *Historii zapoczątkowanej przez Matkę Boską*... Boże jedyny! Kiedy myślę, co ją spotyka...
– Przestań – ostrzegła Dorothy.
– Posąg Maryi spada z cokołu i ją przygniata! Kobieta ginie na miejscu – ciągnęła Miriam.

Dorothy poczuła, że Juan Diego zadrżał na jej piersi.
– Przeholowałaś, mamo – stwierdziła z dezaprobatą. – Chcesz, żeby się całkiem załamał?
– Ty nic nie rozumiesz, Dorothy – odrzekła pospiesznie jej matka. – W książce jest napisane: „Przynajmniej była szczęśliwa. Nie każdy chrześcijanin ma szczęście zginąć za sprawą Najświętszej Panienki". To zabawna scena, na miłość boską!

Ale Juan Diego, przytulony do piersi Dorothy, kręcił głową.
– To nie była twoja mama, prawda? Nic takiego jej nie spotkało? – zapytała.
– Dość tych autobiograficznych insynuacji, Dorothy – upomniała matka.

Niewątpliwie zauważył, że Miriam też miała ładne piersi, choć jej brodawki nie prześwitywały przez bluzkę. Ma mniej nowoczesny stanik, pomyślał Juan Diego, biedząc się nad odpowiedzią na pytanie Dorothy o jego matkę, która nie zginęła przygnieciona przez posąg Najświętszej Panienki – niezupełnie.

Ale znów nie mógł nic wydusić. Był seksualnie i emocjonalnie pobudzony; za sprawą szalejącej w jego ciele adrenaliny nie zdołał opanować łez ani żądzy. Tęsknił za wszystkimi, których znał kiedykolwiek, i do tego stopnia pragnął Miriam i Dorothy, że nie umiałby wskazać, którą woli.

– Biedaczek – wyszeptała mu do ucha Miriam; poczuł na karku jej pocałunek.

Dorothy tylko nabrała tchu. Juan Diego poczuł, jak nabrzmiewa jej pierś, gdy go przycisnęła.

Jak to mawiał Edward Bonshaw w chwilach, kiedy czuł, że świat ludzkich słabości winien zdać się na boską wolę – kiedy nam, zwykłym śmiertelnikom, nie pozostawało nic innego jak nadstawić ucha i uczynić to, co On nam nakazał? Juanowi Diego zabrzmiały w uszach słowa señora Eduardo: *„Ad maiorem Dei gloriam* – na większą chwałę Boga".

Czy w powyższych okolicznościach – gdy trwał przyciśnięty do piersi Dorothy, całowany przez Miriam – Juan Diego miał inny wybór? Czy nie musiał wsłuchać się w wolę Boga i uczynić to, co On nakazywał? Oczywiście tkwiła w tym pewna sprzeczność: otóż nie znajdował się w towarzystwie kobiet, które boską wolę stawiały na piedestale. (Kazały mu ją sobie darować).

– *Ad maiorem Dei gloriam* – wymamrotał.

– To chyba po hiszpańsku – stwierdziła Dorothy.

– Litości, Dorothy – prychnęła Miriam. – To zakichana łacina.

Juan Diego poczuł, że Dorothy wzrusza ramionami.

– Nieważne – burknęła przekorna córka. – Chodzi o seks. Wiem na sto procent.

7
Dwie Panienki

Na stoliku nocnym w pokoju hotelowym Juana Diego widniał szereg przycisków. Służyły do przygaszania – bądź też włączania lub wyłączania – świateł w łazience i sypialni, a przy tym miały zadziwiający wpływ na telewizor i radio. Sadystyczna pokojówka zostawiła to drugie włączone – przekorna zagrywka, na pierwszy rzut oka często niezauważalna, musi być cechą wspólną wszystkich pokojówek świata – ale Juanowi Diego udało się odbiorniki ściszyć. Światła przygasły, lecz mimo jego wysiłków nie dało się ich zupełnie zgasić. Telewizor błysnął na chwilę, po czym znów pociemniał i ucichł. Juan Diego wiedział, iż jedynym wyjściem było wyjęcie z otworu w ścianie przy drzwiach karty kredytowej (czyli klucza od pokoju); wówczas, jak zapowiedziała Dorothy, w pokoju zapadłyby egipskie ciemności i musiałby brodzić po omacku.

Półmrok mi wystarczy, stwierdził w duchu. Nie mógł pojąć, jakim cudem przespał piętnaście godzin na pokładzie samolotu i znów był zmęczony. Może to sprawka przycisków przy łóżku albo wpływ nieoczekiwanej żądzy? Do tego okrutna pokojówka poprzekładała mu rzeczy w łazience: przecinacz do tabletek znalazł się po drugiej stronie umywalki, mimo że skrupulatnie umieścił go obok beta-blokerów (i viagry).

Tak, miał świadomość, że już dawno powinien wziąć leki, lecz nadal coś go powstrzymywało. Wziął obłą tabletkę do ręki, a następnie odłożył ją z powrotem do pudełka. Zamiast niej zażył viagrę – całą. Nie zapomniał, iż starczyłaby połowa; uznał, że potrzebowałby więcej, gdyby Dorothy zadzwoniła lub zapukała do jego pokoju.

Kiedy tak leżał półprzytomny wśród przyćmionych świateł, przyszło mu do głowy, że odwiedziny Miriam też wymagałyby całej viagry. A ponieważ był przyzwyczajony do połowy – pięćdziesięciu miligramów, a nie stu – miał bardziej niż zwykle zapchany nos i zaschnięte gardło, a do tego przeczuwał nadciągającą migrenę. Przezorny jak zawsze, popił viagrę dużą ilością wody, która zdawała się zmniejszać skutki uboczne. Będzie wstawał w nocy na siusianie, piwa też się ożłopał. Dzięki temu, jeżeli Miriam lub Dorothy się nie pojawią, nie musi zwlekać do rana z lopressorem, który go *skurczy*; ostatnio wziął beta-bloker dawno temu, może powinien łyknąć od razu dwa. Lecz jego skołowane, napędzane adrenaliną rojenia zlały się z wyczerpaniem oraz nieodłącznym brakiem pewności siebie. Dlaczego któraś z tych pięknych kobiet miałaby zechcieć się ze mną przespać, zadał sobie pytanie. A potem zasnął. I nikt tego nie zauważył, ale – nawet we śnie – miał erekcję.

Jeżeli przypływ adrenaliny wzbudził w nim pożądanie – do matki oraz córki – powinien był przewidzieć, że jego sny (odtworzenie najbardziej przełomowych przeżyć z okresu dorastania) będą obfitować w szczegóły.

W swoim śnie w Regal Airport Hotel Juan Diego prawie nie poznał furgonetki Rivery. Cały bok był zbryzgany krwią rozmazaną przez wiatr; upaćkany pysk Diablo też wyglądał nie do poznania. Zakrwawiony pojazd, ustawiony przed Templo de la Compañía de Jesús, zwracał uwagę turystów i wiernych, którzy przybywali do świątyni. Pies też rzucał się w oczy.

Diablo, pozostawiony na platformie furgonetki, był niezwykle zaborczy: nie dopuściłby nikogo do samochodu, ale jednemu odważnemu chłopcu udało się dotknąć lepkiej, przyschniętej smugi na drzwiach samochodu.

– ¡Sangre! – zawołał.

Ktoś inny pierwszy to wymamrotał: *Una matanza*. (Co znaczy „jatka" albo „masakra"). Jacy ludzie bywają pochopni!

Smuga krwi na furgonetce i zakrwawiony pies nasuwały ludziom kolejne wnioski, jeden za drugim. Część gapiów odłączyła się od pozostałych i wbiegła do kościoła; puszczono pogłoskę, że ofiarę domniemanej strzelaniny złożono u stóp Maryi Dziewicy. (Kto nie chciałby zobaczyć tego na własne oczy?).

Wśród największego zamieszania, w chwili gdy część osób opuściła hurmem scenę zbrodni (czyli furgonetkę przy krawężniku) na rzecz dramatu wewnątrz kościoła – brat Pepe znalazł miejsce dla swego zakurzonego, czerwonego garbusa, tuż obok umazanego krwią pojazdu i łypiącego Diablo.

Rozpoznał furgonetkę *el jefe* i przyjął na widok krwi, że biedne dzieci, znajdujące się (jak wiedział) pod opieką Rivery, potwornie skrzywdzono.

– Oho... *los niños* – powiedział do Edwarda Bonshawa i dodał pospiesznie: – Zostaw rzeczy, chyba coś się stało.

– Coś się stało? – powtórzył gorliwie misjonarz. Ktoś z tłumu rzucił słowo *perro* i Edward Bonshaw, który pobiegł za bratem Pepe, ujrzał w przelocie przerażającego Diablo. – O co chodzi z tym psem? – zapytał.

– *El perro ensangrentado* – odrzekł brat Pepe. – Zakrwawiony pies.

– Tyle to i sam widzę! – mruknął Edward Bonshaw z pewną irytacją.

Świątynię otaczał wianuszek ogłupiałych gapiów.

– *Un milagro!* – krzyknął jeden.

Hiszpański Edwarda Bonshawa był bardziej wybiórczy niż kiepski; znał to słowo i wzbudziło w nim przypływ zainteresowania.

– Cud? – zapytał brata Pepe, przeciskającego się w stronę ołtarza. – Jaki cud?

– Skąd mam wiedzieć... Dopiero przyszedłem! – wydyszał brat Pepe. Szukaliśmy nauczyciela angielskiego, a mamy łowcę sensacji, pomyślał nieszczęsny.

To Rivera głośno modlił się o cud i tłum idiotów – albo jacyś idioci w tłumie – zapewne go usłyszeli. I słowo „cud" znalazło się na ustach wszystkich.

El jefe ostrożnie ułożył Juana Diega przed ołtarzem, ale chłopiec nadal krzyczał. (We śnie ból nieco zelżał). Rivera co rusz robił znak krzyża i klęczał przed posągiem Maryi, zerkając przez ramię, czy nie nadchodzi matka dzieci; nie było jasne, czy modli się o wyleczenie Juana Diega, czy łudzi nadzieją na cud, który uchroni go przed gniewem Esperanzy – ona oskarży go o wypadek.

– Nie podoba mi się ten krzyk – wymamrotał Edward Bonshaw. Jeszcze nie widział chłopca, lecz jego rozdzierające wrzaski na cud nie wskazywały.

– Pobożne życzenia – rzekł ni w pięć, ni w dziewięć brat Pepe; wiedział, że plecie androny. Zapytał Lupe, co się stało, ale nie zrozumiał, co stuknięte dziecko odpowiedziało.

– Po jakiemu ona gada? – spytał z przejęciem Edward. – Brzmi trochę jak łacina.

– To bełkot, choć wydaje się bardzo inteligentna... wręcz jasnowidząca – odszepnął brat Pepe. – Nikt nie rozumie, co gada, oprócz jej brata. – Wrzask był nie do zniesienia.

I właśnie wtedy Edward Bonshaw zobaczył Juana Diego – leżał plackiem i krwawił u stóp Najświętszej Panienki.

– Matko łaskawa! Ratuj to biedne dziecko! – zawołał, uciszając szmer gawiedzi, ale nie krzyk chłopca.

Juan Diego nie zwrócił uwagi na nikogo w kościele, oprócz dwóch osób w żałobie, które klęczały w pierwszej ławce. Były to kobiety, całe w czerni, skrywające twarze pod woalkami. Ich widok o dziwo dodał mu otuchy. Ból nieco osłabł.

Trudno to nazwać cudem, lecz niespodziewana ulga nasunęła Juanowi Diego myśl, że kobiety opłakują jego – że to on umarł albo zaraz umrze. Kiedy znów na nie spojrzał, zobaczył, że ani drgnęły: dwie kobiety w czerni, ze spuszczonymi głowami, siedziały nieruchomo jak posągi.

Tak czy inaczej, nie zdziwił się, że Zawsze Dziewica nie uleczyła mu stopy, nie liczył też na cud ze strony Guadalupe.

– Leniwe ciotki mają dzisiaj wolne albo nie chcą ci pomóc – oświadczyła bratu Lupe. – Co to za śmieszny gringo? Czego tu chce?

– Co powiedziała? – zapytał chłopca Edward Bonshaw.

– Że Najświętsza Panienka jest szarlatanką – odparł; noga natychmiast znów go rozbolała.

– Szarlatanką... W życiu! – wykrzyknął Edward Bonshaw.

– To chłopiec z wysypiska, o którym ci wspomniałem, *un niño de la basura* – usiłował wyjaśnić brat Pepe. – Jest bardzo mądry...

– Kim jesteś? Czego chcesz? – zapytał Juan Diego mężczyznę w śmiesznej, hawajskiej koszuli.

– To nasz nowy nauczyciel, Juanie Diego... bądź grzeczny – upomniał go brat Pepe. – Jest jednym z nas, pan Edward Bon...

– Eduardo – podkreślił Amerykanin, wpadając mu w słowo.

– Ojciec Eduardo? Brat Eduardo? – zapytał Juan Diego.

– Señor Eduardo – odezwała się nagle Lupe. Nawet misjonarz ją zrozumiał.

– W sumie wystarczy sam Eduardo – zapewnił skromnie.

– Señor Eduardo – powtórzył Juan Diego; nie wiedzieć czemu spodobało mu się brzmienie tych słów. Rozejrzał się za kobietami w czerni, ale ich nie zobaczył. To zniknięcie wydało mu się tak nieprawdopodobne, jak zmiany natężenia bólu, który ustąpił na krótko, po czym wrócił ze zdwojoną siłą. Co do tamtych dwóch kobiet, no cóż – może zawsze tylko pojawiały się albo znikały. Kto wie, co tylko się pojawia lub znika dla chłopca, który tak cierpi?

– Dlaczego Matka Boska jest szarlatanką? – zapytał Edward Bonshaw chłopca, leżącego nieruchomo u stóp Przenajświętszej Matki.

– Nie pytaj... Nie teraz. To niewłaściwa pora – zaczął brat Pepe, lecz Lupe już coś bełkotała, wskazując najpierw na

Matkę Boską, a następnie mniejszą, ciemnoskórą Panienkę na skromniejszym ołtarzu, której często nie zauważano.

– Czy to Nasza Pani z Guadalupe? – upewnił się nowy misjonarz. Z miejsca, gdzie stali, przy ołtarzu Świętej Zmory, portret Guadalupe zdawał się mały i odwrócony w przeciwną stronę, prawie niewidoczny, jakby celowo go schowano.

– *¡Sí!* – krzyknęła Lupe, tupiąc nogą; nagle splunęła na posadzkę, niemal dokładnie między dwiema Świętymi Panienkami.

– Kolejna potencjalna szarlatanka – wykrztusił tonem wyjaśnienia Juan Diego. – Ale Guadalupe nie jest taka zła, tylko trochę skażona.

– Czy dziewczynka jest... – zaczął Edward Bonshaw, ale brat Pepe powstrzymał go ruchem dłoni.

– Nie mów – ostrzegł młodego Amerykanina.

– Nie, nie jest – odpowiedział Juan Diego. Niewypowiedziane słowo „niedorozwinięta" zawisło w kościele, jak gdyby wypowiedziała je któraś ze Świętych Panienek. (Oczywiście Lupe czytała nowemu misjonarzowi w myślach, nie musiał nic mówić).

– Ta stopa nie wygląda najlepiej, jest spłaszczona i wykrzywiona w złą stronę – rzekł Edward do brata Pepe. – Czy chłopaka nie powinien zobaczyć lekarz?

– *¡Sí!* – zawołał Juan Diego. – Zabierzcie mnie do doktora Vargasa. Szef liczył na cud.

– Szef? – spytał señor Eduardo, jakby chodziło o Wszechmogącego.

– Chodzi o innego – wyjaśnił brat Pepe.

– Jakiego? – dopytywał się Amerykanin.

– *El jefe* – odparł Juan Diego, wskazując na struchlałego, skruszonego Riverę.

– Aha! Ojciec chłopca? – zapytał Edward.

– Raczej nie. To szef wysypiska – poinformował brat Pepe.

– To jego furgonetka! Nie chciało mu się naprawić lusterka! Patrzcie na jego głupi wąsik! Tylko dziwka zechce go z taką gąsienicą! – wykrzykiwała Lupe.

– O rany... faktycznie mówi własnym językiem – przyznał Edward Bonshaw.
– To Rivera. Najechał mi na nogę, ale jest dla nas jak ojciec... lepszy niż ojciec. Nie zostawia nas – tłumaczył misjonarzowi Juan Diego. – I nie bije.
– Aha – odparł Edward czujnie, co było do niego niepodobne. – A mama? Gdzie jest wasza...
W tej samej chwili, jakby na wezwanie bezczynnych Panienek, które tego dnia wzięły wolne, Esperanza przypadła do syna przed ołtarzem. Była olśniewającą młodą kobietą, wszędzie wchodziła z rozmachem, gdziekolwiek i kiedykolwiek się pojawiała. Nie tylko nie wyglądała na sprzątaczkę u jezuitów: w oczach Amerykanina z pewnością nie wyglądała na niczyją matkę.
Brat Pepe zadumał się nad jej biustem, nie wiedzieć czemu zawsze rozkołysanym.
– Zawsze spóźniona, na ogół rozhisteryzowana – oznajmiła ponuro Lupe. Na Matkę Boską i Naszą Panią z Guadalupe spoglądała z niedowierzaniem, od matki tylko odwróciła wzrok.
– To chyba nie jest jego... – zaczął señor Eduardo.
– Owszem, dziewczynki też – skwitował Pepe.
Esperanza bełkotała coś niezrozumiale, jak gdyby zaklinała Matkę Boską, zamiast zwyczajnie zapytać Juana Diego, co się stało. Jej litania brzmiała w uszach brata Pepe niczym jazgot Lupe – to pewnie u nich rodzinne, pomyślał – która oczywiście się włączyła, co spotęgowało wrzawę. Wytykając palcem szefa wysypiska, odegrała pantomimę dramatu w wyniku zepsutego lusterka: nie było zmiłuj dla wąsatego Rivery, gotowego rzucić się do stóp Najświętszej Panienki bądź tłuc głową o cokół, na którym stała tak obojętnie. Tylko dlaczego była obojętna?
Właśnie wtedy Juan Diego podniósł wzrok na Jej zazwyczaj niewzruszone oblicze. Czy ból przyćmił mu wzrok, czy Matka Boska naprawdę łypnęła na Esperanzę – która na przekór swemu imieniu wniosła tak niewiele nadziei w życie syna?

I co właściwie nie spodobało się Maryi? Dlaczego z taką złością spojrzała na matkę dzieci?

Głęboki dekolt Esperanzy istotnie sporo odsłaniał, a z wysokości cokołu zapewne roztaczał się jeszcze lepszy widok.

Miażdżąca dezaprobata posągu umknęła uwagi samej Esperanzy. Juan Diego spostrzegł ze zdziwieniem, że matka zrozumiała tyradę jego siostry. Zwykle musiał służyć za tłumacza, nawet dla Esperanzy – ale nie tym razem.

Esperanza przestała błagalnie załamywać ręce u stóp Matki Boskiej; przestała zaklinać niewzruszony posąg. Miała silne poczucie winy – ale cudzej, nie własnej. W tym przypadku dostało się Riverze, który spał w szoferce na wstecznym biegu, i jego zbitemu lusterku. Okładała *el jefe* pięściami, kopała go po nogach i szarpała za włosy, podrapała mu twarz bransoletkami.

– Musicie pomóc Riverze – powiedział Juan Diego do brata Pepe – bo też będzie musiał jechać do doktora Vargasa. – Następnie zwrócił się do siostry: – Widziałaś, jak Matka Boska spojrzała na mamę?

Lecz pozornie wszechwiedzące dziecko tylko wzruszyło ramionami.

– Ona nikogo nie lubi. Nikt nie zdoła sprostać oczekiwaniom tej wielkiej suki.

– Co powiedziała? – zainteresował się Edward Bonshaw.

– Bóg raczy wiedzieć – odrzekł brat Pepe. (Juan Diego nie podjął się tłumaczenia).

– Jeśli chcesz się czymś martwić – dorzuciła Lupe – lepiej martw się tym, jak Guadalupe spojrzała na ciebie.

– Jak? – spytał Juan Diego. Ból stopy nie pozwalał mu obrócić się w stronę bardziej niepozornej z Dziewic.

– Chyba nie podjęła co do ciebie decyzji – zabrzmiała odpowiedź. – Guadalupe jeszcze nie wie, co z tobą zrobi.

– Zabierzcie mnie stąd – błagał Juan Diego brata Pepe. – Señor Eduardo, proszę mi pomóc – dodał, łapiąc nowego misjonarza za rękę. – Rivera może mnie zanieść. Ale musicie go ratować.

– Esperanzo, proszę. – Brat Pepe ujął jej szczupłe nadgarstki. – Musimy zawieźć Juana Diego do doktora Vargasa... Do tego potrzebny nam Rivera i jego furgonetka.
– Furgonetka! – zawyła matka.
– Módl się – rzekł Edward Bonshaw do Esperanzy; o dziwo wiedział, jak powiedzieć to po hiszpańsku – i powiedział bezbłędnie.
– Módl? – powtórzyła. – Co to za jeden? – spytała nagle brata Pepe, który wpatrywał się w rozcięty kciuk: skaleczył się o bransoletkę Esperanzy.
– Nasz nowy nauczyciel... Ten, na którego czekaliśmy – odparł brat Pepe jak w przypływie olśnienia. – Señor Eduardo pochodzi ze stanu Iowa – zaznaczył, jakby chodziło o Rzym.
– Iowa – powiedziała zauroczona i pierś jej zafalowała. – Señor Eduardo – powtórzyła i dygnęła niezdarnie, odsłaniając przy okazji dekolt. – Modlić się gdzie? Modlić się tutaj? Modlić się teraz? – zapytała misjonarza w papuziej koszuli.
– Sí – potwierdził señor Eduardo, usiłując nie patrzeć na jej biust.
Trzeba chłopu oddać, że się umie zachować, pomyślał brat Pepe.
Rivera podniósł Juana Diego spod ołtarza, nad którym górowała Matka Boska. Chłopiec krzyknął z bólu – wprawdzie krótko, ale wśród gapiów ucichło jak makiem zasiał.
– Popatrz na niego – rzuciła Lupe do brata.
– Na kogo mam... – zaczął Juan Diego.
– Na niego, na gringo... na papugę! – krzyknęła. – To on sprawi cud. Nie rozumiesz? To on. Przyjechał po nas... po ciebie w każdym razie – dodała Lupe.
– „Po nas"? Co to ma znaczyć? – zapytał chłopiec.
– W każdym razie po ciebie – powtórzyła Lupe i się odwróciła, prawie obojętnie, jakby straciła zainteresowanie tym, co mówiła, albo wiarę w siebie. – Tak, teraz widzę, że gringo nie jest moim cudem... tylko twoim – dorzuciła z rezygnacją.
– Papuga! – Juan Diego się zaśmiał, lecz – gdy Rivera go niósł – widział, że Lupe się nie uśmiecha. Z właściwą sobie

powagą zdawała się przeczesywać wzrokiem tłum, jakby wypatrywała własnego cudu, ale go nie znalazła.

– Wy katolicy – powiedział Juan Diego i się wzdrygnął, kiedy Rivera przeciskał się do wyjścia z jezuickiej świątyni; brat Pepe i Edward Bonshaw nie wiedzieli, czy zwraca się do nich. „Wy katolicy" mogło odnosić się do gapiów, w tym jego własnej matki, która piskliwie, acz bez większego powodzenia modliła się pod ołtarzem, jak zawsze na cały głos (Lupe też) i w języku córki. Teraz, podobnie jak ona, przestała zaklinać Matkę Boską i biła czołem przed niepozorną Panienką o śniadej twarzy.

– Ty, której kiedyś nie wierzono, w którą wątpiono, od której żądano dowodów – modliła się Esperanza do małego portretu Naszej Pani z Guadalupe.

– Wy katolicy – zaczął ponownie Juan Diego. Diablo zobaczył dzieci i pomerdał ogonem, ale tym razem ranny chłopiec uczepił się papugi na obszernej, hawajskiej koszuli. – Wy katolicy ukradliście naszą Świętą Panienkę – rzucił do Edwarda Bonshawa. – Guadalupe była nasza, ale ją zabraliście... wykorzystaliście, zrobiliście z niej akolitkę waszej Matki Boskiej.

– Akolitkę! – powtórzył Amerykanin. – Ten chłopiec wybornie zna angielski! – powiedział do brata Pepe.

– *Sí*, wybornie – przytaknął Pepe.

– Ale chyba bredzi z bólu – dodał misjonarz przytomnie. Brat Pepe uważał, że ból nie ma tutaj nic do rzeczy, słyszał tę tyradę już po raz kolejny.

– *Milagroso*, jak na dziecko z wysypiska – tak ujął to brat Pepe, „cudowne". – Czyta lepiej niż nasi uczniowie, a pamiętaj, że jest samoukiem.

– Tak, wiem... to niesamowite. Samouk! – zawołał señor Eduardo.

– I Bóg jeden wie, jak i gdzie nauczył się angielskiego... nie tylko w *basurero* – dorzucił Pepe. – Spotyka się z hipisami i dekownikami... Jest bardzo obrotny!

– Ale wszystko sprowadza się do *basurero* – wydusił Juan Diego w przerwach między falami bólu. – Nawet angielskie

książki. – Przestał rozglądać się za kobietami w czerni; ból jego zdaniem wskazywał, że ich nie zobaczy, bo nie umiera.
– Nie jadę z wąsikiem – oświadczyła Lupe. – Wolę jechać z papugą.
– Jedziemy na platformie, z Diablo – powiedział Juan Diego Riverze.
– *Sí*. – Szef wysypiska westchnął; wiedział, kiedy go nie chcą.
– Pies nie ugryzie? – upewnił się señor Eduardo.
– Pojadę za wami garbusem – obiecał Pepe. – Jeśli cię rozszarpie, będę świadkiem. Szepnę słówko odpowiednim władzom na rzecz twojej kanonizacji.
– Mówiłem poważnie – zaznaczył Edward Bonshaw.
– Ja też, Edwardzie... wybacz, *Eduardo*. Ja też – odrzekł Pepe.

Kiedy Rivera układał rannego chłopca na kolanach siostry, zjawili się dwaj starzy kapłani. Edward Bonshaw siedział oparty o koło zapasowe, z dziećmi między nim a Diablo, który świdrował go podejrzliwie, jak zwykle tocząc łzę z lewego oka bez powieki.

– Co się tutaj dzieje, Pepe? – chciał wiedzieć ojciec Octavio.
– Ktoś zemdlał albo dostał zawału?
– To dzieci z wysypiska. – Ojciec Alfonso zmarszczył brwi.
– Śmieciarka cuchnie na kilometr.
– A ta o co znowu się modli? – spytał ojciec Octavio, gdyż przenikliwy głos sprzątaczki też niósł się na kilometr – a przynajmniej na chodnik przed kościołem.
– Rivera potrącił chłopca – zaczął brat Pepe. – Przywieźli go tutaj w nadziei na cud, lecz Najświętsze Panienki nie wysłuchały próśb.
– Pewnie jadą do doktora Vargasa – domyślił się ojciec Alfonso. – Ale co z nimi robi ten gringo? – Obaj księża marszczyli swe niezwykle czułe i często niezadowolone nosy: nie tylko na furgonetkę, ale na gringo z polinezyjskimi papugami na koszuli obszernej jak namiot.
– Tylko nam nie mów, że Rivera potrącił też turystę – wtrącił ojciec Octavio.

– To człowiek, na którego czekaliśmy – oznajmił brat Pepe z figlarnym uśmiechem. – Edward Bonshaw z Iowa, nasz nowy nauczyciel. – Miał na końcu języka, że señor Eduardo to *milagrero*, ale się powstrzymał. Niech sami go rozgryzą. Sformułował to tak, aby sprowokować dwóch konserwatywnych kapłanów, postarał się jednak, żeby kwestia „cudu" wybrzmiała jak najbardziej zdawkowo. – *Señor Eduardo es bastante milagroso* – tak to ujął. „Señor Eduardo jest dość nadzwyczajny".

– Señor Eduardo – powtórzył ojciec Octavio.

– Nadzwyczajny! – zawołał z niesmakiem ojciec Alfonso. Ci dwaj starzy księża nie szastali tym słowem.

– Sami ojcowie zobaczą – zapewnił brat Pepe niewinnie.

– Czy Amerykanin ma inne koszule, Pepe? – zapytał ojciec Octavio.

– W swoim rozmiarze? – dorzucił ojciec Alfonso.

– *Sí*, całe mnóstwo koszul... wszystkie hawajskie! – odpowiedział Pepe. – I wszystkie trochę na niego za duże, bo ostatnio bardzo schudł.

– Dlaczego? Czyżby żegnał się z tym światem? – spytał ojciec Octavio. Chudnięcie odstręczało ich na równi z koszulami: obaj byli grubi, dorównywali bratu Pepe.

– Czyżby? – powtórzył jak echo ojciec Alfonso.

– Nic mi o tym nie wiadomo. – Pepe usiłował powściągnąć nieco swój figlarny uśmiech. – Wygląda na okaz zdrowia... I bardzo chce się przydać.

– Przydać. – Ojciec Octavio rzekł tonem, jakby wydawał wyrok skazujący. – Jakież to chwalebne.

– Litości – mruknął ojciec Alfonso.

– Jadę za nimi – poinformował brat Pepe i ruszył kaczym chodem w stronę zakurzonego garbusa. – W razie czego.

– Litości – powtórzył ojciec Octavio.

– Amerykanie lubią się przydawać – stwierdził ojciec Alfonso.

Furgonetka Rivery oderwała się od krawężnika i brat Pepe włączył się za nią do ruchu. Na wprost widział twarzyczkę Juana Diego w uścisku drobnych rąk siostry. Diablo raz jeszcze oparł łapy na skrzynce z narzędziami: wiatr odgiął mu uszy do tyłu, i to nietknięte, i to, z którego wyszarpano trójkąt. Lecz tym, co najbardziej zwróciło uwagę brata Pepe, był Edward Bonshaw.

– Popatrz na niego – powiedziała Lupe do brata. – Na niego, na gringo... na papugę!

Edward Bonshaw w oczach brata Pepe wyglądał na człowieka, który znajduje się na swoim miejscu – na człowieka, który nigdy nie czuł się jak u siebie, lecz który nagle odnalazł się w porządku rzeczy.

Brat Pepe nie wiedział, czy go to cieszy, czy napełnia obawą, czy może jedno i drugie, zrozumiał jednak, że ma przed sobą człowieka czynu.

To wszystko czuł w swoim śnie Juan Diego – i wiedział, że wszystko się zmieniło i że ta chwila obwieszcza resztę życia.

– Halo? – zabrzmiał głos młodej kobiety; pisarz dopiero spostrzegł, że trzyma telefon.

– Halo – odpowiedział ten, który dotąd spał twardo, a teraz poczuł, że ma erekcję.

– Cześć, to ja, Dorothy – odparł głos w słuchawce. – Jesteś sam, prawda? Nie ma z tobą mojej mamy?

8

Dwie prezerwatywy

Czy można wierzyć w sny pisarza? W snach Juan Diego mógł wyobrażać sobie, co myślał i czuł brat Pepe. Ale z czyjego punktu widzenia mogły mieć znaczenie sny Juana Diego? (Na pewno nie z punktu widzenia Pepe).

Juan Diego chętnie poruszyłby ten temat oraz inny, dotyczący jego sennych marzeń, ale miał wrażenie, że pora nie jest ku temu odpowiednia. Dorothy bawiła się jego „interesem"; pisarz zauważył, że oddawała się temu całą sobą, podobnie jak czynnościom związanym z komórką i laptopem. Dodajmy, że Juan Diego nie zwykł ulegać męskim fantazjom, nawet jako prozaik.

– Chyba możesz znowu – obwieściła. – No, może nie od razu, ale za chwilę. Tylko popatrz na niego! – zawołała. Wcześniej też nie podejrzewałby jej o nieśmiałość.

W tym wieku Juan Diego rzadko oglądał swój „interes", ale Dorothy od początku nie kryła zainteresowania.

Gdzie się podziała gra wstępna, zadał sobie w duchu pytanie. (Nie żeby miał duże doświadczenie z grą wstępną tudzież wieńczącą dzieło). Usiłował wytłumaczyć Dorothy meksykański kult Naszej Pani z Guadalupe. Leżeli w skąpo oświetlonym pokoju, gdzie ledwo docierały do nich dźwięki ściszonego radia – jak z odległej planety – kiedy naraz dziewczyna odrzuciła kołdrę i przystąpiła do oględzin jego nabuzowanej adrenaliną i wzmocnionej viagrą erekcji.

– Kłopoty zaczęły się od Cortésa, który podbił imperium Azteków w tysiąc pięćset dwudziestym pierwszym roku; był zagorzałym katolikiem – objaśniał dziewczynie. Dorothy tuliła ciepły policzek do jego brzucha, zapatrzona w penis. – Pochodził z Estremadury; jak Guadalupe z Estremadury, czyli posąg Dziewicy, rzekomo autorstwa świętego Łukasza Ewangelisty. Odkryto go w czternastym wieku – ciągnął Juan Diego – gdy Panienka się ujawniła, no wiesz, pastuszkowi. Poleciła mu kopać w miejscu, gdzie stała, i znalazł tam obraz.

– To nie jest penis staruszka, tylko mały junak – oznajmiła Dorothy, kompletnie bez związku z tematem. W podobny sposób przeszła do sedna: nie traciła czasu.

Juan Diego mężnie wysilił się na obojętność.

– Guadalupe z Estremadury miała ciemną skórę, jak większość Meksykanów – zaznaczył, choć peszyło go, że mówi do jej potylicy. – Dlatego stała się idealnym narzędziem do nawracania dla misjonarzy, którzy podążyli za Cortésem do Meksyku; dzięki niej mogli łatwo przekabacić tubylców na chrześcijaństwo.

– Uhm – mruknęła Dorothy, wsuwając go sobie do ust.

Juanowi Diego zawsze brakowało seksualnej pewności siebie; ostatnio zaś, wyjąwszy jego samotne eksperymenty z viagrą, nie doświadczał kontaktów cielesnych. W tym wypadku zachował się jak dżentelmen, a mianowicie nie przestał mówić. Pisarz wziął w nim górę: umiał skupić się na długofalowym zadaniu, nigdy nie lubił krótkiej formy.

– Było to dziesięć lat po hiszpańskim podboju, na wzgórzu nieopodal miasta Meksyk... – powiedział do młodej kobiety zajętej jego penisem.

– Tepeyac – przerwała sobie na chwilę Dorothy. Bezbłędnie wymówiła nazwę, po czym wróciła do przerwanej czynności. Juan Diego nie mógł się nadziwić, że, jak się zdawało, niezbyt oczytana dziewczyna ma taką wiedzę, lecz nie dał nic po sobie poznać, jak też pozornie nie zwracał uwagi na jej poczynania.

– Wczesnym grudniowym rankiem tysiąc pięćset trzydziestego pierwszego roku… – podjął niewzruszony.

Dorothy boleśnie drasnęła go zębami, nie wyjmując członka z ust.

– W imperium hiszpańskim przypadało święto Niepokalanego Poczęcia: nie przypadek, hę?

– Tak, jednakże… – zaczął Juan Diego, ale urwał. Dorothy oddała się wykonywanej czynności z taką werwą, że chyba postanowiła sobie darować kolejne sprostowania. – Wieśniak Juan Diego – podjął z nadludzkim wysiłkiem – na cześć którego zostałem nazwany, ujrzał przed sobą dziewczynę w kręgu poświaty. Miała zaledwie piętnaście, szesnaście lat, lecz kiedy do niego przemówiła, Juan Diego domyślił się na podstawie jej słów, że ma przed sobą Najświętszą Panienkę bądź też, powiedzmy, kogoś w tym rodzaju. Poprosiła, aby w miejscu, gdzie mu się ukazała, postawić kościół na jej cześć.

Dorothy chrząknęła jakby z niedowierzaniem – lub wydała równie niezobowiązujący, wieloznaczny odgłos. Gdyby Juan Diego miał zgadywać, znała tę historię na pamięć i do wizji Matki Boskiej (bądź kogoś w tym rodzaju), która objawia się jako nastolatka i każe prostaczkowi stawiać kościół, odnosiła się z pogardą.

– Co miał biedak robić? – zapytał Juan Diego – retorycznie, wnosząc z nagłego prychnięcia Dorothy, od którego Juan Diego – nie wieśniak, ten drugi – aż zadrżał. Niewątpliwie obawiał się, że znowu go draśnie, ale oszczędzono mu dalszego bólu, przynajmniej na razie.

– Wieśniak przekazał tę nieprawdopodobną opowieść hiszpańskiemu arcybiskupowi… – ciągnął z uporem.

– Zumárraga! – wykrztusiła Dorothy i lekko się udławiła.

Cóż za doskonale poinformowana osóbka – wie nawet, jak nazywał się arcybiskup niedowiarek! Juan Diego nie posiadał się ze zdziwienia.

Wiedza chwilowo odebrała mu chęć kontynuowania opowieści; nie zdążył przejść do „cudów", czy to onieśmielony jej znajomością tematu, który od dawna go pasjonował, czy też (nareszcie!) rozkojarzony fellatio.

– A co na to arcybiskup niedowiarek? – Juan Diego sprawdzał Dorothy, a ona nie sprawiła mu zawodu – wyjąwszy fakt, że przestała obciągać i wypuściła jego penis z ust z głośnym cmoknięciem, od którego znowu się wzdrygnął.

– Kretyn biskup zażądał dowodu, jakby to wieśniak miał go przedstawić – oznajmiła z pogardą. Prześlizgnęła się do góry, wsuwając sobie między piersi jego penis.

– I biedny wieśniak wrócił do dziewicy z prośbą o znak, na potwierdzenie jej tożsamości – uzupełnił Juan Diego.

– Jakby musiała to robić – dodała Dorothy; całując go w szyję, przygryzła płatki jego uszu.

Potem wszystko się pomieszało – w sensie, iż nie sposób było określić, kto powiedział co do kogo. Bądź co bądź, oboje znali tę opowieść i chcieli się z nią uwinąć. Najświętsza Panienka kazała Juanowi Diego (wieśniakowi) nazbierać kwiatów; zaznaczmy, iż rzecz działa się w grudniu, a prostaczek nazbierał kastylijskich róż, które nie rosną w Meksyku, co też jest grubymi nićmi szyte.

Ale cud to cud i kiedy Dorothy bądź Juan Diego (pisarz) dotarli do fragmentu, gdzie wieśniak pokazuje kwiaty biskupowi – Panienka ułożyła je w jego skromnym płaszczu – Dorothy też dokonała swoistego cudu. Przedsiębiorcza młoda kobieta dobyła skądś własną prezerwatywę i nałożyła ją Juanowi Diego w trakcie rozmowy: miała zaiste podzielną uwagę, co zawsze go zachwycało u ludzi młodego pokolenia.

Wąski krąg partnerek seksualnych Juana Diego nie uwzględniał kobiety, która nosiła przy sobie prezerwatywy i była specem od ich nakładania, nigdy też nie poznał kobiety, która dosiadłaby faceta z taką werwą i wprawą jak Dorothy.

Jego brak doświadczenia z przedstawicielkami płci pięknej – szczególnie tak agresywnymi i seksualnie wyrafinowanymi jak Dorothy – sprawił, że go zatkało. Wątpliwe, czy czułby się na siłach uzupełnić zasadniczą część opowieści o Guadalupe – a mianowicie co się zdarzyło, kiedy wieśniak wręczył róże biskupowi Zumárradze.

Zrobiła to za niego Dorothy z wyżyn swojej pozycji, z biustem rozhuśtanym nad jego twarzą. Gdy kwiaty wysypały się z płaszcza, w ich miejscu, odbity w tkaninie skromnego okrycia, ukazał się portret Panienki z Guadalupe z dłońmi zaciśniętymi w modlitwie i spuszczonym wzrokiem.

– On nie był „odbity" w głupim łachu – tłumaczyła młoda kobieta, siedząc okrakiem na pisarzu. – To była Ona sama. Jej wygląd musiał zszokować arcybiskupa.

– Co masz na myśli? – wydusił Juan Diego. – A jak wyglądała?

Dorothy odrzuciła głowę i potrząsnęła włosami; jej biust zakołysał się nad nim i pisarz wstrzymał oddech na widok strużki potu między piersiami.

– Mam na myśli jej postawę! – wydyszała. – Ona rękami zasłaniała biust, jeśli w ogóle go miała, patrzyła w dół, ale z jej oczu bił dziwny blask. Nie mówię o tym ciemnym...

– Tęczówkach... – zaczął Juan Diego.

– Nie w tęczówkach... w źrenicach! – wykrztusiła Dorothy. – Mówię o *środku*: w jej oczach widać dziwne światło.

– Tak! – Juan Diego stęknął; zawsze tak uważał, lecz dotąd nie spotkał nikogo, kto przyznałby mu rację. – Ale Guadalupe była inna, nie tylko pod względem karnacji – powiedział z trudem; nie mógł złapać tchu, kiedy tak na nim skakała. – Mówiła w miejscowym języku nahuatl, była Indianką, nie Hiszpanką. Aztecką Najświętszą Panienką, jeżeli już.

– Ale co to obchodziło arcybiskupa? – rzuciła Dorothy. – Guadalupe była taka cholernie skromniutka, taka *maryjna*! – krzyknęła.

– *¡Sí!* – zawtórował jej Juan Diego. – Cwani katolicy... – Ledwie zaczął mówić, kiedy złapała go za barki z wręcz nadludzką siłą. Oderwała od materaca jego głowę oraz łopatki, po czym przerzuciła go na wierzch.

Jednakże w chwili gdy jeszcze znajdowała się na górze, a on na nią spoglądał – prosto w oczy – dostrzegł, jak na niego patrzy.

Co powiedziała Lupe dawno temu? „Jeśli chcesz się czymś martwić, lepiej martw się, jak Guadalupe spojrzała na ciebie. Jakby jeszcze nie podjęła co do ciebie decyzji. Guadalupe jeszcze nie wie, co z tobą zrobi", oznajmiła mu telepatka.

Czy nie tak spojrzała na niego Dorothy w ułamku sekundy, nim znalazła się pod spodem? Aż go ciarki przeszły. Za to teraz wyglądała jak obłąkana: rzucała głową na boki i tak napierała na niego biodrami, że przywarł do niej w obawie, że zleci. Ale jak miałby spaść? Łóżko było ogromne, nie ryzykował, że spadnie.

Początkowo odniósł wrażenie, że słuch wyostrzył mu się tuż przed nadciągającym orgazmem. Czyżby usłyszał ściszone radio? Obcy język budził niepokój, a przy tym brzmiał znajomo. Czy oni tu nie mówią po mandaryńsku, zdziwił się w duchu Juan Diego, lecz w głosie kobiety nie było nic chińskiego – i nie był ściszony. Czyżby w miłosnym zapamiętaniu Dorothy wdusiła ręką – bądź inną częścią ciała – przycisk na nocnym stoliku? Kobieta w radiu, bcz względu na język, którym się posługiwała, darła się na całe gardło.

Wtedy Juan Diego zrozumiał, że to Dorothy tak krzyczy. Radio wciąż milczało jak zaklęte; to jej orgazm zabrzmiał na cały regulator, ponad wszelkie oczekiwania i rozsądek.

Błysnęły mu dwie zgoła rozbieżne refleksje: ramię w ramię z czysto fizycznym poczuciem, iż stoi u progu orgazmu wszech czasów, kroczyło przekonanie, że stanowczo winien zażyć dwa beta-blokery – przy najbliższej okazji. Lecz ta niekontrolowana myśl miała brata (lub siostrę). Juanowi Diego wydało się, że zna język, którym mówi Dorothy, choć minęło wiele lat, odkąd słyszał go ostatnio. Poprzedzający orgazm krzyk Dorothy brzmiał jak nahuatl – język Naszej Pani z Guadalupe, język Azteków. Ale nahuatl należał do grupy języków środkowego i południowego Meksyku i Ameryki

Środkowej. Dlaczego – i jakim cudem – Dorothy miałaby nim mówić?

– Nie odbierzesz? – zapytała go spokojnie po angielsku. Wygięła plecy, z obiema rękami za głową na poduszce, żeby mógł sięgnąć po telefon na stoliku nocnym. Czy w półmroku jej skóra wydała się ciemniejsza niż w rzeczywistości? A może była bardziej śniada, niż początkowo sądził?

Musiał się wyciągnąć i musnął piersi Dorothy najpierw klatką piersiową, a potem brzuchem.

– To moja matka, tak w ogóle – rzuciła od niechcenia. – Znając ją, najpierw zadzwoniła do mojego pokoju.

Może trzy beta-blokery, pomyślał Juan Diego.

– Halo? – mruknął zakłopotany do słuchawki.

– Pewnie dzwoni ci w uszach – oznajmiła Miriam. – Dziwię się, że usłyszałeś telefon.

– Słyszę cię – odpowiedział głośniej, niż zamierzał; faktycznie dzwoniło mu w uszach.

– Pewnie słyszało ją całe piętro, jeśli nie cały hotel – dodała Miriam. Juan Diego nie wiedział, co powiedzieć. – Jeśli moja córka odzyskała mowę, chciałabym zamienić z nią dwa słowa. Chyba że tobie powiem – ciągnęła – a ty przekażesz Dorothy... kiedy znów będzie sobą.

– Jest sobą – odparł z przesadną i kompletnie nietrafioną godnością. Co za idiotyzm! Czemu Dorothy nie miałaby być sobą? Kim miałaby być, zachodził w głowę, podając jej telefon.

– Co za niespodzianka, mamo – burknęła zdawkowo do słuchawki. Juan Diego nie słyszał, co mówiła Miriam, ale czuł, że Dorothy nie przejawia chęci do rozmowy.

Uznał, iż rodzinna wymiana zdań nadarza mu sposobność dyskretnego pozbycia się prezerwatywy, lecz gdy stoczył się z Dorothy i położył na boku, tyłem do niej, odkrył – ku swojemu zdumieniu – że prezerwatywy już nie ma.

Coś podobnego – ta dzisiejsza młodzież! Juan Diego nie mógł wyjść ze zdumienia. Nie dość, że potrafią wyczarować gumkę znikąd, to jeszcze sprawiają, że znika bez śladu. Ale gdzie się podziała? Gdy odwrócił się z powrotem do dziewczyny, otoczyła go silnym ramieniem i przyciągnęła do piersi. Na stoliku nocnym dostrzegł puste opakowanie – wcześniej nie zwrócił na nie uwagi – lecz sam kondom przepadł jak kamień w wodę.

Juan Diego, który kiedyś określił się mianem „konesera szczegółów" (w kontekście swojej twórczości), zachodził w głowę, gdzie podziała się zużyta prezerwatywa: może tkwiła pod poduszką Dorothy albo leżała w rozrzuconej pościeli. Niewykluczone, że dyskretne pozbycie się kondomu też stanowiło cechę współczesnej młodzieży.

– Wiem, że wylatuje z samego rana, mamo – mówiła Dorothy. – I wiem, że dlatego tu śpimy.

Muszę siku, zaświtało Juanowi Diego, i żebym nie zapomniał wziąć dwa lopressory, kiedy będę w łazience. Lecz gdy spróbował się wymknąć z tonącego w półmroku łóżka, silne ramię Dorothy zacisnęło mu się na karku i znieruchomiał z twarzą wciśniętą w najbliższą pierś.

– Ale kiedy my wylatujemy? – usłyszał jej słowa skierowane do matki. – Przecież nie lecimy do Manili, prawda? – Perspektywa wspólnego pobytu w Manili bądź też dotyk piersi Dorothy na twarzy sprawiły, że znów dostał wzwodu. A potem usłyszał, jak Dorothy mówi: – Żartujesz, tak? Od kiedy to „czekają na ciebie" w Manili?

Oho, pomyślał Juan Diego – ale jeśli moje serce zniesie bliskość Dorothy, wytrzymam też z Miriam w Manili. (Tak mu się zdawało).

– Jest dżentelmenem, mamo: oczywiście, że nie zadzwonił – oznajmiła Dorothy. Wzięła rękę Juana Diego i położyła sobie na drugiej piersi. – Tak, ja zadzwoniłam. Tylko mi nie mów, że nie myślałaś o tym samym – dodała zjadliwie.

Z jedną piersią przyciśniętą do twarzy oraz drugą w niewprawnej dłoni, Juan Diego przypomniał sobie powiedzonko Lupe, często w niestosownej sytuacji. *No es buen momento para un terremoto*, mawiała. „To niewłaściwa chwila na trzęsienie ziemi".

– I nawzajem – warknęła Dorothy, odkładając słuchawkę. Może i była niewłaściwa chwila na trzęsienie ziemi, ale nie wypadało też iść do łazienki.

– Mam taki sen – zaczął, lecz Dorothy nagle usiadła i pchnęła go z powrotem na plecy.

– Zaręczam, że nie chcesz wiedzieć, co mi się śni – oznajmiła. Leżała zwinięta w kłębek z twarzą na jego brzuchu, ale odwróciła się i znów ujrzał ciemne włosy na jej potylicy. Kiedy zaczęła bawić się jego penisem, zastanawiał się, jak to nazwać – i uznał, że najbardziej pasowałoby tu „zwieńczenie seksu".

– Chyba możesz znowu – obwieściła naga dziewczyna. – No dobra, może nie od razu, ale niedługo. Popatrz na niego! – zawołała. Stwardniał jak za pierwszym razem; dosiadła go bez chwili namysłu.

Oho, pomyślał raz jeszcze Juan Diego.

– To niewłaściwa chwila na trzęsienie ziemi – powiedział, bynajmniej nie symbolicznie, ale w kontekście parcia na pęcherz.

– Ja ci pokażę trzęsienie ziemi – zapowiedziała.

Obudził się z przekonaniem, że umarł i trafił do piekła; od dawna podejrzewał, że gdyby piekło istniało (w co wątpił), wiecznie puszczano by tam kiepską muzykę – w jak najgłośniejszym starciu z wiadomościami w obcym języku. Kiedy się ocknął, właśnie tak było, ale on nadal leżał w blasku i kakofonii pokoju w Regal Airport Hotel. Światła biły po oczach, a telewizor i radio huczały na cały regulator.

To sprawka Dorothy? Ona sama wprawdzie zniknęła, ale może postanowiła urządzić mu dowcipną pobudkę. Lub wyszła obrażona. Nie pamiętał. Czuł, że dawno tak twardo nie spał, ale drzemka nie trwała dłużej niż pięć minut.

Pacnął przyciski na nocnym stoliku, boleśnie obijając sobie prawą rękę. Radio i telewizor przycichły na tyle, że usłyszał i odebrał telefon: ktoś wrzeszczał na niego po azjatycku (jakkolwiek to rozumieć).

– Przepraszam, nie rozumiem – odpowiedział po angielsku Juan Diego. – *Lo siento*... – zaczął po hiszpańsku, lecz rozmówca nie czekał na dalszy ciąg.

– Ty łupku! – krzyknął.

– Chyba „dupku" – odparł przytomnie pisarz, lecz osoba po drugiej stronie linii rzuciła słuchawkę. Dopiero wówczas zauważył, że z nocnego stolika zniknęły folijki po pierwszym i drugim kondomie; pewnie Dorothy je zabrała albo wyrzuciła do kosza.

Juan Diego spostrzegł, że wciąż ma na sobie drugą prezerwatywę; był to w zasadzie jedyny dowód, że znowu „sprostał". Nie pamiętał nic od chwili, kiedy Dorothy dosiadła go po raz drugi. Obiecane trzęsienie ziemi zaginęło w czasie; jeśli młoda kobieta raz jeszcze przekroczyła dopuszczalny poziom hałasu w języku podobnym do nahuatl (ale być nim nie mogło), jakoś mu to umknęło.

Pisarz wiedział tylko, że spał i nic mu się nie przyśniło – nawet koszmar. Wstał z łóżka i pokuśtykał do łazienki; nie musiał się wysikać, co świadczyło, że już to zrobił. Miał nadzieję, że nie zmoczył łóżka, nie nasikał do prezerwatywy ani na Dorothy, spostrzegł jednak – po wejściu do łazienki – że lopressor ma zdjętą nakrętkę. Pewnie wziął jedną tabletkę (lub dwie), kiedy wstał na siusiu.

Ale kiedy to było? Przed czy po wyjściu Dorothy? I czy wziął tylko jedną, zgodnie z zaleceniem, czy też dwie, jak sam uznał za stosowne? Oczywiście nie powinien był brać dwóch. Nie zaleca się podwójnej dawki beta-blokerów w miejsce pominiętej.

Za oknem szarzało, nie wspominając o ostrym świetle lamp; Juan Diego pamiętał, że ma samolot z samego rana. Prawie nic nie wypakował, więc miał niewiele do zrobienia. Przyłożył się za to do spakowania przyborów toaletowych: tym razem jego lekarstwa (i viagra) trafiły do bagażu podręcznego.

Spuścił drugą prezerwatywę w sedesie, lecz nie dawał mu spokoju los pierwszej. I kiedy właściwie był siku? Miriam mogła w każdej chwili zadzwonić albo zapukać do drzwi, żeby go ponaglić, więc zajrzał pod kołdrę i sprawdził pod poduszkami w nadziei, że znajdzie zgubę. Cholerstwa nie było w żadnym śmietniku – ani opakowań.

Stał pod prysznicem, kiedy jego wzrok padł na zbłąkaną prezerwatywę wirującą dokoła odpływu. Rozwinęła się i przypominała zatopionego ślimaka; wychodziło na to, że przykleiła mu się do pleców, do tyłka bądź z tyłu uda.

Jaki wstyd! Miał nadzieję, że Dorothy nic nie zauważyła. Gdyby zrezygnował z kąpieli, poleciałby ze zużytym kondomem do Manili.

Niestety, wciąż był pod prysznicem, kiedy zadzwonił telefon. Juan Diego wiedział, że mężczyźni w jego wieku – zwłaszcza kulawi – są narażeni na wypadki podczas kąpieli. Zakręcił kran i z przesadną wręcz ostrożnością wylazł z wanny. Ociekał wodą, czując, jak śliskie są kafelki pod jego stopami, lecz gdy złapał za ręcznik, ten jak na złość uczepił się wieszaka, więc Juan Diego szarpnął mocniej, niż należało. Aluminiowy wieszak oderwał się od ściany wraz z porcelanowym umocowaniem. Porcelana gruchnęła na posadzkę, obsypując mokre kafelki ceramicznymi odłamkami, wieszak zaś wyrżnął Juana Diego w twarz i rozciął mu czoło nad brwią. Pisarz pokuśtykał do pokoju z ręcznikiem przyciśniętym do krwawiącej głowy.

– Tak? – krzyknął do słuchawki.

– O, nie śpisz... To już coś – zauważyła z przekąsem Miriam. – Tylko niech Dorothy znowu nie zaśnie.

– Nie ma tu Dorothy – odparł.

– Nie odbiera... Pewnie się kąpie – uznała jej matka. – Gotowy do drogi?

– Dasz mi dziesięć minut?

– Dam ci osiem, ale celuj w pięć. Przyjdę po ciebie – uprzedziła. – Potem zgarniemy Dorothy. Dziewczęta w jej wieku zawsze są gotowe na samym końcu – dodała tonem wyjaśnienia.

– Będę czekał.

– Wszystko w porządku? – spytała Miriam.

– Jasne.
– Masz zmieniony głos – stwierdziła i odłożyła słuchawkę. Juan Diego się zdziwił. Zmieniony? Zobaczył, że pobrudził krwią prześcieradło; woda z mokrych włosów rozcieńczyła krew, nadając jej różowawy odcień. Niby mała ranka, ale nie mógł zatamować krwotoku.

Tak bywa ze skaleczeniami na twarzy, na dodatek przed chwilą wyszedł spod gorącej wody. Usiłował zetrzeć krew z łóżka ręcznikiem, lecz ten wyglądał gorzej niż pościel, więc narobił jeszcze więcej bałaganu. Strona łóżka przy stoliku nocnym wyglądała jak miejsce rytualnego mordu na tle seksualnym.

Wrócił do łazienki, gdzie zastał więcej krwi oraz wody – plus ceramiczne skorupy. Ochlapał twarz zimną wodą, ze szczególnym uwzględnieniem czoła, aby zatamować ten głupi krwotok. Oczywiście miał dożywotni zapas viagry i znienawidzonych beta-blokerów – oraz przecinacz do tabletek – lecz ani jednego plastra. Przycisnął do ranki zwitek papieru toaletowego i chwilę miał spokój.

Kiedy zapukała Miriam i wpuścił ją do pokoju, był gotów do wyjścia – musiał jedynie włożyć specjalny but na okaleczoną stopę, co zawsze kosztowało go nieco trudu i bywało czasochłonne.

– Zostaw. – Miriam pchnęła go w stronę łóżka. – Pomogę ci. – Usiadł na skraju materaca, a ona włożyła mu but; ku jego zdziwieniu sprawiała wrażenie dobrze zorientowanej w temacie. Ba, zrobiła to tak umiejętnie i tak mimochodem, że przy okazji obejrzała zakrwawione łóżko.

– Nikt nie stracił cnoty ani życia – stwierdziła, wskazując na makabryczną pościel. – Nieważne, co pomyśli obsługa, jak mniemam.

– Zaciąłem się – wyjaśnił Juan Diego. Musiała zauważyć zakrwawiony zlepek papieru toaletowego na jego czole tuż ponad brwią.

– Ale chyba nie przy goleniu – powiedziała. Patrzył, jak podchodzi do szafy i zagląda do środka, otwiera szuflady i sprawdza, czy nic nie zostawił. – Zawsze przeczesuję przed wyjściem pokój hotelowy, dokładnie, każde pomieszczenie – poinformowała.

Nie mógł jej powstrzymać przed sprawdzeniem łazienki. Wiedział, że nie zostawił tam żadnych przyborów toaletowych – a już na pewno nie viagrę i lopressor, które przełożył do podręcznej torby. Co do pierwszej prezerwatywy, dopiero teraz sobie przypomniał, że zostawił ją w wannie, gdzie spoczywała zapewne w okolicach odpływu – jakby na dowód godnego pożałowania lubieżnego aktu.

– Cześć, kondomku – usłyszał z łazienki głos Miriam; on sam nadal siedział na brzegu zakrwawionego łóżka. – Nieważne, co pomyśli obsługa – powtórzyła po powrocie do pokoju – ale czy większość ludzi nie spuszcza tego w sedesie?

– *Sí* – powiedział tylko Juan Diego. Mówi się trudno, pokpił sprawę.

Musiałem wziąć dwa lopressory, pomyślał; czuł się bardziej skurczony niż zazwyczaj. Może prześpię się w samolocie, dopowiedział w duchu. Czuł, że za wcześnie na spekulacje, co będzie z jego snami. Był tak wykończony, że ingerencja beta--blokerów stanowiłaby miłą odskocznię.

– Mama cię pobiła? – zapytała Dorothy, gdy Miriam i Juan Diego stanęli w drzwiach jej pokoju hotelowego.

– Nie pobiłam, Dorothy – odparła matka i przystąpiła do przeczesywania pokoju. Dorothy była w połowie ubrana: miała na sobie spódnicę, ale na górze tylko stanik, bez bluzki i swetra. Na łóżku leżała otwarta walizka. (Pomieściłaby dużego psa).

– Wypadek w łazience. – Pisarz wskazał na papier toaletowy przyklejony do czoła.

– Chyba już nie leci – stwierdziła Dorothy. Stanęła przed nim w staniku i zajrzała pod papier; kiedy go zdarła, ranka znowu się otworzyła, ale dziewczyna zatamowała krwotok: zmoczyła palec wskazujący i przycisnęła do rozciętego czoła.

– Stój spokojnie – poleciła, kiedy usiłował oderwać wzrok od jej fascynującego stanika.

– Na miłość boską, ubierz się, Dorothy – powiedziała Miriam.

– A dokąd jedziemy... mam na myśli nas wszystkich? – zapytała jej córka, nie tak znowu niewinnie.

– Najpierw się ubierz, potem ci powiem – zbyła ją Miriam.

– Byłabym zapomniała – odezwała się nagle do Juana Diego. – Mam twój plan podróży, muszę ci oddać. – Przypomniał sobie, że wzięła plan jeszcze na lotnisku w Stanach; nie zwrócił uwagi, że go zatrzymała. Teraz podała mu kartkę. – Zapisałam kilka rzeczy... à propos noclegu w Manili. Nie mówię tym razem; będziesz tam za krótko, żeby to miało znaczenie. Ale wierz mi, nie spodoba ci się to miejsce. Kiedy wrócisz do Manili za drugim razem i zabawisz tam nieco dłużej, skorzystaj z moich rekomendacji. Zrobiłam dla nas kopię twojego planu – dodała – żebyśmy mogły sprawdzić, jak sobie radzisz.

– Dla nas? – powtórzyła Dorothy podejrzliwie. – Chcesz powiedzieć: dla siebie.

– Dla nas... Powiedziałam „żebyśmy" – zaznaczyła Miriam.

– Liczę, że jeszcze się zobaczymy – powiedział nagle Juan Diego. – Wszyscy – dodał ni w pięć, ni w dziewięć, gdyż patrzył tylko na Dorothy. Włożyła bluzkę, ale jeszcze jej nie zapięła, pochłonięta swoim pępkiem.

– O, na pewno się zobaczymy – oznajmiła Miriam i poszła sprawdzić łazienkę.

– Tak, tak, na pewno – przytaknęła ochoczo Dorothy, nie odrywając wzroku od pępka.

– Zapnij się, Dorothy... Do tego służą guziki, na miłość boską! – krzyknęła z łazienki matka.

– Nic nie zostawiłam, mamo – odkrzyknęła Dorothy. Zapięła bluzkę i szybko pocałowała Juana Diego w usta. Zobaczył, że trzyma w ręku małą kopertę, która wyglądała jak hotelowa papeteria. Wsunęła mu ją do kieszeni marynarki.

– Później przeczytasz. To list miłosny! – szepnęła; poczuł na wargach jej język.

– Jestem zdziwiona, Dorothy – oświadczyła Miriam po powrocie do pokoju. – Juan Diego zostawił w łazience większy bałagan niż ty.

– Lubię cię zaskakiwać, mamo – odpowiedziała dziewczyna.

Juan Diego uśmiechnął się do nich niepewnie. Zawsze uważał, że jego podróż na Filipiny będzie miała wymiar sentymentalny – w tym sensie, że nie wyruszy w nią dla siebie. Traktował ją jako podróż w imieniu kogoś innego – drogiego przyjaciela, który nie zdążył jej odbyć przed śmiercią.

Niemniej jednak okazała się podróżą nierozerwalnie związaną z Miriam i Dorothy, a czymże była ta podróż, jeżeli nie wyprawą jedynie dla niego samego?

– A wy... dokąd jedziecie? – zaryzykował. Obie wyglądały na rasowe globtroterki.

– Roboty mamy od groma! – stwierdziła posępnie Dorothy.

– Mamy swoje zobowiązania, Dorothy. Wyrażaj się jak człowiek – upomniała Miriam.

– Zobaczymy się szybciej, niż myślisz – zapewniła Dorothy. – Wylądujemy w Manili, ale nie dzisiaj – dorzuciła zagadkowo.

– Spotkamy się w Manili – powiedziała Miriam z lekkim zniecierpliwieniem. I dodała: – Jeśli nie wcześniej.

– Jeśli nie wcześniej – powtórzyła Dorothy. – Tak, tak!

Porwała z łóżka walizkę, zanim Juan Diego zdążył jej pomóc; waliza była ogromna i wyglądała na ciężką, ale Dorothy uniosła ją tak, jakby ważyła tyle, co nic. Zakłuło go na wspomnienie, jak uniosła jego: jak oderwała od materaca jego barki i głowę – i wylądowała pod spodem.

Ale siłaczka, pomyślał tylko Juan Diego. Chciał sięgnąć po swoją walizkę, nie torbę podręczną, lecz stwierdził ze zdziwieniem, że Miriam ją zabrała – razem z własną, też pokaźnych rozmiarów. Druga tak samo, stwierdził w duchu. Pokuśtykał na korytarz, usiłując dotrzymać im kroku. Byłby nie zauważył, że prawie nie kuleje.

Ciekawostka: w trakcie rozmowy (nie mógł jej sobie przypomnieć) odłączył się od Miriam i Dorothy tuż przed odprawą. Przeszedł przez bramkę i obejrzał się na Miriam, która ściągała buty; zauważył, że pomalowała paznokcie u stóp na identyczny kolor jak córka. Następnie minął kontrolę bagażu, a kiedy znów rozejrzał się za kobietami, nigdzie ich nie zobaczył, jakby po prostu (lub nie tak znowu po prostu) wyparowały.

Zapytał jednego z celników o dwie kobiety, z którymi podróżował. Gdzie się podziały? Lecz trafił na niecierpliwego młodego człowieka, pochłoniętego jakimś problemem z wykrywaczem metalu.

– Jakie kobiety? Co za kobiety? Widziałem całe mnóstwo kobiet: pewnie już poszły! – oznajmił.

Juan Diego wpadł na pomysł, aby do nich zadzwonić lub wysłać wiadomość, ale zapomniał wziąć od nich numery. Przejrzał kontakty, na próżno wypatrując ich imion. Miriam nie zapisała też numerów na jego planie podróży. Były tam jedynie nazwy i adresy hoteli w Manili.

Ile narobiła rabanu o ten jego „drugi raz" w Manili, przypomniał sobie Juan Diego, ale zaraz porzucił tę myśl i ruszył z wolna w stronę swojej bramki, przed „pierwszym razem" w Manili, zaświtało mu w głowie (jeśli w ogóle się nad tym zastanawiał). Padał z nóg.

To wina beta-blokerów, powiedział sobie w duchu. Chyba nie powinienem brać dwóch – jeśli wziąłem.

Nawet ciastko z zieloną herbatą – leciał o wiele mniejszym samolotem – sprawiło mu pewien zawód. To nie było przeżycie na miarę jego pierwszego ciastka z zieloną herbatą, przed lądowaniem w Hongkongu z Miriam i Dorothy.

W powietrzu przypomniał sobie list miłosny, który Dorothy wsunęła mu do kieszeni marynarki. Wyjął kopertę i ją otworzył.

„Do zobaczenia niebawem!", napisała na hotelowej papeterii. Pozostawiła na kartce odcisk swoich ust, chyba tuż po nałożeniu pomadki – ich zarys nachodził intymnie na wyraz

„niebawem". Dopiero zauważył, że szminka jest w tym samym odcieniu, co lakier na paznokciach u stóp Dorothy – i jej matki. Fuksja, tak by go określił.

Nie mógł przeoczyć tego, co znajdowało się w kopercie prócz tak zwanego listu miłosnego: były to dwie puste folie po prezerwatywach. Może wykrywacz metalu na lotnisku się popsuł, stwierdził Juan Diego, skoro przeszły niezauważone. Tak, zdecydowanie to nie jest „sentymentalna" podróż, której się spodziewał, ale słowo się rzekło i nie było odwrotu.

9

JEŚLI CHCECIE WIEDZIEĆ

Edward Bonshaw miał na czole bliznę w kształcie litery L – pamiątkę po upadku w dzieciństwie. Potknął się o śpiącego psa, kiedy biegł z kaflem do madżonga. Kafel był z bambusa i kości słoniowej: jego róg wbił się w blade czółko Edwarda tuż ponad nasadą nosa, odciskając równy haczyk między jasnymi brwiami.

Edward usiadł, ale zakręciło mu się w głowie i nie mógł wstać. Krew spływała między oczami i kapała z czubka nosa. Pies, już obudzony, pomerdał ogonem i polizał chłopca po zakrwawionej twarzy.

Psie pieszczoty uspokoiły Edwarda. Miał siedem lat; ojciec nazywał go „maminsynkiem", bo nie lubił polowań.

– Po co strzelać do żywych stworzeń? – pytał ojca.

Suczka rasy labrador retriever też nie lubiła polowań; kiedy była jeszcze szczeniakiem, wpadła do basenu sąsiada i mało się nie utopiła. Od tamtej pory bała się wody, rzecz nietypowa u labradora. Też „nienormalna", zdaniem despotycznego ojca Edwarda, była jej niechęć do aportowania. (Nie przynosiła piłek ani patyków – nie wspominając o ubitych ptakach).

„Co to za retriever, który nie aportuje? To jakiś żart", mawiał Ian, okrutny stryj Edwarda.

Lecz Edward kochał nie-aportującego, nie-pływającego labradora, a wspaniały pies uwielbiał chłopca; Graham, ojciec Edwarda, nazywał ich „tchórzami". A młody Edward uważał stryja Iana za wrednego głupka.

Oto kontekst niezbędny do zrozumienia tego, co było dalej. Ojciec Edwarda i stryj Ian wyjechali polować na bażanty; wrócili z kilkoma zamordowanymi ptakami i wpadli do kuchni przez drzwi do garażu.

Był to dom w Coralville – w owym czasie pozornie odległe obrzeża Iowa City – i Edward siedział z zakrwawioną twarzą na podłodze w kuchni, a nie-aportujący, nie-pływający labrador na pierwszy rzut oka obgryzał mu głowę. Mężczyźni wparowali do kuchni z psem stryja Iana, przygłupem rasy Chesapeake Bay retriever, o agresywnym usposobieniu oraz bezpłciowym charakterze swego pana.

– Zasrana Beatrice! – wrzasnął ojciec Edwarda.

Graham Bonshaw nazwał labradora „Beatrice", najbardziej zniewieściałym imieniem, na jakie wpadł, odpowiednim dla suki, którą zdaniem stryja Iana należałoby wysterylizować – „żeby się nie rozmnażała i nie psuła szlachetnej rasy".

Pozostawiwszy Edwarda na podłodze, dwaj myśliwi wyprowadzili Beatrice z domu i zastrzelili ją na podjeździe.

Nie była to opowieść, której należałoby się spodziewać, kiedy Edward Bonshaw wskazywał po latach na swoją bliznę i mówił z rozbrajającą obojętnością: „Jeśli chcecie wiedzieć, skąd mam tę bliznę...", wtajemniczając słuchaczy w historię brutalnego mordu na Beatrice, ukochanym psie z dzieciństwa, psie najmilszym pod słońcem.

I przez te wszystkie lata, jak przypominał sobie Juan Diego, señor Eduardo wciąż miał ten kafel do madżonga, który na zawsze naznaczył jego czoło.

Czy błaha ranka na czole Juana Diego (nareszcie przestała krwawić) nasunęła to koszmarne wspomnienie związane z Edwardem Bonshawem, tak ważnym człowiekiem w jego życiu? Czy lot z Hongkongu do Manili okazał się zbyt krótki, żeby się wyspać? Nie był aż taki krótki, ale Juan Diego całe dwie godziny rzucał się z boku na bok, a jego sny nie trzymały się kupy, co dodatkowo utwierdziło go w przekonaniu, że wziął podwójną dawkę beta-blokerów.

Sny przychodziły i odchodziły falami przez całą drogę do Manili – przede wszystkim straszna historia blizny Edwarda Bonshawa. Oto do czego prowadzą dwie tabletki lopressora! Lecz pomimo zmęczenia Juan Diego cieszył się nawet z tego. W przeszłości czuł się jak w domu i miał najpewniejsze poczucie tego, kim jest – nie tylko jako prozaik.

W snach bez ładu i składu często jest za dużo dialogów, a wydarzenia następują po sobie gwałtownie i bez ostrzeżenia. Gabinety lekarskie w Cruz Roja, szpitalu Czerwonego Krzyża w Oaxaca, znajdowały się w pobliżu wejścia na ostry dyżur – nie wiadomo, z jakiego powodu. Dziewczynka pogryziona przez jednego z miejscowych psów z dachów trafiła do gabinetu ortopedycznego doktora Vargasa zamiast na pogotowie: wprawdzie miała pokieraszowane ręce, bo zasłaniała twarz, ale nie potrzebowała konsultacji ortopedycznej. Doktor Vargas był ortopedą – przy czym leczył cyrkowców (zwłaszcza małoletnich) oraz dzieci z wysypiska i sierocińca, nie tylko w zakresie swojej specjalizacji.

Zdenerwował się, gdy przyprowadzono mu ofiarę pogryzienia.

– Wszystko będzie dobrze – powtarzał zapłakanej dziewczynce. – Powinna iść na pogotowie, nie do mnie – wbijał do głowy jej rozhisteryzowanej matce. Widok pogryzionej dziewczynki wstrząsnął wszystkimi osobami w poczekalni, także nowo przybyłym Edwardem Bonshawem.

– Pies z dachów? – zapytał brata Pepe. – To nie żadna rasa, jak mniemam! – Weszli za doktorem Vargasem do gabinetu. Juan Diego jechał na wózku.

Lupe bełkotała coś, czego jej ranny brat nie kwapił się przetłumaczyć. Mówiła, że psy z dachów to duchy psów, które rozmyślnie zakatowano. Nawiedzały miejskie dachy, atakując niewinnych ludzi – gdyż z psami (też niewinnymi) postąpiono tak samo, i teraz chcą się zemścić. Zamieszkują dachy, ponieważ umieją latać, a ponieważ są widmami, już nikt im nie podskoczy.

– Ależ wyczerpująca odpowiedź! – rzekł Edward Bonshaw. – Co powiedziała?

– Ma pan rację, to nie rasa – skwitował Juan Diego.

– W Oaxaca jest pełno bezpańskich psów, najwięcej zdziczałych kundli. Mieszkają na dachach... Nikt nie wie, jak tam włażą – wyjaśnił brat Pepe.

– Bo nie latają – dorzucił Juan Diego przy wtórze dalszego bełkotu Lupe. Znajdowali się w gabinecie doktora Vargasa.

– A tobie co się stało? – zwrócił się do dziewczynki lekarz. – Uspokój się i mów powoli, żebym zrozumiał.

– Ja jestem pacjentem... Ona to moja siostra – powiedział Juan Diego. Może Vargas nie zauważył wózka.

Brat Pepe zdążył wytłumaczyć Vargasowi, że badał już dzieci z wysypiska, ale lekarz miał zbyt wielu pacjentów, dzieci mu się myliły. Poza tym ból w stopie Juana Diego trochę zelżał i chłopiec na chwilę przestał krzyczeć.

Doktor Vargas był młody i przystojny; biła od niego aura niepohamowanej godności, typowa czasem dla ludzi sukcesu. Przywykł mieć rację. Niekompetencja łatwo wyprowadzała go z równowagi, chociaż zdarzało mu się zbyt pochopnie oceniać ludzi, których dopiero poznał. Wszyscy wiedzieli, że jest najlepszym ortopedą w Oaxaca; zajmował się leczeniem kalekich dzieci – a kogo one nie wzruszają? Mimo to wszystkim się narażał. Dzieci go nie lubiły, bo ich nie pamiętał, dorośli uważali go za aroganta.

– A więc ty jesteś pacjentem – zwrócił się do Juana Diego. – Powiedz mi coś o sobie. Część o wysypisku możesz sobie darować, mam czułe powonienie. Opowiedz o swojej stopie.

– Ale to się wiąże z wysypiskiem – odpowiedział chłopiec. – Furgonetka w Guerrero przejechała mi po nodze. Furgonetka wyładowana miedzią.

Czasem Lupe posługiwała się wyliczanką; była to jedna z takich sytuacji.

– Po pierwsze, ten lekarz to smutny palant – zaczęła. – Po drugie, wstydzi się, że żyje. Po trzecie, uważa, że powinien był umrzeć. Po czwarte, powie, że trzeba prześwietlić stopę, ale tylko gra na zwłokę: wie, że nie może ci pomóc.

– Brzmi trochę jak zapotecki albo mixtec, ale to nie to – zawyrokował doktor Vargas; nie spytał Juana Diego, co mówi Lupe, lecz chłopiec też nie lubił młodego lekarza i postanowił przetłumaczyć mu wszystko co do słowa. – Tak powiedziała? – zapytał.

– Zwykle nie myli się co do przeszłości – oznajmił Juan Diego. – Z przyszłością różnie bywa.

– Trzeba prześwietlić stopę i pewnie ci nie pomogę, ale muszę zobaczyć zdjęcie, zanim ci powiem – powiedział doktor Vargas. – Przyprowadziłeś jezuitę w ramach wsparcia bożego? – zapytał, wskazując na brata Pepe. (W Oaxaca wszyscy znali brata Pepe, prawie tyle samo osób słyszało o doktorze Vargasie).

– Moja mama sprząta u jezuitów – wyjaśnił Juan Diego. Następnie wskazał głową Riverę. – Ale to on się nami opiekuje. *El jefe*… – zaczął, ale Rivera mu przerwał.

– To ja prowadziłem furgonetkę – przyznał ze skruchą.

Lupe raz jeszcze wyjechała ze swoim wywodem na temat zepsutego lusterka, ale Juan Diego ją zignorował. Zresztą zaraz zmieniła temat, nawiązując do przyczyn, z jakich doktor Vargas był takim smutnym palantem.

– Upił się i zaspał. Spóźnił się na samolot, to miała być rodzinna wyprawa. Głupi samolot się rozbił. Na pokładzie byli jego rodzice i siostra z mężem oraz dwójką dzieci. Wszyscy zginęli! – krzyknęła. – Kiedy on odsypiał kaca – dodała.

– Ile napięcia w tym głosie – zauważył Vargas. – Powinienem obejrzeć jej gardło. Struny głosowe.

Juan Diego wyraził ubolewanie z powodu katastrofy lotniczej, w której zginęła cała rodzina młodego lekarza.

– Ona ci to powiedziała? – upewnił się Vargas.

Lupe dalej nadawała:

– Vargas odziedziczył po rodzicach dom i cały majątek. Rodzice byli „bardzo wierzący", w przeciwieństwie do syna, co stanowiło między nimi kość niezgody. Obecnie Vargas jest „mniej wierzący" – dodała.

– Jak może być „mniej wierzący", skoro w ogóle nie był, Lupe? – spytał Juan Diego, ale dziewczynka tylko wzruszyła ramionami. Wiedziała o pewnych sprawach; odbierała sygnały, które napływały do niej bez wyjaśnienia.

– Mówię tylko, co wiem – powtarzała. – Nie pytaj mnie, co to znaczy.

– Zaraz, zaraz! – wtrącił po angielsku Edward Bonshaw. – Kto nie był wierzący i stał się „mniej wierzący"? Znam ten syndrom – dorzucił, spojrzawszy na Juana Diego.

Juan Diego powtórzył mu po angielsku wszystko, co Lupe powiedziała mu o lekarzu; nawet brat Pepe nie znał całej historii. Tymczasem Vargas dalej oglądał spłaszczoną, wykręconą stopę chłopca. Juan Diego poczuł do niego cień sympatii; denerwująca telepatia siostry (oraz w mniejszym stopniu jej proroctwa) odwracała jego uwagę od bólu i nie omieszkał odnotować, że Vargas dyskretnie wykorzystuje sytuację, żeby go zbadać.

– Skąd dzieciak z wysypiska zna angielski? – zapytał brata Pepe w tym języku. – Ty nie mówisz tak dobrze, Pepe, ale zakładam, że przyłożyłeś rękę do jego nauki.

– Sam się nauczył... Mówi, rozumie i czyta – oznajmił Pepe.

– To dar, który należy pielęgnować – powiedział chłopcu Edward Bonshaw. – Przykro mi z powodu pańskiej rodziny, doktorze Vargas – dodał. – Wiem co nieco o rodzinnych nieszczęściach...

– Co to za gringo? – spytał niegrzecznie Vargas Juana Diego po hiszpańsku.

– *El hombre papagayo* – odrzekła Lupe. („Człowiek papuga").

Juan Diego przetłumaczył to Vargasowi.

– Edward jest naszym nowym nauczycielem – uzupełnił brat Pepe. – Z Iowa – uściślił.

– Eduardo – przedstawił się Edward Bonshaw i wyciągnął rękę, zanim jego wzrok padł na gumowe rękawiczki doktora Vargasa, upstrzone krwią z groteskowo spłaszczonej stopy chłopca.

– Jesteś pewien, że nie przyjechał z Hawajów, Pepe? – zapytał lekarz. (Koszula w papugi rzucała się w oczy).

– Podobnie jak w pańskim przypadku, doktorze Vargas – zaczął Edward Bonshaw, przezornie cofając rękę – moja wiara bywała nękana wątpliwościami.

– Nigdy nie byłem wierzący, więc nie miałem tego problemu – odparł Vargas; mówił po angielsku z akcentem, ale poprawnie, co do tego nie było wątpliwości. – Właśnie to lubię w rentgenie, Juanie Diego – ciągnął swoją poprawną angielszczyzną. – Rentgen nie jest duchowy; ba, jest o wiele mniej dwuznaczny niż mnóstwo czynników, które w tej chwili przychodzą mi do głowy. Zjawiasz się u mnie ranny, z dwoma jezuitami. Przyprowadzasz siostrę wizjonerkę, a ta, jak twierdzisz, zna się lepiej na przeszłości aniżeli przyszłości. Towarzyszy ci szanowny *el jefe*, szef wysypiska, który opiekuje się tobą i cię przejeżdża. (Na szczęście mówił po angielsku, bo Rivera miał wystarczające wyrzuty sumienia). Tymczasem rentgen pokaże nam, jak niewiele możemy dla ciebie zrobić. Mówię z medycznego punktu widzenia, Edwardzie – dorzucił Vargas, patrząc przy tym nie tylko na Edwarda Bonshawa, ale także na brata Pepe. – Co do bożej pomocy... cóż, pozostawiam to wam, jezuitom.

– Eduardo – poprawił go Edward Bonshaw. Ojciec señora Eduardo, Graham (miłośnik psów), miał na drugie imię Edward; samo to wystarczyło, żeby Edward Bonshaw wolał imię „Eduardo", które spodobało się też Juanowi Diego.

Vargas zwrócił się do brata Pepe, tym razem po hiszpańsku.

– Te dzieci mieszkają w Guerrero, a ich matka sprząta Templo de la Compañía de Jesús... jakie to *jezuickie*! Przypuszczam, że sprząta też w Niños Perdidos, co?

– *Sí*, w sierocińcu również – odpowiedział Pepe.

Juan Diego miał na końcu języka, że Esperanza jest nie tylko sprzątaczką, lecz zajmuje się czymś (w najlepszym razie) dwuznacznym, ale z góry wiedział, że lekarz nie ma najlepszego zdania o tym, co dwuznaczne.

– Gdzie jest teraz wasza mama? – zapytał doktor Vargas. – Chyba nie sprząta?

– W kościele, modli się za mnie – odpowiedział Juan Diego.

– Nie ma na co czekać, róbmy prześwietlenie – zakomenderował lekarz; dało się zauważyć, że z trudem darował sobie miażdżący komentarz na temat mocy sprawczej modlitwy.

– Dziękuję, Vargas – powiedział brat Pepe; w jego głosie zabrzmiała tak nietypowa nieszczerość, że wszyscy na niego spojrzeli, nawet Edward Bonshaw, który dopiero go poznał. – Dziękuję, że oszczędziłeś nam swojego natrętnego ateizmu – uściślił.

– Oszczędzam ciebie, Pepe – zapewnił Vargas.

– Pański brak wiary to oczywiście pańska sprawa, doktorze Vargas – wtrącił Edward Bonshaw. – Ale to chyba nie najlepsza chwila... ze względu na chłopca – dodał nowy misjonarz, czyniąc brak wiary swoją sprawą.

– W porządku, señor Eduardo – powiedział Juan Diego swą niemal doskonałą angielszczyzną. – Ja też nie jestem bardzo wierzący... może trochę bardziej niż doktor Vargas. – Ale Juan Diego był bardziej wierzący, niż dawał po sobie poznać. Miał wątpliwości co do Kościoła – w tym kupczenia dziewicami, jak to nazywał – lecz cuda go intrygowały. Na cuda był otwarty.

– Nie mów tak, Juanie Diego. Jesteś za młody, żeby się odcinać od wiary – stwierdził Edward.

– Ze względu na chłopca – rzucił twardą angielszczyzną Vargas – może lepiej skupmy się na rzeczywistości, a nie na wierze.

– Ja tam nie wiem, w co wierzyć – wtrąciła Lupe, nie zważając na to, kto ją zrozumie (lub nie). – Chcę wierzyć w Guadalupe, ale patrzcie, jak daje sobie wchodzić na głowę... Jak

Maryja nią manipuluje! Czy można ufać Guadalupe, jeśli na to pozwala?

– Guadalupe daje sobą pomiatać Maryi, Lupe – oznajmił Juan Diego.

– Ejże! Przestań! Nie mów tak! – zaoponował Edward Bonshaw. – Jesteś stanowczo za młody na cynizm. (W tematcie wiary jego znajomość hiszpańskiego przechodziła wszelkie oczekiwania).

– Róbmy prześwietlenie, Eduardo – powiedział doktor Vargas. – Daj sobie spokój. Dzieciaki mieszkają w Guerrero i pracują na wysypisku, a ich matka wam sprząta. Czy to nie cyniczne?

– Szkoda czasu, Vargas – wtrącił Pepe. – Róbmy prześwietlenie.

– To ładne wysypisko! – zaznaczyła Lupe. – Powiedz Vargasowi, że je kochamy, Juanie Diego. Przez papugę i Vargasa jeszcze wylądujemy w sierocińcu! – krzyknęła, ale on nie przetłumaczył; milczał.

– Róbmy prześwietlenie – powtórzył za bratem Pepe. Chciał się tylko dowiedzieć, co z jego stopą.

– Vargas uważa, że nie ma sensu jej operować – oznajmiła Lupe. – Sądzi, że jeśli nie ma dopływu krwi, będzie zmuszony amputować! Jego zdaniem nie możesz mieszkać w Guerrero z jedną stopą ani kulawy! Wedle wszelkiego prawdopodobieństwa noga zagoi się pod kątem prostym. Będziesz znów chodził, ale nie wcześniej niż za kilka miesięcy, i już nigdy normalnie. Zastanawia się, dlaczego nie ma tu naszej mamy, tylko papuga. Powiedz mu, że wiem, o czym myśli! – wrzasnęła do brata.

– Powiem panu, co według niej pan myśli – zaczął Juan Diego. Powtórzył Vargasowi słowa siostry i wyłuszczył wszystko po angielsku Edwardowi Bonshawowi.

Vargas zwrócił się do brata Pepe, jak gdyby byli sami.

– Chłopak jest dwujęzyczny, a mała jest telepatką. Lepiej byłoby im w cyrku, Pepe. Nie muszą mieszkać w Guerrero i harować w *basurero*.

– Cyrk? – powtórzył Edward Bonshaw. – Czy on wspomniał o cyrku, Pepe? Przecież to dzieci, a nie zwierzęta! Czy nie będzie dla nich miejsca w sierocińcu? Dla kalekiego chłopca i małej niemowy?
– Lupe wcale nie jest niemową! Za dużo gada – oświadczył Juan Diego.
– Oni nie są zwierzętami! – powtórzył señor Eduardo; być może właśnie ostatnie słowo (nawet po angielsku) kazało Lupe zwrócić na niego baczniejszą uwagę.
Oho, pomyślał brat Pepe. Boże, miej nas w swojej opiece, jeśli ta mała wariatka zajrzy mu do głowy!
– Cyrk dba o dzieci, na ogół – podjął po angielsku doktor Vargas, zerkając przelotnie na skruszonego Riverę. – Mieliby własny numer...
– Numer! – Señor Eduardo załamał ręce; może właśnie ów gest zesłał Lupe wizję Edwarda jako siedmiolatka. Zaczęła płakać.
– O nie! – wybełkotała i zasłoniła sobie oczy.
– Znów telepatia? – zapytał z pozorną obojętnością Vargas.
– Dziewczynka naprawdę czyta w myślach, Pepe? – upewnił się Edward.
Oby nie teraz, pomyślał jezuita, ale odpowiedział tylko:
– Chłopiec nauczył się czytać w dwóch językach. Możemy mu pomóc; myśl o nim, Edwardzie. Dziewczynce nie pomożemy – dodał cicho po angielsku, choć nie usłyszałaby go, nawet gdyby powiedział to *en español*, bo znowu krzyczała.
– O nie! Zastrzelili jego psa! Ojciec ze stryjem... zabili biednego psa papugi! – zawodziła ochrypłym falsetem. Juan Diego wiedział, jak bardzo Lupe kocha psy; nie mogła lub nie chciała nic więcej dodać, bo rozszlochała się na dobre.
– O co znowu chodzi? – zapytał Amerykanin Juana Diego.
– Miał pan psa? – odpowiedział pytaniem chłopiec.
Edward Bonshaw padł na kolana.
– Litościwa Mario, Matko Boża: dziękuję, że sprowadziłaś mnie tam, gdzie moje miejsce! – zawołał.

– Chyba miał – powiedział doktor Vargas po hiszpańsku.
– Pies zdechł... ktoś go zastrzelił – wyjaśnił Vargasowi chłopiec ściszonym tonem. Na tle zawodzenia Lupe i okrzyków Edwarda jego słowa przeszły niezauważone – podobnie jak dalsza wymiana zdań.
– Zna pan kogoś w cyrku? – zapytał Juan Diego.
– Znam osobę, którą powinieneś poznać, kiedy przyjdzie czas – odparł Vargas. – Będziemy musieli włączyć w to waszą matkę... – Zauważył, że chłopiec odruchowo przymknął oczy. – Lub brata Pepe... Będzie potrzebna nam jego zgoda, w razie gdyby mama nie chciała współpracować.
– *El hombre papagayo...* – zaczął Juan Diego.
– Nie nadaję się do konstruktywnej rozmowy z papugą – uciął doktor Vargas.
– Jego psa! Zastrzelili jego psa! Biedną Beatrice! – bełkotała Lupe.
Edward Bonshaw wyłowił z jej bełkotu ostatnie słowo.
– Jasnowidzenie to dar od Boga, Pepe – oznajmił współpracownikowi. – Sam mówiłeś, że to jasnowidzka.
– Mniejsza o dziewczynkę, señor Eduardo – rzucił cicho Pepe, znowu po angielsku. – Myśl o chłopcu; możemy go ratować albo naprowadzić na właściwą drogę. Chłopiec dobrze rokuje.
– Ale dziewczynka wie rzeczy... – zaczął Amerykanin.
– Nic, co mogłoby jej pomóc – uciął Pepe pospiesznie.
– Sierociniec przyjmie te dzieci, prawda? – zapytał señor Eduardo.
Pepe martwił się o zakonnice: dzieci z wysypiska nie wzbudziłyby ich niechęci, problemem była raczej Esperanza, matka sprzątaczka z etatem na ulicy. Ale powiedział tylko:
– *Sí*, na pewno. – Urwał; zastanawiał się, co by tu dodać, jeśli w ogóle: dopadły go wątpliwości.
Nikt nie zauważył, kiedy Lupe przestała płakać.
– *El circo.* – Wskazała na brata Pepe. – Cyrk.
– O co ci chodzi? – spytał Juan Diego.
– Brat Pepe uważa, że to dobry pomysł – wyjaśniła.

– Pepe uważa, że cyrk jest dobrym pomysłem – zakomunikował wszystkim Juan Diego, po hiszpańsku i po angielsku. Ale Pepe nie wyglądał na przekonanego. To chwilowo zakończyło temat. Prześwietlenie zajęło bardzo dużo czasu, długie oczekiwanie na opinię radiologa utwierdziło ich w przekonaniu, co usłyszą. (Vargas to pomyślał, a Lupe nie omieszkała przekazać pozostałym).
Kiedy czekali na wyniki, Juan Diego stwierdził, że nawet lubi doktora Vargasa. Lupe doszła do nieco innego wniosku: pokochała señora Eduardo – głównie, choć nie tylko, z powodu tego, co spotkało Beatrice. Zasnęła z głową na jego kolanach. Aprobata jasnowidzącej dziewczynki zakłuła go jak ostroga: zerkał na brata Pepe, jakby chciał powiedzieć: I ty wierzysz, że nie możemy jej uratować? Jasne, że możemy!
Boże miłosierny, modlił się Pepe – jakaż trudna droga nas czeka pod wodzą szaleńca! Jakaż niewiadoma! Prowadź nas, Panie!
Wtedy doktor Vargas usiadł obok niego i Edwarda Bonshawa. Lekko dotknął głowy śpiącej dziewczynki.
– Chcę obejrzeć jej gardło – przypomniał. Dodał, że poprosił pielęgniarkę o kontakt z doktor Gomez, laryngolog, której gabinet również mieścił się w szpitalu Cruz Roja. Byłoby idealnie, gdyby też rzuciła okiem na krtań Lupe. Ale jeśli nie będzie mogła, z pewnością udostępni mu niezbędne przyrządy, czyli specjalną lampkę i małe lusterko, służące do oględzin gardła.
– *Nuestra madre* – powiedziała Lupe przez sen. – Nasza matka. Niech obejrzą jej gardło.
– Ona śpi. Zawsze gada przez sen – wyjaśnił Rivera.
– Co powiedziała, Juanie Diego? – zapytał brat Pepe.
– Chodzi o naszą matkę. Lupe czyta w pańskich myślach nawet przez sen – ostrzegł Vargasa.
– Powiedz mi coś więcej o matce Lupe, Pepe – poprosił lekarz.
– Brzmi tak samo, ale inaczej: nikt jej nie rozumie, kiedy jest wzburzona i kiedy się modli. Ale jest starsza, siłą rzeczy.

– Pepe silił się na wyjaśnienia, z uporem owijając w bawełnę. Nie mógł się wysłowić, ani po angielsku, ani po hiszpańsku. – Esperanza potrafi mówić wyraźnie, nie zawsze bełkocze. Czasami bywa prostytutką! – wypalił, upewniwszy się, że Lupe śpi. – Podczas gdy to dziecko, ta niewinna dziewczynka... jest zrozumiała tylko dla brata.

Doktor Vargas spojrzał na Juana Diego, który tylko przytaknął; Rivera też kiwał głową – kiwał głową i płakał.

– Kiedy się urodziła – zwrócił się do niego lekarz – i kiedy była mała, czy doszło u niej do jakichś zaburzeń układu oddechowego. Pamięta pan?

– Miała krup... kaszlała i kaszlała – wyszlochał Rivera.

– Przecież dużo dzieci choruje na krup, prawda? – spytał Amerykanin, gdy brat Pepe mu o tym wspomniał.

– Niepokoi mnie jej chrypka, jakby miała problem z wydobyciem głosu – rzekł z wolna doktor Vargas. – Koniecznie muszę obejrzeć jej gardło, krtań i struny głosowe.

Edward Bonshaw, z jasnowidzącą dziewczynką śpiącą mu na kolanach, siedział jak zaczarowany. Brzemię odpowiedzialności przytłaczało go, a zarazem dodawało mu skrzydeł: cześć dla świętego Ignacego Loyoli z tej tylko obłąkańczej przyczyny, że ten gotów był oddać życie, aby zapobiec grzechom jednej prostytutki w ciągu jednej nocy; dwoje uzdolnionych dzieci u progu zbawienia lub zagłady – albo jednego i drugiego, a teraz młody ateista doktor Vargas, myślący tylko o zbadaniu gardła małej telepatki, jej krtani i strun głosowych – ach, cóż za okazja i co za wyzwanie!

Wtedy Lupe się obudziła, albo – jeśli już nie spała – otworzyła oczy.

– Co to jest krtań? – zapytała brata. – Nie chcę, żeby Vargas mi tam zaglądał.

– Pyta, co to jest krtań – przetłumaczył Juan Diego.

– Górna część tchawicy, gdzie mieszczą się struny głosowe – powiedział Vargas.

– Wara od mojej tchawicy. Co to jest tchawica? – spytała Lupe.

– Teraz martwi się o swoją tchawicę – doniósł Juan Diego.
– Tchawica to główny przewód systemu rurek, które doprowadzają i odprowadzają powietrze z płuc – objaśnił doktor.
– Mam rurki w gardle? – zapytała dziewczynka.
– Wszyscy mamy, Lupe – zapewnił ją brat.
– Kimkolwiek jest doktor Gomez, Vargas chce uprawiać z nią seks – oznajmiła bratu. – Doktor Gomez jest mężatką, ma dzieci i jest dużo starsza od niego, ale Vargas chce się z nią przespać.
– Doktor Gomez jest laryngologiem, Lupe – powiedział Juan Diego.
– Doktor Gomez może obejrzeć moją krtań, ale nie Vargas... Jest obrzydliwy! I żadnego lusterka w przełyku... Dziś jest pechowy dzień na lusterka!
– Lupe boi się lusterka – wybrnął chłopiec.
– Powiedz jej, że lusterko nie boli – rzekł Vargas.
– Spytaj, czy boli to, co on chce zrobić doktor Gomez! – krzyknęła Lupe.
– Doktor Gomez lub ja przytrzymamy jej język podkładką z gazy, żeby nie zasłaniał przełyku... – zaczął Vargas, ale nie dała mu skończyć.
– Pani Gomez może przytrzymać mi język... nie Vargas – oświadczyła.
– Lupe chętnie ją pozna – zapewnił Juan Diego.
– Doktorze Vargas – wtrącił Edward Bonshaw, nabrawszy tchu. – W czasie stosownym dla nas obu... czyli kiedy indziej, rzecz jasna... chętnie zamieniłbym z panem dwa słowa na temat naszych przekonań.

Ręka, która tak delikatnie dotknęła śpiącego dziecka, zacisnęła się na nadgarstku nowego misjonarza.

– Posłuchaj mnie, Edwardzie, czy tam *Eduardo*, nieważne – zaczął Vargas. – Myślę, że mała ma coś z gardłem; może problem leży w krtani i dotyczy strun głosowych. Chłopak będzie kulał do końca życia, bez względu na to, czy zachowa stopę, czy nie. Tym musimy się martwić, znaczy tu, na tej ziemi – dodał.

Kiedy Edward Bonshaw się uśmiechał, z jego jasnej skóry bił blask, jakby ktoś zapalał w nim światło. Kiedy señor Eduardo się uśmiechał, białą tkankę blizny na jego czole, haczyk między jasnymi brwiami, przecinała blizna w kształcie błyskawicy.

– Jeśli chcecie wiedzieć, skąd mam tę bliznę… – zaczął, tak jak zawsze zaczynał, swoją opowieść.

10

BEZ KOMPROMISÓW

„Zobaczymy się szybciej, niż myślisz", obiecała Dorothy. „Wylądujemy w Manili", dodała zagadkowo.

W przypływie histerii Lupe wykrzyczała bratu, że „wylądują" w sierocińcu, co okazało się połowiczną prawdą. Dzieci z wysypiska – zakonnice nazywały je *los niños de la basura*, jak wszyscy – przeniosły swoje rzeczy do sierocińca jezuitów. Tamtejsze życie różniło się od życia na wysypisku, gdzie opiekowali się nimi tylko Rivera i Diablo. Zakonnice w Niños Perdidos – wraz z bratem Pepe i señorem Eduardo – pilnowały ich z większym zaangażowaniem.

Rivera był niepocieszony, że go odsunięto, lecz podpadł Esperanzie za przejechanie jedynego syna, a Lupe nie dawała mu żyć z powodu bocznego lusterka. Oznajmiła, że będzie tęsknić jedynie za Diablo i Białym Moruskiem, lecz miała zatęsknić za resztą psów w Guerrero i psami z wysypiska – włączając martwe. Z pomocą Rivery lub brata paliła zdechłe psy w *basurero*, taki miała zwyczaj. (Rivery też będzie im brakowało, rzecz jasna – oboje zatęsknią za *el jefe*, na przekór jej słowom).

Brat Pepe nie mylił się co do zakonnic: wprawdzie niechętnie, ale zaakceptują dzieci, za to ich matka doprowadzała siostry do białej gorączki. Ale Esperanza na wszystkich tak działała – w tym doktor Gomez, bardzo miłą kobietę. To nie była jej wina, że doktor Vargas chciał się z nią przespać.

Lupe lubiła doktor Gomez – nawet gdy ta oglądała jej krtań, a Vargas snuł się nieopodal. Doktor Gomez miała córkę w wieku Lupe; wiedziała, jak rozmawiać z dziewczynkami.

– Czy wiesz, jak wygląda kacza stopa? – zapytała doktor Gomez, która miała na imię Marisol.

– Kaczki pływają lepiej, niż chodzą – odpowiedziała Lupe.

– Mają zrośnięte palce.

– Kaczki – zaczęła doktor Gomez, kiedy Juan Diego przetłumaczył słowa siostry – mają palce zrośnięte błoną, czyli coś na kształt płetwy. Ty masz coś podobnego, Lupe. Nazywamy to wrodzoną płetwą krtaniową. „Wrodzona" znaczy, że się z tym urodziłaś; masz rodzaj błony na krtani. To dosyć rzadkie zjawisko, więc możesz poczuć się wyróżniona – dodała.

– Tylko jedno dziecko na dziesięć tysięcy przychodzi z czymś takim na świat. Jesteś wyjątkowa, Lupe.

Dziewczynka wzruszyła ramionami.

– Ta płetwa się nie liczy – odpowiedziała po swojemu. – Są różne rzeczy, o jakich wiem, a nie powinnam.

– Lupe miewa wizje, przejawia zdolności paranormalne. Na ogół nie myli się co do przeszłości – tłumaczył chłopiec.

– Z przyszłością różnie bywa.

– O co mu chodzi? – zapytała doktor Gomez Vargasa.

– Proszę nie pytać Vargasa. On chce się z panią przespać! – krzyknęła Lupe. – Wie, że pani jest matką i mężatką – i że jest pani dla niego za stara – ale się uparł. Ciągle myśli o seksie z panią!

– Przetłumacz mi, co powiedziała, Juanie Diego – poprosiła lekarka. A co tam, pomyślał Juan Diego. I przetłumaczył. Słowo w słowo.

– Mała czyta w myślach – wyjaśnił Vargas, kiedy Juan Diego skończył. – Chciałem ci powiedzieć, Marisol, ale na osobności. Oczywiście gdybym się na to zdobył.

– Wiedziała, co się stało z jego psem! – wtrącił brat Pepe, wskazując na Edwarda Bonshawa. (Usiłował zmienić temat, rzecz jasna).

– Lupe wie, co przydarzyło się prawie każdemu i co prawie każdy sobie myśli – dorzucił Juan Diego.
– Nawet przez sen – oznajmił Vargas. – Moim zdaniem płetwa krtaniowa nie ma tu nic do rzeczy – uzupełnił.
– Nie można jej zrozumieć – powiedziała doktor Gomez.
– Płetwa krtaniowa tłumaczy jej tembr, chrypkę i natężenie głosu, ale nie to, że nikt jej nie rozumie. Oprócz niego – dodała, wskazując na chłopca.
– Marisol to ładne imię... Opowiedz jej o naszej niedorozwiniętej matce – poprosiła Lupe brata. – Niech zajrzy jej do gardła. Na pewno znajdzie tam coś gorszego niż u mnie! Powiedz! – I Juan Diego powiedział.
– W twoim gardle nie ma nic złego, Lupe – zapewniła doktor Gomez, gdy Juan Diego opowiedział jej o Esperanzie. – Płetwa krtaniowa nie świadczy o niedorozwoju. To coś wyjątkowego.
– Czasami lepiej nie wiedzieć tego, co wiem – oznajmiła Lupe, lecz brat darował sobie tłumaczenie.
– Dziesięć procent dzieci z płetwą krtaniową ma wrodzone anomalie z tego powodu – powiedziała doktor Gomez do doktora Vargasa, ale unikała jego wzroku.
– Co to są anomalie? – spytała Lupe.
– Chce wiedzieć, co to są anomalie – przetłumaczył Juan Diego.
– Nieprawidłowości – wyjaśniła doktor Gomez.
– Odchylenia od normy – powiedział doktor Vargas do Lupe.
– Sam jesteś odchylony! – odburknęła.
– Nie ma potrzeby tego tłumaczyć – rzucił Vargas.
– Muszę zbadać krtań matki – powiedziała doktor Gomez, nie do Vargasa, tylko do brata Pepe. – I tak powinnam z nią porozmawiać. Płetwa krtaniowa Lupe stwarza pewne możliwości...
Marisol Gomez, ładna i młoda z wyglądu matka, nie dokończyła, bo Lupe wpadła jej w słowo.
– Wara od moich odchyleń i mojej płetwy krtaniowej! – krzyknęła, piorunując wzrokiem Vargasa.

– Nie ma innej możliwości – stwierdziła doktor Gomez, kiedy Juan Diego przetłumaczył wszystko słowo w słowo. – Muszę zbadać krtań matki – powtórzyła. – Nie sądzę, żeby miała to samo – dodała.

Brat Pepe wyszedł z gabinetu doktora Vargasa i ruszył na poszukiwanie Esperanzy. Vargas zapowiedział, że porozmawia z nią o sytuacji chłopca. Jak miało potwierdzić prześwietlenie, na jego stopę nie było rady. Zostanie taka, jaka jest: spłaszczona, ale z dopływem krwi, i wykręcona na bok. Na zawsze. I żadnych fikołków na razie, zaznaczył doktor Vargas. Najpierw wózek, potem kule, wreszcie kuśtykanie. (Życie kaleki polega na obserwacji, jak inni robią to, co mu nie dane, niezła opcja dla przyszłego pisarza).

Co do gardła Esperanzy – to już inna historia. Nie miała płetwy krtaniowej, tylko zakażenie, badanie potwierdziło rzeżączkę. Doktor Gomez wyjaśniła, że w dziewięćdziesięciu procentach przypadków rzeżączkowe zapalenie gardła pozostaje niewykryte – nie daje żadnych objawów, czasem zaś jest to zaczerwienienie lub obrzęk łuków podniebiennych.

Esperanza dopytywała, co to są łuki podniebienne i gdzie się znajdują.

– Są to dwie fałdy błony śluzowej, położone z obydwu stron cieśni gardła – wyjaśniła doktor Gomez.

Lupe nie było przy tej rozmowie, ale brat Pepe pozwolił zostać jej bratu; wiedział, że w razie histerii lub wzburzenia Esperanzy tylko syn ją zrozumie. Ale na początku Esperanza zgrywała zblazowaną: już miała rzeżączkę, przy czym nie wiedziała, że można ją mieć w gardle. „Señor Kiła", skwitowała, wzruszając ramionami; robiła to identycznie jak córka, choć poza tym Lupe miała niewiele z matki – a przynajmniej Pepe żywił taką nadzieję.

– Coś ci powiem – zaczęła doktor Gomez. – W trakcie fellatio dochodzi do zetknięcia cewki moczowej z krtanią. To nic dobrego.

– Fellatio? Cewka? – rzucił pytająco Juan Diego, ale doktor Gomez potrząsnęła głową.

– Obciąganie i głupia dziurka w wacku – burknęła Esperanza niecierpliwie. Brat Pepe ucieszył się, że Lupe przy tym nie ma, czekała z nowym misjonarzem w drugim pomieszczeniu. Poczuł ulgę, że Edward Bonshaw też nie słyszy tej rozmowy, nawet po hiszpańsku, choć zarówno brat Pepe, jak i Juan Diego zapewne przekażą mu wszystko ze szczegółami. – Sama każ facetowi nałożyć kondom do obciągania – dodała.
– Kondom? – spytał Juan Diego.
– Gumkę! – nie wytrzymała Esperanza. – Czego te zakonnice go uczą? – spytała brata Pepe. – Dzieciak ma zero pojęcia o świecie!
– Umie czytać, Esperanzo. Niebawem wszystkiego się dowie – zapewnił brat Pepe. Wiedział, że Esperanza nie umie czytać.
– Mogę ci przepisać antybiotyk – powiedziała doktor Gomez. – Ale niedługo znów się zarazisz.
– Dawaj ten antybiotyk – odparła Esperanza. – Jasne, że się zarażę. Jestem dziwką.
– Lupe czyta ci w myślach? – zapytała doktor Gomez Esperanzę, która zaczęła bełkotać, ale Juan Diego milczał. Lubił doktor Gomez i nie miał zamiaru powtarzać jej plugawych rzeczy, jakie wygadywała matka.
– Przetłumacz tej cipie, co powiedziałam! – wrzasnęła Esperanza do syna.
– Przepraszam – zwrócił się Juan Diego do lekarki – ale nie rozumiem, co bredzi moja mama. To nawiedzona, ordynarna wariatka.
– Tłumacz, ty mały bydlaku! – krzyknęła Esperanza. Zamachnęła się na syna, ale brat Pepe go zasłonił.
– Nie dotykaj mnie – powiedział Juan Diego do matki. – I nie zbliżaj się... jesteś zarażona. Zarażona! – powtórzył.
Być może właśnie to słowo wyrwało go z niespokojnego snu – lub odgłos wysuwanych kół samolotu, który podchodził do lądowania. Zobaczył, że za chwilę będzie w Manili, gdzie czeka na niego prawdziwe życie – a jeśli nie całkiem prawdziwe, to obecne, a przynajmniej jego namiastka.

Lubił śnić, jednak ilekroć śniła mu się matka, budził się bez przykrości. Rozbijała go bardziej niż beta-blokery. Na przekór imieniu nie miała nic wspólnego z nadzieją. „Desesperanza", nazywały ją zakonnice, choć tylko za plecami. „Beznadziejność", tak ją ochrzciły, albo wręcz „Rozpacz" – *Desesperación* – gdy to imię stało się bardziej adekwatne. Już w wieku czternastu lat Juan Diego i Lupe, bardzo bystra trzynastolatka, czuli się dorosłymi w rodzinie. Esperanza była dzieckiem, nie tylko w oczach własnego potomstwa – z wyłączeniem seksualnego aspektu. Która matka chciałaby istnieć jako obiekt erotyczny w oczach własnych dzieci, tak jak było w jej przypadku?

Esperanza nigdy nie ubierała się jak sprzątaczka, lecz stosownie do drugiej branży, w której działała na ulicy Zaragoza i w hotelu Somega – „kurwotelu", jak nazywał go Rivera. Mimo ubioru małej dziewczynki przekaz nie pozostawiał wątpliwości.

Była również dzieckiem w kwestii pieniędzy. Dzieciom z sierocińca nie pozwalano mieć pieniędzy, ale Juanowi Diego i Lupe zawsze udało się coś zachomikować. (Zbieractwo mieli we krwi; *los pepenadores* gromadzą i sortują jeszcze długo po tym, gdy przestają szukać aluminium, szkła oraz miedzi). Sprytnie chowali pieniądze w swoim pokoju w Niños Perdidos; zakonnice nigdy nie mogły ich znaleźć.

Ale Esperanza owszem, i okradała ich w razie potrzeby. I zwracała „pożyczkę", na swój sposób. Czasami, po udanej nocy, wsuwała pieniądze pod poduszki dzieci, które szczęśliwie były w stanie „zwęszyć" banknoty, zanim zrobiły to zakonnice. Esperanzę (oraz pieniądze) zdradzały perfumy.

– *Lo siento, madre* – rzucił pod nosem, kiedy samolot lądował w Manili. „Przepraszam, mamo". W wieku czternastu lat był za młody, aby jej współczuć – zarówno dziecku, jak i dorosłej.

Jezuici lubili słowo „miłosierdzie", zwłaszcza ojciec Alfonso i ojciec Octavio. Z dobrego serca zatrudnili prostytutkę, aby dla nich sprzątała; nazywali ów akt życzliwości „drugą szansą". (Brat Pepe i Edward Bonshaw siedzieli kiedyś do późnej nocy, zastanawiając się nad „pierwszą" szansą Esperanzy – nim została prostytutką i kościelną sprzątaczką).

Tak, dzięki miłosierdziu jezuitów *los niños de la basura* zyskały status sierot, gdyż bądź co bądź miały matkę, ale nie mogły na nią liczyć. Niewątpliwie ojciec Alfonso i ojciec Octavio uważali, iż aktem miłosierdzia było zapewnienie rodzeństwu własnej sypialni i łazienki – biorąc pod uwagę relacje Lupe z bratem. (Podczas kolejnej nocnej dyskusji brat Pepe i señor Eduardo zastanawiali się, jak funkcjonowałaby Lupe, gdyby Juan Diego nie służył jej za tłumacza).

Pozostałe sierotki, w tym rodzeństwa, rozdzielano zależnie od płci. Chłopcy spali na jednym piętrze, dziewczynki na drugim; chłopcy mieli wspólną łazienkę, podobnie jak dziewczynki (im przypadły w udziale lepsze lustra). Jeśli dzieci miały rodziców bądź innych krewnych, dorosłym nie pozwalano odwiedzać ich w salach sypialnych, ale Esperanza mogła odwiedzać Juana Diego w ich sypialni, przerobionej z dawnej małej biblioteki, tak zwanej czytelni dla wizytujących akademików. (Większość książek jeszcze stała na półkach, sumiennie odkurzanych przez Esperanzę; miała opinię naprawdę świetnej sprzątaczki).

Mimo wszystko byłoby niezręcznie trzymać Esperanzę z dala od własnych dzieci; ona też miała tutaj pokój, ale w części dla służby. Mieszkała tam wyłącznie damska część personelu, być może dla bezpieczeństwa dzieci, choć same służące – Esperanza była z nich najbardziej wygadana, nie tylko w tym temacie – z uporem twierdziły, że dzieci należy chronić przed księżmi („tymi cudakami w celibacie", jak nazywała ich matka Lupe i Juana Diego).

Nikt, nawet Esperanza, nie oskarżyłby ojca Alfonso czy ojca Octavio o to konkretne, często nagłaśniane zboczenie, nikt też nie sądził, że sierotom z Niños Perdidos coś grozi. Rozmowy o dzieciach, ofiarach kapłanów, którzy jakoby żyli w czystości, dotyczyły bardziej tego, jak „nienaturalny" jest celibat dla mężczyzn. Co do zakonnic – to było co innego.

Celibat bardziej mieścił się w głowie w przypadku kobiet; nikt nie twierdził, że jest „naturalny", lecz niewiele spośród służących wyrażało pogląd, iż zakonnice mają szczęście, że nie uprawiają seksu.

Tylko Esperanza mówiła: „Spójrzcie na zakonnice. Kto chciałby się z nimi przespać?". Ale to było niemiłe i – jak często w jej przypadku – niekoniecznie zgodne z prawdą. (Owszem, temat celibatu oraz tego, czy jest on wbrew naturze, czy na odwrót, również stanowił przedmiot nocnych debat brata Pepe i Edwarda Bonshawa – jak łatwo można sobie wyobrazić).

Señor Eduardo biczował się i w rozmowach z Juanem Diego próbował z tego żartować, na przykład wyrażał ulgę z faktu posiadania własnego pokoju. Ale chłopiec wiedział, że biczownik ma wspólną łazienkę z bratem Pepe, i zastanawiał się, czy ten drugi znajduje ślady krwi w wannie lub na ręcznikach. Brat Pepe nie był skłonny do umartwiania się, lecz bawili go ojciec Octavio i ojciec Alfonso, którzy pod wieloma względami patrzyli na Amerykanina z góry, za to nie szczędzili mu słów uznania za ów bolesny nawyk.

– Jakie to dwunastowieczne! – zachwycał się ojciec Alfonso.

– I jakie godne pochwały – wtórował mu ojciec Octavio. (Cokolwiek sądzili o Edwardzie, biczowanie stanowiło w ich oczach akt prawdziwej odwagi). I chociaż ci dwaj miłośnicy średniowiecza dalej krytykowali hawajski styl señora Eduardo, brata Pepe śmieszyło też, iż nigdy nie skojarzyli biczowania z papugami i palmami na jego obszernych koszulach. Sam Pepe wiedział, że señor Eduardo ciągle krwawi: naprawdę się nie oszczędzał. Pstre kolory i chaotyczne desenie na koszulach miały odwracać uwagę od plam.

Wspólna łazienka i bliskie sąsiedztwo oddzielnych sypialni czyniły z nich współlokatorów osobliwego rodzaju, a mieszkali na tym samym piętrze, gdzie znajdowała się dawna czytelnia, w której ulokowano dzieci z wysypiska. Pepe i Amerykanin musieli być świadomi obecności Esperanzy, a ta przemykała pod drzwiami w późnych godzinach nocnych albo wczesnym rankiem, bardziej jak duch matki *niños* niż prawdziwa matka. Była *prawdziwą* kobietą, jej bliskość mogła burzyć spokój tych żyjących w czystości mężczyzn; pewnie słyszała też czasem, jak Edward Bonshaw okłada się batem.

Wiedziała, że w sierocińcu są czyste podłogi, przecież sama je szorowała. Przychodziła do dzieci na bosaka: dzięki temu nie robiła hałasu, a – zważywszy na jej nocny tryb życia – prawie wszyscy w Niños Perdidos już spali, kiedy się zakradała. Tak, przychodziła ucałować dzieci na dobranoc – pod tym jedynym względem nie różniła się od innych matek – ale przychodziła też je okradać lub zostawiać im pod poduszką wyperfumowane pieniądze. Przede wszystkim zaś zjawiała się w celu skorzystania z ich oddzielnej łazienki. Zapewne łaknęła nieco prywatności, raczej nie miała jej ani w hotelu Somega, ani w mieszkaniu dla służby. I pewnie chciała, chociaż raz dziennie, wykąpać się w samotności. Kto wie, jak była traktowana przez inne pracownice sierocińca? Może kobietom nie podobało się, że mają wspólną łazienkę z dziwką.

Ponieważ Rivera stał na wstecznym, najechał na stopę Juana Diego; z powodu zbitego lusterka bocznego dzieci spały w małej bibliotece, dawnej czytelni, w jezuickim sierocińcu. A ponieważ ich matka była tu sprzątaczką (z powodu bycia prostytutką), nawiedzała piętro, na którym mieszkał nowy misjonarz.

Czy ten układ nie mógł przetrwać? Czy zaistniały stan rzeczy nie miałby szans na utrzymanie? Czy dzieci koniec końców nie wolałyby mieszkać w sierocińcu zamiast na wysypisku? I czy tak trudno sobie wyobrazić, iż przebrzmiała piękność pokroju Esperanzy oraz niestrudzony biczownik w rodzaju Edwarda Bonshawa mogliby siebie nawzajem czegoś nauczyć?

Być może on wyciągnąłby morał z jej poglądów na temat celibatu i biczowania, a już na pewno sporo by się nasłuchał o poświęcaniu życia w celu zapobiegania grzechom jednej prostytutki w ciągu jednej nocy.

Z kolei señor Eduardo mógłby zapytać Esperanzę, dlaczego nadal się prostytuuje. Czyż nie miała pracy i bezpiecznego miejsca do spania? Może z próżności? Czy była aż tak próżna, że wolała być pożądana, nie kochana?

Czy oboje nie posuwali się do skrajności? Czy nie lepiej byłoby pójść na kompromis?

W jednej z rozmów do późnej nocy brat Pepe ujął to następująco:

– Boże jedyny, czy nie ma sposobu, by zapobiec grzechom jednej prostytutki w ciągu jednej nocy, ale nie kosztem własnego żywota? – Lecz nie doszli z tym do ładu; Edward Bonshaw nigdy nie był skory do kompromisów.

Za krótko mieszkali wszyscy pod jednym dachem, żeby sprawdzić, do czego mogłoby to doprowadzić. Vargas pierwszy wspomniał o cyrku; klamka zapadła i nie było odwrotu.

To wina ateisty. Świecki humanista (odwieczny wróg katolicyzmu) ponosi odpowiedzialność za to, co się potem stało. A mogło być znośnie: mogli nie być prawdziwymi sierotami albo zostać sierotami na lepszych warunkach. Jeszcze wszystko mogło się udać.

Ale Vargas zasiał ziarno cyrku. Które dziecko nie kocha cyrku, albo tak mu się zdaje?

11

Samoistny krwotok

Gdy dzieci z wysypiska opuszczały budę w Guerrero i przenosiły się do sierocińca, zabrały ze sobą niemal tyle samo pistoletów na wodę, ile ubrań. Oczywiście pistolety miały zostać skonfiskowane przez zakonnice, lecz Lupe pozwoliła znaleźć tylko te, które nie działały. Zakonnice nigdy się nie dowiedziały, do czego służą.

Juan Diego i Lupe przećwiczyli to na Riverze: uznali, że jeśli on da się nabrać na sztuczkę ze stygmatami, wykiwają każdego. Nie nabierali go długo. Umiał odróżnić prawdziwą krew od sztucznej, a poza tym sam kupował buraki – Lupe zawsze o nie prosiła.

Dzieci napełniały pistolety mieszanką wody i soku z buraków. Juan Diego lubił dodawać nieco śliny. Twierdził, że to nadaje mieszance „bardziej krwistą konsystencję".

– Co to jest „konsystencja"? – zapytała Lupe.

Sztuczka polegała na tym, że Juan Diego chował naładowany pistolet za gumką spodni, pod wyciągniętą koszulą. Najbezpieczniejszym celem był czyjś but, wówczas ofiara nie czuła na sobie krwi. Sandały stanowiły pewien problem, gdyż maź kleiła się między palcami stóp.

W przypadku kobiet lubił strzelać od tyłu, na gołą łydkę. Zanim kobieta zdążyła odwrócić głowę i spojrzeć, chłopiec miał czas ukryć broń. Wtedy Lupe zaczynała bełkotać. Najpierw wskazywała na miejsce samoistnego krwotoku, a potem na niebo: jeżeli krew pochodziła z góry, z całą pewnością jej źródłem była siedziba Boga (oraz błogosławionych zmarłych). „Ona mówi, że to cud", tłumaczył Juan Diego.

Czasem Lupe wykręcała się od jednoznacznej odpowiedzi.

– Nie, przepraszam: to cud albo zwykły krwotok – dodawał brat, a ona schylała się ze szmatką w dłoni i wycierała krew, cudowną lub nie, z buta (albo gołej łydki), zanim ofiara zdążyła ochłonąć. Jeśli opłata za tę usługę następowała od razu, dzieci gorliwie się wymawiały: nie godzi się przyjmować pieniędzy za wskazanie cudu oraz wytarcie świętej (lub nieświętej) plamy. Cóż, przynajmniej wymawiały się na początku; dzieci wysypiska nie żebrały.

Po wypadku z furgonetką wózek okazał się bardzo przydatny, jak znalazł: Juan Diego wyciągał rękę i niechętnie przyjmował datek, a tak było łatwiej ukryć pistolet. Kule stanowiły pewien problem – musiał mieć wolną rękę. Gdy chodził o kulach, to Lupe z ociąganiem brała pieniądze – rzecz jasna, nigdy ręką, którą wycierała plamę.

Kiedy rekonwalescencja przeszła w fazę kuśtykania – która z uwagi na swój stały charakter w zasadzie nie była etapem – *niños* z wysypiska stawiały na improwizację. Zwykle Lupe (opornie) ustępowała panom, którzy chcieli zapłacić. Gdy zaś ofiarami sztuczki ze stygmatami stały się kobiety, Juan Diego odkrył, że kulawy chłopiec bywa bardziej przekonujący od wiecznie wkurzonej siostry. A może kobiety wyczuwały, że Lupe zagląda im do głowy?

Dzieci zachowywały określenie „stygmaty" na ryzykowne sytuacje, kiedy Juan Diego strzelał w rękę potencjalnej ofiary: niezmiennie był to strzał od tyłu, gdy ludzie stali lub szli z rękami zwieszonymi po bokach i wnętrzem dłoni skierowanym do tyłu.

Broczysz krwią z rozcieńczonego buraka, a u twoich stóp klęka dziewczynka i rozmazuje ją sobie na twarzy – cóż, powiedzmy, że ten widok skruszyłby serce największego

niedowiarka. Jakby tego było mało, kulawy chłopiec zaczynał krzyczeć „Stygmaty!". Z uwagi na wielką liczbę turystów w *zócalo* krzyczał w dwóch językach: *„estigmas"* i „stygmaty".
Raz, kiedy udało im się nabrać Riverę, trafili go w but. Szef wysypiska zerknął na niebo, lecz nie w poszukiwaniu niebiańskiego świadectwa. „Pewnie siekło ptaka", skwitował i nic im nie dał.
Przy innej okazji strzał prosto w rękę nie wywarł na nim wrażenia. Gdy Lupe w uniesieniu rozsmarowywała sobie „krew" po twarzy, spokojnie cofnął rękę i polizał ją przy wtórze okrzyków o stygmatach.
– *Los betabeles* – oznajmił, patrząc na Lupe z uśmiechem. Buraki.

Samolot wylądował na Filipinach. Juan Diego zapakował resztkę ciastka z zieloną herbatą w serwetkę i schował ją do kieszeni kurtki. Pasażerowie wstawali, zbierali swoje rzeczy – kłopotliwa sytuacja dla podstarzałego kaleki. Ale Juan Diego odbiegł myślami daleko, w czasy, gdy oboje z Lupe byli nastolatkami. Przeczesywali *zócalo*, w sercu Oaxaca, poszukując naiwniaków skłonnych uwierzyć, że widmowy Bóg na wysokościach wyróżnił ich samoistnym krwotokiem.
Jak zawsze i wszędzie – nawet w Manili – kobieta zlitowała się nad jego nogą.
– Może pomóc? – zapytała młoda matka dwójki dzieci, małej dziewczynki i jeszcze mniejszego chłopca. Sama miała ręce pełne roboty, lecz tak działała stopa Juana Diego (szczególnie na kobiety).
– O nie, dam sobie radę. Ale dziękuję pani! – zapewnił. Matka uśmiechnęła się w odpowiedzi, chyba z ulgą. Dzieci nadal wpatrywały się w jego wykręconą stopę; ten kąt prosty zawsze je fascynował.
W Oaxaca, przypomniał sobie Juan Diego, dzieci musiały mieć się w *zócalo* na baczności; miejsce było wprawdzie zamknięte dla ruchu, ale roiło się tam od żebraków i domokrążców. Żebracy bywali zaborczy, a jeden z handlarzy, baloniarz,

przyuważył sztuczkę ze stygmatami. Dzieci z wysypiska nie wiedziały, że są obserwowane, ale któregoś dnia mężczyzna podarował Lupe balon i odezwał się do Juana Diego.

– Podoba mi się jej styl, chłopczyku, ale ty jesteś zbyt oczywisty – oznajmił. Miał na szyi rzemyk pociemniały od potu, a na nim wronią stópkę, której dotykał jak jakiegoś amuletu. – Widywałem prawdziwą krew w *zócalo*; wypadki chodzą po ludziach, chłopczyku – ciągnął. – Nie chcesz wpaść w oko niewłaściwym osobom. Niewłaściwe osoby nie chciałyby ciebie, ale zabrałyby ją – dodał, wskazując wronią stópką na dziewczynkę.

– Wie, skąd jesteśmy, i sam zastrzelił tę wronę w *basurero* – oznajmiła Lupe. – Balon jest przekłuty. Powietrze z niego ulatuje. I tak by go nie sprzedał. Jutro nie będzie balonem.

– Podoba mi się jej styl – powtórzył baloniarz Juanowi Diego. Spojrzał na Lupe i podał jej drugi balon. – Ten nie jest przekłuty, powietrze nie ulatuje. Ale kto wie, co będzie jutro? W *basurero* strzelałem nie tylko do wron, siostrzyczko – zapewnił. Dzieci osłupiały, że nie potrzebował tłumaczenia.

– On zabija psy, w *basurero* strzelał do psów... wielu! – krzyknęła Lupe. Wypuściła z ręki balony, które uniosły się wysoko nad *zócalo*, nawet ten przekłuty. Od tej pory dzieci już nigdy nie czuły się tu tak jak dawniej. Nigdy nie wiedziały, na kogo trafią.

W kawiarnianym ogródku przy najpopularniejszym hotelu Marquéz del Valle pracował pewien kelner. Znał dzieci z wysypiska; widział ich sztuczkę albo baloniarz mu o niej wspomniał. Chytrze dał im do zrozumienia, że „może powie" zakonnicom.

– Nie macie przypadkiem czegoś do powiedzenia ojcu Alfonso albo ojcu Octavio? – tak to ujął.

– O czym miałby pan niby powiedzieć zakonnicom? – zapytał go Juan Diego.

– O sztucznej krwi. Macie się przyznać – odrzekł kelner.

– Powiedział pan „może" – naciskał chłopiec. – Powie pan zakonnicom czy nie powie?

– Żyję z napiwków – zabrzmiała lakoniczna odpowiedź. I tak najlepsze miejsce do nabierania turystów zostało spalone: zmuszeni byli opuścić okolice kawiarnianego ogródka w Marquéz del Valle, gdzie cwany kelner czekał na swoją dolę. Zresztą Lupe twierdziła, że Marquéz del Valle to pechowe miejsce: jeden z zaczepionych przez nich turystów wyskoczył z balkonu na piątym piętrze. Do samobójstwa doszło krótko po tym, gdy hojnie wynagrodził Lupe za wytarcie krwi z jego buta. Był to jeden z wrażliwych nieboraków, którzy nie przyjęli do wiadomości, że dzieci nie chcą jałmużny; odruchowo wcisnął im spory zwitek banknotów.

– Lupe, ten człowiek się nie zabił z powodu krwi na bucie – tłumaczył Juan Diego, ale dziewczynkę gryzło sumienie.

– Wiedziałam, że jest smutny – powtarzała. – Czułam, że mu się nie układa.

Juan Diego nie miał nic przeciwko temu, aby przestali się zapuszczać w pobliże tego hotelu; nie znosił go, jeszcze zanim napatoczyli się na zachłannego kelnera. Hotel został nazwany tytułem, jaki przyjął Cortés (Marquéz del Valle de Oaxaca), a Juan Diego nie ufał niczemu, co miało jakikolwiek związek z hiszpańską konkwistą – nie wyłączając katolicyzmu. Oaxaca była niegdyś ośrodkiem cywilizacji Zapoteków. Juan Diego uważał siebie i Lupe za przedstawicieli tego ludu. Dzieci z wysypiska nienawidziły Cortésa; jesteśmy ludźmi Benito Juáreza, a nie Cortésa, mawiały z upodobaniem – tubylcami.

Dwa łańcuchy górskie Sierra Madre zbiegają się i łączą w jedno pasmo w stanie Oaxaca; miasto Oaxaca jest stolicą. Ale nie licząc ingerencji wszędobylskiego Kościoła katolickiego, która była zresztą do przewidzenia, Hiszpanie nie byli zbytnio zainteresowani stanem Oaxaca – z wyjątkiem upraw kawy w jego wyższych partiach. I, jakby na zawołanie zapoteckich bogów, miasto Oaxaca zostało zniszczone przez dwa trzęsienia ziemi, jedno w roku tysiąc osiemset pięćdziesiątym czwartym, drugie w tysiąc dziewięćset trzydziestym pierwszym.

Ta historia zrodziła w Lupe obsesję na punkcie trzęsienia ziemi. Dziewczynka nie tylko powtarzała, często w niestosownej sytuacji, *No es buen momento para un terremoto* – czyli „To niewłaściwa chwila na trzęsienie ziemi" – ale wbrew wszelkim zasadom logiki marzyła o trzecim trzęsieniu, które zniszczyłoby miasto oraz sto tysięcy mieszkańców, choćby z powodu smutku samobójcy z Marquéz del Valle albo niewybaczalnego zachowania baloniarza, zatwardziałego mordercy psów. Lupe uważała, że człowiek, który zabija psy, zasługuje na śmierć.

– Ale trzęsienie ziemi, Lupe? – pytał Juan Diego. – Co z resztą? Czy wszyscy zasługujemy na śmierć?

– Lepiej wyjedźmy z Oaxaca… a już ty na pewno – brzmiała odpowiedź. – Trzecie trzęsienie wisi w powietrzu. Lepiej wyjedź z Meksyku – dodawała.

– A ty? Przecież nie zostaniesz? – zaznaczał do znudzenia.

– Zostanę. Ja zostanę w Oaxaca – powtarzała.

I w tym stanie ducha Juan Diego Guerrero, prozaik, przybył do Manili po raz pierwszy, rozkojarzony, a przy tym zdezorientowany. Młoda matka dwójki małych dzieci słusznie proponowała mu pomoc, a on niesłusznie odparł, że „da radę". Ta sama uczynna kobieta czekała z dziećmi na odbiór bagażu. Na ruchomej taśmie znajdowało się zbyt dużo walizek i ludzie szwendali się bez celu – w tym ci, jak się wydawało, którzy nie mieli tam nic do roboty. Juan Diego nie zdawał sobie sprawy, jakie wrażenie robi w tłumie swoją bezradnością, lecz młoda matka musiała zauważyć to, co rzucało się w oczy wszystkim naokoło. Dystyngowany starszy pan z wykręconą stopą wyglądał na zagubionego.

– Straszny tu bałagan. Czy ktoś czeka na pana? – zapytała; była Filipinką, ale bezbłędnie mówiła po angielsku. Usłyszał, że jej dzieci porozumiewają się tylko w języku tagalog, ale chyba zrozumiały, co ich mama powiedziała do kaleki.

– Czy ktoś na mnie czeka? – powtórzył Juan Diego. (Jak to możliwe, że nie wie, zdziwiła się zapewne miła kobieta). Wyjął z przegródki torby podręcznej schowany tam plan, potem przetrząsnął kieszenie w poszukiwaniu okularów do czytania

– podobnie jak w poczekalni British Airways na lotnisku JFK, kiedy Miriam wyrwała mu plan z ręki. I znowu wyszedł na początkującego podróżnika. Cud, że nie powiedział do Filipinki (tak jak do Miriam): „Uznałem, że nie ma sensu brać laptopa w długą podróż". Co za kretynizm, przyszło mu teraz do głowy – a co ma podróż do laptopa!

Jego najbardziej asertywny dawny student, Clark French, zaplanował za niego wszystko na Filipinach; bez swojej rozpiski Juan Diego nic nie pamiętał – prócz tego, że Miriam nie spodobało się miejsce, w którym miał mieszkać. Oczywiście udzieliła mu kilku rad, gdzie powinien się zatrzymać – „za drugim razem", tak to ujęła. Co do tego razu Juan Diego pamiętał, iż wszechwiedząca Miriam użyła sformułowania „wierz mi". („Ale, wierz mi, nie spodoba ci się to miejsce", tak powiedziała). Szukając swojej rozpiski, Juan Diego sam nie wiedział, dlaczego nie wierzy Miriam, co nie przeszkadzało mu jej pragnąć.

Zobaczył, że ma mieszkać w Makati Shangri-La w Makati City; w pierwszej chwili się zaniepokoił, gdyż nie miał pojęcia, że Makati City to część Manili. A ponieważ następnego dnia wyjeżdżał z Manili na wypę Bohol, nie czekał na niego nikt znajomy – nawet żaden z krewnych Clarka Frencha. Miał przyjechać po niego wynajęty kierowca. „Tylko kierowca", brzmiał zapisek Clarka na planie.

– Przyjedzie po mnie kierowca – poinformował wreszcie młodą Filipinkę.

Matka powiedziała coś do dzieci w języku tagalog. Wskazała na wielką, nieporęczną walizę na taśmie, która weszła w zakręt, strącając kilka pozostałych. Dzieci śmiały się z wypchanej walizy. Zmieściłyby się w niej dwa labradory retrievery, pomyślał Juan Diego; oczywiście to jego waliza, której się wstydził. Z takim bagażem nie wyglądał na rasowego globtrotera. Pomarańczowa waliza biła po oczach kolorem, miała odcień kamizelek dla myśliwych albo pachołków drogowych. Sprzedawczyni, która mu ją wcisnęła, przekonywała, że współpasażerowie nie pomylą jej z własnymi. Nikt inny nie miał takiej walizy.

W tej samej chwili – kiedy na Filipinkę i jej roześmiane dzieci spływało olśnienie, że krzykliwa landara jest własnością kaleki – Juan Diego pomyślał o señorze Eduardo, że jego psa zastrzelono, gdy był w tak młodym wieku. I łzy napłynęły mu do oczu na myśl, że jego ohydna waliza pomieściłaby dwa ukochane labradory Edwarda Bonshawa. Łzy dorosłych często bywają źle rozumiane. (Któż może wiedzieć, do czego wracają akurat we wspomnieniach?). Uczynna matka i jej dzieci zapewne pomyśleli, że kulejący mężczyzna płacze, bo szydzili z jego torby. To nie był koniec zamętu. W hali, gdzie na pasażerów czekali przyjaciele, krewni oraz kierowcy, panowało straszne zamieszanie. Młoda Filipinka toczyła psią trumnę Juana Diego, on szarpał się z jej walizką i swoją torbą podręczną, a dzieci niosły plecaki i taszczyły matczyny neseser podręczny. Oczywiście Juan Diego był zmuszony przedstawić się kobiecie, aby razem mogli wypatrywać kierowcy – z tabliczką, na której widniało nazwisko „Juan Diego Guerrero". Tymczasem napis głosił: SEÑOR GUERRERO. Juan Diego się zdziwił, lecz kobieta od razu się spostrzegła.

– To pan, prawda? – zapytała spokojnie.

Zamiast prostej odpowiedzi na to pytanie mogła być tylko cała opowieść – ale Juan Diego połapał się w kontekście sytuacji: nie urodził się jako señor Guerrero, jednakże był tym Guerrero, którego szukał kierowca.

– Pan jest pisarzem... tym Juanem Diego Guerrero, tak? – zagadnął młody, przystojny szofer.

– Zgadza się. – Juan Diego nie chciał, aby młodej matce zrobiło się przykro, że go (pisarza) nie poznała, ale gdy się rozejrzał, kobiety z dziećmi nie było: poszła, nie dowiedziawszy się, że był tym Juanem Diego Guerrero. No nic – dobry uczynek na ten rok mam z głowy, pomyślał.

– Zostałem nazwany na cześć pisarza – mówił młody szofer. Z trudem dźwignął pomarańczową szkaradę i umieścił ją w bagażniku limuzyny. – Bienvenido Santosa... Czytał pan coś? – zapytał.

– Nie, ale słyszałem o nim – odpowiedział Juan Diego. (Nie chciałbym, żeby ktoś tak o mnie powiedział!).

– Proszę mówić do mnie Ben – poprosił kierowca. – Niektórych dziwi to „Bienvenido".

– Mnie się podoba – zapewnił Juan Diego.

– Będę pańskim szoferem w Manili, nie tylko w drodze z lotniska – dodał Bienvenido. – Na prośbę pana dawnego ucznia. To on powiedział, że jest pan pisarzem – wyjaśnił. – Przepraszam, ale nie czytałem żadnej pana powieści. Nie wiem, czy jest pan sławny...

– Nie jestem – oznajmił Juan Diego pospiesznie.

– Bienvenido Santos jest sławny... przynajmniej był sławny tutaj – poinformował kierowca. – Już nie żyje. Czytałem wszystkie jego książki. Niezłe. Uważam jednak, że to błąd dawać dzieciakowi imię po pisarzu. Dorastałem ze świadomością, że muszę przeczytać powieści pana Santosa, a jest ich całe mnóstwo. A gdyby mi się nie spodobały? Gdybym nie lubił czytać? Mówię tylko, że to spora odpowiedzialność – uzupełnił.

– Rozumiem – odrzekł Juan Diego.

– Ma pan dzieci? – spytał szofer.

– Nie mam – odparł Juan Diego, ale i tu nie było prostej odpowiedzi, tylko inna opowieść, nad którą nie lubił się zastanawiać. – Jeśli będę miał, nie dam im imion po pisarzach – obiecał.

– Wiem już o jednym miejscu, które chce pan odwiedzić w czasie swojego pobytu – mówił szofer. – Ponoć wybiera się pan na amerykański cmentarz poległych...

– Nie tym razem – przerwał mu Juan Diego. – Za krótko będę w Manili, ale kiedy wrócę...

– Wedle życzenia, señor Guerrero, ja się dostosuję.

– Proszę, mów mi po imieniu...

– Pewnie, jak sobie życzysz – odpowiedział szofer. – Chodzi mi o to, Juanie Diego, że wszystko jest załatwione, nie musisz się o nic martwić. Cokolwiek chcesz, kiedy chcesz...

– Niewykluczone, że zmienię hotel, ale nie teraz. Kiedy wrócę – wypalił Juan Diego.

– Wedle życzenia – powtórzył Bienvenido.
– Słyszałem nieciekawe rzeczy o tym hotelu – dodał Juan Diego.
– W mojej pracy słyszę mnóstwo nieciekawych rzeczy. O każdym hotelu! – oświadczył szofer.
– A co słyszałeś o Makati Shangri-La? – zaciekawił się Juan Diego.

Czekali, żeby włączyć się do ruchu; na zapchanej ulicy panował gwar jak na dworcu autobusowym, a nie lotnisku. Niebo nosiło odcień brudnego beżu, powietrze było wilgotne i smrodliwe, w klimatyzowanym wnętrzu limuzyny zaś panował dotkliwy chłód.

– To kwestia tego, w co się wierzy – padła odpowiedź. – Usłyszeć można wszystko.
– Na tym polegał mój problem z powieścią... żeby uwierzyć – powiedział Juan Diego.
– Jaką powieścią? – zapytał Bienvenido.
– Shangri-La to wymyślona kraina w powieści *Zaginiony horyzont*. Zdaje się, że napisano ją w latach trzydziestych... autor wyleciał mi z głowy – oznajmił Juan Diego. (Gdyby powiedziano tak o mojej książce! Poczułbym się, jakbym umarł, pomyślał). Zastanawiał się, dlaczego rozmowa z kierowcą jest tak wyczerpująca, ale w tej samej chwili szofer wykorzystał lukę w sznurze pojazdów i sprawnie ruszyli naprzód.

Lepszy smród niż klimatyzacja, stwierdził Juan Diego. Otworzył okno i w twarz dmuchnęło mu brudnobeżowe powietrze. Smog nasunął mu wspomnienie Meksyku, o tym mieście nie lubił myśleć. Gwarna, dworcowa atmosfera lotniska z kolei przywołała chłopięce wspomnienie autobusów w Oaxaca, które wręcz tonęły w oparach. Ale w jego wspomnieniach z czasów dorastania wszystkie ulice na południe od *zócalo* były zatrute – zwłaszcza ulica Zaragoza, a nawet te po drodze z sierocińca i *zócalo*. (Kiedy zakonnice już spały, Juan Diego i Lupe szli na Zaragozę szukać matki).

– Może jedna z rzeczy, które słyszałem o Makati Shangri-La, też jest zmyślona – rzucił Bienvenido.

– Mianowicie? – zapytał Juan Diego.
Przez uchylone okno jadącego samochodu wpadły kuchenne zapachy. Przejeżdżali przez ubogą dzielnicę, gdzie ruch zwolnił; rowery lawirowały między samochodami, a na ulicy roiło się od dzieci, półnagich i bosych. Tanie jeepneye były szczelnie wypełnione ludźmi; kursowały ze zgaszonymi reflektorami, może przepaliły im się żarówki, a ludzie tłoczyli się na siedzeniach jak na ławkach w kościele. Skojarzyło mu się to z kościołem, bo na maskach wymalowano kościelne slogany.
BÓG JEST DOBRY!, krzyczał jeden. BÓG CIĘ KOCHA, zapewniał inny. Dopiero co się zjawił w Manili, a już uderzano w czułą strunę: hiszpańscy konkwistadorzy oraz Kościół katolicki przybyli na Filipiny przed nim i odcisnęli tu swoje piętno. (On miał szofera o imieniu Bienvenido, a najpodlejszy z podłych środek komunikacji miejskiej reklamował Boga!).
– Coś jest nie tak z psami – powiedział Bienvenido.
– Psami? Jakimi psami? – zdumiał się Juan Diego.
– W Makati Shangri-La. Z psami do wykrywania ładunków bombowych – wyjaśnił kierowca.
– Ktoś podłożył bombę w hotelu? – spytał Juan Diego.
– Nie wiem. Takie psy są w każdym hotelu. A te w Shangri-La nie wiedzą, czego szukają: obwąchują wszystko.
– Normalne, nic takiego – odparł Juan Diego. Lubił psy i zawsze ich bronił. (Może te w Shangri-La wychodziły z założenia, że ostrożności nigdy za wiele).
– Ponoć psy z Shangri-La nie były tresowane – dodał Bienvenido.
Ale Juan Diego nie mógł się skupić na rozmowie. Manila przypominała mu Meksyk, czego zupełnie się nie spodziewał, a do tego rozmowa zeszła na psy, w sensie dosłownym.
W sierocińcu tęsknili za psami z wysypiska. Kiedy suka szczeniła się w *basurero*, opiekowali się jej miotem, a gdy któryś z piesków zdychał, próbowali go znaleźć, zanim zrobią to sępy. Pomagali Riverze palić zdechłe psy – palenie też stanowiło formę okazywania miłości.

Nocą, kiedy wyruszali na poszukiwanie matki, usiłowali nie myśleć o psach z dachów; one budziły strach. Były to przeważnie kundle, jak mówił brat Pepe, lecz mylił się, twierdząc, że „niektóre" z nich są zdziczałe – otóż stanowiły one zdecydowaną większość. Doktor Gomez wspomniała, iż wie, skąd się wzięły na dachach, choć jezuita uważał, iż nikt nie może mieć co do tego pewności.

Doktor Gomez miała wielu pacjentów pogryzionych przez psy z dachu; bądź co bądź, była specjalistką od gardła, nosa i uszu, wiedziała, że atakujące psy najczęściej rzucają się na twarz ofiary. Przed laty mieszkańcy najwyższych pięter budynków na południe od *zócalo* puszczali swoje psy luzem po dachach. Ale psy uciekały albo płoszyły je bezpańskie kundle; wiele z owych budynków stało tak blisko siebie, że czworonogi przeskakiwały z dachu na dach. Ludzie przestali wypuszczać psy i niebawem prawie wszystkie na dachach zdziczały. Tylko jak trafiły tam te pierwsze?

Nocą na ulicy Zaragoza światła przejeżdżających samochodów odbijały się w oczach psów z dachów. Nic dziwnego, że Lupe uważała je za duchy. Biegały wzdłuż dachów, jakby nawiedzały idących w dole przechodniów. Jeśli się nie rozmawiało, a muzyka nie zakłócała ciszy, można było usłyszeć ich przyspieszone oddechy. Czasem, podczas skoku z dachu na dach, któryś spadał. Oczywiście ginął, chyba że spadł na przechodnia, a ten amortyzował upadek. W takim wypadku nie ginął, lecz był poturbowany, co zwiększało prawdopodobieństwo, że pogryzie osobę, na którą spadł.

– Zdaje się, że lubi pan psy – zauważył Bienvenido.

– O tak... bardzo – odpowiedział Juan Diego, ale rozpraszała go myśl o widmowych psach z Oaxaca (jeżeli psy z dachów, bądź niektóre z nich, były duchami).

– Te psy to niejedyne duchy w mieście. Oaxaca jest pełna duchów – mówiła Lupe z właściwą sobie pewnością siebie.

– Ja tam ich nie widziałem – brzmiała pierwsza odpowiedź Juana Diego.

– Ale zobaczysz – skwitowała Lupe.

Obecnie, w Manili, rozpraszał go też przeładowany jeepney z tym samym hasłem co przedtem; jak widać cieszyło się ono szczególną popularnością: BÓG CIĘ KOCHA. Uwagę Juana Diego zwróciła nalepka na tylnej szybie przejeżdżającej taksówki. AMATORZY DZIECIĘCEJ PROSTYTUCJI, głosił napis. NIE ODWRACAJ SIĘ. REAGUJ. Tak jest, wytępić karaluchy, pomyślał Juan Diego. Ale co do dzieci, które zmuszano do prostytucji, boża miłość do nich mogła budzić pewną wątpliwość.

– Ciekaw jestem, co powiesz na te psy z hotelu – mówił Bienvenido, ale kiedy zerknął we wsteczne lusterko, zobaczył, że pasażer śpi. Albo wykitował, mógł pomyśleć szofer, gdyby Juan Diego nie ruszał ustami. Być może kierowca wyobraził sobie, że niezbyt sławny pisarz układa dialogi we śnie. Juan Diego wyglądał tak, jakby rozmawiał sam ze sobą – jak to pisarze mają w zwyczaju, przypuszczał Bienvenido. Młody filipiński kierowca nie mógł wiedzieć o rozmowie, którą wspominał starszy mężczyzna, ani tego, dokąd sny go teraz poniosą.

12

ULICA ZARAGOZA

– Posłuchaj, panie misjonarzu: ci dwoje muszą trzymać się razem – przekonywał Vargas. – Cyrk będzie ich ubierał, płacił za leczenie – a do tego trzy posiłki dziennie, łóżko do spania i rodzina, która się nimi zajmie.
– Jaka znowu rodzina? Mowa o cyrku! Tam się śpi w namiotach! – krzyknął Edward Bonshaw.
– La Maravilla jest w pewnym sensie rodziną, Eduardo – wtrącił brat Pepe. – Cyrkowe dzieci są zadbane – dodał z większym powątpiewaniem.
Podobnie jak w przypadku sierocińca, nazwa małego miejscowego cyrku też wzbudziła falę krytyki. Istotnie bywała myląca – Circo de La Maravilla. „La" było pisane wielką literą, gdyż „Cud" była konkretną osobą, artystką. (Sam numer, cud innego rodzaju, zwano *la maravilla* – z małej litery). Niektórzy w Oaxaca uważali, iż nazwa cyrku jest grubo przesadzona. Pozostałe numery były zwyczajne, zwierzęta tak samo. A do tego ludzie gadali.
W mieście nie mówiono o niczym innym, tylko o La Maravilli. (Nazwę cyrku również skracano, jak nazwę Zagubionych Dzieci; ludzie mówili, że idą do *el circo* albo do La Maravilli). Sama Cud była niezmiennie młodą dziewczyną, a wiele ich

się przewinęło. Numer zapierał dech w piersi, nie zawsze też był bezpieczny: kilka wcześniejszych artystek zginęło. Te, które przeżyły, szybko zakończyły karierę. Często się zmieniały, pewnie stres je dopadał. Bądź co bądź, ryzykowały życie, osiągając przy tym pełnoletność. Może dopadał je stres, a może hormony robiły swoje. Zaiste, czy to nie cudowne, że igrały ze śmiercią w trakcie pierwszych miesiączek, kiedy rosły im piersi? Czy prawdziwym zagrożeniem, prawdziwym cudem, nie było przypadkiem ich dorastanie?

Niektóre starsze dzieci z Guerrero zakradały się do cyrku i opowiadały później Lupe oraz Juanowi Diego o La Maravilli. Ale Rivera nie tolerował takiej błazenady. W tamtych czasach, gdy La Maravilla zajeżdżała do miasta, cyrk rozstawiał się w Cinco Señores; było stamtąd bliżej do *zócalo* i centrum Oaxaca niż do Guerrero.

Co przyciągało tłumy do Circo de La Maravilla? Wizja śmierci niewinnego dziewczęcia? A jednak brat Pepe miał rację, mówiąc, że La Maravilla, tak jak każdy cyrk, stanowi swoistą rodzinę. (Bywają dobre i złe rodziny, rzecz jasna).

– Ale co La Maravilla pocznie z kaleką? – spytała Esperanza.

– Błagam! Nie przy Juanie Diego! – krzyknął señor Eduardo.

– W porządku. Jestem kaleką – wtrącił chłopiec.

– La Maravilla ciebie przyjmie, bo jesteś niezbędny, Juanie Diego – oznajmił doktor Vargas. – Lupe potrzebuje tłumacza – przypomniał Esperanzie. – Nie można być wróżką, której nikt nie rozumie; ktoś musi tłumaczyć jej wizje.

– Nie jestem wróżką! – zaoponowała Lupe, ale Juan Diego nic nie powiedział.

– Soledad to kobieta, której szukasz – powiedział Vargas do Edwarda Bonshawa.

– Jaka kobieta? Ja nie szukam żadnej kobiety! – zawołał nowy misjonarz; uznał, że doktor Vargas nie rozumie istoty ślubu czystości.

– Nie mówię o kobiecie dla ciebie, panie Celibat – sprostował lekarz. – Mam na myśli kobietę, z którą powinieneś pogadać w imieniu dzieci. Soledad opiekuje się cyrkowymi dziećmi. Jest żoną tresera lwów.

– Ma niezbyt fortunne imię jak na żonę tresera lwów – zauważył brat Pepe. – „Samotność" źle wróży: można by pomyśleć, że czeka ją wdowieństwo.

– Na litość boską, Pepe, to tylko imię – zirytował się Vargas.

– Jesteś antychrystem... wiesz o tym, prawda? – Señor Eduardo, wzburzony, wycelował w niego palcem. – Te dzieci mogą mieszkać w sierocińcu, gdzie otrzymają porządne wykształcenie, a ty chcesz je narażać na niebezpieczeństwo! Przeraża cię ich nauka, doktorze Vargas? Trzęsiesz się ze strachu, że wychowamy je na ludzi wierzących, taki z ciebie zatwardziały ateista?

– Narażają się na niebezpieczeństwo, mieszkając w Oaxaca! – krzyknął Vargas. – Mam w dupie, w co wierzą.

– Antychryst – powtórzył Amerykanin, tym razem zwróciwszy się do brata Pepe.

– A mają psy w tym cyrku? – zapytała Lupe. Juan Diego przetłumaczył.

– Owszem, mają... tresowane. Też występują na arenie. Soledad szkoli nowych akrobatów, łącznie z linoskoczkami, ale psy mają własny namiot. Lubisz psy, Lupe? – zapytał doktor Vargas; dziewczynka wzruszyła ramionami; po prostu nie lubiła Vargasa. Ale Juan Diego widział, że podoba jej się pomysł z cyrkiem, tak samo jak jemu.

– Obiecaj mi coś – powiedziała do brata, biorąc go za rękę.

– Nie ma sprawy. Co takiego?

– Kiedy umrę, masz spalić mnie w *basurero*, jak psy – oznajmiła bratu. – Tylko ty i Rivera, nikt poza tym. Obiecaj.

– Jezu! – krzyknął Juan Diego.

– Nie Jezus – uściśliła Lupe. – Tylko ty i Rivera.

– Zgoda. – Juan Diego ustąpił. – Obiecuję.

– Dobrze znasz tę Soledad? – spytał Edward Bonshaw doktora Vargasa.

– Jest moją pacjentką. Kiedyś była akrobatką, występowała na trapezie. To bardzo obciążające dla ścięgien, zwłaszcza łokci, dłoni i nadgarstków. Dużo łapania i ściskania, o upadkach nie wspominając – wyjaśnił.

– A siatka? – zainteresował się señor Eduardo.

– W większości meksykańskich cyrków nie ma siatki – poinformował go Vargas.

– Boże miłosierny! – krzyknął Amerykanin. – I ty mi mówisz, że dzieci narażają się na niebezpieczeństwo w Oaxaca!

– Wróżka znikąd nie spada. Nie nadweręża sobie stawów – odparł Vargas.

– Nie wiem, o czym wszyscy myślą. Nie czytam w myślach wszystkim osobom. Wiem tylko, co myślą niektórzy – oświadczyła Lupe. Juan Diego czekał, aż skończy. – Co z ludźmi, których nie przejrzę na wylot? Co wróżka mówi takim osobom?

– Musimy wiedzieć, jak miałby wyglądać ten numer. Musimy się zastanowić. (Tak Juan Diego przełożył słowa siostry).

– Mówiłam coś innego – zaznaczyła Lupe.

– Musimy się zastanowić – powtórzył chłopiec.

– A treser lwów? – zwrócił się do Vargasa brat Pepe.

– Co: treser lwów? – spytał Vargas.

– Podobno Soledad ma z nim problemy – uzupełnił Pepe.

– No cóż, treserzy lwów zapewne nie są łatwi w pożyciu. Ten zawód wymaga sporych nakładów testosteronu. – Vargas wzruszył ramionami. Lupe zrobiła to samo.

– Czyli mówimy o macho? – upewnił się Pepe.

– Tak słyszałem – odpowiedział Vargas. – Ja go nie leczę.

– Treser lwów znikąd nie spada. Nie nadweręża sobie stawów – zauważył kąśliwie Edward Bonshaw.

– Musimy się zastanowić – oznajmiła Lupe.

– Co powiedziała? – zapytał Vargas Juana Diego.

– Że się zastanowimy – odrzekł chłopiec.

– Zawsze możesz wpaść do sierocińca w odwiedziny – powiedział do niego señor Eduardo. – Podrzucę ci coś do czytania, pogadamy o książkach, pokażesz mi, co napisałeś…

– Chłopak pisze? – zainteresował się Vargas.

– Owszem, chce pisać… chce się kształcić, ma dar do języka. On daleko zajdzie, zobaczysz – oświadczył Edward Bonshaw.

– Pan może wpaść do mnie do cyrku – powiedział Juan Diego do señora Eduardo. – Podrzucić mi coś do czytania...
– No jasne – rzucił Vargas. – Do Cinco Señores masz rzut beretem, Eduardo. La Maravilla czasami wyjeżdża na tournée, dzieciaki mogłyby zobaczyć miasto Meksyk. Mógłbyś się z nimi zabrać. Podróże też kształcą, nie? – I nie czekając na odpowiedź, zwrócił się do *niños z basurero*. – Za czym z wysypiska najbardziej tęsknicie? (Wszyscy wiedzieli, że Lupe tęskni za psami, nie tylko Moruskiem i Diablo. Brat Pepe z kolei wiedział, że do Cinco Señores wcale nie jest tak blisko).

Lupe nie odpowiedziała, a Juan Diego policzył w myślach rzeczy, których mu brakowało. Szybkiego jak błyskawica gekona na siatce w drzwiach, rozległej połaci odpadków, rozmaitych sposobów budzenia Rivery śpiącego w szoferce, tego, jak Diablo potrafił uciszyć inne psy, podniosłej atmosfery psich stosów pogrzebowych.

– Lupe tęskni za psami – zakomunikował Edward Bonshaw; dziewczynka wiedziała, że Vargas tylko na to czeka.
– Wiecie co? – odezwał się lekarz, jakby właśnie na to wpadł. – Założę się, że Soledad pozwoli dzieciakom spać w psim namiocie. Mógłbym ją zapytać. Nie zdziwiłbym się, gdyby uznała, że psy też się ucieszą. I wszyscy będą zadowoleni! Mały ten świat – dodał, ponownie wzruszając ramionami, a Lupe ponownie zrobiła to samo. – Czy ona myśli, że ja tego nie widzę? – zapytał Vargas Juana Diego, na co *niños* wzruszyły ramionami.
– Dzieci w namiocie z psami! – wykrzyknął Edward Bonshaw.
– Zobaczymy, co powie Soledad – skwitował Vargas.
– Lubię większość zwierząt bardziej od większości ludzi – oznajmiła Lupe.
– Niech zgadnę: Lupe woli zwierzęta od ludzi – powiedział Vargas do Juana Diego.
– Powiedziałam „większość" – zaznaczyła Lupe.
– Wiem, że Lupe mnie nie znosi. – Vargas pokiwał głową.

Utarczki Vargasa i Lupe przypominały Juanowi Diego mariachi; ta meksykańska orkiestra nie odstępowała turystów w *zócalo*. W weekendy zwykle towarzyszyły jej godne pożałowania zespoły z cheerleaderkami. Lupe zawsze pchała wózek Juana Diego w największy tłum. Wszyscy ustępowali im z drogi, nawet cheerleaderki. „Jakbyśmy byli sławni", stwierdzała z upodobaniem.

Dzieci słynęły na ulicy Zaragoza, były stałymi bywalcami. Numer ze stygmatami tam nie uchodził: nikt nie zapłaciłby za wytarcie krwi. Na ulicy Zaragoza za dużo jej przelewano, wycieranie byłoby stratą czasu.

Wzdłuż całej ulicy roiło się od prostytutek i potencjalnych klientów; Juan Diego i Lupe patrzyli na wchodzących i wychodzących z hotelu Somega, lecz nigdy nie widzieli matki, ani na Zaragoza, ani przed wejściem do hotelu. Nie mieli jak sprawdzić, czy Esperanza ma tam swój rewir, sam hotel zaś mógł mieć innych gości, którzy nie byli ani prostytutkami, ani ich klientelą. A jednak nie tylko Rivera nazywał Somegę „kurwotelem", ciągłe zaś wchodzenie i wychodzenie potwierdzało jego teorię.

Pewnej nocy, gdy Juan Diego jeszcze jeździł na wózku, śledzili na Zaragoza prostytutkę o imieniu Flor; wiedzieli, że nie jest kobietą, której poszukują, lecz przypominała trochę Esperanzę od tyłu – chodziły w identyczny sposób.

Lupe lubiła rozpędzać wózek i podjeżdżać do ludzi stojących tyłem – nie wiedzieli o wózku, póki na nich nie wpadł. Juan Diego zawsze miał obawy, że usiądą mu na kolana, więc wychylał się i próbował ich dotknąć, zanim rozpędzony wózek zderzy się z ciałem. Właśnie w ten sposób po raz pierwszy dotknął Flor: celował w rękę, ale Flor, idąc, wymachiwała rękami, toteż niechcący trafił w rozkołysany zadek.

– Święta Maryjo i Józefie! – wykrzyknęła Flor, obracając się na pięcie. Była bardzo wysoka; zamachnęła się na wysokości twarzy, lecz jej wzrok padł na chłopca na wózku inwalidzkim.

– To tylko ja i moja siostra – zapewnił Juan Diego i aż się wzdrygnął. – Szukamy naszej matki.

– Czy ja wyglądam jak wasza matka? – spytała Flor. Była transwestytą. W owych czasach nie było wiele prostytutek transwestytów w Oaxaca; Flor wyróżniała się nie tylko wzrostem. Była prawie piękna, a cień wąsika nad górną wargą, na który Lupe zwróciła uwagę, nie miał najmniejszego wpływu na jej urodę.

– Trochę ją przypominasz – odpowiedział Juan Diego. – Obie jesteście bardzo ładne.

– Flor jest większa, no i ma to. – Lupe musnęła palcem swoją górną wargę. Juan Diego nie musiał tego tłumaczyć.

– Nie powinno was tutaj być – ofuknęła ich Flor. – Jazda do łóżek.

– Nasza mama nazywa się Esperanza – odparł chłopiec. – Może ją tu widujesz. Może ją znasz.

– Znam Esperanzę – odparła Flor. – Ale tutaj jej nie widuję. Za to was owszem – dodała.

– Może nasza mama jest najbardziej rozchwytywana – podsunęła Lupe. – Może wcale nie wychodzi z hotelu Somega, tylko przyjmuje mężczyzn. – Ale Juan Diego tego nie przetłumaczył.

– Nie wiem, co ona gada, ale jedno wam powiem – oświadczyła Flor. – Każdy, kto kiedykolwiek się tutaj zjawił, musiał być widziany, możecie mi wierzyć na słowo. Może waszej matki wcale tu nie było, może powinniście iść spać.

– Flor wie dużo o cyrku, słyszę to w jej głowie – powiedziała Lupe. – Zapytaj ją o cyrk.

– Dostaliśmy propozycję z La Maravilli, dostalibyśmy własny numer – zagaił Juan Diego. – Mieszkalibyśmy w osobnym namiocie, ale z psami; to tresowane psy, bardzo mądre. Nie widujesz przypadkiem jakichś cyrkowców? – spytał.

– Nie tykam karłów. Wszystko ma swoje granice – prychnęła Flor. – Nie mogę się od nich opędzić, zawsze mnie obłażą.

– Oka dzisiaj nie zmrużę – stwierdziła Lupe. – Myśl o karłach obłażących Flor spędzi mi sen z oczu.

– Sama chciałaś. Ja też nie zmrużę – odpowiedział Juan Diego.

– Zapytaj, czy zna Soledad – poleciła Lupe.

– Może nie chcemy tego wiedzieć – odmruknął, ale zapytał Flor, co wie o żonie tresera lwów.

– Jest samotna i nieszczęśliwa – odrzekła. – Jej mąż to świnia. W tym przypadku jestem po stronie lwów – dorzuciła.
– Treserów też nie tykasz – domyślił się Juan Diego.
– Tego na pewno, *chico* – odpowiedziała Flor. – Czy wy czasem nie jesteście z Niños Perdidos? Czy wasza matka tam nie pracuje? Po co mielibyście mieszkać z psami, jeśli nie musicie?

Lupe zaczęła wyliczać powody.

– Po pierwsze, kochamy psy. Po drugie, żeby zostać gwiazdami, moglibyśmy zyskać sławę. Po trzecie, papuga będzie nas odwiedzał, a nasza przyszłość... – Urwała. – W każdym razie jego przyszłość – uściśliła, wskazując na brata – spoczywa w rękach papugi. Tak ma być, niezależnie od cyrku.

– Nie znam żadnego papugi – stwierdziła Flor, kiedy Juan Diego przetłumaczył słowa siostry.

– Papuga nie chce żadnej kobiety – poinformowała Lupe, co też zostało przetłumaczone. (Lupe słyszała, jak señor Eduardo tak mówił).

– W takim razie znam mnóstwo papug! – oświadczyła prostytutka.

– Lupe chce przez to powiedzieć, że papuga złożył śluby czystości – wyjaśnił Juan Diego, ale Flor nie dała mu skończyć.

– O nie, nie znam takich facetów – powiedziała. – Papuga też ma swój numer w cyrku?

– To nowy misjonarz z Templo de la Compañía de Jesús – zakomunikował Juan Diego.

– Święta Maryjo i Józefie! – zawołała ponownie Flor. – Taki papuga.

– Zabili mu psa, co najprawdopodobniej zmieniło jego życie – dodała Lupe, ale brat nie przetłumaczył.

Rozproszyła ich bijatyka przed hotelem Somega; chyba zaczęła się w środku, zanim przeniosła na zewnątrz.

– Cholera, to dobry gringo. Znowu sobie biedy napytał – powiedziała Flor. – Byłby bezpieczniejszy w Wietnamie.

W Oaxaca przybywało amerykańskich hipisów, niektórzy przyjeżdżali z dziewczynami, ale one zawsze szybko się ulatniały. Większość chłopców w wieku poborowym przyjeżdżała sama lub sama zostawała. Uciekali przed wojną w Wietnamie albo tym, czym stał się ich kraj, tłumaczył Edward Bonshaw. Wyciągał do nich pomocną dłoń, lecz na ogół nie wierzyli w Boga. Byli zbłąkanymi duszami, jak psy z dachów: szaleli po mieście albo snuli się po nim niczym duchy.

Flor też wyciągała do nich pomocną dłoń; wszyscy dekownicy ją znali. Może lubili ją, gdyż była transwestytą – chłopakiem, zupełnie jak oni – lecz ich sympatia do Flor wynikała też z jej doskonałej znajomości angielskiego. Dawniej mieszkała w Teksasie, ale wróciła do Meksyku. I zawsze opowiadała o tym w ten sam sposób. „Powiedzmy, że jedyna droga ucieczki z Oaxaca prowadziła do Houston", zaczynała niezmiennie. „Byliście w Houston? Powiedzmy, że musiałam się stamtąd zabierać".

Lupe i Juan Diego widywali już dobrego gringo w okolicach ulicy Zaragoza. Któregoś ranka brat Pepe zastał go śpiącego na ławce w jezuickim kościele. Śpiewał przez sen *Ulice Laredo*, kowbojską piosenkę – tylko pierwszą zwrotkę, w kółko, opowiadał Pepe.

Gdy raz szedłem ulicami Laredo,
Gdy raz szedłem ulicami miasta cud,
Ujrzałem kowboja w płótno zawiniętego,
Zawiniętego i zimnego jak lód.

Hipis był miły dla dzieci z wysypiska. Co do awantury w hotelu Somega, wyglądało na to, że nie miał czasu się ubrać. Leżał zwinięty w kłębek, żeby zasłonić brzuch, miał na sobie tylko dżinsy. W rękach ściskał sandały oraz brudną koszulę z długim rękawem, tę samą, co zawsze, dzieci w innej go nie widywały. Ale po raz pierwszy ujrzały jego wielki tatuaż. Był to Jezus Ukrzyżowany: zakrwawiona twarz w koronie cierniowej wypełniała wątłą klatkę piersiową. Tors Chrystusa, w tym bok przebity włócznią, pokrywał goliznę brzucha, a wyciągnięte ramiona (z pokiereszowanymi dłońmi i nadgarstkami) widniały na ramionach chłopaka. Wyglądało to tak, jakby górna część ciała Jezusa została brutalnie przymocowana do korpusu dobrego gringo. Obaj byli nieogoleni, a długie włosy wisiały im w strąkach.

Nad hipisem pochylali się dwaj zabijacy. Dzieci znały Garzę – wysokiego z brodą. Albo kogoś wpuszczał do Somegi, albo nie; przeważnie to on kazał dzieciom się wynosić. Pilnował obejścia jak pies budy. Drugi zabijaka – młody i gruby – miał na imię César i był przydupasem Garzy. (Garza bzykał wszystko, co się rusza).

– Ulżyliście sobie? – zapytała Flor.

Na chodniku przed hotelem stała druga prostytutka, jedna z młodszych; miała ospowatą cerę i podobnie jak hipis była skąpo odziana. Nosiła imię Alba, co znaczy „świt", i Juan Diego stwierdził, że wygląda na dziewczynę, z którą spotkanie trwa tak samo krótko jak wschód słońca.

– Za mało mi zapłacił. – Alba, zbulwersowana, poskarżyła się Flor.

– Chciała więcej niż na początku – wtrącił *el gringo bueno*. – Dałem jej tyle, ile mówiła najpierw.

– Zabierzcie ze sobą gringo – powiedziała Flor do Juana Diego. – Skoro możecie wykraść się z sierocińca, chyba zakradniecie się tak, żeby nikt nie widział, co?

– Rano znajdą go zakonnice... albo brat Pepe, señor Eduardo lub nasza mama – zaoponowała Lupe.

Juan Diego usiłował wytłumaczyć to Flor. Mieli z Lupe wspólny pokój i łazienkę, z której matka korzystała bez zapowiedzi, i tak dalej. Ale Flor chciała, żeby dzieci zabrały dobrego gringo z ulicy. Niños Perdidos to bezpieczne miejsce i dzieci powinny wziąć ze sobą hipisa – tam nikt go nie pobije.

– Powiedzcie zakonnicom, że znaleźliście go na chodniku i chcieliście zrobić dobry uczynek – poinstruowała. – Powiedzcie, że nie miał tatuażu, ale kiedy się rano obudziliście, na jego ciele pojawił się Chrystus Ukrzyżowany.

– I słyszeliśmy, jak przez sen godzinami śpiewa kowbojską piosenkę, ale nie widzieliśmy po ciemku – improwizowała Lupe. – Tatuaż musiał pojawić się w nocy!

I jak na zawołanie półnagi hipis zaczął śpiewać, teraz nie spał. Zapewne śpiewał, aby zagrać na nerwach zabijakom – tym razem padło na drugą zwrotkę.

Widzę po tobie, żeś jest kowbojem,
Przemówił do mnie w te słowy.
Siądź obok i słuchaj mej smutnej historii,
Bom już na śmierć gotowy.

– Święta Maryjo i Józefie – mruknął Juan Diego.
– Hej, co słychać, człowieku na kółkach – zawołał dobry gringo, jakby dopiero zauważył chłopca na wózku. – Hej, piratko drogowa! Dostałaś mandat? (Lupe zdążyła już go kiedyś staranować).
Flor pomagała mu się ubrać.
– Jeszcze raz go tkniesz, Garza – zagroziła – to urwę ci jaja i fiuta.
– Masz to samo między nogami – burknął Garza.
– Ale większe od twojego – odcięła się.
César chciał się zaśmiać, ale Flor i Garza spojrzeli na niego tak, że mina mu zrzedła.
– Zdecyduj się, ile jesteś warta, Alba – pouczała Flor młodą prostytutkę o brzydkiej cerze. – Nie powinnaś zmieniać zdania co do swojej ceny.
– Nie będziesz mi mówić, co mam robić, Flor – warknęła tamta i już jej nie było.
Flor odprowadziła dzieci i dobrego gringo aż do *zócalo*.
– Jestem twoim dłużnikiem! – zawołał za nią młody Amerykanin, kiedy odchodziła. – Waszym też, dzieci.
– Jak my go ukryjemy? – zastanawiała się Lupe. – Teraz łatwo go przemycimy, ale rano nie pójdzie tak gładko.
– Wymyślimy bajeczkę, że tatuaż to cud – zaproponował Juan Diego. (Ta wersja bardzo mu się spodobała).
– W pewnym sensie tak było – zaczął *el gringo bueno*. – Wpadłem na ten pomysł...
Lupe nie dała mu skończyć, nie teraz.

– Obiecaj mi coś – powiedziała do brata.
– Znowu?
– Obiecaj! Jeśli skończę na ulicy Zaragoza, masz mnie zabić. Przysięgnij, że to zrobisz.
– Święta Maryjo i Józefie! – Juan Diego próbował wykrzyknąć to tak jak Flor.
Hipis zapomniał o swojej opowieści i zmagał się ze zwrotką *Ulic Laredo*, jakby dopiero ją pisał.

Sześciu chwackich chłopa mą trumnę poniesie,
Sześć nadobnych panien pójdzie za nią wraz.
Potem moją trumnę przysypią różami,
Które zwiędną z ciałem, gdy nadejdzie czas.

– Powiedz to! – wrzasnęła Lupe.
– Dobra, zabiję cię. Widzisz, powiedziałem – mitygował jej wzburzenie Juan Diego.
– Hola! Człowieku na kółkach, siostrzyczko: nikt nikogo nie zabije, tak? – zaoponował dobry gringo. – Żyjemy w zgodzie, tak?
Zionął gorzałką; Lupe nazywała to „robaczywym oddechem", z powodu robaka na dnie butelki. Rivera określał mezcal mianem „tequili dla ubogich": podobno piło się ją w ten sam sposób, z odrobiną soli i sokiem z limonki. Dobry gringo pachniał sokiem limonkowym i piwem; nocą, gdy dzieci przemyciły go do sierocińca, miał sól na wargach i w kępce brody, którą zostawiał pod dolną wargą. Dzieci oddały mu łóżko Lupe. Pomogły mu się rozebrać, a zanim same się położyły, już spał – leżał na wznak i chrapał.
Zduszone dźwięki *Ulic Laredo* płynęły od niego jak zapach.

Ach, uderzcie w bęben, dmuchnijcie w piszczałkę,
Bo jestem kowbojem i wiem, że zbłądziłem.
Ponieście mnie w dolinę i okryjcie piaskiem,
Niechaj marsz zabrzmi nad moją mogiłą.

Lupe namoczyła ścierkę i wytarła mu sól z twarzy. Chciała przykryć go koszulą, żeby nie widzieć w nocy tatuażu. Ale powąchawszy koszulę, stwierdziła, że śmierdzi wymiocinami albo zdechłym robakiem, więc podciągnęła mu tylko prześcieradło pod brodę i go opatuliła. Chłopak był chudy i wysoki, a jego długie ręce – z uwiecznionymi na nich sponiewieranymi rękami Chrystusa – spoczywały po bokach, poza prześcieradłem.

– A jeśli tu wykituje? – zapytała Lupe brata. – Co dzieje się z duszą, kiedy człowiek umiera w cudzym pokoju w obcym kraju? Jak trafi do domu?

– Jezu – stęknął Juan Diego.

– Nie mieszaj w to Jezusa. Tylko my jesteśmy za niego odpowiedzialni. Co będzie, jeśli umrze? – dopytywała się Lupe.

– Spalimy go w *basurero*. Rivera nam pomoże – pocieszył ją Juan Diego. Nie mówił tego na serio, chciał, żeby wreszcie zasnęła. – Dusza dobrego gringo uleci z dymem.

– A zatem postanowione – stwierdziła Lupe. Wlazła do łóżka brata ubrana nieco mniej skąpo niż zwykle. Oznajmiła, że chce wyglądać „skromnie" z obcym chłopakiem w jednym pokoju. Zażyczyła sobie, aby Juan Diego spał od strony gościa; nie chciała przerazić się w nocy widokiem Chrystusa Ukrzyżowanego. – Lepiej dopracuj szczegóły opowieści o cudzie – poradziła, odwracając się do niego plecami na wąskim łóżku. – Nikt nie uwierzy, że ten tatuaż to *milagro*.

Juan Diego leżał bezsennie pół nocy i ćwiczył w myślach swoją bajeczkę. Zanim wreszcie zasnął, uświadomił sobie, że siostra też czuwa.

– Wyszłabym za niego, gdyby ładniej pachniał i przestał śpiewać tę kowbojską piosenkę – powiedziała.

– Masz trzynaście lat – przypomniał Juan Diego.

Pijany chłopak był w stanie wykrzesać z siebie tylko dwie linijki pierwszej zwrotki *Ulic Laredo*; piosenka urywała się tak, iż dzieci prawie żałowały, że dobry gringo nie śpiewa dalej.

Gdy raz szedłem ulicami Laredo,
Gdy raz szedłem ulicami miasta cud...

– Masz trzynaście lat, Lupe – powtórzył z większym naciskiem Juan Diego.
– Znaczy później, kiedy dorosnę... jeśli dorosnę – odparła.
– Rosną mi piersi, ale na razie są bardzo małe. Powinny chyba się powiększyć.
– Co to ma znaczyć, „jeśli" dorośniesz? – zapytał. Leżeli po ciemku odwróceni do siebie plecami, ale poczuł, jak siostra wzrusza ramionami.
– Myślę, że mnie i dobremu gringo zostało niewiele czasu – powiedziała.
– Nie wiesz tego, Lupe.
– Wiem, że nie rosną mi piersi – ucięła.

Juan Diego rozmyślał jeszcze chwilę nad jej słowami. Wiedział, że Lupe nie myli się co do przeszłości, i zasnął z na poły krzepiącym poczuciem, że jej prognozy na przyszłość bywają mniej trafne.

13

TERAZ I NA WIEKI

Incydent z psami z Makati Shangri-La da się wytłumaczyć w sposób spokojny i racjonalny, choć sprawy potoczyły się błyskawicznie i w przerażonych oczach portiera hotelowego oraz ochrony – ta straciła kontrolę nad dwoma czworonogami – przybycie Gościa Honorowego nastąpiło w okolicznościach, które na miano spokojnych i racjonalnych bynajmniej nie zasługiwały. Tak jest, „Gościa Honorowego", gdyż takie górnolotne określenie widniało w recepcji przy nazwisku Juana Diego Guerrero. Ach, ten Clark French – dawny student Juana Diego zawsze lubił robić dużo szumu.

W pokoju meksykańsko-amerykańskiego pisarza wprowadzono kilka istotnych zmian, jedną nawet dość osobliwej natury. Uprzedzono też kierownictwo hotelu, aby nie nazywać pana Guerrero amerykańskim pisarzem meksykańskiego pochodzenia. A jednak nikt nie domyśliłby się, że elegancki kierownik waruje w pobliżu recepcji, bo chce powitać zmęczonego Juana Diego z honorami należnymi tak szacownej osobie – zwłaszcza w świetle tego, jak haniebnie potraktowano go przy wejściu do Shangri-La. Clark French niestety nie czekał tutaj na dawnego nauczyciela.

Kiedy zajeżdżali pod hotel, Bienvenido zobaczył we wstecznym lusterku, że pasażer śpi, i próbował odprawić portiera, który rzucił się otwierać drzwi limuzyny. Kierowca spostrzegł, że Juan Diego opiera się o te właśnie drzwi, dlatego czym prędzej wysiadł i postąpił naprzód, wymachując rękami.

Któż mógł wiedzieć, że wymachiwanie rękami wprawia szkolone psy w stan nerwowego pobudzenia? Natarły na Bienvenido, trzymającego ręce nad głową, jakby ochrona wzięła go na muszkę. A kiedy portier otworzył tylne drzwi od strony pasażera, Juan Diego, który wyglądał jak martwy, bezwładnie wysunął się ze środka, zawieszony tylko na pasie. Zwisający trup dodatkowo pobudził psy: wyrywały smycze z rąk ochroniarzy i wtargnęły na tylne siedzenie limuzyny.

Pas uchronił Juana Diego przed upadkiem; pisarz ocknął się gwałtownie i poderwał głowę. Jakiś pies siedział mu na kolanach i lizał go po twarzy: był to niewielki labrador, a właściwie mieszaniec o miękkich, klapniętych uszach labradora oraz ciepłych, szeroko rozstawionych ślepiach.

– Beatrice! – krzyknął Juan Diego. Można się domyślić, co mu się śniło, lecz na dźwięk żeńskiego imienia mieszaniec na jego kolanach – samiec – okazał pewne zdziwienie, gdyż wabił się James. Do tego okrzyk „Beatrice!" kompletnie rozstroił portiera, który wziął gościa za trupa. I portier podniósł wrzask.

Szkolone psy siłą rzeczy ostro reagowały na krzyk. James stanął w obronie pisarza i warknął na portiera, lecz Juan Diego nie zauważył drugiego psa, który siedział obok niego. Wyglądał na agresywnego, miał sterczące uszy i kudłatą, zjeżoną sierść, nie był to czysty owczarek niemiecki, ale krzyżówka, i kiedy zaczął szczekać (prosto do ucha Juana Diego), pisarzowi wydało się chyba, że siedzi obok psa z dachu i być może należało Lupe przyznać rację, że niektóre z nich są duchami. Jakby tego było mało, owczarek łypał jednym zielonkawożółtawym okiem, zupełnie niekompatybilnym z drugim, co dla Juana Diego stanowiło kolejny dowód, iż ma do czynienia z duchem oraz psem z dachu, więc rozpiął pas i gorączkowo usiłował wysiąść z samochodu, co z Jamesem (labradorem) na kolanach wcale nie było łatwe.

W tej samej chwili oba psy wbiły nosy w okolice krocza pisarza i przygwoździły go do siedzenia, węsząc na potęgę. A ponieważ rzekomo przeszkolono je pod kątem wykrywania ładunków wybuchowych, zwróciło to uwagę ochrony.

– Nie ruszać się – rzucił jeden z ochroniarzy, właściwie nie wiadomo do kogo.

– Psy mnie kochają – oznajmił z dumą Juan Diego. – Byłem dzieckiem z wysypiska, *un niño de la basura* – tłumaczył ochroniarzom, którzy wpatrywali się w jego wykrzywiony but. Wyjaśnienia kalekiego mężczyzny nie miały dla nich żadnego sensu. („Opiekowaliśmy się z siostrą psami w *basurero*. Kiedy zdychały, staraliśmy się je palić, nim zostaną rozdziobane przez sępy").

Juan Diego utykał na dwa sposoby, co też stanowiło problem: albo zaczynał od chorej nogi, co niezawodnie zwracało na nią uwagę, albo od zdrowej i chorą wlókł z tyłu – tak czy inaczej, wzrok obserwatorów niezmiennie padał na dziwnie obutą zniekształconą kończynę.

– Nie ruszać się! – rozkazał ponownie pierwszy ochroniarz, a sposób, w jaki podniósł głos i wskazał na Juana Diego, tym razem nie pozostawiał wątpliwości, do kogo się zwraca. Juan Diego zamarł w pół koślawego kroku.

Któż mógł przypuszczać, że tresowane psy nie lubią, gdy ktoś zamienia się w słup soli? Zarówno James, jak i krzyżówka owczarka, teraz z nosami w okolicach biodra Juana Diego – a konkretnie kieszeni marynarki, gdzie schował nadgryzione ciastko z zieloną herbatą – nagle zesztywniały.

Juan Diego usiłował przypomnieć sobie niedawny zamach terrorystyczny – gdzie to było, na Mindanao? Czy to przypadkiem nie najdalej wysunięta na południe wyspa Filipin, położona najbliżej Indonezji? Czy Mindanao nie jest aby zamieszkane przez wielu muzułmanów? I czy zamachowiec samobójca nie miał bomby na jednej z nóg? Chwilę przed wybuchem wszyscy widzieli, jak kulał.

Niedobrze, zaniepokoił się Bienvenido. Zostawił pomarańczową landarę pod pieczą tchórzliwego portiera, który nadal dochodził do siebie po tym, gdy Juan Diego powstał z martwych z żeńskim imieniem na ustach, o utykaniu jak zombi nie wspominając. Młody szofer pomaszerował do recepcji z informacją, że ochrona zaraz zastrzeli Gościa Honorowego.

– Zabierzcie psy – polecił Bienvenido. – Wasi ochroniarze zabiją kalekiego pisarza.

Wkrótce wyjaśniono nieporozumienie. Clark French zdążył nawet uprzedzić dyrekcję o wczesnym przyjeździe Juana Diego, który najbardziej przejął się losem psów, zmylonych kuszącą wonią ciastka z zieloną herbatą.

– Nie można ich winić – przekonywał kierownika hotelu. – To świetne psy: proszę mi obiecać, że nie zostaną źle potraktowane.

– Źle potraktowane? Ależ proszę pana, nigdy w życiu! – zapewnił kierownik. Jeszcze się nie zdarzyło, aby Gość Honorowy Makati Shangri-La tak żarliwie bronił psów wykrywających ładunki wybuchowe. Kierownik zaprowadził Juana Diego do pokoju. Na stole znalazł się kosz z owocami oraz zestaw standardowy: półmisek krakersów i serów; napełnione lodem wiaderka z czterema butelkami piwa (zamiast szampana) wskazywały, że zrobił mu niespodziankę dawny uczeń, który wiedział, że ukochany nauczyciel pije tylko piwo.

Clark French był również jednym z najwierniejszych czytelników Juana Diego, chociaż w Manili bardziej słynął zapewne jako amerykański pisarz ożeniony z Filipinką. Juan Diego od razu wiedział, że ogromne akwarium było jego pomysłem. Clark French uwielbiał prezenty na cześć pamiętnych scen z powieści Juana Diego. W jednym z jego wczesnych dokonań – powieści, której prawie nikt nie czytał – główny bohater ma „wąskie i kręte" drogi moczowe.

Juan Diego miał słabość do Clarka Frencha, szczególnego czytelnika z okiem do szczegółów zapamiętywanych z reguły przez samych autorów. Jednakże Clark nie zawsze pamiętał, jak miały działać na czytelnika wspomniane szczegóły. Otóż bohaterowi powieści o drogach moczowych przeszkadza dramat rozgrywający się w ustawionym przy łóżku akwarium jego dziewczyny: ryby nie dają mu spać.

    Kierownik hotelu wyjaśnił, że wypożyczone na jedną noc podświetlone, bulgoczące akwarium to dar od filipińskiej rodziny Clarka; ciotka jego żony prowadzi sklep z egzotycznymi okazami w Makati City. Stół nie uniósłby takiego ciężaru, toteż postawiono je na podłodze, przy łóżku, któremu niemalże dorównywało wysokością. Kanciasta zawalidroga z niepokojącą zawartością. Clark dołączył do niej liścik: „Znajome szczegóły pomogą ci zasnąć!".

    – Wszystkie okazy pochodzą z naszego Morza Południowochińskiego – zaznaczył z rezerwą kierownik. – Proszę ich nie karmić. Przez jedną noc wytrzymają, tak mi powiedziano.

    – Rozumiem – odrzekł Juan Diego. Wcale nie rozumiał jednak, na jakiej podstawie Clark – bądź też filipińska ciotka – uważał, że można przy czymś takim odpocząć. Mieściło ponoć około dwustu trzydziestu litrów; po zmroku podwodne zielone światło niechybnie stanie się jeszcze bardziej zielone (i rzęsiste). Małe ryby pomykały w górnych partiach jak błyskawice. W najciemniejszym kącie na dnie czaiło się coś większego: oczy zalśniły w mroku i coś zafalowało płetwami.

    – To węgorz? – zainteresował się Juan Diego.

    Kierownik hotelu był drobnym, wytwornym mężczyzną o starannie przystrzyżonym wąsiku.

    – Albo murena – stwierdził. – Lepiej nie wkładać palca do wody.

    – Ależ skąd – odpowiedział Juan Diego. – Węgorz, zdecydowanie.

Juan Diego, mimo że nie był zachwycony pomysłem, dał się namówić kierowcy na wieczorny wypad do restauracji. Żadnych turystów, przeważnie rodziny – „tylko dla wtajemniczonych", zapewniał Bienvenido. Juan Diego wolałby zamówić kolację do pokoju i wcześnie się położyć. Ostatecznie jednak z ulgą wyrwał się z hotelu, gdzie czekały na niego obce ryby i węgorz o bandyckiej aparycji. (Wolałby spać z labradorem Jamesem od ładunków wybuchowych!).

Postscriptum liściku Clarka Frencha brzmiało następująco: „Z Bienvenido możesz być spokojny! Wszyscy na Bohol cieszą się na Twój przyjazd! Cała rodzina nie może się doczekać, kiedy Cię pozna! Ciocia Carmen mówi, że murena ma na imię Morales – tylko nie dotykaj!".

Na studiach Clark French potrzebował sojusznika i znalazł oparcie w osobie Juana Diego. Na przekór obowiązującym trendom młody pisarz kipiał niespożytą energią i optymizmem; od nadmiaru wykrzykników cierpiała nie tylko jego twórczość.

– A jednak murena – powiedział Juan Diego do kierownika hotelu. – Wabi się Morales.

– Jak na ironię: murena z zasadami – stwierdził kierownik. – Sklep przysłał tu całą ekipę do ustawienia akwarium: dwa wózki bagażowe z pojemnikami na wodę. Podwodny termometr jest bardzo delikatny i był jakiś problem z filtrem. Poszczególne okazy przyniesiono w workach gumowych. Tyle zachodu na jedną noc. Może murenie podano środki uspokajające, żeby lepiej zniosła podróż.

– Rozumiem – powtórzył Juan Diego. Señor Morales nie wyglądał na będącego pod wpływem środków uspokajających: leżał, zwinięty złowrogo w najdalszym kącie akwarium, i oddychał spokojnie, nawet nie mrugając żółtawym okiem.

Jako student seminarium literackiego w Iowa – oraz później, będąc już pisarzem – Clark French wystrzegał się ironicznych podtekstów. W swojej szczerości i nadgorliwości był niezmordowany; z pewnością nie wpadłby na to, aby nazwać murenę imieniem Morales. Pomysł wyszedł zapewne od cioci Carmen, z filipińskiej strony rodziny, i to wzbudziło w Juanie Diego pewien niepokój co do spotkania na Bohol, niemniej jednak cieszył się ze względu na Clarka – na pozór samotny pisarz wreszcie znalazł sobie rodzinę. Koledzy z seminarium (przyszli pisarze, co do jednego) uważali, że jest beznadziejnie naiwny. Co to za młody literat o wesołym usposobieniu? Clark był niezwykle pogodnym człowiekiem; miał twarz gwiazdora filmowego, wysportowane ciało oraz kiepski, ale konserwatywny styl świadka Jehowy.

Jego przekonania religijne (był praktykującym katolikiem) musiały nasuwać Juanowi Diego skojarzenie z młodym Edwardem Bonshawem. Na dodatek poznał swoją filipińską żonę – i jej „całą rodzinę", jak to entuzjastycznie określił – podczas katolickiej misji na Filipinach. Juan Diego nie pamiętał dokładnych okoliczności. Pewnie z ramienia jakiejś katolickiej organizacji dobroczynnej. Niewykluczone, że chodziło o samotne matki i osierocone dzieci.

Niezmordowana i waleczna dobra wola biła nawet z powieści Clarka Frencha: jego główni bohaterowie, zbłąkane dusze i seryjni grzesznicy, zawsze znajdowali odkupienie, zazwyczaj poprzedzone upadkiem moralnym i zwieńczone crescendo zadośćuczynienia za wyrządzone krzywdy. Siłą rzeczy krytyka nie pozostawiała na nim suchej nitki. Clark miał kaznodziejskie ciągoty, wręcz ewangelizował odbiorców. Juan Diego nie mógł przeboleć, że powieści ucznia są obiektem powszechnej kpiny – podobnie jak biedny Clark na studiach. Naprawdę lubił jego styl, uważał go za wytrawnego rzemieślnika. Ale Clark był wkurzająco miły, i na tym polegało jego przekleństwo. Juan Diego wiedział, że on zawsze jest szczery – młody optymista nigdy niczego nie udawał. Niemniej jednak kochał nawracać – i nic nie mógł na to poradzić.

Crescendo zadośćuczynienia za wyrządzone krzywdy, poprzedzone upadkiem moralnym – wyświechtane, ale czy działało na wierzących odbiorców? Czy to wina Clarka, że jest taki krzepiący? („Śmiertelnie krzepiący", jak powiedział jeden z kolegów).

Jednakże akwarium na jedną noc to przesada; za dużo Clarka w tym Clarku, a co za dużo, to niezdrowo. A może jestem zbyt zmęczony, aby docenić ten gest, pomyślał Juan Diego. Nie podobało mu się, że wyrzuca Clarkowi bycie Clarkiem – i ma pretensje za jego dobroć. Naprawdę go lubił, ale coś w tej sympatii nie dawało mu spokoju. Clark był zatwardziałym katolikiem.

W akwarium coś się zakotłowało i prysnęła ciepła woda morska, aż Juan Diego i kierownik wzdrygnęli się ze strachu. Czyżby jakaś niefortunna ryba została pożarta lub zgładzona? W niesamowicie przejrzystej, podświetlonej na zielono wodzie nie było śladów jatki, a czujna murena nie przesunęła się ani o milimetr.

– Świat bywa brutalny – zauważył kierownik hotelu; była to wyzuta z ironii sentencja z opisu upadku moralnego w powieści Clarka Frencha.

– Tak – skwitował Juan Diego. Jako urodzone dziecko ulicy nie znosił siebie w sytuacjach, kiedy patrzył na kogoś z góry, zwłaszcza na dobrego człowieka pokroju Clarka, a patrzył z góry wzorem nadętego, protekcjonalnego dupka z literackiego światka, zarzucając Clarkowi niepoprawny optymizm.

Po wyjściu kierownika pożałował, że nie zapytał o klimatyzację: w pokoju panował dotkliwy chłód, a termostat na ścianie odstraszał plątaniną cyferek i strzałek na miarę kabiny myśliwca. Jestem skonany, pomyślał. Dlaczego mam ochotę tylko spać i śnić albo znowu zobaczyć Miriam i Dorothy?

Uciął sobie kolejną spontaniczną drzemkę: siadł przy biurku i zasnął na krześle. Obudził się rozdygotany.

Na jedną noc nie było sensu rozpakowywać pomarańczowej landary. Juan Diego położył beta-blokery na umywalce, żeby nie zapomnieć o wzięciu zwykłej dawki: odpowiedniej dawki, a nie podwójnej. Rozebrał się i położył ubranie na łóżku, po czym wykąpał się i ogolił. Jego podróżnicza codzienność bez Miriam i Dorothy przypominała normalne życie, a przy tym wydawała mu się pusta i bez celu. Zastanawiał się nad przyczyną takiego stanu rzeczy i znów nie mógł się nadziwić swojemu zmęczeniu.

Ubrany w hotelowy szlafrok, obejrzał wiadomości; nadal było mu zimno, ale pomajstrował przy termostacie i udało mu się zmniejszyć nawiew. Nie zrobiło się cieplej, tylko mniej dmuchało. (Czy biedne ryby, łącznie z mureną, nie przywykły aby do wyższych temperatur?).

W telewizji puszczono niewyraźny film z kamery przemysłowej, przedstawiający zamachowca samobójcę z Mindanao. Nie było widać jego twarzy, lecz kulał kropka w kropkę jak Juan Diego. Pisarz właśnie analizował minimalne różnice – utykał na tę samą nogę, prawą – kiedy wybuch przerwał emisję. Z głośnika dobiegł zgrzyt, na ekranie zapadła ciemność, a Juan Diego został z niemiłym poczuciem, że był świadkiem własnego samobójstwa.

Zauważył, że w wiaderku wystarczy lodu, aby piwo chłodziło się aż do wieczora – chociaż klimatyzacja zapewne też zrobiłaby swoje. Juan Diego ubrał się w zielonej poświacie z akwarium.

– *Lo siento, señor Morales* – powiedział na odchodne. – Wybacz, że ty i twoi koledzy macie tutaj chłodno. – Odniósł wrażenie, że murena wpatruje się w niego, gdy tak zawisł niepewnie w progu; wzrok ryby był tak nieruchomy, że Juan Diego pomachał jej na pożegnanie.

W rodzinnym lokalu, do którego zawiózł go Bienvenido – „tylko dla wtajemniczonych", jak to ujął – dziecko darło się przy każdym stoliku, a rodziny zdawały się być za pan brat: wszyscy krzyczeli jeden przez drugiego, a półmiski wędrowały z blatu na blat.

Wystrój przechodził wszelkie pojęcie: smok ze słoniową trąbą deptał żołnierzy, a wejścia strzegła Najświętsza Panienka z poirytowanym Dzieciątkiem w objęciach. Wykapany cerber, pomyślał uszczypliwie Juan Diego. (Było jasne, że się do niej przyczepi. Dlaczego nie czepiał się smoka ze słoniową trąbą, który deptał żołnierzy?).

– San Miguel to przypadkiem nie hiszpańskie piwo? – zapytał szofera w drodze powrotnej do hotelu. Zdaje się, że wypił kilka piw.

– Browar jest hiszpański – potwierdził Bienvenido. – Ale główna siedziba firmy znajduje się na Filipinach.

Każda forma kolonializmu, zwłaszcza hiszpańskiego, działała na Juana Diego jak płachta na byka. Kolonializm katolicki, jak nazywał go w duchu pisarz, stanowił oddzielną kategorię.

– Kolonializm, jak sądzę – skwitował, i zobaczył we wstecznym lusterku wyraz namysłu na twarzy szofera. Biedny Bienvenido: myślał, że rozmawiają o piwie.
– No chyba – odpowiedział.

Przypadał dzień jakiegoś świętego – Juan Diego nie pamiętał którego. Modlitwa zaczęta w kaplicy nie istniała tylko w jego śnie; rankiem, kiedy dzieci obudziły się z *el gringo bueno* w swoim pokoju w Niños Perdidos, napłynęła na piętro.
– *¡Madre!* – zabrzmiał głos zakonnicy, chyba siostry Glorii.
– *Ahora y siempre, serás mi guía*.
– Matko! – odpowiedziały chórem sieroty w przedszkolu.
– Prowadź mnie, teraz i na wieki.

Przedszkolaki znajdowały się w kaplicy, położonej piętro niżej, pod pokojem Lupe i Juana Diego. W dni święte modlitwy płynęły na górę jeszcze przed porannym spacerem. Lupe, rozbudzona albo w półśnie, mamrotała własną modlitwę w odpowiedzi na litanię do Najświętszej Panienki.

– *Dulce madre mía de Guadalupe, por tu justicia, presente en nuestros corazones, reine la paz en el mundo* – modliła się Lupe, z cieniem sarkazmu. „Moja słodka matko Guadalupe, napełnij nasze serca swoją łaską i obdarz świat pokojem".

Lecz tego ranka, ledwo Juan Diego zdążył się obudzić, kiedy jeszcze leżał z zamkniętymi oczami, Lupe powiedziała:
– Masz swój cud: mama przeszła przez nasz pokój i nie zauważyła dobrego gringo. Właśnie się kąpie.

Juan Diego otworzył oczy. *El gringo bueno* umarł we śnie albo się nie ruszał, w każdym razie leżał odkryty, a Chrystus Ukrzyżowany wraz z nim, niczym symbol przedwczesnej śmierci i straconej młodości, a z łazienki płynął śpiew Esperanzy.
– Piękny chłopiec, prawda? – odezwała się Lupe.
– Cuchnie szczynami – stwierdził Juan Diego, pochylając się nad hipisem, by sprawdzić, czy ten oddycha.
– Musimy go wyprowadzić… a przynajmniej ubrać – stwierdziła Lupe. Esperanza wyjęła korek z wanny; dzieci

usłyszały szum spływającej wody. Śpiew Esperanzy brzmiał jak ze studni; chyba wycierała włosy.

– *¡Madre! Ahora y siempre...* – ponownie zaintonowała zakonnica o głosie siostry Glorii, w kaplicy piętro niżej, a może tylko we śnie Juana Diego.

– Rękami i nogami opleść cię chcę! – nuciła Esperanza. – I niech mój język twojego dotknieeee!

– Ujrzałem kowboja w płótno zawiniętego – zaśpiewał gringo przez sen. – Zawiniętego i zimnego jak lód.

– Co za burdel, cudem bym tego nie nazwała. – Lupe wstała z łóżka, żeby pomóc bratu ubrać bezradnego hipisa.

– Hola! – zaoponował; nadal spał albo był półprzytomny. – Żyjemy w zgodzie, tak? – mamrotał. – Ślicznie pachniesz i jesteś taka ładna! – powiedział do Lupe, która próbowała mu zapiąć brudną koszulę. Ale on nawet nie otworzył oczu i jej nie widział. Był zbyt skacowany, żeby się rozbudzić.

– Wyjdę za niego, jeśli tylko przestanie pić – oznajmiła Lupe bratu.

Oddech dobrego gringo cuchnął gorzej niż cała reszta; żeby o tym nie myśleć, Juan Diego zastanawiał się, co dostaną: minionego wieczoru w przebłysku świadomości młody dekownik obiecał im prezent.

Oczywiście Lupe dobrze wiedziała, co mu chodzi po głowie.

– Nie sądzę, żeby biedaka było stać na drogie prezenty – mówiła. – Kiedyś, za pięć do siedmiu lat, ucieszyłabym się z prostej, złotej obrączki, ale dzisiaj nie liczę na nic szczególnego, zwłaszcza że przepuszcza wszystko na alkohol i dziwki.

Jak na komendę Esperanza wyłoniła się z łazienki. Tradycyjnie miała na sobie dwa ręczniki (jeden zawinęła na głowie, drugim zasłoniła swoje wdzięki), a w ręku trzymała ubranie.

– Spójrz na niego, mamo! – krzyknął Juan Diego i zaczął rozpinać koszulę dobrego gringo szybciej, niż Lupe ją zapięła. – Znaleźliśmy go w nocy na ulicy i nie miał na sobie ani śladu. Za to dziś rano, sama zobacz! – Rozchylił chłopakowi koszulę, odsłaniając Chrystusa Ukrzyżowanego. – Cud! – zawołał.

– To *el gringo bueno*, żaden cud. – Esperanza wzruszyła ramionami.

– Ach, niech skonam... Ona go zna! Widziała go na golasa, wszystko mu robiła! – krzyknęła Lupe.

Esperanza przewróciła chłopaka na brzuch i zsunęła mu gatki.

– Nazywacie to cudem? – spytała. Na gołym tyłku hipisa widniał tatuaż przedstawiający flagę amerykańską, rozdartą na pół dokładnie między pośladkami. Ze świecą szukać mniej patriotycznej wizji.

– Hola! – wyrzęził nieprzytomny gringo; leżał twarzą w dół i wyglądało na to, że się dusi.

– Śmierdzi rzygami – stwierdziła Esperanza. – Pomóżcie mi przenieść chłopaka do wanny. Woda go ocuci.

– Wkładał jej do ust – zawodziła Lupe. – Wkładał jej do...

– Uspokój się, Lupe – poprosił Juan Diego.

– Zapomnij, co mówiłam o ślubie – oznajmiła. – Ani za pięć lat, ani za siedem... W życiu!

– Poznasz innego – pocieszył ją brat.

– Kogo poznała Lupe? Kto ją zdenerwował? – chciała wiedzieć Esperanza. Ujęła nagiego hipisa pod pachami, Juan Diego złapał za kostki i wspólnymi siłami zanieśli go do łazienki.

– Ty zdenerwowałaś Lupe – oświecił ją syn. – Wściekła się na myśl o tobie i dobrym gringo.

– Bzdura – prychnęła Esperanza. – Wszystkie dziewczyny kochają małego gringo, a on kocha nas. Jego matce pękłoby serce, ale chłopak umie uszczęśliwić inne kobiety.

– Mnie pęka! – lamentowała Lupe.

– O co ci chodzi? Okresu dostałaś, czy co? – Esperanza pokręciła głową. – Kiedy byłam w twoim wieku, już miesiączkowałam.

– Nie, nie dostałam okresu... nigdy nie dostanę okresu! – wrzasnęła Lupe. – Jestem opóźniona, zapomniałaś? Mój okres tak samo!

Zsuwając chłopaka do wanny, wyrżnęli jego głową o kran, ale się nie wzdrygnął ani nie otworzył oczu, tylko odruchowo chwycił za członek.

– Czy to nie urocze? – rozczuliła się Esperanza. – Kochany chłopiec, prawda?
– Widzę po tobie, żeś jest kowbojem – zaśpiewał chłopak przez sen.

Lupe sama chciała odkręcić wodę, ale na widok chłopaka z ręką w kroczu znów ją poniosło.
– Co on wyprawia? Myśli o seksie... wiem o tym! – krzyknęła do brata.
– On śpiewa. Nie myśli o seksie, Lupe – powiedział Juan Diego.
– Jasne, że myśli. On cały czas myśli o seksie. Dlatego tak młodo wygląda – wtrąciła Esperanza i puściła wodę, odkręcając na cały regulator obydwa krany.
– Hola! – wrzasnął dobry gringo i otworzył oczy. Zobaczył trzy twarze pochylone nad wanną. Pewnie nigdy nie oglądał Esperanzy w takiej sytuacji: owiniętej białym ręcznikiem, z mokrymi, splątanymi włosami po obu stronach ładnej twarzy. Drugi ręcznik zdjęła z głowy; był wilgotny, ale chciała go zostawić hipisowi. Ubranie się i wyprawa po czyste ręczniki zabrałyby jej sporo czasu.
– Za dużo pijesz, mały – upomniała chłopaka. – Masz słabą głowę.
– Co ty tu robisz? – zapytał. Miał piękny uśmiech, którego nie psuł nawet wizerunek konającego Chrystusa na jego chudej piersi.
– To nasza matka! Pieprzysz naszą matkę! – wrzasnęła Lupe.
– Wolnego, siostrzyczko... – zaczął. Oczywiście nic z tego nie zrozumiał.
– To nasza mama – wyjaśnił mu Juan Diego, kiedy wanna z wolna się napełniała.
– O rany. Ale żyjemy w zgodzie, tak? *Amigos*, tak? – gadał chłopak, lecz dziewczynka odwróciła się bez słowa i wyszła z łazienki.

Ponieważ Esperanza zostawiła otwarte drzwi na korytarz, a Lupe nie zamknęła za sobą drzwi do łazienki, usłyszeli, jak siostra Gloria idzie z przedszkolakami po schodach. Nazywała ten marsz pod przymusem „spacerem" dzieci. Dreptały na górę, powtarzając za nią litanię, następnie chodziły po korytarzu, wciąż pogrążone w modlitwie – codziennie, nie tylko w święta kościelne. Siostra Gloria podkreślała „dodatkowe korzyści" w postaci zbawiennego wpływu na brata Pepe i Edwarda Bonshawa, którzy uwielbiali patrzeć i słuchać, jak dzieci klepią modlitwę.

Ale siostra Gloria miała mściwą naturę. Zapewne chciała ukarać Esperanzę, przyłapać ją – jak to często się zdarzało – w dwóch ręcznikach, tuż po kąpieli, i roiła sobie, że ckliwa świętoszkowatość sceny na korytarzu wbija się w grzeszne serce sprzątaczki jak miecz rozgrzany do czerwoności. Niewykluczone, iż szła o krok dalej i hołdowała przekonaniu, że przykład przedszkolaków wywrze oczyszczający wpływ na wstrętne bachory Esperanzy, tych małych śmieciarzy, którzy cieszyli się w sierocińcu specjalnymi względami. Własny pokój i własna łazienka! Ach, gdyby to zależało od siostry Glorii, inaczej by z nimi porozmawiała. Tak nie prowadzi się sierocińca – nie w jej opinii. Kto to widział, żeby małe brudasy z wysypiska zostały tak uprzywilejowane!

Lecz rankiem, kiedy Lupe dowiedziała się o matce i chłopaku, nie była w nastroju do wysłuchiwania litanii w ich wykonaniu.

– Matko! – powtarzała sumiennie siostra Gloria; przystanęła w otwartych drzwiach pokoju, gdyż zobaczyła Lupe siedzącą na rozesłanym łóżku. Dzieci też przystanęły i szurając nogami, zaglądały do środka. Lupe szlochała, co nie było nowością.

– Prowadź nas, teraz i na wieki – powtórzyły przedszkolaki, w uszach Lupe po raz setny (albo i tysięczny).

– Matka Boska to ściema! – wrzasnęła na nie siostra Juana Diego. – Niech pokaże mi cud, chociaż malutki, a uwierzę, że zrobiła coś oprócz zrabowania Meksyku naszej Guadalupe. Co kiedykolwiek osiągnęła? Nawet nie zaszła w ciążę!

Ale siostra Gloria i dzieci przywykli do niezrozumiałych wybuchów rzekomo niedorozwiniętej włóczęgi. (*La vagabunda*, tak siostra Gloria mówiła na Lupe).

– *¡Madre!* – zaintonowała zakonnica jak gdyby nigdy nic, a przedszkolaki raz jeszcze powtórzyły za nią.

Nagłe pojawienie się Esperanzy musiało wywrzeć na dzieciach piorunujące wrażenie, bo urwały w pół zdania.

– *Ahora y siempre...* – zaczęły i nie dokończyły. Esperanza miała na sobie tylko jeden ręcznik, który ją ledwo zasłaniał. Jej rozwichrzone, świeżo umyte włosy na chwilę zmyliły dzieci, które zamiast upadłej sprzątaczki ujrzały w niej inną, pewną siebie istotę.

– Dajże już spokój, Lupe! – powiedziała do córki. – Nie jest ostatnim golasem, który sprawi ci zawód! (To wystarczyło, aby uciszyć też siostrę Glorię).

– A właśnie, że jest! Pierwszym i ostatnim! – krzyknęła Lupe. (Rzecz jasna, dzieci i zakonnica nic z tego nie zrozumiały).

– Nie zwracajcie na nią uwagi, kochane – zwróciła się Esperanza do przedszkolaków, wychodząc boso na korytarz. – Wizja Jezusa Ukrzyżowanego tak ją wzburzyła. Myślała, że widzi go w wannie, przybitego do krzyża w koronie cierniowej! Każdego by zatkało – dodała pod adresem siostry Glorii, ta zaniemówiła. – Siostrę też miło widzieć – oznajmiła, sunąc przez korytarz rozkołysanym krokiem, jeżeli było to możliwe w ciasnym, kusym ręczniku. Tak ją opinał, że drobiła naprzód, o dziwo dość żwawo.

– Jaki znowu golas? – Siostra Gloria odzyskała głos i zwróciła się do Lupe, która siedziała z kamienną twarzą na łóżku. Dziewczynka wskazała na otwartą łazienkę.

– Siądź obok i słuchaj mej smutnej historii, bom już na śmierć gotowy – zabrzmiał czyjś śpiew.

Siostra Gloria się zawahała. Gdy ucichła modlitwa i głos Esperanzy, coś dochodziło z łazienki. Pomyślała, że to Juan Diego mówi (lub śpiewa) do siebie, teraz jednak ponad szum płynącej wody wzbiły się dwa głosy: tego gaduły z *basurero* (pupilka brata Pepe) i jeszcze jeden, starszego chłopaka lub wręcz młodego mężczyzny. Siostra Gloria stawiała na tego drugiego – i dlatego przystanęła niepewnie.

Przedszkolaki jednak były zindoktrynowane: kazano im maszerować, więc maszerowały. Szły naprzód jak taran, przez pokój dzieci z wysypiska prosto do łazienki.

Siostra Gloria nie miała wyboru. Jeśli w łazience istotnie znajdował się młody mężczyzna o wyglądzie Chrystusa Ukrzyżowanego – przybitego do krzyża w wannie, jak Esperanza to ujęła – było jej świętym obowiązkiem uchronić sieroty przed tym, co Lupe błędnie odczytała jako wizję (która rzekomo tak ją wzburzyła).

Co do samej Lupe, nie czekała na rozwój wypadków i wyszła.

– *¡Madre!* – krzyknęła zakonnica i wpadła do łazienki w ślad za dziećmi.

– Prowadź nas, teraz i na wieki – skandowały przedszkolaki na chwilę przed wrzaskiem. Lupe tylko szła przed siebie.

Rozmowa Juana Diego z dobrym gringo była bardzo ciekawa, lecz – zważywszy na to, co się później stało – nietrudno zgadnąć, dlaczego Juan Diego (zwłaszcza w późniejszych latach) nie mógł przypomnieć sobie szczegółów.

– Nie wiem, dlaczego twoja mama wciąż mówi na mnie „mały"; jestem starszy, niż wyglądam – zaczął *el gringo bueno*. (Jasne, że Juan Diego nie uważał go za „małego" – sam był mały – ale tylko przytaknął). – Mój ojciec zginął na Filipinach w czasie wojny. Wielu Amerykanów tam poległo, ale w innym czasie – ciągnął dekownik. – Miał prawdziwego pecha. Wiesz, takiego pecha, który przechodzi z pokolenia na pokolenie. Dlatego uznałem, że nie powinienem jechać do Wietnamu, z powodu pecha właśnie, ale zawsze chciałem jechać na Filipiny zobaczyć cmentarz, gdzie go pochowano, i oddać mu cześć. No wiesz, wyrazić żal, że nigdy go nie poznałem.

Oczywiście Juan Diego tylko kiwał głową; zauważył, że woda leci do wanny, ale jej poziom się nie zmienia. Płynęła i uciekała, bo hipis ślizgał się na wytatuowanym tyłku i pewnie wyjął korek. Co chwila też nakładał szampon, aż zużył całe opakowanie i Chrystus Ukrzyżowany zniknął pod warstwą piany.

– Corregidor, maj tysiąc dziewięćset czterdziestego drugiego roku: wtedy doszło do kulminacji bitwy o Filipiny – opowiadał chłopak. – Amerykanie strasznie oberwali. Miesiąc wcześniej był bataański marsz śmierci: sto pięć cholernych kilometrów po kapitulacji. Wielu amerykańskich jeńców nie wytrzymało. To dlatego na Filipinach, w Manili, jest taki wielki cmentarz amerykański. Właśnie tam pojadę i powiem tacie, że go kocham. Nie zginę w Wietnamie, zanim tego nie zrobię.

– Rozumiem – rzekł tylko Juan Diego.

– Myślałem, że uda mi się ich przekonać, że jestem pacyfistą – podjął dobry gringo; był całkowicie pokryty szamponem, wyjąwszy kępkę pod dolną wargą. Chyba to jedyne miejsce, gdzie rosła mu broda: wyglądał na zbyt młodego, aby golić resztę, ale od trzech lat migał się od wojska. Wspomniał Juanowi Diego, że sam ma dwadzieścia sześć; próbowali go wcielić zaraz po college'u, kiedy liczył dwadzieścia trzy. Wtedy zrobił sobie tatuaż na piersi, aby przekonać komisję poborową, że jest pacyfistą. Oczywiście religijnym tatuażem nic nie wskórał.

W porywie antypatriotycznej wrogości wytatuował sobie flagę amerykańską, rozdartą na pół szczeliną między pośladkami – i uciekł do Meksyku.

– Oto do czego prowadzi udawanie pacyfisty: do trzech lat w matni – oznajmił. – Ale spójrz, co spotkało mojego biednego tatę: był młodszy ode mnie, kiedy go wysłali na Filipiny. Było już prawie po wojnie, ale znalazł się wśród żołnierzy, którzy przechwycili Corregidor w lutym tysiąc dziewięćset czterdziestego piątego roku. Można zginąć, wygrywając wojnę, tak samo jak przegrywając. Ale czy to nie pech?

– Pech – przyznał Juan Diego.

– Jeszcze jaki. Urodziłem się w czterdziestym czwartym, kilka miesięcy przed jego śmiercią. Nigdy mnie nie zobaczył. Mama nawet nie wie, czy widział zdjęcia.

– Bardzo mi przykro – powiedział Juan Diego. Klęczał na podłodze obok wanny. Ulegał wpływom jak każdy czternastolatek: amerykański hipis wydawał mu się najbardziej fascynującym człowiekiem, jakiego poznał.

– Człowieku na kółkach – odezwał się gringo i dotknął ręki Juana Diego palcami w pianie. – Musisz mi coś obiecać.

– Jasne – odparł chłopiec. Siostrze też złożył kilka niedorzecznych przyrzeczeń.

– Jeśli coś mi się stanie, pojedziesz za mnie na Filipiny... przekażesz mojemu tacie, że bardzo mi przykro.

– Jasne... nie ma sprawy – obiecał Juan Diego.

Hipis po raz pierwszy okazał zdziwienie.

– Naprawdę? – zapytał.

– Naprawdę – potwierdził czytelnik z wysypiska.

– Ha! Człowieku na kółkach! Przydałoby mi się więcej takich przyjaciół! – wykrzyknął hipis. Zsunął się pod wodę i pianę i zniknął wraz z Chrystusem Ukrzyżowanym dokładnie w chwili, gdy do łazienki wkroczyły przedszkolaki, a za nimi rozsierdzona siostra Gloria, przy wtórze skandowania *iMadre!* i „Teraz i na wieki", o „Prowadź" nie wspominając.

– Gdzie on się podział? – zapytała Juana Diego. – Nie ma tu żadnego golasa. Jaki golas? – powtórzyła; nie zwróciła uwagi na bąbelki pod wodą (piana to uniemożliwiła), lecz jedno z dzieci pokazało je palcem i siostra Gloria przeniosła tam wzrok.

Wówczas ze spienionej wody powstał wąż morski. Nietrudno zgadnąć, czym objawił się hipis oraz Chrystus Ukrzyżowany (bądź pokryte pianą połączenie ich obu) oczom zindoktrynowanych przedszkolaków: ujrzały w nim święte monstrum. Na domiar złego, wedle wszelkiego prawdopodobieństwa, hipis chciał nieco rozładować sytuację i zwieńczyć swoją smętną opowieść szczyptą dobrego humoru. Nigdy się nie dowiemy, co też pragnął wyrazić, gdy wynurzył się nagle z dna wanny i pluł niczym wieloryb, mając ręce rozpostarte po bokach jak Chrystus Ukrzyżowany na jego piersi. I co też go naszło, że stanął na równe nogi, górując nad wszystkimi i świecąc golizną? Cóż, nigdy się nie dowiemy, co myślał ani nawet czy myślał. (Młody Amerykanin nie słynął na ulicy Zaragoza z racjonalnych zachowań).

Dla jasności: zanurzył się, kiedy byli sami w łazience, i wstając, nie miał pojęcia, że ukaże się oczom wielu, z przewagą pięciolatków, które wierzyły w Pana Jezusa. Ten Jezus nie zawinił, że się tu znalazły.

– Ha! – wykrzyknął Chrystus Ukrzyżowany, a raczej Podtopiony, jego okrzyk zaś rozbrzmiał w uszach hiszpańskojęzycznych dzieci jak z innej planety. Czworo lub pięcioro przerażonych maluchów natychmiast się zsikało, a jedna dziewczynka wrzasnęła tak głośno, że kilkoro pozostałych przygryzło sobie języki. Przedszkolaki najbliżej drzwi z krzykiem wybiegły do pokoju i pognały na korytarz. Dzieci, które widać uznały, że przed Jezusem nie ma ucieczki, z płaczem padły na kolana i popuszczały w majtki, zasłaniając głowy rękami; jeden chłopczyk tak ścisnął koleżankę, że ugryzła go w policzek.

Siostra Gloria zakołysała się na nogach i uczepiła wanny, ale mokry hipis dla bezpieczeństwa otoczył ją ramionami.

– Hola, siostro... – zawołał, ale nie dokończył, bo załomotała pięściami w jego klatkę piersiową. Wymierzyła kilka ciosów znękanej twarzy Zbawiciela, po czym (ze zgrozą) się zreflektowała i zdruzgotana uniosła wzrok do sufitu.

– *¡Madre!* – zawołała kolejny raz, jakby Matka Boska była jedyną jej powiernicą i odkupicielką oraz – jak wskazywałaby na to powtarzana raz po raz modlitwa – przewodniczką.

Wtedy *el gringo bueno* się poślizgnął i padł na twarz: woda chlusnęła po bokach wanny, zalewając podłogę. Hipisowi, teraz w pozycji na czworakach, starczyło przytomności umysłu, aby zakręcić kran. Woda nareszcie mogła spłynąć, ale wówczas dzieci, które pozostały jeszcze w łazience – strach wmurował większość z nich w ziemię – ujrzały wyłaniającą się z kąpieli amerykańską flagę (przedartą na pół) na gołym tyłku Jezusa.

Siostra Gloria również zobaczyła tatuaż, którego świecki wymiar nie licował z Chrystusem konającym od frontu. W oczach osoby tak pełnej dezaprobaty z gołego chłopaka w wannie wręcz buchał szatański dysonans.

Juan Diego nawet nie drgnął, tylko klęczał w kałuży wody na posadzce, w otoczeniu skulonych dzieci. I zapewne dochodził w nim do głosu prozaik, pomyślał bowiem o żołnierzach poległych w czasie odbijania Corregidoru, z których część była jeszcze dziećmi. Pomyślał o pochopnej obietnicy złożonej hipisowi i aż go ciarki przeszły – bo tak właśnie działa na czternastolatka nierealistyczna wizja tego, co dotyczy jego przyszłych losów.

– *Ahora y siempre*... teraz i na zawsze – kwilił jeden przemoczony przedszkolak.

– Teraz i na zawsze – powtórzył pewnie Juan Diego. Wiedział, że tę obietnicę składa sobie i nikomu innemu – aby odtąd wykorzystać każdą okazję, która nosi znamiona przyszłości.

14

NADA

W korytarzu przed salą Edwarda Bonshawa w Niños Perdidos znajdowało się popiersie Matki Boskiej z łzą na policzku. Stało na cokole w rogu przy galerii na drugim piętrze. Drugi policzek Maryi często przecinała smuga w kolorze buraczanej czerwieni. Esperanza utrzymywała, że to krew – ścierała ją co tydzień, lecz plama po tygodniu wracała na swoje miejsce.
— Może to jednak krew – powiedziała do brata Pepe.
— Niemożliwe – oświadczył. – W sierocińcu nie mieliśmy takich przypadków.
Na półpiętrze stał posąg Wincentego à Paulo z niemowlętami na rękach. Esperanza zgłosiła bratu Pepe, że wyciera też krew z szaty świętego.
— Co tydzień wycieram, ale znów się pojawia! – oznajmiła.
— Cud jakiś.
— To nie może być krew, Esperanzo – skwitował Pepe.
— Nie będziesz mi wmawiał, co widzę, a czego nie widzę, Pepe! – Wskazała na swoje płonące oczy. – A cokolwiek to jest, zostawia plamę.
Oboje mieli rację. To nie była krew, niemniej jednak co tydzień znowu pojawiały się krwawe plamy. Po incydencie

z dobrym gringo w wannie dzieci z wysypiska spasowały z sokiem buraczanym, musiały też ograniczyć nocne wyprawy na Zaragozę. Señor Eduardo i brat Pepe – o wiedźmowatej siostrze Glorii i pozostałych zakonnicach nie wspominając – mieli na nie oko. A Lupe nie myliła się co do prezentów, które obiecał im hipis: pozostawiały wiele do życzenia.

Na pewno wytargował niższą cenę za tanie figurki ze sklepu z dewocjonaliami na Independencia. Jedną z nich był totem, bardziej figurka niż posąg – ale Guadalupe była naturalnej wielkości. Nawet trochę przewyższała Juana Diego, któremu przypadła w prezencie. Miała na sobie tradycyjną, niebieskozieloną szatę, rodzaj pelerynki lub płaszcza. Jej pas – lub coś, co wyglądało na czarną szarfę – da kiedyś podstawę domysłom co do jej domniemanej ciąży, a długo po tym, w roku tysiąc dziewięćset dziewięćdziesiątym dziewiątym, papież Jan Paweł II ogłosi Naszą Panią z Guadalupe patronką obu Ameryk i opiekunką dzieci nienarodzonych. („Ten polski papież", złościł się później Juan Diego na Jana Pawła – i jego nienarodzonych).

Guadalupe ze sklepu na Independencia nie wyglądała na ciężarną, ale miała na oko piętnaście, szesnaście lat – i piersi, które odbierały jej święty wygląd.

– Wygląda jak dmuchana lala! – zawyrokowała natychmiast Lupe.

To oczywiście nieprawda, choć Guadalupe swoim wizerunkiem mogła przywodzić na myśl wyżej wspomnianą, tyle że Juan Diego nie mógł jej rozebrać i nie miała ruchomych kończyn (ani widocznych narządów płciowych).

– A gdzie mój prezent? – dopominała się Lupe.

Dobry gringo zapytał, czy mu wybaczy, że spał z jej mamą.

– Owszem – odparła Lupe. – Ale nie możemy się pobrać.

– Zabrzmiało kategorycznie – stwierdził hipis, kiedy Juan Diego przetłumaczył mu odpowiedź siostry.

– Pokaż prezent – zażądała Lupe.

Był to posążek Coatlicue, brzydki jak każdy jej wizerunek. Juan Diego dziękował w duchu, że to paskudztwo jest takie małe, jeszcze mniejsze od Moruska. *El gringo bueno* nie miał pojęcia, jak wymówić imię azteckiej bogini; Lupe, w swoim niezrozumiałym języku, nie potrafiła mu w tym pomóc.

– Wasza mama wspomniała, że podziwiasz tę cudaczną boginię – wyjaśnił dziewczynce, ale chyba nie był tego pewien.

– Uwielbiam – oznajmiła Lupe.

Juan Diego nigdy nie mógł uwierzyć, że jednej bogini przypisywano tyle sprzecznych atrybutów, z łatwością rozumiał jednak, dlaczego Lupe ją kocha. Coatlicue była ekstremistką – boginią narodzin, a przy tym rozwiązłości i złego postępowania. Wiązało się z nią kilka mitów stworzenia; w jednym z nich zostaje zapłodniona przez pierzastą piłkę, która spada na nią, kiedy zamiata świątynię – co mogło działać niektórym na nerwy, zdaniem Juana Diego, Lupe zastanawiała się jednak, czy coś takiego nie przydarzyło się Esperanzie.

W przeciwieństwie do ich matki Coatlicue nosiła spódniczkę z węży. W zasadzie cała była w nie ubrana, a do tego miała naszyjnik z ludzkich dłoni, czaszek i serc. Miała zakończone pazurami palce u rąk i stóp oraz zwiotczałe piersi. Figurka, którą dobry gringo dał Lupe, miała grzechotki grzechotników zamiast sutków. („Pewnie od karmienia", zauważyła Lupe).

– Ale co ty w niej lubisz? – spytał Juan Diego.

– Rodzone dzieci chciały ją zabić – odrzekła. – *Una mujera difícil*. – „Trudna kobieta".

– Coatlicue to żarłoczna matka, daje życie i je zabiera – wyjaśnił hipisowi Juan Diego.

– Sam widzę – odpowiedział gringo. – Groźnie wygląda, człowieku na kółkach – dodał konspiracyjnym tonem.

– Nikt jej nie podskoczy! – oświadczyła Lupe.

Nawet Edward Bonshaw (zawsze widział wszystko od dobrej strony) uznał, że jest przerażająca.

– Rozumiem, że pierzasta piłka to powód do niezadowolenia, ale ta bogini jest niezbyt sympatyczna – zauważył taktownie.

– Coatlicue nie prosiła się taka na świat – odparła Lupe. – Złożono ją w ofierze podczas aktu stworzenia. Odrąbano jej głowę i krew trysnęła z szyi pod postacią dwóch ogromnych węży. Tak już zostało. Niektórzy z nas – powiedziała do misjonarza, odczekawszy chwilę, aż brat przetłumaczy – nie mają wpływu na to, kim są.

– Ale… – zaczął Edward Bonshaw.

– Jestem, jaka jestem – ucięła Lupe, a Juan Diego przewrócił oczami, tłumacząc to señorowi Eduardo. Lupe przytuliła groteskowy totem do twarzy: nie ulegało wątpliwości, że ceni go nie tylko z powodu ofiarodawcy.

Co do Juana Diego i jego prezentu, chłopiec czasem się onanizował przy Guadalupe leżącej obok niego na łóżku, z twarzą na poduszce przy jego twarzy. Lekkie wybrzuszenie jej piersi w zupełności wystarczyło.

Figura została wykonana z lekkiego, ale twardego plastiku. Guadalupe była wprawdzie wyższa od chłopca o kilka centymetrów, ale pusta w środku – ważyła tak mało, że Juan Diego mógł ją nosić pod pachą.

Próby uprawiania z nią seksu – a raczej wyobrażania sobie, że to robi – przedstawiały trudność z dwóch powodów. Po pierwsze, Juan Diego musiałby być sam w pokoju, a dzielił go z młodszą siostrą – która na dodatek wiedziała, że chce uprawiać seks z figurą Guadalupe, bo czytała mu w myślach.

Drugi problem stanowił cokół. Otóż śliczne stópki Guadalupe spoczywały na cokole przedstawiającym zażółconą trawę, o średnicy opony samochodowej. Uniemożliwiał on chłopcu tulenie się do Guadalupe, gdy leżała obok niego na łóżku.

Juan Diego wpadł na pomysł, aby odpiłować cokół, lecz oznaczałoby to odcięcie stóp Guadalupe na wysokości kostek, przez co nie ustałaby w pozycji pionowej. Naturalnie Lupe przejrzała jego zamysł.

– Nie mam najmniejszego zamiaru kiedykolwiek oglądać jej na leżąco – zapowiedziała bratu – ani opartej o ścianę. I ani mi się waż postawić ją na głowie w kącie pokoju, kikutami do góry!

– Spójrz na nią, Lupe! – zawołał Juan Diego. Wskazał na Guadalupe, stojącą przy półce w dawnej czytelni: wyglądała niczym postać zabłąkana z książki, do której nie może trafić z powrotem. – Spójrz na nią – powtórzył Juan Diego. – Czy ona wygląda na osobę zainteresowaną leżeniem? Traf chciał, że korytarzem przechodziła właśnie siostra Gloria i zajrzała do pokoju. Stanowczo sprzeciwiała się obecności Guadalupe w sypialni *niños* – uważała, że to kolejny nieuzasadniony przywilej – ale brat Pepe był innego zdania, bo na jakiej podstawie sprzeciwiała się świętej figurze? Uważała, że Guadalupe Juana Diego bardziej przypomina manekin krawiecki – „sugestywny manekin", jak podkreśliła w rozmowie z bratem Pepe.

– Nie chcę słyszeć ani słowa o leżeniu Naszej Pani z Guadalupe – przykazała dzieciom. Matki Boskie z La Niña de las Posadas nie były w jej oczach odpowiednie. Do czego to podobne, żeby Guadalupe wyglądała jak obiekt pożądania – jak uwodzicielka?

Niestety, właśnie to wspomnienie – spośród tak wielu – wyrwało Juana Diego ze snu w nieoczekiwanie dusznym pokoju w hotelu Makati Shangri-La. Ale jakim cudem w tej lodówce zrobiło się nagle tak gorąco?

Na powierzchni zielonkawej, podświetlonej wody dryfowały zdechłe rybki; konik morski nie znajdował się już w pozycji pionowej, a wygląd czepnego ogonka nie pozostawiał wątpliwości, że jego właściciel przeniósł się (na zawsze) do krainy iglicznowatych przodków. Czyżby znów problemy z filtrem? Może zatkała go któraś z martwych rybek? Akwarium przestało bulgotać, woda była zmętniała i nieruchoma, tylko z mrocznego dna wyzierała para żółtawych oczu. Murena, łapiąca skrzelami resztki tlenu, wyglądała na jedyną ocalałą z pogromu.

Oho, przypomniał sobie Juan Diego: wrócił po kolacji do lodowatego pokoju, gdzie klimatyzacja znów działała pełną parą. Zapewne była to sprawka pokojówki, która zostawiła też włączone radio. Juan Diego nie umiał wyłączyć natarczywej muzyki i musiał wyszarpnąć wtyczkę, aby odzyskać upragnioną ciszę.

Pokojówka na tym nie poprzestała: na widok przygotowanych beta-blokerów powyciągała wszystkie jego leki (łącznie z viagrą) oraz przecinacz do tabletek. Bardzo go to rozstroiło i zirytowało, zwłaszcza po wcześniejszych zmaganiach z radiem i wypiciu jednego z czterech hiszpańskich browarów z wiaderka z lodem. Czy San Miguel to jedyne piwo, jakie tutaj znają?
W ostrym świetle rybiej zagłady ujrzał tylko jedną butelkę w brei roztopionego lodu. Czy to możliwe, że obalił aż trzy po kolacji? I kiedy wyłączył klimatyzację? Być może obudził się, szczękając zębami, i (na wpół uśpiony, na wpół zamarznięty) doczłapał do termostatu na ścianie.
Ze wzrokiem utkwionym czujnie w señora Moralesa, zamoczył palec w akwarium. Morze Południowochińskie nigdy nie było takie ciepłe: woda miała temperaturę rosołu pyrkającego na wolnym ogniu.
O matko, co ja narobiłem, przeraził się Juan Diego. I te sny, takie sugestywne! To niepodobne do niego – nie przy odpowiedniej dawce beta-blokerów.
Oho, coś sobie przypomniał – o nie, nie, nie! Pokuśtykał do łazienki, gdzie siła sugestii obnażyła się z całą mocą. Wyglądało na to, że przeciął lopressor na pół, zażywając tylko połowę dawki. (Dobrze chociaż, że nie wziął połowy viagry!). Podwójna dawka beta-blokerów dzień wcześniej i połowa dawki zeszłego wieczoru. Co doktor Rosemary Stein miałaby na ten temat do powiedzenia?
– Niedobrze, niedobrze – mamrotał, wracając do przegrzanego pokoju.
I stanął oko w oko z trzema pustymi butelkami San Miguela, wyprężonymi na szafce pod telewizorem niczym mali, ale nieustępliwi ochroniarze, jakby bronili pilota. Ach tak, przypomniał sobie Juan Diego: siedział otępiały (jak długo po kolacji?), oglądając smutny koniec kulawego terrorysty z Mindanao. Zanim się położył, trzy piwa wespół z klimatyzacją skutecznie zmroziły mu mózg i pół tabletki lopressora nie miało ze snami szans.

Przypomniał sobie wilgoć i duchotę na ulicy, kiedy Bienvenido odwiózł go do Makati Shangri-La po kolacji; koszula kleiła mu się do pleców. Przy wejściu dyszały psy do wykrywania ładunków wybuchowych. Zasmuciło go, że nie są to znane mu psy z dziennej zmiany; ochroniarze też się zmienili.

Kierownik hotelu wspomniał coś o „bardzo delikatnym" termometrze w akwarium; może chodziło mu o termostat? Czyż zadanie podwodnego termostatu nie polegało przypadkiem na dostosowaniu temperatury wody w klimatyzowanym pokoju do potrzeb byłych mieszkańców Morza Południowochińskiego? Może zgłupiał, kiedy Juan Diego wyłączył nawiew? Pisarz ugotował cały tropikalny inwentarz cioci Carmen: ostała się jedynie murena, kurczowo uczepiona życia w odmętach, pośród martwych i dryfujących kolegów. Czy termostat nie powinien również chłodzić wody, jeśli zachodziła taka konieczność?

– *Lo siento, señor Morales* – powtórzył Juan Diego. Nadwerężone skrzela mureny nie falowały, ale wręcz trzepotały.

Zadzwonił do kierownika hotelu, aby zgłosić masakrę; należało też powiadomić sklep zoologiczny cioci Carmen. Może Moralesa da się odratować, jeśli ekipa przybędzie niezwłocznie i ocuci go w świeżej morskiej wodzie.

– Może trzeba mu podać środek usypiający – zasugerował kierownik. (Señor Morales nie byłby tym zachwycony, wnosząc ze spojrzenia, jakim go zgromił).

Przed wyjściem na poszukiwanie śniadania Juan Diego włączył klimatyzację. W progu rzucił ostatnie – miał nadzieję – spojrzenie na pożyczone akwarium, obraz rybiej nędzy i rozpaczy. Morales odprowadził go wzrokiem, jakby nie mógł się doczekać, aż znów go zobaczy – najchętniej na szubienicy.

– *Lo siento, señor Morales* – powtórzył Juan Diego po raz kolejny i cicho zamknął za sobą drzwi. Kiedy jednak znalazł się sam w stęchłym zaciszu windy – rzecz jasna, nie było tam klimatyzacji – postanowił to z siebie wyrzucić.

– Jebać Clarka Frencha! – wrzasnął ile sił w płucach. – I ciebie, ciociu Carmen, też jebać, kimkolwiek jesteś, do kurwy nędzy!

Przestał krzyczeć dopiero na widok wycelowanej w siebie kamery, zamontowanej ponad guzikami windy; nie był pewien, czy nagrywa dźwięk. Tak czy inaczej, wyobraził sobie hotelowych ochroniarzy, zapatrzonych w stukniętego kalekę, wrzeszczącego do siebie w pustej windzie.

Kierownik hotelu znalazł Gościa Honorowego, gdy ten kończył śniadanie.

– Biedne rybki, proszę szanownego pana... już posprzątane. Ekipa ze sklepu przyjechała i pojechała. W maskach chirurgicznych – zwierzył się, ściszając głos przy ostatnich słowach. (Nie chciał straszyć pozostałych gości, wzmianka o maskach mogła wskazywać na epidemię).

– Murena... – zaczął Juan Diego.

– Przeżyła. Twarda bestia, jak mniemam – oznajmił kierownik. – Ale bardzo pobudzona.

– Jak pobudzona? – zainteresował się Juan Diego.

– Doszło do pogryzienia, proszę pana. Podobno nic poważnego, ale jednak. Krew się polała – kierownik raz jeszcze uciekł się do ściszenia głosu.

– Pogryzienia w co? – spytał Juan Diego.

– W policzek.

– W policzek!

– Nic wielkiego, proszę pana. Sam widziałem. Zagoi się i nie będzie śladu. Ale jak pech, to pech.

– Pech – wykrztusił Juan Diego. Nie miał odwagi zapytać, czy ciocia Carmen przyjechała i pojechała z ekipą. Przy odrobinie szczęścia zdążyła już wybyć z Manili – może czeka na niego na Bohol (wraz z filipińską rodziną Clarka Frencha). Może wieść o pogromie dotrze do niej na miejscu – wraz z doniesieniami o pobudzonym señorze Moralesie oraz pechowym policzku pracownika sklepu.

Co się ze mną dzieje, zastanawiał się po powrocie do pokoju hotelowego. Przy łóżku leżał ręcznik – woda musiała chlapnąć na podłogę. (Zapewne przy okazji wściekłego ataku mureny na ofiarę, lecz na ręczniku nie było krwawych śladów).

Już miał skorzystać z toalety, kiedy zobaczył konika morskiego na posadzce: musiał umknąć uwagi ekipy, gdy spuszczano w sedesie jego poległych współbraci, był taki maleńki. Okrągłe, zdziwione oczka w tyciej, prastarej twarzy zdawały się wciąż żywe: zdradzały niechęć do całego rodzaju ludzkiego – jak oczy zaszczutego smoka.

– *Lo siento, caballo marino* – powiedział Juan Diego i nacisnął spłuczkę.

Potem ogarnęła go złość – na siebie, na Makati Shangri-La, na płaszczącego się usłużnie kierownika hotelu. Elegant z przystrzyżonym wąsikiem wręczył mu broszurę na temat amerykańskiego cmentarza poległych, będącą publikacją Amerykańskiego Instytutu Pamięci Narodowej, jak stwierdził Juan Diego (na podstawie pobieżnej lektury w windzie po śniadaniu).

Od kogo ten wścibski kierownik dostał cynk, że Juan Diego jest osobiście zainteresowany cmentarzem poległych? Nawet Bienvenido wiedział o jego planowanej wizycie na grobach Amerykanów zabitych w czasie „operacji" na Pacyfiku.

Czyżby Clark French (lub jego filipińska żona) roztrąbił wszystkim o zamiarze Juana Diego oddania hołdu ojcu dobrego gringo? Juan Diego od lat miał osobiste powody, aby przyjechać do Manili. Uczynny Clark dopilnował, by jego misja zyskała wymiar publiczny!

Siłą rzeczy na Clarka też się zdenerwował. Nie miał najmniejszej ochoty jechać na Bohol; ba, nie miał nawet pojęcia, co to jest Bohol i gdzie leży. Ale Clark się uparł, że jego ukochany mentor nie może sam siedzieć w Manili w sylwestra.

– Na litość boską, Clark: przez większość życia siedziałem sam w Iowa! – zaoponował Juan Diego. – Zresztą ty tak samo!

No cóż: może życzliwy Clark wychodził z założenia, że Juan Diego pozna na Filipinach swoją przyszłą żonę. No bo jak było z Clarkiem? Czy on nie poznał? I czy nie był (może za jej sprawą) największym szczęściarzem? Fakt faktem, że Clark czuł się szczęściarzem, gdy siedział sam w Iowa. Juan Diego żywił pewne podejrzenia, iż szczęście Clarka miało wręcz nabożny charakter.

Może to sprawka filipińskiej rodziny jego żony – może to oni uparli się zaprosić pisarza. Niemniej jednak zdaniem Juana Diego Clark był całkowicie zdolny, aby rozdmuchać zaproszenie bez niczyjej pomocy.

Rok w rok filipińska rodzina Clarka wynajmowała kurort przy plaży opodal zatoki Panglao: przejmowali hotel na kilka dni po świętach, aż do pierwszego stycznia.

– Każdy pokój w hotelu jest nasz: żadnych obcych ludzi! – oznajmił Clark.

Ja jestem obcy, durniu, pomyślał wtedy Juan Diego. Clark French będzie tam jedyną znaną mu osobą. Oczywiście reputacja mordercy podwodnych żyjątek dotrze na Bohol przed Juanem Diego. Ciocia Carmen o wszystkim się dowie. Nie miał wątpliwości, iż łączy ją coś na kształt telepatycznej więzi z mureną. Jeśli señor Morales był pobudzony, trudno przewidzieć, jak odbije się to na cioci Carmen – pani Morales, jak mniemał.

Z góry wiedział, co doktor Rosemary Stein, ukochana lekarka i droga przyjaciółka, miałaby do powiedzenia na temat jego gniewu. Z pewnością wytknęłaby mu, że złość, której dał upust w windzie i która go w tej chwili zżera, jest niezbitym dowodem, iż pół lopressora to za mało.

Czy skala jego emocji nie świadczyła o nadmiarze adrenaliny i jej receptorów? Owszem. I owszem, właściwa dawka beta-blokerów powoduje u niego letarg i problemy z krążeniem, dowodem zimne stopy oraz dłonie. A do tego lopressor (cały, nie połówka) zwiększa prawdopodobieństwo dzikich, sugestywnych snów, czego doświadczył w wyniku pominięcia leków. Mieszało mu się to wszystko.

Ale miał nie tylko wysokie ciśnienie (sto siedemdziesiąt na sto). Czy jeden z jego potencjalnych ojców nie zmarł na zawał w młodym wieku – jeśli wierzyć słowom matki?

A to, co spotkało Esperanzę – oby to nie był mój następny straszny sen, pomyślał Juan Diego ze świadomością, że myśl zagnieździ się w jego głowie i zwiększy prawdopodobieństwo takiego właśnie obrotu sprawy. Zresztą to, co spotkało

Esperanzę, było nawracającym motywem – i we wspomnieniach, i w snach.

– Nie powstrzymasz tego – powiedział na głos. Stał jeszcze w łazience, dochodząc do siebie po spotkaniu z konikiem morskim, kiedy jego wzrok padł na połówkę lopressora. Połknął ją czym prędzej i popił wodą.

Czy świadomie nastawił się, że przez resztę dnia będzie cierpiał z powodu przykurczu? I czy w razie zażycia pełnej dawki wieczorem na Bohol nie doświadczy ponownie stanu otępienia, na który tak często uskarżał się doktor Stein?

Powinienem zaraz do niej zadzwonić, stwierdził w duchu. Wiedział, że pomajstrował przy dawce beta-blokerów, może nawet wiedział, iż będzie skłonny to powtórzyć, gdyż pokusa była zbyt silna. Doskonale zdawał sobie sprawę, że powinien blokować adrenalinę, ale odczuwał jej brak w swoim życiu – i jej łaknął. Nie miał dobrego powodu, aby zadzwonić do lekarki.

W gruncie rzeczy z góry wiedział, co doktor Rosemary Stein miałaby do powiedzenia o „igraniu" z adrenaliną i jej receptorami. (Po prostu nie chciał tego słuchać). A ponieważ świetnie rozumiał, że Clark French należy do grona osób, które wszystko wiedzą – był albo omnibusem, albo z uporem drążył każdy temat, póki na wskroś go nie poznał – wykuł najważniejsze informacje z broszury turystycznej o amerykańskim cmentarzu. Można by pomyśleć, że już go odwiedził.

W limuzynie z Bienvenido korciło go nawet oświadczyć, że owszem. („Spotkałem w hotelu weterana z drugiej wojny światowej, pojechaliśmy razem. Dobił na brzeg z MacArthurem, no wiesz, po jego powrocie w październiku czterdziestego czwartego. MacArthur wylądował w Leyte"). Zamiast tego rzucił jednak:

– Kiedy indziej pojadę na cmentarz. Chciałbym rzucić okiem na kilka hoteli, które mi polecono. W jednym z nich zamieszkam po powrocie.

– Jasne, ty tu rządzisz – powiedział Bienvenido.

W broszurce o amerykańskim cmentarzu poległych zamieszczono zdjęcie generała Douglasa MacArthura, wychodzącego na brzeg w Leyte w wodzie, która sięgała mu kolan.

Na cmentarzu znajdowało się ponad siedemnaście tysięcy krzyży – Juan Diego zapamiętał tę liczbę – nie wspominając o trzydziestu sześciu z nawiązką tysiącach „zaginionych w akcji", lecz niespełna czterech tysiącach „nieznanych". Język go świerzbił, żeby komuś o tym powiedzieć, ale przy kierowcy się pohamował.

W bitwie o Manilę zginęło ponad tysiąc amerykańskich żołnierzy – z grubsza w tym samym czasie, kiedy wojska odbijały wyspę Corregidor, a wśród poległych bohaterów znalazł się ojciec dobrego gringo – ale co, jeśli padł tam jeden lub więcej krewnych Bienvenido, wśród stutysięcznej rzeszy zabitych filipińskich cywilów?

Zapytał jednak szofera, czy wie coś o rozmieszczeniu grobów na wielkim cmentarzu, który obejmował ponad sto pięćdziesiąt akrów. Był ciekaw, czy wydzielono część dla amerykańskich żołnierzy, poległych w walkach o Corregidor w tysiąc dziewięćset czterdziestym drugim albo czterdziestym piątym roku. W ulotce znalazł wzmiankę o specjalnym pomniku na cześć wojskowych, którzy stracili życie na Guadalcanal, wiedział też, że na cmentarzu znajduje się aż jedenaście sektorów. (Ale nie znał nazwiska dobrego gringo – ani nazwiska jego ojca – co stanowiło pewien problem).

– Myślę, że trzeba podać nazwisko żołnierza, a oni wtedy powiedzą, który sektor i w którym rzędzie – odpowiedział Bienvenido. – Wystarczy nazwisko, na tym to polega.

– Rozumiem – odrzekł tylko Juan Diego. Szofer zerkał na niego we wstecznym lusterku. Być może uznał, że Juan Diego wygląda na zmęczonego. Nie wiedział jednak o jatce w akwarium ani że pozycja pisarza, który siedział zgarbiony na tylnym siedzeniu, świadczy jedynie o działaniu połówki lopressora.

Sofitel, dokąd Bienvenido go zawiózł, znajdował się w części Manili o nazwie Pasay City – Juan Diego z daleka dostrzegł psy do wykrywania bomb, mimo że siedział zgarbiony.

– Martwiłbym się o bufet – zagadnął Bienvenido. – Słyszałem o nim różne rzeczy.

– Mianowicie? – zainteresował się Juan Diego, jakby wizja zatrucia pokarmowego go ożywiła. Ale to nie tak: wiedział, że od szoferów można się sporo dowiedzieć: podróże do krajów, gdzie wydawano jego powieści, nauczyły go zwracać uwagę na słowa kierowców.

– Znam położenie wszystkich męskich toalet w sąsiedztwie każdego lobby hotelowego i każdej hotelowej restauracji – mówił Bienvenido. – Zawodowy kierowca orientuje się w takich sprawach.

– Innymi słowy, wie, gdzie się odlać – uściślił Juan Diego; wiedział o tym od innych szoferów. – Ale wracając do bufetu...

– Toaleta w hotelowej restauracji jest na ogół lepsza od tej w lobby. Na ogół – podkreślił Bienvenido. – Nie tutaj.

– Bufet – powtórzył Juan Diego.

– Widziałem ludzi rzygających do pisuarów. Słyszałem, jak ich czyści – przestrzegł go Bienvenido.

– Tu? W Sofitelu? I masz pewność, że to wina bufetu? – dopytywał Juan Diego.

– Może żywność leży w nieskończoność. Kto wie, ile czasu krewetki spędzają poza lodówką. Bufet, na pewno! – wykrzyknął szofer.

– Rozumiem – skwitował Juan Diego. Szkoda, uzupełnił w duchu. Sofitel robił dobre wrażenie. Odpowiadał Miriam z jakiegoś powodu, może nie stołowała się na miejscu. Albo szofer coś pomylił.

Odjechali, nie zaglądając do środka. Następnym hotelem poleconym przez Miriam był Ascott.

– Trzeba było mówić od razu. – Bienvenido westchnął. – To w Glorietta, musimy wrócić do Makati City. Tuż przy Ayala Center. Tam jest wszystko – dodał.

– To znaczy? – zapytał Juan Diego.
– Sklepy ciągną się kilometrami. To centrum handlowe. Są windy i ruchome schody... i cała masa restauracji – opowiadał Bienvenido.

Kulawi nie lubią centrów handlowych, pomyślał Juan Diego, ale powiedział tylko:
– A sam hotel Ascott? Żadnej ofiary bufetu?
– Ascott jest w porządku. Trzeba było od niego zacząć – wytknął mu Bienvenido.
– Tylko mi nie mów, co „trzeba było" – odpowiedział Juan Diego; jego powieści określano mianem „trzeba było" i „gdyby ryby".
– Wobec tego następnym razem. – Bienvenido ustąpił.

Zawrócili do Makati City, by Juan Diego osobiście zarezerwował sobie pokój na powrót do Manili. Poprosi Clarka Frencha, żeby odwołał za niego rezerwację w Makati Shangri-La; po katastrofie w akwarium obie strony na pewno z ulgą przyjmą takie rozwiązanie.

Do recepcji na piętrze hotelu Ascott wjeżdżało się windą. Przy windach, zarówno przy wejściu, jak i w recepcji, stali zaniepokojeni ochroniarze z psami do wykrywania ładunków wybuchowych.

Juan Diego nie wspomniał o tym Bienvenido, ale kochał psy. W trakcie robienia rezerwacji wyobraził sobie wchodzącą Miriam. Od wind szło się spory kawałek; wiedział, że ochroniarze nie spuściliby z niej oka przez całą drogę. Trzeba było być ślepym bądź psem do wykrywania ładunków wybuchowych, żeby nie odprowadzić jej wzrokiem – miało się ochotę prześledzić każdy krok.

Co się ze mną dzieje, zdziwił się ponownie. Myśli, wspomnienia – to, co sobie wyobrażał, o czym śnił – wszystko mu się mieszało. I miał obsesję na punkcie Miriam i Dorothy.

Osunął się na tylne siedzenie limuzyny.

„Wylądujemy w Manili", powiedziała Dorothy; zastanawiał się, czy nie miała na myśli wszystkich. Może wszyscy koniec końców tu trafimy, pomyślał Juan Diego.

„Podróż w jedną stronę". Brzmiało jak tytuł powieści. Czy on to napisał albo miał taki zamiar? Nie mógł sobie przypomnieć.

„Wyszłabym za niego, gdyby ładniej pachniał i przestał śpiewać tę kowbojską piosenkę", powiedziała Lupe. (Powiedziała też „Niech skonam!").

Jak przeklinał przezwiska nadawane jej matce przez zakonnice z Niños Perdidos! Żałował też, że sam ją przezywał. *Desesperanza* – „Beznadziejność", mówiły na Esperanzę zakonnice. I *Desesperación* – „Desperacja".

– *Lo siento, madre* – rzucił ściszonym tonem na tylnym siedzeniu limuzyny, tak cicho, że Bienvenido nic nie słyszał.

Młody szofer nie wiedział, czy Juan Diego śpi. Rzucił coś na temat miejscowego lotniska obsługującego loty krajowe – że bez powodu zamykano stanowiska odprawy, po czym znowu je otwierano, a za wszystko obowiązywały dodatkowe opłaty. Ale Juan Diego milczał.

Czy czuwał, czy spał, był tak nieprzytomny, że Bienvenido postanowił mu pomóc w czasie odprawy, bez względu na nieuniknione problemy z samochodem.

– Jest za zimno! – krzyknął nagle Juan Diego. – Świeże powietrze poproszę! Starczy tej klimatyzacji!

– Jasne, ty tu rządzisz. – Bienvenido wyłączył klimatyzację i nacisnął przycisk automatycznego otwierania okien. W drodze do lotniska przejeżdżali właśnie przez kolejną ubogą dzielnicę, kiedy Bienvenido musiał stanąć na światłach.

I nim zdążył się odezwać, Juan Diego został osaczony przez małych żebraków, ich wystawione prosząco chude rączki wepchnęły się przez otwarte okno samochodu.

– Witajcie, dzieci – powiedział Juan Diego, jakby na nie czekał. (Zbieracz pozostanie zbieraczem, *los pepenadores* sortują odpadki jeszcze długo po tym, gdy zaprzestaną poszukiwań aluminium, szkła i miedzi).

Zanim Bienvenido zdążył go powstrzymać, sięgnął po portfel.

– Nie, nie... nic im nie dawaj – zaoponował szofer. – Mówię poważnie, Juanie Diego, błagam... to nie ma końca!

Co to w ogóle za śmieszna waluta? Juan Diego stwierdził, że wygląda jak pieniądze do zabawy w pocztę. Nie miał drobnych, tylko dwa banknoty o małym nominale. Wcisnął dwadzieścia piso w pierwszą wyciągniętą rączkę, dla drugiej nie miał nic mniejszego niż pięćdziesiąt.

– *Dalawampung piso!* – krzyknęło pierwsze dziecko.
– *Limampung piso!* – zawtórowało mu drugie. Zastanawiał się, czy mówią w języku tagalog.

Bienvenido powstrzymał go przed oddaniem tysiąca piso w jednym banknocie, ale jedno z dzieci dostrzegło nominał, zanim Bienvenido trzepnął wyciągniętą rękę.

– Proszę... to za dużo – powiedział do Juana Diego.
– *Sanlibong piso!* – wrzasnęło jedno z nacierających dzieci. Reszta błyskawicznie podchwyciła.
– *Sanlibong piso! Sanlibong piso!*

Zapaliło się zielone i Bienvenido powoli dodał gazu. Dzieci cofnęły ręce.

– Dla tych dzieci nie ma czegoś takiego jak „za dużo", Bienvenido. Dla nich istnieje tylko „za mało" – oznajmił Juan Diego. – Jestem dzieckiem wysypiska – dodał. – Wiem coś o tym.

– Dzieckiem wysypiska? – powtórzył Bienvenido.
– Byłem dzieckiem wysypiska, Bienvenido – uściślił Juan Diego. – Razem z siostrą. Byliśmy *niños de la basura*. Dorastaliśmy w *basurero*, tam mieszkaliśmy. I trzeba było tam zostać... potem wszystko się posypało!

– Proszę pana... – zaczął Bienvenido, lecz urwał na widok łez Juana Diego. Smrodliwe powietrze zanieczyszczonego miasta dmuchało przez otwarte okna limuzyny, kuchenne zapachy drażniły nozdrza, dzieci żebrały, zmęczone kobiety nosiły sukienki bez rękawów lub szorty i bluzki na ramiączkach, a mężczyźni sterczeli w progach, kopcili papierosy lub gadali, jakby nie mieli co ze sobą począć.

– To slumsy! – krzyknął Juan Diego. – Wstrętne, brudne slumsy! Miliony ludzi, którzy nie mają nic albo za mało do roboty, ale katolicy każą im się mnożyć!

Miał na myśli miasto Meksyk – w tamtej chwili Manila przypominała je do złudzenia.
– Tylko popatrz na głupich pielgrzymów! Zdzierają sobie kolana... okładają się batem, na dowód swojej wiary! Oczywiście Bienvenido osłupiał. Był święcie przekonany, że Juanowi Diego chodzi o Manilę. Jacy znowu pielgrzymi, pomyślał.
– To tylko biedna dzielnica, proszę pana – odpowiedział.
– Nie nazwałbym jej slumsem. Zanieczyszczenie jest problemem, fakt...
– Uwaga! – krzyknął Juan Diego, ale Bienvenido znał się na prowadzeniu samochodu. W porę zauważył, że z przepełnionego jadącego jeepneya wypada chłopiec – w przeciwieństwie do kierowcy, który nawet nie zwolnił. Chłopiec stoczył się (lub został zepchnięty) z jednego z tylnych rzędów siedzeń. Wypadł na ulicę; Bienvenido musiał skręcić gwałtownie, żeby go nie potrącić.

Był to mały ulicznik z czymś, co wyglądało jak futrzany kołnierz (bądź wyliniałe boa), narzuconym na kark i ramiona, jak u staruszki w chłodnym klimacie. Lecz gdy chłopiec spadł, obaj zobaczyli, że ów kołnierz to w istocie mały piesek, i to on, nie chłopiec, ucierpiał w wyniku upadku. Zaskomlał; nie mógł stanąć na jednej z przednich łap, zgiętą trzymał nad ziemią. Chłopiec otarł sobie do krwi kolano, ale poza tym wyszedł bez szwanku – bardziej martwił się o psa.

BÓG JEST DOBRY!, krzyczał napis na jeepneyu. Nie dla tego chłopca i jego psa, pomyślał Juan Diego.
– Stój... musimy się zatrzymać – powiedział, ale Bienvenido jechał dalej.
– Nie teraz, proszę pana... nie tutaj – odparł młody kierowca. – Odprawa na lotnisku trwa dłużej niż sam lot.
– Bóg nie jest dobry – oznajmił mu Juan Diego. – Bóg jest obojętny. Zapytaj tego chłopca. Pogadaj z jego psem.
– Jacy pielgrzymi? – przypomniało się szoferowi. – Wspomniałeś o pielgrzymach – naprowadził pisarza.
– W mieście Meksyk jest taka ulica... – zaczął Juan Diego. Przymknął oczy, po czym szybko je otworzył, jakby nie chciał

jej oglądać. – Chodzą tamtędy pielgrzymi… tamtędy prowadzi droga do sanktuarium – ciągnął coraz wolniej, jakby ta droga wiele go kosztowała.

– Jakiego sanktuarium? Na jakiej drodze? – wypytywał Bienvenido, ale Juan Diego siedział z zamkniętymi oczami, może nie dosłyszał. – Juanie Diego? – rzucił szofer pytająco.

– *Avenida de los Misterios* – odpowiedział Juan Diego z zamkniętymi oczami, łzy płynęły mu po twarzy. – Aleja tajemnic.

– Już dobrze, nie musisz mi mówić – mitygował Bienvenido, ale Juan Diego umilkł sam z siebie. Bienvenido widział, że stuknięty staruszek przeniósł się gdzie indziej – gdzieś daleko lub dawno temu, a może jedno i drugie.

W Manili nastał słoneczny dzień; Juan Diego widział światło nawet przez zaciśnięte powieki. Jakby zaglądał pod wodę. Wyobraził sobie, że widzi dwoje świdrujących, żółtawych oczu, ale pewnie mu się zdawało.

Tak będzie, kiedy umrę, pomyślał – tylko ciemniej, choć oko wykol. Żadnego Boga. Żadnego dobra ani zła. Żadnego señora Moralesa, innymi słowy. Żadnego Boga miłosiernego. Ani pana Zasad. Nawet ledwo zipiącej mureny. Tylko nicość.

– *Nada* – mruknął z przymkniętymi oczami.

Bienvenido bez słowa jechał dalej. Ale wnosząc z jego kiwnięcia głową i zrozumienia, z jakim spojrzał na śpiącego pasażera we wstecznym lusterku, nie ulegało wątpliwości, że zna to słowo – jeśli nie wszystko, co z nim związane.

15

Nos

„Jestem nie bardzo wierzący", powiedział kiedyś Juan Diego do Edwarda Bonshawa. Ale przemawiał przez niego czternastolatek: łatwiej było ująć to tak, aniżeli wyrazić nieufność wobec Kościoła katolickiego – zwłaszcza w obecności tak sympatycznego przyszłego duchownego jak señor Eduardo.
„Nie mów tak, Juanie Diego – jesteś za młody, żeby odcinać się od wiary", brzmiała odpowiedź Edwarda Bonshawa.
W istocie Juanowi Diego wcale nie brakowało wiary. Większość dzieci wysypiska łaknie cudów, a przynajmniej Juan Diego pragnął wierzyć w cuda, w niewyjaśnione tajemnice różnego rodzaju, nawet jeśli wątpił w objawienia forsowane przez Kościół – cuda narzucone z góry i nadszarpnięte upływem czasu.
Czytelnik z wysypiska nie miał zaufania do Kościoła; nie podobały mu się jego polityka, działania społeczne, manipulowanie historią i życiem erotycznym człowieka, ale tego nie potrafiłby wyrazić w wieku czternastu lat, w gabinecie doktora Vargasa, w którym lekarz ateista ścierał się z amerykańskim misjonarzem.

Większość dzieci wysypiska to ludzie wierzący; może trzeba w coś wierzyć, gdy się widzi tyle wyrzuconych rzeczy. A Juan Diego wiedział to, jak wszystkie dzieci wysypiska (i sieroty): każda wyrzucona rzecz, każdy niechciany przedmiot, niechciana osoba, mogły być kiedyś potrzebne – lub nadal byłyby potrzebne, w innych okolicznościach.

Czytelnik z wysypiska ratował książki od ognia, a do tego je czytał. Nie ważcie się sądzić, że czytelnik z wysypiska jest niezdolny do wiary. Lektura niektórych książek trwa wieki, nawet (lub zwłaszcza) ocalonych od ognia.

Lot z Manili do Tagbilaran City na wyspie Bohol trwał godzinę z małym haczykiem, ale bywa, że sny zdają się wiecznością. Kiedy Juan Diego miał czternaście lat, przejście z wózka do kul i (wreszcie!) utykania o własnych siłach również trwało całą wieczność, a wspomnienia z tamtego okresu zlewały się w jedno. We śnie pozostała tylko narastająca komitywa kalekiego chłopca z Edwardem Bonshawem – ich wzajemne ustępstwa, w teologicznym ujęciu tego słowa. Chłopiec wycofał się wprawdzie z deklaracji o swoim braku wiary, ale uparcie trwał w nieufności do Kościoła.

– Nasza Panienka z Guadalupe to nie wasza Maryja – stwierdził kiedyś, jeszcze chodząc o kulach. – A wasza Maryja Dziewica to nie nasza Guadalupe. To katolicka machlojka, papieskie czary-mary! (Zdążyli już to przerobić).

– Rozumiem, co masz na myśli – odpowiedział Edward Bonshaw na swój rzekomo rozsądny, jezuicki sposób. – Przyznaję, że trochę z tym zwlekano; minęło sporo czasu, nim papież Benedykt XIV ujrzał wizerunek na płaszczu Indianina i ogłosił, że wasza Guadalupe to Matka Boska. O to ci chodzi, prawda?

– Dwieście lat po fakcie! – stwierdził Juan Diego i postukał señora Eduardo w stopę kulą. – Wasi kaznodzieje z Hiszpanii brali sobie do łóżek Indianki i szast-prast, wzięliśmy się z tego ja i Lupe. Jesteśmy Zapotekami, jeśli już. Nie katolikami! Guadalupe to nie Matka Boska, farbowana lisica.

– Słyszałem, że nadal palicie psy, Pepe mi mówił – powiedział señor Eduardo. – Nie rozumiem, na jakiej podstawie sądzicie, że palenie zmarłych przynosi im jakiś pożytek.

– To wy katolicy jesteście przeciwni kremacji – zaznaczał Juan Diego. I tak się sprzeczali, przed wyjazdem i po powrocie z wysypiska, gdzie stale brali udział w paleniu psich truchet. (A cyrk przyciągał ich jak magnes).

– Proszę spojrzeć, co zrobiliście z Bożym Narodzeniem, wy katolicy – zagajał kiedy indziej Juan Diego. – Wybraliście sobie dwudziesty piąty grudnia na datę narodzin Chrystusa, żeby wchłonąć święto pogańskie. Właśnie o to mi chodzi: wy wchłaniacie. A czym była Gwiazda Betlejemska, ja się pytam? W chińskich kronikach z piątego roku przed naszą erą widnieje informacja o nowej, gwieździe wybuchowej.

– Gdzie ten chłopak to wszystko wyczytał, Pepe? – zapytywał w kółko Edward Bonshaw.

– W naszej bibliotece – odpowiadał brat Pepe. – Mamy go odciąć od książek? Przecież chcemy, żeby czytał, prawda?

– I jeszcze jedno. – Juan Diego pamiętał, że to powiedział, niekoniecznie we śnie. Nie miał już kul, tylko utykał. Byli w *zócalo*, dokądś szli, Lupe ich wyprzedziła, a Pepe ledwo nadążał. – Cóż jest takiego wspaniałego w celibacie? Dlaczego dla księży to takie ważne? Przecież zawsze nam mówią, co mamy myśleć i robić... pod kołdrą. Jak mogą się wymądrzać na takie tematy, jeśli sami nie uprawiają seksu?

– Chcesz powiedzieć, Pepe, że chłopak podważa autorytet duchowieństwa, które żyje w czystości, bo nauczył się tego z książek z naszej biblioteki? – upewnił się señor Eduardo.

– Rozmyślam nad wieloma rzeczami, o których nie czytam – odezwał się Juan Diego. – I sam dochodzę do pewnych wniosków. – Utykanie było nowością; pamiętał, jak się z nim oswajał.

Proces oswajania trwał nadal pewnego ranka, kiedy Esperanza odkurzała wielki posąg Matki Boskiej w Templo de la Compañía de Jesús. Nie mogła zbliżyć się do twarzy figury bez pomocy drabiny. Juan Diego bądź Lupe zwykle trzymali drabinę. Ale nie wtedy.

Dobry gringo miał kłopoty; dzieci dowiedziały się od Flor, że skończyły mu się pieniądze lub wydawał ich resztki na alkohol (nie na prostytutki). Te rzadko go widywały. Trudno opiekować się kimś, kto się nie pokazuje.

Lupe stwierdziła, że nie kto inny, tylko ich matka ponosi winę za pożałowania godną sytuację chłopaka, a przynajmniej Juan Diego tak przetłumaczył.

– To skutki wojny w Wietnamie – odrzekła Esperanza; nie wiadomo, czy sama tak uważała. Łykała i powtarzała jak wyrocznię wieści zasłyszane na ulicy Zaragoza: to, co dekownicy mieli na swoją obronę i co dziwki o nich mówiły.

Esperanza oparła drabinę o posąg Matki Boskiej. Cokół był ogromny, jej wzrok znajdował się na wysokości olbrzymich stóp. Maryja, nadnaturalnych rozmiarów, górowała nad sprzątaczką.

– *El gringo bueno* obecnie toczy własną wojnę – szepnęła Lupe tajemniczo. Potem spojrzała na opartą drabinę. – Maryja nie jest zachwycona – stwierdziła. Juan Diego przetłumaczył tylko drugie zdanie.

– Trzymaj drabinę, to ją odkurzę – poleciła Esperanza.

– Lepiej nie teraz, coś ją gryzie – oznajmiła Lupe, lecz Juan Diego zachował to dla siebie.

– Nie mam całego dnia – zrzędziła Esperanza, wchodząc na drabinę. Juan Diego wyciągał rękę, aby przytrzymać szczebel, kiedy nagle Lupe zaczęła krzyczeć.

– Jej oczy! Spójrz na oczy olbrzymki! – wrzasnęła, ale Esperanza nie zrozumiała, zresztą właśnie przecierała czubek nosa figury miotełką do kurzu.

Wtedy chłopiec ujrzał oczy Matki Boskiej: biła z nich wściekłość i zjechały z ładnej twarzy Esperanzy na jej dekolt. Może wielka Zawsze Dziewica uznała, iż jest nieco zbyt głęboki.

– *Madre...* Ten nos... – wykrztusił Juan Diego; sięgał po szczebel, gdy naraz zamarł, bo wzrok Maryi go przygwoździł, aby ponownie spocząć na dekolcie jego matki.

Czy Esperanza straciła równowagę i zarzuciła Maryi ręce na szyję, żeby nie spaść? Czy spojrzała wówczas w jej płonące oczy i się puściła, bardziej przerażona gniewem Zawsze Dziewicy aniżeli upadkiem? Nie mógł być bardzo bolesny, nawet nie uderzyła się w głowę. A drabina stała, jak stała – jakby Esperanza się od niej odepchnęła (albo ktoś jej w tym pomógł).

– Umarła, zanim spadła – mówiła zawsze Lupe. – Upadek nie miał z tym nic wspólnego.

Czy figura się poruszyła? Matka Boska zachwiała się na cokole? Nie i nie, odpowiadały dzieci wysypiska każdemu, kto o to pytał. Ale jak doszło do ukruszenia nosa? Jak Zawsze Dziewica go straciła? Może Esperanza zdzieliła ją na pożegnanie? Może zamachnęła się drewnianą rączką miotełki do kurzu? Nie i nie, twierdziły dzieci – nic takiego nie widziały. Nos nie został utarty, ale wręcz złamany! Juan Diego wszędzie go szukał. Przecież taki kulfon nie mógł się po prostu rozpłynąć!

Oczy ponownie znieruchomiały i zatraciły blask. Nie został w nich ani ślad gniewu, tylko zwykła obojętność – pustka na granicy tępoty. Jakby brak nosa pozbawił je resztek życia.

Dzieci nie mogły nie zauważyć, iż więcej życia biło z wytrzeszczonych oczu Esperanzy, choć nie ulegało wątpliwości, że ich matka nie żyje. Wiedziały to w chwili, kiedy spadła z drabiny – „jak liść z drzewa", opisywał później doktorowi Vargasowi Juan Diego.

To Vargas objaśnił dzieciom wyniki sekcji.

– Śmierć ze strachu następuje w wyniku arytmii serca – zaczął.

– Wiesz, że umarła ze strachu? – wtrącił Edward Bonshaw.

– Na pewno umarła ze strachu – powiedział Juan Diego.

– Na pewno – powtórzyła Lupe; zrozumieli ją nawet doktor Vargas i señor Eduardo.

– Przeciążenie adrenaliną – podjął Vargas – prowadzi do zaburzeń akcji serca. Innymi słowy, krew przestaje być pompowana. Ten najbardziej niebezpieczny rodzaj arytmii nosi

nazwę migotania komór, czyli nieskoordynowanej i bezproduktywnej pracy serca.
– I człowiek pada martwy, tak? – upewnił się Juan Diego.
– Pada martwy – potwierdził Vargas.
– I to może się zdarzyć komuś tak młodemu jak Esperanza... komuś o normalnym sercu? – zapytał señor Eduardo.
– Młodość niekoniecznie pomaga sercu – odpowiedział Vargas. – Jestem pewien, że Esperanza nie miała „normalnego" serca. Miała wysokie ciśnienie...
– Jej tryb życia być może... – podsunął Edward Bonshaw.
– Nie ma żadnych dowodów na to, że prostytucja przyprawia o zawał, może tylko katolików – odpowiedział Vargas na swój uczony sposób. – Esperanza nie miała „normalnego" serca. A wy, dzieci – dodał – będziecie musiały na siebie uważać. Zwłaszcza ty, Juanie Diego.

Lekarz urwał, próbując ogarnąć poczet potencjalnych ojców Juana Diego, na oko rozsądny, w przeciwieństwie do liczniejszego i bardziej zróżnicowanego grona ewentualnych ojców jego siostry. Wykazał duży takt, nawet jak na ateistę.

Popatrzył na Edwarda Bonshawa.
– Jeden z potencjalnych ojców Juana Diego... być może ten najbardziej prawdopodobny... umarł na zawał – oznajmił.
– Był bardzo młody, z tego, co wiem od Esperanzy – dodał.
– Wiecie coś o tym? – zwrócił się do dzieci.
– Nie więcej niż pan – odpowiedział Juan Diego.
– Rivera coś wie, tylko nie chce powiedzieć – stwierdziła Lupe.

Juan Diego nie ująłby tego lepiej. Rivera poinformował dzieci, że „najbardziej prawdopodobny" ojciec Juana Diego zmarł z powodu złamanego serca.
– Czyli na zawał? – zapytał Juan Diego, bo tak Esperanza wmawiała im i każdemu.
– Jeśli tak nazywasz serce, które się nie zrośnie – uciął *el jefe*.

Co do nosa Matki Boskiej – no cóż. Juan Diego pierwszy go zauważył: leżał obok klęcznika przy drugim rzędzie ławek.

Chłopiec nie bez trudu wcisnął go do kieszeni. Krzyki Lupe ściągnęły ojca Alfonso i ojca Octavio, którzy przybiegli pędem do świątyni Towarzystwa Jezusowego. Zanim zjawiła się ta suka siostra Gloria, ojciec Alfonso modlił się już nad Esperanzą. Zdyszany brat Pepe przybiegł tuż za wiecznie niezadowoloną zakonnicą, która wyglądała na poirytowaną ostentacyjnym zgonem sprzątaczki, nie wspominając o jej rozległym dekolcie, potępionym tak dramatycznie przez samą wielką Zawsze Dziewicę.

Dzieci tylko stały w oczekiwaniu, aż księża – bądź też brat Pepe lub siostra Gloria – dostrzegą ubytek w twarzy świętego potwora. Lecz ten długo pozostał niezauważony.

Zgadnijcie, kto pierwszy go dostrzegł. Przybiegł nawą w stronę ołtarza, nie zginając nawet kolana – a jego rozchełstana hawajska koszula wyglądała niczym natłok małp i rajskich ptaków, jakby piorun strzelił w las równikowy.

– To sprawka wstrętnej Maryi! – krzyknęła Lupe do señora Eduardo. – Wasza Najświętsza Panienka zabiła naszą matkę! Wystraszyła ją na śmierć! – Juan Diego bez wahania to przetłumaczył.

– Jeszcze trochę, a nazwie ten wypadek cudem – mruknęła siostra Gloria do ojca Octavio.

– Niech siostra wypluje to słowo – odpowiedział ojciec Octavio.

Ojciec Alfonso kończył modlitwę nad Esperanzą, mamrocząc coś o uwolnieniu od grzechów.

– Powiedział ksiądz *un milagro*? – zapytał Edward Bonshaw ojca Octavio.

– *Milagroso!* – krzyknęła Lupe. Señor Eduardo bez trudu zrozumiał słowo „cudowny".

– Esperanza spadła z drabiny, Edwardzie – poinformował go ojciec Octavio.

– Padła trupem, zanim spadła! – bełkotała Lupe, lecz brat nie pokusił się o tłumaczenie: nie można zabić wzrokiem, chyba że ktoś się śmiertelnie wystraszy.

– A gdzie nos? – spytał Edward Bonshaw, wskazując palcem.
– Nie ma! Zniknął jak kamfora! – wrzasnęła Lupe. – Miejcie oko na olbrzymkę, bo zacznie znikać innymi częściami ciała.
– Powiedz prawdę, Lupe – upomniał ją brat.
Ale Edward Bonshaw, który nie zrozumiał ani słowa z jej wywodu, nie odrywał wzroku od wybrakowanej twarzy.
– To tylko nos, Eduardo – mitygował brat Pepe. – Nic takiego. Pewnie gdzieś leży.
– Jak to „nic", Pepe? – zapytał Amerykanin. – Jak mógł tak po prostu zniknąć?
Ojciec Alfonso i ojciec Octavio padli, ale się nie modlili, na czworakach szukali zguby pod pierwszymi rzędami ławek.
– Nie wiecie nic o *la nariz*, jak mniemam? – zwrócił się do Juana Diego brat Pepe.
– *Nada* – odpowiedział Juan Diego.
– Zła Maryja ruszyła oczami, wyglądała jak żywa – przekonywała Lupe.
– Nigdy ci nie uwierzą – uświadomił jej brat.
– Papuga uwierzy. – Wskazała na señora Eduardo. – Chce wierzyć bardziej, niż wierzy. Da wiarę wszystkiemu.
– W co nie uwierzymy? – zapytał chłopca brat Pepe.
– Co miałeś na myśli, Juanie Diego? – dorzucił Edward Bonshaw.
– Powiedz mu! Zła Maryja ruszyła oczami... toczyła wzrokiem dookoła! – krzyknęła Lupe.
Juan Diego wsunął rękę głębiej do kieszeni; ściskał nos, opowiadając im o rozzłoszczonych oczach Zawsze Dziewicy, jak ciskały gromy dookoła, ale zawsze powracały na dekolt Esperanzy.
– Cud – skwitował rzeczowo Amerykanin.
– Ślijcie po naukowca – stwierdził sarkastycznie ojciec Alfonso.
– Właśnie, Vargas załatwi sekcję – dodał ojciec Octavio.

– Chcecie kroić cud? – spytał brat Pepe, niewinnie, a zarazem figlarnie.

– Umarła ze strachu, nic innego nie znajdziecie – oświadczył Juan Diego, miętosząc odłamany nos Matki Boskiej.

– Wiem jedno: to sprawka Złej Maryi – oznajmiła Lupe. Fakt, uznał Juan Diego i przetłumaczył.

– Złej Maryi! – powtórzyła siostra Gloria. Wszyscy utkwili wzrok w beznosej Zawsze Dziewicy, jakby oczekiwali kolejnych szkód – wszelkiego rodzaju. Ale brat Pepe zauważył, że tylko Edward Bonshaw wpatruje się w oczy Matki Boskiej – i nic poza tym.

Un milagrero, pomyślał brat Pepe, nie spuszczając z niego wzroku. Jeszcze nie spotkałem nikogo tak łasego na cuda!

Juan Diego nie myślał wcale, tylko ściskał w ręku nos Maryi, jakby miał go nigdy nie puścić.

Sny wycinają to, co zbyteczne, nie mają litości dla szczegółów. Zdrowy rozsądek nie dyktuje tego, co pominięte lub zachowane we śnie. Bywa, że dwuminutowy sen przeciąga się w nieskończoność.

Doktor Vargas nie owijał w bawełnę: opowiedział chłopcu znacznie więcej o adrenalinie, ale nie wszystko znalazło się we śnie Juana Diego. Mówił, że adrenalina jest toksyczna w dużych ilościach, na przykład w chwili nagłego strachu.

Juan Diego zapytał go nawet o inne stany emocjonalne. Co jeszcze oprócz strachu może prowadzić do arytmii? Co może zaburzać rytm serca, jeśli nie jest ono takie, jak trzeba?

– Każda silna emocja, pozytywna lub negatywna, taka jak radość lub smutek – tłumaczył Vargas, lecz ta odpowiedź nie trafiła do snu Juana Diego. – Ludzie umierają w czasie stosunku płciowego – uzupełnił, po czym dodał pod adresem Edwarda Bonshawa: – I uniesienia religijnego.

– A w czasie samobiczowania? – spytał brat Pepe swym na poły niewinnym, na poły figlarnym tonem.

– Nie udokumentowano takich przypadków – odparł chytrze uczony.

Golfiści umierają, trafiając do dołka. Wielu Niemców dostaje zawału, ilekroć ich reprezentacja staje w szranki o Puchar Świata. Mężczyźni dzień albo dwa po żonach; kobiety, które straciły mężów, nie tylko w sensie wdowieństwa, rodzice po stracie dzieci. Wszyscy nagłą śmiercią, ze zgryzoty. Tych przykładów stanów emocjonalnych prowadzących do migotania komór zabrakło we śnie pisarza.

Ale dźwięk furgonetki Rivery – ów szczególny odgłos, gdy *el jefe* wrzucał wsteczny – zakradł się do snu dokładnie w chwili, kiedy samolot wysunął koła tuż przed lądowaniem na wyspie. Sny tak mają: podobnie jak Kościół rzymskokatolicki wchłaniają rzeczy, zawłaszczają to, co do nich nie należy.

Dla snu jest wszystko jedno: zgrzyt wysuwanego podwozia filipińskich linii lotniczych, szczęk furgonetki na wstecznym biegu. Co do tego, jak smród kostnicy w Oaxaca przeniknął do snu Juana Diego w czasie krótkiego lotu z Manili na Bohol – cóż, nie wszystko da się wyjaśnić.

Rivera wiedział, gdzie składują ciała, znał też patologa, który je kroił w *anifiteatro de disección*. Jeśli chodziło o dzieci, ich zdaniem sekcja Esperanzy była zbędna. Zawsze Dziewica przestraszyła ją na śmierć; co więcej, zrobiła to specjalnie.

Rivera starał się przygotować Lupe na widok zwłok matki – szczególnie zafastrygowanej blizny (od szyi do krocza), która biegła przez mostek. Ale nie przygotował jej na stos ciał oczekujących na sekcję ani na zaszyte zwłoki *el gringo bueno*, którego rozrzucone białe ramiona (jakby przed chwilą został zdjęty z krzyża) odcinały się ostro na tle bardziej ogorzałych nieboszczyków.

Miał świeżo zaszytą bliznę i liczne szramy na głowie, na pewno nie od korony cierniowej. Wojna dobrego gringo dobiegła końca, a widok jego porzuconych zwłok przyprawił dzieci o wstrząs. Jego chrystusowa twarz wreszcie odnalazła spokój, chociaż Jezus na bladym ciele pięknego chłopca też mocno ucierpiał z powodu skalpela.

Lupe nie omieszkała odnotować, że jej matka i dobry gringo byli najpiękniejszymi zwłokami w amfiteatrze dysekcji, przy czym oboje wyglądali znacznie lepiej za życia.

– Zabierzemy też *el gringo bueno*, obiecałeś, że go spalimy – powiedziała do brata. – Spalimy go razem z mamą.

Rivera załatwił z patologiem odebranie zwłok Esperanzy, lecz gdy Juan Diego przetłumaczył prośbę siostry – zażyczyła sobie też zwłok chłopaka – patolog mało nie wystrzelił przez komin.

Przeciwko amerykańskiemu zbiegowi toczyło się śledztwo. Ktoś z hotelu Somega powiedział policji, że chłopak miał zatrucie alkoholowe – prostytutka twierdziła, że „po prostu wykitował" w czasie seksu. Ale patolog ustalił coś innego. Chłopak został pobity na śmierć; owszem, był pijany, lecz to nie alkohol go zabił.

– Jego dusza musi polecieć do domu – powtarzała Lupe. – Gdy raz szedłem ulicami Laredo – zanuciła nagle. – Gdy raz szedłem ulicami miasta cud…

– Po jakiemu ona śpiewa? – zainteresował się patolog.

– Policja nic nie zrobi – odpowiedział mu Rivera. – Nie powiedzą nawet, że został pobity. Stwierdzą, że zatruł się alkoholem.

Patolog wzruszył ramionami.

– Taa, już tak mówią – oznajmił. – Powiedziałem im, że wytatuowany gówniarz został pobity, ale kazali mi trzymać gębę na kłódkę.

– Zatrucie alkoholem, tak to załatwią – burknął Rivera.

– Tylko jego dusza ma teraz znaczenie – upierała się Lupe. Juan Diego postanowił to przetłumaczyć.

– Ale co, jeśli matka upomni się o ciało? – uzupełnił.

– Matka poprosiła o jego prochy. Zwykle tego nie robimy, nawet z cudzoziemcami – odparł pracownik kostnicy. – A już na pewno nie palimy ciał w *basurero*.

Rivera wzruszył ramionami.

– Przyniesiemy ci prochy – oznajmił.

– Ciała są dwa, więc zatrzymamy połowę – dorzucił chłopiec.

– Zawieziemy prochy do miasta Meksyk, rozsypiemy je w Basílica de Nuestra Señora de Guadalupe, u stóp naszej Panienki – zapowiedziała Lupe. – Jak najdalej od Beznosej Maryi! – krzyknęła.

– W życiu czegoś takiego nie słyszałem – stwierdził patolog, ale Juan Diego nie przetłumaczył bredzenia siostry o prochach dobrego gringo i Esperanzy u stóp Naszej Pani z Guadalupe w mieście Meksyk.

Rivera, zapewne przez wzgląd na obecność dziewczynki, poprosił o zapakowanie Esperanzy i *el gringo bueno* do oddzielnych worków, a następnie wraz z chłopcem pomógł patologowi. W czasie tego à la pogrzebu Lupe przyglądała się innym ciałom, po sekcji i przed nią – tym, które dla niej nic nie znaczyły. Juan Diego słyszał, jak Diablo awanturuje się w furgonetce: wyczuł coś nieczystego w powietrzu. W *anifiteatro de disección* unosił się zapach mięsa.

– Czemu matka nie chciała nawet zobaczyć ciała syna? Dlaczego poprosiła o prochy? – pytała Lupe. Nie oczekiwała odpowiedzi – bądź co bądź, sama była zwolenniczką palenia.

Esperanza może nie życzyła sobie kremacji, ale dzieci z wysypiska postawiły na swoim. Zważywszy na jej katolickie samozaparcie (kochała się spowiadać), zapewne nie zdecydowałaby się na stos pogrzebowy w *basurero*, lecz jeśli zmarły zawczasu nie wyda stosownych dyspozycji (Esperanza nie wydała), forma pochówku zależy od dzieci.

– Katolicy chyba powariowali, żeby nie chcieć kremacji – bełkotała Lupe. – Nie ma lepszego miejsca do palenia niż wysypisko: dym wznosi się jak okiem sięgnąć, sępy kołują na horyzoncie. – Przymknęła oczy i w natchnieniu przycisnęła odrażającą Coatlicue do pączkującej piersi. – Masz nos, prawda? – spytała brata, otwierając oczy.

– No ba. – Juan Diego poklepał wybrzuszoną kieszeń.

– Nos też pójdzie do ognia w razie czego – zapowiedziała Lupe.
– No właśnie – zdziwił się jej brat. – Dlaczego chcesz go spalić?
– W razie gdyby farbowana lisica miała jakąś moc... na wszelki wypadek – wyjaśniła Lupe.
– *La nariz?* – odezwał się Rivera. Zarzucił sobie worki po każdym na jedno ramię. – Jaki nos?
– Nie mów nic o nosie Maryi. Rivera jest zbyt przesądny. Niech sam się połapie. Zauważy brak nosa na następnej mszy albo w czasie spowiedzi. Powtarzam mu, ale on nie słucha: ten wąsik to grzech śmiertelny – oświadczyła Lupe. Zobaczyła, że *el jefe* pilnie przysłuchuje się jej słowom; *la nariz* zwrócił jego uwagę, więc próbował się zorientować, o co chodzi. – Sześciu chwackich chłopa mą trumnę poniesie – zaśpiewała. Sześć nadobnych panien pójdzie za nią wraz. – Kowbojska pieśń żałobna pasowała jak ulał: Rivera niósł ciała do furgonetki. – Potem moją trumnę przysypią różami, które zwiędną z ciałem, gdy nadejdzie czas.
– Ta mała wymiata – powiedział patolog do Rivery. – Powinna być gwiazdą rocka.
– Co ty opowiadasz? – obruszył się *el jefe*. – Nie rozumie jej nikt oprócz chłopaka!
– A rockowe piosenki to coś innego? Kto rozumie słowa? – zapytał patolog.
– Nic dziwnego, że dureń całe życie spędza z trupami – skwitowała Lupe. Ale temat kariery odwrócił uwagę Rivery od nosa. Zaniósł ciała do samochodu, po czym złożył je ostrożnie na platformie, gdzie Diablo natychmiast przystąpił do obwąchiwania.
– Pilnuj, niech się po nich nie tarza – przykazał Rivera chłopcu; wszyscy troje wiedzieli, że pies uwielbia tarzać się po wszystkim, co martwe. Juan Diego miał jechać z tyłu, wraz z *el gringo bueno*, Esperanzą, no i oczywiście Diablo.
Lupe zasiadła w szoferce obok kierowcy.

– Przyjadą tu jezuici, wiesz o tym – zaznaczył patolog. – Zjawią się po odbiór swojej trzódki. Upomną się o Esperanzę.
– Ostatnie słowo należy do dzieci. Powiedz jezuitom, że to one są „trzódką" Esperanzy – odpowiedział Rivera.
– Ta mała powinna występować w cyrku – dorzucił patolog, wskazując na Lupe w szoferce.
– I co miałaby tam robić? – spytał *el jefe*.
– Ludzie płaciliby, żeby słuchać, jak mówi! – oświadczył patolog. – Nie musiałaby nawet śpiewać.

Później będzie Juana Diego prześladować, że patolog, w gumowych rękawiczkach skażonych sekcją i śmiercią, przywołał temat cyrku w czasie rozmowy w miejscowej kostnicy.

– Jedziemy! – krzyknął do Rivery; załomotał w szoferkę i Rivera odjechał. Był bezchmurny dzień i w górze rozciągało się błękitne niebo. – Nie tarzaj się... nie wolno! – ofuknął psa, ale Diablo siedział spokojnie i patrzył na żywego chłopca, nawet nie obwąchując ciał.

Wiatr wkrótce osuszył łzy na twarzy Juana Diego, ale zagłuszał słowa Lupe w szoferce. Chłopiec słyszał tylko jej wieszczy głos, ale nie słowa, a nadawała bez przerwy. Wydawało mu się, że monolog dotyczy Moruska. Rivera oddał pieska pewnej rodzinie w Guerrero, lecz szczeniak z uporem powracał do jego budy, zapewne w poszukiwaniu Lupe. A teraz gdzieś przepadł i Lupe nie dawała Riverze żyć. Twierdziła, że wie, dokąd mógł się udać: rzekomo poszedł tam i wyzionął ducha. (Nazywała to miejsce „psim gajem").

Juan Diego słyszał tylko strzępy odpowiedzi *el jefe*. „Skoro tak twierdzisz", wtrącał od czasu do czasu Rivera, albo: „Sam nie ująłbym tego lepiej" – i tak przez całą drogę do Guerrero, skąd chłopiec widział pojedyncze słupy dymu. Na niedalekim wysypisku płonęło już kilka ognisk.

Wybiórcze przysłuchiwanie się tej nie-rozmowie przypomniało mu studiowanie literatury z Edwardem Bonshawem w jednej z dźwiękoszczelnych czytelni biblioteki Niños Perdidos. „Studiowanie literatury" według señora Eduardo polegało na czytaniu na głos: Amerykanin zaczynał od czytania chłopcu „dorosłej" powieści, dzięki czemu mogli razem ustalić, czy treść jest odpowiednia dla kogoś w jego wieku. Oczywiście dochodziło między nimi do konfliktów na tym tle.

– A jeśli mi się spodoba? Jeśli wiem, że gdyby pozwolono mi przeczytać tę książkę, nie mógłbym się od niej oderwać? – pytał Juan Diego.

– To jeszcze nie świadczy, że byłaby dla ciebie odpowiednia – ucinał Edward Bonshaw. Albo urywał w pół słowa i chłopiec się domyślał, że misjonarz próbuje przeskoczyć niestosowny fragment.

– Wycina pan scenę erotyczną – zauważał.

– Nie mam pewności, czy jest odpowiednia – brzmiała odpowiedź.

Wzięli na warsztat Grahama Greene'a: poruszane przez niego kwestie zwątpienia i wiary były dla Edwarda Bonshawa najważniejszym tematem, jeśli nie głównym powodem jego umartwień, a Juan Diego lubił seksualny aspekt, chociaż seks odbywał się poza kadrem lub na zasadzie niedomówienia.

Sesje polegały na tym, że Edward Bonshaw zaczynał czytać na głos powieść Grahama Greene'a, następnie Juan Diego czytał resztę sam, a na koniec o niej dyskutowali. Na tym ostatnim etapie señor Eduardo lubił cytować konkretne fragmenty i pytać chłopca, o co autorowi „chodziło".

Jedno zdanie z *Mocy i chwały* wywołało szczególnie długą i burzliwą dyskusję co do znaczenia. Nauczyciel i uczeń różnili się w interpretacji zdania, które brzmiało: „Jest zawsze taki moment w dzieciństwie, gdy drzwi się otwierają i wpuszczają przyszłość"*, inaczej pojmując jego sens.

– Jak to rozumiesz, Juanie Diego? – zapytał Edward Bonshaw. – Czy Greene twierdzi, że nasza przyszłość zaczyna się w dzieciństwie i powinniśmy zwrócić uwagę na...

– Oczywiście, że przyszłość zaczyna się w dzieciństwie, a gdzież by indziej? – odpowiedział pytaniem Juan Diego.

---

* Graham Greene, *Moc i chwała*, w przekładzie Bolesława Taborskiego, PAX 1967.

– Ale moim zdaniem jest bzdurą sprowadzać to do jednej chwili. Czy nie może być wiele tych chwil? I czy Greene twierdzi, że drzwi są tylko jedne? Bo chyba daje to do zrozumienia.
– Graham Greene nie jest bzdurą, Juanie Diego! – zawołał señor Eduardo, ściskając w dłoni jakiś przedmiot.
– Wiem o kafelku do madżonga, nie musi pan go znowu pokazywać – oznajmił Juan Diego. – Wiem, wiem: przewrócił się pan i nadział na niego. Poleciała krew, Beatrice ją zlizała, a potem umarła, bo dostała kulkę. Wiem, wiem! Ale czy to z powodu tej jednej chwili zapragnął pan zostać księdzem? Czy śmierć Beatrice otworzyła panu drogę do celibatu? Przecież istniały inne chwile w pana dzieciństwie, mógł pan otworzyć inne drzwi. Nadal pan może, zgadza się? Kafel do madżonga nie musiał stać się pana dzieciństwem i przyszłością!
Rezygnacja: trudno inaczej nazwać to, co wyrażała twarz Edwarda Bonshawa. Misjonarz sprawiał wrażenie pogodzonego z losem: celibat, biczowanie, stan kapłański – i to wszystko z powodu upadku z kaflem do madżonga w rączce? Miał się dalej umartwiać, bo okrutnie zgładzono jego ukochanego labradora?
Rezygnacja malowała się też na twarzy Rivery, kiedy podjechał pod budę, w której niegdyś razem mieszkali. Juan Diego wiedział, jak to jest „rozmawiać" z Lupe – tylko jej słuchać, ze zrozumieniem lub bez.
Lupe zawsze wiedziała więcej niż jej rozmówca; Lupe, przez większość czasu niezrozumiała, wiedziała o rzeczach, o których nie wiedział nikt poza nią. Była dzieckiem, ale wykłócała się jak dorosły. Mówiła rzeczy, których sama nie rozumiała; twierdziła, że słowa ją „naszły", chociaż często nie znała ich znaczenia.
Spal *el gringo bueno* z mamą, a z nimi nos Matki Boskiej. Bez dyskusji. Rozsyp ich prochy w mieście Meksyk. Koniec, kropka.
A Edward Bonshaw masakrował Grahama Greene'a (innego katolika dręczonego wątpliwościami), twierdząc, że istnieje

tylko jedna jedyna chwila, gdy drzwi – jedne, pieprzone drzwi! – stają otworem i wpuszczają pieprzoną przyszłość.

– Jezu Chryste – wymamrotał chłopiec, zeskakując z furgonetki. (Ani Lupe, ani Rivera nie pomyśleli, że się modli).

– Dajcie mi chwilę. – Lupe odmaszerowała na bok i zniknęła za budą, którą kiedyś dzieci nazywały domem. Poszła się wysikać, pomyślał Juan Diego.

– Nie, nie poszłam się wysikać! – zawołała Lupe. – Szukam Moruska!

– Sika czy potrzebujecie kolejnych pistoletów na wodę? – spytał Rivera. Juan Diego wzruszył ramionami. – Lepiej zacznijmy palić ciała, zanim zjawią się jezuici – dodał *el jefe*.

Lupe wróciła ze swoim martwym pieskiem na rękach. Płakała.

– Zawsze je znajduję w tym samym miejscu, albo prawie tym samym – bełkotała. Juan Diego rozpoznał Moruska.

– Spalimy go z hipisem i waszą mamą? – zapytał Rivera.

– Chciałabym zostać spalona z psem! – krzyknęła Lupe. Juan Diego uznał to za warte przetłumaczenia. Rivera nie zważał na martwego szczeniaka, nie znosił Moruska. Pewnie odetchnął, że kundel nie zdziczał i nie pogryzł Lupe.

– Przykro mi, że adopcja nie wypaliła – odezwał się do niej, gdy rozsiadła się w szoferce, z zesztywniałym psem na kolanach.

Kiedy Juan Diego raz jeszcze znalazł się na platformie z Diablo i workami, Rivera wyruszył do *basurero*, a tam podjechał tyłem do ogniska – płonęło najjaśniejszym płomieniem.

Nie bez pośpiechu zdjął worki z samochodu i polał je benzyną.

– Morusek jest cały mokry – powiedział Juan Diego do Lupe.

– Owszem – mruknęła, kładąc pieska obok worków. Rivera z szacunkiem zrosił go benzyną.

Kiedy wrzucał worki do ogniska, w niskie płomienie, dzieci odwróciły się tyłem. Ogień wystrzelił w górę. Kiedy huczał wysoko, a Lupe wciąż stała odwrócona, Rivera dorzucił pieska.

Jak dobry katolik, pomyślał chłopiec, patrząc na *el jefe*, gdy ten przestawiał samochód z dala od stosu pogrzebowego.

– Kto jest dobrym katolikiem? – zainteresowała się Lupe.

– Przestań włazić mi do głowy! – burknął.

– A co ja na to poradzę? – odpowiedziała. I zanim Rivera wysiadł z szoferki, dorzuciła: – Czas wrzucić nos zmory.

– Naprawdę nie rozumiem po co – odparł, ale wrzucił.

– Jadą... w samą porę – oznajmił Rivera, stając obok dzieci, które odsunęły się na bezpieczną odległość od ognia. Buchał żar. Zobaczyli, jak rozpędzony czerwony garbus brata Pepe wpada do *basurero*.

Później, na wspomnienie jezuitów gramolących się z samochodu, Juan Diego dochodził do wniosku, że do złudzenia przypominali klownów w cyrku. Brat Pepe, dwaj wzburzeni kapłani – ojciec Alfonso i ojciec Octavio – no i rzecz jasna ogłupiały Edward Bonshaw.

Stos pogrzebowy mówił za dzieci, które milczały, Lupe uznała jednak, że śpiew się nadaje na tę okoliczność.

– Ach, uderzcie w bęben, dmuchnijcie w piszczałkę – zanuciła. – Bo jestem kowbojem i wiem, że zbłądziłem...

– Esperanza nie życzyłaby sobie... – zaczął ojciec Alfonso, ale szef wysypiska mu przerwał.

– Dzieci sobie tego życzyły, ojcze. I koniec.

– Tak robimy z tym, co kochamy – uzupełnił chłopiec.

Lupe uśmiechała się błogo, wpatrzona w rozwiewające się w dali wstęgi dymu i wszechobecnych padlinożerców.

– Ponieście mnie w dolinę – śpiewała. – Niech marsz zabrzmi nad moją mogiłą.

– Te dzieci zostały osierocone – mówił señor Eduardo. – Jesteśmy za nie odpowiedzialni, bardziej niż kiedykolwiek. Zgodzicie się ze mną?

Brat Pepe zwlekał z odpowiedzią, a dwaj starzy kapłani spojrzeli po sobie.

– Co powiedziałby Graham Greene? – zapytał Edwarda Bonshawa Juan Diego.

– Graham Greene! – wykrzyknął ojciec Alfonso. – Tylko mi nie mów, Edwardzie, że ten chłopiec czyta Greene'a...
– To niestosowne! – zawtórował mu ojciec Octavio.
– Greene nie nadaje się dla kogoś w tym wie... – zaczął ojciec Alfonso, ale señor Eduardo nie chciał tego słuchać.
– Greene jest katolikiem! – zawołał.
– Ale niezbyt przykładnym, Edwardzie – zauważył ojciec Octavio.
– Czy to miał na myśli, mówiąc o jednej chwili? – zapytał Juan Diego. – To są drzwi do przyszłości... Lupe i mojej?
– To są drzwi do cyrku – oznajmiła Lupe. – Teraz kolej na cyrk... tam zmierzamy.
Juan Diego oczywiście przetłumaczył.
– Czy to nasza jedyna chwila? – zwrócił się do Edwarda Bonshawa. – Jedyne drzwi do przyszłości? Co miał na myśli Greene? Że tak kończy się dzieciństwo? – Amerykanin usilnie się zastanawiał – usilnie jak nigdy, a zaznaczmy, że był bardzo refleksyjny.
– Ma pan rację! Właśnie tak! – Lupe dotknęła ręki misjonarza.
– Mówi, że ma pan rację... cokolwiek pan myśli – powiedział Juan Diego do Edwarda Bonshawa, który wpatrywał się w szalejący ogień.
– On myśli, że prochy biednego dekownika wrócą do ojczyzny i zrozpaczonej matki wraz z prochami prostytutki – wyjaśniła Lupe. Juan Diego to też przetłumaczył.
Nagle stos jakby splunął i spośród pomarańczowych i żółtych płomieni wytrysnął cienki, niebieski ognik, jak w wyniku reakcji chemicznej, a może tylko zajęła się kałuża benzyny.
– Pewnie szczeniak... był taki mokry – rzucił Rivera, kiedy wszyscy spojrzeli w tamtą stronę.
– Szczeniak! – krzyknął Edward Bonshaw. – Spaliliście szczeniaka z hipisem i własną matką? Pies na stosie pogrzebowym?
– Każdy powinien tego dostąpić – oświadczył chłopiec.

Syczący niebieski ognik skupił na sobie powszechną uwagę, tylko Lupe uniosła ręce i przyciągnęła twarz brata do ust. Juan Diego myślał, że chce go pocałować, ale ona wyszeptała mu coś do ucha, chociaż nikt by jej nie zrozumiał, nawet gdyby podsłuchał.

– To na pewno mokry kundel – przekonywał Rivera.

– *La nariz* – wyszeptała Lupe bratu do ucha i dotknęła jego nosa. W chwili gdy to powiedziała, syk ucichł i niebieski ognik zniknął. Nos, bez dwóch zdań, pomyślał chłopiec.

Nie obudziło go nawet szarpnięcie samolotu filipińskich linii lotniczych, jakby nic nie mogło wyrwać Juana Diego ze snu o tym, jak rozpoczęła się jego przyszłość.

16

KRÓL ZWIERZĄT

Kilkoro pasażerów przystanęło w przejściu i wyraziło obawę o stan starszego z wyglądu, śniadego pana skulonego na miejscu przy oknie.

– Albo umarł dla świata, albo w ogóle umarł – skomentował jeden, rzeczowo i na temat.

Juan Diego naprawdę wyglądał jak zmarły, a jego myśli dryfowały daleko i wysoko, na słupach dymu ponad *basurero*: widział z lotu sępa obrzeża miasta – Cinco Señores, gdzie znajdował się cyrk, i odległe, jaskrawe namioty Circo de La Maravilla.

Wezwano karetkę i nim wszyscy pasażerowie zdążyli opuścić pokład, przybyli ratownicy. Jeszcze chwila, a doszłoby do reanimacji, kiedy jeden z ratowników zauważył, że Juan Diego jest jak najbardziej żywy, ale przeszukano już jego torbę. Leki na receptę od razu zwróciły uwagę ekipy. Beta-blokery wskazywały na problemy sercowe, viagra zaś – opatrzona ostrzeżeniem, aby nie zażywać jej z azotanami – skłoniła jedną z ratowniczek do natarczywego pytania, czy Juan Diego bierze azotany.

Nie tylko nie miał pojęcia, co to są azotany, ale znajdował się w Oaxaca sprzed czterdziestu lat, a Lupe szeptała mu do ucha.

– *La nariz* – mruknął do zaniepokojonej ratowniczki; była młodą kobietą i trochę rozumiała po hiszpańsku.
– Nos? – upewniła się i dla jasności dotknęła własnego nosa.
– Nie może pan oddychać? Brakuje panu powietrza? – zapytał inny ratownik i też dotknął nosa, zapewne na znak oddychania.
– Viagra zapycha nos – wtrącił trzeci.
– Nie, nie chodzi o mój – odpowiedział Juan Diego i się roześmiał. – Śnił mi się nos Matki Boskiej – uzupełnił.

To mu nie pomogło: czysty obłęd tego stwierdzenia odwrócił uwagę ekipy od sprawy zasadniczej, a mianowicie pytania, czy Juan Diego majstrował przy dawce swoich leków na serce. Uznano jednak, że nic nie zagraża jego życiu, a to, że przespał turbulencje (płaczące dzieci, rozwrzeszczane kobiety), nie świadczyło o żadnej chorobie.

– Wyglądał jak nieżywy – powtarzała stewardesa wszystkim zainteresowanym. Ale Juan Diego nie wiedział o twardym lądowaniu, rozszlochanych dzieciach oraz zawodzących kobietach przekonanych, że odszedł z tego świata. Cud (lub nie) nosa Zawsze Dziewicy całkiem go zaabsorbował, tak jak przed laty: słyszał tylko syk niebieskiego ognika, który zniknął tak nagle, jak się pojawił.

Ratownicy, jak widać, nie byli potrzebni. Tymczasem przyjaciel i dawny uczeń śpiocha bombardował go wiadomościami tekstowymi z pytaniem, czy u nauczyciela wszystko w porządku.

Juan Diego nic o tym nie wiedział, ale Clark French był sławnym pisarzem – przynajmniej na Filipinach. Byłoby nadmiernym uproszczeniem stwierdzić, iż zawdzięczał swój sukces wielu miejscowym czytelnikom, będącym w większości katolikami, i optymistyczne, krzepiące powieści cieszyły się tutaj większym wzięciem niż w Europie czy Stanach. Owszem, po części to prawda, niemniej jednak Clark French ożenił się z Filipinką z szanowanej manilskiej rodziny – Quintana było znanym nazwiskiem w środowisku medycznym. I dzięki temu

Clark stał się bardziej poczytny na Filipinach niż we własnym kraju. Jako były uczeń Juana Diego nadal wzbudzał w nim instynkt opiekuńczy; nauczyciel nie wiedział o odbiorze jego twórczości nic ponad to, co sugerowały protekcjonalne recenzje w Stanach Zjednoczonych. Do tego korespondowali za pośrednictwem poczty elektronicznej, toteż Juan Diego wiedział tylko, że Clark French żyje sobie gdzieś na Filipinach, i nic ponadto.

Clark mieszkał w Manili; jego żona, doktor Josefa Quintana, była – jak sam to określał – lekarzem „od dzieci". Juan Diego wiedział, że doktor Quintana jest szychą w ośrodku medycznym Cardinal Santos – „jednym z wiodących szpitali na Filipinach", jak mawiał z upodobaniem Clark. Szpitalu prywatnym, oznajmił Juanowi Diego Bienvenido – dla odróżnienia od „brudnych szpitali rządowych", dodał z obrzydzeniem. Juan Diego zapamiętał też określenie „katolicki" – kołatało mu w głowie wraz z irytacją, że nie pamięta, czy „lekarz od dzieci" to w przypadku żony Clarka pediatra, czy też ginekolog położnik.

Ponieważ Juan Diego spędził całe swoje dorosłe życie w tym samym mieście uniwersyteckim, a jego życie literackie w Iowa City nieodłącznie wiązało się dotąd z posadą wykładowcy na jednym uniwersytecie, nie zdawał sobie sprawy, że Clark French należy do grona tych „innych" pisarzy – pisarzy, którzy mogą mieszkać gdziekolwiek lub wszędzie.

Wiedział za to, że Clark bywa na wszystkich targach książki; zdawał się czerpać upodobanie, ba, wręcz rozkoszował się nieliterackim aspektem bycia pisarzem – opowiadaniem o swoim fachu, za czym Juan Diego nie przepadał i co niezbyt mu wychodziło. W gruncie rzeczy samo pisanie stało się w miarę upływu lat jedynym aspektem tego zawodu, który go cieszył.

Clark French jeździł po całym świecie, ale jego dom znajdował się w Manili – dom, a przynajmniej baza. On i jego żona nie mieli dzieci. Ponieważ ciągle podróżował? Ponieważ ona była doktorem „od dzieci" i dosyć się ich naoglądała na co dzień? Albo jeśli była tym drugim lekarzem od dzieci, miała świadomość ewentualnych komplikacji w czasie ciąży i porodu?

Bez względu na powód Clark French należał do pisarzy, którzy mogli pisać i pisali, gdzie się dało, a do tego uczestniczył we wszystkich ważniejszych konferencjach i targach książki: innymi słowy, publiczny aspekt zawodu nie ograniczał go do Filipin. Wracał do „domu" do Manili, bo tam miał żonę, którą praca trzymała na miejscu.

Zapewne dlatego, że była lekarzem, w dodatku ze znanej rodziny – słyszała o niej większość środowiska medycznego na Filipinach – ratownikom, którzy badali Juana Diego na pokładzie, rozwiązały się co nieco języki i zdali doktor Josefie Quintanie wyczerpujące sprawozdanie ze swoich medycznych (i niemedycznych) odkryć. Clark French zaś stał obok żony i strzygł uszami.

Zaspany pasażer wyglądał na zamroczonego i żartobliwie zbył swój stan wyjaśnieniem, że śniła mu się Matka Boska.

– Matka Boska? – upewnił się Clark French.

– Konkretnie jej nos – uściślił jeden z ratowników.

– Nos Matki Boskiej! – wykrzyknął Clark. Uprzedził żonę o antykościelnej postawie Juana Diego, lecz niewybredny żart o nosie dowodził, że nagonka zeszła na niższy poziom.

Ratownicy poinformowali też doktor Quintanę o viagrze i lekach na serce. Josefa musiała wytłumaczyć mężowi ze szczegółami zasady działania beta-blokerów; słusznie też dodała, że z uwagi na ich częste skutki uboczne viagra mogła być „konieczna".

– W bagażu podręcznym miał powieść... tak mi się zdaje – powiedział ratownik.

– Jaką? – zaciekawił się Clark.

– *Namiętność* Jeanette Winterson – zabrzmiała odpowiedź.

– Chyba jakiś romans.

Tu odezwała się z rozwagą ratowniczka. (Być może chciała powiązać książkę z viagrą).

– Pewnie pornografia – stwierdziła.
– Ależ skąd. Winterson to literatka z klasą – zapewnił Clark French. – Lesbijka, ale z klasą – uzupełnił. Nie znał wspomnianej powieści, przypuszczał jednak, że to coś o lesbijkach: może o ognistym romansie między kobietami.

Po odejściu ratowników Clark i jego żona zostali sami; oczekiwanie na Juana Diego niepokojąco się przedłużało i Clark już się martwił.

– O ile mi wiadomo, on mieszka sam… Zawsze mieszkał sam. Po co mu viagra? – zwrócił się do żony.

Josefa była ginekologiem położnikiem (tego rodzaju lekarzem „od dzieci") i znała się na viagrze. Prosiło o nią wiele pacjentek; zażywali ją ich mężowie lub partnerzy bądź mieli taki zamiar i kobiety chciały wiedzieć, jak to na nich wpłynie. Czy będą gwałcone w środku nocy, dosiadane przy porannym zaparzaniu kawy – przypierane do samochodu, mimo że tylko się schyliły, by wyciągnąć z bagażnika zakupy?

– Może twój dawny nauczyciel z nikim nie mieszka, ale pewnie lubi mieć erekcję, nie uważasz? – zasugerowała Josefa.

W tej samej chwili ich oczom ukazał się Juan Diego; ona pierwsza go zauważyła – pamiętała ze zdjęć na okładkach, a Clark uprzedził ją o kuśtykaniu. (Oczywiście je wyolbrzymił, jak na pisarza przystało).

– Po co? – Juan Diego dosłyszał jego słowa skierowane do żony. Wyglądała na trochę zakłopotaną, ale pomachała do niego, witając szczerym uśmiechem. Robiła bardzo miłe wrażenie.

Clark odwrócił się i go zobaczył. Jego chłopięcy uśmiech był podszyty poczuciem winy, jakby Clark został na czymś przyłapany. (W tym wypadku głupio zareagował na sugestię żony, że były nauczyciel pewnie lubi mieć erekcję).

– Po co? – powtórzyła cicho Josefa i wyciągnęła rękę do Juana Diego.

Uśmiech cisnął się Clarkowi na usta i pisarz wskazał na wielką pomarańczową walizę Juana Diego.

– Zobacz, Josefo: przecież ci mówiłem, że Juan Diego zbiera dużo materiałów do swoich powieści. Przywiózł wszystkie ze sobą!

Nic się nie zmienił, nadal jest kochany i plecie od rzeczy, pomyślał Juan Diego i zaparł się w sobie, przygotowując na atletyczny uścisk dawnego podopiecznego.

Oprócz powieści Winterson Juan Diego miał w bagażu podręcznym zeszyt w linie. Zawierał on notatki do nowej powieści – bez przerwy pisał jakąś powieść. Kolejną zaczął pisać w czasie podróży promocyjnej na Litwę w lutym dwa tysiące ósmego roku. Powieść w toku liczyła już sobie prawie dwa lata; zakładał, że za kolejne dwa lub trzy będzie gotowa.

Wyprawa do Wilna odbyła się przy okazji jego pierwszej podróży na Litwę, ale był już tam wydawany. Pojechał na wileńskie targi książki ze swoim wydawcą oraz tłumaczką. Litewska aktorka robiła z nim wywiad na scenie. Po kilku swoich świetnych pytaniach zwróciła się do publiczności; przyszło z tysiąc osób, w tym wielu studentów. Grono przybyłych było liczniejsze i lepiej zorientowane niż przy podobnych okazjach w Stanach Zjednoczonych.

Potem udał się z wydawcą i tłumaczką na spotkanie z czytelnikami i podpisywanie książek w księgarni na starym mieście. Litewskie nazwiska przysparzały mu nieco trudności – ale imiona nie, zatem postanowiono, że będzie wpisywał do książek tylko imiona czytelników. Na przykład aktorka, która przeprowadzała z nim wywiad, miała na imię Dalia – bułka z masłem, ale jej nazwisko okazało się wyzwaniem. Pani z wydawnictwa miała na imię Rasa, a tłumaczka Daiva, jednakże ich nazwiska nie brzmiały ani z angielska, ani z hiszpańska.

Wszyscy byli bardzo mili, w tym młody księgarz; miał problem z angielskim, ale czytał wszystkie powieści Juana Diego (po litewsku) i nie mógł się nagadać ze swoim ulubionym pisarzem.

– Litwa się na nowo narodzić, a my być twoi czytelnicy odrodzeni! – zawołał. (Daiva wyjaśniła, o co mu chodziło: po wyjściu Sowietów ludzie mogli czytać więcej książek, szczególnie zagranicznych).
– My się odrodzić i ciebie odkryć! – wykrzyknął młody człowiek, załamując ręce. Juan Diego był bardzo wzruszony.

W którymś momencie Daiva i Rasa musiały wyjść do łazienki albo chwilowo miały dosyć rozentuzjazmowanego księgarza, którego imię okazało się nieco trudniejsze od pozostałych. (Gintaras, a może Arvydas).

Juan Diego oglądał tablicę informacyjną w księgarni. Widniały na niej zdjęcia kobiet, przy których umieszczono coś, co wyglądało jak listy nazwisk pisarzy, a także numery, być może telefonów wspomnianych kobiet. Czyżby chodziło o członkinie klubu czytelniczego? Juan Diego rozpoznał nazwiska wielu pisarzy, znajdowało się tam również jego własne. Sami prozaicy. Na pewno klub dyskusyjny, pomyślał Juan Diego. Wnosząc ze zdjęć, w skład wchodziły same kobiety.

– Te kobiety... one czytają książki. Należą do klubu dyskusyjnego? – zwrócił się do księgarza, który go nie odstępował.

Młody mężczyzna zdrętwiał – może nie zrozumiał lub zabrakło mu angielskiego słowa.

– Wszyscy zrozpaczeni czytelnicy... spotykać się z inni czytelnicy na kawa lub piwo! – krzyknął Gintaras albo Arvydas; zdaje się, że nie chodziło o „zrozpaczonych", ale o coś innego.

– Znaczy na randkę? – upewnił się Juan Diego. Niesamowite: kobiety chciały poznać mężczyzn, żeby porozmawiać o przeczytanych książkach! W życiu o czymś takim nie słyszał.

– Portal randkowy? – Co za myśl, aby łączyć się w pary na podstawie ulubionych lektur! Tylko czy te biedaczki znajdą mężczyzn, którzy czytają książki? (Nie sądził).

– Narzeczone na zamówienie! – rzucił młody księgarz i machnął ręką w stronę tablicy, jakby na dowód niskiego o nich mniemania.

Towarzyszki Juana Diego wróciły, ale on najpierw zdążył przyjrzeć się jednej z kobiet, która umieściła jego nazwisko na szczycie swojej listy. Była dosyć ładna i miała trochę smutną minę, sińce pod oczami i zaniedbaną fryzurę. W jej życiu nie było nikogo, z kim mogłaby porozmawiać o cudownych książkach, które przeczytała. Nosiła imię Odeta, a jej nazwisko liczyło z piętnaście liter.

– Narzeczone na zamówienie? – powtórzył Juan Diego, zwracając się do księgarza. – Przecież to niemo...

– Żałosne kobiety bez życia, spółkować z bohaterzy książek, zamiast spotykać prawdziwi mężczyźni! – krzyknął Gintaras albo Arvydas.

I tak powstał pomysł na nową powieść. Narzeczone na zamówienie, ogłaszające się za pośrednictwem przeczytanych książek – na dodatek w księgarni! Wraz z pomysłem zrodził się tytuł: *Jedyna szansa na opuszczenie Litwy*. O nie, pomyślał Juan Diego. (Była to pierwsza myśl, jaka nachodziła go w kontekście nowej powieści – pomysł zawsze wydawał mu się do bani).

I oczywiście doszło do nieporozumienia – po prostu nie zrozumieli się z księgarzem. Gintaras albo Arvydas nie umiał się wysłowić po angielsku. Wydawczyni i tłumaczka Juana Diego ze śmiechem wyjaśniły mu pomyłkę.

– To tylko czytelniczki, same kobiety – sprostowała Daiva.

– Spotykają się z innymi kobietami na kawę lub piwo, aby porozmawiać o ulubionych autorach – uzupełniła Rasa.

– To coś na kształt improwizowanego klubu dyskusyjnego – oznajmiła Daiva.

– Na Litwie nie ma narzeczonych na zamówienie – dorzuciła Rasa.

– Muszą być – zaoponował Juan Diego.

Następnego ranka do jego hotelu o niewymawialnej nazwie Stikliai przyszła policjantka z wileńskiego Interpolu; zrobiła to na prośbę Daivy i Rasy.

– Na Litwie nie ma narzeczonych na zamówienie – oświadczyła. Nie została na kawie, a Juan Diego nie zapamiętał jej imienia. Była twarda i zasadnicza, na przekór mocno rozjaśnionym włosom z pasemkami w odcieniu zachodzącego słońca. Farba nie przesłaniała tego, kim była: nie rozrywkową dziewczyną, tylko policjantką, która nie dałaby sobie wcisnąć kitu. Żadnych powieści o litewskich narzeczonych na zamówienie, jeśli łaska, tak brzmiał komunikat surowej policjantki. Ale myśl o *Jedynej szansie na opuszczenie Litwy* została.

– A adopcja? – wypytywał Daivę i Rasę. – A sierocińce i agencje adopcyjne: przecież istnieją organizacje w tej dziedzinie, dajmy na to, państwowe organizacje praw dziecka? Co z kobietami, które chcą lub muszą oddać dzieci do adopcji? Przecież Litwa to kraj katolicki, prawda?

Daiva, tłumaczka wielu jego powieści, doskonale go zrozumiała.

– Kobiety, które oddają dzieci do adopcji, nie ogłaszają się w księgarniach – powiedziała z uśmiechem.

– To był jedynie punkt wyjścia – wyjaśnił. – Powieści muszą się od czegoś zaczynać, następnie przechodzą metamorfozę. – Twarz Odety z tablicy informacyjnej w księgarni wryła mu się w pamięć, ale *Jedyna szansa na opuszczenie Litwy* była już zupełnie inną powieścią. Kobieta, która oddawała dziecko do adopcji, była zapaloną czytelniczką i chciała się spotykać z ludźmi, którzy podzielają jej pasję. Kochała książki i ich bohaterów nie tylko dla nich samych: pragnęła odciąć się od przeszłości, w tym dziecka. Nie myślała o poznaniu faceta.

Ale czyja to była szansa na opuszczenie Litwy? Jej czy jej dziecka? Juan Diego wiedział, że z adopcją różnie bywa – nie tylko w książkach.

Co do *Namiętności* Jeanette Winterson, Juan Diego uwielbiał tę powieść; czytał ją dwa lub trzy razy i wciąż do niej wracał. Nie opowiadała o ognistym romansie między kobietami, lecz o historii i magii, w tym nawykach żywieniowych Napoleona i dziewczynie o zrośniętych błoną palcach u stóp – ona też lubiła się przebierać. Była to opowieść o smutku i niespełnionej miłości. Za mało krzepiąca, by wyjść spod pióra Clarka Frencha.

Juan Diego zakreślił swoje ulubione zdanie w powieści: „Religia leży gdzieś pomiędzy wiarą a seksem". To zdanie sprowokowałoby biednego Clarka.

Na Bohol dochodziła piąta po południu, gdy Juan Diego wykuśtykał z prowizorycznego lotniska prosto w wir Tagbilaran City, które wydało mu się nędzną metropolią motocykli i motorowerów. Każde miejsce na Filipinach miało trudną nazwę, Juan Diego nie był w stanie ich wszystkich spamiętać – wyspy miały nazwy, miasta tak samo, nie wspominając o nazwach dzielnic w miastach. Nie mógł się połapać. W Tagbilaran City roiło się od jeepneyów z kościelnymi hasłami, ale nie brakowało też pojazdów domowej roboty, przypominających przerobione kosiarki oraz stuningowane wózki golfowe; było też mnóstwo rowerów i nieprzebrane tłumy pieszych.

Clark French uniósł wielką walizę nad głowę, przez wzgląd na kobiety i małe dzieci, które nie sięgały mu do klatki piersiowej. Pomarańczowa landara mogłaby je rozgnieść na placek, zostałyby zmiecione jak kostki domina. Za to Clark nie patyczkował się z mężczyznami; szedł jak przecinak, a drobne, śniade ciała uskakiwały mu z drogi albo dostawały z łokcia. Clark był jak taran.

Doktor Josefa Quintana umiała podążać za mężem przez ciżbę. Jedną drobną dłoń oparła na jego rozłożystych plecach, drugą zaś trzymała mocno pisarza.

– Spokojnie, mamy tutaj gdzieś szofera – zapewniła. – Clark nie musi brać na siebie wszystkiego, choć jest innego zdania. – Juan Diego patrzył z podziwem na Josefę, oczarowała go; była autentyczna i wyglądała mu na mózg oraz zdrowy rozsądek rodziny. Clark kierował się instynktem, co stanowiło atut, a zarazem mankament.

Ośrodek wypoczynkowy zapewnił kierowcę: chłopca o zdziczałej twarzy, który wyglądał na zbyt młodego, aby zasiąść za kółkiem, ale wręcz się do tego palił. Gdy wyjechali z miasta, szosą nadal podążały mniejsze grupki ludzi, mimo że kierowcy gnali jak na autostradzie. Na poboczu pasły się krowy i kozy, często na zbyt długich postronkach: czasem wychylały głowy i pojazdy ostro skręcały, żeby ich nie potrącić.

Przy domkach wzdłuż drogi albo na zagraconych podwórkach psy łańcuchowe strzegły obejścia; jeżeli łańcuch był za długi, rzucały się na przechodniów, toteż na szosie materializowały się nie tylko wspomniane głowy, ale i ludzie wchodzili w grę. Chłopiec za kierownicą hotelowego SUV-a robił częsty użytek z klaksonu.

Ten chaos nasunął Juanowi Diego skojarzenie z Meksykiem – tłumy wylewające się na drogę i zwierzęta! Jego zdaniem to wszystko niezbicie świadczyło o przeludnieniu. Odkąd wylądował na Bohol, nie mógł uwolnić się od myśli o kontroli narodzin.

Dla jasności: myśl o kontroli narodzin niezmiennie nasilała się u niego w obecności Clarka. Pod wpływem niedawno zatwierdzonej w Nebrasce ustawy o zakazie aborcji po dwudziestym piątym tygodniu ciąży wymienili kilka ostrych maili na temat bólu odczuwanego przez dziecko w matczynym łonie. I kłócili się o zastosowanie w Ameryce Łacińskiej encykliki papieskiej z tysiąc dziewięćset dziewięćdziesiątego piątego roku; pod pretekstem doktryny kościelnej konserwatywne środowiska katolickie atakowały antykoncepcję jako część „kultury śmierci" – Jan Paweł II tak nazywał aborcję. (Polski papież stał się powodem niezgody między nimi). Czy Clark French miał w dupie korek w kwestii seksualności – korek katolicki?

Lecz Juan Diego nie umiał określić, co to był za korek. Clark należał do społecznie liberalnych katolików. Twierdził, że jest „osobiście przeciwny" aborcji – uważał ją za „niesmaczną" – był jednak politycznie liberalny, gdyż wychodził z założenia, że kobieta powinna mieć prawo dokonania aborcji, jeśli takie jest jej życzenie.

Zawsze popierał też prawa gejów, a jednak bronił stanowiska swego ukochanego Kościoła katolickiego w kwestii aborcji i tradycyjnego małżeństwa (czyli związku mężczyzny z kobietą); uważał je za „konsekwentne i zrozumiałe". Utrzymywał nawet, że Kościół „powinien trwać" przy swoim zdaniu w kwestii aborcji i małżeństwa, i wcale mu nie przeszkadzało, iż jego osobiste poglądy na „tematy społeczne" różnią się od wizji instytucji, której był tak zagorzałym wyznawcą. Bardzo to Juana Diego denerwowało.

Ale teraz, w zapadającym zmroku, kiedy ich młodociany kierowca lawirował pośród znikających punktów na drodze, nie było mowy o kontroli narodzin. Clark French, jak przystało na kogoś tak skłonnego do poświęceń, jechał na fotelu dla samobójcy – obok szofera – a Juan Diego i Josefa zabarykadowali się na tylnym siedzeniu SUV-a.

Kurort na wyspie Panglao nosił nazwę Encantador; aby się tam dostać, przejechali przez niewielką wioskę rybacką w zatoce Panglao. Panował tam większy mrok i tylko migotanie świateł na wodzie oraz zapach soli w ciężkim powietrzu świadczyły o bliskości morza. W blasku świateł na każdym wirażu krętej drogi lśniły czujne oczy psów albo kóz; w oczach położonych wyżej Juan Diego domyślał się ludzi bądź krów. Mnóstwo oczu wyzierało z ciemności. Na miejscu młodego kierowcy każdy docisnąłby pedał gazu.

– Ten pisarz jest mistrzem nieuniknionej katastrofy – perorował Clark French, znawca powieści Juana Diego. – Żyjemy w świecie, nad którym ciąży fatum, zmierzamy do nieuchronnego końca...

– Faktycznie, nawet twoje wypadki nie są przypadkowe, tylko zaplanowane – odezwała się doktor Quintana, przerywając mężowi. – Jakby świat sprzysiągł się przeciwko biednym bohaterom.

– Ten pisarz to mistrz fatum! – zakomunikował Clark French z przedniego siedzenia.

Juana Diego irytowało, że Clark – aczkolwiek nie bez znajomości tematu – w toku wywodu na temat jego twórczości często mówił o nim w trzeciej osobie – à la „ten pisarz" – nie bacząc na jego obecność (w tym przypadku w samochodzie).

Naraz młody kierowca wyminął ostro jakąś postać – o zdziwionych oczach i licznych kończynach – ale Clark ciągnął jak na sali wykładowej.

– Tylko nie pytaj go o wątki autobiograficzne, Josefo... tudzież ich brak – uprzedził.

– Nie miałam takiego zamiaru! – usłyszał.

– Indie to nie Meksyk. Dzieciom z powieści cyrkowej nie przytrafia się to samo, co Juanowi Diego i jego siostrze w ich cyrku – uzupełnił Clark. – Prawda? – spytał nagle dawnego nauczyciela.

– Prawda, Clark – odpowiedział Juan Diego.

Często też słuchał wywodów Clarka na temat „powieści aborcyjnej", jak wielu krytyków ochrzciło inną powieść Juana Diego. „Urzekające studium na temat prawa kobiet do aborcji", tak Clark opisywał tę powieść. „Dosyć pokręcone jak na rzecz autorstwa byłego katolika", dodawał zawsze.

„Nie jestem byłym katolikiem. Nigdy nie byłem katolikiem", zaznaczał wielokrotnie Juan Diego. „Opiekowali się mną jezuici, ani wbrew mojej woli, ani za moją zgodą. Czy czternastolatek ma coś do gadania?".

– Chcę tylko powiedzieć – ciągnął Clark w lawirującym samochodzie (na ciemnej, wąskiej drodze pełnej świecących, nieruchomych oczu) – że w świecie Juana Diego zawsze wiadomo, że coś gruchnie. Jak i kiedy, tego czasami nie sposób przewidzieć. Ale katastrofa wisi w powietrzu. W powieści aborcyjnej na przykład, w chwili kiedy chłopak dowiaduje się o rozszerzaniu szyjki i łyżeczkowaniu jamy macicy, wiadomo, że zostanie lekarzem, który będzie to przeprowadzał. Prawda, Josefo?

– Prawda – potwierdziła doktor Quintana. Posłała Juanowi Diego nieprzenikniony, a może odrobinę przepraszający uśmiech. W samochodzie było ciemno; Juan Diego nie miał pewności, czy przeprasza za literacką natarczywość męża, czy może daje do zrozumienia, że zna się na rozszerzaniu i łyżeczkowaniu lepiej niż pozostali pasażerowie prującego brawurowo auta.

„Nie piszę o sobie", zaznaczał Juan Diego w każdym kolejnym wywiadzie – i w rozmowie z Clarkiem. Tłumaczył też Clarkowi, który uwielbiał jezuickie dysputy, że (jako byłe dziecko wysypiska) wiele zawdzięcza jezuitom; kochał Edwarda Bonshawa i brata Pepe. Czasem niemal żałował, iż nie może podyskutować z ojcem Alfonso i ojcem Octavio – teraz, kiedy jest dorosły i lepiej przygotowany do polemiki z konserwatywnymi kapłanami. A zakonnice z sierocińca nie wyrządziły mu ani Lupe krzywdy – bez względu na to, jaką suką była siostra Gloria. (Pozostałe traktowały dzieci z wysypiska jak należy). Faktyczną solą w oku siostry Glorii była Esperanza.

Ale Juan Diego przewidział, że towarzystwo Clarka po raz kolejny pociągnie za sobą zarzut antykatolicyzmu. Wiedział, że problem zdaniem Clarka nie polega na braku wiary byłego nauczyciela, Juan Diego nie był ateistą, miał tylko zastrzeżenia do Kościoła. Ta zagadka nie dawała Clarkowi spokoju: byłby bardziej skłonny machnąć ręką na niedowiarka.

Zdawkowa uwaga na temat rozszerzania i łyżeczkowania – zapewne krępujący temat dla ginekologa położnika – chyba zniechęciła doktor Quintanę do dalszej rozmowy o literaturze. Josefa chciała zmienić temat, ku wielkiej uldze Juana Diego, choć niekoniecznie Clarka.

– Ten hotel to ulubione miejsce naszej rodziny, taka nasza rodzinna tradycja. – Josefa uśmiechnęła się bardziej niepewnie aniżeli ze skruchą. – Encantador na pewno ci się spodoba, ale za wszystkich moich krewnych nie ręczę – ciągnęła z wielką ostrożnością. – Trudno się połapać w tych wszystkich relacjach; mężowie, żony, liczne potomstwo... – Zawiesiła głos.

– Nie musisz za wszystkich przepraszać, Josefo – włączył się Clark z fotela dla samobójcy. – Możemy tylko wyrazić ubolewanie z powodu nieproszonego gościa. Nie wiemy, co to za osoba – dodał, odcinając się od wszelkich z nią związków.

– Moja rodzina zwykle wynajmuje całość – wyjaśniła doktor Quintana. – Ale w tym roku hotel udostępnił jeden pokój komuś innemu.

Juanowi Diego serce załomotało szybciej, niż był do tego przyzwyczajony – na tyle, że zwrócił uwagę na inny rytm. Wziął głęboki wdech i wyjrzał za okno pędzącego samochodu – miriady oczu lśniły wzdłuż drogi. O Boże, pomodlił się w duchu. Oby to była Miriam albo Dorothy!
„O, na pewno się zobaczymy", zapewniła go Miriam.
„Tak, tak, na pewno", poparła ją Dorothy.
A potem, w trakcie tej samej rozmowy, Miriam dodała: „W końcu się spotkamy w Manili. Jeśli nie wcześniej".
„Jeśli nie wcześniej", powtórzyła Dorothy.
Niech to będzie Miriam, tylko Miriam, myślał, jakby jedna para oczu rozżarzonych w mroku mogła być jej oczami.
– Czyli – nawiązał z wolna do słów Josefy – ta osoba musiała zrobić rezerwację przed wami?
– Nie! Właśnie o to chodzi! Było zupełnie inaczej! – wykrzyknął Clark French.
– Clark, nie wiemy, jak było... – zaczęła doktor Quintana.
– Twoja rodzina wynajmuje hotel co roku! – wrzasnął Clark. – Ta osoba wiedziała, że to prywatna okazja. Zrobiła jednak rezerwację, a hotel się zgodził, mimo że byliście pierwsi! Wepchnęła się na chama! Wiedziała, że będzie jak piąte koło u wozu! Sama jak palec!
– Wiedziała – powtórzył Juan Diego i serce ponownie załomotało mu w piersi. Na zewnątrz oczy zgasły. Droga się zwęziła, asfalt przeszedł w żwir, potem w piasek. Może Encantador znajdował się na odludziu, lecz „ona" nie będzie tu całkiem sama. Ona, miał nadzieję, będzie z nim. Jeśli to Miriam była nieproszonym gościem, nie nacieszy się długo samotnością.
Młody szofer musiał zauważyć coś dziwnego we wstecznym lusterku. Rzucił pospiesznie parę słów w tagalog do doktor Quintany. Clark niezupełnie go zrozumiał, lecz zaniepokojony ton chłopca zwrócił jego uwagę, więc odwrócił się i spojrzał na tylne siedzenie – żona rozpięła pas i przyglądała się Juanowi Diego uważnie.
– Coś się stało, Josefo? – spytał Clark.

– Daj mi chwilę... On chyba zasnął – stwierdziła.
– Zatrzymaj samochód... Stój! – rozkazał szoferowi, ale Josefa powiedziała coś ostro i chłopak jechał dalej.
– Jesteśmy prawie na miejscu, nie ma sensu się zatrzymywać – stwierdziła. – Spokojnie, twój stary przyjaciel śpi... śni, gdybym miała zgadywać, lecz z całą pewnością tylko zasnął.

To Flor zawiozła dzieci do La Maravilli, gdyż brat Pepe już się obwiniał o narażanie *niños* na takie ryzyko; z tego zdenerwowania nie pojechał z nimi, chociaż *el circo* był jego pomysłem – jego i Vargasa. Flora zasiadła za kierownicą garbusa, z Edwardem Bonshawem na siedzeniu pasażera oraz dziećmi z tyłu.

Na kilka chwil przed odjazdem z Templo de la Compañía de Jesús Lupe rzuciła łzawe wyzwanie beznosej Zawsze Dziewicy.

– Pokaż mi prawdziwy cud: nie sztuka przerazić na śmierć przesądną sprzątaczkę! – wrzasnęła pod adresem wielkiego posągu. – Zrób coś, żebym w ciebie uwierzyła, bo myślę, że jesteś tylko wielką despotką! Spójrz na siebie! Sterczysz jak słup! Nawet nie masz nosa!

– Ty się nie pomodlisz? – zapytał señor Eduardo Juana Diego, który nie kwapił się przetłumaczyć tyrady siostry bądź zdradzić Amerykaninowi swoich najgorszych obaw. Jeśli w La Maravilli coś mu się stanie – lub też jeśli z jakichś powodów on i Lupe zostaną rozdzieleni – dziewczynka miała przechlapane, bo tylko brat ją rozumiał. Nawet jezuici byliby bezradni i umieszczono by ją w ośrodku dla niedorozwiniętych dzieci, gdzie popadłaby w zapomnienie. Nawet nazwa ośrodka dla niedorozwiniętych dzieci była nieznana bądź popadła w zapomnienie i chyba nikt nie wiedział, gdzie on się dokładnie znajduje, oprócz tego, że „za miastem" i „w górach".

W owym czasie Zagubione Dzieci były stosunkowo nową instytucją, a drugi sierociniec też znajdował się nieco „za miastem" i „w górach", dokładnie w Viguera, i wszyscy znali jego nazwę – Ciudad de los Niños, „Miasto Dzieci".

„Miasto Chłopców", nazywała go Lupe; nie przyjmowano tam dziewcząt. Większość chłopców liczyła od sześciu do dziesięciu lat; dwanaście stanowiło górną granicę, więc nie przyjęliby Juana Diego.

Miasto Dzieci zostało założone w tysiąc dziewięćset pięćdziesiątym ósmym roku; miało dłuższą tradycję niż Niños Perdidos, dłużej też pociągnie.

Brat Pepe nie mówił źle o Ciudad de los Niños; pewnie uważał wszystkie sierocińce za dar niebios. Ojciec Alfonso i ojciec Octavio ograniczali się do stwierdzenia, że kształcenie dzieci nie było tam priorytetem. (*Niños* z wysypiska zauważały tylko, że chłopców wożono do szkoły autobusem – szkoła mieściła się przy bazylice Matki Samotności – a Lupe stwierdzała z typowym dla siebie wzruszeniem ramion, że autobusy są tak zaplute, jak można się spodziewać po pojazdach wożących chłopców).

Jeden z chłopców z Zagubionych Dzieci mieszkał w Ciudad de los Niños wcześniej, gdy był mały. Nie psioczył na męski sierociniec i nigdy nie wspomniał, że tam źle go traktowano. Juan Diego pamiętał tylko z jego opowiadań, że w jadalni składowano pudełka po butach (nie wiadomo dlaczego) i wszyscy chłopcy – około dwudziestu – spali w jednej sali, na materacach bez prześcieradeł, a pościel oraz pluszowe zabawki należały do ich poprzedników. Boisko do piłki nożnej jeżyło się kamieniami – upadek był ryzykowny – a mięso pieczono na ogniu rozpalanym na zewnątrz.

Nie były to słowa krytyki, ale utwierdziły Juana Diego i Lupe w przekonaniu, że Miasto Chłopców nie stanowiłoby dla nich rozwiązania – nawet gdyby Lupe nie była dziewczynką, a oboje nie byli za duzi.

Jeśliby zwariowali w sierocińcu, prędzej wróciliby do *basurero*, niż wybrali ośrodek dla niedorozwiniętych, gdzie podobno dzieci waliły głową w ścianę, a niektórym związywano ręce na plecach, dzięki czemu nie mogły się dobrać do cudzych i swoich oczu. Lupe nie zdradziła bratu źródła tej informacji.

Trudno wyjaśnić, dlaczego Circo de La Maravilla wydał się dzieciom najlepszym rozwiązaniem i jedyną alternatywą dla powrotu do Guerrero. Rivera byłby za tym drugim, ale gdzieś go wywiało, kiedy Flor wiozła dzieci i señora Eduardo do La Maravilli. Zresztą i tak nie zmieściłby się do garbusa ze wszystkimi. To, że kierowcą była Flor, również wydało się dzieciom najlepszym rozwiązaniem z możliwych.

Flor paliła za kierownicą, wystawiając rękę z papierosem za okno, a Edward Bonshaw, nieco podenerwowany – wiedział, że Flor jest prostytutką, ale nie wiedział, że transwestytą – zagadnął możliwie swobodnym tonem:

– Też kiedyś paliłem. Rzuciłem nałóg.

– Uważasz, że celibat to nie nałóg? – spytała Flor. Señor Eduardo się zdziwił, że tak dobrze mówi po angielsku. Nie miał pojęcia o jej perypetiach w Houston i nikt mu nie powiedział, że Flor przyszła na świat jako chłopiec (oraz że nadal ma członek).

Flor lawirowała wśród weselników, którzy wylegli z kościoła na ulicę: państwo młodzi, goście, muzykanci – „ci sami durnie, co zawsze", podsumowała Flor.

– Martwię się, co będzie z dziećmi w cyrku – wyznał Edward Bonshaw. Celowo nie podjął tematu celibatu albo taktownie grał na zwłokę.

– *Los niños de la basura* prawie dojrzały do małżeństwa – stwierdziła Flor, wygrażając pięścią wszystkim (w tym dzieciom) z weselnego przyjęcia, papieros zwisał jej z ust. – Martwiłabym się o nie, gdyby szły do ślubu – ciągnęła. – Zabicie przez lwa to najgorsza rzecz, jaka może je spotkać w cyrku. Małżeństwo niosłoby więcej zagrożeń.

– Cóż, jeśli masz takie zdanie o małżeństwie, celibat nie jest takim złym rozwiązaniem – oznajmił Edward Bonshaw na swój jezuicki sposób.

– W tym cyrku jest tylko jeden lew – wtrącił Juan Diego z tylnego siedzenia. – Reszta to lwice.

– Czyli ten dupek Ignacio jest treserem lwic... to chciałeś powiedzieć? – zapytała Flor.

Ledwo co zdążyła wyminąć weselników, kiedy garbus napotkał przechylony wóz zaprzężony w osła. Był wyładowany melonami, które stoczyły się na tył, podnosząc osiołka za uprząż, aż zawisł z kopytami w powietrzu. Przód wozu też powędrował w górę.

– Kolejny dyndający osioł – skwitowała Flor i z zadziwiającym wdziękiem pokazała środkowy palec woźnicy, tą samą ręką, w której ponownie znajdował się papieros (między kciukiem a palcem wskazującym). Z tuzin melonów stoczył się na ulicę i woźnica zostawił zwisające zwierzę, bo mali ulicznicy kradli mu owoce. – Znam tego gościa – rzuciła mimochodem Flor; nikt z pasażerów garbusa nie wiedział, czy zna go jako klienta, czy w innym kontekście.

Kiedy zajechała na plac cyrkowy w Cinco Señores, widzowie z popołudniowego spektaklu rozeszli się już do domów. Parking niemalże opustoszał, publiczność na wieczorny show jeszcze się nie zjawiła.

– Uwaga na słoniowe placki – ostrzegła Flor, kiedy nieśli rzeczy alejką namiotów. Edward Bonshaw nie omieszkał natychmiast wdepnąć w świeży; kupa oblepiła mu całą stopę aż do kostki. – Sandały do wyrzucenia, kochany – oznajmiła Flor. – Jeśli znajdziemy gumowy wąż, lepiej je zdejmij.

– Boże miłosierny – stęknął señor Eduardo. Ruszył dalej, utykając; nie kulał tak przesadnie jak Juan Diego, ale uświadomił sobie podobieństwo. – Teraz wszyscy pomyślą, że jesteśmy rodziną – powiedział dobrodusznie do chłopca.

– Chciałbym, żebyśmy byli rodziną – wypalił Juan Diego. Powiedział to, co myślał, nim zdążył się powstrzymać.

– Będziecie, do końca waszego życia – odezwała się Lupe, lecz chłopiec nagle nie mógł tego przetłumaczyć, bo oczy zaszły mu łzami, a język stanął kołkiem, nie wiedział też, że w tym wypadku Lupe trafiła w sedno.

Edward Bonshaw też miał kluchę w gardle.

– To bardzo miłe, Juanie Diego. – Głos mu drżał, przepełniony wzruszeniem. – Czułbym się dumny, mogąc być twoim krewnym – uzupełnił.

– Hm, czy to nie wspaniałe? Jesteście tacy kochani – wtrąciła Flor. – Sęk w tym, że księża nie mogą mieć dzieci. To jeden z mankamentów celibatu, jak mniemam.

W Circo de La Maravilla szarzało i artyści przygotowywali się do występów. Przybysze tworzyli dziwną zbieraninę: jezuita, który się biczował, prostytutka transwestyta po przejściach w Houston i dwoje dzieci z wysypiska śmieci. Przez uchylone płachty namiotów dzieci widziały cyrkowców, zajętych strojem lub nakładaniem makijażu – w tym karła transwestytę. Stała przed dużym lustrem i malowała usta szminką.

– *¡Hola*, Flor! – zawołała, kręcąc biodrami i posyłając Flor buziaka.

– *Saludos*, Paco – odkrzyknęła Flor i pomachała ręką o długich palcach.

– Nie wiedziałem, że Paco to imię dla dziewczyny – zauważył uprzejmie Edward Bonshaw.

– I słusznie – stwierdziła Flor. – To imię dla faceta. Paco jest facetem, jak ja.

– Przecież ty nie…

– Owszem. – Flor przerwała mu w pół słowa. – Po prostu jestem bardziej wiarygodna niż Paco, skarbie. Paco nie próbuje być wiarygodny, jest klownem.

Poszli dalej, czekano na nich w namiocie tresera. Milczący Edward Bonshaw zerkał na Flor.

– Flor ma to coś, co wszyscy chłopcy – podsunęła Lupe uczynnie. – Papuga rozumie, że Flor ma fiutka? – zwróciła się do brata, który nie przekazał jej podpowiedzi señorowi Eduardowi, choć wiedział, że czytanie w myślach papudze nie przychodzi jej łatwo.

– *El hombre papagayo* to ja, prawda? – zapytał Amerykanin. – Lupe mówi o mnie?

– Uważam, że jesteś bardzo miłym papugą – powiedziała Flor; widziała, że się zarumienił, i to ją ośmieliło.

– Dziękuję – odparł Edward Bonshaw; jego utykanie przybrało na sile. Słoniowe łajno twardniało jak glina na bucie

i między palcami stóp, ale coś jeszcze go przytłaczało. Señor Eduardo zdawał się dźwigać wielki ciężar; cokolwiek to było, ciążyło mu bardziej niż kupa – i nie pomógłby na to nawet bat. Nieważne, jaki krzyż dźwigał i jak długo, nie mógł zrobić ani kroku dalej. Walczył ze sobą, nie tylko, aby iść naprzód. – Chyba nie dam rady – oznajmił.
– To znaczy? – spytała Flor, ale misjonarz w odpowiedzi tylko potrząsnął głową: wyglądał, jakby nie kulał, tylko się chwiał.

Gdzieś grała orkiestra cyrkowa: muzyka urywała się nagle i zaczynała od początku. Orkiestra nie mogła przebrnąć przez trudny fragment, też walczyła.

Przy wejściu do jednego z namiotów stała piękna argentyńska para. Byli to akrobaci; sprawdzali swoje zabezpieczenia i zaciski z metalu, nim zostaną przypięci do linek namiotowych. Mieli na sobie obcisłe trykoty ze złotymi cekinami i sprawdzając zabezpieczenia, nie mogli utrzymać rąk przy sobie.

– Ponoć bez przerwy uprawiają seks, chociaż są już małżeństwem; ich sąsiedzi nie mogą spać – poinformowała Flor Edwarda Bonshawa. – Może to ciągłe uprawianie seksu to cecha argentyńska. Bo na pewno nie małżeńska – dodała.

Przed innym namiotem stała dziewczynka mniej więcej w wieku Lupe. Miała na sobie niebieskozielony trykot, a na twarzy maskę z ptasim dziobem; ćwiczyła z hula-hoop. Kilka starszych dziewcząt przebranych za flamingi przebiegło obok dzieci w alejce między namiotami; ubrane w różowe spódniczki baletowe niosły głowy flamingów z długimi, sztywnymi szyjami. Brzęknęły srebrne bransoletki na ich kostkach.

– *Los niños de la basura* – oznajmił jeden z flamingów bez głowy. Dzieci z wysypiska nie wiedziały, że zostaną tu rozpoznane, ale Oaxaca było małym miastem.

– Cipy niewydarzone, flamingi niedorobione – bluznęła Flor; rzecz jasna, przezywano ją gorzej.

W latach siedemdziesiątych na Bustamante, opodal ulicy Zaragoza, znajdowała się knajpa gejowska. Nosiła nazwę La

China, na pamiątkę kogoś o kręconych włosach. (Około trzydziestu lat temu nazwę zmieniono, lecz bar pozostał – i wciąż jest gejowski).

Flor czuła się swobodnie; w La Chinie mogła być sobą, choć nawet tam zwano ją La Loca – „Wariatką". Transwestyci w tamtych czasach nie mieli łatwo – nie przebierali się przy każdej okazji, jak Flor. A w żargonie bywalców La Chiny „La Loca" miało gejowski podtekst – jakby nazywano Flor „ciotą".

Istniał specjalny bar dla transwestytów, już w latach siedemdziesiątych. La Coronita – „Mała Korona" – znajdował się na rogu Bustamante i Xóchitl. Klienci – w większości geje – przychodzili tam się pobawić. Wszyscy transwestyci przebierali się na potęgę i świetnie bawili – ale w La Coronicie nie było prostytucji i faceci zjawiali się normalnie ubrani: przebierali się dopiero w środku.

Nie Flor; ona zawsze była kobietą, gdziekolwiek się ruszyła – bez względu na to, czy pracowała na ulicy Zaragoza, czy balowała na Bustamante, ona zawsze była sobą. Dlatego nazywano ją „ciotą"; była La Locą, gdziekolwiek się znajdowała.

Znali ją nawet w La Maravilli; cyrkowcy wiedzieli, kim są prawdziwe gwiazdy, oni sami byli nimi cały czas.

Brnąc przez słoniowe łajno w Cyrku Cuda, Edward Bonshaw odkrywał nie tylko, kim jest Flor. (Dla niego „cudem" była ona).

Przed jednym z namiotów ćwiczył żongler i rozgrzewał się człowiek guma zwany Piżamą. Nazywano go tak, bo był luźny i wiotki jak piżama bez ciała; łopotał niczym rozwieszone pranie.

Może cyrk to nie najlepsze miejsce dla kaleki, przemknęło Juanowi Diego przez głowę.

– Pamiętaj, Juanie Diego: jesteś czytelnikiem – powiedział do zatroskanego chłopca señor Eduardo. – Życie jest w książkach i świecie twojej wyobraźni; liczy się nie tylko świat, który nas otacza, nawet tutaj.

– Szkoda, że cię nie poznałam, kiedy byłam młodsza – rzuciła Flor do misjonarza. – Pomoglibyśmy sobie nawzajem przebrnąć przez niejeden szajs.

Przepuścili tresera słoni i dwóch jego podopiecznych; rozkojarzony ich widokiem Edward Bonshaw wdepnął w kolejny wielki placek, tym razem drugą nogą.

– Boże miłosierny – powtórzył.

– Na szczęście ty się nie wprowadzasz do cyrku – pocieszyła go Flor.

– Słoniowa kupa jest ogromna, jak papuga mógł jej nie zauważyć? – odezwała się Lupe.

– Znów o mnie mowa... słyszałem – oznajmił nad wyraz radośnie señor Eduardo. – *El hombre papagayo* ma swój smaczek, nieprawdaż?

– Przydałaby ci się nie tylko żona – ciągnęła Flor. – Trzeba całej rodziny, żeby się tobą zająć.

Zbliżyli się do klatki trzech lwic. Jedna spojrzała na nich od niechcenia, dwie spały.

– Widzicie, jak się ze sobą dogadują? – powiedziała Flor; znała tutejsze kąty. – Ale nie ten koleś – dodała, przystając przy klatce lwa; rzekomy król zwierząt miał całe lokum dla siebie i chyba nie był tym zachwycony. – *¡Hola*, Hombre – rzuciła Flor do lwa. – Ma na imię Hombre – wyjaśniła. – Spójrzcie, jakie ma wielkie jaja.

– Boże, miej litość – mruknął Edward Bonshaw.

Lupe poczuła się urażona.

– To nie jego wina, nie miał wyboru – oznajmiła. – I wcale mu się nie podoba, że z niego kpicie.

– Czytasz w jego myślach, tak? – powiedział Juan Diego.

– Jemu każdy może czytać w myślach – odrzekła. Wpatrywała się w lwa, w jego ogromny pysk i ciężką grzywę, nie w jaja. Lew nagle ożywił się na jej widok. Dwie śpiące lwice otworzyły oczy, jakby to wyczuły: wszystkie trzy świdrowały Lupe wzrokiem jak rywalkę o względy Hombre. Juan Diego miał przeczucie, że Lupe i lwice współczują lwu – jakby odczuwały litość niemal na równi ze strachem.

– Hombre – mówiła Lupe cichutko. – Już dobrze. To nie twoja wina.

– Co ty wygadujesz? – zdumiał się chłopiec.

– Chodźcie, *niños* – zakomenderowała Flor. – Mamy do załatwienia sprawę z treserem lwów i jego żoną, nie z lwami. Wnosząc z nieruchomego wzroku Lupe i niespokojnego zachowania Hombre, który go odwzajemniał, człowiek nabrałby przekonania, iż Lupe ma do załatwienia tylko jedną sprawę, właśnie tutaj.

– Już dobrze – powtórzyła, jak gdyby coś obiecywała.
– Co dobrze? – zapytał brat.
– Hombre to ostatni pies. Ostatni – zapowiedziała. Oczywiście plotła bez sensu: Hombre był lwem, a nie psem. Ale wyraziła się jasno: *el último perro*; „ostatni", podkreśliła – *el último*.

– O czym ty mówisz, Lupe? – zapytał niecierpliwie Juan Diego; zmęczyły go jej prorocze zagadki.

– Mówię, że Hombre to najważniejszy pies z dachu... i ostatni – skwitowała, wzruszając ramionami. Juana Diego wkurzało, kiedy tak kręciła.

Orkiestra wreszcie przebrnęła przez trudny fragment. Zapadał zmrok, w namiotach zapalano światła. Dzieci z wysypiska ujrzały na wprost Ignacia, tresera lwów; właśnie zwijał bat.

– Słyszałam, że lubisz baty – mruknęła Flor do utykającego misjonarza.

– Wcześniej wspomniałaś coś o wężu gumowym – odparł Edward Bonshaw szorstko. – Przydałby się teraz.

– Niech papuga rzuci okiem na ten bat, jaki wielki – wybełkotała Lupe.

Ignacio obserwował ich spokojnie, metodycznie, jakby badał odwagę i wartość nowych czworonożnych podopiecznych. Miał obcisłe portki jak matador, na górze zaś tylko dopasowaną, głęboko wyciętą kamizelkę, uwydatniającą mięśnie. Białą, nie tylko po to, aby podkreślić jego śniadą karnację: w razie ataku lwa na arenie publiczność miała zobaczyć mocno nasyconą czerwienią krew Ignacia – bo nic tak nie podkreśla czerwieni jak białe tło. Ignacio byłby próżny nawet w chwili śmierci.

– Co tam bat, spójrzcie na niego – szepnęła Flor do misjonarza w łajnie. – Ignacio to urodzony showman.

– I kobieciarz! – dodała Lupe. Nieważne, że nie słyszała szeptu; znała myśli. Tylko z papugą miała problem, podobnie z Riverą. – Ignacio lubi lwice... lubi wszystkie panie – mówiła, lecz oto znaleźli się przy namiocie tresera lwów i Soledad, żona Ignacia, wyszła ze środka, po czym stanęła u boku napuszonego małżonka.

– Jeżeli myślisz, że widziałeś króla zwierząt – szeptała dalej Flor do ucha Edwarda Bonshawa – zastanów się. Teraz go poznasz – dorzuciła. – Ignacio jest królem zwierząt.

– Królem świń – odezwała się nagle Lupe, ale zrozumiał ją tylko Juan Diego, rzecz jasna. A on nigdy nie rozumiał wszystkiego, co jej dotyczyło.

17

SYLWESTER W ENCANTADORZE

Być może sprawiło to melancholijne wspomnienie przybycia do La Maravilli bądź oczy zawieszone w mroku – bezcielesne oczy, które otaczały samochód, gdy pędził w stronę kurortu o zachęcającej nazwie Encantador. Kto wie, dlaczego Juan Diego nagle zasnął? Możliwe, że w chwili gdy droga nagle się zwęziła, auto zwolniło, a tajemnicze oczy zniknęły. (Kiedy dzieci z wysypiska trafiły do cyrku, świdrujących oczu namnożyło się więcej, niż mogły zliczyć).
– W pierwszej chwili pomyślałam, że się zamyślił. Był jak w transie – mówiła doktor Quintana.
– Nic mu nie jest? – zapytał Clark French.
– Po prostu zasnął, Clark. Śpi jak suseł – odrzekła Josefa.
– To pewnie wina zmiany stref czasowych albo twojego poronionego pomysłu akwarium zeszłej nocy.
– Josefo, on zasnął w trakcie rozmowy! – wykrzyknął Clark. – Cierpi na narkolepsję czy co?
– Nie szarp go! – usłyszał Juan Diego słowa Josefy, ale nie otworzył oczu.
– W życiu nie słyszałem o pisarzu narkoleptyku – ciągnął Clark French. – Jakie on bierze prochy?
– Beta-blokery mogą zaburzać sen – wyjaśniła doktor Quintana.

– Myślałem o viagrze...
– Viagra powoduje tylko jedno, Clark.
Juan Diego uznał, że nadszedł właściwy moment na otwarcie oczu.
– Jesteśmy na miejscu? – zapytał. Josefa siedziała obok niego na tylnym siedzeniu; Clark otworzył drzwi z tyłu i wpatrywał się w dawnego nauczyciela. – Czy to już Encantador? – dorzucił niewinnie Juan Diego. – Tajemniczy gość przyjechał?
Przyjechała, ale nikt jej nie widział. Możliwe, że przebyła długą drogę i odpoczywała w swoim pokoju. Musiała znać rozkład, gdyż poprosiła właśnie o ten, w pobliżu biblioteki, na drugim piętrze głównego budynku: albo już tutaj mieszkała, albo uznała, że bliskość biblioteki zapewni jej spokój.
– Ja nigdy nie ucinam sobie drzemki – powiedział Clark dumnie. Wyrwał szoferowi pomarańczową landarę i taszczył ją przez taras ładnego hotelu, będącego czarownym acz rozwlekłym skupiskiem budynków na skarpie z widokiem na morze. Palmy zasłaniały plażę, nawet z okien pokoi na drugim i trzecim piętrze, ale morze migotało w całej krasie. – Noc mi wystarczy – uzupełnił Clark.
– Zeszłej nocy miałem w pokoju ryby, i murenę – przypomniał mu Juan Diego. Tutaj miał mieć pokój na drugim piętrze, tym samym, co nieproszony gość, w sąsiednim budynku, do którego prowadziło przejście przez balkon.
– Właśnie: nie zwracaj uwagi na ciocię Carmen – uprzedził Clark. – Twój pokój jest z dala od basenu. Dzieci raczej cię nie obudzą.
– Ciocia Carmen jest miłośniczką zwierząt – wtrąciła jego żona. – Bardziej kocha ryby niż ludzi.
– Na szczęście murena przeżyła – dorzucił Clark. – Zdaje się, że Morales mieszka z ciocią Carmen.
– Szkoda, że tylko on – skomentowała Josefa. – Nikt inny się nie kwapi.
Na dole dzieci dokazywały w basenie.
– Jest dużo nastolatków, będzie komu zająć się maluchami – zaznaczył Clark.

– Biorę leki, trochę mi zaburzają odpoczynek – poinformował Juan Diego. – Beta-blokery, Josefo. Zapewne wiesz, że na jawie mogą powodować depresję... i nie sposób przewidzieć, jak wpłyną na sen.

Juan Diego nie przyznał się, że majstruje przy dawce. Doktor Quintanę i Clarka zapewne ujęła jego szczerość.

Pokój okazał się piękny: w oknach z widokiem na morze zamontowano moskitiery i wiatrak pod sufitem: klimatyzacja nie będzie konieczna. Duża łazienka też robiła wrażenie: prysznic pod gołym niebem miał bambusowy daszek jak pagoda.

– Spokojnie odśwież się przed kolacją – powiedziała Josefa. – Zmęczenie, różnica czasu, to wszystko może nasilać działanie leków.

– Gdy większe dzieci zaprowadzą mniejsze do łóżek, przyjdzie czas na prawdziwą rozmowę – oświadczył Clark, ściskając ramię dawnego wykładowcy.

Czy było to ostrzeżenie, aby nie poruszać „dorosłych" tematów przy dzieciach i nastolatkach? Juan Diego zrozumiał, że Clark French, na przekór obcesowej wylewności, nadal jest spiętym, pruderyjnym czterdziestoparolatkiem. Koledzy ze studiów podyplomowych, gdyby go teraz widzieli, nadal stroiliby sobie z niego żarty.

Juan Diego wiedział, że aborcja jest na Filipinach nielegalna; był bardzo ciekaw, co ma na ten temat do powiedzenia ginekolog położnik, doktor Quintana. (I czy podziela zdanie swojego męża, wzorowego katolika). Z pewnością był to temat, którego on i Clark nie mogli (lub nie powinni) poruszać, zanim dzieci nie pójdą spać. Liczył, że porozmawia o tym z Josefą, kiedy Clark też będzie słodko spał.

Ta myśl tak go nakręciła, że prawie zapomniał o Miriam. Oczywiście niezupełnie – ani na chwilę. Oparł się pokusie prysznica na zewnątrz, nie tylko z powodu mroku (wieczorem na pewno było tam zatrzęsienie owadów), ale mógłby nie słyszeć telefonu. Nie mógł zadzwonić do Miriam – nawet nie znał jej nazwiska! – ani poprosić recepcjonistki o połączenie go z „niezaproszoną". Lecz jeśli to była ona, na pewno sama zadzwoni.

Postanowił wykąpać się w wannie – bez owadów i przy otwartych drzwiach; gdyby zatelefonowała, on na pewno usłyszy. Wykąpał się piorunem, jednak telefon milczał jak zaklęty. Juan Diego silił się na spokój; planował kolejny ruch w sprawie leków. Przecinacz do tabletek przezornie schował do kosmetyczki. Viagra i lopressor stały obok siebie na blacie przy umywalce.

Żadnych połówek, tak postanowił. Po kolacji weźmie jeden cały beta-bloker – właściwą dawkę, innymi słowy – lecz nie, jeśli będzie z Miriam. Włos mu z głowy nie spadnie, jeżeli kolejny raz nie weźmie tabletki, a przypływ adrenaliny, wręcz konieczny, zrobi swoje.

W przypadku viagry stanął przed większym dylematem. Na rendez-vous z Dorothy zamienił tradycyjną połówkę na całą; przypuszczał, że pół teraz też nie wystarczy. Sęk w tym, kiedy ją zażyć; wymagała prawie godziny, aby zacząć działać. I na ile wystarczy jedna viagra – całe sto miligramów?

Przypomniał sobie nagle o sylwestrze. Nastolatki zabalują do północy, małe dzieci pewnie tak samo. I czy większość dorosłych nie zechce powitać Nowego Roku?

A jeśli Miriam zaprosi go do swojego pokoju? Czy ma wziąć ze sobą viagrę do stołu? (Teraz było za wcześnie, aby ją zażyć).

Ubrał się powoli, próbując sobie wyobrazić, co Miriam kazałaby mu włożyć. Zdarzało mu się pisać o trwalszych, bardziej złożonych i różnorodnych związkach niż te, jakich sam zaznał. Jego czytelnicy – ci, którzy go nie znali – mogliby nabrać błędnego przeświadczenia, że wiedzie bujne życie erotyczne: w jego powieściach nie brakowało homo- i biseksualnych ekscesów oraz starych, dobrych relacji heteroseksualnych. Jego twórczość była wyuzdana dla zasady, niemniej jednak zawsze mieszkał sam, a „stary, dobry" aspekt jego heteroseksualizmu był tym, który najlepiej odzwierciedlał stan rzeczywisty.

Przypuszczał, że jest dosyć nudnym kochankiem. Przyznawał bez bicia, iż jego tak zwane życie erotyczne istniało głównie w wyobraźni – jak teraz, pomyślał z żalem. Nic, tylko wyobrażał sobie Miriam; nie wiedział nawet, czy tajemniczy gość hotelowy to ona.

Myśl o wyimaginowanym życiu erotycznym go dobiła, a wziął dzisiaj tylko pół tabletki lopressora; tym razem nie mógł zwalić na nią winy. Postanowił schować viagrę do prawej kieszeni spodni. W ten sposób będzie przygotowany – cokolwiek się stanie.

Często wkładał rękę do prawej kieszeni; nie musiał widzieć kafla do madżonga, ale lubił czuć go w dłoni – był taki gładziutki. Odcisnął równy ślad na bladym czole Edwarda Bonshawa, który nosił go przy sobie na pamiątkę. Gdy umierał i nie tylko przestał się sam ubierać, ale nosił odzież bez kieszeni, podarował kafel Juanowi Diego. Klocek wbity między brwi Edwarda Bonshawa miał stać się talizmanem pisarza.

Czworoboczna, szaroniebieska viagra nie była tak gładka, jak kafel z kości słoniowej i bambusa, dwukrotnie większy od „ratunkowej" pigułki, jak Juan Diego o niej myślał. A jeśli to Miriam była tajemniczym gościem w pokoju na drugim piętrze obok biblioteki, viagra w prawej kieszeni spodni to jego drugi amulet.

Pukanie do drzwi wzbudziło w nim płonne nadzieje. To tylko Clark po niego przyszedł. Kiedy Juan Diego gasił światła w łazience i sypialni, Clark poradził mu włączyć wentylator.

– Widzisz gekona? – spytał, wskazując na sufit. Gekon, mniejszy od małego palca, zastygł na suficie ponad wezgłowiem. Meksyk nie budził w nim nostalgii – dlatego tam nigdy nie wrócił – ale Juan Diego tęsknił za gekonami. Ten mały nad łóżkiem śmignął po suficie w chwili, gdy pisarz uruchomił wiatrak.

– Uspokoją się, jeśli wiatrak trochę pochodzi – powiedział Clark. – Nie chcesz, żeby ganiały ci nad głową, kiedy próbujesz zasnąć.

Juan Diego był rozczarowany, że sam nie zwrócił uwagi na gekony, póki Clark mu jednego nie wskazał; zamykając drzwi, zauważył drugiego na ścianie łazienki: wystrzelił jak rakieta i zniknął za lustrem ściennym.

– Tęsknię za gekonami – przyznał. Na balkon dolatywała muzyka z hałaśliwego klubu dla tubylców na plaży.

– Czemu nie pojedziesz do Meksyku... z wizytą? – spytał Clark.

Clark zawsze tak miał, przypomniał sobie Juan Diego. Pragnął, aby wszystkie „problemy" Juana Diego z dzieciństwa i czasów dojrzewania odeszły w niepamięć, a krzywdy zwieńczyły się happy endem, jak w powieściach Clarka. Wierzył, że wszyscy winni zostać ocaleni, a grzechy odpukane w konfesjonale. Clark umiał obrzydzić dobro jak nikt inny.

Ale o co właściwie się nie sprzeczali?

Nie było końca ich utarczkom o papieża Jana Pawła II, który zmarł w dwa tysiące piątym roku. Kiedy został wybrany, był młodym kardynałem z Polski i stał się bardzo popularnym papieżem, ale jego wysiłki zmierzające do „przywrócenia normalności" w Polsce – czyli przywrócenia zakazu aborcji – doprowadzały Juana Diego do szału.

Clark French wyrażał aprobatę dla „kultury życia" lansowanej przez polskiego papieża, zakaz antykoncepcji i aborcji miał na celu obronę „bezbronnych" płodów przed ideą „kultury śmierci".

– Dlaczego właśnie ty, po tym wszystkim, co cię spotkało, przedkładasz ideę śmierci nad ideę życia? – pytał dawnego nauczyciela. A teraz (znowu) sugerował, że Juan Diego powinien wrócić do Meksyku – z wizytą!

– Wiesz, dlaczego tam nie wrócę, Clark – odpowiedział po raz kolejny Juan Diego, kuśtykając wzdłuż tarasu na drugim piętrze. (Przy innej okazji, gdy wypił za dużo piwa, oznajmił Clarkowi, że Meksyk jest w rękach kryminalistów i Kościoła katolickiego).

– Tylko mi nie mów, że obwiniasz Kościół o AIDS: nie twierdzisz chyba, że bezpieczny seks to remedium na wszystko, co? – rzucił teraz Clark. Nie była to zbyt zręcznie zawoalowana aluzja – zresztą Clark niekoniecznie usiłował woalować swoje aluzje.

Juan Diego przypomniał sobie, jak jego dawny uczeń nazwał kiedyś stosowanie prezerwatyw „propagandą". Pewnie parafrazował Benedykta XVI. Czy Benedykt nie napomknął kiedyś, że prezerwatywy „tylko rozogniają" problem AIDS? A może Clark to powiedział?

A teraz, ponieważ Juan Diego nie odpowiedział na pytanie co do bezpiecznego seksu będącego remedium na wszystko, Clark naciskał dalej w duchu Benedykta.

– Stanowisko papieża, że jedynym skutecznym sposobem na walkę z epidemią jest odnowa duchowa...

– Clark! – krzyknął Juan Diego. – Duchowa odnowa to nic innego jak stare wartości rodzinne, czyli małżeństwo heteroseksualne, czystość przedmałżeńska...

– Stare, ale skuteczne – zaznaczył Clark. Doktrynerski jak zwykle!

– Mając do wyboru skostniałe zasady twojego Kościoła i ludzką naturę, stawiam na to drugie – odparł Juan Diego. – Weźmy na przykład celibat...

– Może później, kiedy dzieci i nastolatki pójdą spać – przypomniał mu Clark.

Znajdowali się sami na balkonie i był sylwester; Juan Diego nie miał wątpliwości, że nastolatki położą się później niż dorośli.

– Weźmy pedofilię, Clark.

– Wiedziałem! Wiedziałem, co się święci! – zawołał z ożywieniem Clark.

W świątecznym wystąpieniu w Rzymie – niecałe dwa tygodnie wcześniej – papież Benedykt XVI oznajmił, że pedofilia uchodziła za „normalną" jeszcze w latach siedemdziesiątych. Clark z góry przewidział reakcję byłego nauczyciela, który teraz oczywiście jak zwykle cytował papieża, jakby cała teologia katolicka miała oberwać za to, że Benedykt dał do zrozumienia, jakoby nie istniało nic takiego jak dobro lub zło samo w sobie.

– Ależ Clark, Benedykt powiedział wprost, że jest tylko „lepsze i gorsze niż", tak brzmiały słowa twojego papieża – wytknął mu Juan Diego.

– Bądź łaskaw pamiętać, że statystyki w odniesieniu do pedofilii poza Kościołem są identyczne jak w nim – zaznaczył Clark French.

– Benedykt powiedział: „Nic nie jest dobre lub złe samo w sobie". Powiedział „nic", Clark – przypomniał Juan Diego.

– Pedofilia to nie jest nic, ona jest zła sama w sobie.

– Kiedy dzieci pójdą…

– Tutaj nie ma żadnych dzieci, Clark! – wrzasnął Juan Diego. – Jesteśmy sami na balkonie!

– Hm… – Clark ostrożnie rozejrzał się wokół; skądś dochodziły dziecięce głosy, lecz w pobliżu nie było nikogo (nawet nastolatków czy dorosłych).

– Katolicka hierarchia uważa, że całowanie prowadzi do grzechu – wyszeptał Juan Diego. – Twój Kościół jest przeciwny antykoncepcji, aborcji i ślubom gejów. Twój Kościół jest przeciwny całowaniu, Clark!

Nagle minęła ich chmara dzieci z mokrymi włosami, w klapkach na bosych stopach.

– Kiedy maluchy pójdą… – zaczął znowu Clark; rozmowa z nim przypominała rozgrywkę, coś na zasadzie zapasów. Byłby niezmordowanym misjonarzem, miał jezuicką pewność swojej wszechwiedzy i niezmiennie podkreślał rolę nauczania oraz ewangelizacji. Myśl o własnym męczeństwie stanowiła jego siłę napędową, a cierpienie napełniłoby go radością, byle tylko dowieść swoich bzdurnych racji. Rósł w oczach, kiedy nim pomiatano. – Dobrze się czujesz? – zapytał Juana Diego.

– Trochę zabrakło mi tchu… Nie jestem przyzwyczajony do takiego tempa – odpowiedział Juan Diego. – Albo takiego tempa i rozmowy naraz.

Na schodach zwolnili kroku i skierowali się do głównego lobby, gdzie znajdowała się jadalnia, kryta wysuniętym dachem, z bambusową kotarą w razie deszczu i wiatru. Widok na morze i palmy tworzył wrażenie przestronnej werandy. Na wszystkich stołach leżały odświętne papierowe czapki.

Ależ Clark wżenił się w wielką rodzinę, przeszło Juanowi Diego przez myśl. Doktor Josefa Quintana musiała mieć trzydziestu albo czterdziestu krewnych, z których połowa to młodzi ludzie bądź dzieci.

– Nie musisz zapamiętywać imion – szepnął mu Clark.

– À propos tajemniczego gościa – powiedział nagle Juan Diego. – Powinna usiąść obok mnie.

– Obok ciebie? – zdziwił się Clark.

– Oczywiście. Wszyscy jej nienawidzicie. Przynajmniej jestem neutralny – oznajmił Juan Diego.

– Ja jej nie nienawidzę... Nikt jej nie zna! Wepchnęła się na prywatną uroczystość...

– Wiem, Clark. Wiem – mitygował Juan Diego. – Powinna usiąść obok mnie. Oboje jesteśmy tu obcy. Wy się wszyscy znacie.

– Miałem zamiar posadzić ją z dziećmi – oznajmił Clark. – Na przykład z tymi najbardziej niegrzecznymi.

– Widzisz? Mówiłem, że jej nienawidzisz – wytknął Juan Diego.

– Żartowałem. To może z nastolatkami. Tymi obrażonymi na cały świat – ciągnął Clark.

– Naprawdę jej nienawidzisz. Ja jestem neutralny – przypomniał Juan Diego. (Przyszło mu do głowy, że Miriam mogłaby zdeprawować nastolatków).

– Wujek Clark! – Chłopczyk o okrągłej twarzy pociągnął Clarka za rękę.

– Tak, Pedro? Co się stało? – spytał Clark.

– W bibliotece jest wielki gekon. Wylazł zza obrazu! – obwieścił Pedro.

– Tylko nie ten wielki gekon! – wykrzyknął Clark, udając przerażenie.

– Właśnie ten! Wielki! – potwierdził chłopczyk.

– Tak się składa, Pedro, że ten pan wie o gekonach wszystko. Jest prawdziwym ekspertem. Nie tylko kocha gekony, ale i za nimi tęskni – oznajmił dziecku Clark. – Poznaj pana

Guerrero – dodał i się ulotnił, pozostawiając Juana Diego z Pedro, który natychmiast chwycił pisarza za rękę.

– Kocha pan gekony? – spytał, ale zanim Juan Diego zdążył odpowiedzieć, dodał: – Czemu pan za nimi tęskni?

– Hm, cóż… – zaczął Juan Diego i urwał, grając na zwłokę. Następnie pokuśtykał w stronę schodów do biblioteki, a kuśtykanie przyciągnęło do niego około tuzina dzieci, głównie pięciolatków, lub tylko trochę starszych, jak Pedro.

– On wie o gekonach wszystko… kocha gekony – oznajmił pozostałym dzieciom chłopiec. – Tęskni za nimi. Dlaczego? – ponownie zwrócił się do pisarza.

– Co się panu stało w nogę? – spytała dziewczynka z warkoczykami.

– W dzieciństwie mieszkałem na wysypisku śmieci, w lepiance opodal *basurero* w Oaxaca; *basurero* znaczy wysypisko, a Oaxaca leży w Meksyku – mówił Juan Diego. – W domu, gdzie mieszkaliśmy z siostrą, były tylko jedne drzwi. Co rano, kiedy się budziłem, siedział na nich gekon. Był taki szybki, że umiał zniknąć w mgnieniu oka. – Dla większego efektu klasnął w ręce. Wchodząc po schodach, utykał bardziej niż zazwyczaj. – Któregoś ranka przejechała mi po nodze furgonetka. Kierowca miał zbite lusterko z boku i mnie nie zauważył. Zrobił to niechcący, był dobrym człowiekiem. Już nie żyje, a ja bardzo za nim tęsknię. I za wysypiskiem, i za gekonami też tęsknię – uzupełnił. Nie wiedział, że kilkoro dorosłych też idzie za nim do biblioteki, w tym Clark French; oczywiście wszyscy zasłuchali się w jego opowieść.

Czy pan, który kuleje, naprawdę powiedział, że tęskni za wysypiskiem śmieci?, pytała się nawzajem dziatwa.

– Gdybym ja mieszkała w *basurero*, chyba nie tęskniłabym za nim – powiedziała dziewczynka z warkoczykami do Pedra. – Może tęskni za siostrą – dodała.

– Rozumiem, że tęskni za gekonami – stwierdził Pedro.

– Gekony to na ogół nocne stworzenia: ożywiają się wieczorami, kiedy jest więcej owadów. One jedzą owady, nic wam nie zrobią – zapewnił Juan Diego.

– A gdzie jest pana siostra? – zainteresowała się dziewczynka z warkoczykami.
– Nie żyje – odparł; już miał dodać, jak zginęła, ale nie chciał, żeby dzieci miały koszmary.
– Patrzcie! – zawołał Pedro. Wskazał na wielki obraz, zawieszony nad zachęcającą kanapą w bibliotece. Gekon rzucał się w oczy na równi z obrazem, nawet z daleka. Przywarł do ściany obok niego, a na widok dzieci i Juana Diego wspiął się wyżej. Czekał, nie spuszczając z nich wzroku, mniej więcej w połowie drogi pomiędzy obrazem a sufitem. Był naprawdę imponujących rozmiarów, prawie jak kot.
– Ten pan na obrazie to święty – oznajmił dzieciom Juan Diego. – Studiował kiedyś na uniwersytecie paryskim, był też baskijskim żołnierzem i został ranny.
– Jak? – spytał Pedro.
– Trafiła go kula armatnia – oznajmił Juan Diego.
– A kula armatnia nie może zabić? – zapytał Pedro.
– Chyba nie, jeśli masz zostać świętym – skwitował Juan Diego.
– Jak się nazywał? – Dziewczynka z warkoczykami sypała pytaniami jak z rękawa. – Kim był ten święty?
– Wasz wujek Clark zna odpowiedź na to pytanie – odrzekł Juan Diego. Czuł, że Clark nie spuszcza z niego wzroku, chłonie każde słowo, jak zawsze pilny i skoncentrowany. (Wyglądał na kogoś, komu niestraszna kula armatnia).
– Wujku Clarku! – zawołały dzieci jedno przez drugie.
– Jak nazywał się ten święty? – dopytywała dziewczynka z warkoczykami.
– Ignacy Loyola – odpowiedział.
Duży gekon był tak samo zwinny, jak mały. Może głos Clarka zabrzmiał zbyt pewnie lub zbyt głośno. Niesamowite, jak wielki gekon mógł się spłaszczyć – wpełzł za obraz, przy czym go lekko trącił. Obraz wisiał teraz nieco przekrzywiony, ale gekon zniknął jak kamfora. Święty Ignacy nie zwrócił na niego uwagi, ale nie patrzył też na dorosłych ani na dzieci.
Juan Diego widział tyle jego portretów – w Templo de la Compañía de Jesús, w Zagubionych Dzieciach i różnych

miejscach w Oaxaca (oraz mieście Meksyk) – ale nie pamiętał ani jednego, na którym łysy, ale za to brodaty święty odwzajemniłby jego spojrzenie. Święty Ignacy zawsze patrzył w górę, miał wzrok błagalnie skierowany ku niebu. Założyciel zakonu jezuitów odwoływał się do wyższej instancji – unikał kontaktu wzrokowego z bandą gapiów.

– Kolacja na stole! – zawołał ktoś z dołu.

– Dziękujemy panu za opowieść – odezwał się Pedro. – Przykro mi z powodu rzeczy, za którymi pan tęskni – uzupełnił.

Gdy dotarli do schodów, Pedro i dziewczynka z warkoczykami chcieli trzymać Juana Diego za rękę, ale schody były za wąskie, więc nie chciał narażać dzieci. Wolał trzymać się balustrady.

Zobaczył zresztą, że Clark czeka już na niego na dole: przesadził kilka osób, co nie spodobało się chyba najstarszym członkom rodziny. Juan Diego miał podejrzenia, że znalazłoby się parę kobiet w pewnym wieku, które chciały usiąść obok niego; starsze kobiety były jego najwierniejszymi czytelniczkami – a przynajmniej to one zawsze miały odwagę go zagadnąć.

– Uwielbiam słuchać, gdy opowiadasz – oznajmił z entuzjazmem Clark.

Zmieniłbyś zdanie po wysłuchaniu mojej opowieści o Zawsze Dziewicy, pomyślał Juan Diego, ale ogarnęło go wielkie znużenie – nie czuł się wypoczęty, chociaż spał w samolocie i jeszcze uciął sobie drzemkę w drodze do hotelu. Mały Pedro słusznie współczuł mu „rzeczy", za którymi tęsknił. Sama o nich myśl wzmagała tęsknotę – a przecież opowiedział dzieciom tyle, co nic.

Goście zostali posadzeni bardzo przemyślanie: stoliki dzieci znalazły się na obrzeżach sali, a dorośli siedzieli pośrodku przy stołach zestawionych razem. Josefa siedziała po jednej stronie Juana Diego, który zobaczył, że miejsca z drugiej strony jeszcze nikt nie zajął. Clark usiadł naprzeciwko dawnego wykładowcy. Nikt nie miał na głowie papierowej czapki – na razie.

Juan Diego nie zdziwił się, widząc, że towarzystwo w środkowej części jego stołu składa się w większości z pań

„w pewnym wieku" – te miał na myśli. Uśmiechały się do niego znacząco, jak to kobiety, które przeczytały jego powieści (i uważają, że wszystko o nim wiedzą); tylko jedna z nich siedziała z kamienną twarzą.

Wiadomo, co się mówi o ludziach, którzy wyglądają jak ich ulubieńcy. Jeszcze zanim Clark brzęknął łyżką o swój kieliszek z wodą i nim w wielu słowach dokonał prezentacji, Juan Diego z miejsca rozpoznał ciocię Carmen. Otóż nikt poza nią nie przypominał do złudzenia barwnej, drapieżnej mureny. Ba, w korzystnym świetle przy kolacji jej obwisłe policzki mogły wręcz uchodzić za falujące skrzela. I podobnie jak murena, ciocia Carmen wręcz emanowała rezerwą i brakiem zaufania, a jej powściągliwość maskowała osławioną smykałkę do morderczego ataku z daleka.

– Posłuchajcie mnie, wy dwaj – powiedziała doktor Quintana do męża i Juana Diego, kiedy przy stole ucichło – Clark wreszcie się zamknął i podano pierwsze danie, sałatkę z owocami morza. – Nie chcę słyszeć o religii, polityce Kościoła, aborcji i antykoncepcji. Nie przy jedzeniu – oznajmiła.

– I nie przy dzie... – zaczął Clark.

– Przy dorosłych też, Clark. Dopiero kiedy zostaniecie sami – zapowiedziała Josefa.

– I żadnego seksu – wtrąciła ciocia Carmen; wpatrywała się znacząco w Juana Diego. To on pisał o seksie, nie Clark. A sposób, w jaki powiedziała „żadnego seksu" – jakby te słowa zostawiały w jej zwiędłych ustach niesmak – sugerował zarówno rozmowę na ten temat, jak i sam akt.

– W takim razie zostaje nam literatura – oznajmił zadzierzyście Clark.

– Zależy jaka – odparł Juan Diego. Usiadł i lekko zakręciło mu się w głowie, a oczy zaszły mgłą. Tak czasami miał z viagrą, zwykle to uczucie ustępowało. Ale gdy dotknął prawej kieszeni, przypomniał sobie, że jeszcze jej nie zażył: czuł przez spodnie tabletkę i kafel do madżonga.

W sałatce z owocami morza znalazły się oczywiście krewetki i chyba raki. Zauważył też ćwiartki mango i lekko trącił marynatę widelcem do sałatki. Na pewno jakieś cytrusy, może limonki, stwierdził.

Ciocia Carmen dostrzegła sokolim okiem, że uszczknął trochę, i w odpowiedzi machnęła swoim widelcem jakby na dowód, że dość już panowała nad apetytem.

– Nie widzę powodu, żeby czekać na nią – stwierdziła, wskazując widelcem puste miejsce obok Juana Diego. – Nie jest rodziną – dodała.

Juan Diego poczuł, że coś lub ktoś dotyka jego kostek, i czyjaś twarzyczka wyjrzała spod stołu. Dziewczynka z warkoczykami siedziała przy jego stopach.

– Proszę pana – powiedziała. – Ta pani kazała panu przekazać, że już idzie.

– Jaka pani? – zapytał. Z perspektywy współbiesiadników, oprócz żony Clarka, musiał wyglądać, jakby gadał do swoich kolan.

– Consuelo – upomniała dziewczynkę Josefa. – Masz usiąść przy swoim stole. Zmykaj.

– Już idę – odpowiedziała Consuelo.

– Jaka pani? – Juan Diego ponowił pytanie. Dziewczynka wypełzła spod stołu i ciocia Carmen przygwoździła ją wzrokiem.

– Pani, która się pojawia. – Consuelo pociągnęła za warkoczyki, przechylając głowę raz w jedną, raz w drugą stronę. I pobiegła. Kelnerzy nalewali wino, jednym z nich był młody szofer, który przywiózł ich z lotniska w Tagbilaran City.

– Pewnie ty wiozłeś tajemniczą panią z lotniska – zagadnął go Juan Diego i podziękował za wino, ale chłopak chyba nie zrozumiał. Josefa powiedziała coś do niego w tagalog, lecz nawet wówczas wyglądał na zdziwionego i udzielił doktor Quintanie rozwlekłej odpowiedzi.

– Mówi, że jej nie wiózł. Ponoć zjawiła się na podjeździe. Nikt nie widział samochodu ani kierowcy – oznajmiła Josefa.

– Atmosfera się zagęszcza! – stwierdził Clark French. – Nie nalewaj mu wina, on pije tylko piwo – poinformował chłopca, który na pewno lepiej radził sobie za kółkiem niż jako kelner.

– Tak, proszę pana – powiedział.

– Nie powinieneś dawać swojemu byłemu wykładowcy tyle piwa – odezwała się nagle ciocia Carmen do Clarka. – Był pan pijany? – zwróciła się oskarżycielsko do Juana Diego. – Co pana napadło, żeby wyłączyć klimatyzację? W Manili nikt nie wyłącza klimatyzacji!

– Dosyć tego, Carmen – wtrąciła doktor Quintana. – Nie będziemy rozmawiać przy stole o twoim bezcennym akwarium. Ty powiedziałaś „żadnego seksu", ja mówię „żadnych ryb". Czy to jasne?

– To moja wina, ciociu – przyznał Clark. – Miałem głupi pomysł z tym akwarium...

– Było lodowato – wyjaśnił Juan Diego. – Nie znoszę klimatyzacji – oznajmił wszystkim. – Może faktycznie wypiłem za dużo piwa...

– Nie przepraszaj – powiedziała Josefa. – To tylko ryby.

– Tylko ryby! – krzyknęła ciocia Carmen.

Doktor Quintana nachyliła się nad stołem, dotykając pomarszczonej dłoni cioci Carmen.

– A chcesz posłuchać, ile cipek widziałam przez ostatni tydzień... przez ostatni miesiąc? – spytała.

– Josefo! – obruszył się Clark.

– Żadnych ryb, żadnego seksu – zakomunikowała cioci doktor Quintana. – Chcesz pogadać o rybach, Carmen? Lepiej uważaj.

– Mam nadzieję, że Morales dobrze się miewa – rzekł pojednawczo Juan Diego do cioci Carmen.

– Jest inny... to przeżycie go zmieniło – burknęła.

– Nie chcę słyszeć o żadnych murenach, Carmen – ostrzegła Josefa. – Pamiętaj, co powiedziałam.

Ach, te lekarki: Juan Diego za nimi przepadał! Uwielbiał doktor Marisol Gomez i był całym sercem oddany swojej przyjaciółce, doktor Rosemary Stein. A tutaj wspaniała doktor Josefa Quintana! Juan Diego lubił Clarka, ale czy Clark zasługiwał na taką żonę?

Ona „się pojawia", tak opisała tajemniczą panią dziewczynka z warkoczykami. Młody szofer również tak to ujął, prawda?

Ale rozmowa o akwarium wszystkich zaabsorbowała i nikt, nawet Juan Diego, nie myślał o nieproszonym gościu – nie w chwili, kiedy z sufitu spadł (bądź odpadł) mały gekon. Wylądował w nietkniętej sałatce obok Juana Diego, zupełnie jakby wiedział, iż miejsce jest chwilowo niestrzeżone. Włączył się do rozmowy na jedynym pustym nakryciu.

Był cienki jak długopis i krótszy od niego o połowę. Dwie kobiety pisnęły; jedną z nich była elegancka pani siedząca naprzeciwko pustego miejsca – cytrusowa marynata chlapnęła jej na okulary. Ćwiartka mango zsunęła się z sałatki w stronę starszego mężczyzny, którego przedstawiono Juanowi Diego jako emerytowanego chirurga. (Obaj siedzieli po obu stronach pustego krzesła). Żona chirurga, jedna ze wspomnianych czytelniczek „w pewnym wieku", pisnęła głośniej niż elegancka kobieta, która zdążyła ochłonąć i właśnie przecierała okulary.

– A niech go jasny szlag – powiedziała.

– Ktoś cię tutaj prosił? – zapytał emerytowany chirurg gekona, przycupniętego (nieruchomo) na cudzej sałatce. Roześmiali się wszyscy prócz cioci Carmen; chyba nie widziała nic zabawnego w małej, przestraszonej jaszczurce, która wyglądała na gotową do skoku i ucieczki, ale dokąd?

Później wszyscy powiedzą, że gekon odwrócił ich uwagę od smukłej kobiety w beżowej jedwabnej sukni. Uznają, że „się pojawiła"; nikt nie widział, jak podeszła do stołu, choć w doskonale dopasowanej sukni bez rękawów była bardzo miła dla oka. Jakby bezszelestnie podpłynęła do oczekującego ją krzesła – nawet gekon jej nie zauważył, a gekony są czujne jak ważki. (Jeśli jesteś gekonem i życie ci miłe, lepiej miej się na baczności).

Juan Diego zapamięta, że mignął mu jedynie jej szczupły nadgarstek: nie zauważył widelca, dopóki nie przeszyła nim cienkiego jak gałązka kręgosłupa, przygważdżając gekona do ćwiartki mango.

– Mam cię – powiedziała Miriam.

Tym razem tylko ciocia Carmen krzyknęła, jakby sama została przeszyta. Dzieci są najbystrzejszymi obserwatorami: może zauważyły nadejście Miriam i ją obserwowały.

— Nie sądzę, żeby ludzie mogli być tak szybcy, jak jaszczurki — powiedział innego dnia Pedro do Juana Diego. (Stali w bibliotece na drugim piętrze przed portretem świętego Ignacego; wypatrywali wielkiego gekona, ale więcej się nie pojawił).
— Gekony są bardzo, ale to bardzo szybkie — przytaknął Juan Diego.
— Ale tamta pani... — zaczął Pedro i urwał.
— Tak, była szybka — przyznał Juan Diego.
W ciszy, która zapadła, Miriam wzięła widelec między kciuk i palec wskazujący, jak Flor papierosa — jakby trzymała skręta.
— Kelner — powiedziała. Martwy gekon zwisał bezwładnie pomiędzy lśniącymi zębami widelca. Młody szofer, a zarazem niezdarny kelner, pospieszył odebrać jej narzędzie zbrodni.
— Poproszę też nową sałatkę — dodała, zasiadając na krześle.
— Nie wstawaj, kochanie. — Położyła dłoń na ramieniu Juana Diego. — Wiem, że nie minęło dużo czasu, ale strasznie za tobą tęskniłam. — Usłyszeli ją wszyscy w jadalni, nikt się nie odzywał.
— Ja za tobą też — przyznał.
— No to jestem — powiedziała.
A więc się znają, pomyśleli zebrani, czyli jest mniej tajemnicza, niż się spodziewano. Nagle przestała wyglądać na nieproszoną, Juan Diego zaś nie był tak do końca neutralny.
— To jest Miriam. — Dokonał prezentacji. — Miriam, poznaj Clarka. Clark French jest pisarzem. I moim dawnym studentem.
— Ach tak. — Uśmiechnęła się skromnie.
— A to jego żona Josefa, doktor Quintana — kontynuował Juan Diego.
— Jak dobrze, że mamy tutaj lekarza — powiedziała do niej Miriam. — Encantador nie wydaje się dzięki temu odludny.
Odpowiedział jej chór głosów — zgłaszali się inni lekarze. (Głównie mężczyźni, oczywiście, ale kilka kobiet też podniosło ręce).
— Ach, wspaniale: rodzina lekarzy. — Miriam westchnęła, śląc wokół uśmiechy. Tylko ciocia Carmen nie dała się oczarować; chyba wzięła stronę gekona — bądź co bądź, kochała zwierzęta.

A dzieci, zastanawiał się Juan Diego. Jakie miały o niej zdanie?

Dłoń Miriam musnęła jego kolano i spoczęła na udzie.

– Szczęśliwego Nowego Roku, kochanie – wyszeptała.

Wydało mu się, że dotyka stopą jego łydki, a potem kolana.

– Proszę pana – odezwała się Consuelo spod stołu. Tym razem dziewczynka nie była sama, Pedro przyczołgał się razem z nią. Juan Diego popatrzył na nich.

Josefa nie widziała dzieci: pochylona nad stołem, dawała jakieś znaki Clarkowi.

Miriam zajrzała pod stół i zobaczyła skulone dzieci.

– Ta pani chyba nie lubi gekonów – mówił Pedro.

– Chyba za nimi nie tęskni – dorzuciła Consuelo.

– Nie lubię gekonów w mojej sałatce – oznajmiła Miriam.

– Nie tęsknię za nimi w mojej sałatce – dodała.

– Co pan na to? – spytała dziewczynka z warkoczykami. – Co powiedziałaby na to pana siostra?

– No właśnie... – zaczął Pedro, ale Miriam schyliła się jeszcze niżej i jej twarz znalazła się nagle na wprost dzieci.

– Słuchajcie, wy tam – powiedziała. – Nie pytajcie go o siostrę. Ona została zabita przez lwa.

Dzieci uciekły w popłochu.

Nie chciałem, żeby miały koszmary, próbował jej wytłumaczyć, ale nie mógł nic wykrztusić. Nie chciałem ich przestraszyć, miał na końcu języka, ale słowa uwięzły mu w gardle. Jakby ujrzał pod stołem twarz Lupe, chociaż dziewczynka z warkoczykami, Consuelo, była młodsza od Lupe, kiedy ta zginęła.

Oczy znowu zaszły mu mgłą, tym razem nie przez viagrę.

– To tylko łzy – powiedział do Miriam. – Nic się nie stało. Ja tylko płaczę – usprawiedliwiał się przed Josefą. (Doktor Quintana ujęła go pod ramię).

– Nic ci nie jest? – spytał Clark.

– Ależ skąd. Nic się nie stało, ja tylko płaczę – powtórzył Juan Diego.

– Oczywiście, kochanie. Oczywiście, że płaczesz. – Miriam ujęła go pod drugie ramię i pocałowała w rękę. – Gdzie ta ślicznotka z warkoczykami? Proszę ją zawołać – zwróciła się do doktor Quintany.

– Consuelo! – zawołała Josefa. Dziewczynka przybiegła do stołu, a Pedro tuż za nią.

– Tu jesteście! – Miriam puściła rękę Juana Diego i przytuliła do siebie dzieci. – Nie bójcie się – dodała. – Pan Guerrero smuci się z powodu siostry, myśli o niej bez przerwy. Nie płakalibyście, gdybyście wciąż pamiętali, że waszą siostrę zabił lew?

– Tak! – krzyknęła Consuelo.

– No – mruknął Pedro; wyglądał, jakby go to nie ruszyło.

– Właśnie tak czuje się pan Guerrero: bardzo za nią tęskni – oświadczyła Miriam.

– Tęsknię... miała na imię Lupe – wydusił Juan Diego. Młody szofer, obecnie kelner, przyniósł mu piwo i stanął niepewnie z boku, jakby nie wiedział, co z nim począć.

– Postaw! – warknęła na niego Miriam, i postawił.

Consuelo wspięła się na kolana Juana Diego.

– Wszystko będzie dobrze – pocieszyła, szarpiąc warkoczyki, co jeszcze bardziej go roztkliwiło. – Wszystko będzie dobrze, proszę pana – powtarzała.

Miriam posadziła sobie Pedra na kolanach; miał pewne wątpliwości, lecz szybko je rozwiała.

– A ty za czym mógłbyś tęsknić, Pedro? – spytała. – Kiedyś, w przyszłości? Gdybyś to stracił? Za kim byś tęsknił? Kogo kochasz?

Co to za jedna? Skąd się wzięła? Wszyscy dorośli zadawali sobie te pytania – Juan Diego także. Pragnął Miriam, na jej widok oszalał z radości. Ale kim jest i co tutaj robi? I dlaczego wszyscy są nią oczarowani? Nawet dzieci, chociaż je wystraszyła.

– Hm... – Pedro zmarszczył brwi w zamyśleniu. – Tęskniłbym za tatą. Będzie mi go brakowało... kiedyś.

– No widzisz? Właśnie o to mi chodziło – stwierdziła. Chłopczyk wyglądał na głęboko zatroskanego; oparł się o Miriam, ona przytuliła go do piersi. – Zuch – szepnęła.

Z westchnieniem przymknął oczy. Wyglądało to niemal obscenicznie, jakby go uwiodła.

Przy stole – w całej sali – ucichło jak makiem zasiał.

– Przykro mi z powodu pana siostry – odezwała się Consuelo.

– Dam sobie radę – odpowiedział Juan Diego. Zmęczenie nie pozwoliło mu mówić dalej – ani cokolwiek zmienić.

Młody szofer, niepewny kelner, powiedział coś w tagalog do doktor Quintany.

– Tak, naturalnie. Podaj główne danie. Co się pytasz, podawaj! – ofuknęła chłopaka. (Nikt nie włożył odświętnej czapki. Jeszcze nie nadszedł czas na zabawę).

– Patrzcie na Pedra! – zawołała ze śmiechem Consuelo. – Zasnął.

– Ach, czy to nie urocze? – Miriam uśmiechnęła się do Juana Diego. Chłopczyk spał jak suseł, z głową przytuloną do jej piersi. Niesamowite, że tak po prostu zasnął na kolanach obcej osoby – a do tego tak strasznej!

Co to za jedna, pomyślał Juan Diego raz jeszcze, ale musiał odwzajemnić uśmiech. Niewykluczone, że wszyscy zadawali sobie to pytanie, lecz nikt nie zrobił ani nie powiedział nic, żeby jej przeszkodzić.

18

W OBLICZU ŻĄDZY

Po wyjeździe z Oaxaca Juan Diego latami utrzymywał kontakt z bratem Pepe. Wszystko, co wiedział o tym mieście od początku lat siedemdziesiątych, zawdzięczał ich stałej korespondencji.

Problem polegał na tym, że nie zawsze pamiętał, kiedy brat Pepe przekazał mu tę lub tamtą ważną informację: dla Pepe każda nowość była „ważna" – każda rzecz miała znaczenie, podobnie jak to, co się nie zmieniało (i nigdy nie zmieni).

Było to w czasie epidemii AIDS, kiedy brat Pepe napisał do Juana Diego o gejowskim barze na Bustamante, ale czy miało to miejsce pod koniec lat osiemdziesiątych, czy na początku dziewięćdziesiątych – cóż, takie szczegóły Juanowi Diego umykały. „Tak, bar wciąż istnieje – i wciąż jest gejowski", napisał brat Pepe; Juan Diego musiał go o to zapytać w liście. „Ale już nie nazywa się La China, tylko Chinampa".

Z grubsza w tym samym czasie brat Pepe napisał też, że doktor Vargas czuje „bezsilność środowiska medycznego". AIDS nasunęło mu przeświadczenie, że bycie ortopedą jest „nieważne". „Nie uczą lekarzy, żeby patrzyli, jak ludzie umierają; naszą rolą nie jest ich trzymać za rączkę", powiedział bratu Pepe, a przecież nawet nie miał do czynienia z chorobą zakaźną.

Było to podobne do Vargasa – wciąż czuł się wykluczony, bo nie zdążył na rodzinną katastrofę lotniczą.

List na temat La Cornity przyszedł w latach dziewięćdziesiątych, jeśli Juan Diego dobrze pamiętał. Imprezownia dla transwestytów zamknęła podwoje; umarł właściciel, który był gejem. Kiedy ponownie otwarto Małą Koronę, została rozbudowana; powiększono ją o dodatkowe piętro i stała się bazą dla prostytutek transwestytów oraz ich klientów. Nikt nie czekał, aż wejdzie, transwestyci przychodzili już przebrani. Kiedy przychodzili, byli kobietami, tak twierdził brat Pepe.

W latach dziewięćdziesiątych pracował w hospicjum; w przeciwieństwie do Vargasa nadawał się do trzymania za rączkę, a sierociniec już nie istniał.

Hogar de la Niña, „Dom Dziewczynki", otwarto w tysiąc dziewięćset siedemdziesiątym dziewiątym roku. Była to żeńska odpowiedź na Miasto Dzieci – zwane przez Lupe „Miastem Chłopców". Pepe pracował tam w latach osiemdziesiątych i na początku dziewięćdziesiątych.

Nigdy nie krytykował sierocińców. Hogar de la Niña mieścił się niedaleko Viguery, gdzie nadal działał jego chłopięcy odpowiednik, Ciudad de los Niños. Dom Dziewczynki znajdował się w dzielnicy Cuauhtémoc.

Zdaniem Pepe dziewczęta były niesforne; skarżył się Juanowi Diego, że są agresywne, nawet okrutne wobec siebie nawzajem. Nie podobała mu się też ich fascynacja *Małą syrenką*, disnejowską animacją z tysiąc dziewięćset osiemdziesiątego dziewiątego roku. W sypialni miały na ścianach jej wizerunki naturalnej wielkości – „większe niż portrety Naszej Pani z Guadalupe", narzekał. (Juan Diego przypuszczał, że Lupe podzielałaby jego zdanie).

Pepe przysłał mu zdjęcie grupki dziewcząt w staroświeckich, znoszonych sukienkach – zapinanych z tyłu na guziki. Juan Diego nie mógł widzieć, że nosiły je rozpięte, ale brat Pepe na to również narzekał; ponoć i to dowodziło ich arogancji.

Brat Pepe (pomijając drobne przejawy niezadowolenia) trwał na posterunku „żołnierza Chrystusowego", jak señor

Eduardo nazywał niegdyś siebie i swoich jezuickich współbraci. Ale brat Pepe w istocie był sługą dzieci i na tym polegało jego powołanie.

W mieście założono kolejne sierocińce; pojawiły się w miejsce Zagubionych Dzieci – może nie kładły nacisku na wykształcenie, jak za czasów ojca Alfonso i ojca Octavio, ale były sierocińcami. Któregoś dnia będzie ich kilka w Oaxaca.

Pod koniec lat dziewięćdziesiątych brat Pepe podjął pracę w Albergue Joséfino w Santa Lucía del Camino. Sierociniec założono w tysiąc dziewięćset dziewięćdziesiątym trzecim roku i dziećmi opiekowały się zakonnice, ale chłopcy mogli zostać tylko do dwunastego roku życia. Juan Diego nie rozumiał, o jakie zakonnice chodziło, brat Pepe zaś nie wdawał się w szczegóły. Madres de los Desamparados – „Matki Opuszczonych", tłumaczył Juan Diego. (Uważał, że „opuszczony" brzmi lepiej niż „porzucony"). Lecz Pepe nazywał zakonnice „matkami tych bez swojego miejsca na ziemi". Ze wszystkich sierocińców Albergue Joséfino był zdaniem Pepe najmilszy. „Dzieci trzymają nas za ręce", pisał Juanowi Diego.

W kaplicy była jedna Guadalupe, a druga w klasie; mieli nawet z nią zegar, donosił Pepe. Dziewczęta mogły zostać, dopóki nie zapragnęły odejść; kilka wyprowadziło się dopiero po dwudziestce. Lecz nie sprawdziłoby się to w przypadku Juana Diego i Lupe, bo chłopiec był za duży.

„Nie umieraj", napisał do brata Pepe z Iowa City. Chciał przez to powiedzieć, że to on by umarł, gdyby stracił Pepe.

Ilu lekarzy nocowało w Encantadorze w tamtego sylwestra? Dziesięciu czy dwunastu? Może więcej. W filipińskiej rodzinie Clarka Frencha było ich pełno. Ani jeden z tych lekarzy – a już na pewno nie doktor Josefa Quintana – nie zachęciłby Juana Diego do pominięcia kolejnej dawki beta-blokerów.

Niewykluczone, że lekarze mężczyźni – ci, którzy widzieli Miriam, zwłaszcza jej błyskawiczny atak na gekona – poparliby zażycie stu miligramów viagry.

Lecz co do przeplatania podwójnej dawki z żadną (lub połową) lopressora – skądże znowu! Nawet faceci wśród lekarzy świętujących w Encantadorze nadejście Nowego Roku zgłosiliby sprzeciw.

Kiedy Miriam, wprawdzie przelotnie, ale poruszyła temat Lupe, Juan Diego pomyślał o siostrze – o tym, jak zrugała beznosą figurę w kościele.

„Pokaż mi prawdziwy cud", podjudzała olbrzymkę. „Zrób coś, żebym w ciebie uwierzyła, bo myślę, że jesteś tylko wielką despotką!".

Czy właśnie to utwierdziło go w przekonaniu o zaskakującym podobieństwie między wielką Zawsze Dziewicą w Templo de la Compañía de Jesús i Miriam?

W owej chwili rozterki Miriam dotknęła go pod stołem i wyczuła coś w prawej kieszeni spodni?

– Co tam chowasz? – szepnęła. Szybko pokazał jej historyczny kafel do madżonga i już miał podjąć sążnistą opowieść, kiedy Miriam mu przerwała. – Och, nie mówiłam o tym... wiem o twojej pamiątce. Miałam na myśli to drugie.

Przeczytała o kaflu w jakimś wywiadzie? Czyżby Juan Diego rzucił bezcenne memento na żer nienasyconym mediom? A do tego jakby wiedziała o viagrze. Może Dorothy o niej wspomniała. Bo na pewno nie mówił o tym w żadnym wywiadzie – przynajmniej tak mu się zdawało.

Niepewność, co Miriam wie (a czego nie) o viagrze, przypomniała mu dialog po przyjeździe do cyrku – gdy Edward Bonshaw, świadomy, że Flor jest prostytutką, dowiedział się, że jest ona transwestytą.

Stało się to przez przypadek – przez uchyloną płachtę namiotu zobaczyli Paco, karła transwestytę, i Flor powiedziała do Amerykanina: „Po prostu jestem bardziej wiarygodna niż Paco, skarbie".

„Czy papuga rozumie, że Flor ma fiutka?", spytała Lupe (czego nie przetłumaczono). Stało się jasne, że *el hombre papagayo* myśli o penisie Flor, która wiedząc, co mu chodzi po głowie, zaczęła z nim śmielej flirtować.

Opatrzność jest panią sytuacji, stwierdził Juan Diego – pomyślał o dziewczynce z warkoczykami, Consuelo, i o tym, jak zawołała „Proszę pana". Ależ przypominała mu siostrę!

„Wszystko będzie dobrze", powiedziała do Hombre.

„Słyszałam, że lubisz baty", rzuciła cicho Flor do misjonarza, który miał stopy oblepione słoniowym łajnem.

„Królem świń", odezwała się nagle Lupe na widok Ignacia, tresera lwów, usłyszawszy, że ten jest królem zwierząt.

Zastanawiał się, czemu zawdzięcza te wspomnienia, bo przecież nie „Proszę pana" dziewczynki z warkoczykami, Consuelo. Jak to ona nazwała Miriam? „Pani, która się pojawia".

„Nie płakalibyście, gdybyście wciąż pamiętali, że waszą siostrę zabił lew?", zwróciła się Miriam do dzieci. A potem Pedro zasnął z głową na jej piersi. Jakby go zaczarowała.

Juan Diego opuścił wzrok na dłoń Miriam, która przyciskała tabletkę do jego prawego uda – lecz gdy podniósł głowę i popatrzył na stół (wszystkie stoły), zorientował się, że przegapił chwilę, kiedy goście włożyli czapki balowe. Nawet Miriam miała taką na głowie, w kształcie królewskiej korony – tylko że różową. Wszystkie czapki były pastelowe. Juan Diego podniósł rękę i wymacał czapkę na głowie: też była to korona.

– Moja jest... – zaczął.

– Błękitna – podpowiedziała Miriam, a gdy poklepał się po prawej kieszeni spodni, wyczuł kafelek do madżonga, ale nie viagrę. Poczuł dłoń Miriam na swojej.

– Już wziąłeś – szepnęła.

– Tak?

Naczynia uprzątnięto, chociaż nie przypominał sobie, żeby jadł – nawet sałatkę.

– Wyglądasz na zmęczonego – usłyszał głos Miriam.

Gdyby miał więcej doświadczenia z kobietami, czy nie uderzyłaby go jej inność? Jego wiedza o płci pięknej pochodziła głównie z książek, z czytania i pisania powieści. Kobiety w literaturze często były tajemnicze i pociągające; w powieściach Juana Diego bywały też przerażające. I czy to nie oczywiste

– a przynajmniej normalne – że bohaterki literackie są trochę niebezpieczne?

Jeśli zaś kobiety na jawie Juana Diego odstawały nieco od tych, które napotykał tylko w wyobraźni – cóż, tłumaczyłoby to, dlaczego osoby pokroju Miriam i Dorothy, skrajnie różne od jego doświadczeń z prawdziwymi kobietami, wydały mu się tak atrakcyjne i znajome. (Być może często spotykał je w wyobraźni. I może właśnie tam już je poznał).

Jeżeli czapki nagle zmaterializowały się na głowach sylwestrowych gości w Encantadorze, tak samo zaskakujące było przybycie zespołu, który zaanonsowało trzech wymoczków o szczątkowym zaroście i oznakach zagłodzenia. Główny gitarzysta miał na szyi tatuaż przypominający bliznę po oparzeniu. Harmonijkarz i perkusista preferowali podkoszulki odsłaniające wytatuowane ramiona: drugi miał na swoich owady, a pierwszy gady, i pełzały po nim pokryte łuską kręgowce, węże oraz jaszczurki.

Miriam nie miała dla nich litości. „Kupa testosteronu, ale marne widoki", skwitowała. Juan Diego widział, że Clark French dosłyszał jej słowa, lecz siedział odwrócony do zespołu, a z jego lekko zmartwiałej miny wynikało, że wziął je do siebie.

– Ci chłopcy za tobą. Zespół, Clark – oświeciła go żona.

Zespół nosił nazwę (o czym wszyscy wiedzieli) Nocne Małpy. Chudym trzonem formacji była wokalistka, szkielet w sukni bez ramiączek. Jej szczątkowy biust ledwo utrzymywał suknię na miejscu, a czarne, przylizane włosy, ciachnięte na wysokości uszu, stanowiły rażący kontrast z trupią bladością. Skórę miała nienaturalnie białą – to z pewnością nie Filipinka, stwierdził Juan Diego. Wyglądała jak świeżo wykopane zwłoki, co nasunęło mu myśl, iż może przydałby się tatuaż – choćby owad lub gad, by nie wspomnieć o bohomazie chłopaka z gitarą.

Jeśli chodzi o nazwę zespołu, rzecz jasna Clark miał gotowe wytłumaczenie. Otóż wizytówką okolicy były pobliskie Wzgórza Czekoladowe, zamieszkane przez małpy.

– Na pewno nocne – stwierdziła Miriam.

– No właśnie – potwierdził Clark niepewnym tonem. – Jeśli was to ciekawi i nie będzie padało, możemy się wybrać na Wzgórza Czekoladowe. Co roku tam jeździmy – dodał.

– Ale nie zobaczymy małp za dnia... jeśli są nocne – zauważyła Miriam.

– Fakt, nie zobaczymy małp – wyjąkał Clark. Unikał jej wzroku.

– A więc to jedyne małpy, którymi musimy się zadowolić – skwitowała, wskazując od niechcenia na nieszczęsnych muzyków. Do złudzenia przypominali tytułowe zwierzęta.

– Co roku wypływamy na wieczorny rejs – podjął Clark z większą rozwagą. Miriam wzbudzała jego zdenerwowanie; teraz utkwiła w nim wzrok i czekała na ciąg dalszy. – Jedziemy autobusem nad rzekę. Nad rzeką jest port, można coś zjeść – brnął. – A po kolacji płyniemy na wycieczkę.

– Po ciemku – oznajmiła Miriam beznamiętnie. – Co można oglądać po ciemku?

– Świetliki. Są ich tysiące. Świetliki są oszałamiające – zachwalał Clark żarliwie.

– A co robią świetliki, oprócz mrugania? – zapytała.

– Oszałamiająco mrugają – upierał się Clark.

Miriam wzruszyła ramionami.

– Mruganie to ich zew godowy. Wyobraźcie sobie, gdybyśmy mieli robić to samo! – I Miriam zamrugała do Juana Diego, który odpowiedział jej tym samym; oboje się roześmiali. Doktor Josefa Quintana też się roześmiała i zamrugała przez stół do męża, ale Clark French nie był w nastroju do mrugania.

– Świetliki są oszałamiające – powtórzył tonem nauczyciela, który usiłuje zachować twarz.

Miriam tak mrugała, że Juanowi Diego stanął. Pamiętał (dzięki temu, że mu o tym wspomniała), że wziął viagrę, a jej dłoń na jego udzie pod stołem zapewne też nie była bez znaczenia. Nie dawało mu spokoju, że czuje czyjś oddech na kolanie – tuż obok ręki Miriam – a kiedy zajrzał pod stół, zobaczył Consuelo z warkoczykami.

– Dobranoc panu. Idę spać – powiedziała.
– Dobranoc, Consuelo – odpowiedział Juan Diego. Josefa i Miriam też zerknęły pod stół.
– Mama zawsze rozplata mi warkocze, zanim się położę – wyjaśniła dziewczynka. – Ale dzisiaj kładzie mnie młodzież... i muszę spać w warkoczach.
– Przez jedną noc nic ci się nie stanie, Consuelo – stwierdziła Josefa. – Warkocze dadzą radę.
– Włosy mi się poplączą – zaoponowało dziecko.
– Chodź tu do mnie – poleciła Miriam. – Umiem rozplatać warkocze.

Consuelo spojrzała na nią z powątpiewaniem, ale Miriam z uśmiechem wyciągnęła ręce i dziewczynka usiadła jej na kolanach, wyprostowana jak struna, ze splecionymi rączkami.
– Trzeba je też rozczesać, ale pani nie ma szczotki – rzuciła nerwowo.
– Umiem rozplatać i rozczesywać palcami – zapewniła Miriam.
– Tylko proszę mnie nie uśpić, tak jak Pedra – poprosiła Consuelo.
– Postaram się – przyrzekła Miriam z kamienną twarzą.

Kiedy rozplatała warkocze Consuelo, Juan Diego rozejrzał się pod stołem za Pedrem, ale chłopiec usiadł niepostrzeżenie na krześle doktor Quintany. (Juan Diego nie zauważył też, kiedy odeszła, ale przysiadła teraz obok Clarka, po drugiej stronie stołu). Wielu dorosłych, którzy siedzieli przy stołach pośrodku, wstało, bo wynoszono meble, żeby zrobić miejsce do tańca. Juan Diego nie lubił obserwować tańczących; taniec to nie zajęcie dla kaleki, nawet z daleka. Część osób usadowiła się naokoło sali. Juan Diego pomyślał, że muzyka pewnie zwabi nastolatków, ale ci się gdzieś ulotnili, pochłonięci własnymi sprawami.
– Jak pan myśli, co się stało z dużym gekonem za obrazem? – zapytał cicho Pedro.
– Hm... – zaczął Juan Diego.
– Nie ma go. Sprawdzałem. Zniknął – wyszeptał Pedro.

– Pewnie wyruszył na polowanie – podsunął Juan Diego.
– Zniknął – powtórzył Pedro. – Może ta pani go zadźgała – dorzucił ściszonym tonem.
– Nie, nie sądzę, Pedro – odpowiedział Juan Diego, ale chłopiec był chyba przekonany, że duży gekon przepadł na dobre.

Miriam rozplotła warkocze Consuelo i z wprawą rozczesywała palcami gęste, czarne włosy.

– Masz piękne włosy, Consuelo – powiedziała do dziewczynki, która nieco się rozluźniła na jej kolanach. Stłumiła ziewnięcie; morzyła ją senność.

– Owszem, są ładne – przyznała. – Jeżeli kiedyś zostanę porwana, porywacze obetną mi włosy i je sprzedadzą.

– Nie myśl o tym. Nic takiego się nie stanie – zapewniła Miriam.

– Czy pani zna przyszłość? – spytała Consuelo.

Nie wiedzieć czemu Juan Diego wstrzymał oddech w oczekiwaniu na odpowiedź – nie chciał uronić ani słowa.

– Mnie się zdaje, że ta pani wie wszystko – szepnął chłopiec do Juana Diego, który podzielał jego przypuszczenia. Pisarz wstrzymał oddech, uważał bowiem, że Miriam zna przyszłość, choć powątpiewał, jakoby to ona załatwiła gekona. (Potrzebowałaby do tego większego narzędzia zbrodni).

I przez cały ten czas, kiedy Juan Diego nie oddychał, patrzyli z Pedro, jak Miriam masuje dziewczynce skórę głowy. Nie ostał się żaden kołtun i dziewczynka oparła się o Miriam jak w letargu, z na wpół przymkniętymi oczyma, jakby zapomniała o swoim pytaniu.

Pedro nie zapomniał, co chciała wiedzieć.

– Niech pan ją zapyta – szepnął. – Zaraz uśpi Consuelo... może gekona też uśpiła.

– Czy ty... – zagaił Juan Diego, ale język stanął mu kołkiem i słowa zabrzmiały niewyraźnie. „Czy ty wiesz, co się wydarzy?", miał na końcu języka, lecz Miriam podniosła palec do ust i go uciszyła.

– Ciii... dziewczynka powinna już spać – wyszeptała.

– Ale pani... – zaczął Pedro. I na tym poprzestał.

Z sufitu spadł lub odpadł drugi gekon, też mały. Wylądował na głowie Pedra, we włosach, centralnie na czubku głowy, wewnątrz papierowej korony w odcieniu morskiej zieleni – podobnym zresztą do koloru gekona. Czując jaszczurkę we włosach, Pedro zaczął krzyczeć, co wyrwało dziewczynkę z transu i też podniosła wrzask.

Juan Diego dopiero później zrozumiał, dlaczego dwoje małych Filipińczyków dostało histerii. Nie darli się z powodu gekona, ale w przekonaniu, że Miriam go dźgnie – przybijając jaszczurkę do czubka chłopięcej głowy.

Juan Diego chciał zdjąć gekona, ale spanikowany chłopiec strzepnął go na parkiet wraz z koroną. Perkusista (chłopak z owadami na obnażonych ramionach) zdeptał jaszczurkę; wnętrzności prysnęły mu na obcisłe spodnie.

– O rany... ja cię nie mogę – stęknął harmonijkarz, też w podkoszulku, z wężami i jaszczurkami na ramionach.

Gitarzysta z wytatuowanym oparzeniem na szyi nie zauważył rozkwaszonego gekona; majstrował przy wzmacniaczu i głośnikach, przetwarzając dźwięk.

Ale Consuelo i Pedro widzieli wszystko; ich wrzaski ustąpiły miejsca zawodzeniu, którego nie uciszyła nawet interwencja nastolatków. (Wrzaski i zawodzenie zwabiły ich do sali, pewnie pomylili je z pierwszym numerem).

Trupio blada wokalistka wykazała większy stoicyzm niż koledzy i postawiła oczy w słup – jakby w oczekiwaniu kolejnych spadających gekonów.

– Nienawidzę tego kurewstwa – oznajmiła nie wiadomo komu. Zobaczyła, że perkusista usiłuje zetrzeć ze spodni wnętrzności. – Ohyda – stwierdziła rzeczowo, jakby zapowiadała tytuł piosenki.

– Stawiam, że mój pokój jest bliżej dansingu niż twój – powiedziała Miriam do Juana Diego, kiedy wynoszono rozhisteryzowane dzieci. – Zatem to, gdzie będziemy dzisiaj spać, kochanie, zależy od tego, czy chcemy słuchać Nocnych Małp.

– Tak – wydusił Juan Diego. Zobaczył, że nie ma cioci Carmen: albo została wyniesiona ze stołami, albo wymknęła

się do łóżka przed dziećmi. Nocne Małpy chyba nie podbiły jej serca. Co do prawdziwych nocnych małp z Czekoladowych Wzgórz, zapewne byłaby dla nich bardziej łaskawa – mogłaby nimi nakarmić murenę.
– Tak – powtórzył. Najwyższa pora się ulotnić. Wstał, jakby nie kulał – nigdy nie kulał – a ponieważ Miriam natychmiast ujęła go pod ramię, ruszył przed siebie niemal równym krokiem.
– Nie zostaniesz, żeby przywitać Nowy Rok? – zawołał do dawnego nauczyciela Clark French.
– Ależ bez obaw, przywitamy – odkrzyknęła Miriam, raz jeszcze machając od niechcenia gołym ramieniem.
– Zostaw ich, Clark... niech idą – powiedziała Josefa.

Juan Diego musiał wyglądać głupkowato, gdy (nieco) kuśtykając, dotykał czubka swojej głowy; nie wiedział, co się stało z koroną i czy Miriam zdjęła mu ją równie mimochodem jak swoją.

Karaoke z baru na plaży docierało na drugie piętro; echa muzyki snuły się po tarasie, ale wkrótce zagłuszył je zgiełk Nocnych Małp – łoskot perkusji, wściekłe wycie gitary i koci wrzask harmonijki.

Juan Diego i Miriam wciąż stali na zewnątrz – on otwierał drzwi do pokoju – kiedy wokalistka z grobu podniosła lament. Gdy weszli do pokoju i zamknęli za sobą drzwi, cichy szum wiatraka u sufitu stłumił nieco jej wrzaski, poza tym przez otwarte okno – wiał wiatr od lądu – płynęły (litościwie) tylko dźwięki muzyki z plaży.

– Biedaczka – powiedziała Miriam; miała na myśli wokalistkę Nocnych Małp. – Ktoś powinien wezwać karetkę: albo rodzi, albo ją patroszą.

Chciał dokładnie to samo powiedzieć. Jak to możliwe? Czy ona też była pisarką? (Jeśli tak, na pewno nie tą samą). Jakkolwiek było, pytania zeszły na dalszy plan. W obliczu żądzy zagadki nie mają szans.

Miriam wsunęła mu rękę do prawej kieszeni spodni. Wiedziała, że zażył viagrę, i nie interesował jej kafel do madżonga; nie był jej talizmanem.

– Kochanie – zaczęła, jak gdyby nikt przed nią nie użył tego pieszczotliwego określenia – i nikt nikomu nie dotknął przez spodnie krocza.

Tak właśnie było w przypadku Juana Diego, chociaż zamieścił taką scenę w powieści; trochę zbiło go z tropu, że wyobraził ją sobie właśnie w ten sposób.

Również zbiło go z tropu, że zapomniał kontekst rozmowy z Clarkiem. Nie pamiętał, czy było to po, czy może przed powitalnym zabiciem gekona na stole. Clark opowiadał mu o studentce – przyszłej protegowanej zapewne, choć widział, że Josefa ma co do tego wątpliwości. Była to „biedna Leslie" – młoda kobieta, która podobno przeszła drogę przez mękę, a wszystko miało katolicki podtekst, naturalnie. Ale w obliczu żądzy człowiek traci wątek i nagle Juan Diego i Miriam zostali tylko we dwoje.

19

CUDOWNY CHŁOPIEC

Pod kopułą namiotu dla młodych akrobatek umieszczono drabinę, przybitą poziomo do dwóch równoległych desek. Funkcję szczebli pełniły pętle ze sznura; na całej długości było ich osiemnaście. Tam ćwiczyły akrobatki, gdyż namiot miał wysokość zaledwie trzech i pół metra. Upadek nie groził śmiercią, nawet gdy wisiało się głową w dół, mając stopy zahaczone o sznurki.

W głównym namiocie, gdzie odbywały się przedstawienia, to co innego. U sufitu wisiała identyczna drabina o osiemnastu pętlach, przytwierdzona do desek, ale tam poleciałoby się dwadzieścia pięć metrów w dół – bez siatki finał nietrudny do przewidzenia. Podniebne wędrowniczki w Circo de La Maravilla igrały z życiem, nie mając asekuracji.

Bez względu na nazwę cyrku lub jej skrót, istotnym aspektem „cudu" był właśnie brak siatki, a niezwykłość La Maravilli (cyrku oraz artystki) polegała na skali podejmowanego ryzyka.

Było to celowe działanie i robota Ignacia, od początku do końca. Treser lwów pojechał w młodości do Indii, gdzie po raz pierwszy ujrzał podniebnych wędrowników w cyrku, i pomyślał, że można by zatrudniać dzieci jako akrobatów. Pomysł z brakiem siatki wziął się z cyrku w Junagadh i w Rajkot. Brak siatki, młodzi artyści, duże ryzyko – chodzenie po linie do góry nogami zrobiło furorę również w Meksyku. A ponieważ Juan Diego nienawidził Ignacia, później też pojechał do Indii – chciał zobaczyć to, co tamten, dowiedzieć się, skąd Ignacio czerpał „inspiracje".

W ogóle aspekt inspiracji stał się głównym motywem twórczości Juana Diego. *Historia zapoczątkowana przez Matkę Boską*, jego „indyjska" powieść, opowiadała o tym, skąd „bierze się" wszystko – w tej książce, podobnie jak w dzieciństwie i wieku dorastania Juana Diego, wiele „wzięło się" z jezuitów lub cyrku. Lecz żadna z powieści Juana Diego Guerrero nie działa się w Meksyku i nie występowali w nich Meksykanie (ani Meksykanie amerykańskiego pochodzenia). „Kawał solidnej prozy nie może opierać się na prawdziwym życiu", powiedział kiedyś. „Dobre postaci w książkach są o wiele ciekawsze niż znane nam osoby", dodał. „Łatwiej zrozumieć ich pobudki, są bardziej stałe i przewidywalne. Żadna dobra powieść nie jest bałaganem, w przeciwieństwie do tak zwanej codzienności. W dobrej powieści wszystko, co istotne dla fabuły, ma gdzieś lub w czymś swój początek".

Tak, powieści Juana Diego „brały się" z jego dzieciństwa i dorastania – stamtąd pochodziły lęki, one zaś tkwiły u źródła jego fantazji. To wcale nie znaczy, że pisał o sobie lub tym, co go spotkało w dzieciństwie i okresie dojrzewania – bynajmniej. Jako pisarz Juan Diego Guerrero wyobrażał sobie to, czego się obawiał. Nigdy nie wiadomo do końca, skąd „bierze się" prawdziwy człowiek.

Weźmy na przykład tresera Ignacia, a konkretnie jego zboczenie – nie wzięło się z Indii. Bez wątpienia nauczył się fachu w indyjskich cyrkach, lecz tresowanie lwów nie było dyscypliną sportową, a już na pewno nie miało nic wspólnego z akrobacją. (Tresowanie lwów to kwestia dominacji, co dotyczy treserów obojga płci). Ignacio nauczył się zastraszać samym wyglądem lub posiadał tę cechę jeszcze przed wyjazdem do Indii. Oczywiście z lwami całe to zastraszanie polegało na złudzeniu, a czy dominacja działała, zależało od konkretnego lwa. Albo, jak w przypadku Ignacia, konkretnej lwicy – czyli pierwiastka żeńskiego.

Samo chodzenie po linie do góry nogami było głównie kwestią techniki, wymagało od podniebnych wędrowników opanowania określonego schematu. Istniał na to patent. Ignacio znał go z obserwacji, ale sam nie był akrobatą – od tego miał żonę. Soledad, w przeszłości akrobatka, występ na trapezie; fizycznie była zdolna do wszystkiego.

Ignacio tylko opisał, jak wyglądało chodzenie do góry nogami po linie: szkolenie młodych akrobatek należało do obowiązków jego żony. Soledad nauczyła się tego na drabinie w namiocie mieszkalnym; z chwilą gdy opanowała tę umiejętność perfekcyjnie, wiedziała, iż może zacząć uczyć innych.

W Cyrku Cudu podniebnymi wędrowniczkami były tylko młode kobiety, dziewczęta w pewnym wieku (tytułowe Cuda), również za sprawą Ignacia. Treser lubił młode kobiety, a niedojrzałe płciowo dziewczęta były jego zdaniem najlepsze w tym fachu. Uważał, że publika chce się martwić, czy nie spadną, bez postrzegania ich w kontekście seksualnym; gdy dorastały i zaczynały wzbudzać pożądliwość, ich poczynania nie budziły już strachu – przynajmniej zdaniem Ignacia.

Naturalnie Lupe wiedziała to o nim z chwilą, kiedy go poznała – czytała mu w myślach. Tamto pierwsze spotkanie po przyjeździe dzieci do La Maravilli skłoniło ją do wejrzenia w głąb umysłu tresera. Nigdy nie miała do czynienia z czymś tak potwornym, jak myśli Ignacia.

– To jest Lupe, nasza nowa wróżbitka – przedstawiła ją Soledad młodym kobietom z trupy. Dziewczynka wiedziała, że wkracza na obce terytorium.

– Lupe woli określenie „telepatka": na ogół wie, co ktoś myśli, a niekoniecznie, co się wydarzy – wyjaśnił Juan Diego. Czuł, że stąpa po niepewnym gruncie.

– A to jej brat, Juan Diego. Tylko on ją rozumie – ciągnęła Soledad.

Znalazł się w namiocie pełnym dziewcząt mniej więcej w jego wieku; kilka było rówieśnicami Lupe (lub młodsze), miały więc lat dwanaście lub dziesięć, a do tego dwie piętnasto- lub szesnastolatki, lecz większość młodych akrobatek liczyła sobie lat trzynaście albo czternaście. Juan Diego nigdy w życiu nie czuł się tak skrępowany. Nie przywykł do towarzystwa wysportowanych dzierlatek.

Kolejna wisiała do góry nogami u szczytu namiotu; zdarte na podbiciach bose stopy były zahaczone o pierwsze dwie pętle i zablokowane pod kątem prostym względem obnażonych goleni. Rozkołysana tam i z powrotem, wciąż w tym samym rytmie i nie tracąc go ani na chwilę, przeszła do następnej pętli. Należało zrobić szesnaście kroków, od początku do końca; na wysokości dwudziestu pięciu metrów, bez siatki zabezpieczającej, jeden z tych szesnastu kroków mógł być ostatnim. Lecz podniebna akrobatka w namiocie mieszkalnym wyglądała na obojętną, wręcz biła z niej niefrasobliwość – była rozluźniona jak jej koszulka, którą przyciskała do piersi (krzyżując nadgarstki na małym biuście).

– A to – dodała Soledad, wskazując na wyżej wspomnianą – jest Dolores. – Juan Diego wytrzeszczył oczy na dziewczynę.

Dolores była obecną La Maravillą, Cudem w Cyrku Cudu, a przynajmniej miała tam swoje pięć minut, gdyż niedługo osiągnie dojrzałość płciową. Juan Diego wstrzymał oddech.

Młoda kobieta, której imię znaczyło „ból" i „cierpienie", dalej podążała z głową w dół. Luźne spodenki gimnastyczne odsłaniały jej długie nogi, a goły brzuch zwilgotniał od potu. Juan Diego miał ochotę bić przed nią czołem.

– Dolores ma czternaście lat – oznajmiła Soledad. (Czternaście łamane przez dwadzieścia jeden, jak miała zapaść Juanowi Diego w pamięć). Była piękna, ale znudzona; sprawiała wrażenie obojętnej na podejmowane przez nią lub – co bardziej niebezpieczne – jakiekolwiek ryzyko. Lupe z miejsca poczuła do niej niechęć.

Ale dziewczynka czytała w myślach tresera lwów.

– Świnia uważa, że Dolores powinna się pieprzyć, zamiast chodzić do góry nogami – wybełkotała.

– Kogo miałaby... – zaczął Juan Diego, lecz siostra nie dała wejść sobie w słowo. Utkwiła wzrok w Ignaciu.

– Jego. Świnia chce ją przelecieć, uważa, że ma dosyć podniebnych spacerów. Ale nie ma jej kim zastąpić, na razie – zaznaczyła Lupe. Następnie dodała, że Ignacio jest „rozdarty" tym, że mu przy niej staje: chce Dolores przerżnąć, więc nie może lękać się o jej życie. – Najlepiej, gdy dziewczyna kończy karierę, kiedy dostaje okres – wyjaśniła.

Ignacio wmawiał akrobatkom, że lwy wyczuwają, kiedy dziewczynka zaczyna miesiączkować. (Wierzyły mu na słowo). Wiedział, kiedy dostały okres, bo przy lwach robiły się nerwowe lub w ogóle zaczynały ich unikać.

– Świnia nie może się doczekać, aż ją przeleci... uważa, że jest gotowa – dorzuciła Lupe, wskazując na niewzruszoną Dolores z głową w dół.

– A o czym myśli akrobatka? – zapytał chłopiec szeptem.

– W tej chwili o niczym – burknęła lekceważąco. – Ale ty też chciałbyś się z nią przespać, co? Fuj! – prychnęła, nim zdążył odpowiedzieć.

– A żona tresera? – szepnął.

– Soledad wie, że świnia pieprzy akrobatki, kiedy „dojrzeją". I to ją martwi – uzupełniła.

Dolores pokonała wszystkie pętle, po czym sięgnęła oburącz do drabiny i zwiesiła długie nogi, a gdy jej poranione stopy znalazły się tuż nad ziemią, puściła się i zeskoczyła na klepisko.

– Przypomnij mi – zwróciła się do Soledad – co ma robić ten kuternoga? Zapewne coś bez udziału stóp – rzuciła z wyższością bogini zjadliwości, jak nazwał ją w myślach Juan Diego.

– Mysi cyc, parchata cipa... niech treser zrobi jej bachora! To jej jedyna przyszłość! – wysyczała Lupe. Takie słownictwo było do niej niepodobne, ale czytała w myślach pozostałych akrobatek; Lupe będzie miała niewyparzoną gębę w cyrku. (Juan Diego rzecz jasna nie przetłumaczył tego – był zafascynowany podniebną wędrowniczką).

– Juan Diego jest tłumaczem, tłumaczy słowa siostry – poinformowała Soledad dumną dziewczynę. Dolores wzruszyła ramionami.

– Obyś zdechła w połogu, szczyno! – bluznęła Lupe. (Znowu czytała w myślach: pozostałe dziewczyny nienawidziły Dolores).

– Co powiedziała? – zainteresowała się Dolores.

– Zastanawia się, czy nie boli cię podbicie stóp – odpowiedział z wahaniem Juan Diego. (Otarcia na podbiciach Dolores nie pozostawiały wątpliwości).

– Na początku – zabrzmiała odpowiedź. – Ale można się przyzwyczaić.

– Fajnie, że rozmawiają, nie? – powiedział Edward Bonshaw do Flor. Wszyscy w namiocie unikali Flor. Ignacio stanął jak najdalej od niej – była od niego duża wyższa i szersza w barach.

– No chyba – odpowiedziała Flor misjonarzowi. Wszyscy unikali też señora Eduardo, lecz tylko z powodu słoniowego łajna na sandałach.

Flor spytała o coś tresera lwów i otrzymała zwięzłą odpowiedź; wymiana zdań nastąpiła tak szybko, że Edward Bonshaw nie zrozumiał.

– Co mówiłaś Flor?

– Pytałam, gdzie znajdziemy gumowy wąż – odrzekła.

– Señor Eduardo nadal myśli o wacku Flor – powiedziała Lupe bratu. – Nie może się uwolnić od tej wizji.

– Jezu – mruknął Juan Diego. Tyle się wokół niego działo.

– Telepatka mówi o Jezusie? – spytała Dolores.

– Powiedziała, że stąpasz po niebie, jakby Jezus kroczył po wodzie – zełgał chłopiec.

– Kłamczuch! – parsknęła Lupe z niesmakiem.

– Zastanawia się, jak utrzymujesz ciężar ciała do góry nogami, za pomocą samych stóp. Pewnie trzeba wyćwiczyć mięśnie, które utrzymują stopy pod kątem prostym, żeby się nie wyślizgnęły z pętli. Opowiedz mi o tym – poprosił śliczną akrobatkę. Wreszcie zapanował nad oddechem.

– Masz bardzo spostrzegawczą siostrę – pochwaliła Dolores. – To rzeczywiście najtrudniejsze.

– Byłoby mi o połowę łatwiej – oznajmił. Zrzucił specjalny but i pokazał jej wykręconą stopę, nieco wykrzywioną względem golenia, lecz trwale zastygłą pod kątem prostym. Nie musiałby w niej ćwiczyć żadnych mięśni, bo nie mogła się zginać, co czyniło ją wymarzonym rekwizytem dla podniebnych akrobacji. – Widzi pani? Musiałbym wyćwiczyć tylko jedną stopę, lewą. Czy nie byłoby mi dzięki temu łatwiej?

Soledad, która uczyła akrobatki, uklękła na klepisku i pomacała stopę Juana Diego. Chłopiec na zawsze zapamięta tę chwilę: po raz pierwszy ktoś dotknął jego stopy, odkąd się na swój sposób zagoiła – nie mówiąc o tym, że po raz pierwszy dał przy tym wyraz uznaniu.

– Chłopiec ma rację, Ignacio – powiedziała Soledad do męża. – Miałby trochę łatwiej. Ta stopa jest jak hak: umie chodzić po linie do góry nogami.

– Tylko dziewczęta są podniebnymi akrobatkami – oświadczył treser. – La Maravilla jest zawsze dziewczynką. (Ten człowiek był istnym kogutem, maszynką do kopulacji).

– Świnia nie jest zainteresowany twoim dojrzewaniem – wyjaśniła Lupe bratu, ale złość na Juana Diego wzięła górę nad niesmakiem do Ignacia. – Nie możesz być Cudem: zginiesz, łażąc głową w dół! Masz wyjechać z Meksyku z señorem Eduardo – zakomunikowała. – La Maravilla to dla ciebie tymczasowa przystań – dodała. – Nie jesteś atletą ani akrobatą: ty nie możesz nawet normalnie chodzić! – krzyknęła.

– Tam na górze bym chodził – odparł Juan Diego, wskazując drabinę zawieszoną pod kopułą namiotu.

– Może niech kuternoga zobaczy drabinę w wielkim namiocie – rzuciła w przestrzeń Dolores. – Bycie Cudem na tamtej drabinie wymaga jaj – oświadczyła. – Tutaj każdy może być podniebnym akrobatą.

– Mam jaja – odezwał się Juan Diego. Dziewczęta zachichotały, Dolores nie była w tym odosobniona. Ignacio też się roześmiał, ale nie jego żona.

Soledad nadal trzymała rękę na wykrzywionej stopie.

– Sprawdzimy, czy ma jaja – rzekła. – Ta stopa daje mu przewagę, tylko o tym oboje mówimy.

– Żaden chłopak nie może być La Maravillą – oświadczył Ignacio twardo. Nerwowo zwijał i rozwijał bat.

– Dlaczego? – spytała Soledad. – Ja uczę akrobatów, prawda? (Jak się okazuje, nie wszystkie lwice mu ulegały).

– Nie podoba mi się to wszystko – mruknął Edward Bonshaw do Flor. – Chyba nie myślą poważnie o tej drabinie, co? Chłopakowi chyba na mózg padło – dorzucił.

– Ma jaja, nie? – powiedziała Flor.

– Nie, nie, żadnego chodzenia z głową w dół! – krzyknęła Lupe. – Ciebie czeka inna przyszłość! Powinniśmy wrócić do Zagubionych Dzieci. Dosyć tego cyrku! Za dużo czytania w myślach – dodała mimochodem. Nagle podchwyciła wzrok tresera lwów, który się w nią wpatrywał; Juan Diego też to zauważył.

– Co? O czym świnia teraz myśli? – szepnął.

Lupe nie mogła patrzeć na Ignacia.

– Że chciałby przelecieć i mnie, kiedy będę gotowa – odpowiedziała. – Zastanawia się, jak to jest bzyknąć pomyloną, którą rozumie tylko brat.

– Wie, o czym myślę? – odezwał się nagle Ignacio. Wpatrywał się w nieokreślony punkt, dokładnie pomiędzy dziećmi; Juan Diego był ciekaw, czy tę samą taktykę stosuje z lwami – chodziło o to, aby nie nawiązać kontaktu wzrokowego z żadnym, niech myślą, że patrzy na wszystkie naraz. Rozwój wypadków był wariacki.

– Wie – odpowiedział chłopiec. – I nie jest pomylona.

– Chciałem tylko powiedzieć – rzekł Ignacio, wciąż nie spoglądając na żadne z nich, tylko pomiędzy – że większość telepatów czy wróżbitów, jak zwał, tak zwał, to zwykli oszuści. A już na pewno ci, którzy robią to na zawołanie. Prawdziwi czytają w myślach, ale nie wszystkim. Dla prawdziwych rozmyślania większości ludzi są nudne. Prawdziwi odsiewają z myśli tylko te, które odstają na tle pozostałych.

– Najstraszniejsze – powiedziała Lupe.

– Mówi, że odsiewają tylko najstraszniejsze myśli – przetłumaczył Juan Diego. Sprawy toczyły się lawinowo.

– Musi być jedną z prawdziwych – zawyrokował Ignacio i wreszcie spojrzał na Lupe, tylko na nią. – A czytałaś kiedyś w myślach zwierzęcia? Zastanawiam się, czy umiałabyś powiedzieć, o czym myśli lew.

– To zależy od konkretnego lwa albo lwicy – odpowiedziała Lupe. Juan Diego dokładnie przełożył jej słowa. Akrobatki odsunęły się od Ignacia na dźwięk ostatniego słowa, co uświadomiło dzieciom, jak bardzo jest przewrażliwiony na punkcie bycia treserem lwic.

– Mogłabyś wychwycić myśli konkretnego lwa lub lwicy? – drążył; znowu błądził wzrokiem między telepatką a jej bratem.

– Najstraszniejsze – powtórzyła, a Juan Diego przełożył.

– Ciekawe – mruknął treser, ale wszyscy w namiocie mieszkalnym widzieli, iż wierzy, że ma do czynienia z prawdziwą telepatką, i że Lupe trafnie odczytała jego myśli. – Kuternoga może spróbować podniebnych spacerów; zobaczymy, czy ma jaja – powiedział na odchodne. Rozwinął bat i powlókł go za sobą jak oswojonego węża, który pełznie za swoim panem. Młode akrobatki gapiły się na Lupe, nawet Dolores.

– Wszystkie chcą wiedzieć, na czym stoją... czy Ignacio uważa je za gotowe – poinformowała Lupe. Żona tresera (i pozostali, łącznie z misjonarzem) usłyszeli imię „Ignacio".

– Co Ignacio? – spytała Soledad, zwracając się od razu do Juana Diego.

– Ignacio myśli o tym, żeby przerżnąć nas wszystkie... chciałby to zrobić z każdą młodą kobietą – oznajmiła Lupe. – Ale ty już to wiesz, nie muszę ci mówić – dodała, patrząc prosto na Soledad. – Wszystkie o tym wiecie. – Potoczyła wzrokiem po młodych akrobatkach i zatrzymała go najdłużej na Dolores.

Nikogo nie zdziwiło tłumaczenie słowo w słowo, z którym pospieszył jej brat. Flor wyglądała na najmniej zdziwioną.

Nie zdziwił się nawet Edward Bonshaw, ale on nie zrozumiał większości rozmowy, łącznie z tłumaczeniem.

– Niedługo wieczorne przedstawienie – powiedziała przybyszom Soledad. – Dziewczęta muszą się przebrać.

Zaprowadziła dzieci do namiotu, w którym miały mieszkać. Zgodnie z obietnicą był to namiot psiej trupy, gdzie wstawiono dwie wywrotne prycze; dzieci dostały też własną szafę i było tam wysokie, stojące lustro.

Miski i posłania dla psów ustawiono w równym porządku, a stojak z ich kostiumami był nieduży i stał z boku. Treserka serdecznie przywitała się z dziećmi: była starą kobietą, która ubierała się tak, jakby czas stanął w miejscu za jej młodości. Akurat przebierała się do wieczornego występu. Miała na imię Estrella, czyli „gwiazda". Powiedziała *niños*, że chce odpocząć od spania z psami, choć kiedy je ubierała, dzieci nie miały wątpliwości, że za nimi przepada i bardzo o nie dba.

Upór, z jakim obstawała przy młodzieńczych łaszkach, sprawiał, że wydawała się bardziej dziecinna niż nowi lokatorzy, którzy lubili ją ogromnie, podobnie jak psy. Lupe zawsze krytykowała wyzywające ubiory matki, ale wycięte bluzki Estrelli dawały efekt bardziej komiczny niż wyuzdany; często epatowała zwiędłymi piersiami, były jednak tak małe i pomarszczone, że nikogo nimi nie prowokowała. Obcisłe niegdyś spódnice obecnie na niej wisiały; Estrella nie różniła się od stracha na wróble, odzież nie leżała na niej tak jak dawniej (bądź jak Estrelli się zdawało, że leży).

Była całkiem łysa: włosy przerzedziły się z wiekiem i straciły kruczoczarny blask, co nie przypadło jej do gustu. Goliła więc głowę, lub ktoś robił to za nią, bo często się zacinała, i nosiła peruki (miała więcej peruk niż psów). Peruki były zbyt młodzieńcze, wyglądała w nich śmiesznie.

Nocą spała w czapce baseballowej; narzekała, że przez daszek musi leżeć na plecach. Winę za chrapanie też zwalała na czapkę. Jakby tego było mało, czapka zostawiała na czole trwałe wgłębienie, które Estrella zasłaniała „fryzurą".

Jeśli doskwierało jej zmęczenie, nosiła tylko czapkę zamiast peruki. Gdy cyrk urlopował, wyglądała jak łysa, chuda dziwka w czapce baseballowej.

Była niezwykle hojną osobą, nie trzymała peruk tylko dla siebie. Pozwalała Lupe je przymierzać, obie chętnie wkładały je też psom. Tego dnia Estrella nie miała na głowie czapki, tylko płomiennorudą perukę, która wyglądałaby lepiej na psie – i z pewnością na Lupe.

To oczywiste, dlaczego dzieci z wysypiska i psy ją uwielbiały. Ale bez względu na jej wspaniałomyślność nie była tak łaskawa dla Flor i seńora Eduardo, jak dla dzieci. Nikt nie zarzuciłby Estrelli zakłamania i nie przeszkadzała jej obecność transwestyty prostytutki pod jedną kopułą namiotu. Ale zawsze karciła psy, jeśli srały w domu, więc nie chciała, żeby umazany łajnem Amerykanin namieszał im w głowach.

Przy prysznicach koło namiotu latryny dla panów znajdował się kran z długim wężem i Flor zaprowadziła tam Edwarda Bonshawa, aby zrobił coś z kupą, która stwardniała na jego sandałach – i, co gorsza, między palcami stóp.

Ponieważ Estrella podawała Lupe imiona psów i objaśniała, jak je karmić, Soledad skorzystała z okazji, aby porozmawiać z Juanem Diego na osobności; chłopiec wkrótce miał się przekonać, że – podobnie jak w sierocińcu – tutaj nieczęsto będzie ku temu sposobność.

– Twoja siostra jest niezwykła – zaczęła Soledad ściszonym głosem. – Ale dlaczego nie chce, żebyś spróbował sił jako Cud? Podniebni wędrowcy są gwiazdami.

Myśl o byciu gwiazdą zaparła mu dech w piersi.

– Lupe uważa, że nie są mi pisane występy w cyrku – odpowiedział. Nie był gotów na taką rozmowę.

– Lupe zna też przyszłość? – zapytała Soledad.

– Częściowo – odparł; tak naprawdę nie wiedział, na ile ją zna. – A ponieważ nie widzi moich występów, uważa, że zginę, próbując... Jeśli spróbuję.

– A ty co myślisz, Juanie Diego? – spytała żona tresera. Chłopiec nigdy nie spotkał osoby dorosłej takiej jak ona.

– Wiem tylko, że tam, na górze, nie utykałbym, chodząc – odrzekł. Czuł, że narasta w nim decyzja.

– Jamnik wabi się Dzidziuś – usłyszał, jak siostra powtarza do siebie; w ten sposób wszystko zapamiętywała. Zobaczył jamnika: piesek miał na głowie czapeczkę zawiązaną pod brodą i siedział w wózku dziecięcym.

– Ignacio chciał telepatki do lwów – oznajmiła nagle Soledad. – Co to za numer z telepatą w cyrku? Sam powiedziałeś, że Lupe nie jest wróżbitką – dodała cicho. Juan Diego nie spodziewał się takiego zwrotu.

– Pies pasterski to suczka o imieniu Pastora – rozległ się głos Lupe. („Pastora" znaczy „pasterka"). Pastora była typem owczarka border collie, miała na sobie dziewczęcą sukienkę. Kiedy chodziła na czterech łapach, bez przerwy się o nią potykała, ale na dwóch, kiedy pchała wózek z Dzidziusiem (jamnikiem), sukienka leżała na niej jak ulał.

– Co mówiłaby ludziom? Która kobieta chce usłyszeć, co myśli jej mąż? Który facet chce wiedzieć, co gryzie jego żonę? – pytała Soledad. – Czy dzieci nie będą zawstydzone, gdy ich myśli wyjdą na światło dzienne przy kolegach? Tylko się zastanów – dorzuciła. – Ignacia obchodzi tylko, co myśli ten stary lew oraz lwice. Jeśli twoja siostra nie sprosta zadaniu, stanie się zbyteczna. A kiedy już poczyta lwom w myślach, tak samo. Czy lwy zmieniają zdanie? – spytała.

– Nie wiem – przyznał chłopiec. Strach go ogarnął.

– Ja też nie wiem – odrzekła Soledad. – Wiem tylko, że masz większe szanse zostać w cyrku jako podniebny akrobata, zwłaszcza że jesteś chłopcem. Rozumiesz, co mam na myśli, Cudowny Chłopcze? – zapytała. To się działo zbyt nagle.

– Rozumiem – odpowiedział, ale ta nagłość go przeraziła. Nie mógł sobie wyobrazić, że kiedykolwiek była ładna, ale doceniał jej przenikliwość: rozumiała swojego męża i może dzięki temu przetrwa. Wiedziała, że treser jest skończonym egoistą: jego zainteresowanie Lupe wynikało z czysto samolubnych pobudek. Jedno nie ulegało wątpliwości: Soledad była silną kobietą.

Jak słusznie zauważył doktor Vargas, miała nadwerężone stawy, a do tego uszkodzone palce, łokcie i nadgarstki. Ale siły jej nie brakowało. Na trapezie ona łapała swoją partnerkę; zwykle robią to mężczyźni, lecz Soledad miała silne ramiona i potężny uchwyt.

– Kundel jest samcem. To niesprawiedliwe, że wabi się Perro Mestizo: jak można nazwać biedaka „Kundlem"? – zaoponowała Lupe. Kundel, biedny Perro Mestizo, nie miał na sobie kostiumu. W czasie numeru dla psów wykradał dziecko. Próbował zwiać z Dzidziusiem w wózku – a jamnik oczywiście szczekał jak głupi. – Perro Mestizo zawsze gra złego – narzekała Lupe. – To też niesprawiedliwe! (Juan Diego wiedział, co zaraz doda; była to jej stara śpiewka). To nie wina Perro Mestizo, że urodził się kundlem – oznajmiła. (Oczywiście Estrella nie rozumiała jej bredzenia).

– Ignacio chyba trochę boi się lwów – zaryzykował Juan Diego. To nie było pytanie; grał na zwłokę.

– Słusznie: powinien się bać, i to bardzo – stwierdziła żona tresera.

– Suczka owczarka niemieckiego wabi się Alemania – mówiła Lupe. Juan Diego uznał, że to trochę naciągane nazwać owczarka niemieckiego „Niemcy"; ubieranie go w policyjny mundur też zakrawało na stereotyp. Lecz Alemania miała być *policía* – policjantką. Naturalnie Lupe paplała, jakie to „upokarzające" dla Perro Mestizo dać się przyskrzynić suczce. W czasie przedstawienia porywacz Perro Mestizo zostaje ujęty i wywleczony z areny przez umundurowaną Alemanię. A Dzidziuś (jamnik) szczęśliwie wraca do matki (Pastory, psa pasterskiego).

W tej właśnie chwili olśnienia – marne widoki dzieci na przyszłość w Circo de la Maravilla, wątpliwa kariera kulawego akrobaty i Lupe czytającej lwom w myślach – do namiotu psiej trupy przykuśtykał bosy Edward Bonshaw. Możliwe, że jego chwiejny krok rozjuszył psy lub nie spodobał im się sposób, w jaki drobny señor Eduardo wisiał na ramieniu barczystego transwestyty.

Dzidziuś zaszczekał pierwszy; mały jamnik w dziecięcym czepku wyskoczył z wózka. Było to tak niezgodne ze scenariuszem i utartym schematem, że Perro Mestizo się podniecił i wgryzł w jedną bosą stopę Edwarda. Dzidziuś w odpowiedzi zadarł nogę, jak to samiec, i obsikał drugą bosą stopę – dla równowagi. Flor kopnęła jednego i drugiego.

Alemania, pies policyjny, za kopaniem nie przepadała, toteż doszło do starcia na linii owczarek niemiecki – transwestyta, z czego pierwszy warczał, a drugi ani myślał ustąpić pola, bo nigdy nie ustępował. Estrella, w przekrzywionej rudej peruce, próbowała uspokoić psy.

Lupe tak się zdenerwowała tym, co wyczytała w myślach brata, że nie zwróciła uwagi na hałas.

– Mam być telepatką lwów? Tak uważasz? – spytała.

– Ufam Soledad... Ty nie?

– Masz być podniebnym akrobatą, bo inaczej spiszą nas na straty. Tak uważasz? – powtórzyła Lupe. – Ach, rozumiem: marzy ci się rola Cudu, prawda?

– Soledad i ja nie wiemy, czy lwy zmieniają zdanie... zakładając, że uda ci się je przejrzeć – odpowiedział. Silił się na godność, ale wizja bycia Cudem kusiła.

– Wiem, o czym myśli Hombre – skwitowała Lupe.

– Chociaż spróbujmy – poprosił chłopiec. – Dajmy sobie tydzień na próbę...

– Tydzień! – krzyknęła Lupe. – Żaden z ciebie Cud, możesz mi wierzyć.

– No dobrze, więc kilka dni – błagał. – Spróbujmy, Lupe. Nie wiesz przecież wszystkiego – dorzucił. Pokażcie mi kuternogę, który nie chce chodzić bez utykania. A na dodatek jeśli mógłby robić chodzeniem furorę? Podniebni akrobaci byli oklaskiwani, podziwiani, wręcz uwielbiani – za przejście głupich szesnastu kroków.

– Albo wyjedziemy, albo tu zginiemy, nie widzę innego wyjścia – oznajmiła. – Kilka dni czy tydzień nie ma znaczenia. – Ona też była przytłoczona rozwojem wypadków.

– Dramatyzujesz! – wybuchnął Juan Diego.

– A kto chce być Cudem? Kto tu dramatyzuje? – fuknęła.
– Nie Cud, tylko cudak.

Czy nie było nikogo, kto wziąłby za nich odpowiedzialność?

Stopy Edwarda Bonshawa przeszły dziś gehennę, lecz Amerykanina pochłaniało coś innego; nawet psy go nie rozproszyły, a więc trudno się dziwić, że zaniedbał swoją powinność względem dzieci. Nawet Flor, w toku flirtów, nie ponosi winy za przeoczenie trudnej decyzji, przed którą stanęły. Jednym słowem, opiekunów pochłaniały własne sprawy.

– Naprawdę masz wacka i piersi? – wypalił Edward Bonshaw po angielsku do Flor, która zawdzięczała znajomość języka przejściom w Houston. Señor Eduardo liczył, że Flor go zrozumie, zapomniał tylko, że usłyszą go i zrozumieją również Juan Diego i Lupe. I nikt w namiocie dla psów nie domyśliłby się, że Estrella – nie wspominając o Soledad – też zna angielski.

Siłą rzeczy kiedy zapytał Flor, czy ma wacka i piersi, psy ucichły jak na komendę. Naprawdę wszyscy w namiocie usłyszeli i zrozumieli pytanie, którego tematem nie były dzieci.

– Jezu – mruknął Juan Diego. Byli zdani na siebie.

Lupe przycisnęła figurkę Coatlicue do własnego ledwie pączkującego biustu. Przerażająca bogini z grzechotkami węży zamiast sutków chyba wiedziała, co jest na rzeczy.

– Wacka ci nie pokażę, nie tutaj – oznajmiła prostytutka. Rozpięła bluzkę i wyjęła ją ze spódnicy.

Dzieci zdane na siebie podejmują pochopne decyzje.

– Nie rozumiesz? – powiedziała Lupe do brata. – To ona... ona jest mu pisana! Flor i señor Eduardo: oni cię przygarną. Zabiorą cię ze sobą, tylko jeśli będą razem!

Flor całkowicie zdjęła bluzkę, stanika nie musiała. Miała drobne piersi, które określi później jako „najlepsze, na co było stać hormony", gdyż „operacja jej nie interesowała". Ale stanik na wszelki wypadek też zdjęła: Edward Bonshaw musiał zobaczyć, że – drobne, bo drobne – ale piersi miała.

– Żadne tam grzechotki, co? – zwróciła się do Lupe, gdy już wszyscy w namiocie psów zobaczyli jej piersi i sutki.

– Albo wyjedziemy, albo tu zginiemy – powtórzyła Lupe.
– Señor Eduardo i Flor to twoja przepustka.

– Co do wacka, na razie musisz mi wierzyć na słowo – oznajmiła Flor Amerykaninowi; włożyła z powrotem stanik i właśnie zapinała bluzkę, gdy do namiotu wparował Ignacio. Namiot nie namiot, dzieci z wysypiska miały przeczucie, że treser zawsze wchodzi bez pukania.

– Chodźmy do lwów – powiedział do Lupe. – Ty chyba też musisz – zwrócił się do kuternogi, przyszłego Cudownego Chłopca.

Dzieci znały warunki: chodziło o czytanie w myślach lwom. I bez względu na to, czy zmieniały one zdanie, rolą Lupe było także wmówienie treserowi, że mogły.

Ale co myślał sobie bosy, pogryziony, obsikany Amerykanin? Edward Bonshaw zachwiał się w swoim postanowieniu: połączenie wacka z piersiami podważyło jego wiarę w celibat w sposób, na który nie pomogłoby biczowanie.

„Żołnierz chrystusowy" – tak nazywał siebie i współbraci jezuitów, lecz teraz dopadło go zwątpienie. Do tego dwaj starzy kapłani woleli usunąć dzieci z sierocińca, a ich niemrawe wypytywanie o bezpieczeństwo w cyrku wynikało raczej z obłudy aniżeli szczerej troski czy zainteresowania.

– Te dzieciaki to istne dzikusy, jeszcze coś je tam pożre! – stwierdził ojciec Alfonso, wyrzucając ręce do góry, jakby uważał to za finał godny dzieci z wysypiska.

– Nie znają umiaru: pewnie pospadają z tych huśtawek! – zawtórował mu ojciec Octavio.

– Trapezów – podsunął uczynnie Pepe.

– Właśnie! Trapezów! – krzyknął ojciec Octavio, prawie jakby mu się to spodobało.

– Chłopiec nie będzie się na niczym huśtał – zapewnił Edward Bonshaw kapłanów. – Zostanie tłumaczem, to lepsze niż praca na wysypisku!

– A dziewczynka będzie czytać w myślach i przepowiadać przyszłość, żadnego huśtania. Przynajmniej nie zostanie prostytutką – dodał Pepe. Jak doskonale ich znał: ostatnie słowo przesądziło sprawę.

– Już lepiej zostać pożartym – stwierdził ojciec Alfonso.

– I lepiej spaść z trapezu – uzupełnił ojciec Octavio.

– Wiedziałem, że ojcowie zrozumieją – skonkludował señor Eduardo. A jednak nawet wtedy nie miał pewności, jakie stanowisko zająć. Jakby sam nie wiedział, o co zabiega. Co im strzeliło z tym cyrkiem?

A teraz, utykając na bosaka, sunął między namiotami i wypatrywał słoniowego łajna. Flor go podtrzymywała, a on szedł wsparty na niej całym ciężarem. Spacer do lwiej klatki, całe dwie minuty drogi, musiał mu się wydać wiecznością – poznanie Flor i sama myśl o jej piersiach i wacku zmieniły kurs życiorysu Edwarda Bonshawa.

Droga do lwiej klatki była dla señora Eduardo podniebną wędrówką na wysokości dwudziestu pięciu metrów bez siatki: mógł utykać, ile mu się podobało, ale kroczył ku nieodwracalnej zmianie w swoim życiu.

Wsunął drobną dłoń do znacznie większej ręki Flor, a kiedy go uścisnęła, mało się nie przewrócił.

– Sęk w tym – wykrztusił – że chyba się w tobie zakochuję. – Łzy płynęły mu po twarzy. Życie, którego tak długo szukał – życie, za które się biczował – dobiegło końca.

– Widzę, że cię to martwi – wytknęła mu Flor.

– Ależ skąd, cieszę się bardzo! – zapewnił i zaczął jej opowiadać, jak to święty Ignacy Loyola założył przytułek dla kobiet upadłych. – W Rzymie oznajmił, że odda życie, jeśli zdoła zapobiec grzechom jednej prostytutki w ciągu jednej nocy – plótł trzy po trzy.

– Nie chcę, żebyś oddawał życie, wariacie. – Flor się uśmiechnęła. – Nie musisz mnie ratować – dodała. – Najpierw możesz mnie przelecieć. Zacznijmy od tego, a potem się zobaczy.

– Dobrze – odparł Edward Bonshaw i znowu się potknął; chwiał się na nogach, ale w obliczu żądzy i tak dalej.

Akrobatki mijały ich biegiem, w świetle latarni zamigotały niebieskie i zielone cekiny na ich trykotach. Dolores też przeszła obok szybkim krokiem; zostawiała bieganie na trening. Na trykocie miała srebrne i złote migoczące cekiny, a na kostkach srebrne dzwoneczki.

– Hałaśliwa szmata, pępek świata! – krzyknęła za nią Lupe.
– To nie twoja przyszłość, zapomnij – powiedziała do brata.

Na wprost nich stały klatki lwów. Wszystkie cztery nie spały. Trzy lwice czujnie wodziły wzrokiem dookoła, a posępny samiec, Hombre, wbił spojrzenie zmrużonych oczu w tresera.

Postronnemu obserwatorowi mogłoby się wydać, że kaleki chłopiec się potknął, a siostra w porę go przytrzymała; ktoś mógłby pomyśleć, że kuternoga nachylił się do siostry i cmoknął ją w okolice skroni.

Lecz tak naprawdę wyszeptał jej do ucha:
– Jeśli naprawdę wiesz, o czym myślą lwy... – zaczął.
– Wiem, o czym ty myślisz – przerwała.
– Na miłość boską, tylko uważaj, co mówisz! – syknął.
– Ty musisz uważać – przypomniała mu Lupe. – Nikt nie wie, co mówię, zanim nie przetłumaczysz.
– Tylko pamiętaj: nie jestem twoją misją – mówiła Flor do misjonarza, który tonął we łzach, łzach szczęścia, rozterki, po prostu we łzach. Płakał bez opamiętania, co również zdarza się w obliczu żądzy.

Mała grupka przystanęła przed klatkami.
– *¡Hola*, Hombre – odezwała się Lupe. Nie było wątpliwości, że wielki kot patrzy tylko na nią – nie na Ignacia.

Może Juan Diego zbierał się na odwagę, żeby zostać podniebnym akrobatą, może właśnie nabierał przekonania, że pokaże, co potrafi, ma jaja. I bycie Cudownym Chłopcem odmalowywało się w rzeczywistych barwach.

– Nadal uważasz, że jest pomylona? – zwrócił się do tresera. – Widać jak na dłoni, że Hombre wie, z kim ma do czynienia, prawda? Z telepatką – dodał. – Prawdziwą. – Ale nadrabiał miną.

– Tylko nie próbuj mieszać, sufitowy akrobato – ostrzegł Ignacio. – Ani mi się waż kłamać, gwiazdo namiotu mieszkalnego. Czytam w twoich myślach... trochę – dorzucił.

Kiedy Juan Diego spojrzał na Lupe, milczała – nawet nie wzruszyła ramionami, skupiona na zwierzęciu. Nawet postronny obserwator wiedział, że jedno jest wsłuchane w myśli drugiego. Jakby nikt i nic innego dla nich nie istniało.

20

CASA VARGAS

We śnie Juana Diego nie było wiadomo, skąd dochodzi muzyka. Nie miała agresywnego brzmienia mariachi lawirujących między stolikami w kawiarnianym ogródku w Marquéz del Valle – jednego z denerwujących zespołów, od których roiło się w *zócalo*. I choć orkiestra w La Maravilli posiadała własną symfoniczną wersję *Ulic Laredo*, nie była to jej tęskna wariacja lamentu kowboja.

Po pierwsze, Juan Diego słyszał śpiew; we śnie docierały doń również słowa, lecz nie brzmiały tak słodko, jak w wydaniu dobrego gringo. Ależ *el gringo bueno* kochał *Ulice Laredo* – mógł je śpiewać przez sen! Nawet Lupe umiała to słodko zaśpiewać. Miała zduszony głos i ciężko było rozróżnić słowa, ale brzmiał bardzo dziewczęco – urzekająco niewinnie.

Amatorskie podśpiewywanie w klubie na plaży ustało, więc nie mogło to być wcześniejsze karaoke; uczestnicy imprezy sylwestrowej poszli spać lub potopili się w czasie nocnych igraszek w wodzie. Nikt też nie hałasował w Encantadorze: nawet Nocne Małpy litościwie ucichły.

W pokoju Juana Diego panowały egipskie ciemności; wstrzymał oddech, bo nie słyszał oddechu Miriam – tylko żałosną piosenkę kowbojską, śpiewaną nieznanym mu głosem.

Czy aby na pewno nieznanym? *Ulice Laredo* w wykonaniu dojrzałej kobiety brzmiały dziwnie, coś Juanowi Diego nie pasowało. Ale czy głos nie był znajomy? Po prostu nie harmonizował z piosenką.

– Widzę po tobie, żeś jest kowbojem – nucił niskim i ochrypłym głosem. – Przemówił do mnie w te słowy.

To Miriam śpiewa?, zastanawiał się Juan Diego. Jak mogła śpiewać, jeśli nie słyszał jej oddechu? Po ciemku nie był pewien, czy w ogóle tam jest.

– Miriam? – szepnął. Potem znowu, trochę głośniej.

Piosenka się urwała, ucichło. Nie było słychać oddechu; Juan Diego zatrzymał powietrze w płucach. Bacznie nasłuchiwał; może Miriam wróciła do pokoju. Może chrapał albo gadał przez sen – czasami tak miał, kiedy coś mu się śniło.

Powinienem jej dotknąć – tylko sprawdzić, czy jest, pomyślał, ale bał się wyciągnąć rękę. Dotknął swój członek i powąchał palce. Zapach seksu nie powinien go zdziwić – przecież pamiętał, kochał się z Miriam. Ale sęk w tym, że pamiętał jak przez mgłę. Na pewno coś powiedział – coś o tym, jakie to uczucie być w niej. Użył określenia „jedwabna" albo „jedwabista"; tyle pamiętał, tylko słowa.

A Miriam powiedziała:

– Zabawny jesteś, musisz wszystko nazywać.

Zapiał kogut – w całkowitym mroku! Powariowały te filipińskie koguty. Czyżby karaoke zbiło durnia z pantałyku? Pomylił Nocne Małpy z nocnymi kurami?

– Ktoś powinien go zatłuc – oznajmiła Miriam niskim, zachrypniętym głosem; naga pierś musnęła jego ramię i klatkę piersiową, a dłoń zacisnęła się na członku. Może Miriam widziała po ciemku. – Jesteś, najdroższy – powiedziała, jakby musiał się upewnić co do swojego istnienia, że naprawdę tu jest, z nią, podczas gdy w istocie zachodził w głowę, czy to ona istnieje i jest prawdziwa. (I dlatego bał się sprawdzić).

Stuknięty kogut znów zapiał w ciemności.

– Nauczyłem się pływać w Iowa – oświadczył Miriam w ciemności. Ciekawa rzecz mówić coś takiego komuś, kto cię trzyma za fiuta, ale Juan Diego miał tak czasem (nie tylko w snach). Skakał do przodu albo się cofał, oparty bardziej na asocjacjach niż chronologii, a jednak nie do końca.

– Iowa – mruknęła Miriam. – Nie kojarzy mi się z pływaniem.

– W wodzie nie utykam – dodał. Pod jej dotykiem znów stwardniał. Poza Iowa City nie spotykał wiele osób zainteresowanych Iowa. – Zapewne nigdy nie byłaś na Środkowym Zachodzie – stwierdził.

– Och, wszędzie byłam – skwitowała na swój sposób, lakonicznie.

Wszędzie?, zdziwił się Juan Diego. Nikt nie był wszędzie, pomyślał. Ale liczy się osobisty punkt widzenia, prawda? Nie każdy czternastolatek po przyjeździe do Iowa City ucieszyłby się z przeprowadzki z Meksyku; dla Juana Diego Iowa była przygodą. Nigdy nie starał się nikomu dorównać i cierpiał na brak rówieśników w swoim otoczeniu, a tu nagle znalazł się wśród studentów. Iowa City było jednym z głównych miast uniwersyteckich – kampus znajdował się w centrum, miasto i uczelnia stanowiły jedność. Czytelnik z wysypiska musiał się nimi zachwycić, nie mogło być inaczej.

Wkrótce się przekonał, że największym uznaniem cieszą się na studiach gwiazdy sportu. Właściwie tak wyobrażał sobie Stany Zjednoczone: z perspektywy młodego Meksykanina gwiazdy ekranu i sportu stanowią oś kultury amerykańskiej. Jak mawiała doktor Rosemary Stein, był bez przerwy albo chłopcem z Meksyku, albo dorosłym ze stanu Iowa.

Co do Flor, przenosiny do Iowa City z Oaxaca musiały ją kosztować więcej trudu – może nie na skalę niepowodzeń w Houston, ale jednak. No bo jakie widoki miał transwestyta i była prostytutka w mieście uniwersyteckim? Już raz zbłądziła w Houston, w Iowa City wolała nie ryzykować. Ale potulność i niewychylanie nosa z szeregu to nie w jej stylu. Flor zawsze lubiła zaznaczać swoją obecność.

Oszalały kogut zapiał po raz trzeci, lecz urwał w pół krzyku.

– Nareszcie – powiedziała Miriam. – Koniec z obwieszczaniem fałszywej jutrzenki, koniec z kłamliwymi posłańcami.

Gdy próbował dociec, o co jej chodzi – bo mówiła tonem nieznoszącym sprzeciwu – zaszczekał pies, a potem następne.
– Nie rób im krzywdy, to nie ich wina – powiedział. Stwierdził, że Lupe ujęłaby to w podobny sposób. (Nastał kolejny nowy rok, a on dalej tęsknił za siostrą).
– Psom nic nie grozi, kochanie – odmruknęła.
Powiało przez otwarte okno z widokiem na morze; wydało mu się, że czuje słoną wodę, ale nie słyszał szumu fal – jeśli były fale. Dopiero wtedy zdał sobie sprawę, że na Bohol może popływać; miał do dyspozycji plażę i hotelowy basen. (Dobry gringo, który natchnął go do tej podróży, nie nasunął mu myśli o pływaniu).
– Opowiedz, jak nauczyłeś się pływać w Iowa – szepnęła mu do ucha Miriam; usiadła na nim okrakiem i poczuł, że znów się w nią wsuwa. Otoczyła go gładkość – prawie jakbym pływał, stwierdził w duchu, zanim przemknęło mu przez głowę, że Miriam może czyta w myślach.
Tak, minęło dużo czasu, ale dzięki Lupe pamiętał, jakie to uczucie obcować z telepatką.
– Pływałem na krytym basenie uniwersytetu w Iowa – zaczął, trochę zdyszany.
– Pytałam „kto", kochanie. Kto nauczył cię pływać, kto ciebie zabierał na basen – mówiła cicho Miriam.
– Ach.
Juan Diego nie mógł wymówić ich imion, nawet po ciemku.
Señor Eduardo nauczył go pływać – było to na basenie w Field House, starym kompleksie sportowym, w pobliżu uniwersyteckiego szpitala i przychodni. Edward Bonshaw, który rzucił karierę akademicką na rzecz kapłaństwa, został przyjęty z powrotem na wydział anglistyki – „skąd pochodził", mawiała z upodobaniem Flor z przesadnym akcentem meksykańskim.
Sama nie pływała, ale zabierała czasem chłopca na basen – uczęszczała tam uniwersytecka kadra i pracownicy oraz ich dzieci, a także wielu mieszkańców miasta. Señor Eduardo i Juan Diego uwielbiali Field House – na początku lat

siedemdziesiątych, przed powstaniem Areny Carver-Hawkeye, większość sportów halowych uprawiano właśnie tam. Oprócz pływania chodzili też na mecze koszykówki i zapasy.

Flor lubiła basen, ale nie sam Field House; za dużo tam mięśniaków, mawiała. Przeważnie kobiety zabierały dzieci na basen – zerkały na nią z zażenowaniem, jakby czuły się skrępowane, ale nie gapiły się ostentacyjnie. Młodzi mężczyźni nie mogli się powstrzymać, opowiadała – świdrowali ją wzrokiem. Wysoka i barczysta Flor – metr osiemdziesiąt pięć wzrostu i siedemdziesiąt siedem kilo żywej wagi – choć miała mały biust, była zarówno bardzo atrakcyjna (w sensie kobiecym), jak i bardzo męska.

Na basenie nosiła jednoczęściowy kostium, ale pokazywała się tylko od pasa w górę. Zawsze owijała biodra ręcznikiem; zasłaniała dół i nigdy nie wchodziła do wody.

Juan Diego nie wiedział, jak radzi sobie w damskiej szatni. Może wcale nie zdejmowała kostiumu? (Bądź co bądź, nigdy go nie moczyła).

– Niech cię o to głowa nie boli – mówiła do niego. – Pokazuję swój interes señorowi Eduardo i nikomu innemu.

Przynajmniej w Iowa City – jak zrozumie kiedyś Juan Diego. Kiedyś dotrze do niego, dlaczego Flor czasami musiała stamtąd uciekać.

Jeśli brat Pepe widywał ją w Oaxaca, wspominał o tym w liście do chłopca. „Chyba wiecie, że tu jest –»tylko z wizytą«, jak mawia. Widuję ją w zwykłych miejscach – nie we wszystkich!", tak to ujmował.

Chodziło mu o to, że widuje Flor w La Chinie, gejowskim barze na Bustamante – który zmieni nazwę na Chinampa. La Loca pojawiała się też w La Coronicie, gdzie bywali głównie geje, a transwestyci robili się na bóstwa.

Pepe nie miał na myśli, że Flor pokazywała się w kurwotelu; nie tęskniła za hotelem Someca ani byciem prostytutką. Ale gdzie ktoś taki jak ona miał bywać w Iowa City? Lubiła zaszaleć, czasami. W latach siedemdziesiątych i osiemdziesiątych w Iowa City nie było La Chiny, nie wspominając

o La Coronicie. Cóż złego w tym, że czasami wracała do Oaxaca?
Brat Pepe jej nie oceniał, a señor Eduardo był chyba wyrozumiały.
– Nie bądź jednym z tych Meksykanów, którzy... – wypalił brat Pepe, kiedy Juan Diego wyjeżdżał z Meksyku.
– Którzy co? – spytała Flor.
– Nienawidzą Meksyku – wykrztusił Pepe.
– Chcesz powiedzieć, jednym z tych Amerykanów – uściśliła Flor.
– Mój kochany! – wykrzyknął brat Pepe, przytulając chłopca. – I nie bądź jednym z tych Meksykanów, którzy ciągle wracają... którzy nie mogą wysiedzieć na miejscu – uzupełnił.
Flor zrobiła wielkie oczy.
– I czym jeszcze ma nie być? – zapytała. – Jaki jeszcze typ Meksykanina jest zabroniony?
Ale Pepe nie zwrócił na nią uwagi.
– Drogi chłopcze – wyszeptał Juanowi Diego do ucha – bądź, kim chcesz... tylko się odzywaj! – poprosił.
– Lepiej nikim nie bądź, Juanie Diego – poradziła Flor przy wtórze szlochów brata Pepe. – Zaufaj nam, Pepe: Edward i ja nie pozwolimy, żeby chłopak do czegoś doszedł – oznajmiła.
– Dopilnujemy, żeby stał się jednym z meksykańskich zer.
Edward Bonshaw zrozumiał z tego tylko swoje imię.
– Eduardo – poprawił, na co Flor uśmiechnęła się do niego pobłażliwie.
– To byli moi rodzice, próbowali nimi być! – usiłował powiedzieć na głos Juan Diego, ale słowa uwięzły mu w gardle.
– Ach – wydusił tylko ponownie. Miriam poruszała się na nim tak, że do niczego więcej nie był zdolny.

Perro Mestizo vel Kundel został poddany dziesięciodniowej kwarantannie i obserwacji – w razie podejrzenia wścieklizny dzieje się tak ze wszystkimi zwierzętami, chociaż nie wyglądają na chore. (Kundel nie był wściekły, ale doktor Vargas, który zaaplikował Edwardowi Bonshawowi zastrzyki, wolał się upewnić). W związku z tym zawieszono na dziesięć dni psi numer w Circo de La Maravilla: kwarantanna porywacza dzieci zaburzyła harmonogram psiej trupy.

Jamnik Dzidziuś codziennie podlewał podłogę. Pastora, czyli pies pasterski, wyła jak opętana. Treserka musiała spać w psim namiocie, inaczej Pastora nie milkła ani na chwilę – a Estrella chrapała. Widok Estrelli śpiącej na plecach, z twarzą w cieniu baseballowej czapki, przyprawiał Lupe o koszmary, ale Estrella utrzymywała, że musi w niej spać, bo komary będą ciąć w łysą czaszkę: kiedy swędzi głowa, Estrella nie może się drapać bez zdejmowania peruki, co z kolei drażni jej podopiecznych. Podczas kwarantanny Perro Mestizo Alemania, wilczyca, stawała nocą nad Juanem Diego i dyszała mu w twarz. Lupe obwiniała Vargasa o „demonizowanie" Kundla; biedny Perro Mestizo, „etatowy czarny charakter", raz jeszcze stał się w jej oczach ofiarą.

– Ta menda pogryzła señora Eduardo – przypominał siostrze Juan Diego. „Menda" pochodziła od Rivery. Lupe nie rozumiała, jak można tak mówić na psa.

– Señor Eduardo zakochał się w wacku Flor! – krzyknęła, jakby miało to usprawiedliwić Kundla. Ale czy to aby nie wskazywało na jego uprzedzenia i czy – tym samym – w pełni nie zasłużył sobie na to miano?

Niemniej jednak Juan Diego zdołał nakłonić siostrę do pozostania w cyrku – przynajmniej do czasu wyjazdu do miasta Meksyk. Lupe przywiązywała do tej wyprawy większą wagę niż brat; rozsypanie prochów matki (oraz dobrego gringo i Moruska, o wielkim nosie Zawsze Dziewicy nie wspominając) wiele dla niej znaczyło. Wierzyła, że Nasza Pani z Guadalupe została zmarginalizowana w miejscowych kościołach. W Oaxaca grała drugie skrzypce.

Esperanza, bez względu na jej przywary, została „sprzątnięta" przez świętą zmorę, tak widziała to Lupe. Uważała, że religijny świat przestanie błądzić – jeśli, i tylko jeśli, prochy jej grzesznej matki zostaną rozsypane w Basílica de Nuestra Señora de Guadalupe w mieście Meksyk. Tylko tam ciemnoskóra Panienka, *la virgen morena*, przyciąga do swego przybytku tłumy ludzi. Lupe bardzo chciała zobaczyć Kaplicę Studni, gdzie Guadalupe spoczywała na łożu śmierci w szklanej gablocie.

Juan Diego zdawał sobie sprawę, że dla niego to wyzwanie, nie mógł się doczekać długiej wspinaczki – niekończących się schodów do El Cerrito de las Rosas, świątyni, gdzie Guadalupe nie była wciśnięta w boczny ołtarz, tylko wystawiona przed świętym El Cerrito, „Małym Wzgórzem". (Zamiast „El Cerrito" Lupe lubiła nazywać świątynię „Świątynią Róż", co według niej uświęcało to miejsce, w przeciwieństwie do nazwy „Małe Wzgórze"). Tam, albo w Kaplicy Studni, rozsypią prochy, które trzymali w puszce po kawie, znalezionej przez Riverę na wysypisku.

Zawartość puszki nie pachniała Esperanzą. W zasadzie niczym nie pachniała. Flor powąchała prochy i stwierdziła, że nie pachną też dobrym gringo.

– Pachną kawą – zawyrokował Edward Bonshaw.

Jakkolwiek pachniały, psy z trupy nie były zainteresowane. Może zawartość puszki zalatywała lekami; Estrella twierdziła, że psy nie lubią aptecznych smrodków. Lub nos Niepokalanej wydzielał taki nieokreślony zapach.

– Morusek na pewno tak nie pachniał – kwitowała Lupe; wąchała puszkę co wieczór przed pójściem spać.

Juan Diego nigdy nie wiedział, o czym myślała – i nawet nie próbował się w to zagłębiać. Być może wąchała zawartość ze świadomością, że wkrótce ją rozsypią, i chciała sobie utrwalić ten zapach.

Na krótko przed wyprawą do miasta Meksyk – bardzo długą, zwłaszcza biorąc pod uwagę wozy cyrkowe i autokary – zostali zaproszeni na kolację u doktora Vargasa w Oaxaca. Lupe wzięła ze sobą puszkę – chciała zasięgnąć „fachowej rady" co do zapachu prochów, jak powiedziała bratu.

– Nie wypada na uroczystą kolację, Lupe – zaoponował Juan Diego. Pierwszy raz w życiu mieli tego rodzaju okazję; wedle wszelkiego prawdopodobieństwa pomysł nie wyszedł od Vargasa.

Brat Pepe rozmawiał z lekarzem o tym, co nazywał „sprawdzianem duszy" Edwarda Bonshawa. Doktor Vargas nie uważał, jakoby Flor stanowiła kryzys duchowy, a wręcz ją obraził, dając do zrozumienia señorowi Eduardo, iż jedynym powodem do niepokoju w kontekście związku z transwestytą prostytutką były kwestie o podłożu medycznym.

Miał na myśli choroby przenoszone drogą płciową, liczbę potencjalnych partnerów prostytutki oraz to, co Flor mogła od nich podłapać. Nie obchodziło go, że Flor ma wacka i że ma go Edward ani to, że misjonarz na zawsze przekreśla swoje szanse na kapłaństwo.

Nie miało dlań również znaczenia, że Edward Bonshaw złamał śluby czystości.

– Nie chcę tylko, żeby ci kutas odpadł. Lub pozieleniał czy zgnił – zakomunikował. I dlatego Flor poczuła się obrażona i odrzuciła jego zaproszenie na kolację.

Każdy, kto w Oaxaca miał na pieńku z Vargasem, nazywał jego dom Casa Vargas, łącznie z ludźmi, których kłuły w oczy jego pieniądze i którzy nie mogli mu darować, że wprowadził się do domu rodziców po tym, gdy zginęli w katastrofie lotniczej. (Już wszyscy znali opowieść o tym, jak to on sam miał lecieć tym samolotem). A wśród ludzi, którzy szastali tym określeniem, nie brakowało osób urażonych jego obcesowością. Posługiwał się wiedzą jak pałką – walił w łeb stricte bezdusznym, medycznym detalem, tak jak sprowadził Flor do potencjalnej choroby wenerycznej.

Cóż, taki był Vargas – inny być nie potrafił. Brat Pepe znał go na wylot, wiedział, że stać go na cynizm w każdej sytuacji. I czuł, że ten cynizm może być dla Edwarda i dzieci ważną lekcją. Dlatego namówił lekarza, żeby zaprosił ich na kolację.

Pepe znał innych scholastyków, którzy złamali śluby; droga do kapłaństwa bywała najeżona trudami i wątpliwościami. Kiedy najbardziej gorliwi adepci porzucali studia, emocjonalne i psychologiczne aspekty „reorientacji" bywały brutalne.

Zapewne Edward Bonshaw zadawał sobie w duchu pytanie, czy jest gejem, czy też przypadkowo zadurzył się w osobie z piersiami i wackiem. Niewątpliwie pytał sam siebie, czy przypadkiem transwestyci nie odrzucają gejów, chociaż coś mu się obiło o uszy, że niektórzy geje lubią transwestytów. Ale czy nie był przez to seksualną mniejszością w obrębie mniejszości?

Brata Pepe nie obchodziły owe podziały w obrębie podziałów. Miał w sobie dużo miłości i nie wtrącał się do kwestii cudzej orientacji.

Wcale mu nie przeszkadzało, że Edward Bonshaw tak późno odkrył swoją tożsamość homoseksualną (jeśli o to chodziło) i porzucił drogę do kapłaństwa; pogodził się również z tym, że misjonarz zakochał się w transwestycie z wackiem. Flor nie wzbudzała jego niechęci, ale miał problem z jej dotychczasowym zawodem – niekoniecznie przenoszonymi drogą płciową powodami Vargasa. Pepe wiedział, że zawsze miała kłopoty i żyła nimi otoczona (nie wszystko można zwalić na Houston), podczas gdy Edward Bonshaw żył w niewielkim zakresie tego słowa. Co dwoje takich ludzi będzie razem robić w Iowa? Dla señora Eduardo, zdaniem Pepe, Flor stanowiła o krok za daleko – jej świat nie miał granic.

Co do Flor – któż może wiedzieć, co sobie myślała? „Według mnie jesteś bardzo miłym papugą", powiedziała do misjonarza. „Szkoda, że cię nie poznałam, kiedy byłam młodsza. Pomoglibyśmy sobie nawzajem przebrnąć niejeden szajs".

No tak – tu brat Pepe przyznałby jej rację. Ale czy teraz nie było dla nich dwojga za późno? Co do Vargasa – a konkretnie jego „zniewagi" – niewykluczone, że Pepe maczał w tym palce. Jednakże żadna litania chorób przenoszonych drogą płciową nie odstraszyłaby Edwarda Bonshawa; pociąg seksualny trudno nazwać stricte naukowym.

Brat Pepe nie tracił nadziei, że sceptycyzm Vargasa więcej wskóra u dzieci. Juan Diego i Lupe byli rozczarowani cyrkiem – przynajmniej ona. Vargas miał wątpliwości co do czytania lwom w myślach, podobnie jak jezuita. Badał kilka akrobatek; były jego pacjentkami, zanim Ignacio je dopadł i później. Bycie La Maravillą niosło ze sobą wielkie ryzyko.

(Nikt nie przeżywał upadku z dwudziestu pięciu metrów bez siatki). Doktor Vargas wiedział, że akrobatki, które uprawiały seks z Ignaciem, marzą o śmierci. Przyznał bratu Pepe, jakby trochę na swoją obronę, iż początkowo uważał cyrk za dobre rozwiązanie dla dzieci, zakładał bowiem, że Lupe, jako telepatka, nie doświadczy kontaktu z Ignaciem. (I nie stanie się jedną z jego akrobatek). Teraz zmienił zdanie: nie podobało mu się, że Lupe – jako telepatka lwów – będzie narażona na ciągłe obcowanie z treserem.

Pepe wrócił do punktu wyjścia: chciał, aby dzieci wróciły do sierocińca, gdzie przynajmniej będą bezpieczne. Obaj z Vargasem nie wyobrażali sobie Juana Diego w roli podniebnego akrobaty. Co z tego, że zmiażdżona stopa zdawała się wręcz stworzona do takich wyczynów? Chłopiec nie był wysportowany; zdrowa stopa stwarzała poważne zagrożenie.

Ćwiczył w namiocie mieszkalnym. Zdrowa stopa wyślizgiwała się z pętli drabiny – kilkakrotnie już zaliczył glebę. W namiocie mieszkalnym, zaznaczmy.

Do tego dochodziły ich oczekiwania wobec miasta Meksyk. Planowana pielgrzymka do bazyliki bardzo martwiła Pepe, który stamtąd pochodził. Wiedział, że widok sanktuarium za pierwszym razem bywa wstrząsający, i znał powściągliwość dzieci w tej materii: wszelkiego rodzaju publiczne manifestowanie wiary wzbudzało w nich wielką niechęć. Pepe uważał, że dzieci wyznają własną, bardzo osobistą religię.

Sierociniec nie wyraził zgody, aby obydwaj najlepsi nauczyciele towarzyszyli dzieciom w czasie ich wyprawy do miasta Meksyk, señor Eduardo zaś pragnął zobaczyć sanktuarium niemal tak samo mocno jak *niños* – i zdaniem brata Pepe podzieli ich niesmak na widok tego, co się tam działo. (Tłumy wiernych w sobotni poranek mogły zdemolować światopogląd każdego).

Vargas znał tę scenę – banda fanatyków symbolizowała wszystko, czego nienawidził. Lecz brat Pepe był w błędzie, sądząc, że Vargas (lub ktokolwiek inny) może przygotować Edwarda Bonshawa i dzieci na hordy pielgrzymów u progu

Basílica de Nuestra Señora de Guadalupe na „Alei Meneli" – „Ulicy Ciemnicy", jak zwykł mawiać Vargas ze swoim twardym akcentem. *Niños de la basura* i misjonarz musieli sami doświadczyć tego przedstawienia.

Skoro mowa o przedstawieniach, była nim również kolacja w Casa Vargas. Naturalnej wielkości posągi hiszpańskich konkwistadorów, u stóp i szczytu schodów (oraz w holu), okazały się bardziej przytłaczające niż gumowe święte lale i pozostałe figurki ze sklepu z dewocjonaliami na Independencia.

Groźni hiszpańscy żołdacy byli nad wyraz realistyczni: trzymali wartę niczym zwycięska armia na dwóch piętrach domu. Casa Vargas nadal wyglądał tak jak za życia rodziców lekarza. W młodości wojował z ich przekonaniami politycznymi i religijnymi, ale obrazy, rzeźby i zdjęcia pozostawił nienaruszone.

Będąc socjalistą i ateistą najczystszej wody, nigdy nie wahał się pomagać potrzebującym. Ale dom miał mu przypominać wzgardzone wartości. Wystrój nie był hołdem dla rodziców, lecz szydzeniem z nich: kultura, którą Vargas odrzucał, znajdowała się tu na widoku, bardziej dla jaj aniżeli ku pamięci – przynajmniej takie wrażenie odnosił brat Pepe.

– Tak samo mógłby wypchać rodziców i postawić ich na schodach zamiast wartowników! – uprzedził Edwarda Bonshawa, lecz Amerykanin był rozstrojony, zanim jeszcze dotarł na miejsce.

Otóż nie wyznał jeszcze swego postępku ojcu Alfonso i ojcu Octavio. Zawsze widział w ukochanych ludziach misję, pragnął ich zbawiać i ratować – w żadnym wypadku porzucić. Flor, Juana Diego i Lupe postrzegał oczami urodzonego reformatora, co wcale nie umniejszało jego miłości. (Zdaniem Pepe stanowiło to pewną przeszkodę w procesie jego „reorientacji").

Nadal mieli wspólną łazienkę. Pepe wiedział, że Edward przestał się biczować, ale słyszał jego płacz, gdy okładał sedes, wannę i umywalkę. Szlochał, bo nie wiedział, jak rzucić pracę, zanim jego „misje" dobiegną końca.

Co do Lupe, nie była w nastroju na kolację w Casa Vargas. Spędzała cały swój czas z Hombre i lwicami – *las señoritas*,

„młodymi damami", jak zwał je Ignacio. Nazwał je różnymi częściami ciała. Cara, „twarz" (osoby), Garra, „łapa" (z pazurami) i Oreja, „ucho" (a dokładnie małżowina). Mówił Lupe, że czyta im w myślach na podstawie owych części ciała: Cara marszczyła pysk, kiedy była pobudzona lub zła, Garra „ugniatała chleb" łapami, wbijając w ziemię pazury, a Oreja przekrzywiała jedno ucho bądź kładła uszy po sobie.

– Nie nabiorą mnie; wiem, co każdej chodzi po głowie. Czytam w nich jak w książce – oznajmił. – Do *las señoritas* niepotrzebny mi telepata, jedynie Hombre jest dla mnie zagadką.

Ale chyba nie dla Lupe, myślał Juan Diego. I jemu kolacja się nie uśmiechała; miał wątpliwości, czy siostra jest z nim szczera.

– O czym myśli Hombre? – zapytał.

– O niczym specjalnym. Typowy facet – odpowiedziała. – Myśli, żeby to zrobić z lwicami. Na ogół z Carą. Albo z Garrą. Z Oreją prawie w ogóle; czasem tylko coś go napada i wtedy wziąłby ją od razu. Hombre myśli o seksie albo wcale – uzupełniła. – Nie licząc jedzenia.

– Może być niebezpieczny? – indagował Juan Diego. (Wydało mu się dziwne, że Hombre myśli o seksie. Był prawie pewien, że nie uprawia go wcale).

– Jeśli mu przeszkodzisz, kiedy je... albo w trakcie rozmyślania o robieniu tego z lwicami. Dla niego wszystko musi być takie samo. Nie lubi zmian – wyjaśniła. – Nie wiem, czy uprawia – przyznała.

– Ale co myśli o Ignaciu? Ignacia nie obchodzi nic innego! – zawołał brat.

Wzruszyła ramionami, wypisz wymaluj jak świętej pamięci matka.

– Hombre kocha Ignacia, tylko czasem go nienawidzi. Ta nienawiść bardzo go niepokoi. Wie, że nie powinien nienawidzić tresera.

– Coś przede mną ukrywasz, Lupe.

– Znalazł się telepata – burknęła.

– Co ukrywasz? – nie dawał za wygraną.

– Ignacio uważa lwice za głupie cipy. Nie interesuje go, co sobie myślą.

– To wszystko? – zapytał Juan Diego. Myśli tresera i akrobatek nie pozostawały bez wpływu: Lupe z każdym dniem coraz gorzej się wyrażała.

– Ignacio ma bzika na punkcie tego, co myśli Hombre. To kwestia męskiej ambicji. – Ale następne zdanie dziwnie zabrzmiało. – Tresera lwic nie obchodzi, co myślą lwice. – Nie powiedziała *el domador de leones*, czyli treser lwów. Użyła sformułowania *el domador de leonas*.

– A o czym myślą lwice, Lupe? – zapytał. (Najwyraźniej nie o uprawianiu seksu).

– Nienawidzą Ignacia. To naprawdę głupie cipy: są zazdrosne, myślą, że Hombre kocha Ignacia bardziej niż je! Jeśli Ignacio skrzywdzi Hombre, to go zabiją. Lwice, te ciemne masy! – krzyknęła. – Kochają Hombre, chociaż ten dupek je olewa – chyba że ma chcicę, a wtedy nie pamięta, którą z nich woli!

– Lwice chcą zabić Ignacia? – upewnił się Juan Diego.

– I go zabiją. Ignacio nie ma się czego obawiać ze strony Hombre. Powinien się bać lwic.

– Problem w tym, co mu powiesz, a czego mu nie powiesz – zauważył Juan Diego.

– To twój problem – przypomniała Lupe. – Ja jestem tylko telepatką. Treser lwów słucha ciebie, ty sufitowy akrobato – dodała.

Słusznie go tak nazwała. Już nawet Soledad traciła w niego wiarę. Zdrowa stopa sprawiała mu problemy: wyślizgiwała się z pętli i była za słaba, żeby utrzymać jego ciężar pod nienaturalnym kątem prostym.

Dolores widywał często na opak. Albo ona była do góry nogami, albo on: w namiocie mieszkalnym mógł ćwiczyć tylko jeden podniebny akrobata. Dolores nigdy w niego nie wierzyła – podobnie jak Ignacio uważała, że Juan Diego nie ma jaj. (Do podniebnego spaceru w głównym namiocie, na wysokości dwudziestu pięciu metrów i bez zabezpieczenia, bo tylko taka próba się liczyła).

Lupe wspomniała, że Hombre lubi, aby się go bać: może dlatego treser wmawiał młodym akrobatkom, że Hombre wie, kiedy zaczynają miesiączkować. Dlatego się go bały. A ponieważ Ignacio kazał im go karmić (lwice też), może dzięki temu były bezpieczniejsze? Zdaniem Juana Diego było chore, że Hombre lubił dziewczęta, ponieważ się go obawiały. Jednak Lupe uważała, że to bez sensu. Ignacio chciał tylko wzbudzić ich strach i żeby karmiły lwy. Sądził, że jeśli będzie robił to sam, lwy stracą dla niego respekt. Kwestia miesiączkowania liczyła się tylko dla Ignacia. Lupe twierdziła, że Hombre nigdy nie myśli o miesiączkach – wcale a wcale.

Juan Diego obawiał się Dolores, co jednak nie przysparzało mu jej sympatii. Udzieliła mu tylko jednej rady, zresztą zupełnie niechcący. Chciała mu jedynie dopiec, taką miała naturę.

– Jeśli będziesz myślał o upadku, to spadniesz – przestrzegła. Juan Diego wisiał właśnie do góry nogami w namiocie mieszkalnym, wplątany stopami w dwie pierwsze pętle, wrzynały mu się w kostki.

– Nie pomagasz, Dolores – stwierdziła Soledad, ale Juan Diego sądził inaczej; w owej chwili pomyślał jednak, że spadnie – i rzeczywiście spadł.

– Widzisz? – powiedziała Dolores, wchodząc na drabinę. Do góry nogami była szczególnie pociągająca.

Juanowi Diego nie pozwolono wnieść do psiego namiotu figury Guadalupe naturalnej wielkości. Nie byłoby dla niej miejsca, a gdy próbował Estrelli opisać posąg, staruszka stwierdziła, że samce (jamnik Dzidziuś i Perro Mestizo) na pewno by ją obsikały.

Teraz, gdy nachodziła go ochota na onanizm, myślał o Dolores; była wówczas zwykle do góry nogami. Nie przyznał się Lupe, ale kiedyś go na tym przyłapała.

– Fuj! – powiedziała. – Fantazjujesz o Dolores z głową w dół i twoim wackiem w ustach? Co ty sobie myślisz?

– I co ja mam ci powiedzieć, Lupe? Przecież wiesz, co myślę! – zawołał z irytacją, ale się zawstydził.

Gorzej by tego nie wymyślili: przenieśli się do cyrku, będąc oboje w tak trudnym wieku. Znaleźli się w patowej sytuacji: Lupe nie chciała znać jego myśli, a on chciał je przed nią zataić. I po raz pierwszy przestali być sobie bliscy.

Nastawieni do siebie dość wrogo zjawili się w Casa Vargas z bratem Pepe i señorem Eduardo. Ten ostatni zachwiał się na widok konkwistadorów, a może po prostu onieśmielił go przepych holu. Brat Pepe go podparł; wiedział, że lista rzeczy, których señor Eduardo dotąd sobie odmawiał, uległa znacznemu skróceniu. Oprócz uprawiania seksu z Flor pozwalał sobie również na piwo – wręcz niemożliwością było przebywać z Flor i nie pić tego czy owego – lecz kolana miękły mu już po dwóch.

Obecność dziewczyny Vargasa na schodach wcale nie pomogła. Doktor Vargas nie miał stałej sympatii; mieszkał sam, jeśli można tak nazwać mieszkanie w Casa Vargas. (Hiszpańscy konkwistadorzy robili za całą armię współlokatorów).

Na kolacje zawsze znajdował dziewczynę, która umiała gotować. Ta miała na imię Alejandra i była bujną pięknością o biuście, który w kontekście palników kuchenki napawał lękiem o bezpieczeństwo właścicielki. Lupe z miejsca poczuła do niej niechęć: pociąg do doktor Gomez jej zdaniem zobowiązywał Vargasa do wierności.

– Lupe, bądź realistką. – Juan Diego upomniał siostrę, która spojrzała na Alejandrę spode łba i nie podała jej ręki. (Nie chciała wypuścić puszki). – Vargas nie musi być wierny kobiecie, z którą nie spał! On tylko chciałby się przespać z doktor Gomez!

– Na jedno wychodzi – zabrzmiała biblijna odpowiedź Lupe; hiszpańska armia na schodach rzecz jasna ją mierziła.

– Alejandra, Alejandra – powtarzała dorywcza dziewczyna Vargasa, przedstawiając się bratu Pepe i señorowi Eduardo, rozchwianemu na zdradzieckich schodach.

– Lachociąg – mruknęła Lupe do brata. Miała na myśli Alejandrę; użyła ulubionego epitetu Dolores, która nazywała tak akrobatki, byłe lub obecne kochanki Ignacia. Podobnie zwracała się do lwic, kiedy je karmiła. (Lupe twierdziła, że lwice jej nienawidzą, ale Juan Diego nie wiedział, czy to prawda; Lupe nienawidziła Dolores, to pewne. Zdaniem siostry Dolores też była lachociągiem, obecnym lub przyszłym).

W tej chwili padło na Alejandrę, dziewczynę Vargasa. Edward Bonshaw, nieco zdyszany, zobaczył uśmiechniętego Vargasa, który stał na górze, obejmując brodatego konkwistadora w hełmie z pióropuszem.

– A co to za dzikus? – Wskazał na miecz żołnierza i jego napierśnik.

– Jeden z twoich prekursorów, rzecz jasna – odpowiedział lekarz.

Edward Bonshaw łypnął czujnie na Hiszpana. Czy Juanowi Diego tylko się zdawało, że posąg spojrzał uważnie na jego siostrę? Może sprawił to jego niepokój?

– Co się gapisz, rabusiu i gwałcicielu – warknęła na konkwistadora Lupe. – Wezmę twój miecz i obetnę ci jaja. Uważaj, bo znam parę lwów, które chętnie pożarłyby ciebie i twoje chrześcijańskie męty!

– Jezu, Lupe! – krzyknął Juan Diego.

– A co ma do tego Jezus? – prychnęła. – Rządzą tak zwane dziewice. Nawet nie wiemy, co to za jedne.

– O czym ty mówisz?

– Dziewice są jak lwice – zrymowała Lupe. – Lepiej martw się nimi, grają pierwsze skrzypce. – Miała wzrok na wysokości rękojeści, musnęła drobną ręką pochwę. – Tylko nie zapomnij go naostrzyć – dorzuciła.

– Byli faktycznie przerażający, nie? – Edward Bonshaw dalej stał ze wzrokiem utkwionym w zdobywcę.

– Tacy mieli być – odpowiedział Vargas.

Ruszyli przez długi, zdobiony korytarz w ślad za biodrami Alejandry. Oczywiście nie mogli minąć bez słowa wizerunku Chrystusa.

– Błogosławieni, którzy… – zaczął Edward Bonshaw; obraz przedstawiał Jezusa głoszącego Kazanie na Górze.

– Ach, te cudowne błogosławieństwa! – przerwał mu Vargas. – Moja ulubiona część Biblii, choć niewielu się nią przejmuje, a przez Kościół traktowana jest po macoszemu. Zabierasz tych dwoje niewiniątek do sanktuarium Guadalupe? Atrakcja turystyczna, jeśli chcesz znać moje zdanie – mówił do Edwarda Bonshawa, ale na użytek wszystkich swoich gości. – Nie ma błogosławieństw w tej najbardziej bezbożnej z bazylik!

– Więcej tolerancji, Vargas – wtrącił brat Pepe. – Szanuj nasze przekonania, a my będziemy szanować twój brak przekonań...

– Dziewice rządzą – przerwała im Lupe, ściskając puszkę po kawie. – Błogosławieństwa nikogo nie obchodzą. Nikt nie słucha Jezusa, on był tylko pionkiem. To dziewice pociągają za sznurki.

– Proponuję, żebyś nie tłumaczył, cokolwiek powiedziała. Nie tłumacz – powtórzył Pepe Juanowi Diego, zbyt urzeczonemu biodrami Alejandry, żeby zwrócić uwagę na mistycyzm Lupe – może to puszka tak wzmagała jej denerwujące skłonności.

– Tolerancja jest zawsze mile widziana – oznajmił Edward Bonshaw. Juan Diego zobaczył na wprost kolejnego hiszpańskiego żołnierza, który stał na baczność przy dwuskrzydłowych drzwiach w korytarzu.

– To brzmi jak jezuicka sztuczka – stwierdził Vargas. – A odkąd to wy, katolicy, zostawiacie nas, niedowiarków, w spokoju? – Na dowód wskazał okazałego konkwistadora, strzegącego wejścia do kuchni. Położył mu rękę na napierśniku, na sercu – jeśli Hiszpan w ogóle je miał. – Pogadaj z tym facetem o wolnej woli – dodał lekarz, ale żołnierz zignorował ten poufały gest i wzrok mu się wyostrzył. Zezował na Lupe.

Juan Diego nachylił się do siostry.

– Wiem, że coś przede mną ukrywasz – szepnął.

– I tak byś mi nie uwierzył.

– Jakie słodziutkie dzieci – powiedziała Alejandra do Vargasa.

– O matko... lachociąg chce mieć potomstwo! Zaraz stracę apetyt – mruknęła Lupe.
 – Przyniosłaś swoją kawę? – spytała nagle Alejandra. – Czy masz tam zabawki?
 – To dla niego! – Lupe wskazała na Vargasa. – Prochy naszej mamy. Dziwnie pachną. Jest w nich też pies i zmarły hipis. I coś świętego – dodała szeptem. – Ale zapach jest inny. Nie potrafimy go określić. Chcemy zasięgnąć naukowej opinii.
 – Podała puszkę Vargasowi. – Proszę... Niech pan powącha.
 – Pachnie kawą – rzucił na pocieszenie Edward Bonshaw. (Nie wiedział, czy lekarz został poinformowany co do zawartości).
 – To prochy Esperanzy! – wypalił brat Pepe.
 – Twoja kolej, tłumaczu – powiedział Vargas do Juana Diego; wziął puszkę od Lupe, ale jej nie otworzył.
 – Spaliliśmy mamę w *basurero* – zaczął Juan Diego. – A z nią dekownika... martwego – silił się na wyjaśnienia.
 – Był tam jeszcze piesek... niewielki – dopowiedział Pepe.
 – Musiało się fajczyć – zauważył Vargas.
 – Ogień już płonął, kiedy wrzuciliśmy ciała – tłumaczył Juan Diego. – Rivera go rozpalił... tym, co miał pod ręką.
 – Jak to na wysypisku – uzupełnił lekarz; bawił się pokrywką, ale wciąż zwlekał z jej uchyleniem.
 Juan Diego na zawsze zapamięta, jak Lupe dotykała czubka swojego nosa; przyłożyła do niego palec wskazujący.
 – *Y la nariz* – powiedziała. („I nos").
 Juan Diego nie kwapił się z tłumaczeniem, ale ona wciąż to powtarzała i stukała się w czubek noska. *Y la nariz*.
 – Nos? – domyślił się Vargas. – Jaki nos? Czyj nos?
 – Tylko nie nos, wy mali bluźniercy! – krzyknął brat Pepe.
 – Nos Matki Boskiej? – powtórzył Edward Bonshaw. – Spaliliście nos Niepokalanej?
 – On spalił. – Lupe wskazała na brata. – Miał go w kieszeni, chociaż ledwo się mieścił. Kawał kulfona.
 Nikt nie wspomniał Alejandrze, dorywczej dziewczynie Vargasa, że wielki posąg Maryi stracił nos w wypadku, który

zabił sprzątaczkę. Biedna Alejandra musiała się przestraszyć, że na wysypisku spłonął nos prawdziwej Zawsze Dziewicy.

– Pomóżcie jej – odezwała się Lupe, wskazując na Alejandrę. Brat Pepe i Edward Bonshaw odprowadzili dorywczą dziewczynę do zlewu.

Vargas zdjął pokrywkę. Nikt nawet nie pisnął, chociaż wszyscy słyszeli, jak Alejandra wciąga powietrze nosem i wydycha ustami, jakby próbowała zwalczyć mdłości.

Doktor Vargas pochylił twarz nad otwartą puszką. Usłyszeli, jak głęboko wciąga powietrze. Prócz tego rozlegał się tylko miarowy oddech jego dziewczyny, która usiłowała nie zwymiotować do zlewu.

Miecz pierwszego konkwistadora wyślizgnął się z pochwy i brzęknął z hałasem o kamienną posadzkę w holu u stóp schodów. Brat Pepe wzdrygnął się na ten dźwięk – podobnie jak señor Eduardo i dzieci, ale nie Vargas i Alejandra. Potem szczęknął drugi miecz, należący do konkwistadora, który trzymał wartę na szczycie schodów bliżej kuchni. Usłyszeli nie tylko, jak załomotał o kamienne schody, kiedy zsunął się o kilka stopni, zanim znieruchomiał, ale i odgłos wysuwania go z pochwy.

– Ci hiszpańscy żołnierze… – zagaił Edward Bonshaw.

– Nie są konkwistadorami… to tylko posągi – obwieściła Lupe. (Juan Diego bez wahania przetłumaczył). – To pańscy rodzice, prawda? Mieszka pan w ich domu, bo oni tu są, tak? – zwróciła się do lekarza. (Juan Diego tłumaczył na bieżąco).

– Prochy jak prochy… w zasadzie nie pachną – powiedział Vargas. – Ale to było ognisko na wysypisku – ciągnął. – W tych prochach jest farba, może i terpentyna albo rozcieńczalnik. I lakier… znaczy do drewna. Coś łatwopalnego.

– Może benzyna? – rzucił domyślnie Juan Diego; Rivera rozpalał tak niejedno ognisko.

– Całkiem możliwe – zgodził się Vargas. – Te prochy czuć chemikaliami.

– Pewnie nos świętej zmory był chemiczny – wtrąciła Lupe, ale brat złapał ją za rękę, nim zdążyła dotknąć nosa.

Trzeci brzęk rozległ się jeszcze bliżej; podskoczyli wszyscy z wyjątkiem Vargasa.
– Niech zgadnę – powiedział wesoło brat Pepe. – To miecz naszego strażnika przy drzwiach do kuchni… tego w korytarzu – dodał, pokazując palcem.
– Nie. Jego hełm – uściśliła Alejandra. – Ja tu dzisiaj nie śpię. Nie wiem, czego oni chcą – dodała. Chyba doszła do siebie.
– Chcą tutaj być. I dać Vargasowi do zrozumienia, że u nich wszystko w porządku – wyjaśniła Lupe. – Cieszą się, że nie leciał pan tym samolotem – powiedziała lekarzowi.
Kiedy Juan Diego to przetłumaczył, Vargas tylko skinął dziewczynce głową; nie musiała mu tego mówić. Zamknął z powrotem puszkę i oddał ją Lupe.
– Tylko nie wkładaj palców do buzi ani do oczu, jeśli dotykałaś prochów – ostrzegł. – Myj ręce. Farba, terpentyna, lakier… to trucizny.
Miecz śmignął po podłodze w kuchni, gdzie wszyscy stali. Tym razem nie brzęknął: była wyłożona deskami.
– Trzeci miecz… najbliższego Hiszpana – zaznaczyła Alejandra. – Zawsze wrzucają go do kuchni.
Brat Pepe i Edward Bonshaw wyszli na korytarz się rozejrzeć. Obraz z Jezusem głoszącym kazanie wisiał przekrzywiony; Pepe go wyprostował.
– Lubią mi przypominać o błogosławieństwach – oznajmił Vargas, nie patrząc w tamtą stronę.
Z korytarza napłynął głos Amerykanina.
– Błogosławieni, którzy… – I tak dalej.
– Wiara w duchy to nie to samo, co wiara w Boga – powiedział Vargas do dzieci, jakby na swoją obronę.
– Pan jest w porządku, nawet lepszy, niż myślałam – stwierdziła Lupe. – A ty nie jesteś lachociągiem – dorzuciła, zerkając na Alejandrę. – Ładnie pachnie… powinniśmy siadać do stołu.
– Juan Diego przełożył tylko ostatnie zdanie.
– Błogosławieni czystego serca, albowiem to oni ujrzą Pana – zapewnił señor Eduardo. Nie przyznałby racji lekarzowi.

Wychodził z założenia, że wiara w duchy równa się wierze w Boga; według señora Eduardo te dwie rzeczy były przynajmniej zbliżone.

W co wierzył Juan Diego, teraz i wtedy? Widział, na co stać duchy. Czy posąg faktycznie ożył, czy chłopcu tylko się zdawało? Do tego dochodziła sztuczka z nosem, czy jak tam ją nazwać. Niektóre niewyjaśnione rzeczy dzieją się naprawdę.

21

PAN IDZIE PŁYWAĆ

– Wiara w duchy to nie to samo, co wiara w Boga – stwierdził na głos czytelnik z wysypiska. Zabrzmiało to bardziej przekonująco niż kiedykolwiek w przypadku doktora Vargasa. Ale śniło mu się, że dyskutuje z Clarkiem – choć nie o duchach ani wierze w Boga. Znowu skakali sobie do gardeł o polskiego papieża, który stawiał antykoncepcję i aborcję na równi z „upadkiem moralnym", co doprowadzało Juana Diego do szału – Jan Paweł II toczył nieustanną wojnę przeciwko tej pierwszej. Na początku lat osiemdziesiątych nazwał antykoncepcję i aborcję „współczesnymi wrogami rodziny".

– Na pewno przeoczyłeś kontekst – podkreślał wielokrotnie Clark French w rozmowach z byłym nauczycielem.

– Kontekst, Clark? – pytał Juan Diego. (Również przez sen).

Pod koniec lat osiemdziesiątych Jan Paweł II nazwał stosowanie prezerwatyw – nawet w celu zapobiegania AIDS – „niedozwolonym moralnie".

– Kontekstem był kryzys AIDS, Clark! – wrzasnął, nie tylko wtedy, ale i we śnie.

A jednak obudził się ze stwierdzeniem, że wiara w duchy nie jest tożsama z wiarą w Boga; przechodzenie ze snu w jawę mogło pomieszać w głowie.

– Duchy... – podjął, siadając na łóżku, ale nie dokończył.

Był sam w sypialni w Encantadorze, tym razem Miriam zniknęła naprawdę – nie leżała z nim w łóżku, tłumiąc oddech.

– Miriam? – zawołał, na wypadek gdyby była w łazience. Ale drzwi do łazienki stały otworem i nie doczekał się odpowiedzi – prócz piania innego koguta. (To musiał być inny kogut; sądząc po odgłosie, tamten poległ w pół krzyku). Przynajmniej ten nie zwariował, przez okno bowiem wpadało światło dnia – na Bohol nastał Nowy Rok.

Juan Diego słyszał zza okna dzieci hałasujące nad basenem. Po wejściu do łazienki ze zdziwieniem ujrzał swoje medykamenty rozsypane na blacie wokół umywalki. Czyżby wstał w nocy i – w półśnie lub transie erotycznym – pożarł garść leków? Jeśli tak, to ile – i których? (Zarówno viagra była otwarta, jak i beta-blokery – część tabletek znajdowała się na podłodze).

A może Miriam jest lekomanką, przyszło mu do głowy. Lecz nawet nałogowiec nie zainteresowałby się chyba lopressorem, a na co kobiecie viagra?

Posprzątał bałagan. Wykąpał się na zewnątrz, czerpiąc niemałą przyjemność z towarzystwa kotów, które zjawiły się na daszku i miauczały. Może to kot, pod osłoną mroku, dorwał zdezorientowanego koguta? Koty to urodzeni mordercy, nieprawdaż?

Właśnie się ubierał, kiedy usłyszał auto na sygnale. Pewnie morze wyrzuciło ciało jednego z imprezowiczów z klubu na plaży; przetańczył całą noc i skurcz złapał go w wodzie. Albo Nocne Małpy urządziły sobie katastrofalną w skutkach kąpiel na golasa. Pofolgował swojej wyobraźni, jak to pisarze mają w zwyczaju.

Ale kiedy zszedł na śniadanie, przed wejściem do hotelu zobaczył karetkę i radiowóz. Clark French pilnował schodów do biblioteki na drugim piętrze.

– Nie wpuszczam dzieci – oznajmił dawnemu nauczycielowi.

– Dokąd? – zapytał Juan Diego.

– Josefa jest na górze, z policją i lekarzem z pogotowia. Ciocia Carmen mieszkała w pokoju na ukos od twojej znajomej. Nie wiedziałem, że tak szybko wyjedzie!
– Kto, Clark? Kto wyjechał?
– Twoja znajoma. Kto tłukłby się taki kawał na jedną noc, nawet na sylwestra? – wybuchnął Clark.
Juan Diego nie wiedział o wyjeździe Miriam, chyba miał zdziwioną minę.
– Nie powiedziała ci, że wyjeżdża? – zdumiał się Clark.
– Myślałem, że ją znasz! Wiem od recepcjonisty, że miała wcześnie samolot, ktoś podjechał po nią przed świtem. Podobno po jej wyjeździe wszystkie drzwi na drugim piętrze były otwarte na oścież. Dzięki temu znaleźli ciocię Carmen! – bełkotał Clark.
– Znaleźli? Gdzie? – wypytywał Juan Diego. Stwierdził w duchu, że opowieść jest wyzwaniem chronologicznym, jak nie przymierzając powieść Clarka Frencha!
– Na podłodze w jej pokoju, między łazienką a łóżkiem... Ciocia Carmen nie żyje! – krzyknął.
– Tak mi przykro, Clark. Chorowała? Była... – Juan Diego nie dokończył, bo Clark wskazał mu recepcję.
– Zostawiła dla ciebie list. Recepcjonista go ma – oznajmił.
– Ciocia Carmen napisała do mnie li...
– Twoja znajoma, nie ciocia Carmen! – wrzasnął Clark.
– Aha.
– Proszę pana. – U boku Juana Diego wyrosła Consuelo, dziewczynka z warkoczykami. Zobaczył, że towarzyszy jej Pedro.
– Zakaz wstępu na górę, dzieciaki – ostrzegł Clark French, ale dzieci podreptały za Juanem Diego, który pokuśtykał do recepcji.
– Ciocia od rybek umarła, proszę pana – zaczął Pedro.
– Słyszałem – odpowiedział Juan Diego.
– Złamała sobie kark – dodała Consuelo.
– Kark! – krzyknął Juan Diego.
– Jak można złamać sobie kark, wstając z łóżka, proszę pana? – dopytywał się Pedro.

– Pojęcia nie mam. – Juan Diego się poddał.
– Pani, która się pojawia, zniknęła, proszę pana – zakomunikowała Consuelo.
– Słyszałem. – Pokiwał głową.
Recepcjonista, gorliwy acz znerwicowany młodzieniec, już czekał na Juana Diego z listem w ręku.
– Pani Miriam zostawiła to dla pana. Spieszyła się na samolot.
– Pani Miriam – powtórzył Juan Diego jak echo. Nikt nie znał jej nazwiska?
Clark French przyczłapał za nimi do recepcji.
– Pani Miriam często u was bywa? Czy jest jakiś pan Miriam? – zwrócił się do chłopaka. (Juan Diego doskonale znał ów ton moralnej dezaprobaty w głosie dawnego studenta, z mocą pobrzmiewał – lub grzmiał – również w twórczości Clarka).
– Bywała już u nas, ale niezbyt często. Jest też córka, proszę pana – poinformował recepcjonista.
– Dorothy? – zapytał Juan Diego.
– Właśnie tak ma na imię. Dorothy – odpowiedział młodzieniec i podał mu list.
– Znasz i matkę, i córkę? – zapytał Clark French dawnego nauczyciela. (Jego ton przeszedł w stan alarmowy).
– Początkowo byłem bliżej z córką, Clark, ale dopiero co je poznałem: w czasie lotu z Nowego Jorku do Hongkongu. Jeżdżą po całym świecie, tyle o nich wiem. One...
– Faktycznie wydają się bardzo światowe... Miriam na pewno – przerwał mu Clark. (Juan Diego wiedział, że „światowość" bywa wadą – zwłaszcza z perspektywy poważnego katolika pokroju Clarka).
– Nie przeczyta pan listu, proszę pana? – spytała Consuelo. Na wspomnienie listu Juan Diego zwlekał z otwarciem koperty przy dzieciach, ale jak mógł im tego odmówić? Wszyscy zamarli w oczekiwaniu.
– Może twoja znajoma coś zauważyła... à propos cioci Carmen – podsunął Clark. Słowo „znajoma" brzmiało w jego

ustach tak, jakby chodziło o demona w żeńskim wydaniu. Jak to on się nazywa? (Siostra Gloria nie powstydziłaby się takiej uwagi). Sukub – właśnie! Sukuby to złe duchy w kobiecej postaci, które ponoć uprawiają seks ze śpiącymi mężczyznami. Clark French na pewno znał to określenie. Musi pochodzić z łaciny, pomyślał Juan Diego, ale Pedro pociągnął go za rękę, odwracając jego uwagę.

– W życiu nie widziałem nikogo szybszego, proszę pana – oznajmił. – Mam na myśli pana znajomą.

– W pojawianiu się i znikaniu – uzupełniła Consuelo, targając warkoczyki.

Byli tak zainteresowani osobą Miriam, że Juan Diego otworzył list. „Do następnego w Manili", brzmiała jego treść. „Zerknij na faks od D.", dopisała pod spodem Miriam, w pośpiechu lub ze zniecierpliwieniem, a może jedno i drugie. Clark odebrał mu kopertę i przeczytał na głos pierwsze zdanie.

– Brzmi jak tytuł – stwierdził. – Umówiliście się w Manili?

– Na to wygląda – odrzekł Juan Diego; opanował do perfekcji wzruszenie ramion Lupe, będące nonszalanckim gestem ich matki. Odczuł lekki przypływ dumy na myśl, że Clark French może uważa go za „światowego" i podejrzewa o bratanie z sukubami!

– Przypuszczam, że „D." to córka. Faks wygląda na długi – ciągnął Clark.

– D. to Dorothy, Clark. Owszem, córka – uciął Juan Diego.

Faks istotnie był długi i dość zagmatwany. Opowieść dotyczyła bawołu domowego i jakichś poparzeń, a także serii niefortunnych przygód, jakie przytrafiły się dzieciom napotkanym przez Dorothy w trakcie jej podróży, tak mu się przynajmniej zdawało. Proponowała, by Juan Diego przyjechał do niej do kurortu o nazwie El Nido na wyspie Lagen, w innej części Filipin, w miejscu zwanym Palawan. Dołączyła bilety lotnicze, które oczywiście nie uszły uwagi Clarka. Wszystko wskazywało, że Clark zna i nie pochwala El Nido. („Nido" może znaczyć gniazdo, nora lub dziura). Zapewne Clark nie pochwalał również D.

Zaturkotały kółka w korytarzu i Juanowi Diego zjeżyły się włoski na karku – jeszcze zanim podniósł wzrok i zobaczył szpitalny wózek, wiedział (jakimś cudem), że to nosze z karetki. Ratownicy medyczni podjechali nim do windy towarowej. Pedro i Consuelo rzucili się w tamtą stronę. Clark i Juan Diego zauważyli doktor Josefę Quintanę; schodziła po schodach do biblioteki w towarzystwie lekarza.

– Tak jak ci mówiłam, Clark. Ciocia Carmen upadła nieszczęśliwie i skręciła sobie kark – oznajmiła.

– Albo ktoś jej skręcił – zasugerował Clark i zerknął na Juana Diego, jakby szukał potwierdzenia.

– Obaj są pisarzami – powiedziała Josefa do lekarza. – Puszczają wodze fantazji.

– Spadła całym ciężarem, podłoga jest twarda... kark tego nie wytrzymał – wyjaśnił Clarkowi lekarz.

– I uderzyła się w głowę – uzupełniła doktor Quintana.

– Albo ktoś ją uderzył, Josefo! – obwieścił Clark ponuro.

– Ten hotel jest... – zaczęła Josefa. Urwała na widok poważnych dzieci, Pedro i Consuelo, eskortujących wózek z ciałem cioci Carmen. Jeden z ratowników pchnął go w stronę wyjścia.

– Jaki jest? – spytał Juan Diego.

– Zaczarowany – uzupełniła doktor Quintana.

– Chciałaś powiedzieć, nawiedzony – stwierdził Clark French.

– Casa Vargas – oznajmił Juan Diego; w sumie normalka, przed chwilą śniły mu się duchy. *Ni siquiera una sorpresa*, powiedział po hiszpańsku. („W sumie normalka").

– Juan Diego najpierw poznał córkę swojej znajomej... dopiero co poznał je w samolocie – tłumaczył Clark żonie. (Lekarz ruszył w ślad za wózkiem). – Czyli za dobrze ich nie zna.

– Owszem – przyznał Juan Diego. – Spałem z obiema, ale są dla mnie zagadką – poinformował Clarka i doktor Quintanę.

– Spałeś z matką i córką – upewnił się Clark. – A co wiesz o sukubach? – spytał, ale zaraz dodał, nie czekając na odpowiedź: – Sukub to nałożnica, to demon w postaci kobiety...

– ...który ponoć uprawia seks ze śpiącym mężczyzną! – dokończył Juan Diego.

– Od łacińskiego *succubare*, czyli „leżeć pod spodem" – ciągnął Clark.

– Miriam i Dorothy to dla mnie zagadki – powiedział Juan Diego.

– Zagadki – powtórzył Clark; bez przerwy to powtarzał.

– Skoro mowa o zagadkach – podjął Juan Diego. – Czy słyszeliście koguta, który piał w środku nocy... po ciemku?

Doktor Quintana powstrzymała męża, zanim znów wypowiedział słowo „zagadka". Nie, nie słyszeli koguta, którego pianie się urwało – być może na zawsze.

– Proszę pana – odezwała się Consuelo, ponownie stając u boku Juana Diego. – Co będzie pan dzisiaj robił? – zapytała szeptem. Nie czekając na odpowiedź, wzięła go za rękę; poczuł, że Pedro ujmuje drugą.

– Pójdę popływać – odszepnął Juan Diego. Zrobili zdziwione miny, bez względu na obfitość wody, która ich otaczała. Zerknęli z lękiem po sobie.

– A pańska stopa? – spytała szeptem Consuelo. Pedro z powagą pokiwał głową; oboje wpatrywali się w jego stopę odchyloną pod kątem prostym.

– W wodzie nie kuleję – odpowiedział, też szeptem. – Pływam zupełnie normalnie. – Spodobało mu się to szeptanie.

Dlaczego perspektywa nadchodzącego dnia tak go cieszyła? Radowało go nie tylko pływanie, nie krył też zadowolenia, że dzieci lubią sobie z nim poszeptać. Obrócili jego plany w zabawę, a ich towarzystwo sprawiało mu wielką frajdę.

Czemu nie odczuwał potrzeby zwykłego wykłócania się z Clarkiem o jego ukochany Kościół katolicki? Nie przeszkadzało mu nawet, że Miriam nie uprzedziła go o swoim wyjeździe, w zasadzie trochę mu ulżyło.

A może poniekąd budziła w nim strach? Lub jej obecność zbiegła się z jego snami o duchach i to go zaniepokoiło?

Prawdę powiedziawszy, odetchnął, że jest sam. Żadnej Miriam. („Do następnego w Manili").

Ale co z Dorothy? Seks z Dorothy, podobnie jak seks z Miriam, był nie do opisania. Tylko dlaczego umknęły mu wszystkie szczegóły? Miriam i Dorothy tak dalece splatały się z jego snami, jakby tylko w nich istniały. Przecież to niemożliwe: inni ludzie je widzieli! Dziewczyna z chłopakiem na stacji Koulun: chłopak zrobił im wspólne zdjęcie. („Zrobię wam wszystkim", powiedział). I nie ulegało wątpliwości, że goście widzieli Miriam w czasie kolacji sylwestrowej; niewykluczone, że tylko biedny gekon nie zdążył, nim nadziała go na widelec.

A jednak Juan Diego miał wątpliwości, czy rozpozna Dorothy; nie mógł przywołać w myślach jej obrazu – fakt, Miriam była z nich dwóch ładniejsza. (I bardziej aktualna erotycznie).

– Idziemy na śniadanie? – spytał Clark French, choć oboje z żoną byli pochłonięci czymś innym. Może zirytowało ich szeptanie lub to, że dzieci nie odstępowały Juana Diego?

– Czy ty przypadkiem nie byłaś już na śniadaniu, Consuelo? – spytała doktor Quintana. Dziewczynka nie wypuszczała ręki Juana Diego.

– Tak, ale nic nie jadłam. Czekałam na pana – odrzekła.

– Pana Guerrero – poprawił Clark.

– Właściwie to wolę samego „pana", Clark – zaoponował Juan Diego.

– Na razie dwa gekony, proszę pana – zaraportował Pedro; zajrzał za wszystkie obrazy. Juan Diego zobaczył, jak zerka pod dywany i do kloszy. – Ani śladu dużego... Odszedł – oznajmił chłopiec.

Juan Diego nie lubił tego słowa. Odeszli wszyscy ludzie, których kochał – wszyscy najdrożsi, którzy odcisnęli na nim ślad.

– Wiem, że znowu się zobaczymy w Manili – mówił Clark, choć jego dawny nauczyciel miał spędzić na Bohol jeszcze dwa dni. – Wiem, że jedziesz na spotkanie z D., i gdzie się umówiliście. Później pogadamy o córce – uzupełnił, jakby to, co miał do powiedzenia (lub czuł się zmuszony powiedzieć) na temat Dorothy, nie nadawało się dla dziecięcych uszu. Consuelo ściskała rękę Juana Diego; Pedro stracił zainteresowanie ręką, ale nigdzie się nie ruszył.

– A co się stało? – spytał Juan Diego i nie było to niewinne pytanie. (Wiedział, że sprawa matki i córki zalazła Clarkowi za skórę). – I gdzie się z nią umówiłem... na innej wyspie? – Nie czekając na odpowiedź Clarka, zwrócił się do jego żony. – Kiedy człowiek sam nie planuje, nie wie, dokąd się wybiera – stwierdził.

– Twoje lekarstwa – zaczęła doktor Quintana. – Wciąż bierzesz beta-blokery, prawda? Nie przestałeś ich brać?

Wówczas Juan Diego zdał sobie sprawę, że owszem, przestał – zmyliły go rozsypane tabletki w łazience. Za dobrze się dzisiaj czuł; gdyby zażył leki, nie miałby tak dobrego samopoczucia.

Mimo to skłamał.

– O tak. Nie wolno ich odstawić z dnia na dzień, tylko stopniowo, czy coś w tym rodzaju.

– Porozmawiaj ze swoim lekarzem, zanim choćby zaświta ci w głowie to zrobić – poradziła doktor Quintana.

– Jasne – zapewnił.

– Lecisz stąd na wyspę Lagen, do Palawanu – oświadczył Clark French. – Hotel El Nido jest zupełnie inny niż Encantador. Wykwintny. Zresztą sam zobaczysz – dorzucił z dezaprobatą.

– Czy na wyspie Lagen są gekony? – zapytał Pedro. – Jakie tam mają jaszczurki?

– Warany. Drapieżne i wielkie jak psy – poinformował Clark.

– Biegają czy pływają? – dociekała Consuelo.

– Jedno i drugie. Piorunem zmieniają miejsce! – powiedział dziewczynce z warkoczykami.

– Przestań, Clark, bo dzieci będą miały koszmary – wtrąciła Josefa.

– Ja mam koszmary na myśl o matce i córce – odburknął.

– Może nie przy dzieciach, Clark – poprosiła.

Juan Diego tylko wzruszył ramionami. Nie znał się na waranach, lecz spotkanie z Dorothy na wyspie, w „wykwintnym" hotelu z pewnością będzie doświadczeniem innym niż wszystkie. Odczuł lekkie poczucie winy – dezaprobata Clarka i jego potępienie sprawiały mu pewną uciechę.

A jednak wszyscy troje, zarówno Clark, jak i Miriam oraz Dorothy, lubili manipulować człowiekiem; może dla odmiany to on weźmie ich w obroty.

Nagle spostrzegł, że Josefa wzięła go za drugą rękę – tę, której nie trzymała Consuelo.

– Zdaje mi się, że dzisiaj mniej utykasz – stwierdziła. – Chyba się wyspałeś.

Wiedział, że powinien przy niej uważać i nie przesadzać z tabletkami. W obecności lekarki musi udawać bardziej skurczonego niż w rzeczywistości: była niezwykle spostrzegawcza.

– Tak, nieźle się dzisiaj czuję... jak na mnie – odpowiedział.

– Jakby mniej zmęczony, mniej przytłumiony niż zwykle – tak to ujął.

– Widzę – odrzekła i uścisnęła jego dłoń.

– Nie spodoba ci się w El Nido; pełno tam turystów, zagranicznych turystów – nadawał Clark French.

– Wiesz, co dzisiaj zrobię? Coś, za czym przepadam – powiedział Juan Diego do Josefy. Ale nim przedstawił jej swoje plany, dziewczynka z warkoczykami go wyręczyła.

– Pan idzie pływać! – zawołała.

Widać było, jaki to wysiłek dla Clarka – ile go kosztuje, aby nie okazać, jak bardzo nie pochwala pływania.

Edward Bonshaw i dzieci z wysypiska jechali autobusem z treserką psów Estrellą i psami. Klowni karły, Piwny Brzuch oraz jego niezbyt kobiecy kompan – transwestyta Paco – też podróżowali tym autobusem. Gdy tylko señor Eduardo zasnął, Paco wykropkował mu twarz (i twarze dzieciom) „ospą słoniową". Zrobił to za pomocą różu; namalował kropki również na twarzy swojej i Piwnego Brzucha.

Argentyńscy akrobaci zasnęli wśród wzajemnych pieszczot, ale karły nie upaćkały im twarzy. (Jeszcze pomyśleliby, że słoniową ospę przenosi się drogą płciową). Młode akrobatki, które szczebiotały jedna przez drugą z tyłu autobusu, patrzyły z góry na te wygłupy, ponawiane zapewne przy okazji każdego wyjazdu, jak podejrzewał Juan Diego. Piżama, człowiek guma, spał wyciągnięty na podłodze w przejściu przez całą drogę do miasta Meksyk. Dzieci z wysypiska jeszcze nigdy nie widziały go rozciągniętego na całą długość i ze zdziwieniem stwierdziły, że jest całkiem wysoki. Nie przeszkadzały mu psy, które niestrudzenie łaziły tam i z powrotem i go obwąchiwały.

Dolores – Cud we własnej osobie – siedziała z dala od mniej utytułowanych akrobatek. Wyglądała przez okno lub spała z czołem przyciśniętym do szyby, potwierdzając opinię „zepsutej cipy" w czach Lupe – co obok „mysiego cyca" stanowiło ulubiony epitet dziewczynki. Nawet dzwoneczki na kostkach Dolores zaskarbiły jej potępienie telepatki, która uważała ją za „hałaśliwą szmatę, pępek świata", choć odosobnienie Dolores – od wszystkich, przynajmniej w autobusie, zdaniem chłopca świadczyło o czymś zupełnie przeciwnym.

Według niego Dolores wyglądała na smutną, wręcz z góry skazaną na zgubę, i to bynajmniej nie z powodu ewentualnego upadku z drabiny. To Ignacio, treser lwów, kładł się cieniem na jej przyszłości, zgodnie z przewidywaniami Lupe – „niech treser zrobi jej bachora!". Możliwe, że powiedziała to w przypływie gniewu, lecz – w mniemaniu chłopca – jej słowa nabrały mocy nieodwracalnej klątwy.

Juan Diego nie tylko pragnął Dolores, podziwiał też jej odwagę pod kopułą namiotu – ćwiczenia mu uświadomiły, że perspektywa spróbowania tego na wysokości dwudziestu pięciu metrów jest naprawdę zatrważająca.

Ignacio nie jechał z nimi autobusem, tylko ciężarówką z dzikimi kotami. (Soledad mówiła, że jej mąż zawsze podróżuje ze swoimi lwami). Hombre, którego Lupe nazwała „ostatnim psem", miał własną klatkę. *Las señoritas* – młode damy o imionach na cześć różnych części ciała – podróżowały razem. (Jak zauważyła Flor, świetnie się dogadywały).

Plac cyrkowy, w północnej części miasta Meksyk – niedaleko Cerro Tepeyac, wzgórza, na którym w tysiąc pięćset trzydziestym pierwszym roku azteckiemu imiennikowi Juana Diego objawiła się *la virgen morena* – znajdował się w pewnej odległości od centrum, lecz w pobliżu Basílica de Nuestra Señora de Guadalupe. Niemniej jednak autobus z dziećmi i Edwardem Bonshawem za namową klownów odłączył się od sznura pojazdów i skręcił do śródmieścia.

Paco i Piwny Brzuch postanowili zaprezentować braciom cyrkowym swoje dawne śmieci – oboje pochodzili z miasta Meksyk. Gdy autobus zwolnił w ruchu ulicznym, nieopodal ruchliwego skrzyżowania Calle Anillo de Circunvalación oraz Calle San Pablo, señor Eduardo się obudził.

Perro Mestizo vel Kundel, złodziej dzieci – „gryzoń", jak nazywał go obecnie Juan Diego – spał na kolanach Lupe, ale obsikał udo señora Eduardo, który pomyślał, że sam popuścił w majtki.

Tym razem Lupe przejrzała jego myśli, więc zrozumiała, czemu tak się spłoszył po przebudzeniu.

– Powiedz papudze, że to Perro Mestizo – poleciła bratu, ale wzrok Amerykanina padł na ospę słoniową na ich twarzach.

– Wysypało was... złapaliście coś strasznego! – zawołał.

Piwny Brzuch i Paco usiłowali zorganizować obchód Calle San Pablo – autobus już stanął – ale Edward Bonshaw dostrzegł cętki również na ich twarzach.

– Zaraza! – krzyknął. (Lupe stwierdziła później, że nietrzymanie moczu wydało mu się wczesnym objawem).

Paco podała wkrótce byłemu scholastykowi małe lusterko (w pudełeczku z różem), które nosiła w torebce.

– Masz to samo... to ospa słoniowa. Występuje w każdym cyrku. Na ogół nie jest śmiertelna – pocieszyła.

– Ospa słoniowa! – jęknął señor Eduardo. – Na ogół... – zaczął, ale Juan Diego nachylił się do jego ucha.

– Oni są klownami, tylko tak żartują. Pomalowali nas – uspokoił roztrzęsionego misjonarza.
– To mój róż, Eduardo – przyznała Paco, wskazując na pudełeczko z lusterkiem.
– Zlałem się w gacie! – oświadczył Edward Bonshaw z urazą, ale tylko chłopiec zrozumiał jego rozgorączkowaną angielszczyznę.
– Kundel na pana nasikał... ten sam dureń, który pana pogryzł – wyjaśnił.
– To mi nie wygląda na plac cyrkowy – stwierdził Edward Bonshaw, kiedy wysiedli z autobusu w ślad za cyrkowcami.
Nie wszystkich interesował obchód po starych śmieciach Piwnego Brzucha i Paco, ale Juan Diego i Lupe mieli niepowtarzalną okazję, by rozejrzeć się po śródmieściu: chcieli zobaczyć tłumy.
– Handlarze, demonstranci, turyści, dziwki, rewolucjoniści, sprzedawcy rowerów... – wyliczał Piwny Brzuch, idąc na czele. Faktycznie, w pobliżu rogu Calle San Pablo i Calle Roldán znajdował się sklep z rowerami. Na chodniku od frontu stały prostytutki; kolejne sterczały też przed wejściem do hotelu na godziny na Calle Topacio. Niektóre wyglądały na niewiele starsze od Lupe.
– Chcę wracać do autobusu – oświadczyła dziewczynka.
– Chcę wracać do Zagubionych Dzieci, nawet jeśli... – Nagle urwała i Juanowi Diego nasunęło to przypuszczenie, że zmieniła zdanie – lub dostrzegła nagle coś w przyszłości, coś, co uniemożliwiało (przynajmniej w jej mniemaniu) powrót do sierocińca.
Nie wiadomo, czy Edward Bonshaw ją zrozumiał, zanim Juan Diego przetłumaczył prośbę siostry – czy też zakomunikowała mu bez słów swoje życzenie – w każdym razie pomaszerowali oboje do autobusu. (Juan Diego nie był pewien, kiedy to się dokładnie stało).
– Czy to dziedziczne... czy mają to we krwi... że zostają prostytutkami? – zwrócił się do Piwnego Brzucha. (Zapewne myślał o swojej matce, świętej pamięci Esperanzie).

– Nie chcesz wiedzieć, co one mają we krwi – odpowiedział Piwny Brzuch.
– Jakiej krwi? Czyjej krwi? – dopytywała Paco; peruka jej się przekrzywiła, a zarost na twarzy raził w zestawieniu z różową szminką i cieniem do oczu – o słoniowej ospie nie wspominając.

Juan Diego też chciał wrócić do autobusu, i chyba też zaświtała mu myśl o powrocie do Zagubionych Dzieci. „Kłopoty nie zależą od miejsca, kotku", powiedziała kiedyś Flor do señora Eduardo – Juan Diego nie był pewien à propos czego. (Czyż jej kłopoty w Houston nie były ściśle związane z tym miastem?).

Może brakowało mu krzepiącej bliskości puszki po kawie z jej zróżnicowaną zawartością; zostawili puszkę w autobusie. Co do powrotu do sierocińca, czy odczułby to jako kapitulację? (Na pewno odebrał to co najmniej jako rodzaj wyjścia awaryjnego).

– Patrzę na ciebie z zazdrością – usłyszał kiedyś, jak Edward Bonshaw mówi do doktora Vargasa. – Twoja zdolność leczenia, zmieniania życia… – Ale Vargas nie pozwolił mu dokończyć.

– Zazdrosny jezuita to jezuita w tarapatach. Tylko mi nie mów, że wątpisz, papugo – powiedział.

– Zwątpienie jest częścią wiary. Na pewno dla was, naukowców, którzy zatrzasnęliście te drugie drzwi – zaznaczył Edward Bonshaw.

– Drugie drzwi! – krzyknął Vargas.

Po powrocie do autobusu Juan Diego zobaczył, kto darował sobie wycieczkę. Nie tylko posępna Dolores – Cud nie ruszyła się spod okna – ale i pozostałe młode akrobatki. Miasto Meksyk, a konkretnie ta jego część, stanowiło dla nich pewien problem: były nim prostytutki. Być może cyrk uchronił te dziewczęta przed trudnym wyborem; może La Maravilla postawił im Ignacia na drodze, ale życie dziewcząt, które sprzedawały się na San Pablo i Topacio, nie było życiem akrobatek – na razie.

Argentyńscy akrobaci też zostali w autobusie: trwali przytuleni, jakby zastygli na trapezie pieszczoty – ich rozbuchane życie erotyczne chroniło ich przed upadkiem tak samo skutecznie jak linki, mocowane skrupulatnie przed każdym występem. Człowiek guma, Piżama, rozciągał się w przejściu między siedzeniami – wolał nie narażać się na śmieszność w miejscu publicznym. (W cyrku nikt go nie wyśmiewał). Estrella, rzecz jasna, została w autobusie z psami.

Lupe spała na dwóch siedzeniach, z głową na kolanach Edwarda Bonshawa. Nie przeszkadzała jej mokra nogawka.

– Ona się chyba boi. Moim zdaniem powinniście wrócić do Zagubionych Dzieci... – zaczął señor Eduardo na widok chłopca.

– Ale pan wyjeżdża, prawda? – zapytał czternastolatek.

– Tak... z Flor – odparł cicho Amerykanin.

– Słyszałem pana rozmowę z Vargasem... tę o pocztówce z kucykiem – powiedział Juan Diego.

– Nie była przeznaczona dla twoich uszu. Czasem zapominam, że dobrze znasz angielski.

– Wiem, co to jest pornografia – zapewnił go Juan Diego. – To było zdjęcie pornograficzne, tak? Na pocztówce młoda kobieta trzymała członek kucyka w ustach, tak? – upewnił się chłopiec. Edward Bonshaw ze skruchą pokiwał głową.

– Miałem tyle lat, ile ty, kiedy ją zobaczyłem – powiedział.

– Rozumiem, dlaczego to panem wstrząsnęło. Pewnie zareagowałbym tak samo. Ale dlaczego nie daje to panu spokoju? – zapytał Juan Diego. – Myślałem, że człowiek z wiekiem przestaje się przejmować.

Edward Bonshaw był na wiejskim jarmarku.

– Na takich jarmarkach różnie bywało – opowiadał Vargasowi.

– Tak, tak. Konie z pięcioma nogami, krowa z dwiema głowami. Wybryki natury... mutanty, tak? – uzupełnił lekarz.

– I występy dziewcząt, striptiz w namiotach. Mówiło się na to „peep show" – ciągnął señor Eduardo.

– W Iowa! – wykrzyknął Vargas ze śmiechem.

– Ktoś z takiego namiotu sprzedał mi pornograficzną kartkę... kosztowała dolara – wyznał Edward Bonshaw.
– Z dziewczyną, która obciąga kucykowi? – spytał Vargas.
Señora Eduardo zamurowało.
– Widziałeś tę kartkę?
– Każdy widział. Made in Texas, co? – rzucił Vargas. – Wszyscy tutaj ją znali, bo dziewczyna wyglądała na Meksykankę...
Ale Edward Bonshaw mu przerwał.
– W tle stał mężczyzna. Nie było widać jego twarzy, ale miał na nogach kowbojki i trzymał bat. Wyglądało tak, jakby zmusił dziewczynę...
Tym razem to Vargas mu przerwał.
– Jasne, że ktoś ją zmusił. Chyba nie sądzisz, że to był jej pomysł. Albo kucyka – dodał.
– Ta kartka mnie prześladowała. Nie mogłem przestać na nią patrzeć... kochałem tę biedną dziewczynę! – oznajmił Amerykanin.
– Chyba na tym polega pornografia, prawda? – zauważył Vargas. – Oczu nie można oderwać!
– Niepokoił mnie zwłaszcza bat – ciągnął señor Eduardo.
– Pepe wspomniał, że masz do nich słabość... – zaczął Vargas.
– Kiedyś pokazałem kartkę księdzu podczas spowiedzi – ciągnął Edward Bonshaw. – Przyznałem, że jestem od niej uzależniony. A on na to: „Zostaw ją u mnie". Oczywiście uznałem, że pragnie jej z tych samych powodów, co ja, ale on powiedział: „Mogę zniszczyć kartkę, jeśli masz w sobie dość siły, aby ją oddać. Pora, żeby biedna dziewczyna zaznała spokoju".
– Wątpię, czy zaznała spokoju – wtrącił Vargas.
– Wtedy po raz pierwszy zapragnąłem zostać księdzem – uzupełnił Edward Bonshaw. – Chciałem robić dla innych to, co tamten ksiądz zrobił dla mnie: chciałem ich ratować. Kto wie? – dodał. – Może ta kartka go zniszczyła.
– Przypuszczam, że dziewczyna gorzej na tym wyszła – skwitował Vargas. Edward Bonshaw umilkł. Ale Juan Diego nie mógł pojąć, czemu wciąż zadręcza się tą kartką.

– Nie uważa pan, że doktor Vargas miał rację? – zapytał w autobusie. – Nie wydaje się panu, że biedna dziewczyna gorzej na tym wyszła?
– Ta biedna dziewczyna nie jest dziewczyną – oświadczył señor Eduardo. Zerknął na Lupe, żeby się upewnić, czy wciąż śpi. – Ta biedna dziewczyna to Flor – wyszeptał.
– Właśnie to zdarzyło się w Houston. Biedna dziewczyna spotkała kucyka.

Opłakiwał już Flor i señora Eduardo, nie było końca temu opłakiwaniu. Ale przebywał w pewnej odległości od brzegu, więc nikt nie widział jego łez. I czy oczy nie łzawią od słonej wody? W słonej wodzie można się unosić nieustannie, pomyślał; tak łatwo brodzić w ciepłym i spokojnym morzu.

– Proszę pana! – wołała Consuelo. Zobaczył dziewczynkę z warkoczykami, stała na plaży i do niego machała, a on jej odmachał.

Utrzymywanie się na wodzie prawie nie wymagało od niego wysiłku, ledwo się poruszał. Płakał tak samo łatwo, jak pływał. Łzy płynęły same.

– Widzisz, zawsze ją kochałem, jeszcze zanim się poznaliśmy! – wyznał Edward Bonshaw. Nie rozpoznał Flor w dziewczynie z kucykiem – nie od razu. A kiedy to się stało – gdy uświadomił sobie, że Flor jest dziewczyną ze zdjęcia, tylko starszą – nie czuł się na siłach jej wyznać, że zna część smutnej historii z Teksasu.

– Powinien pan jej powiedzieć – stwierdził Juan Diego; tyle wiedział już w wieku lat czternastu.

– Jeżeli sama zechce mi powiedzieć, zrobi to... to jej opowieść – powtarzał latami Edward Bonshaw.

– Powiedz jej! – naciskał Juan Diego w miarę upływu ich wspólnego czasu. Lecz opowieść o Houston pozostała opowieścią Flor i niczyją inną.

– Powiedz! – krzyknął w ciepłym morzu. Leżał odwrócony od brzegu, twarzą do bezkresnego horyzontu – czy gdzieś tam nie leży Mindanao? (Nikt na plaży nie usłyszał jego płaczu).

– Proszę pana! – wołał Pedro. – Niech pan uważa na... (A potem: „Proszę nie nadepnąć na..." – niezrozumiałe słowo brzmiało jak „owce"). Ale Juan Diego był w głębokiej wodzie, nie sięgał dna – nie nadepnąłby na żadne „barany", „owce", czy przed czym ostrzegał go chłopiec.

Mógł brodzić bez przerwy, ale pływał słabo. Lubił pływać pieskiem – był to jego ulubiony styl, powolny piesek (pieskiem chyba nikt nie umiał zasuwać). Wszyscy sugerowali mu naukę pływania, ale on chodził na lekcje, z wyboru pływał pieskiem. (Odpowiadał mu ten psi styl, książki też pisał wolno).

– Zostawcie dzieciaka w spokoju – zrugała kiedyś Flor ratownika na basenie. – Nie widzicie, jak on chodzi? Stopa jest nie tylko koślawa, ale nafaszerowana metalem, waży tonę. Spróbowalibyście pływać inaczej niż pieskiem z taką kotwicą u nogi!

– Jakim znowu metalem? – zapytał, gdy wracali z Field House do domu.

– Nie wiem, ale to dobra opowieść, nie? – skwitowała Flor. Niemniej jednak swoją opowieść zachowała dla siebie. Kucyk z pocztówki stanowił tylko wycinek, jedyny wgląd w to, czego Edward Bonshaw miał się nigdy nie dowiedzieć.

– Proszę pana! – wołała z plaży Consuelo. Pedro brodził w płytkiej wodzie, był bardzo ostrożny. Wyglądał tak, jak gdyby wskazywał potencjalnie niebezpieczne przedmioty na dnie.

– Tu jest jeden! – wykrzyknął. – A tu całe stado! – Dziewczynka z warkoczykami przezornie trzymała się piasku.

Juanowi Diego, który z wolna płynął pieskiem do brzegu, Morze Boholskie nie wydawało się niebezpieczne. Nie przejmował się morderczymi owcami, czy co tam martwiło Pedra. Brodzenie w wodzie męczyło go tak jak pływanie, ale odczekał z powrotem, dopóki nie przestanie płakać.

Właściwie to nie przestał – znużyło go tylko czekanie, aż to nastąpi. Z chwilą kiedy wyczuł grunt pod nogami, postanowił przebyć resztę drogi pieszo – nawet jeśli to znaczyło, że znowu zacznie utykać.

– Niech pan uważa, one są wszędzie – ostrzegł Pedro, lecz Juan Diego nie zauważył pierwszego jeżowca, na którego nadepnął (ani następnego, ani trzeciego). To żadna przyjemność nastąpić na twardą, najeżoną kolcami kulkę, nawet jeśli człowiek nie utyka.

– Wstrętne te jeżowce, proszę pana – mówiła Consuelo, gdy wyszedł z morza na czworakach – z bólu nie mógł ustać na nogach.

Pedro pobiegł po doktor Quintanę.

– Proszę sobie popłakać, to naprawdę boli – pocieszała Consuelo, siedząca obok niego na piasku. Łzy płynęły nieprzerwanym strumieniem, może po części za sprawą długiego pobytu w słonej wodzie. Zobaczył Josefę i Pedra, biegnących ku niemu po plaży; Clark French został z tyłu – rozpędzał się jak lokomotywa, powoli zaczynał, ale stopniowo nabierał prędkości.

Juan Diego był rozdygotany, pewnie namachał się rękami w wodzie; piesek bywa wyczerpujący. Dziewczynka z warkoczykami objęła go chudymi rączkami.

– Już dobrze, proszę pana – próbowała go uspokoić. – Idzie lekarka. Nic się panu nie stanie.

Co ja mam z tymi lekarkami, zadał sobie w duchu pytanie. (Wiedział, że powinien był się z jedną ożenić).

– Pan nadepnął na jeżowce – wyjaśniła Consuelo doktor Quintanie, która uklękła na piasku obok Juana Diego. – Oczywiście ma też inne powody do płaczu – dodała dziewczynka.

Doktor Quintana ostrożnie badała jego stopy.

– Problem z jeżowcami polega na tym, że mają ruchomy kręgosłup: wbijają się wielokrotnie – oznajmiła.

– Nie chodzi o stopy... nie chodzi o jeżowce – tłumaczył Juan Diego ściszonym głosem.

– Słucham? – Nachyliła się do niego, żeby lepiej słyszeć.

– Powinienem był się ożenić z lekarką – szepnął do Josefy, Clark i dzieci go nie usłyszeli.

– To dlaczego się nie ożeniłeś? – zapytała z uśmiechem.

– Za długo się ociągałem... wyszła za innego – odrzekł cicho.

Jak miał to rozwinąć? Przecież nie mógł wytłumaczyć żonie Clarka Frencha, dlaczego nigdy się nie ożenił – dlaczego nigdy nie znalazł przyjaciółki, z którą związałby się do końca życia. Nie mógłby wyznać Josefie, nawet bez dzieci i Clarka, dlaczego nie miał odwagi powielić więzi łączącej Flor i Edwarda Bonshawa.

Przelotni znajomi, a nawet przyjaciele i koledzy z pracy – łącznie ze studentami, z którymi się zaprzyjaźnił i z którymi łączyły go towarzyskie stosunki (nie tylko w czasie konsultacji czy na sali wykładowej) – wszyscy oni zakładali, że nikt nie chciałby (lub nie mógł) stworzyć związku na wzór rodziców adopcyjnych Juana Diego. Byli tacy nietypowi* – w każdym znaczeniu tego słowa! Rzecz jasna, to obiegowy powód, dla którego Juan Diego nigdy się nie ożenił, dlaczego nawet nie kiwnął palcem, by znaleźć sobie towarzyszkę życia, o której przecież musiał marzyć. (Tak wyglądałaby wersja Clarka Frencha na temat dawnego wykładowcy – zatwardziałego kawalera, w oczach Clarka, i bezbożnego, świeckiego humanisty).

Tylko doktor Stein – kochana doktor Rosemary! – rozumiała, tak się Juanowi Diego zdawało. Nie wiedziała wszystkiego o swoim pacjencie i przyjacielu – nie towarzyszyła mu, kiedy był dzieckiem i nastolatkiem. Znała go jednak, gdy stracił Flor i señora Eduardo; ich też leczyła.

Doktor Rosemary, jak myślał o niej z czułością, znała prawdziwy powód, dla którego się nie ożenił. Bynajmniej nie dlatego, że Flor i Edward Bonshaw byli tacy „nietypowi", lecz dlatego, że kochali się tak bardzo, iż nawet nie mógł sobie wyobrazić stworzenia czegoś na podobieństwo ich związku – byli jedyni w swoim rodzaju. I kochał ich nie tylko jako rodziców, zwłaszcza „adopcyjnych". Kochał ich jako najlepszą (w sensie niedoścignioną) znaną mu parę.

– On tęskni za różnymi rzeczami – oznajmił Pedro i wymienił gekony oraz wysypisko.

– Nie zapominaj o jego siostrze – przypomniała Consuelo.

---

* Ang. *queer* – dziwny; potoczne określenie homoseksualisty.

Nie tylko lew ją zabił, wiedział Juan Diego, ale nie mógł wyznać tego nikomu na plaży, tak jak nie mógł zostać podniebnym akrobatą. Nie było mu dane ją ocalić, tak jak nie było mu dane zostać Cudem.

A gdyby poprosił doktor Rosemary Stein o rękę – to znaczy zanim wyszła za innego – kto wie, czy przyjęłaby oświadczyny czytelnika z wysypiska?

– Jak tam pływanie? – spytał Clark French dawnego nauczyciela. – Znaczy przed jeżowcami – dodał niepotrzebnie.

– Pan lubi się kołysać na wodzie – odpowiedziała Consuelo. – Prawda, proszę pana?

– Lubię, Consuelo – potwierdził. – Brodzenie w wodzie, pływanie pieskiem... to bardzo przypomina pisanie powieści, Clark. Niby się namachasz, ale tak naprawdę tkwisz w miejscu i przerabiasz w kółko to samo.

– Rozumiem – odpowiedział ostrożnie Clark. Juan Diego widział, że bynajmniej. Clark pragnął zmieniać świat; miał szczytny cel oraz misję do spełnienia.

Clark French nie doceniał pływania pieskiem ani brodzenia; w jego oczach symbolizowały życie przeszłością i zmierzanie donikąd. I tak właśnie było w przypadku Juana Diego – w wyobraźni przeżywał na nowo straty, które go naznaczyły.

22

Mañana

"Jeżeli masz w swoim życiu trudne lub nierozstrzygnięte sprawy, miasto Meksyk raczej nie jest odpowiedzią na twoje marzenia", napisał we wczesnej powieści. „Jeśli nie czujesz się panem swego życia, unikaj go za wszelką cenę". Bohaterka, która wypowiada te słowa, nie jest Meksykanką i nigdy się nie dowiadujemy, co spotkało ją w tym mieście – Juan Diego tak daleko się nie zapuszcza.

Plac cyrkowy w północnej części miasta Meksyk leżał obok cmentarza. Przerzedzona trawa na kamienistym polu, gdzie ćwiczyli z końmi i puszczali słonie, była szara od sadzy. W powietrzu wisiało tyle dymu, że lwom łzawiły oczy, kiedy Lupe je karmiła.

Ignacio kazał jej karmić lwice i Hombre; młode akrobatki – w przededniu okresu – zbuntowały się przeciwko jego taktyce. Wmówił im, że lwy wiedzą, kiedy dziewczęta zaczynają miesiączkować, i akrobatki żyły w strachu, że dostaną przy nich okres. (Sam okres też wzbudzał w nich panikę).

Lupe, która uważała, że nigdy nie dostanie okresu, nie czuła lęku. A ponieważ czytała lwom w myślach, wiedziała, że Hombre i lwice nigdy się nad tym nie zastanawiają.

– Nad tym zastanawia się tylko Ignacio – powiedziała bratu. Lubiła karmić wielkie koty. – Nie macie pojęcia, ile one myślą o mięsie – tłumaczyła Edwardowi Bonshawowi. Chciał zobaczyć, jak Lupe to robi – sprawdzić, czy to aby na pewno bezpieczne.

Lupe pokazała seńorowi Eduardo, jak otwierać i zamykać klapkę, przez którą wkładało się tacę, a następnie przesuwało się ją po podłożu klatki. Hombre wyciągał łapę, aby sięgnąć po mięso, które Lupe kładła na tacy, co wynikało bardziej z jego zachłanności, aniżeli stanowiło próbę porwania zdobyczy. Kiedy Lupe wsuwała tacę z mięsem z powrotem do klatki, Hombre zawsze cofał łapę. Czekał na posiłek w pozycji siedzącej i zamiatał ogonem z boku na bok.

Lwice nigdy zawczasu nie sięgały po mięso; czekały spokojnie, tylko ogony chodziły im jak miotły.

Tacę można było wyjąć do umycia, ale nawet wtedy lwy nie przecisnęłyby się przez otwór; Hombre nie wcisnąłby tam swojej wielkiej głowy. Lwice też nie.

– To bezpieczne – stwierdził Edward Bonshaw. – Chciałem się tylko upewnić co do wielkości otworu.

W ciągu długiego weekendu, kiedy La Maravilla dawała przedstawienia w mieście Meksyk, seńor Eduardo spał z dziećmi w psim namiocie. Pierwszej nocy – gdy wiedziały, że zasnął, bo chrapał – Lupe zwierzyła się bratu.

– Dam radę przejść przez ten otwór do karmienia. Ja się zmieszczę.

– Chcesz powiedzieć, że weszłabyś do klatki Hombre... albo lwic? – zapytał Juan Diego.

– Tak, po wyciągnięciu tacy do karmienia.

– Brzmi tak, jakbyś próbowała.

– A po co miałabym próbować?

– No właśnie... po co? – odpowiedział pytaniem.

Milczeniem zbyła jego słowa, ale nawet po ciemku wyczuł wzruszenie ramion, obojętność, jaka od niej biła. (Jakby nie chciało jej się tłumaczyć mu wszystkiego, co wie – ani skąd).

Ktoś pierdnął – pewnie pies.

– Gryzoń? – rzucił Juan Diego. Perro Mestizo vel Kundel spał na pryczy z Lupe. Pastora spała z Juanem Diego; wiedział, że to nie ona.
– Papuga – odpowiedziała Lupe. Parsknęli śmiechem. Któryś pies pomerdał ogonem – towarzyszyło temu łup-łup o podłogę. Spodobał mu się śmiech.
– Alemania – powiedziała Lupe. To suczka owczarka niemieckiego pomachała ogonem. Spała na podłodze i pilnowała wejścia (jak to policjantka).
– Ciekawe, czy lew może złapać wściekliznę – rzuciła Lupe, jak gdyby zasypiała i rano miała nie pamiętać tych słów.
– A co? – zapytał chłopiec.
– Tak tylko pytam – odrzekła z westchnieniem. – Nie sądzisz, że ten nowy numer z psami jest głupi? – spytała po chwili.

Juan Diego wiedział, kiedy z rozmysłem zmieniała temat, a Lupe oczywiście wiedziała, że myślał o nowym numerze. On sam wpadł na ten pomysł, lecz psy nie chciały współpracować i karły wzięły sprawy w swoje ręce; zdaniem Lupe numer miał stać się numerem Paco i Piwnego Brzucha.

Ach, ten upływ czasu – pewnego dnia, pływając pieskiem w basenie w starym Field House w Iowa, zrozumiał, że psi numer urósł do rangi jego pierwszej powieści, której nie czuł się na siłach ukończyć. (A myśl, czy lew może złapać wściekliznę? Czy i to nie stało się opowieścią, której Lupe nie zdołała dopiąć na ostatni guzik?).

Podobnie jak jego książki, psi numer rozpoczął się od „a gdyby". A gdyby tak nauczyć jednego z psów wchodzić na drabinę? Była to rozkładana drabina z podestem na górze; podest służył do stawiania na nim puszki z farbą lub torby z narzędziami, ale Juan Diego wyobraził sobie, że to trampolina dla psa. A gdyby tak pies wchodził na górę i skakał z trampoliny na koc rozpostarty przez karły?

– Publiczność będzie zachwycona – zapewnił Juan Diego Estrellę.
– Tylko nie Alemania... Ona tego nie zrobi – stwierdziła treserka.

– Racja. Owczarek niemiecki jest za duży na wchodzenie po drabinie – przyznał chłopiec.

– Alemania jest na to za mądra – zabrzmiała dobitna odpowiedź.

– Perro Mestizo, gryzoń, to kawał tchórza – ciągnął Juan Diego.

– Nie znosisz małych psów... nie znosiłeś Moruska – wytknęła mu Lupe.

– Nieprawda. Perro Mestizo nie jest taki mały. Nie znoszę tchórzliwych psów i psów, które gryzą – zaznaczył.

– Perro Mestizo odpada. On tego nie zrobi – oznajmiła Estrella.

Najpierw spróbowali z Pastorą, psem pasterskim, w myśl założenia, że jamnik ma za krótkie nóżki: Dzidziuś nie dałby rady wleźć na drabinę.

Pastora wchodziła – psy pasterskie są bardzo zwinne – na górze jednak kładła się na podeście z nosem między przednimi łapami. Karły tańczyły pod drabiną, kusząc ją rozpostartym kocem, ale Pastora nie raczyła nawet wstać. Na dźwięk swojego imienia tylko machała ogonem – na leżąco, rzecz jasna.

– Ona nie skacze – brzmiał werdykt Estrelli.

– Dzidziuś ma jaja – stwierdził Juan Diego. Jamniki faktycznie mają jaja, są niebywale bojowe jak na swój wzrost, i Dzidziuś naprawdę się starał. Ale trzeba było go podsadzić.

Paco i Piwny Brzuch stwierdzili, że to może być dobre – widownia będzie miała ubaw na widok dwóch karłów podsadzających jamnika. Jak zawsze Paco była przebrana (kiepsko) za kobietę i gdy podsadzała Dzidziusia, Piwny Brzuch stał z tyłu – i podsadzał Paco.

– Dobra nasza – uznała Estrella. Ale Dzidziuś – mimo jaj i w ogóle – miał lęk wysokości. Zastygł na podeście i bał się nawet położyć. Sterczał tak sztywno, że zaczął dygotać, a wraz z nim dygotała cała drabina. Paco i Piwny Brzuch błagali go, żeby skoczył na podstawiony koc. Zestresowany Dzidziuś zlał się na podest; ze strachu nawet nie zadarł nogi, jak na samca przystało.

– Dzidziuś czuje się upokorzony, nawet sika nieswojo – uznała treserka.

Ale numer był śmieszny, upierały się karły. Nieważne, że Dzidziuś nie skacze, dodawały.

Estrella nie pozwoliła na powtórkę przy publiczności, uznała to za psychiczne znęcanie, a nie o to przecież chodziło chłopcu.

– Psi numer wcale nie jest głupi – powiedział w ciemności psiego namiotu do Lupe. – Potrzebny nam tylko nowy pies. Skoczek.

Dopiero po latach uświadomi sobie, jak został w to wmanewrowany. Lupe tak długo zwlekała z odpowiedzią – pośród pierdzenia i chrapania w namiocie dla psów – że prawie już spał, kiedy się odezwała.

– Biedny koń – powiedziała, też jakby w półśnie.

– Jaki koń? – spytał po ciemku Juan Diego.

– Ten na cmentarzu – odrzekła Lupe.

Rano obudził ich wystrzał z pistoletu. Jeden z cyrkowych koni na polu pokrytym sadzą przeskoczył przez ogrodzenie cmentarza i złamał nogę o nagrobek. Ignacio go zastrzelił; nosił przy sobie rewolwer kaliber .45 na wypadek kłopotów z lwami.

– Biedny koń – skwitowała Lupe.

La Maravilla zawitała do miasta Meksyk w czwartek. Jeszcze tego samego dnia robotnicy rozstawili namioty dla cyrkowców, a w piątek przez cały dzień stawiali główny namiot i zabezpieczali barierki dokoła areny. Podróż zaburzyła rytm zwierząt, które dochodziły do siebie cały piątek.

Koń miał na imię Mañana; wałach, który powoli się uczył. Treser zawsze powtarzał, że „jutro" opanuje sztuczkę, którą ćwiczyli tygodniami – stąd Mañana*. Ale sztuczka ze skokiem przez płot i złamaniem nogi była dla Mañany nowością.

W piątek Ignacio skrócił mu cierpienia. Mañana wskoczył na cmentarz, ale brama była zamknięta na kłódkę, toteż

---

* Jutro (hiszp.).

wydobycie stamtąd martwego konia graniczyło z cudem. Ktoś zgłosił strzał i przyjechała policja, która zamiast pomóc, piętrzyła trudności.

Po co treserowi lwów taki rewolwer, wypytywała. (Bo jest treserem). Dlaczego Ignacio zastrzelił konia? (Mañana miał złamaną nogę!). I tak bez końca.

W mieście Meksyk obowiązywał zakaz pozbycia się martwego konia – w weekend oraz w przypadku konia, który „nie pochodził" stąd. Wydostanie Mañany z cmentarza okazało się dopiero początkiem problemów.

Przez cały weekend, począwszy od piątkowego wieczoru, odbywały się przedstawienia. Ostatnie przypadało na niedzielne popołudnie, następnie robotnicy mieli rozmontować namiot oraz barierki, nim zapadnie zmrok. Przed wybiciem południa w poniedziałek La Maravilla wyruszy w drogę powrotną do Oaxaca. Dzieci z wysypiska i Edward Bonshaw zamierzali wybrać się do sanktuarium Guadalupe w sobotę rano.

Juan Diego patrzył, jak Lupe karmi lwy. Gołębica kąpała się w piasku przy klatce Hombre; lew nie znosił ptaków i może pomyślał, że czai się na jego mięso. Z jakiegoś powodu gwałtowniej niż zwykle wystawił łapę przez otwór i drasnął pazurem wierzch dłoni Lupe. Poleciało trochę krwi; uniosła rękę do ust, a Hombre zabrał łapę – i cofnął się ze skruchą.

– To nie twoja wina – zapewniła Lupe, ale w ciemnożółtych oczach zwierzęcia zaszła zmiana, jakby nagle się skupił – pytanie tylko, czy na gołębicy, czy na krwi Lupe. Ptak chyba wyczuł jego baczny wzrok i dał drapaka.

Oczy lwa natychmiast odzyskały normalny wyraz, był wręcz znudzony. Obok jego klatki przemaszerowały dwa karły w drodze pod prysznice. Szły owinięte ręcznikami, na nogach kłapały im sandały. Lew łypnął na nich bez cienia zainteresowania.

– ¡Hola, Hombre! – zawołał Piwny Brzuch.

– ¡Hola, Lupe! ¡Hola, bracie Lupe! – krzyknęła Paco; miała tak mały (prawie nieistniejący) biust, że paradowała topless, a rankiem na jej twarzy ciemniał zarost. (Jakikolwiek łykała hormony, miała je z innego źródła niż Flor; Flor dostawała estrogeny od doktora Vargasa).

Ale, jak zaznaczyła Flor, Paco była klownem; karłem gejem, który w prawdziwym życiu spędzał większość czasu jako facet. Nie zależało jej, żeby uchodzić za wiarygodną kobietę. I jako „on" chodziła do La Chiny, gejowskiego baru na Bustamante. A kiedy zaglądała do La Coronity, gdzie transwestyci lubili się przebierać, również robiła to w męskiej postaci – była tylko jednym z wielu gejowskich klientów.

Flor twierdziła, że Paco podrywa żółtodziobów, którzy rozsmakowywali się dopiero w byciu z innym mężczyzną. (Może woleli zaczynać na mniejszą – dosłownie i w przenośni – skalę?).

Ale ze swoją cyrkową rodziną z La Maravilli karzeł czuł się bezpiecznie jako kobieta. Przy Piwnym Brzuchu mógł się do woli przebierać. W swoich numerach zawsze odgrywali parę, lecz Piwny Brzuch był tak naprawdę heteroseksualny. A do tego miał żonę, która nie była karlicą.

Żona Piwnego Brzucha jak ognia bała się ciąży; nie chciała urodzić karła, więc kazała mężowi zakładać dwie gumki. Wszyscy w La Maravilli słyszeli opowieści Piwnego Brzucha o niedoli związanej z podwójną prezerwatywą.

– Człowieku, nikt tego nie robi... nikt nie używa dwóch gumek – powtarzała mu Paco, ale Piwny Brzuch stosował podwójną ochronę, bo tego chciała jego żona.

Prysznice na zewnątrz sklecono z cienkich desek, dla łatwiejszego złożenia i rozbiórki. Czasami się przewracały, kiedyś nawet zawaliły się na osobę, która z nich właśnie korzystała. O prysznicach w La Maravilli krążyło tyle samo strasznych opowieści, ile o prezerwatywach Piwnego Brzucha. (Jedne i drugie były źródłem żenujących perypetii, innymi słowy).

Młode akrobatki skarżyły się Soledad na Ignacia, który je podglądał, ale to nie była jej wina, że ma męża świntucha. Rankiem, kiedy Mañana został zastrzelony, kąpała się Dolores; Paco i Piwny Brzuch wybrali odpowiednią porę – mieli nadzieję, że zobaczą, jak wygląda na golasa.

Nie byli lubieżni – nie w przypadku pięknej, ale niedostępnej akrobatki, Cudu we własnej osobie. Paco była gejem, jej nie zależało. Piwny Brzuch z kolei miał pełne ręce roboty z żoną, a więc też nie podglądał Dolores we własnym interesie.

Ale karły się założyły. „Mam cycki większe niż Dolores", oznajmiła Paco. Piwny Brzuch utrzymywał, że bynajmniej. I dlatego zawsze próbowali podejrzeć Dolores w kąpieli. Wiedziała o ich zakładzie i nie była nim zachwycona. Juan Diego wyobrażał sobie, że prysznic się przewraca, Dolores stoi na golasa, a karły kłócą się o wielkość jej piersi. (Lupe, która ochrzciła akrobatkę mianem „mysiego cyca", trzymała stronę Paco: była święcie przekonana, że Paco ma większy biust).

To dlatego Juan Diego ruszył za karłami w stronę pryszniców; liczył, że coś się wydarzy i zobaczy Dolores nagą. (Nie obchodziło go, że ma nieduży biust; uważał, że jest piękna, bez względu na to, jakie ma piersi).

Wszyscy troje ujrzeli głowę i barki Dolores ponad drewnianą zasłonką. I właśnie wtedy w przejściu między namiotami pojawił się słoń ciągnący martwego konia za łańcuch oplątany wokół szyi. Z tyłu szli policjanci, było ich aż dziesięciu. Kłócili się z Ignaciem.

Dolores miała na głowie grubą warstwę piany, przymknęła oczy. Spod zasłonki wystawały jej kostki oraz bose stopy, miała pianę nawet na nich. Juanowi Diego przyszło do głowy, czy szampon nie piecze jej w zdarte podbicia.

Na widok Dolores pod prysznicem Ignacio zamilkł. Wszyscy policjanci też spojrzeli w jej stronę.

– Może to niewłaściwa pora – mruknął Piwny Brzuch do kompana.

– Moim zdaniem doskonała – stwierdziła Paco i przyspieszyła kroku. Podbiegli do drzwiczek prysznica Dolores. Nie mogli zajrzeć górą, musieliby stanąć sobie na barkach (co nie wchodziło w rachubę), toteż zajrzeli pod spodem. Wytrzymali może dwie sekundy, woda (z pianą) lała im się na głowy, więc wyprostowali się i odwrócili. Dolores nadal myła włosy i nie zauważyła podglądających karłów. Lecz kiedy Juan Diego spróbował spojrzeć górą, musiał się podciągnąć, chwytając oburącz cienką zasłonkę.

Piwny Brzuch stwierdził później, że byłby to pierwszorzędny numer z udziałem niespotykanej plejady aktorów. Dwa karły, upaćkane pianą, odgrywały rolę obserwatorów. (Klowni bywają najzabawniejsi, kiedy stoją bezczynnie).

Treser słonia stwierdził z kolei, że to, co słoń widzi kątem oka, niekiedy przeraża go bardziej od tego, co widzi na wprost. Kiedy prysznic się zawalił, Dolores krzyknęła; nie widziała nic (szampon ją zaślepił), lecz z pewnością zorientowała się, że nie ma ścian dookoła.

Juan Diego opowiadał później, że choć leżał przygnieciony jedną z prowizorycznych ścianek, poczuł, jak ziemia się zatrzęsła, kiedy słoń ruszył galopem (lub czym tam słonie ruszają, gdy wpadają w panikę i gnają przed siebie na oślep).

Treser słoni popędził za nim – łańcuch, nadal oplątany wokół końskiej szyi, nie wytrzymał napięcia i trzasnął – ale najpierw w wyniku szarpnięcia Mañana ukląkł (jakby się modlił).

Dolores w pozycji na czworakach na drewnianym podeście służącym za prowizoryczną podłogę nadal trzymała głowę pod strumieniem, żeby spłukać szampon i przejrzeć na oczy. Juan Diego wypełzł spod parawanu i próbował podać jej ręcznik.

– To moja wina... ja to zrobiłem. Przepraszam – wykrztusił. Wzięła ręcznik, ale się nie owinęła, tylko spokojnie wytarła włosy. Zasłoniła się dopiero na widok Ignacia i policjantów.

– Masz większe jaja, niż myślałam... jakieś na pewno – powiedziała do chłopca.

Nikt nie odnotował, że nie zauważyła martwego konia. Tymczasem dwa karły stały nieopodal i się przyglądały, owinięte w pasie ręcznikami. Paco miała tak małe piersi, iż żaden z dziesięciu policjantów nie zawiesił na niej dłużej wzroku; zapewne wzięli ją za faceta.

– A nie mówiłem, że Dolores ma większe – mruknął Piwny Brzuch.

– Chyba żartujesz! – prychnęła Paco. – Ja mam większe!
– Masz mniejsze.

– Większe! – oznajmiła Paco. – A jak ty uważasz, bracie Lupe? – zwróciła się do Juana Diego. – Dolores ma większe czy mniejsze?
– Ładniejsze – odparł czternastolatek. – I to o wiele.
– Masz jaja, zdecydowanie – stwierdziła Dolores. Wyszła spod prysznica na drogę i przewróciła się o martwego konia. Dziura po kuli jeszcze krwawiła. Rana znajdowała się z boku głowy, między uchem a jednym z szeroko otwartych oczu.

Paco stwierdzi później, że nie zgadza się z Piwnym Brzuchem nie tylko co do wielkości biustu Dolores, ale i tego, że scena nadawała się na cyrkowy numer.
– Nie z martwym koniem – skwituje. – To nie było zabawne.

Dolores, rozciągnięta na nieżywym koniu w przejściu między namiotami, miotała się i krzyczała. Ignacio nie zwrócił na to uwagi, co było do niego niepodobne. Ruszył dalej wraz z dziesięcioma policjantami i podjął z nimi ożywioną dyskusję, ale najpierw nagadał Juanowi Diego:
– Jeśli masz takie jaja, sufitowy akrobato, to na co czekasz? Kiedy spróbujesz sił na dwudziestu pięciu metrach? Myślę, że powinieneś się nazywać Jaja Nie Od Parady. A może podoba ci się imię Mañana? Proszę bardzo, jest wolne – dorzucił, wskazując zastrzelonego konia. – Może być twoje... jeśli masz zamiar odkładać bycie pierwszym podniebnym akrobatą. Jeżeli chcesz je odkładać do następnego *mañana*!

Dolores wstała, miała ręcznik ubrudzony krwią konia. Zanim ruszyła do namiotu mieszkalnego akrobatek, strzeliła w ucho Paco i Piwny Brzuch.
– Wy wstrętne szczyle – powiedziała.
– Większe niż twoje – mruknął Piwny Brzuch do Paco, kiedy sobie poszła.
– Mniejsze niż moje – odmruknęła Paco.

Ignacio z dziesięcioma policjantami ruszyli dalej; wciąż się kłócili, przy czym mówił głównie treser.
– Jeśli muszę mieć pozwolenie na pozbycie się martwego konia, chyba nie potrzebuję zgody na zabicie zwierzęcia

i nakarmienie nim lwów, co? – warknął, ale nie czekał na odpowiedź policjantów. – Mam go wieźć z powrotem do Oaxaca? – zapytał. – Mogłem zostawić go na cmentarzu. To by się wam nie spodobało, hm? – ciągnął, nie uzyskując odpowiedzi na żadne ze swoich pytań.
– Zapomnij o chodzeniu pod kopułą, braciszku Lupe – poradziła mu Paco.
– Masz się opiekować siostrą – dorzucił Piwny Brzuch.
Oddalili się kaczym krokiem; kilka pryszniców jeszcze stało, więc postanowili wziąć kąpiel.
Juan Diego myślał, że został sam z Mañaną; nie widział Lupe, dopóki nie stanęła obok niego. Domyślił się, że była tam od początku.
– Widziałaś... – zaczął.
– Wszystko – odpowiedziała. Juan Diego tylko skinął głową. – Co do nowego psiego numeru... – Urwała, jakby w oczekiwaniu, że dokończy za nią. Zawsze wyprzedzała go o myśl albo dwie myśli.
– No? – ponaglił Juan Diego.
– Wiem, skąd możemy wziąć nowego psa – oznajmiła. – Skoczka.

Sny lub wspomnienia, które ominęły go z powodu beta--blokerów, wezbrały i go przytłoczyły, więc przez ostatnie dwa dni w Encantadorze brał lopressor – wyznaczoną dawkę.
Doktor Quintana musiała wiedzieć, że nie udaje; jego ponowne zapadnięcie w letarg, upośledzona czujność i przytłumienie rzucały się w oczy wszystkim – pływał pieskiem w basenie (z dala od jeżowców) i jadł posiłki przy dziecięcym stole. Trzymał się z Pedrem i Consuelo, razem sobie szeptali.
Wczesnym rankiem, popijając kawę nad basenem, wciąż na nowo przeglądał notatki (i robił nowe) pod kątem *Jedynej szansy na opuszczenie Litwy*; od czasu pierwszej wizyty w dwa tysiące ósmym roku był w Wilnie jeszcze dwukrotnie. Rasa, jego wydawczyni, znalazła kobietę w Biurze Adopcji i Ochrony Praw Dziecka, która zgodziła się z nim porozmawiać; na

pierwsze spotkanie pojechał z Daivą, swoją tłumaczką, ale pani z Biura świetnie mówiła po angielsku i była bardzo bezpośrednia. Miała na imię Odeta, tak samo jak tajemnicza kobieta ze zdjęcia w księgarni, nie-narzeczona na zamówienie. Jej zdjęcie i numer telefonu zniknęły z tablicy informacyjnej, ale wciąż Juana Diego prześladowała – jej tłumiony, lecz widoczny smutek, cienie pod oczami nawykłymi do nocnej lektury, zaniedbane włosy. Czy w jej życiu nadal brakowało kogoś, z kim mogła porozmawiać o wspaniałych książkach, które przeczytała?

Jedyna szansa na opuszczenie Litwy naturalnie ewoluowała. Czytelniczka nie była narzeczoną na zamówienie. Chciała oddać dziecko do adopcji, ale adopcja (proces długi i żmudny) się nie powiodła. W powieści Juana Diego kobieta chce powierzyć dziecko Amerykanom. (Zawsze marzyła o wyjeździe do Ameryki, teraz odda dziecko, lecz tylko pod warunkiem, że zapewni mu szczęście na tamtym kontynencie).

Odeta z Biura Adopcji i Praw Dziecka wyjaśniła Juanowi Diego, że zagraniczne adopcje zdarzają się na Litwie bardzo rzadko. Długi okres oczekiwania umożliwiał biologicznej matce zmianę zdania. Obowiązywało surowe prawo: co najmniej pół roku na decyzję w przypadku cudzoziemców, ale okres ten mógł potrwać cztery lata – dlatego cudzoziemcy adoptowali głównie starsze dzieci.

W *Jedynej szansie na opuszczenie Litwy* amerykańska para oczekująca na adopcję litewskiego dziecka przeżywa własną tragedię: młoda żona ginie na rowerze, potrącona przez kierowcę, który zbiega z miejsca wypadku, a owdowiały mąż nie jest w stanie sam podjąć się adopcji (Biuro Praw Dziecka i tak by do tego nie dopuściło).

W powieściach Juana Diego Guerrero każdy jest w pewnym sensie outsiderem; jego bohaterowie czują się wyobcowani nawet u siebie. Młoda Litwinka, której dano dwie szanse na zmianę zdania co do adopcji, dostaje trzecią: adopcja jej dziecka zostaje odroczona. Kobietę czeka kolejny straszny „okres oczekiwania". Wiesza swoje zdjęcie i numer telefonu na tablicy informacyjnej w księgarni, spotyka się z innymi zapalonymi czytelniczkami przy piwie lub kawie, rozmawiają o książkach, które przeczytały – o miriadach cudzych nieszczęść.

I następuje to, co musiało. Amerykański wdowiec jedzie do Wilna; nie spodziewa się zobaczyć dziecka, które on i jego zmarła żona mieli adoptować – Biuro Praw Dziecka nigdy by mu na to nie pozwoliło. Nie zna nawet nazwiska samotnej matki, która chciała je oddać. Nie liczy na to, że kogoś pozna. Ma nadzieję chłonąć atmosferę, esencję tego, co mogło przywieźć do Ameryki ich adoptowane dziecko. A może wyjazd do Wilna ma połączyć go na nowo z nieboszczką, utrzymać ją przy życiu jeszcze przez chwilę?

Tak, oczywiście idzie do księgarni; może jest zmęczony po podróży i liczy, że książka pomoże mu zasnąć. I tam, na tablicy informacyjnej, widzi jej zdjęcie – widzi zdjęcie kobiety, której smutek jest zarazem ukryty i widoczny jak na dłoni. Ów brak zainteresowania własną osobą przyciąga go do niej, a jej ulubieni pisarze są ulubionymi pisarzami jego żony! Nie wiedząc, czy mówi po angielsku – jasne, że mówi – prosi księgarza o pomoc i do niej dzwoni.

A potem? Pozostawało pytanie, czyja to była jedyna szansa na opuszczenie Litwy. Fatum w *Jedynej szansie na opuszczenie Litwy* jest oczywiste: spotykają się, odkrywają swoją tożsamość, zostają kochankami. Ale jak poradzą sobie z przytłaczającym ciężarem tego niebywałego zbiegu okoliczności? I cóż poczną z przeznaczeniem? Czy zostaną razem, ona zatrzyma dziecko i wszyscy troje wyjadą do Ameryki – czy może samotny Amerykanin zostanie z matką i dzieckiem w Wilnie? (Dziecko mieszka u jej siostry – ciężka sytuacja).

W mroku małego mieszkanka samotnej matki – ona śpi w jego ramionach, słodko, jak nie spała od lat – on leży i myśli. (Nadal widział tylko zdjęcia dziecka). Jeśli ma zostawić tę kobietę i jej dziecko i sam wrócić do Ameryki, nie ma ani chwili do stracenia.

Tym, czego nie przewidzieliśmy, zdaniem Juana Diego jest fakt, iż tytułowa jedyna szansa na wyjazd z Litwy może być

szansą Amerykanina – jego ostatnią szansą, aby zmienić zdanie i czmychnąć.
– Piszesz, prawda? – zapytał dawnego nauczyciela Clark French. Było jeszcze wcześnie i przyłapał go z notatnikiem i długopisem w ręce nad basenem.
– Znasz mnie: to jedynie notatki na temat tego, o czym chcę pisać – odpowiedział Juan Diego.
– To się nazywa pisanie – stwierdził Clark ze znawstwem.
Wydawało się naturalne, że Clark zapytał go o postępy, a Juan Diego swobodnie opowiedział mu o *Jedynej szansie na opuszczenie Litwy* – skąd wziął się pomysł i jak się rozwinął.
– Kolejny katolicki kraj – rzekł nagle Clark. – Czy wolno mi zapytać, jaką łajdacką rolę odgrywa tam Kościół?
Juan Diego nie wspomniał nawet o roli Kościoła; ba, nawet się nad nią nie zastanawiał – na razie. Ale oczywiście w *Jedynej szansie na opuszczenie Litwy* musiał się pojawić wątek Kościoła. Zarówno nauczyciel, jak i jego były uczeń doskonale zdawali sobie z tego sprawę.
– Obaj dobrze wiemy, Clark, jaką rolę odgrywa Kościół w kwestii niechcianych dzieci – odparł Juan Diego. – Konkretnie w kwestii tego, co powoduje, że niechciane dzieci przychodzą na świat... – Umilkł, bo Clark przymknął oczy. Juan Diego też przymknął.
Impas spowodowany różnicą religijnych poglądów był znajomym i wielce przygnębiającym ślepym zaułkiem. Kiedy w przeszłości Clark używał pierwszej osoby liczby mnogiej, nigdy nie miał na myśli „ja i ty"; mówiąc „my", miał na myśli Kościół – zwłaszcza jeśli pragnął wyjść na tolerancyjnego lub postępowego. „Nie powinniśmy tak naciskać na kwestie w rodzaju antykoncepcji, aborcji czy małżeństw homoseksualnych. Stanowisko Kościoła... – tutaj zawsze się wahał – ...jest jasne". I uzupełniał: „Niemniej jednak nie ma potrzeby bez przerwy do tego wracać ani się zacietrzewiać".
O tak – Clark umiał zgrywać postępowego, kiedy chciał; nie był takim radykałem w tych sprawach jak Jan Paweł II!

A Juan Diego latami też był nieszczery; nie oszczędzał przeciwnika. Zbyt często droczył się z Clarkiem starym cytatem z Chestertona: „Miarą dobrej religii jest to, czy można z niej żartować". (Oczywiście Clark to wyśmiał).

Juan Diego żałował, że w niejednej kłótni z Clarkiem zmarnował ulubioną modlitwę brata Pepe. Naturalnie Clark nie rozpoznawał siebie w słowach świętej Teresy z Ávili, które Pepe sumiennie włączał do swych codziennych modłów: „Od niemądrych poświęceń i skwaszonych świętych uchowaj nas Panie".

Ale dlaczego Juan Diego przeżywał jego listy, jakby brat Pepe napisał do niego nie dalej jak wczoraj? Przed wielu laty doniósł, że ojciec Alfonso i ojciec Octavio umarli we śnie, w odstępie kilku dni. Pepe wyraził żal, że tak po prostu „się wyślizgnęli": zawsze tacy dogmatyczni, tacy kategoryczni – jak mogli umrzeć tak prostu, bez ceregieli?

Zniknięcie Rivery z jego życia też podziałało bratu Pepe na nerwy. *El jefe* nie był sobą, odkąd w tysiąc dziewięćset osiemdziesiątym pierwszym roku przeniesiono stare wysypisko; obecnie istniało nowe. Pierwsze dziesięć rodzin z kolonii w Guerrero dawno odeszło.

Riverę najbardziej ubódł zakaz palenia odpadków, wprowadzony wraz z powstaniem nowego wysypiska. Jak mogli położyć kres ogniskom? Na jakim wysypisku nie pali się śmieci?

Pepe naciskał *el jefe*, aby powiedział mu coś więcej. Nie przejął się specjalnie końcem ogni piekielnych w *basurero*, ale chciał dowiedzieć się czegoś więcej o ojcu Juana Diego.

Od robotnicy na starym wysypisku dowiedział się, że Rivera jest „niezupełnie" ojcem czytelnika; sam Juan Diego zawsze wierzył, że *el jefe* „zapewne nie jest" jego tatą.

Lupe twierdziła jednak, że Rivera „coś ukrywa".

Wspomniał dzieciom, że „najbardziej prawdopodobny" ojciec chłopca zmarł z powodu złamanego serca.

„Zawał?", upewnił się Juan Diego, gdyż tak Esperanza wmawiała dzieciom i wszystkim naokoło.

„Jeśli tak nazywasz serce, które się nie zrośnie", uciął Rivera i na tym stanęło.

Ale brat Pepe wreszcie to z niego wydusił.

Tak, szef wysypiska był niemalże pewien, że jest biologicznym ojcem Juana Diego; w owym czasie Esperanza nie sypiała z nikim innym – jak sama utrzymywała. Ale później oznajmiła Riverze, iż jest za głupi, aby spłodzić takiego geniusza jak czytelnik z wysypiska. „Nawet jeśli tak się stało, nie powinien nigdy się dowiedzieć", stwierdziła. „Świadomość, że jesteś jego ojcem, podkopie jego pewność siebie", dodała. (Co bez wątpienia podkopało resztki pewności siebie *el jefe*).

Rivera poprosił brata Pepe o dyskrecję – miał powiedzieć Juanowi Diego dopiero po śmierci *el jefe*. Któż mógł wiedzieć, czy Riverę zabiło złamane serce?

Nikt nie wiedział, gdzie naprawdę mieszka; umarł w szoferce furgonetki, swoim ulubionym miejscu do spania – po śmierci Diablo tak bardzo za nim tęsknił, że prawie nie sypiał gdzie indziej

Podobnie jak ojciec Alfonso i ojciec Octavio, *el jefe* też „się wyślizgnął", lecz najpierw zwierzył się bratu Pepe.

Jego śmierć oraz wyznanie stanowiło znaczną część korespondencji z bratem Pepe, którą Juan Diego wciąż przeżywał na nowo.

Jakim cudem brat Pepe przeżył epilog własnego życia tak szczęśliwie? Juan Diego nie mógł się temu nadziwić.

W Encantadorze koguty przestały piać w środku nocy; Juan Diego spał jak kamień i nie przeszkadzało mu nawet karaoke z klubu na plaży. Nie spała (ani nie znikała) przy nim żadna kobieta, ale obudził się pewnego ranka i na kartce na nocnym stoliku ujrzał coś, co wyglądało na tytuł – napisane jego charakterem pisma.

„Rzeczy ostatnie", nabazgrał. W nocy śnił mu się ostatni sierociniec brata Pepe, który po dwa tysiące pierwszym roku zaczął się udzielać w Hijos de la Luna (Dzieci Księżyca). Jego listy kipiały optymizmem – wszystko dodawało mu energii, a dobijał już do osiemdziesiątki.

Sierociniec znajdował się w Guadalupe Victoria („Guadalupe Zwycięskiej"). Hijos de la Luna było przytułkiem dla dzieci prostytutek. Brat Pepe wspomniał, że matki są tam mile widziane. Juan Diego pamiętał, że w Zagubionych Dzieciach zakonnice nie dopuszczały matek do dzieci; był to jeden z powodów, dla których nie tolerowały Esperanzy.

W Dzieciach Księżyca sieroty wołały na brata Pepe „Papá", ale Pepe twierdził, że to „nic wielkiego". Twierdził, że tak nazywają wszystkich mężczyzn, którzy udzielają się w schronisku.

„Naszemu kochanemu Edwardowi nie spodobałyby się motory w klasach", pisał. „Jednak lepiej nie zostawiać ich na ulicy z uwagi na plagę kradzieży". (Señor Eduardo nazywał motocykle „śmiercią na kółkach").

Doktorowi Vargasowi nie spodobałyby się psy w sierocińcu – mieszkały tam na stałe, dzieci je lubiły.

Na podwórku stała duża trampolina – tam psów nie wpuszczano, zaznaczył w liście Pepe – i rósł granat. Na jego górnych gałęziach widniały szmaciane lalki oraz inne zabawki wrzucone tam przez dzieci. Dziewczęta i chłopcy spali w oddzielnych budynkach, ale mieli wspólne ubrania – odzież w sierocińcu przechodziła z rąk do rąk.

„Już nie jeżdżę garbusem", wyznał Pepe w liście. „Nie chcę nikogo zabić. Kupiłem sobie mały motorek i jeżdżę powolutku, aby nie uszkodzić tego, na kogo najadę".

Był to ostatni list brata Pepe – wliczony w poczet *Rzeczy ostatnich*, domniemanego tytułu, który Juan Diego napisał we śnie lub częściowo w nim pogrążony.

Rankiem, gdy wyjeżdżał z Encantadoru, nie spali tylko Pedro i Consuelo, którzy przyszli się z nim pożegnać; było jeszcze ciemno. Wiózł go zdziczały szofer, który wyglądał na zbyt młodego, żeby prowadzić – amator klaksonu. Niemniej jednak Juan Diego pamiętał, że chłopiec jest lepszym kierowcą niż kelnerem.

– Niech pan uważa na warany – poprosił Pedro.
– I jeżowce – dodała Consuelo.

Clark French zostawił dla niego liścik w recepcji. Pewnie w jego mniemaniu był dowcipny: „Do następnego w Manili".

Przez całą drogę na lotnisko w Tagbilaran City w aucie panowało grobowe milczenie. Juan Diego wspominał list od kierowniczki Dzieci Księżyca w Guadalupe Victoria. „Brat Pepe zginął na swoim motorku. Chciał wyminąć psa i przejechał go autobus. Miał wszystkie pana książki, z autografem. Był bardzo z pana dumny!", napisała do Juana Diego pani z Hijos de la Luna. Podpisała się „Mamá". Miała na imię Coco, dzieci wołały na nią „Mamá".

Juan Diego zawsze się zastanawiał, czy w Dzieciach Księżyca jest tylko jedna „Mamá". Jak się okazało, tak właśnie było – dowiedział się o tym z listu od doktora Vargasa.

Pepe mylił się co do tego „Papá", twierdził Vargas. „Słuch go zawodził, w przeciwnym razie usłyszałby nadjeżdżający autobus".

Sieroty nie nazywały go „Papá" – Pepe źle usłyszał. Wołały tak tylko na jedną osobę w Hijos de la Luna, a mianowicie syna Coco, czyli „Mamy".

Nie ma to jak Vargas: zawsze służy wyjaśnieniem naukowym.

Podróż do Tagbilaran City ciągnęła się w nieskończoność – a był to dopiero początek całodniowej podróży. Czekały go dwa samoloty i dwa promy – nie wspominając o waranach i D.

23

Roślinnych, zwierzęcych ani mineralnych

"Przeszłość otaczała go jak twarze w tłumie", napisał Juan Diego.

Był poniedziałek – trzeci stycznia dwa tysiące jedenastego roku – i młoda kobieta siedząca obok Juana Diego martwiła się o swojego sąsiada. Lot Philippine Airlines 174 z Tagbilaran City do Manili był dość głośny jak na tak wczesną porę, ale młoda sąsiadka Juana Diego zgłosiła stewardesie, że ten pan natychmiast zasnął pomimo wrzawy, jaką robili jego współpasażerowie.

– Totalnie odjechał – oświadczyła stewardesie. – Ale zaraz potem zaczął mówić. Myślałam, że mówi do mnie.

Nie brzmiało to tak, jakby mówił przez sen – nie mamrotał i przejawiał nadzwyczajną (acz nieco profesorską) wnikliwość.

– W szesnastym wieku, gdy powstał zakon jezuitów, niewielu ludzi czytało, nie wspominając o nauce łaciny, niezbędnej do odprawiania mszy – zaczął.

– Słucham? – powiedziała młoda kobieta.

– Jednak znalazło się kilka wybitnie oddanych dusz – ludzi, którzy mieli na uwadze wyłącznie czynienie dobra – i pragnęli stać się częścią religijnego zakonu – ciągnął Juan Diego.

— Dlaczego? — spytała, po czym spostrzegła, że Juan Diego ma zamknięte oczy. Był wykładowcą uniwersyteckim; kobieta zapewne uznała, że naucza we śnie.

— Nazywano ich konwersami, gdyż nie byli wyświęceni — wykładał dalej. — Dziś pracują jako kasjerzy lub kucharze, a nawet literaci — dodał, śmiejąc się do siebie. Potem, nadal śpiąc jak kamień, Juan Diego się rozpłakał. — Ale brat Pepe był oddany dzieciom... był nauczycielem — dodał łamiącym się głosem. Otworzył oczy i utkwił niewidzące spojrzenie w młodej sąsiadce; nadal był nieprzytomny. — Pepe nie czuł się powołany do kapłaństwa, chociaż składał te same śluby, co ksiądz, dlatego nie mógł się ożenić — wyjaśnił, przymykając oczy, a łzy nadal spływały mu po policzkach.

— Rozumiem — powiedziała cicho kobieta i wymknęła się z fotela; właśnie wtedy poszła po stewardesę. Próbowała wytłumaczyć, że mężczyzna jej nie przeszkadza; wydaje się miły, ale smutny, dodała.

— Smutny? — powtórzyła stewardesa. Miała urwanie głowy z bandą pijaków na pokładzie; byli to młodzi mężczyźni, którzy balowali całą noc. Do tego jeszcze ciężarna kobieta (chyba nie powinna już latać) oznajmiła stewardesie, że albo rodzi, albo zjadła niestrawne śniadanie.

— On płacze... szlocha przcz sen — zwróciła uwagę sąsiadka Juana Diego. — Ale mówi na poziomie, jak nauczyciel czy ktoś w tym rodzaju.

— Nie wydaje się groźny — stwierdziła stewardesa. (Kompletnie się nie zrozumiały).

— Powiedziałam, że jest miły, a nie groźny! — nie wytrzymała młoda kobieta. — Biedak ma kłopoty... Jest bardzo nieszczęśliwy!

— Nieszczęśliwy — powtórzyła stewardesa; jakby „nieszczęśliwy" należało do jej obowiązków! Mimo to, korzystając z chwili wytchnienia od młodych pijaków i ciężarnej kretynki, podreptała za tamtą rzucić okiem na Juana Diego, który jak dziecko spał przy oknie.

Jedynie we śnie wyglądał na młodszego, niż był — śniada skóra, kruczoczarne włosy, nie licząc paru siwych nitek.

– Jakie znowu „kłopoty"? On wcale nie płacze: przecież śpi! – powiedziała stewardesa.
– A co on tam niby trzyma? – zainteresowała się młoda kobieta. Juan Diego miał łokcie pod kątem prostym, a dłonie z rozczapierzonymi palcami zwrócone ku sobie, jakby obejmował nimi coś o średnicy zbliżonej do puszki z kawą.
– Proszę pana? – Stewardesa pochyliła się nad jego fotelem. Delikatnie dotknęła jego nadgarstka, czując pod palcami napięte mięśnie. – Proszę pana? Dobrze się pan czuje? – zapytała, nieco bardziej natarczywie.
– Calzada de los Misterios – oznajmił Juan Diego na cały głos, jakby chciał przekrzyczeć wrzawę tłumu. (W jego umyśle – śnie lub wspomnieniu – tak właśnie było. Siedział na tylnym siedzeniu taksówki pełznącej w sobotni ranek przez Avenue of Mysteries – w wielkim tłumie).
– Przepraszam… – Stewardesa nie dawała za wygraną.
– Widzi pani? Właśnie o tym mówię. On nie zwraca się do pani – podkreśliła młoda kobieta.
– Calzada, czyli szeroka droga, zwykle brukowana lub asfaltowa; bardzo meksykańska, bardzo oficjalna, z czasów królewskich – wyjaśnił Juan Diego. – *Avenida* jest nieco mniejsza. Calzada de los Misterios, Avenida de los Misterios: jeden pies. W angielskim nie tłumaczylibyśmy rodzajnika. Wystarczy samo „Aleja Tajemnic". W dupie z rodzajnikiem – uzupełnił w nieco mniej profesorskim stylu.
– Ach tak – odpowiedziała stewardesa.
– Proszę go zapytać, co trzyma – przypomniała młoda kobieta.
– Proszę pana? – zagadnęła słodko stewardesa. – Co pan tam ma? – Ale gdy raz jeszcze dotknęła jego naprężonego przedramienia, Juan Diego odruchowo przycisnął do piersi wyimaginowaną puszkę z kawą.
– Prochy – wyszeptał.
– Prochy – powtórzyła stewardesa.
– Jak „w proch się obrócisz" i te sprawy. Stawiam, że o to chodzi – domyśliła się młoda pasażerka.

– Czyje prochy? – wyszeptała mu do ucha stewardesa, nachylając się bliżej.
– Mojej matki – odparł. – Oraz martwego hipisa i psa. Szczeniaczka.
Dwie młode kobiety w przejściu zaniemówiły z wrażenia; obie widziały, że Juan Diego znowu zaczyna płakać.
– I nos Niepokalanej. Takie prochy – wyszeptał.
Pijani młodzieńcy zaintonowali sprośną piosenkę – na pokładzie samolotu Philippine Airlines 174 były dzieci – i do stewardesy podeszła starsza kobieta.
– Myślę, że ciężarna zaczyna rodzić – oznajmiła. – Przynajmniej tak twierdzi. Zaznaczam jednak, że to jej pierwsze dziecko, a więc nie ma pojęcia, co to jest poród...
– Przepraszam, ale musi pani usiąść. – Stewardesa zwróciła się do młodej sąsiadki Juana Diego. – Śpioch z prochami wydaje się nieszkodliwy, a za pół godziny do czterdziestu minut lądujemy w Manili.
– Święta Maryjo i Józefie. – Młoda kobieta westchnęła. Zobaczyła, że Juan Diego znowu szlocha. Opłakiwał matkę, zmarłego hipisa, psa czy może nos Niepokalanej – któż mógł wiedzieć, dlaczego płakał?
Lot z Tagbilaran City do Manili nie był długi, ale przez pół godziny do czterdziestu minut wiele można wyśnić o prochach.

Hordy pielgrzymów sunęły pieszo środkiem szerokiej ulicy, chociaż wielu z nich przybyło na Aleję Tajemnic autokarami. Taksówka przesuwała się kawałeczek, stawała, po czym znów pokonywała krótki odcinek. Masy pieszych sparaliżowały ruch uliczny; ludzie szli zbici w gromady i zjednoczeni w swoim celu. Niestrudzenie przesuwali się naprzód, wymijając unieruchomione pojazdy szybciej aniżeli duszna, klaustrofobiczna taksówka.
Dzieci z wysypiska nie były osamotnione w swojej pielgrzymce do sanktuarium Guadalupe – nie w sobotni ranek w mieście Meksyk. W weekendy ciemnoskóra Panienka – *la virgen morena* – przyciągała tłumy.

Na tylnym siedzeniu dusznej taksówki Juan Diego wiózł na kolanach puszkę po kawie; Lupe chciała ją trzymać, ale miała za małe ręce. Któryś z rozgorączkowanych pielgrzymów mógł zakołysać samochód i wytrącić jej puszkę.

Taksówka ponownie zahamowała i utknęli w morzu maszerujących – szeroka ulica wiodąca do Basílica de Nuestra Señora de Guadalupe była doszczętnie zapchana.

– I to wszystko z powodu indiańskiej suki, której imię oznacza „hodująca kojoty". Guadalupe znaczy „hodująca kojoty" w nahuatl albo w innym indiańskim języku – rzucił zgryźliwie kierowca.

– Nie masz pojęcia, co gadasz, ty szczurzy pomiocie – odezwała się Lupe.

– Po jakiemu to było... nahuatl czy co? – zapytał taksówkarz; brakowało mu dwóch przednich zębów, między innymi.

– Nie chcemy przewodnika, nie jesteśmy turystami. Niech pan jedzie – ponaglił Juan Diego.

Obok przeszła grupa zakonnic; jednej pękł różaniec i rozsypane paciorki potoczyły się po masce taksówki.

– Koniecznie obejrzyjcie obraz przedstawiający chrzest Indian. Nie możecie go przegapić – poradził kierowca.

– Indianie musieli zrzec się swoich indiańskich imion! – krzyknęła Lupe. – Musieli przybrać nazwiska hiszpańskie: tak odbywało się *conversión de los indios*, gnomie zakichany, obsrany sprzedawczyku!

– Na pewno nie nahuatl? Brzmi po indiańsku... – zaczął taksówkarz, ale do przedniej szyby na wprost niego przywarła zamaskowana twarz; zatrąbił, lecz zamaskowani piechurzy tylko obojętnie zaglądali do taksówki. Maski przedstawiały zwierzęta domowe: krowy, konie lub osły, kozy i kury.

– Pielgrzymi szopki, pieprzone stajenkofile – wymamrotał do siebie taksówkarz; ktoś wybił mu też górne i dolne kły, mimo to emanował niezmąconym poczuciem wyższości.

Zewsząd płynęły pieśni na cześć *la virgen morena*; dzieci w szkolnych mundurkach waliły w bębenki. Samochód skoczył naprzód i znowu stanął. Związywano razem mężczyzn w garniturach, mających opaski na oczach; prowadził ich ksiądz wygłaszający litanię. (Zagłuszała ją muzyka).

Lupe siedziała naburmuszona na tylnym siedzeniu między bratem i Edwardem Bonshawem. Señor Eduardo zerkał z niepokojem na puszkę po kawie na kolanach Juana Diego, też sprawiał wrażenie zaniepokojonego nawiedzonymi pielgrzymami, którzy ich otaczali. W tłum pielgrzymów wmieszali się handlarze kupczący tanimi „świętymi" pamiątkami: figurkami Guadalupe i konającymi Jezusami wielkości palca; nie zabrakło nawet odrażającej Coatlicue w wężowej spódnicy (o jej szałowych naszyjnikach z ludzkich serc, dłoni i czaszek nie wspominając).

Juan Diego widział, że Lupe jest wstrząśnięta taką masą ordynarnych wersji groteskowej figurki, którą podarował jej dobry gringo. Pewien handlarz o piskliwym głosie musiał mieć ich ze sto – wszystkie ubrane w wijące się węże, z obwisłymi piersiami i sutkami z grzechotek grzechotników. Każda figurka miała dłonie i stopy zwieńczone ostrymi pazurami, podobnie jak figurka Lupe.

– Twoja jest szczególna, Lupe, bo dostałaś ją od *el gringo bueno* – pocieszył siostrę Juan Diego.

– Za dużo czytania w myślach – skwitowała.

– Kapuję – oznajmił taksówkarz. – Skoro nie mówi w nahuatl, ma coś nie tak z głosem: chcecie, żeby „hodująca kojoty" ją uzdrowiła!

– Proszę nas wypuścić z tej śmierdzącej taksówki. Szybciej dojdziemy na piechotę, ty kmiocie – burknął Juan Diego.

– Widziałem, jak chodzisz, *chico* – odparł kierowca. – Myślisz, że Guadalupe wyleczy ci nogę, co?

– Stajemy? – zapytał Edward Bonshaw.

– Nawet się nie ruszyliśmy! – wrzasnęła Lupe. – Nasz kierowca zerżnął tyle dziwek, że jaja ma większe od mózgu!

Señor Eduardo płacił za taksówkę, ale na prośbę Juana Diego nie zostawił napiwku.

– *¡Hijo de la chingada!* – warknął do chłopca taksówkarz. Było to coś, co mogła pomyśleć o nim siostra Gloria;

wydawało mu się, że kierowca nazwał go „skurwysynem", jednakże Lupe miała wątpliwości. Słyszała słowo „chingada" od młodych akrobatek i według niej znaczyło „matkojebca".
– *¡Pinche pendejo chimuelo!* – krzyknęła do taksówkarza.
– Co powiedziała Indianka? – spytał taksówkarz Juana Diego.
– Że jesteś żałosnym, bezzębnym dupkiem. Widać, że ktoś nie raz sklepał ci miskę – odpowiedział chłopiec.
– Jaki to piękny język! – zauważył z westchnieniem Edward Bonshaw, zawsze to powtarzał. – Chciałbym się nauczyć, ale coś mi nie idzie.
Porwał ich napierający tłum. Najpierw utknęli za grupą zakonnic idących na klęczkach – w habitach zadartych do połowy ud, z zakrwawionymi kolanami. Potem dzieci z wysypiska i niedoszły misjonarz musieli zwolnić w ślad za garstką mnichów z bliżej nieokreślonego zakonu, którzy się biczowali. (Jeśli krwawili, ich brązowe habity to tuszowały, ale señor Eduardo wzdrygał się na każdy świst). Pojawiły się kolejne gromady walących w bębny dzieci w szkolnych mundurkach.
– Dobry Boże – wykrztusił Edward Bonshaw; przystanął i zerknął z niepokojem na puszkę w rękach chłopca – otaczały ich przerażające widoki, a jeszcze nawet nie dotarli do sanktuarium.
W Kaplicy Studni musieli się przeciskać przez ciżbę umartwiających się pielgrzymów, którzy robili z siebie straszne widowisko. Jakaś kobieta kaleczyła sobie twarz cążkami do paznokci. Mężczyzna kłuł się w czoło długopisem; krew przemieszana z tuszem spływała mu do oczu. Oczywiście nie mógł przestać mrugać, w wyniku czego ronił fioletowe łzy.
Edward Bonshaw wziął Lupe na barana, żeby widziała ponad głowami mężczyzn w garniturach, którzy zdjęli opaski z oczu, by obejrzeć Naszą Panią z Guadalupe na łożu śmierci. Ciemnoskóra Panienka spoczywała w szklanej gablocie, lecz złączeni ze sobą mężczyźni uparcie nie przechodzili dalej, zasłaniając widok pozostałym.
Ksiądz, który ich tu przyprowadził, dalej snuł litanię. Trzymał też opaski, co upodabniało go do kiepsko ubranego

kelnera, który jak idiota zebrał zużyte serwetki po tym, gdy ewakuowano restaurację w wyniku alarmu bombowego.

Juan Diego uznał, iż lepiej, że muzyka zagłusza jego litanię, bo wydawało się, że klepie jak automat. Czy wszyscy, którzy choć trochę kojarzą Guadalupe, nie znają na pamięć jej najsłynniejszych słów?

– *¿No estoy aquí, que soy tu madre?* – powtarzał ksiądz jak katarynka. „Czy nie stoję tu, bo jestem twoją matką?". W ustach faceta z (co najmniej) tuzinem przepasek na oczy w rękach brzmiało to kompletnie bez sensu.

– Proszę mnie postawić. Nie chcę na to patrzeć – odezwała się Lupe, ale Amerykanin jej nie zrozumiał i Juan Diego musiał przetłumaczyć.

– Mendy w gajerach nie potrzebują opasek na oczy: i bez nich są ślepi – dodała Lupe, lecz brat darował sobie tłumaczenie. (Robotnicy cyrkowi nazywali drążki namiotów fujarami ze snów; zdaniem Juana Diego Lupe schodziła niebezpiecznie blisko tego poziomu).

Czekały ich niekończące się schody prowadzące do El Cerrito de las Rosas – istna próba oddania i wytrzymałości. Edward Bonshaw ruszył dziarsko, tym razem z chłopcem na barana, jednak schodów było za dużo: zanosiło się na zbyt długą i stromą wspinaczkę.

– Mogę iść sam – powiedział Juan Diego. – Nie szkodzi, że utykam: znam się na tym!

Ale señor Eduardo mężnie brnął dalej; z trudem łapał oddech, a dno puszki po kawie obijało mu czubek głowy. Oczywiście nikt nie odgadłby, że przegrany scholastyk niesie kuternogę, gdyż wyglądał na umartwiającego się pielgrzyma – tak samo mógł targać kawał drewna albo worki z piaskiem.

– Czy ty wiesz, co się stanie, jeśli papuga wykituje? – spytała Lupe. – Szansa na ucieczkę z tego bajzlu, z tego stukniętego kraju, przejdzie ci koło nosa!

Dzieci same widziały, ile trudności wynikło z martwego konia – przecież Mañana był „spoza miasta", nieprawdaż? Gdyby Edward Bonshaw wykitował na schodach do El Cerrito... No cóż, on też nie był tutejszy, zgadza się? Co mieliby wówczas zrobić, zastanawiał się chłopiec.

Naturalnie Lupe znalazła odpowiedź na jego myśli.

– Musielibyśmy ograbić jego zwłoki, żeby starczyło nam na taksówkę na plac cyrkowy. W przeciwnym razie ktoś mógłby nas porwać i sprzedać do burdelu jako dziecięce prostytutki!

– Dobrze, już dobrze – mitygował Juan Diego. – Niech pan mnie postawi – zwrócił się do zdyszanego, spoconego señora Eduardo. – Będę kulał. Czołgałbym się szybciej, niż pan mnie niesie. Jeśli pan umrze, będę musiał sprzedać Lupe do dziecięcego burdelu, żeby mieć pieniądze na jedzenie. Bez pana nie wrócimy do Oaxaca.

– Jezu miłosierny! – krzyknął Edward Bonshaw i ukląkł na schodach. Tak naprawdę wcale się nie modlił, po prostu nie miał siły zdjąć chłopca z pleców – musiał przyklęknąć, bo inaczej nogi odmówiłyby mu posłuszeństwa.

Dzieci z wysypiska stały obok zasapanego, klęczącego señora Eduardo, który z trudem łapał oddech. Minęła ich ekipa telewizyjna. (Po latach, kiedy Edward Bonshaw będzie umierał – gdy w podobny sposób będzie walczył o oddech – Juan Diego przypomni sobie tę chwilę, kiedy na schodach do świątyni, którą Lupe nazwała Świątynią Róż, minęła ich ekipa telewizyjna z kamerą).

Reporterka – młoda kobieta, ładna, a przy tym na wskroś profesjonalna – przedstawiała suche fakty na temat cudu, który zdarzył się tu przed laty. Wyglądała, jakby nagrywała program podróżniczy albo telewizyjny dokument – nic szczególnie finezyjnego, ale i bez cienia sensacji.

– W tysiąc pięćset trzydziestym pierwszym roku, gdy Dziewica ukazała się Juanowi Diego – azteckiemu wieśniakowi bądź członkowi szlachetnego rodu, według sprzecznych doniesień – biskup nie uwierzył mu na słowo i poprosił o dowód – opowiadała ładna dziennikarka. Urwała na widok cudzoziemca na kolanach; być może to hawajska koszula zwróciła jej uwagę lub zatroskane dzieci stojące nad rozmodlonym mężczyzną. Kamerzysta też ich zauważył i ten widok chyba mu się spodobał, bo wycelował obiektyw w całą trójkę.

Juan Diego nie po raz pierwszy słyszał o „sprzecznych doniesieniach", chociaż wolał wersję z wieśniakiem; myśl, że został nazwany na cześć Azteka ze szlachetnego rodu, budziła w nim nieokreślony niepokój. „Szlachetny" w kontekście pochodzenia nie pasowało mu do własnego wizerunku: był czytelnikiem z wysypiska, bądź co bądź.

Señor Eduardo złapał oddech, mógł wstać i podjąć wspinaczkę. Ale kamerzysta kręcił kulawego chłopca w drodze do El Cerrito de las Rosas, więc ekipa podążała krok w krok za Amerykaninem i dziećmi z wysypiska, wchodziła razem z nimi po schodach.

– Po powrocie Juana Diego na wzgórze Panienka ukazała mu się ponownie, kazała nazbierać róż i zanieść je biskupowi – podjęła dziennikarka.

Za kulawym chłopcem, który wraz z siostrą dotarł na szczyt, rozciągał się imponujący widok na miasto Meksyk; kamera go uchwyciła, lecz ani Edward Bonshaw, ani dzieci nie zwrócili się w tamtą stronę. Juan Diego ściskał przed sobą puszkę, jakby niósł w niej świętą ofiarę do świątyni zwanej Małym Wzgórzem, wzniesionej w miejscu, gdzie rosły cudowne róże.

– Tym razem biskup mu uwierzył, bo na płaszczu Juana Diego znajdował się wizerunek Panienki – mówiła dziennikarka, ale kamerzysta stracił zainteresowanie señorem Eduardo i dziećmi, przeniósł uwagę na grupę japońskich nowożeńców, którzy przyjechali tu na miesiąc miodowy: ich przewodnik przez megafon objaśniał im cud po japońsku.

Dziewczynkę zdenerwowało, że japońscy nowożeńcy mają na twarzach maski chirurgiczne; wyobraziła sobie, że umierają na jakąś straszną chorobę i przybyli do Świątyni Róż błagać Naszą Panią z Guadalupe o ratunek.

– Pytanie tylko, czy nie zarażają? – stwierdziła przytomnie.
– Ile osób mogli zainfekować między Japonią a Meksykiem?

Ile z wyjaśnień Edwarda Bonshawa i tłumaczenia Juana Diego zginęło w hałasie? „Ostrożność" Japończyków, którzy chronili się w ten sposób przed zanieczyszczonym powietrzem i zarazkami, chyba nie przemówiła Lupe do wyobraźni.

Jakby tego było mało, część otaczających ich osób na dźwięk głosu dziewczynki dała upust emocjom o charakterze religijnym. Jakiś żarliwy wierny wskazał na Lupe ze słowami, że „przepowiada", co bardzo ją zdenerwowało: nie przypuszczała, że ktoś zobaczy w niej prorokinię.

W świątyni odprawiano mszę, lecz to, co się tam działo, bynajmniej nie sprzyjało kontemplacji: armie zakonnic oraz dzieci w mundurkach, biczownicy i związani mężczyźni w garniturach, znowu z zasłoniętymi oczami, więc potykali się i przewracali na schodach (mieli dziury na kolanach, a dwóch lub trzech kulało prawie tak jak Juan Diego).

Chłopiec oczywiście nie był jedynym kaleką: przybywali ludzie okaleczeni, również tacy bez rąk i nóg (w nadziei na uzdrowienie). Byli tam wszyscy – głusi, ślepi, ubodzy – razem z turystami oraz zamaskowanymi japońskimi nowożeńcami.

Na progu świątyni usłyszeli słowa ładnej reporterki.

– Niemiecki naukowiec poddał analizie żółte i czerwone włókna z płaszcza Juana Diego i stwierdził, że nie zawierają barwników roślinnych, zwierzęcych ani mineralnych.

– A co mają do tego Niemcy? – zainteresowała się Lupe. – Guadalupe jest cudem albo nie jest. Płaszcz nie ma tutaj nic do rzeczy!

Basílica de Nuestra Señora de Guadalupe stanowi skupisko kaplic, kościołów i sanktuariów wzniesionych na skalistym zboczu, gdzie rzekomo doszło do objawienia. Jak miało się okazać, Edward Bonshaw i dzieci z wysypiska zwiedzili tylko Kaplicę Studni, gdzie Guadalupe spoczywa na łożu śmierci, i El Cerrito de las Rosas. (Nie mieli okazji zobaczyć płaszcza).

To prawda, że w El Cerrito Guadalupe nie jest wciśnięta w boczny ołtarz, tylko wzniesiona z przodu kościoła. Ale cóż z tego, że uczyniono z niej główną atrakcję? Zrównano Guadalupe z Matką Boską, sprowadzono je do tego samego. Dokonało się katolickie hokus-pokus: Świątynia Róż zamieniła się w ogród zoologiczny. Wariatów było ileś razy więcej niż prawdziwych wiernych, którzy próbowali śledzić odprawianą mszę. Księża klepali formułki. Megafon był wprawdzie zabroniony, ale przewodnik dalej nadawał po japońsku do swojej zamaskowanej trzódki. – Związani mężczyźni w garniturach – raz jeszcze bez opasek na oczach – wpatrywali się w Dziewicę niewidzącym wzrokiem, jak Juan Diego przez sen.

– Ani mi się waż tknąć tych prochów – ostrzegła Lupe, ale Juan Diego przyciskał pokrywkę do puszki. – Nie rozsypiesz tu nic a nic.

– Wiem... – zaczął.

– Nasza mama wolałaby spłonąć w piekle, niż na to pozwolić – ciągnęła Lupe. – *El gringo bueno* nigdy nie przespałby się w El Cerrito; był taki piękny, kiedy spał. – Lupe oddała się wspomnieniom. Chłopiec zauważył, że przestała nazywać świątynię Świątynią Róż i zadowoliła się określeniem Małe Wzgórze, jakby miejsce straciło dla niej świętość.

– Nie musisz tłumaczyć, co powiedziała – oświadczył señor Eduardo. – To nie jest święte miejsce. Wszystko postawili na opak, nie tak miało być.

– Miało być – powtórzył Juan Diego.

– Roślinnych, zwierzęcych ani mineralnych! Tak jak powiedział Niemiec! – krzyknęła Lupe. Chłopiec uznał, że powinien to przetłumaczyć: w tych słowach pobrzmiewała niepokojąca prawda.

– Jaki Niemiec? – zapytał Amerykanin, kiedy schodzili po schodach. (Po latach powie do Juana Diego: „Czuję, jakbym nadal opuszczał Małe Wzgórze Róż. Pozbawiło mnie złudzeń; rozczarowanie, które wtedy czułem, trwa nadal: ja wciąż schodzę w dół").

Napierali na nich kolejni spoceni pielgrzymi w drodze na górę cudów. Juan Diego na coś nadepnął: było miękkawe, a zarazem zachrzęściło pod jego stopą. Przystanął, żeby sprawdzić, co to takiego – a potem podniósł.

Totem, nieco większy od wszechobecnego na każdym stoisku Jezusa małego jak palec, był trochę cieńszy od należącej do Lupe Coatlicue wielkości szczura – też powszechnej pamiątki z okolic Basílica de Nuestra Señora de Guadalupe. Figurka, na którą nadepnął Juan Diego, przedstawiała samą

Guadalupe: uległa mowa ciała, spuszczony wzrok, płaska pierś oraz lekko wydęty brzuch. Posążek emanował skromnym pochodzeniem Dziewicy – wyglądała tak, jakby mówiła tylko w nahuatl, jeśli mówiła w ogóle.

– Ktoś ją wyrzucił – stwierdziła Lupe. – Ktoś tak samo zniesmaczony jak my – dodała. Ale Juan Diego schował do kieszeni figurkę z twardej gumy. (Była mniejsza od nosa Niepokalanej, ale też się odznaczała).

Na dole minęli szpaler sprzedawców oferujących przekąski i napoje chłodzące. Grupa zakonnic sprzedawała pocztówki w celu zebrania pieniędzy na pomoc ubogim. Edward Bonshaw jedną kupił.

Juan Diego zachodził w głowę, czy señor Eduardo nadal myśli o kartce z Flor i kucykiem, ale ta pocztówka przedstawiała tylko Guadalupe – *la virgen morena* na łożu śmierci, w szklanej gablocie w Kaplicy Studni.

– Na pamiątkę – rzucił Amerykanin ze skruchą, pokazując ją dzieciom.

Lupe zerknęła przelotnie i odwróciła wzrok.

– Czuję się tak, że spodobałaby mi się bardziej z wackiem kucyka w ustach – oznajmiła. – To znaczy martwa, ale z wackiem – uzupełniła.

Owszem, spała – z głową na kolanach señora Eduardo – gdy Amerykanin opowiadał chłopcu o swym strasznym odkryciu, ale Juan Diego zawsze wiedział, że Lupe potrafi czytać w myślach nawet przez sen.

– Co powiedziała? – zapytał Edward Bonshaw.

Juan Diego szukał wyjścia z ogromnego placu wyłożonego kamiennymi płytami; zastanawiał się, gdzie znajdą taksówkę.

– Cieszy się, że Guadalupe jest martwa. Według niej to jest najlepsze w tej kartce – wybrnął.

– Nie zapytałeś mnie o nowy psi numer – przypomniała bratu. Urwała, tak jak poprzednio, żeby za nią nadążył. Lecz on nigdy nie nadąży za siostrą.

– Nie teraz, Lupe, próbuję nas stąd wydostać – odburknął zniecierpliwiony.

Lupe poklepała jego wybrzuszoną kieszeń, do której wcisnął zgubioną lub wyrzuconą figurkę Guadalupe.

– Tylko nie proś jej o pomoc.

„Każda podróż kryje powód", napisze kiedyś Juan Diego. Od czasu ich wyprawy do sanktuarium w mieście Meksyk upłynęło czterdzieści lat, ale – jak powie kiedyś señor Eduardo – pisarzowi wciąż towarzyszyło przekonanie, że schodzi w dół.

24

BIEDNA LESLIE

„Na lotnisku zawsze kogoś spotkam", brzmiało na pozór niewinne pierwsze zdanie faksu Dorothy. „Ależ ta młoda matka była zagubiona! Mąż ją rzucił, a potem niania wykręciła numer: po prostu wyparowała z lotniska!". Oto jak Dorothy zapoczątkowała swoją historię. Coś mu to przypominało. Opowieść Dorothy kryła wiele informacji, a zarazem wiele niedopowiedzeń, co podpowiadała Juanowi Diego pisarska intuicja. Na przykład: „od słowa do słowa", jak ujęłaby to autorka faksu, czyli co doprowadziło do jej wyjazdu do El Nido z „biedną Leslie" oraz jej dziećmi. Ta „biedna Leslie" brzmiała znajomo już podczas pierwszej lektury faksu. Czy przypadkiem gdzieś już o niej nie słyszał? Ależ tak, i nie musiał nawet czytać dalej, aby sobie przypomnieć, co słyszał o biednej Leslie i od kogo.

„Nie martw się, kochany – nie jest pisarką!", napisała Dorothy. „Ona tylko uczy się pisania – próbuje swoich sił w tym fachu. Notabene zna twojego przyjaciela Clarka, chodziła do niego na warsztaty literackie".

Ach, więc to ta biedna Leslie! Biedna Leslie poznała Clarka, zanim poszła do niego na warsztaty. Poznali się przy okazji zbiórki pieniędzy na katolicką organizację charytatywną, którą oboje wspierają. Właśnie porzucił ją mąż, miała dwóch synków, „trochę niegrzecznych", i stwierdziła, że „pasmo rozczarowań", jakim stało się jej młode życie, zasługuje, aby o nim napisać.

Juan Diego stwierdził wówczas, że Clark, który nienawidził wszelkiego rodzaju wspomnień i autobiografii, udzielił jej rady zgoła do siebie niepodobnej. Szczerze gardził tym, co określał mianem „pisania w ramach autoterapii"; wychodził z założenia, iż powieści oparte na własnych przeżyciach „upraszczają literaturę i stanowią obrazę dla wyobraźni". A mimo to zachęcił biedną Leslie do przelania własnej żółci na papier!

– To dziewczyna o złotym sercu – stwierdził, opowiadając o niej Juanowi Diego. – Biedna Leslie ma po prostu pecha do mężczyzn!

– Biedna Leslie – powtórzyła żona Clarka. I dodała po chwili milczenia: – Zdaje się, że ona woli kobiety, Clark.

– Nie byłbym taki pewien, Josefo. Jest po prostu skołowana – uściślił Clark French.

– Biedna Leslie – powtórzyła raz jeszcze Josefa; Juanowi Diego utkwiły te słowa, bo wypowiedziała je bez przekonania.

– Czy jest ładna? – zapytał.

Mina Clarka wyrażała doskonałą obojętność, jakby nigdy nie zaprzątał sobie tym głowy.

– Owszem – ucięła doktor Quintana.

Według Dorothy to Leslie zaproponowała wspólny wyjazd do El Nido.

„Nie nadaję się na niańkę", skwitowała Dorothy. No ale Leslie jest ładna, pomyślał Juan Diego. A jeśli lubi kobiety – bez względu na to, czy jest lesbijką, czy tylko „skołowana" – nie miał najmniejszych wątpliwości, że Dorothy przejrzała ją na wylot. Sprecyzowanie własnych preferencji zapewne nie stanowiło dla niej problemu.

Oczywiście Juan Diego nie wspomniał Clarkowi i Josefie, że Dorothy spiknęła się z biedną Leslie – jeśli faktycznie tak się stało. (Jej faks zostawiał co nieco miejsca na domysły).

W świetle wzgardliwego „D." Clarka – nie wspominając o niesmaku, z jakim nazywał Dorothy „córką" i odnosił się do całej sprawy – po cóż Juan Diego miałby go dobijać wzmianką, że biedna Leslie najpewniej się z nią spiknęła?

„To nie moja wina, co spotkało tych smarkaczy", napisała Dorothy. Jako pisarz Juan Diego na ogół wyczuwał, kiedy narrator rozmyślnie zmienia temat; wiedział, że Dorothy nie pojechała do El Nido z czystej chęci bycia niańką. Wiedział ponadto, że jest bardzo bezpośrednia – gdy chciała, waliła prosto z mostu. A jednak perypetie synów Leslie były dość mgliste: być może celowo?

O tym rozmyślał Juan Diego, kiedy się obudził, gdy jego samolot z Bohol wylądował w Manili.

Oczywiście nie mógł pojąć, dlaczego siedząca obok młoda kobieta – na miejscu od strony przejścia – trzyma go za rękę.

– Tak mi przykro – powiedziała żarliwie. Juan Diego uśmiechnął się do niej w nadziei, że rozwinie temat, a przynajmniej puści rękę. – Pańska mama... – Urwała i zasłoniła oburącz twarz. – Martwy hipis, pies... szczeniaczek... i cała reszta! – wybuchnęła. (W miejsce wzmianki o nosie Niepokalanej dotknęła własnego).

– Ach tak – odparł.

Czyżbym tracił rozum, zadał sobie w duchu pytanie. Przez całą drogę zwierzał się nieznajomej? Kolejna telepatka na jego drodze życiowej?

Młoda kobieta wbiła wzrok w swój telefon, co przypomniało Juanowi Diego o włączeniu własnej komórki i jej sprawdzeniu. Zawibrowała mu w ręku. Najbardziej lubił wibracje, w przeciwieństwie do „dzwonków", jak je nazywano. Zobaczył, że ma wiadomość od Clarka Frencha – dosyć rozwlekłą.

Pisarze nie czują się najlepiej w ciasnym świecie wiadomości tekstowych, lecz Clark nie dawał łatwo za wygraną i był zawzięty jak bulterier, zwłaszcza jeśli o coś się pieklił. Wiadomości tekstowe nie mają służyć świętemu oburzeniu, pomyślał Juan Diego. „Moja przyjaciółka Leslie została uwiedziona przez twoją przyjaciółkę D. – córkę!", zaczynała się wiadomość Clarka; niestety, biedna Leslie dała mu cynk.

Synowie Leslie mieli lat dziewięć i dziesięć – albo siedem i osiem. Juan Diego nie mógł sobie przypomnieć. (Ich imiona też wyleciały mu z głowy).

Coś mu świtało, że brzmiały z niemiecka; co do tego miał rację. Ojciec chłopców, eksmałżonek Leslie, był Niemcem, międzynarodowym hotelarzem. Juan Diego nie pamiętał (lub nikt mu nie powiedział) nazwiska niemieckiego magnata hotelowego, który skupował hotele najwyższej klasy, gdy popadały w tarapaty. W Manili mieściła się baza jego azjatyckich operacji – tak dał do zrozumienia Clark. Leslie mieszkała na całym świecie, w tym na Filipinach, to samo dotyczyło jej synów.

Po drodze do hali przylotów Juan Diego odczytał wiadomość Clarka. Emanowało z niej coś na podobieństwo katolickiej urazy – jakby irytacji – w imieniu Leslie. Bądź co bądź, biedna Leslie była kobietą wiary – bratnią katolicką duszą – i coś Clarkowi mówiło, że ponownie została wystawiona do wiatru.

Clark napisał, co następuje: „Uważaj na bawołu na lotnisku – groźniejszy, niż się wydaje! Mały Dieter twierdzi, że nic mu z Wernerem nie zrobili. (Biedna Leslie zapewnia, że chłopcy »są niewinni«). Potem Dieterek został poparzony przez pływające obiekty – nazwane przez obsługę hotelu »planktonem«. Według twojej przyjaciółki D. były one wielkości paznokcia od kciuka – rzekomo przypominały »kondomy dla trzylatków«, było ich kilkaset! Wysypka na razie nie wystąpiła. »Żaden plankton«, uważa D.".

„Uważa D.", powtórzył w myślach Juan Diego; doniesienia Clarka tylko odrobinę odbiegały od relacji Dorothy. „Kondomy dla trzylatków" się zgadzały, jednak co do bawołu Dorothy zasugerowała, iż został sprowokowany. Nie uściśliła jak.

Na lotnisku w Manili, gdzie przesiadł się na lot na Palawan, nie zastał żywego inwentarza. Leciał dwusilnikowym samolotem z dwoma rzędami pojedynczych siedzeń i przejściem pośrodku. (Nie istniało ryzyko, że Juan Diego znów podzieli się z kimś opowieścią o prochach, których nie rozsypali w mieście Meksyk).

Lecz nim samolot potoczył się pasem startowym, telefon znów zadrżał Juanowi Diego w kieszeni. Kolejna wiadomość Clarka sprawiała wrażenie bardziej pospiesznej lub histerycznej niż poprzednia. „Werner, wciąż obolały po zajściu z bawołem, został poparzony przez różowe meduzy pływające pionowo (jak koniki morskie). D. mówi, że były »na wpół przezroczyste, wielkości palców wskazujących«. Biedna Leslie musiała opuścić z chłopcami wyspę z uwagi na reakcję alergiczną Wernera na półprzezroczyste meduzy – spuchły mu wargi, język, nie wspominając o biednym siusiaku. Będziesz sam z D. Została, aby załatwić odwołanie rezerwacji – biednej Leslie, nie twojej! Unikaj pływania. Do zobaczenia w Manili, mam nadzieję. Uważaj na siebie przy D.".

Samolot ruszył; Juan Diego wyłączył komórkę. Co do drugiego poparzenia – przez pływające pionowo różowe meduzy – Dorothy wyraziła się bardziej swojsko. „Na co komu ten syf? Pieprzyć Morze Południowochińskie!", napisała do Juana Diego, który usiłował wyobrazić sobie samotny pobyt na odludnej wyspie, gdzie nie odważy się zanurzyć w wodzie. Po co miałby ryzykować konfrontację z parzącymi kondomami dla trzylatków bądź różowymi postrachami siusiaków? (O jaszczurkach wielkości psów nie wspominając! Jakim cudem chłopcy Leslie nie natknęli się na warany?).

Czy nie byłoby lepiej wrócić do Manili, zaświtało mu w głowie. Otworzył ulotkę i długo przyglądał się mapie, co nasiliło jego niepokój: Palawan to najbardziej wysunięta na zachód filipińska wyspa. El Nido, kurort na wyspie Lagen – opodal północno-zachodniego skraju Palawanu – leżał na tej samej szerokości geograficznej, co Ho Chi Minh oraz ujście Mekongu. Od Wietnamu dzieliło go tylko Morze Południowochińskie.

Dobry gringo uciekł do Meksyku z powodu wojny w Wietnamie; jego ojciec zginął wcześniej – leżał pochowany niedaleko od miejsca, gdzie mógł zginąć jego syn. Była to przypadkowa czy też z góry ustalona zbieżność? „Oto jest pytanie", powiedziałby señor Eduardo – choć za życia sam nie umiał sobie na nie odpowiedzieć.

Po śmierci Flor i Edwarda Bonshawa Juan Diego podjął ów temat z doktorem Vargasem. Opowiedział mu o pamiętnej rozmowie o tym, jak señor Eduardo rozpoznał Flor na pocztówce.

– A ta zbieżność? – zapytał lekarza. – Nazwałby ją pan przeznaczeniem czy zbiegiem okoliczności? – tak ujął to w rozmowie z ateistą.

– A co powiesz na coś pomiędzy? – odpowiedział pytaniem Vargas.

– Nazwałbym to wykrętem – uciął Juan Diego. Ale gniew przez niego przemawiał; Flor i señor Eduardo właśnie umarli – pieprzeni lekarze nie zdołali ich uratować.

Być może dziś powtórzyłby słowa Vargasa: świat opiera się na zasadzie „czegoś pomiędzy" zbiegiem okoliczności i przeznaczeniem. Wiedział, że nie wszystko da się wytłumaczyć naukowo.

Na lotnisku Lio na Palawanie czekało go twarde lądowanie na ubitej ziemi. Powitali ich miejscowi śpiewacy; w pewnym oddaleniu od nich, i jakby nimi znudzony, stał znękany bawół domowy. Nie sposób sobie wyobrazić, że Bogu ducha winne zwierzę mogło kogoś stratować albo wziąć na rogi, ale tylko Bóg (albo Dorothy) raczy wiedzieć, czym niegrzeczni synowie Leslie (bądź tylko jeden z nich) go sprowokowali.

Pozostałą część drogi miał pokonać trzema promami, chociaż kurort El Nido na wyspie Lagen znajdował się niedaleko od Palawanu. Od strony morza wyłaniały się tylko skały: wyspa była jedną wielką górą. Laguna, wokół której wzniesiono hotel, leżała poza zasięgiem wzroku.

W hotelu powitał go miły przedstawiciel obsługi i zaprowadził do pokoju z widokiem na lagunę, dobranego pod kątem jego kalectwa – do jadalni miał tylko kawałek drogi. Nawiązali do perypetii, które doprowadziły do nagłego wyjazdu biednej Leslie.

– Ci chłopcy byli trochę niesforni – oznajmił taktownie młody pracownik.

– Ale te poparzenia... chyba nie są sami sobie winni – zauważył Juan Diego.

– Nasi goście z reguły unikają poparzeń – zaznaczył chłopak. – Widziano tych chłopców, jak zasadzają się na warana... Prosili się o kłopoty.

– Zasadzają! – powtórzył Juan Diego; wyobraził sobie chłopców z dzidami z korzeni namorzynu.

– Pływała z nimi przyjaciółka pani Leslie. Ona nie została poparzona – podkreślił pracownik.

– Ach tak. Czy ona... – zaczął Juan Diego.

– Jest tutaj, proszę pana. Rozumiem, że mówi pan o pani Dorothy – odpowiedział chłopak.

– No przecież. Pani Dorothy. – Więcej nie zdołał wykrztusić. Czyżby nazwiska wyszły z mody, zastanowił się przelotnie. Zdumiał go urok tego miejsca: El Nido był faktycznie odludny, ale przepiękny. Przed kolacją zdąży się rozpakować i może obejść lagunę. Dorothy wszystko za niego załatwiła: pracownik wspomniał, że opłaciła pokój oraz wszystkie posiłki. (A może to biedna Leslie zapłaciła, przyszło Juanowi Diego do głowy, również przelotnie).

Nie miał pojęcia, co będzie tam robił; dopadły go wątpliwości, czy uśmiecha mu się samotność z Dorothy.

Właśnie skończył się rozpakowywać – wykąpał się i ogolił – gdy rozległo się pukanie do drzwi. Bardzo śmiałe, dodajmy.

To na pewno ona, pomyślał, i nie patrząc przez wizjer, otworzył drzwi.

– Wiedziałeś, że to ja, hm? – zapytała Dorothy. Wyminęła go z uśmiechem i wniosła do pokoju swoje walizki.

Czy umknął mu gdzieś cel tej podróży? Czy nie męczyło go przeświadczenie, że wszystko zostało zaplanowane bez jego udziału i woli? I czy zaistniałe zbieżności nie wywierały aby wrażenia z góry ustalonych, a nie dzieła przypadku? (A może myślał za bardzo „po literacku"?).

Dorothy usiadła na łóżku, zrzuciła sandały i poruszała palcami u stóp. Wydało mu się, że ma ciemniejsze nogi – może opalała się od czasu ich ostatniego spotkania.

– Jak poznałaś Leslie? – zapytał.

W znajomy sposób wzruszyła ramionami, jakby przedrzeźniała Esperanzę i Lupe.
— Na lotnisku można spotkać tego i owego — skwitowała.
— O co chodziło z tym bawołem? — wypytywał dalej Juan Diego.
— Ach, ci nieznośni chłopcy! — Dorothy westchnęła. — Tak się cieszę, że nie masz dzieci — dodała z uśmiechem.
— Sprowokowali go? — spytał.
— Znaleźli żywą gąsienicę, zielonożółtą, z ciemnobrązowymi brwiami — wyjaśniła Dorothy. — Werner wepchnął ją bawołowi do nosa, jak najdalej mógł sięgnąć.
— Nie obyło się bez potrząsania rogami i głową, jak mniemam — rzucił Juan Diego. — I tupania, od którego zadrżała ziemia.
— Też byś prychał, gdybyś chciał wydmuchać gąsienicę z nosa — uświadomiła go Dorothy; było jasne, że trzyma stronę zwierzęcia. — Werner mógł gorzej oberwać.
— No dobrze, a te parzące kondomy i przezroczyste palce, które pływały pionowo? — drążył.
— No, były straszne. Mnie nie poparzyły, ale gówniarzowi mało nie odpadł fiutek — mówiła Dorothy. — Nigdy nie wiadomo, na co człowiek może być uczulony — i czym to się objawi!
— Nigdy nie wiadomo — powtórzył Juan Diego. Usiadł na łóżku obok niej. Pachniała kokosem — pewnie wysmarowała się olejkiem do opalania.
— Tęskniłeś za mną, co? — spytała.
— Tęskniłem — przyznał zgodnie z prawdą, lecz dopiero teraz sobie uświadomił, jak bardzo przypominała mu figurę Guadalupe, którą dostał od dobrego gringo i która wzbudziła taką dezaprobatę siostry Glorii.

Miał za sobą długi dzień, ale czy dlatego był taki zmęczony? Nawet nie spytał Dorothy, czy uprawiała seks z biedną Leslie. (Znając Dorothy, na pewno).
— Jesteś smutny — szepnęła. Próbował się odezwać, ale nie mógł. — Może powinieneś coś zjeść, mają tu pyszności — zasugerowała.

– Wietnam – wykrztusił. Chciał jej opowiedzieć, że był kiedyś świeżo upieczonym Amerykaninem, za młodym na pobór wojskowy, a później i tak nie mógł, bo był kaleką, więc go nie chcieli. Ale ponieważ znał dobrego gringo, który uciekł przed Wietnamem, Juana Diego gryzło sumienie, że nie pojechał – i że nie miał na to najmniejszego wpływu. Pragnął opowiedzieć Dorothy, że męczy go ta bliskość Wietnamu – oddalonego jedynie o Morze Południowochińskie – bo nie został tam wysłany, i nie daje mu spokoju, że *el gringo bueno* nie żyje, gdyż biedak próbował uciec przed tą poronioną wojną.

– Wiesz, przyjeżdżali tu wasi amerykańscy żołnierze – odezwała się niespodziewanie Dorothy. – Nie mówię, że do tego hotelu czy na wyspy Lagen lub Palawan. Mam na myśli ich urlopy, kiedy wyjeżdżali na przepustkę w czasie wojny w Wietnamie.

– Co o tym wiesz? – wydusił Juan Diego. (W jego własnych uszach słowa zabrzmiały niezrozumiale, jakby wypowiedziała je Lupe).

Dorothy wzruszyła ramionami – zrozumiała go.

– Ci biedni żołnierze... niektórzy mieli zaledwie dziewiętnaście lat – oznajmiła, jakby ich wspominała, choć siłą rzeczy nie mogła ich pamiętać.

Była niewiele starsza niż oni wówczas; jeszcze się nawet nie urodziła, kiedy wojna dobiegła końca – trzydzieści pięć lat temu! Na pewno mówiła o tych dziewiętnastolatkach z historycznego punktu widzenia.

Pewnie żyli w ciągłym strachu przed śmiercią, pomyślał Juan Diego, to chyba oczywiste. Niemniej jednak słowa znów uwięzły mu w gardle i Dorothy go wyręczyła.

– Bali się, że zostaną pojmani i będą torturowani. Stany Zjednoczone blokowały informacje o torturach, jakich Wietnamczycy z Północy dopuszczali się na jeńcach amerykańskich. Powinieneś jechać do Laoagu, najbardziej wysuniętej na północ części Luzonu. Laoag, Vigan – właśnie tam. Tam jeździli młodzi żołnierze na przepustce. Moglibyśmy tam pojechać,

znam okolicę – dodała. – El Nido to tylko kurort; ładny, ale nie ma nic wspólnego z rzeczywistością.
– Ho Chi Minh leży na zachód stąd – wykrztusił Juan Diego.
– Wtedy nazywał się Sajgon – przypomniała mu Dorothy. – Da Nang i Zatoka Tonkińska znajdują się na zachód od Vigan. Hanoi na zachód od Laoagu. Wszyscy na Luzonie wiedzą, jak Wietnamczycy z Północy lubowali się w torturowaniu waszych młodych Amerykanów, dlatego ci chłopcy tak się trzęśli ze strachu. Wietnamczycy z Północy byli „niedoścignieni" w torturach, tak mówią w Laoagu i Vigan. Moglibyśmy tam pojechać – powtórzyła.
– Okej – odpowiedział, nie sprawiło mu to większych trudności. Chciał wspomnieć o weteranie, którego poznał w Iowa i który opowiedział mu o amerykańskich urlopach na Filipinach.
Była mowa o Olongapo i Baguio albo Baguio City. Czy to miasta na Luzonie, zastanawiał się. Weteran wspomniał o barach, prostytutkach, nocnym życiu. Ani słowa o torturach ani Wietnamczykach z Północy będących ekspertami w tej dziedzinie i ani słowa o Laoagu i Vigan – Juan Diego w każdym razie sobie nie przypominał.
– Jak tam twoje tabletki? Powinieneś coś zażyć? – spytała Dorothy. – Sprawdźmy – dodała, biorąc go za rękę.
– Okej – powtórzył. Pomimo zmęczenia wydawało mu się, że nie utyka, gdy ruszyli w stronę łazienki obejrzeć lopressor i viagrę.
– Ta mi się podoba, a tobie? – zapytała Dorothy. (Trzymała viagrę). – Jest taka doskonała sama w sobie. Po co ją przecinać? Moim zdaniem cała jest lepsza od połówki, nie uważasz?
– Okej – wyszeptał.
– Głowa do góry... nie bądź smutny. – Podała mu viagrę i szklankę wody. – Wszystko będzie dobrze.
Nagłe wspomnienie go ostudziło. Przypomniał sobie, co wykrzyknęły razem Miriam i Dorothy, jak na komendę. „Daruj sobie wolę boską!", zawołały odruchowo. Gdyby Clark French słyszał te słowa, uznałby je bez namysłu za powiedzenie godne sukubów.

Czyżby Miriam i Dorothy miały na pieńku z wolą boską? I nagle przyszło mu do głowy, że ich niechęć może wynikała z tego, że same ją wypełniają? Co za zwariowany pomysł! Myśl o Miriam i Dorothy w roli boskich posłańców kłóciła się z wizją Clarka o demonach w kobiecej postaci – choć nie wmówiłby on Juanowi Diego, że ma do czynienia ze złymi duchami. Żądza z całą pewnością mu podpowiadała, iż należą do cielesnego świata i są istotami z krwi i kości, a nie upiorami. Ale żeby zaraz miały być bożymi posłańcami – co też go naszło? Komu przyszłoby to do głowy?

Oczywiście nigdy nie powiedziałby tego na głos – nie w kontekście chwili ani kiedy podawała mu viagrę i szklankę wody.

– Czy ty i Leslie... – zaczął.

– Biedna Leslie jest skołowana. Próbowałam jej pomóc – zapewniła Dorothy.

– Próbowałaś jej pomóc – powtórzył, bo nic więcej nie był w stanie wykrztusić. I nie zabrzmiało to jak pytanie, choć pomyślał, że gdyby to on był skołowany, jej obecność nie pomogłaby mu w najmniejszym stopniu.

AKT 5, SCENA 3

Gdy wspominamy lub śnimy o bliskich nam osobach – których już nie ma – ich „zakończenia" wysuwają się przed resztę losów. Nie decydujemy o chronologii tego, o czym śnimy, ani porządku zdarzeń, w jakim kogoś wspominamy. W umyśle – w snach i wspomnieniach – opowieść czasem rozpoczyna się od epilogu.

Pierwszą kompleksową klinikę dla zarażonych wirusem HIV w Iowa City – z opieką pielęgniarską, społeczną oraz programem edukacyjnym – otwarto w czerwcu tysiąc dziewięćset osiemdziesiątego ósmego roku. Mieściła się w Boyd Tower, która wcale nie była wieżą*, tylko pięciopiętrowym budynkiem przyłączonym do starego szpitala i należącym do przychodni Uniwersytetu Iowa; klinika HIV/AIDS mieściła się na pierwszym piętrze i nosiła nazwę oddziału wirusowego. W owym czasie wzbraniano się przed nagłaśnianiem sprawy; istniały uzasadnione obawy, że zarówno pacjenci, jak i szpital zostaną publicznie napiętnowani.

HIV/AIDS kojarzono z seksem i narkotykami; choroba ta występowała na tyle rzadko w Iowa, iż wielu miejscowych

---

* *Tower* (ang). – wieża.

uważało ją za „miejski" problem. Niektórzy pacjenci spotykali się na prowincji z przejawami homofobii i ksenofobii.

Juan Diego pamiętał, że kiedy budowano Boyd Tower, na początku lat siedemdziesiątych na północ od starego szpitala istniała (i nadal istnieje) prawdziwa wieża gotycka. Kiedy przeprowadził się do Iowa City z señorem Eduardo i Flor, zajmowali dwupoziomowe mieszkanie w malowniczym wiktoriańskim domu z rozsypującą się werandą od frontu. Pokój i łazienka Juana Diego i gabinet señora Eduardo mieściły się na drugim piętrze.

Edward Bonshaw i Flor nie zawracali sobie głowy zrujnowaną werandą, ale Juan Diego za nią przepadał. Widział stamtąd Field House (gdzie znajdował się kryty basen) oraz stadion Kinnick. Zdewastowany ganek na Melrose Avenue świetnie nadawał się do obserwacji studentów, zwłaszcza w sobotnie popołudnia, kiedy miejscowa drużyna futbolowa rozgrywała mecze u siebie. (Señor Eduardo nazywał stadion Kinnick rzymskim Koloseum).

Juana Diego nie interesował amerykański futbol. Początkowo z ciekawości – a później dla towarzystwa – chodził czasami na mecze na stadionie Kinnick, lecz najbardziej lubił przesiadywać na werandzie starego drewnianego domu na Melrose i patrzeć na przechodzących młodych ludzi. („Lubię słuchać zespołu z daleka – i wyobrażać sobie cheerleaderki z bliska", mawiała Flor na swój nieodgadniony sposób).

Kończył studia licencjackie na Uniwersytecie Iowa, kiedy budowa Boyd Tower dobiegła końca; ze swojego domu na Melrose Avenue ta ze wszech miar nietypowa trzyosobowa rodzina widziała gotycką wieżę na starym budynku szpitala. (Flor stwierdziła później, że jej zbrzydła).

Flor pierwsza miała objawy; kiedy ją zdiagnozowano, Edward Bonshaw oczywiście też musiał się zbadać. W tysiąc dziewięćset osiemdziesiątym dziewiątym roku wyszło na jaw, że oboje są seropozytywni, i w pierwszej kolejności oboje zapadli na pneumocytozowe zapalenie płuc, PCP. Kaszel, zadyszka, gorączka: zapisano im bactrim. (Edward Bonshaw dostał od niego wysypki).

Flor była prawie piękna, ale mięsaki Kaposiego zniekształciły jej twarz. Jeden fioletowy wykwit zwisał jej z brwi, a kolejny z nosa. Ten drugi tak rzucał się w oczy, że Flor zaczęła nosić chustę na twarzy. *La Bandida*, mówiła o sobie – „bandytka". Ale to żeńskie „la" nie było już jej pisane.

Estrogeny, które przyjmowała, miały wiele skutków ubocznych – uszkodziły jej wątrobę. Mogą powodować coś w rodzaju zapalenia, dochodzi wówczas do skumulowania żółci. Swędzenie, które temu towarzyszyło, doprowadzało Flor do szału. Musiała przestać brać hormony i wrócił jej zarost.

Juan Diego uważał za niesprawiedliwe, że Flor, która zadała sobie tyle trudu, aby upodobnić się do kobiety, nie tylko umierała na AIDS, ale umierała jako mężczyzna. Kiedy señor Eduardo nie mógł już jej golić, Juan Diego wziął to na siebie. Mimo to, gdy ją całował, wyczuwał na policzku zarost i zawsze dostrzegał jego cień – nawet kiedy była gładko ogolona.

Ponieważ stanowili niekonwencjonalną parę, zależało im na młodym lekarzu, a Flor zażyczyła sobie kobietę. Ich ładną lekarką prowadzącą została Rosemary Stein; to ona nalegała, aby wykonali badania na obecność wirusa. W tysiąc dziewięćset osiemdziesiątym dziewiątym roku miała dopiero trzydzieści trzy lata. „Doktor Rosemary" – Flor pierwsza ją tak nazwała – była w wieku Juana Diego. Flor zwracała się do wszystkich lekarzy z oddziału wirusowego pierwszym imieniem; ich nazwiska stanowiły dla Meksykanina znaczny problem. Juan Diego i Edward Bonshaw – których angielszczyzna była bez zarzutu – również mówili do lekarzy per „doktor Jack" i „doktor Abraham", żeby Flor czuła się mniej wyobcowana.

Poczekalnia na oddziale była bezpłciowa – bardzo w stylu lat sześćdziesiątych. Brązowa wykładzina, jedno- lub dwuosobowe siedzenia o ciemnych obiciach – prawie na pewno ze skaju. Biuro recepcjonistki miało odcień ochry i laminowany blat, a ściana na wprost była ceglana. Flor żałowała, że cała Boyd Tower nie jest z cegły, od zewnątrz i od środka; nie dawało jej spokoju, że „taki szajs jak skaj i laminowane blaty" przeżyje ją i kochanego Eduardo.

Wszyscy podejrzewali, że Flor zaraziła Amerykanina, choć tylko ona mówiła to na głos. Edward Bonshaw nigdy jej nie oskarżał, nie miał nic do zarzucenia. Nie złożyli sobie oficjalnej przysięgi, lecz obiecali sobie to, co zwykle obiecuje się w takich sytuacjach. „W zdrowiu i chorobie, dopóki śmierć nas nie rozłączy", powtarzał czule señor Eduardo, kiedy biła się w piersi i przyznawała do okazjonalnych zdrad (sentymentalne powroty do Oaxaca, zabawy do białego rana – stare dzieje).

– A co z „wiernością"? Przecież obiecywałam, tak? – zapytywała ukochanego Eduardo. Nie mogła sobie tego darować. Ale była niepoprawna. Edward Bonshaw dochował Flor wierności – zawsze powtarzał, że jest miłością jego życia – i trzymał się swojej szkockiej przysięgi („żaden nie strąci wiatr"), którą zawsze powtarzał po łacinie: *haud ullis labentia ventis*. (Te same słowa wypowiedział do brata Pepe, kiedy kurze pióra obwieściły jego przyjazd do Oaxaca).

Na oddziale wirusowym gabinet zabiegowy, gdzie pobierano krew, znajdował się obok poczekalni, którą zarażeni HIV dzielili zwykle z cukrzykami. Obie grupy siadały naprzeciwko siebie. Pod koniec lat osiemdziesiątych i na początku dziewięćdziesiątych liczba zarażonych wzrosła i wielu umierających zdradzało widoczne symptomy – nie tylko w postaci wychudzenia i mięsaków Kaposiego.

Edward Bonshaw też był naznaczony: cierpiał na łojotokowe zapalenie skóry. Odpadała mu tłustymi płatami, głównie na brwiach i skórze głowy, a także po bokach nosa. Kandydoza najpierw pokryła mu język białym nalotem, potem przeniosła się do gardła, utrudniając przełykanie, usta zaś miał białe i spękane. Ledwie oddychał, lecz odmówił podłączenia do respiratora: on i Flor chcieli umrzeć razem, w domu, a nie w szpitalu.

Na końcu karmili Edwarda Bonshawa przez cewnik Hickmana; lekarze zapewniali Juana Diego, że karmienie dożylne jest niezbędne w przypadku pacjentów, którzy nie mogą sami jeść. Zważywszy na kandydozę i trudności w przełykaniu, señor Eduardo umierał z głodu. Pielęgniarka – starsza pani o nazwisku Dodge – wprowadziła się do dawnego pokoju Juana Diego na drugim piętrze dwupoziomowego mieszkania na Melrose. Głównie doglądała cewnika i płukała go roztworem heparyny.

– Inaczej się zatka – tłumaczyła Juanowi Diego, który nie miał pojęcia, o czym mowa; nie poprosił o wyjaśnienie.

Cewnik wisiał po prawej stronie klatki piersiowej Edwarda Bonshawa, gdzie umieszczono go pod obojczykiem; został wprowadzony pod skórę kilka centymetrów nad brodawką sutkową i wchodził do żyły podobojczykowej. Juan Diego nie mógł oswoić się z jego widokiem; napisze o nim w jednej ze swych powieści, w której kilkoro bohaterów umiera na AIDS – niektórzy na zakażenia oportunistyczne, nękające señora Eduardo i Flor. Jednak ofiary AIDS z jego powieści nie były nawet w przybliżeniu „oparte" na jego opiekunach, Amerykaninie i *La Bandida*, jak mawiała o sobie Flor.

Juan Diego na swój sposób opisał to, co ich spotkało, ale nie pisał o nich. Był samoukiem i nauczył się też fantazjować. I może wówczas wbił sobie do głowy, że prozaik „tworzy" daną postać i „wymyśla" historię, zamiast pisać tak po prostu o ludziach, których znał, lub opowiadać własną historię i nazywać to powieścią.

W przypadku prawdziwych ludzi w jego życiu istniało zbyt wiele sprzeczności i niewiadomych – wychodził z założenia, że prawdziwi ludzie są zbyt niekompletni i w związku z tym nie nadają się na bohaterów książkowych. Poza tym mógł wymyślić lepszą historię niż ta, która przydarzyła się jemu; uważał, iż jego własna jest również „zbyt niekompletna" do literackich celów.

Gdy wykładał twórcze pisanie, nigdy nie pouczał studentów, jak mają pisać; w życiu nie powiedziałby im, że mają pisać według wzorca, który sam przyjął. Czytelnik z wysypiska nie był kaznodzieją. Sęk w tym, iż wielu młodych pisarzy szuka sposobu, a kiedy wreszcie na któryś się zdecydują, uważają go za jedyny słuszny. (Pisz o tym, co znasz! Użyj wyobraźni! Język jest najważniejszy!).

Weźmy Clarka Frencha. Niektórzy studenci na zawsze pozostają studentami: szukają i znajdują uogólnienia, których mogą się trzymać, a to, jak piszą, ma być uniwersalnym i niepodważalnym wzorem do naśladowania. (Autobiografia jako podstawa literatury to recepta na porażkę! Używanie wyobraźni to improwizacja!). Clark twierdził, że Juan Diego jest „antyautobiograficzny".

Juan Diego unikał opowiadania się po którejś ze stron.

Clark utrzymywał, że nauczyciel „trzyma stronę wyobraźni" i jest „gawędziarzem, nie pamiętnikarzem".

Może i tak, myślał Juan Diego, ale nie chciał być po żadnej ze stron. Clark French zamieniał pisanie w polemiczne przepychanki.

Juan Diego usiłował „depolemizować", kierować debatę na inne tory; podejmował próby opowiadania o literaturze, którą kochał, pisarzach, którzy go natchnęli do zostania literatem – nie tylko dlatego, że stawiał ich sobie za wzór, ale ponieważ kochał to, co napisali.

Nie było w tym żadnej niespodzianki: anglojęzyczny księgozbiór w sierocińcu, niewielki, raczej ograniczał się do mistrzów dziewiętnastowiecznych, w tym powieści skazanych przez ojca Alfonso i ojca Octavio na ognie piekielne *basurero* oraz dzieł ocalonych przez Edwarda Bonshawa i brata Pepe.

Świadomość, że psy nie mają w życiu lekko, przygotowała go na *Szkarłatną literę* Hawthorne'a. A dewotki plotkujące, co zrobiłyby Hester – że najchętniej zabiłyby ją lub wypaliły jej piętno na czole, zamiast tylko naznaczyć jej odzież – przygotowały Juana Diego na relikty purytanizmu amerykańskiego, które miał napotkać po przeprowadzce do Iowa.

Moby Dick Melville'a – a zwłaszcza trumna Queequega – nauczyły go, że zwiastun tego, co wydarzy się później, to w książce nic innego jak przeznaczenie.

Co do przeznaczenia oraz tego, że nie sposób przed nim uciec, potwierdzeniem tej tezy był *Burmistrz Casterbridge* Hardy'ego. W pierwszym rozdziale pijak Michael Henchard sprzedaje żonę i córkę marynarzowi. Nie jest w stanie naprawić swojej winy, a w testamencie wyraża życzenie „aby wszyscy go zapomnieli". (Raczej nie jest to opowieść o odkupieniu. Clark French nie znosił Hardy'ego).

No i Dickens – Juan Diego przytaczał rozdział zatytułowany *Burza* z *Dawida Copperfielda*. Pod koniec rozdziału ciało Steerfortha zostaje wyrzucone na brzeg i Copperfield widzi szczątki swego dawnego idola i podstępnego dręczyciela – kwintesencję starszego kolegi, który niezawodnie daje popalić. Wystarczyłby sam opis ciała Steerfortha na plaży, gdzie leży „obok połamanego dachu, pod który wniósł tyle krzywdy". Ale Dickens, jak to Dickens, wkłada w usta Copperfielda następujące słowa: „Leżał z głową opartą na ręku tak, jak zwykłem go był widywać śpiącym niegdyś... w szkole"*.

– Cóż więcej musiałem wiedzieć o pisaniu powieści ponad to, czego nauczyłem się od tych czterech? – pytał Juan Diego swoich studentów, nie wyłączając Clarka Frencha.

A gdy przedstawiał owych czterech dziewiętnastowiecznych twórców – „moich nauczycieli", jak nazywał Hawthorne'a, Melville'a, Hardy'ego i Dickensa – nigdy nie mogło zabraknąć wzmianki o Szekspirze. Señor Eduardo mu uświadomił, że na długo przed tym, nim ktokolwiek napisał powieść, Szekspir rozumiał i doceniał znaczenie fabuły.

Lepiej było nie wspominać o Szekspirze przy Clarku, samozwańczym cerberze Barda z Avonu. Jako niestrudzony piewca wyobraźni gotów był rozszarpać każdego, kto ośmielał się twierdzić, iż Szekspira napisał ktoś inny aniżeli sam Szekspir.

A każda wzmianka o Szekspirze nieubłaganie nasuwała Juanowi Diego wspomnienie Edwarda Bonshawa oraz tego, co spotkało jego i Flor.

Na początku, gdy oboje byli jeszcze silni – kiedy mogli dźwigać cięższe przedmioty i pokonywać schody, i gdy Flor jeszcze prowadziła samochód – sami chodzili do położonej na pierwszym piętrze kliniki w Boyd Tower, którą od ich domu

---

* Przekład Wili Zyndram-Kościałkowskiej.

na Melrose dzieliło zaledwie pięćset metrów. Kiedy zaś sprawy się skomplikowały, Juan Diego (lub pani Dodge) im towarzyszył; Flor jeszcze chodziła, ale señor Eduardo jeździł na wózku inwalidzkim.

Na początku i do połowy lat dziewięćdziesiątych – zanim liczba zgonów spadła na łeb na szyję (dzięki nowym lekom) i liczba seropozytywnych pacjentów na oddziale wirusowym zaczęła rosnąć – liczba pacjentów odwiedzających klinikę ustabilizowała się na poziomie około dwustu rocznie. Wielu z nich siedziało w poczekalni na kolanach swoich partnerów, czasem rozmawiano o gejowskich barach oraz występach drag queen i nie brakowało barwnych przebierańców – barwnych jak na to miasto.

Flor do nich nie należała – te czasy minęły. Zatraciła większość kobiecego czaru i choć nadal ubierała się jak kobieta, nosiła się skromnie, dotkliwie świadoma tego, że podoba się już tylko señorowi Eduardo. W poczekalni trzymali się za ręce. W Iowa City, jedynie tam, okazywali sobie publicznie czułość, tak przynajmniej zapamiętał Juan Diego.

Przychodził tam również młody chłopak z rodziny menonitów, która na początku go wyklęła, ale potem jej przeszło. Przynosił do poczekalni warzywa ze swojego ogrodu i rozdawał pielęgniarkom pomidory. Nosił kowbojskie buty i różowy kapelusz kowbojski.

Kiedyś, gdy pani Dodge zabrała Flor i Edwarda Bonshawa do kliniki, Flor wdała się w zabawną rozmowę z młodym ogrodnikiem w różowym kapeluszu kowbojskim.

Nie pokazywała się bez chusty na twarzy.

– Wiesz co, kowboju? – zagadnęła przy tamtej okazji. – Jeżeli masz dwa konie, moglibyśmy napaść na pociąg albo obrobić bank.

Pani Dodge opowiadała Juanowi Diego, że „cała poczekalnia zawyła ze śmiechu" – ona też. A młody menonita podchwycił żart.

– Całkiem dobrze znam North Liberty – odpowiedział. – Mają tam niezłą bibliotekę, która byłaby łatwym celem. Znasz North Liberty?

– Nie, nie znam – odrzekła Flor. – I nie interesuje mnie obrabianie bibliotek, bo nie czytam.

To prawda: Flor nie czytała. Miała bardzo bogate słownictwo – była uważną słuchaczką – lecz od tysiąc dziewięćset siedemdziesiątego roku jej meksykański akcent pozostał bez zmian i nigdy niczego nie przeczytała. (Edward Bonshaw lub Juan Diego czytali jej na głos).

Zdaniem pani Dodge incydent rozładował sztywną atmosferę w poczekalni, ale señor Eduardo miał za złe Flor, że flirtuje z kowbojem ogrodnikiem.

– Nie flirtowałam, tylko żartowałam – broniła się.

Pani Dodge również była tego zdania.

– Myślę, że Flor skończyła z flirtowaniem – powiedziała Juanowi Diego.

Pani Dodge pochodziła z Coralville, doktor Rosemary ją poleciła. Kiedy Edward Bonshaw powiedział do niej: „Jeśli chce pani wiedzieć, skąd mam tę bliznę...", cóż, nie musiał nic dodawać.

– Wszyscy w Coralville... to znaczy wszyscy w pewnym wieku... znają tę historię – oznajmiła señorowi Eduardo. – Rodzina Bonshaw zasłynęła tym, co pański tata zrobił temu biednemu psu.

Ucieszyło go, że ludzie nie zapominają takich rzeczy.

– Naturalnie – ciągnęła pani Dodge – byłam wtedy młodą dziewczyną i ta opowieść nie dotyczyła pana ani pańskiej blizny – dodała. – Była to opowieść o Beatrice.

– I tak powinno być. To ją zamordowano. To jest opowieść o Beatrice – oświadczył Edward Bonshaw.

– Nie dla mnie. Nie dla tych, którzy cię kochają, Eduardo – zaznaczyła Flor.

„Flirtowałaś z ogrodnikiem w różowym kapeluszu kowbojskim!", wykrzyknął señor Eduardo. „Nie flirtowałam", upierała się Flor. Później Juanowi Diego przyszło do głowy, że Edward Bonshaw ulżył sobie za wszystkie jej powroty do Oaxaca – i za to, jak tam flirtowała.

Oczywiście zaprzyjaźnił się z Rosemary Stein, nie tylko z powodu jej urody. Była lekarką señora Eduardo i Flor. Czemu nie miałaby leczyć również Juana Diego?

Flor powiedziała mu, że powinien oświadczyć się doktor Rosemary, ale Juan Diego najpierw poprosił ją, aby została jego lekarką. Później wspominał ze wstydem, że pierwsza wizyta wynikła z jego czystej fantazji. Nie był chory, zupełnie nic mu nie dolegało. Ale ciągły kontakt z oportunistycznymi zakażeniami wzbudził w nim przekonanie, że powinien się zbadać na obecność wirusa.

Doktor Stein zapewniła go, że nie zrobił nic, aby się zarazić. Nie mógł sobie dokładnie przypomnieć, kiedy ostatnio uprawiał seks – nie był nawet pewny, w którym roku – wiedział jednak, że na pewno z kobietą i na pewno użył prezerwatywy.

– I nie wstrzykujesz sobie narkotyków? – upewniła się doktor Rosemary.

– Nie... nigdy!

Mimo to wyobraził sobie biały nalot kandydozy na swoich zębach. (Przyznał się Rosemary, że zerwał się w nocy i trzymając lusterko, świecił sobie do gardła latarką). W klinice dochodziły go słuchy o pacjentach z kryptokokozą. Wiedział od doktora Abrahama, że diagnozuje się ją za pomocą punkcji lędźwiowej – i że powoduje gorączkę, ból głowy i złe samopoczucie.

Nie mógł się od tego uwolnić; budził się w nocy z wyimaginowanymi objawami.

– Niech pani Dodge zabiera Flor i Edwarda do kliniki. Po to ją dla was znalazłam, niech ona to robi – powiedziała doktor Stein. – To ty masz wyobraźnię: od czego jesteś pisarzem? – spytała. – Wyobraźnia nie jest jak kran, nie możesz jej zakręcić, kiedy kończysz pisanie. Cały czas jest na pełnych obrotach, prawda?

Powinien był się wtedy oświadczyć, zanim ktoś go ubiegł. Ale zanim to sobie uświadomił, wyszła za innego.

Gdyby Flor żyła, wiedział, co by od niej usłyszał. „Do licha, ależ ty jesteś niemrawy – zawsze o tym zapominam". (Byłaby to uwaga w kontekście jego pływania pieskiem).

Doktor Abraham i doktor Jack będą eksperymentować z morfiną podjęzykową i zastrzykami – Edward Bonshaw i Flor chętnie odgrywali rolę królików doświadczalnych. Ale wtedy Juan Diego zdał się już na panią Dodge: posłuchał doktor Rosemary i pozostawił opiekę pielęgniarce.

Wkrótce miał nadejść rok tysiąc dziewięćset dziewięćdziesiąty pierwszy; Juan Diego i Rosemary będą mieli po trzydzieści pięć lat, kiedy umrze Flor i señor Eduardo – ona najpierw, on kilka dni później.

Okolice Melrose Avenue będą się zmieniać; okazałe, wiktoriańskie domy już zaczęły znikać. Podobnie jak Flor, Juan Diego kochał niegdyś widok na gotycką wieżę, ale co tu kochać, kiedy się widziało oddział wirusowy na pierwszym piętrze kliniki w budynku Boyd Tower – oraz to, co się dzieje pod tą wieżą?

Długo przed epidemią AIDS, kiedy Juan Diego chodził do liceum, jego początkowy entuzjazm dla okolic Melrose Avenue w Iowa City osłabł. Dla kuternogi na przykład West High – szkoła, do której uczęszczał – była kawał drogi od domu, a dokładnie ponad dwa kilometry. Tuż za polem golfowym, w pobliżu skrzyżowania z Mormon Trek Boulevard, grasował zły pies. W szkole zaś nie brakowało chłopaków, którzy uwielbiali znęcać się nad słabszymi od siebie. Nie należeli do tych, przed którymi ostrzegała go Flor. Juan Diego był czarnowłosym, śniadym Meksykaninem, ale w Iowa City nie przeważali rasiści – owszem, znalazłoby się paru takich w West High (w pojedynczych egzemplarzach), jednak Juan Diego miał tam do czynienia z gorszymi.

Szpilki wtykane mu przez „kolegów" dotyczyły najczęściej Flor i señora Eduardo – czyli jego „podrabianej" matki i ojca „pedała". „Para jak z samowara", przezywał ich jeden chłopiec z West High, blondyn o zaróżowionej twarzy; Juan Diego nie znał jego imienia.

Docinki i szydercze komentarze, jakich mu nie szczędzono, były więc zwykle na tle seksualnym, a nie rasowym, ale nie ośmielił się wspomnieć o tym adopcyjnym rodzicom. Kiedy widzieli, że chodzi przybity, kiedy pytali, co go gnębi, Juan Diego nie chciał im mówić, że to oni stanowią problem. Wspominał tylko o antymeksykańskich przytykach lub obraźliwych uwagach prosto w oczy, które przepowiedziała mu Flor.

Co do długiego kuśtykania tam i z powrotem do West High – przez całą Melrose – Juan Diego nie narzekał. Gorzej, gdyby Flor go odwoziła, stałoby się to powodem kolejnych przytyków. Był kujonem już w liceum, jednym z cichych chłopców ze spuszczonym wzrokiem, którzy ze stoickim spokojem zniosą szkołę średnią, ale mają zamiar zabłysnąć na studiach, co mu się udało. (Gdy jedynym obowiązkiem czytelnika z wysypiska jest szkoła, może być względnie szczęśliwy, o zdobywaniu laurów nie wspominając).

Nie prowadził samochodu – i tak już zostanie. Jego prawa stopa nie nadawała się do naciskania pedału hamulca lub gazu. Zrobiłby prawo jazdy, ale gdy pierwszy raz zasiadł za kółkiem, z Flor na fotelu pasażera – była jedynym kierowcą w rodzinie, Edward Bonshaw odmawiał prowadzenia – wcisnął jednocześnie oba pedały. (Co jest naturalne, kiedy stopa stale wskazuje godzinę drugą).

– Wystarczy... nic z tych rzeczy – stwierdziła Flor. – Od dzisiaj mamy w rodzinie dwóch nieježdżących.

Oczywiście w West High znalazł się jeden albo dwóch takich, którym przeszkadzało, że Juan Diego nie ma prawa jazdy, co alienowało go bardziej niż utykanie i meksykański wygląd. Brak prawa jazdy czynił go „nietypowym" – na równi z jego opiekunami.

– Czy twoja mamuśka, czy jak tam ją nazywasz, się goli? Mówię o zasranych wąsach i brodzie – zaczepił go blondas o różowej twarzy.

Flor miała cień wąsika pod nosem – nie był to jej najbardziej męski atrybut, ale rzucał się w oczy. W liceum większość nastolatków nie chce się wyróżniać, nie lubi też, kiedy

wyróżniają się ich rodzice. Ale trzeba oddać Juanowi Diego sprawiedliwość; nigdy nie wstydził się Flor i señora Eduardo.
– Hormony więcej nie zdziałają. Pewnie zauważyłeś, że ma mały biust. To też hormony; estrogeny mają ograniczone działanie. Tyle mi wiadomo – powiedział blondasowi Juan Diego. Tamten nie spodziewał się takiej szczerości z jego strony. Zdawało się, że Juan Diego wygrał rundę, lecz oprawcy ciężko znoszą porażkę.
Blondas jeszcze nie skończył.
– Twoi tak zwani rodzice to faceci, tyle ci powiem – warknął. – Ten wielki przebiera się za babkę, ale obaj mają fiuty. Tyle ci powiem.
– Adoptowali mnie... bo mnie kochają – odpowiedział Juan Diego, ponieważ señor Eduardo kazał mu zawsze mówić prawdę. – A ja kocham ich. To wiem na pewno – dodał.
Nie sposób wygrać starć ze szkolnym oprawcą, lecz jeśli wyjdziesz z nich cało, może jeszcze dopniesz swego – tak powtarzała zawsze Flor Juanowi Diego, który pożałuje, że nie przyznał otwarcie, jak się nad nim znęcano i dlaczego.
– Ona się goli, ale z wąsem słabo jej idzie, kimkolwiek albo czymkolwiek ona jest – oznajmił Juanowi Diego jasnowłosy gnojek ze świńską gębą.
– Nie goli – zaznaczył Juan Diego. Obrysował palcem miejsce nad górną wargą, jak Lupe, kiedy się droczyła z Riverą. – Cień zarostu zawsze tam jest. Hormony więcej nie zdziałają, tak jak ci powiedziałem.
Po latach – gdy Flor zachorowała, musiała odstawić estrogeny i wrócił jej zarost – kiedy Juan Diego golił jej twarz, przypomniał sobie tamtego blondasa o różowej twarzy. Może jeszcze kiedyś go spotkam, pomyślał.
– Kogo? – spytała Flor. Nie była telepatką, musiał powiedzieć to na głos.
– Och, nie znasz... nawet nie pamiętam jego imienia. Takiego jednego chłopaka ze szkoły – odpowiedział wymijająco.
– Ja nikogo nie chciałabym spotkać. Zwłaszcza ze szkoły – stwierdziła Flor. (I na pewno nie z Houston, uzupełnił

w duchu, kiedy ją golił; dołożył wszelkich starań, aby te słowa zachować dla siebie).

Po śmierci Flor i señora Eduardo prowadził warsztaty literackie dla studentów, tam gdzie kiedyś sam studiował. Po opuszczeniu swego pokoju na drugim piętrze dwupoziomowego mieszkania przy Melrose Avenue nie wrócił więcej na tamten brzeg rzeki Iowa.

Miał kilka własnych nudnych mieszkań, w pobliżu głównego kampusu i Starego Kapitolu – zawsze nieopodal śródmieścia, bo nie miał samochodu. Wszędzie chodził – a w zasadzie kuśtykał – na piechotę. Jego znajomi – studenci i współpracownicy – znali ten krok i bez problemów rozpoznawali Juana Diego z daleka lub z samochodu.

Jak większość niekierowców nie znał dokładnego położenia miejsc, do których go wożono; jeśli sam tam nie pokuśtykał, jeśli był tylko pasażerem w cudzym samochodzie, nie umiałby określić, gdzie znajdowała się dana lokalizacja ani jak tam dotrzeć.

To samo dotyczyło rodzinnej mogiły Bonshawów, gdzie pochowano Flor i señora Eduardo – razem, jak sobie tego życzyli, i z prochami Beatrice, które zachowała dla Edwarda jego matka. (Trzymał je w depozycie w Iowa City).

Pani Dodge, rodowita mieszkanka Coralville, doskonale znała jej położenie – cmentarz nie znajdował się w samym Coralville, tylko „gdzieś na obrzeżach Iowa City". (Tak mawiał sam Edward Bonshaw, on też nie prowadził).

Gdyby nie pani Dodge, Juan Diego nie trafiłby do miejsca, gdzie chcieli zostać pochowani jego ukochani przybrani rodzice. A kiedy umarła, to doktor Rosemary zawsze woziła go na tajemniczy cmentarz. Zgodnie ze swoim życzeniem Edward Bonshaw i Flor mieli wspólny nagrobek z ostatnimi słowami z *Romea i Julii*" Szekspira, ukochanej sztuki señora Eduardo, którego najbardziej poruszały tragedie młodych ludzi. (Flor była pod mniejszym wrażeniem, ale ustąpiła drogiemu Eduardo w kwestii nazwiska oraz inskrypcji).

FLOR & EDWARD BONSHAW

"PONURĄ ZGODĘ RANEK TEN SKOJARZYŁ"*
AKT 5, SCENA 3

Taki napis widniał na nagrobku. Juan Diego zakwestionował prośbę señora Eduardo.

– Nie chcesz chociaż napisać „Szekspir", jeśli wolisz nie precyzować, który Szekspir? – zapytał.
– Uważam, że to zbyteczne. Ci, którzy znają Szekspira, będą wiedzieć, a ci, którzy nie znają... no cóż, nie będą – skwitował Edward Bonshaw, a cewnik Hickmana wznosił się i opadał na jego nagiej piersi. – I nikt nie musi wiedzieć, że pochowano z nami prochy Beatrice, prawda?

No cóż, Juan Diego będzie o tym wiedział. Podobnie jak doktor Rosemary, która wiedziała również, z czego wynikała jego rezerwa wobec zaangażowania koniecznego w stałych związkach. W twórczości Juana Diego, o czym Rosemary też doskonale wiedziała, naprawdę liczyło się źródło wszystkiego.

Doktor Rosemary Stein rzeczywiście nie znała chłopca z Guerrero – nic nie wiedziała o jego życiu na wysypisku ani o nieustępliwości czytelnika z *basurero*. Ale widziała tę nieustępliwość w akcji, co ją zdumiało: był mężczyzną drobnej budowy i powłóczył nogą.

Jedli kolację w restauracji, do której często zaglądali, przy rogu Clinton i Burlington. Była tylko Rosemary i jej mąż Pete – też lekarz – a Juan Diego przyszedł z jednym ze znajomych pisarzy. Jak on miał na imię – Roy? Rosemary nie pamiętała. Może Ralph, nie Roy. Był to jeden z wizytujących pisarzy, którzy nie wylewali za kołnierz; albo milczał jak zaklęty, albo gęba mu się nie zamykała. Jeden z pisarzy przejazdem; Rosemary uważała ich za bardzo źle wychowanych.

---

* William Szekspir, *Romeo i Julia*, w przekładzie Józefa Paszkowskiego.

Był rok dwutysięczny – nie, dwa tysiące pierwszy, gdy powiedziała: „Nie do wiary, jak ten czas leci, ale nie ma ich już dziesięć lat. Mój Boże, jak to szybko minęło". (Miała na myśli Flor i Edwarda Bonshawa). Juanowi Diego wydawało się, że jest trochę pijana, ale nie miał nic przeciwko temu – nie była na dyżurze, a ilekroć wychodziła z mężem, zawsze on prowadził.

W tej samej chwili usłyszał coś przy drugim stoliku; zwrócił uwagę nie tyle na słowa, ile na sposób, w jaki je wypowiedziano. „Tyle ci powiem", oznajmił mężczyzna. W jego intonacji było coś znajomego. Głos brzmiał zaczepnie i poufale, a zarazem miał w sobie coś defensywnego. Jego właściciel chyba lubił mieć ostatnie słowo.

Był to blondyn o rumianej twarzy, jadł kolację z rodziną; wyglądało, że sprzecza się z córką, dziewczyną na oko szesnasto- lub siedemnastoletnią. Obok siedział syn, może trochę starszy, osiemnastolatek, pewnie chodził jeszcze do liceum – Juan Diego był gotów się o to założyć.

– To jeden z O'Donnellów – mruknął Pete. – Są trochę głośni.

– Hugh O'Donnell – uzupełniła Rosemary. – Z planowania miejskiego. Zawsze chce wiedzieć, kiedy budujemy kolejny szpital, żeby zgłosić protest.

Ale Juan Diego nie odrywał wzroku od córki. Znał i doskonale rozumiał jej zaszczutą minę. Próbowała bronić swetra, który miała na sobie. Juan Diego usłyszał, jak mówi do ojca: „Wcale nie jest wyzywający. Takie się dzisiaj nosi".

W odpowiedzi rzucił jej kilka cierpkich słów, zwieńczonych wspomnianym „Tyle ci powiem". Blondyn niewiele zmienił się od czasów szkoły, kiedy tak lubił dokuczać Juanowi Diego. Kiedy to było? Dwadzieścia osiem, dziewięć, może trzydzieści lat temu?

– Hugh, proszę... – mitygowała pani O'Donnell.

– Przecież nie jest wyzywający, co? – powiedziała dziewczyna do brata. Odwróciła się do niego przodem, żeby się lepiej przyjrzał. Ale chłopiec przypominał Juanowi Diego swego ojca sprzed lat: jego szczuplejszą i bardziej różową na twarzy wersję. (Twarz Hugh zyskała z wiekiem bardziej intensywny odcień). Syn uśmiechnął się tak samo głupkowato jak tata, więc dziewczyna poszła po rozum do głowy i odwróciła się z powrotem do stołu. Wszyscy widzieli, że chłopak nie ma odwagi stanąć po stronie siostry. Juan Diego znał to spojrzenie, które jej posłał – podszyte wzgardą i na wskroś obojętne, jakby jego zdaniem siostra wyglądała wyzywająco w każdym swetrze. Wyglądasz jak dziwka bez względu na to, w co się ubierzesz, mówiło.

– Przestańcie oboje... – zaczęła matka i żona, ale Juan Diego wstał od stołu. Oczywiście Hugh O'Donnell rozpoznał ten krok, choć nie widział Juana Diego od blisko trzydziestu lat.

– Dzień dobry, nazywam się Juan Diego Guerrero. Jestem pisarzem. Chodziłem do szkoły z waszym tatą – zwrócił się do dzieci.

– Dzień dobry... – zaczęła córka, ale syn milczał jak zaczarowany, a gdy dziewczyna spojrzała na ojca, dalsze słowa uwięzły jej w gardle.

Pani O'Donnell zaczęła coś mówić, ale nie dokończyła, urwała w pół zdania.

– Och, znam pana. Czytałam... – I tyle. Nieustępliwość, jaką Juan Diego miał wypisaną na twarzy, chyba świadczyła wyraźnie, że nie przyszedł na pogawędkę o książkach – ani z nią. Nie tym razem.

– Byłem w twoim wieku – zwrócił się do chłopca. – Może trochę młodszy. – Zerknął na dziewczynę. – Dla mnie też nie był miły – dodał pod adresem córki, która siedziała jak na szpilkach, niekoniecznie z powodu swetra, który wzbudził tyle niechęci.

– Chwila... – zaczął Hugh O'Donnell, lecz Juan Diego tylko wycelował w niego palcem, nawet nie zaszczycając go spojrzeniem.

– Nie mówię do ciebie. Słyszałem, co masz do powiedzenia – odparł ze wzrokiem utkwionym w dzieci. – Adoptowało mnie dwóch gejów – ciągnął, wreszcie umiał opowiadać. – Żyli ze sobą, ale nie mogli się pobrać, ani tutaj, ani w Meksyku, skąd pochodzę. Ale bardzo się kochali, i kochali mnie; byli moimi opiekunami, moimi przybranymi rodzicami. Oczywiście ja też ich kochałem, tak jak dziecko kocha rodziców. Wiecie, jak to jest, prawda? – zwrócił się do dzieci Hugh O'Donnella, które nie odpowiedziały, dziewczyna tylko skinęła głową. Chłopak siedział jak skamieniały. – Tak czy siak – podjął – wasz tata nie dawał mi spokoju. Mówił, że moja mama się goli... miał na myśli zarost. Twierdził, że zostawia sobie wąsik, ale ona się nie goliła. Naturalnie była mężczyzną, tylko ubierała się jak kobieta i brała hormony, dzięki którym stawała się bardziej kobieca. Miała piersi, nieduże, ale miała, a broda przestała jej rosnąć, został tylko cień zarostu nad górną wargą. Tłumaczyłem waszemu tacie, że inaczej się nie da, ale on mnie nie słuchał.

Hugh O'Donnell podniósł się od stołu, ale milczał, stał jak słup soli.

– Wiecie, co mi powiedział? – zwrócił się do dzieci Juan Diego. – Powiedział: „Twoi tak zwani rodzice to faceci: obaj mają fiuty". Tak właśnie to ujął. „Tyle ci powiem", dodał. Prawda, Hugh? – zapytał. Po raz pierwszy na niego spojrzał. – Czy nie tak powiedziałeś?

Hugh O'Donnell dalej stał bez słowa. Juan Diego ponownie przeniósł wzrok na dzieci.

– Umarli na AIDS dziesięć lat temu. Tutaj, w Iowa City – oznajmił. – Ta, która chciała być kobietą... przed śmiercią musiałem ją golić, bo przestała brać estrogeny i broda jej wyrosła; widziałem, że to ją martwi. Umarła pierwsza. Mój „tak zwany" tata zmarł kilka dni później.

Juan Diego umilkł. Wiedział bez patrzenia, że pani O'Donnell płacze, córka też płakała. Zawsze wiedział, że prawdziwymi czytelnikami są kobiety – one są pod największym wrażeniem fabuły.

Spoglądając na nieruchomego, czerwonego na twarzy ojca i jego zastygłego, poróżowiałego syna, Juan Diego zadał sobie w duchu pytanie, co robi wrażenie na większości mężczyzn. Co do cholery na nich działa?

– Tyle wam powiem – powiedział do dzieci. Tym razem oboje pokiwali głowami, prawie niezauważalnie. Kiedy się odwrócił i pokuśtykał z powrotem do swojego stołu, gdzie Rosemary i Pete – a nawet pijany pisarz – chłonęli jego każde słowo, uświadomił sobie, że utyka nieco bardziej niż zwykle, jakby świadomie (lub nieświadomie) usiłował zwrócić na to uwagę. Prawie jakby patrzyli na niego Flor i señor Eduardo – gdzieś, skądś – i też chłonęli każde słowo.

W samochodzie pisarz usiadł obok Pete'a na przednim siedzeniu – był z niego kawał chłopa i wszyscy jednogłośnie uznali, że potrzebuje więcej miejsca – Juan Diego zasiadł z tyłu z doktor Rosemary. Był gotów wracać na piechotę – mieszkał w pobliżu zbiegu ulic Clinton i Burlington – ale musieli podwieźć Roya lub Ralpha i Rosemary nalegała, żeby Juan Diego też wsiadł.

– Niezła historia… jeśli coś z tego zrozumiałem – oznajmił pisarz z przedniego siedzenia.

– Owszem. Bardzo ciekawa – skwitował Pete.

– Przy AIDS trochę mi się pokiełbasiło – przyznał Roy lub Ralph. – Było dwóch facetów, tyle zrozumiałem. Jeden z nich się przebierał. Chyba jednak pogubiłem się przy goleniu: część o AIDS jest jasna – uzupełnił.

– Oni nie żyją. Umarli dziesięć lat temu. Tylko to ma znaczenie – odpowiedział z tylnego siedzenia Juan Diego.

– Nie, nie tylko – zaoponowała Rosemary. (Jednak miał rację: była trochę pijana – może nawet bardziej niż trochę). Nieoczekiwanie ujęła oburącz jego twarz. – Gdybym usłyszała, jak dajesz popalić temu dupkowi Hugh O'Donnellowi… znaczy zanim wyszłam za Pete'a… poprosiłabym, żebyś się ze mną ożenił, Juanie Diego – oznajmiła.

Pete jechał Dubuque Street, nikt się nie odzywał. Roy lub Ralph mieszkał gdzieś na wschód od Dubuque Street, może na Bloomington albo na Davenport – sam nie pamiętał. Gwoli sprawiedliwości, był pochłonięty czym innym – usiłował zlokalizować doktor Rosemary na tylnym siedzeniu za pomocą wstecznego lusterka. W końcu mu się udało.

– Tego się nie spodziewałem – przyznał. – Znaczy się oświadczyn!
– A ja tak – wtrącił Pete.
Ale Juan Diego, który zastygł na tylnym siedzeniu, był tak samo zaskoczony jak Roy lub Ralph – czy jak tam miał na imię wędrowny pisarz. (On też się tego nie spodziewał).
– To tutaj. Chyba. Cholera jasna wie, gdzie kurwa mieszkam – bełkotał Roy lub Ralph.
– Nie twierdzę, że bym za ciebie wyszła – zreflektowała się Rosemary, przez wzgląd na Pete'a albo Juana Diego, a może ich obu. – Chodziło mi tylko o to, że może bym cię poprosiła – wybrnęła.
Juan Diego wiedział bez patrzenia, że Rosemary płacze – tak jak wiedział, że płakały żona i córka Hugh O'Donnella.
Tyle się wydarzyło.
– Kobiety są najważniejszymi czytelnikami – skwitował z tylnego siedzenia. Wiedział też coś, czego nie mógł powiedzieć – że czasem opowieść rozpoczyna się od epilogu. Ale jak mógł coś takiego powiedzieć? Byłoby to wyrwane z kontekstu.
Niekiedy zdawało mu się, że nadal siedzi z Rosemary Stein w półmroku tylnego siedzenia, oboje milczący, z wzrokiem utkwionym przed siebie. I czy nie to oznaczał ów fragment z Szekspira i czy nie dlatego Edward Bonshaw tak bardzo go cenił? „Ponurą zgodę ranek ten skojarzył" – no tak, ale czy coś rozproszy tych chmur zasłonę? Kogo obchodzi, jakie szczęście spotkało Romea i Julię, skoro wiemy, co zdarzyło się potem?

26

Rozsypanie

Chaos związany z podróżą był częstym tematem wczesnych powieści Juana Diego. Dziś demony chaosu znów go dopadły i za nic w świecie nie pamiętał, ile dni i nocy spędził z Dorothy w El Nido.

Pamiętał seks z Dorothy – nie tylko jej hałaśliwe orgazmy, które brzmiały jak w nahuatl, ale i to, jak nazywała jego penis „nim", jakby chodziło o czyjąś niemą, ale trochę uciążliwą obecność na głośnym przyjęciu. Dorothy była zdecydowanie głośna, a jej orgazmy rozsadzały bębenki, aż zaniepokojeni sąsiedzi dzwonili z pytaniem, czy wszyscy są cali. (Ale nikt nie nazwał Juana Diego „łupkiem" ani inną wariacją popularnego epitetu).

Zgodnie z zapowiedzią Dorothy w El Nido świetnie karmili: makaron ryżowy z sosem krewetkowym, sajgonki z wieprzowiną, grzybami lub kaczką, szynka serrano z marynowanym mango, pikantne sardynki. Była też przyprawa z fermentowanej ryby, której Juan Diego wolał unikać; twierdził, że ma po niej niestrawność lub zgagę. I flan na deser – Juan Diego lubił krem budyniowy – ale Dorothy odradzała mu wszystko z zawartością mleka. Nie ufała mleku na „dalekich wyspach".

Nie wiedział, czy chodzi tylko o małe wysepki, czy też wszystkie z okolic Palawanu. W odpowiedzi na jego pytanie wzruszyła ramionami. Zabójczo wzruszała ramionami.

Co ciekawe, towarzystwo Dorothy sprawiło, że zapomniał o Miriam; nie pamiętał już, że towarzystwo Miriam (a nawet sama tęsknota za nią) kazało mu kiedyś zapomnieć o Dorothy. Niesamowite, jak mógł zarazem szaleć za tymi kobietami, a przy tym tak łatwo je puszczać w niepamięć.

W hotelu serwowano wybitnie mocną kawę, a może tylko wydawała się mocna, ponieważ pił czarną.

– Napij się zielonej herbaty – radziła Dorothy. Ale zielona herbata okazała się bardzo gorzka, więc próbował osłodzić ją miodem. Zobaczył, że miód jest z Australii.

– Australia leży niedaleko, prawda? – zapytał. – Na pewno miód jest bezpieczny.

– Rozcieńczają go czymś... jest zbyt wodnisty – zawyrokowała Dorothy. – A skąd pochodzi woda? – spytała. (Znów wsiadła na swego konika z „dalekimi" wyspami). – Butelkowana czy ją gotują? Darowałabym sobie miód.

– Dobrze – ustąpił. Dorothy chyba na wszystkim się znała. Zaczynał sobie z mocą uświadamiać, że w obecności dziewczyny albo jej matki daje się rozstawiać po kątach.

Pozwalał jej wydzielać sobie lekarstwa, przejęła wszystkie opakowania. Nie tylko decydowała, kiedy ma zażyć viagrę – zawsze całą, nigdy połowę – ale mówiła mu też, kiedy ma wziąć beta-blokery, a kiedy ich nie brać.

W czasie odpływu siadali za jej namową i podziwiali lagunę; przylatywały wtedy czaple rafowe i brodziły na mieliźnie.

– Czego szukają? – spytał raz Juan Diego.

– Czy to ważne? Grunt, że są cudowne – skwitowała.

W czasie przypływu chodzili pod rękę po plaży w zatoczce w kształcie podkowy. Warany lubiły leżeć na piasku, niektóre miały długość ramienia dorosłej osoby.

– Lepiej nie podchodź: mogą ugryźć i cuchną ścierwem – ostrzegała Dorothy. – Wyglądają jak fiuty, nie? Takie na oko niezbyt życzliwe.

Juan Diego nie miał bladego pojęcia, jak wygląda na oko nieżyczliwy fiut; w życiu nie wpadłby na to, że fiut może przypominać warana. Miał dość kłopotu z własnym przyrodzeniem. Kiedy Dorothy namówiła go na nurkowanie w głębokiej wodzie poza laguną, trochę go szczypało.

– To tylko słona woda, zresztą uprawiasz dużo seksu – stwierdziła Dorothy. Wyglądało, że wie o jego penisie więcej niż on sam. A szczypanie wkrótce ustało. (Zresztą nazwałby to bardziej mrowieniem niż szczypaniem). I nic go nie napadło – żaden plankton pod postacią kondomów dla trzylatków ani palce pływające pionowo na wzór koników morskich, meduzy, o których słyszał tylko od Dorothy i Clarka.

Co do Clarka, były uczeń zaczął go bombardować pytaniami.

„Nadal jesteś z D.?", brzmiała pierwsza wiadomość tekstowa.

– Co mam mu powiedzieć? – zwrócił się bezradnie do Dorothy.

– Och, pewnie Leslie go nagabuje, tak jak mnie – odparła. – Przestałam jej odpisywać. Pomyślałby kto, że jesteśmy parą.

Ale Clark French nie dawał za wygraną. „Biedna Leslie utrzymuje, że D. po prostu zniknęła. Miały się spotkać w Manili. Ale biedna Leslie jest podejrzliwa – wie, że się znacie. Co mam jej przekazać?".

– Napisz Clarkowi, że wyjeżdżamy do Laoagu. Leslie będzie wiedziała, gdzie to jest. Wszyscy wiedzą, gdzie jest Laoag. Nie musisz wdawać się w szczegóły – skwitowała Dorothy.

Ale gdy napisał Clarkowi, że „jedzie z D. do Laoagu", dostał odpowiedź niemal natychmiast.

„Pieprzycie się, prawda? Zrozum: to nie ja pytam!", napisał Clark. „Biedna Leslie mnie pyta. Co mam jej powiedzieć?".

Dorothy spostrzegła konsternację, z jaką wpatrywał się w telefon.

– Leslie jest bardzo zaborcza – oznajmiła, nie pytając, czy to wiadomość od Clarka. – Trzeba jej uświadomić, że nie będzie nam rozkazywać. A to wszystko dlatego, że twój były uczeń ma kij w dupie i nie chce jej przerżnąć, a Leslie żyje w strachu, że cycki jej zwiędną, czy coś w tym rodzaju.

– Mam spławić twoją despotyczną dziewczynę? – upewnił się Juan Diego.

– Zdaje się, że nigdy nie spławiałeś despotycznej dziewczyny – stwierdziła i nie czekając, aż przyzna, że miał niewiele dziewczyn, w tym żadnej takiego rodzaju, wytłumaczyła mu, jak to załatwić. – Musimy pokazać Leslie, że nie będziemy tańczyć, jak nam zagra – zaczęła. – Napisz Clarkowi, on wszystko jej powtórzy. Raz: Dlaczego ja i D. nie mielibyśmy tego robić? Dwa: Leslie i D. się pieprzyły, nieprawdaż? Trzy: Jak tam chłopcy – zwłaszcza ten z biednym siusiakiem? Cztery: Mam pozdrowić bawołu od całej rodziny?

– Tak napisać? – upewnił się Juan Diego. Dorothy znała się na wszystkim.

– Ślij – zakomenderowała. – Trzeba dziewczynę nauczyć moresu, sama się o to prosi. Teraz możesz powiedzieć, że miałeś despotyczną dziewczynę. Ale zabawa, nie? – spytała.

Wysłał wiadomość, tak jak mu kazała. Czuł, że spławia też Clarka. Naprawdę czuł, że świetnie się bawi; w sumie nie pamiętał, kiedy tak dobrze się bawił – bez względu na szczypanie przyrodzenia.

– Jak on się miewa? – spytała, dotykając go w kroczu. – Nadal piecze? Nadal mrowi? Może czeka na nowe doznania?

Był taki zmęczony, że ledwo skinął głową. Dalej wpatrywał się w telefon, myśląc o nietypowej wiadomości wysłanej do Clarka.

– Nic się nie martw – wyszeptała; wciąż dotykała go w kroczu. – Wyglądasz na trochę znużonego, ale nie on. On się nie męczy.

Zabrała mu telefon.

– Nic się nie martw, kochanie – powtórzyła bardziej rozkazująco niż za pierwszym razem, a to „kochanie" zabrzmiało zupełnie jak w ustach Miriam. – Leslie da nam spokój. Bez obaw: pójdzie po rozum do głowy. Twój przyjaciel Clark French robi wszystko, co ona mu każe... oprócz pieprzenia.

Juan Diego chciał zapytać ją o podróż do Laoagu i Viganu, ale nie znalazł słów. Nie mógł wyrazić wątpliwości związanych z tym wyjazdem. Dorothy uznała – ponieważ był Amerykaninem z pokolenia Wietnamu – że powinien chociaż zobaczyć, gdzie tamci młodzi chłopcy, tamte dziewiętnastolatki, którzy bali się tortur, uciekali przed wojną (kiedy lub jeśli było im to dane).

Chciał zapytać też, skąd biorą się jej niezachwiane opinie – lubił znać źródło zjawisk i tak dalej – lecz nie czuł się na siłach podważyć jej autorytetu.

Dorothy nie lubiła japońskich turystów w El Nido; nie podobało jej się, że kurort szedł im na rękę i szczycił się japońskimi potrawami w menu.

– Przecież jesteśmy blisko Japonii – przypomniał jej Juan Diego. – I wiele osób lubi japońską kuchnię...

– Po tym, co Japonia zrobiła Filipinom? – przerwała mu Dorothy.

– No cóż, w czasie wojny... – zaczął.

– Czekaj, aż zobaczysz amerykański cmentarz poległych w Manili... jeśli tam dotrzesz – ucięła lekceważącym tonem. – Że też Japończycy mają czelność przyjeżdżać na Filipiny.

Zauważyła też, że wśród białych gości w El Nido przeważają Australijczycy.

– Wszędzie jeżdżą całą bandą. To istny gang – stwierdziła.

– Nie lubisz Australijczyków? – spytał Juan Diego. – Przecież są tacy mili. Tacy serdeczni z natury. – Odpowiedziało mu wzgardliwe wzruszenie ramionami.

Tak samo mogła powiedzieć: „Ty nic nie kapujesz. Co ci będę tłumaczyć?".

W El Nido były też dwie rosyjskie rodziny i kilkoro Niemców.

– Niemcy są wszędzie – oświadczyła Dorothy.

– Lubią podróżować, co? – rzucił.

– Lubią okupować. – Przewróciła ciemnymi oczami.

– Przecież smakuje ci tu jedzenie. Sama mówiłaś, że jest pyszne – przypomniał.

– Ryż jak ryż – skwitowała Dorothy, jakby nigdy nie pochwaliła tutejszych potraw. Za to kiedy zajmowała się „nim", jej koncentracja bywała doprawdy imponująca.

Ostatniej nocy w El Nido Juana Diego obudziła poświata zalewająca lagunę; w ferworze zajmowania się „nim" zapomnieli zaciągnąć zasłony. Srebrzysty blask, który padał na łóżko i oświetlał twarz Dorothy, robił trochę niesamowite wrażenie. We śnie wyglądała jak posąg, jak manekin, który tylko czasami ożywał.

Juan Diego nachylił się nad nią i przyłożył ucho do jej warg. Nie wyczuł oddechu z nosa i ust, a pierś okryta cienką kołdrą nie wznosiła się ani nie opadała.

Prawie zadźwięczały mu w uszach słowa siostry Glorii: „Nie chcę słyszeć ani słowa o leżeniu Naszej Pani z Guadalupe". Przez chwilę poczuł się tak, jakby tkwił obok figury podarowanej mu przez dobrego gringo, ze sklepu z panienkami w Oaxaca – już bez cokołu.

– Mam coś powiedzieć? – wyszeptała mu do ucha, aż się wzdrygnął. – Czy chciałeś zrobić mi słodką pobudkę minetą? – spytała obojętnie.

– Kim ty jesteś? – zapytał. Ale ona już zasnęła albo udawała, że śpi – a może tylko mu się zdawało, że coś powiedziała i że sam się odezwał.

Słońce zachodziło, rzucając miedzianą łunę na Morze Południowochińskie. Samolocik z Palawanu leciał w stronę Manili. Juan Diego wspominał pożegnalne spojrzenie, jakie Dorothy rzuciła znudzonemu bawołowi na lotnisku, kiedy wyjeżdżali.

– Bawół na beta-blokerach – zauważył. – Biedaczysko.

– Z gąsienicą w nosie daje czadu. – Dorothy ponownie łypnęła na bawołu.

Słońce zniknęło. Niebo przybrało siny odcień. Juan Diego zorientował się po dalekich, mrugających światełkach w dole, że lecą nad lądem, morze zostało w tyle. Wyglądał przez okno, gdy naraz poczuł na ramieniu i z boku szyi ciężką głowę Dorothy, twardą niczym kula armatnia.

– Za kwadrans ujrzysz światła miasta – poinformowała. – Ale najpierw nastąpi ciemność bez światła.
– Ciemność bez światła? – powtórzył z niepokojem.
– Nie licząc sporadycznego statku – dodała. – Ta ciemność to Zatoka Manilska – wyjaśniła. – Najpierw zatoka, potem światła.
Usypiał go jej głos czy może ciężar głowy? A może poczuł, że to ciemność bez światła go wzywa?

Głowa na jego ramieniu należała do Lupe, a nie Dorothy, siedział w autobusie, nie samolocie, a droga wiła się w mroku gdzieś w Sierra Madre – cyrk wracał do Oaxaca z miasta Meksyk. Lupe spała, ciężko oparta o brata, i jej palce rozluźniły się na figurkach, którymi bawiła się przed snem.

Juan Diego trzymał puszkę z prochami – nie pozwolił Lupe trzymać jej między kolanami. Dziewczynka rozgrywała wojnę pomiędzy ohydnym posążkiem Coatlicue i figurką Guadalupe, znalezioną na schodach w El Cerrito. Stukały się głowami, wymieniały kopniaki, uprawiały seks; Guadalupe z błogą miną zbierała cięgi, a jedno spojrzenie na wężowe sutki Coatlicue (i takąż spódnicę) nie pozostawiało wątpliwości, kto jest wysłanniczką krainy cieni.

Juan Diego nie reagował. Wydawało się, że świętoszkowata Guadalupe jest na przegranej pozycji: ręce miała złożone jak do modlitwy na lekkiej, ale widocznej wypukłości brzucha. Nie wyglądała bojowo, podczas gdy Coatlicue sprawiała wrażenie gotowej do skoku niczym jeden z jej przybocznych gadów i straszyła obwisłymi piersiami. (Nie skusiłaby nimi nawet noworodka umierającego z głodu!).

Niemniej jednak Lupe kazała im wyczyniać cuda: biły się, spółkowały i wymieniały czułości – nawet się całowały.

Widząc to, Juan Diego zapytał Lupe, czy zawarły rozejm – został zażegnany konflikt na tle religijnym. Przecież mogły się całować na zgodę.

– Robią sobie przerwę – ucięła, wznawiając jeszcze bardziej zaciętą rozgrywkę między superbohaterkami, które znów skakały sobie do oczu i spółkowały, póki Lupe nie zmęczyła się i nie zasnęła.

Patrząc na Guadalupe i Coatlicue w wiotczejących rączkach siostry, Juan Diego doszedł do wniosku, że sprawy między dwiema sukami wciąż nie wyglądają najlepiej. Bo niby jak okrutna matka ziemia miała istnieć wespół z jedną z wszechwiedzących, bezczynnych panienek? Chłopiec nie wiedział, że kiedy ostrożnie wyjmował figurki z rąk śpiącej siostry, Edward Bonshaw po drugiej stronie przejścia nie spuszczał z niego wzroku.

Ktoś w autobusie pierdział – może któryś pies, a może papuga, Paco i Piwny Brzuch na pewno. (Oba karły piły dużo piwa). Juan Diego już wcześniej uchylił okno, a teraz wysunął superbohaterki przez szczelinę. Gdzieś pośród bezkresnej nocy – na krętej drodze przez Sierra Madre – dwie straszliwe figurki legły na pastwę ciemności bez świateł.

Co teraz – co dalej? Myśli Juana Diego biegły tym torem, kiedy odezwał się do niego señor Eduardo.

– Nie jesteś sam – zapewnił Amerykanin. – Jeśli odrzucisz jedno przekonanie, a potem drugie, nadal nie jesteś sam. Wszechświat nie jest bezbożnym miejscem.

– Co teraz... co dalej? – zapytał go chłopiec.

Minął ich pies z pytającym spojrzeniem; była to Pastora, pies pasterski – pomachała ogonem, jakby Juan Diego przemówił do niej, i poszła.

Edward Bonshaw zaczął paplać o świątyni Towarzystwa Jezusowego, miał na myśli tę w Oaxaca. Chciał, żeby Juan Diego wziął pod uwagę rozsypanie prochów Esperanzy u stóp Niepokalanej olbrzymki.

– Święta zmora... – zaczął chłopiec.

– Niech ci będzie... Może część prochów, i tylko u stóp! – zaznaczył pospiesznie Amerykanin. – Wiem, że ty i Lupe macie do niej pretensję, ale wasza matka ją uwielbiała.

– Święta zmora zabiła naszą matkę – przypomniał mu Juan Diego.

– Myślę, że dogmatycznie tłumaczysz sobie wypadek – upomniał go Edward Bonshaw. – Może Lupe będzie bardziej otwarta na Niepokalaną... świętą zmorę, jak ją nazywacie.

Pastora ponownie przystanęła między nimi w przejściu. Juan Diego ujrzał w niej siebie i Lupe ostatnio – pełną wahania, a zarazem skrytą.
– Leżeć, Pastora – rozkazał, lecz pies poszedł dalej.
Juan Diego nie wiedział, w co wierzyć; nie licząc podniebnych akrobacji, wszystko było ściemą. Czuł, że Lupe też jest skołowana – chociaż nie mówiła tego na głos. A jeśli Esperanza słusznie czciła świętą zmorę? Ściskając udami puszkę, zrozumiał, że rozsypanie prochów matki – i pozostałych – niekoniecznie było racjonalną decyzją, gdziekolwiek to się stanie. Dlaczego matka miałaby nie życzyć sobie, aby jej prochy rozsypano u stóp Niepokalanej w świątyni jezuitów, gdzie wyrobiła sobie renomę? (Przynajmniej jako sprzątaczka).

Edward Bonshaw i Juan Diego zasnęli wraz z nadejściem świtu, gdy sznur wozów cyrkowych i autobusów wjechał w dolinę między Sierra Madre de Oaxaca i Sierra Madre del Sur. Lupe obudziła brata, kiedy przejeżdżali przez Oaxaca.

– Papuga ma rację: powinniśmy wysypać prochy na świętą zmorę – oznajmiła.

– Powiedział „tylko u stóp" – zaznaczył Juan Diego. Być może Lupe źle zrozumiała Amerykanina, kiedy spała lub kiedy on spał, czy też jedno i drugie.

– Powiedziałam „na" świętą zmorę, niech suka pokaże, na co ją stać – stwierdziła.

– Święta Maryjo i Józefie – mruknął chłopiec. Zobaczył, że wszystkie psy nie śpią, dreptały wzdłuż przejścia razem z Pastorą.

– Trzeba ściągnąć Riverę, on się do niej modli – mamrotała Lupe jakby sama do siebie. Juan Diego wiedział, że wczesnym rankiem Rivera siedzi w chacie w Guerrero albo śpi w szoferce; możliwe, że już rozniecia ognie piekielne. Dzieci dotrą do kościoła przed poranną mszą, może brat Pepe zdąży zapalić świece albo właśnie to robi. Na nikogo innego raczej się nie natkną.

Kierowca musiał jechać naokoło, na wąskiej ulicy leżał martwy pies. „Wiem, skąd weźmiemy nowego psa skoczka", powiedziała Lupe do Juana Diego. Nie miała na myśli martwego psa, tylko psa z dachu – nawykłego do skakania, nie spadania.

– Pies z dachu – skwitował kierowca, ale chłopiec wiedział, że siostrze chodziło o to samo.

– Nie nauczysz psa z dachu wchodzenia na drabinę, Lupe – oświadczył. – Poza tym Vargas mówił, że psy z dachu są zdziczałe, jak *perros del basurero*. Psy z wysypiska i dachu gryzą. Vargas powiedział...

– Muszę pogadać z Vargasem o czymś innym. Mniejsza o skoczka – przerwała mu Lupe. – Nie warto zawracać sobie głowy tą głupią sztuczką z drabiną. Tak tylko pomyślałam. Przecież one skaczą, nie? – spytała.

– I giną. I na pewno gryzą... – zaczął.

– Nieważne – burknęła niecierpliwie. – Lwy, oto jest pytanie. Czy mogą dostać wścieklizny? Vargas będzie wiedział – dodała w zamyśleniu.

Autobus pojechał inną drogą; zbliżali się do rogu Flores Magón i Valerio Trujano. Już widać było Templo de la Compañía de Jesús.

– Vargas nie jest lekarzem od lwów – podkreślił Juan Diego.

– Masz prochy, tak? – skwitowała. Podniosła Dzidziusia, tchórzliwego jamnika, i stuknęła jego nosem w ucho seńora Eduardo, natychmiast go budząc. Amerykanin skoczył na równe nogi, psy obległy go ze wszystkich stron. Na widok puszki zrozumiał, że chłopiec nie żartuje.

– Rozumiem. Rozsypujemy, tak? – zapytał, ale nikt mu nie odpowiedział.

– Obsypiemy sukę od stóp do głów... sypniemy jej do oczu! – odgrażała się Lupe. Ale Juan Diego nie przetłumaczył jej słów.

Przy wejściu do kościoła tylko Edward Bonshaw przystanął przy wodzie święconej. Zanurzył palce, następnie dotknął czoła pod portretem świętego Ignacego ze wzrokiem (niezmiennie) wbitym w niebo.

Pepe zapalił już świece. Dzieci nawet nie zamoczyły palców. We wnęce za aspersorium zastały brata Pepe, który modlił się pod słowami Guadalupe – pod Jej „gadką szmatką", jak nazywała to obecnie Lupe.

¿No estoy aquí, que soy tu madre? (Chodziło o tę gadkę szmatkę).

– Nie, nie stoisz – zgasiła ją Lupe. – I nie jesteś moją matką. – Na widok klęczącego jezuity zwróciła się do brata. – Każ mu znaleźć Riverę, powinien tu być. *El jefe* będzie chciał to zobaczyć.

Juan Diego poinformował brata Pepe, że rozsypią prochy u stóp Niepokalanej i Lupe życzy sobie obecności Rivery.

– Cóż za zmiana – powiedział Pepe. – Wyczuwam inne nastawienie. Domyślam się, że to sanktuarium tak was natchnęło. Czyżby miasto Meksyk oznaczało punkt zwrotny?

– Wszystko stoi pod znakiem zapytania – oznajmił señor Eduardo, co brzmiało jak początek długiego wyznania, na które nie było czasu.

– Muszę znaleźć Riverę, nie mam ani chwili do stracenia – wymówił się pospiesznie brat Pepe, mimo podziwu dla obrotu, jaki przybrała reorientacja. – À propos, słyszałem o koniu! – zawołał do Juana Diego, który biegł za Lupe, stojącą już u podnóża posągu (ze skamieniałymi aniołami w niebiańskich chmurkach) i wpatrzoną w Niepokalaną.

– Widzisz? – powiedziała do brata. – Nie możesz rozsypać prochów u jej stóp: zobacz, kto na nich leży!

Cóż, minęło trochę czasu, odkąd dzieci stały przed figurą, więc kompletnie zapomniały o zdjętym z krzyża miniaturowym Jezusie, który wykrwawiał się u matczynych stóp.

– Na niego nie wysypiemy – dodała Lupe.

– Dobrze, no to gdzie? – zapytał Juan Diego.

– Naprawdę uważam, że to słuszna decyzja – przekonywał Edward Bonshaw. – Musicie dać Jej szansę.

– Stań na barkach papugi. Dorzucisz wyżej, jeśli wyżej staniesz – poradziła Lupe.

Przytrzymała puszkę, a brat wspiął się na plecy Edwarda Bonshawa. Amerykanin musiał się przytrzymać balustrady przy ołtarzu, żeby z trudem wyprostować plecy. Lupe zdjęła pokrywkę z puszki i wręczyła prochy bratu. (Bóg jeden wie, co zrobiła z pokrywką).

Nawet w tej pozycji Juan Diego miał wzrok na wysokości kolan olbrzymki, czubkiem głowy nie dosięgał wyżej niż jej uda.

– Nie jestem pewien, czy da się posypywać do góry – zauważył taktownie señor Eduardo.

– Mniejsza z posypywaniem – powiedziała Lupe do brata. – Bierz garść i rzucaj.

Jednakże pierwsza garść doleciała zaledwie na wysokość biustu figury; większość prochów spadła na wzniesione twarze chłopca i papugi. Señor Eduardo zakasłał i kichnął jak z armaty, Juan Diego miał prochy w oczach.

– Nie tędy droga – oznajmił.

– Liczy się pomysł – stwierdził, dławiąc się, Edward Bonshaw.

– Rzuć całą puszkę, celuj w głowę! – zawołała Lupe.

– Czy ona się modli? – zainteresował się Amerykanin, ale chłopiec już celował. Cisnął puszkę, wypełnioną w trzech czwartych, jak żołnierze w filmach rzucają granaty.

– Tylko nie całą puszkę! – usłyszeli krzyk señora Eduardo.

– Niezły rzut – pochwaliła Lupe. Puszka trafiła Niepokalaną we władczą brew. (Juan Diego dałby sobie rękę uciąć, że zmora zamrugała powiekami). Prochy posypały się na wszystkie strony. Spływały w snopach porannego brzasku, pokrywając każdy centymetr figury. Spadały bez końca.

– Jak z wysokości... z nieznanego źródła, ale wysokiego – opisywał później Edward Bonshaw. – Spadały i spadały, więcej, niż mogła pomieścić puszka. – Po tych słowach zawsze przerywał, a następnie dodawał: – Wolałbym tego nie mówić. Jak Boga kocham. Ale ta chwila zdawała się trwać wiecznie. Jakby czas się zatrzymał.

Przez kolejne tygodnie – miesiące, jak utrzymywał brat Pepe – wierni, którzy przychodzili wcześnie na pierwszą poranną mszę, nazywali drobinki wirujące w świetle „wydarzeniem". Jednakże prochy, które spowiły wielki posąg świetlistym, ale szaroburym obłokiem, nie zostały nazwane przez nikogo dziełem „boskim".

Dwaj starzy księża, ojciec Alfonso i ojciec Octavio, zdenerwowali się „bałaganem": pierwsze dziesięć rzędów ławek znalazło się pod warstwą pyłu, który pokrył też balustradę przy ołtarzu, dziwnie lepką w dotyku. Wielka Niepokalana wyglądała na brudną, pociemniała niczym pokryta sadzą. Szara maź zasnuła dosłownie wszystko.

– Dzieci chciały rozsypać prochy mamy – tłumaczył Edward Bonshaw.
– W świątyni, Edwardzie? – oburzył się ojciec Alfonso.
– To miało być rozsypanie? – wykrzyknął ojciec Octavio. Potknął się o jakiś przedmiot i kopnął go niechcący; pusta puszka, która potoczyła się z brzękiem po kościelnej posadzce. Señor Eduardo ją podniósł.
– Nie wiedziałem, że chcą wysypać całą zawartość – przyznał.
– Puszka była pełna? – upewnił się ojciec Alfonso.
– Trzymaliśmy tam nie tylko prochy mamy – pospieszył z wyjaśnieniem Juan Diego.
– Co ty powiesz? – Ojciec Octavio pokręcił głową. Edward Bonshaw wpatrywał się w puszkę, jakby chciał z niej coś wyczytać.
– Dobry gringo, niech spoczywa w pokoju – zaczęła Lupe.
– Mój piesek... malutki. – Urwała, jakby w oczekiwaniu, aż brat przetłumaczy. A może tylko się zastanawiała, czy powiedzieć kapłanom o zaginionym nosie świętej zmory.
– Pamiętacie amerykańskiego hipisa... dekownika, który umarł – zwrócił się Juan Diego do ojca Alfonso i ojca Octavio.
– Tak, tak, naturalnie – odrzekł ojciec Alfonso. – Stracona dusza, autodestrukcyjne ciągoty.
– Straszna tragedia, taka strata – zawtórował mu ojciec Octavio.
– Zdechł piesek mojej siostry, też go spaliliśmy – ciągnął chłopiec. – I martwego hipisa.
– Coś mi świta... wiedzieliśmy o tym – rzucił ojciec Alfonso. Ojciec Octavio ponuro skinął głową.

– Wystarczy, dosyć tego. Co za obrzydliwość. Pamiętamy, Juanie Diego – oświadczył.

Lupe się nie odezwała, księża i tak by jej nie zrozumieli. Tylko odchrząknęła, jakby chciała coś dodać.

– Nie – ostrzegł Juan Diego, ale było już za późno. Dziewczynka wskazała na beznosą Niepokalaną i dotknęła palcem własnego noska.

Chwilę trwało, zanim ojciec Alfonso i ojciec Octavio skojarzyli fakty: Niepokalana nie miała nosa, nos dziewczynki był nienaruszony, a w *basurero* puszczono z dymem ludzkie i psie zwłoki.

– Spaliliście nos Najświętszej Panienki? – spytał ojciec Alfonso. Lupe tak energicznie pokiwała głową, że oczy mało nie wypadły jej z orbit.

– Matko miłosierna… – zaczął ojciec Octavio.

Puszka huknęła o posadzkę. Edward Bonshaw nie upuściłby jej specjalnie, zresztą zaraz ją podniósł. Pewnie mu się wyślizgnęła, a może pojął, że to, co wciąż zataja przed ojcem Alfonso i ojcem Octavio (zakazana miłość do transwestyty), wstrząśnie nimi bardziej aniżeli spalenie nosa nieożywionej figury.

Ponieważ Juan Diego widział na własne oczy, jak Niepokalana zgromiła wzrokiem dekolt Esperanzy – i wiedział, jak potrafiła się ożywiać, przynajmniej w kwestii łypania i spojrzeń pełnych dezaprobaty – nie podpisałby się pod stwierdzeniem, że posąg (lub jego nos) jest nieożywiony. Czy nie zasyczał w ogniu, czy nie wzbił błękitnego płomienia znad stosu? Czy Niepokalana nie zamrugała, gdy puszka trafiła ją w czoło?

A kiedy Edward Bonshaw upuścił ją niezdarnie i podniósł, czy brzęk nie wzniecił błysku pogardy we wszechwidzących oczach ogromnego posągu?

Juan Diego nie należał do grona jej wyznawców, nie odważyłby się jednak okazać jej lekceważenia.

– *Lo siento*, matko – wyszeptał, dotykając czoła. – Nie chciałem cię uderzyć, tylko dosięgnąć.

– Te prochy dziwnie pachną. Chciałbym wiedzieć, co jeszcze było w puszce – odezwał się ojciec Alfonso.

– Pewnie coś mokrego. Ale idzie szef wysypiska, on nam powie – powiedział ojciec Octavio.

À propos wyznawców, Rivera zmierzał główną nawą w stronę posągu, jakby miał z nim sprawę do załatwienia; możliwe, że misja brata Pepe była całkowicie zbyteczna. Niemniej jednak nie ulegało wątpliwości, że jezuita w czymś mu przerwał – *el jefe* określił to mianem „dopieszczania, kosmetycznych poprawek".

Musiał w pośpiechu opuścić Guerrero – kto wie, co Pepe mu powiedział? – bo jeszcze miał na sobie roboczy fartuch.

Był to fartuch z licznymi kieszeniami, długi jak bezkształtna, zgrzebna koszula. W jednej kieszeni mieściły się dłuta różnej wielkości, w drugiej kawałki papieru ściernego, a w trzeciej tubka kleju i szmatka, którą Rivera wycierał z tubki resztki kleju. Trudno powiedzieć, co kryły pozostałe kieszenie, które Rivera tak cenił w swoim fartuchu. Stary, skórzany fartuch skrywał wiele tajemnic – a przynajmniej tak wierzył w dzieciństwie Juan Diego.

– Nie wiem, na co czekamy... może na ciebie – powiedział chłopiec do *el jefe*. – A olbrzymka stoi, jak stała – dodał, wskazując na świętą zmorę.

Kościół się wypełniał, chociaż w chwili przybycia brata Pepe i Rivery do mszy było jeszcze trochę czasu. Juan Diego później sobie przypomni, że Lupe przyglądała się Riverze uważniej, niż to miała w zwyczaju, on zaś wykazał w jej obecności wzmożoną czujność.

Lewą rękę trzymał głęboko w tajemniczej kieszeni fartucha, palcami prawej musnął warstwę pyłu na balustradzie przed ołtarzem.

– Te prochy trochę dziwnie pachną... niezbyt intensywnie – zwrócił się do *el jefe* ojciec Alfonso.

– Jest w nich coś kleistego... jakaś obca substancja – dorzucił ojciec Octavio.

Rivera powąchał palce i wytarł je o skórzany fartuch.

– Masz tam dużo rupieci, *el jefe* – odezwała się Lupe, ale Juan Diego nie przetłumaczył; był trochę zły, że Rivera nie zareagował na żarcik o olbrzymce i jej bezczynności.

– Lepiej zgaś świece, Pepe – poradził szef wysypiska, następnie wskazał na Niepokalaną i zwrócił się do dwóch księży.
– Jest bardzo łatwopalna – oznajmił.
– Łatwopalna! – zawołał ojciec Alfonso.
Rivera rozłożył na części pierwsze zawartość puszki z kawą, podobnie jak niegdyś Vargas.
– Farba, terpentyna, jakiś rozcieńczalnik. Na pewno benzyna – wyliczył. – I przypuszczalnie lakier do drewna.
– Matka Boska pójdzie z dymem? – zaniepokoił się ojciec Octavio.
– Ja ją wyczyszczę – obiecał Rivera. – Tylko dajcie mi z nią chwilę na osobności, może przed mszą jutro rano. A najlepiej po mszy dziś wieczorem. Nie wolno mieszać tych substancji z wodą – dodał jak rasowy alchemik, a na pewno nie szef wysypiska śmieci.

Brat Pepe biegał na paluszkach pomiędzy świecami i gasił je złoconym gasidłem; opadające prochy naturalnie pogasiły już świece najbliżej figury.

– Boli cię ręka, el *jefe*... tam, gdzie się skaleczyłeś? – spytała Lupe. Rivera bywał nieprzenikniony, nawet dla telepaty.

Juan Diego zastanawiał się później, czy Lupe nie przejrzała go na wylot – nie tylko jego myśli o ranie oraz tym, jak krwawił, ale i o „dopieszczaniu", które musiał przerwać, o „kosmetycznych poprawkach" – czyli tym, czym zajmował się w chwili, kiedy przeciął sobie kciuk i palec wskazujący lewej ręki. Lecz nigdy nie przyznała mu, co wie i czy Rivera – jak kieszenie jego fartucha – skrywał wiele tajemnic.

– Lupe pyta, czy boli cię ręka, *el jefe*... tam, gdzie się skaleczyłeś – powiedział.

– Wystarczy kilka szwów – uciął Rivera; nadal trzymał dłoń w kieszeni fartucha.

Brat Pepe uznał, że Rivera nie powinien prowadzić, przyjechali więc z Guerrero garbusem. Zamierzał od razu zawieźć szefa wysypiska do Vargasa, ale Rivera chciał najpierw zobaczyć skutki rozsypania.

– Skutki! – powtórzył ojciec Alfonso, kiedy Pepe zdał mu relację.

– Skutki są aktem wandalizmu – uzupełnił ojciec Octavio; mówiąc to, popatrzył na dzieci.

– Ja też mam sprawę do Vargasa. Jedziemy – powiedziała Lupe do brata. Dzieci nawet nie spojrzały na Niepokalaną, nie oczekiwały po niej żadnych „skutków". Ale Rivera podniósł wzrok na beznosą twarz – jakby, bez względu na jej pociemniałe lico, czekał na znak, coś w rodzaju wytycznych. – Idziemy, *el jefe*. Boli cię i krwawisz – zakomenderowała Lupe, chwytając go za zdrową rękę. Szef wysypiska nie przywykł do takiego zainteresowania ze strony sceptycznej na ogół dziewczynki i dał się pociągnąć w stronę drzwi.

– Dzisiaj po wieczornej mszy masz kościół do swojej dyspozycji! – zawołał za nim ojciec Alfonso.

– Pepe, zamkniesz za nim – polecił ojciec Octavio braciszkowi, który odłożył gasidło na miejsce, i pospieszył za Riverą w stronę wyjścia.

– *¡Sí, sí!* – odkrzyknął.

Edward Bonshaw został z pustą puszką w rękach. To nie była odpowiednia chwila, aby wyznać ojcu Alfonso i ojcu Octavio to, co miał im do powiedzenia; zbliżała się msza, a pokrywka jakby się pod ziemię zapadła. Po prostu (albo nie po prostu) zniknęła; może poszła z dymem, jak nos, pomyślał señor Eduardo. Lecz pokrywka świeckiej puszki z kawą – widziana ostatnio w rękach Lupe – rozpłynęła się bez syku oraz błękitnego płomienia.

Dzieci z wysypiska i Rivera wyszli z kościoła z bratem Pepe, pozostawiając Edwarda Bonshawa i dwóch starych kapłanów twarzą w twarz z beznosą Niepokalaną i niepewną przyszłością. Może Pepe rozumiał to najlepiej: wiedział, że reorientacja to nie przelewki.

27

NOS ZA NOS

W nocnym samolocie z Manili do Laoagu roiło się od płaczących dzieci. Lecieli niespełna godzinę i kwadrans, ale przez to wycie strasznie im się dłużyło.

– Jest weekend? – zapytał Juan Diego Dorothy, ale mu powiedziała, że nie, czwartek. – Dzień szkolny! – stwierdził ze zdumieniem. – Czy te dzieci nie chodzą do szkoły? (Wiedział, że Dorothy wzruszy ramionami).

Ów drobny gest wystarczył, aby znów przenieść go w przeszłość. Nawet zawodzące dzieci nie utrzymały go w teraźniejszości. Juan Diego nie posiadał się ze zdziwienia, jak łatwo (i nałogowo) podróżuje w czasie.

Czy była to sprawka beta-blokerów, czy może jego pobyt na Filipinach miał tak mało istotny, ulotny charakter?

Dorothy mówiła coś, że w obecności dzieci jest bardziej gadatliwa. „Wolę słuchać siebie niż ich...", ale Juan Diego nie mógł się skupić. Mimo upływu czterdziestu lat rozmowa z doktorem Vargasem w Cruz Roja – przy okazji szycia kciuka i palca wskazującego Rivery – była bardziej obecna w jego umyśle aniżeli monolog Dorothy w drodze do Laoagu.

– Nie lubisz dzieci? – zapytał tylko i nie odezwał się przez resztę lotu. Uważniej słuchał wypowiedzi Vargasa, Lupe i Rivery – dawno temu w szpitalu Czerwonego Krzyża – niż słyszał (i zapamiętał) wywód swojej towarzyszki.

– Nie przeszkadza mi, że ludzie mają dzieci. Znaczy inni ludzie. Jeżeli dorośli chcą mieć dzieci, ich sprawa – oznajmiła Dorothy. I, nie zawsze zgodnie z chronologią, rozpoczęła wykład na temat lokalnej historii; chciała, żeby się orientował, dokąd właściwie jadą. Ale jemu większość umknęła; uważniej przysłuchiwał się rozmowie w Cruz Roja, na którą powinien był zwrócić baczniejszą uwagę, kiedy się toczyła.

– Jezu, *el jefe*. Stoczyłeś z kimś walkę na miecze? – spytał Vargas.

– Na dłuta – odparł Rivera. – Najpierw wziąłem ukośne, można nim robić kąt wypukły. Ale się nie nadawało.

– Więc zmieniłeś dłuto – podpowiedziała Lupe. Juan Diego przetłumaczył.

– Tak, zmieniłem dłuto – potwierdził Rivera. – Problem wynikał z tego, nad czym pracowałem: nie chciało leżeć płasko. I trudno trzymać to za podstawę, gdyż w zasadzie jej nie posiada.

– Trudno unieruchomić ten przedmiot jedną ręką, kiedy tniesz albo strugasz, trzymając w drugiej dłuto – wyjaśniła Lupe, a brat pospieszył z tłumaczeniem.

– O tak, bardzo trudno – przyznał szef wysypiska.

– Co to za przedmiot? – zapytał Juan Diego.

– Coś w rodzaju klamki… albo zasuwki do okna lub drzwi – odpowiedział *el jefe*.

– Niezły pasztet – powiedziała Lupe. Juan Diego przetłumaczył.

– Właśnie – przytaknął Rivera.

– Ale się pochlastałeś. – Vargas pokiwał głową. – Może lepiej zostań przy śmieciach.

Wszyscy się rozśmiali – Juan Diego wciąż słyszał ten śmiech, mimo paplaniny Dorothy, która opowiadała coś o północno-zachodnim wybrzeżu Luzonu. W dziesiątym i jedenastym wieku Laoag był ośrodkiem rybołówstwa i portem handlowym – „widać chińskie wpływy", stwierdziła Dorothy.

„Potem wkroczyli Hiszpanie ze swoją Maryją i Jezusem... twoi starzy kumple". (Przybyli w szesnastym wieku i spędzili na Filipinach ponad trzysta lat).
Ale Juan Diego nie słuchał. Ciążył mu inny dialog, chwila, kiedy mógł (kiedy powinien był) coś dostrzec – kiedy jeszcze dałoby się czemuś w porę zapobiec.

Lupe przyglądała się z bliska szyciu, patrząc, jak Vargas zamyka rany na kciuku i palcu wskazującym szefa wysypiska; Vargas ostrzegł, że przyszyje jej wścibski nos do dłoni Rivery. Wtedy zapytała go, co wie o lwach i wściekliźnie.

– Czy lwy mogą złapać wściekliznę? Zacznijmy od tego – powiedziała, Juan Diego przetłumaczył, ale Vargas nie należał do ludzi, którzy otwarcie przyznają się do niewiedzy.

– Zarażony pies może przenosić wściekliznę, kiedy wirus dotrze do gruczołów ślinowych, czyli w ciągu tygodnia lub mniej, zanim pies zdechnie – odpowiedział.

– Lupe pyta o lwa – przypomniał mu chłopiec.

– Okres inkubacyjny u zarażonego człowieka trwa przeciętnie od trzech do siedmiu tygodni, ale miałem pacjentów, którzy zaczynali chorować w ciągu dziesięciu dni – ciągnął Vargas, ale Lupe mu przerwała.

– Powiedzmy, że wściekły pies ugryzie lwa... na przykład pies z dachu albo jeden z *perros del basurero*. Czy lew zachoruje? Co się z nim dzieje? – drążyła.

– Na pewno istnieją na ten temat badania. Poszukam, czy wiadomo coś o wściekliźnie u lwów. – Doktor Vargas westchnął. – Większość ofiar lwiego ataku nie dba o wściekliznę. Ma inne zmartwienia – zażartował.

Lupe wzruszyła ramionami w sposób wielce wymowny.

Doktor Vargas bandażował Riverze palce lewej dłoni.

– Nie pobrudź i nie mocz – przykazał, ale Rivera wpatrywał się w Lupe, która odwróciła wzrok; wiedział, kiedy coś ukrywała.

A Juan Diego nie mógł doczekać się powrotu na Cinco Señores, gdzie cyrk La Maravilla rozstawiał namioty i uspokajał zwierzęta. Chłopiec uważał, że ma na głowie ważniejsze sprawy niż to, o czym myśli siostra. Marzyła mu się sława, kariera podniebnego akrobaty. (A Lupe oczywiście o tym wiedziała; czytała mu w myślach).

Cała czwórka wsiadła do garbusa. Pepe najpierw odwiózł dzieci do cyrku, a potem miał odwieźć Riverę do Guerrero. (*El jefe* chciał się zdrzemnąć, zanim przestanie działać miejscowe znieczulenie).

W samochodzie Pepe zapewnił dzieci, że w sierocińcu są mile widziane. „Wasz pokój zawsze na was czeka", tak to ujął. Ale siostra Gloria oddała naturalnej wielkości Guadalupe do sklepu z ozdobami na świąteczne przyjęcia – więc nic już nie będzie takie samo, pomyślał Juan Diego. Zresztą po co opuścić sierociniec, a potem wracać? Klamka zapadła, stwierdził w duchu – trzeba iść naprzód, a nie wstecz.

Gdy dotarli do cyrku, Rivera płakał; dzieci wiedziały, że znieczulenie nie przestało działać, ale nie mógł wykrztusić słowa ze zdenerwowania.

– Wiemy, że jesteśmy w Guerrero mile widziani, *el jefe* – oznajmiła Lupe. – Powiedz mu, że wiemy, że jego chata jest naszą chatą, jeśli zechcemy wrócić – zwróciła się do brata.
– I że też za nim tęsknimy. – Juan Diego powtórzył mu jej słowa, a Rivera nadal płakał, aż podskakiwały mu rozłożyste plecy.

To wprost niesamowite, jak w tym wieku – kiedy człowiek ma trzynaście, czternaście lat – miłość bierze się za rzecz oczywistą i jak doskwiera samotność (nawet gdy jesteśmy „chciani"). Dzieci z wysypiska nie były „opuszczone" w Circo de La Maravilla, lecz przestały się sobie zwierzać, a nikomu innemu się nie zwierzały.

– Powodzenia z twoim projektem – rzucił Juan Diego do Rivery, który wracał do Guerrero.
– Niezły pasztet – powtórzyła Lupe jakby do siebie. (Kiedy garbus odjeżdżał, słyszał ją tylko brat, który tak naprawdę nie słuchał). Juan Diego rozmyślał o własnym pasztecie. Otóż dowodem na istnienie jaj, a zarazem ich próbą ogniową, był główny namiot – podniebny spacer na wysokości dwudziestu

pięciu metrów, bez siatki. Tak twierdziła Dolores, a Juan Diego jej wierzył. Soledad uczyła go w namiocie mieszkalnym, u młodych akrobatek, lecz zdaniem Dolores to się nie liczyło.

Juan Diego przypomniał sobie swój sen o chodzeniu po niebie do góry nogami – zanim się jeszcze dowiedział, czym są podniebne akrobacje, kiedy mieszkali w lepiance Rivery w Guerrero. A gdy zapytał siostrę o zdanie na ten temat, jak zwykle była tajemnicza. „W każdym życiu nadchodzi chwila, kiedy trzeba się puścić – oburącz", rzekł wtedy.

„To sen o przyszłości", odpowiedziała Lupe. „O śmierci", tak to ujęła.

Dolores opisywała mu tę decydującą chwilę, kiedy trzeba się puścić – oburącz.

– Nigdy nie wiem, kto mnie wtedy trzyma – przyznała. – Może Najświętsze Panienki mają czarodziejskie ręce? Może one mnie trzymają. Lepiej się nad tym nie zastanawiać. Lepiej się skupić na stopach: krok po kroku, nigdy dwa kroki naraz. W każdym życiu przychodzi chwila, kiedy trzeba się zdecydować, gdzie twoje miejsce. W takiej chwili nikt cię nie trzyma – oznajmiła Dolores. – W takiej chwili wszyscy chodzą po niebie. Może wszystkie ważne decyzje zapadają bez siatki – stwierdziła Cud. – W każdym życiu nadchodzi chwila, kiedy trzeba się puścić.

Rankiem po powrocie z miasta Meksyk Circo de La Maravilla zaspał – jak na cyrk, w każdym razie. Juan Diego chciał zacząć jak najwcześniej, ale trudno jest wstać przed psami. Próbował się wymknąć z namiotu, nie wzbudzając podejrzeń, w przeciwnym razie psy poczłapałyby za nim.

Zerwał się tak wcześnie, że usłyszała go tylko Pastora; ona już nie spała, już się kręciła. Oczywiście nie zrozumiała, dlaczego nie chciał jej ze sobą zabrać. I pewnie ona obudziła Lupe po jego wyjściu.

Przejście pomiędzy namiotami świeciło pustką. Juan Diego rozglądał się za Dolores; wstawała wcześnie, żeby pobiegać. Ostatnio zdawało się, że biega za dużo i się przemęcza, czasami doprowadzała się do wymiotów. Podobały mu się jej długie nogi, ale uważał, że przesadza. A zresztą pokażcie mi kuternogę, który lubi bieganie. Poza tym jeśli ktoś kocha biegać, to po co biega aż do wyrzygania? Ale Dolores trenowała na poważnie. Biegała i piła dużo wody; uważała, że jedno i drugie zapobiega skurczom w nogach. W luźnych pętlach drabiny pod kopułą namiotu, twierdziła, skurcz jest niemile widziany – zwłaszcza na dwudziestu pięciu metrach, kiedy stopa przymocowana do tej nogi jako jedyna chroni cię przed upadkiem.

Juan Diego pocieszał się myślą, iż żadna z młodych akrobatek nie dojrzała do zastąpienia Dolores w roli Cudu; wiedział, że zaraz po niej jest najlepszym podniebnym wędrownikiem w La Maravilli – nie szkodzi, że na trzech metrach.

Główny namiot to inna historia. Akrobaci wchodzili do góry po linie z zawiązanymi węzłami. Supły odpowiadały rozpiętości rąk i nóg: były w zasięgu Dolores i rozbuchanych seksualnie akrobatów z Argentyny.

Dla Juana Diego węzły nie stanowiły problemu: miał mocny uścisk (ważył mniej więcej tyle samo, ile Dolores), bez problemu dosięgał każdego kolejnego supła, a dolny przytrzymywał stopami. Podciągał się coraz wyżej; wspinaczka po linie to nie lada wysiłek, ale Juan Diego patrzył na wprost – i kierował wzrok tylko do góry. Nad sobą widział drabinę z pętlami pod kopułą namiotu – z każdym podciągnięciem przybliżała się o centymetr.

Ale trzydzieści metrów to kawał drogi, a problem polegał na tym, że Juan Diego nie miał odwagi spojrzeć w dół. Usilnie wbijał wzrok w pętle drabiny na górze, bez reszty skupiony na kopule namiotu, która przybliżała się coraz bardziej – o jedno podciągnięcie naraz.

– Czeka cię inna przyszłość! – krzyknęła do niego Lupe, tak jak kiedyś. Juan Diego wiedział, że nie może spojrzeć w dół, więc dalej się wspinał. Dotarł prawie na samą górę, minął podest dla akrobatów występujących na trapezach. Mógł wyciągnąć rękę i dotknąć tych ostatnich, ale wówczas musiałby puścić linę, a nie chciał tego zrobić za żadne skarby – nawet jedną ręką.

Minął też lampy – prawie ich nie zauważył, zostały wygaszone. Odnotował tylko żarówki; reflektory były skierowane do góry. Miały oświetlać podniebną akrobatkę, a także pętle drabiny, najjaśniejszym możliwym światłem.

– Nie patrz w dół… nigdy nie patrz w dół! – usłyszał głos Dolores. Musiała wrócić z biegania, bo usłyszał, że wymiotuje. Nie spojrzał w dół, ale jej głos unieruchomił go w miejscu; paliły go mięśnie rąk, jednak sił mu nie brakowało. Miał przed sobą jeszcze tylko kawałek.

– Inna przyszłość! Inna przyszłość! Inna przyszłość! – zawołała Lupe. Dolores nadal wymiotowała. Juan Diego przypuszczał, że to jego jedyna publiczność.

– Nie powinieneś był się zatrzymać – wydyszała Cud. – Musisz przejść z liny na drabinę bez namysłu, bo żeby złapać to drugie, trzeba oderwać się od pierwszego. – To znaczyło, że musiał się puścić dwa razy.

Nikt mu o tym nie wspomniał. Ani Dolores, ani Soledad nie uważały, że jest na to gotowy. Juan Diego zrozumiał, że nie puści się nawet raz – nawet jedną ręką. Zastygł, czując, jak lina kołysze się wraz z nim.

– Złaź! – zawołała do niego Cud. – Nie wszyscy mają do tego jaja. Ty będziesz miał jaja do czegoś innego.

– Inna przyszłość – powtórzyła Lupe nieco ciszej.

Zszedł po linie, ani razu nie patrząc w dół. Kiedy jego stopy dotknęły ziemi, ze zdziwieniem zobaczył tylko siostrę.

– Dokąd poszła Dolores? – zapytał.

Lupe mówiła o niej straszne rzeczy – „niech treser zrobi jej bachora!". (W istocie tak się stało). „To jej jedyna przyszłość!", syczała, ale teraz było jej przykro. Dolores dostała okres już jakiś czas temu; może lwy o tym nie wiedziały, ale Ignacio owszem.

Dolores biegała, chcąc pozbyć się ciąży – przestała miesiączkować – ale mimo wysiłków nadal spodziewała się dziecka. Wymiotowała, bo miała poranne mdłości.

Kiedy Lupe oznajmiła to Juanowi Diego, zapytał, czy Dolores jej o tym opowiedziała, ale Cud nie wspomniała Lupe o swym stanie. Dziewczynka wyczytała to w jej myślach.

Dolores powiedziała do niej tylko jedną rzecz, zanim wyszła – kiedy zobaczyła, że Juan Diego schodzi na dół.

– Powiem ci, do czego nie mam jaj... taka z ciebie mądrala, że pewnie już sama wiesz – dodała. – Do tego, co mnie teraz czeka. – I wyszła, na zawsze. Cyrk La Maravilla właśnie stracił podniebną akrobatkę.

Ostatnią osobą, która zobaczy Dolores w Oaxaca, będzie doktor Vargas na pogotowiu w Cruz Roja. Powie, że Dolores zmarła na zapalenie otrzewnej po spapranej aborcji w Guadalajarze. „Ten gnój treser zna tam partacza, któremu podsyła ciężarne akrobatki". Gdy trafiła do szpitala, Vargas nie zdążył jej uratować.

„Obyś zdechła w połogu, szczyno!", warknęła kiedyś Lupe. I tak się stanie; była w wieku Juana Diego. Circo de La Maravilla stracił La Maravillę.

Ciąg zdarzeń, ogniwa naszego życia – to wszystko, co wiedzie nas tam, dokąd zmierzamy, szlaki, którymi podążamy do końca, to, czego się spodziewamy i nie spodziewamy, może stać pod znakiem zapytania, trwać niewidoczne albo rzucać się w oczy.

Vargas był dobrym lekarzem i bystrym człowiekiem. Tylko spojrzał na Dolores i ujrzał wszystko oczami wyobraźni: skrobankę w Guadalajarze (już widział jej opłakane skutki), fuszera, który ją spartolił (wiedział, że jest kumplem Ignacia), czternastolatkę, która niedawno zaczęła miesiączkować (słyszał o dziwnym powiązaniu między okresem a podniebną akrobacją, ale nie wiedział o rzekomym udziale lwów w sprawie).

Lecz nawet Vargas nie wiedział wszystkiego. Do końca swojego życia miał interesować się wścieklizną i lwami; będzie podsyłał Juanowi Diego szczegóły swoich badań. Jednak gdy Lupe zadała mu pytanie – kiedy to ona szukała odpowiedzi – nie potrafił udzielić jej żadnych informacji.

Miał dociekliwy umysł – bez przerwy analizował. Tak naprawdę za grosz nie interesował się wścieklizną i lwami, ale jeszcze długo po śmierci Lupe zachodził w głowę, dlaczego chciała to wiedzieć.

Señor Eduardo i Flor umarli już na AIDS, a Lupe od dawna nie było, gdy Vargas napisał do Juana Diego o niepojętych „odkryciach" w Tanzanii. Badania nad wścieklizną u lwów w Serengeti doprowadziły do istotnych spostrzeżeń, które przytoczył lekarz.

Źródłem wścieklizny u lwów są domowe psy; uważa się, że choroba przenosi się z psów na hieny, a z hien na lwy. Wirus u lwa może powodować chorobę, ale może być też „uśpiony". (W tysiąc dziewięćset siedemdziesiątym szóstym roku i dziesięć lat później doszło do epidemii wścieklizny u lwów, ale nie wystąpiły zachorowania – były to tak zwane ciche epidemie). Uważa się, że czynnikiem warunkującym rozwój choroby jest obecność pewnego pasożyta porównywanego do malarii – innymi słowy, lew może zarażać, sam nie będąc chorym, może jednak dostać wścieklizny i umrzeć w zależności od współistnienia pasożyta.

„Wszystko zależy od tego, jak pasożyt zadziała na jego układ odpornościowy", napisał Vargas do Juana Diego. Wścieklizna zebrała śmiertelne żniwo wśród lwów w Serengeti – było to w czasie suszy, która unicestwiła bawołu afrykańskiego. (W truchłach znaleziono kleszcze, które przenosiły pasożyta).

Vargas nie sądził bynajmniej, że „badania" z Tanzanii pomogłyby Lupe. Interesowało ją tylko to, czy Hombre mógł się zarazić i zachorować. Ale dlaczego? Vargas szukał odpowiedzi na to pytanie. (Juan Diego nie widział w tym żadnego sensu. Już nigdy się nie dowiedzą, o czym myślała Lupe).

Istniało nikłe prawdopodobieństwo, że lew zachoruje na wściekliznę, nawet w Serengeti, ale co też Lupe strzeliło do głowy, zanim zmieniła zdanie i wpadła na kolejny szalony pomysł?

Czemu zachorowanie Hombre miałoby mieć znaczenie? Zapewne stąd wziął się pomysł o psie z dachu, zanim dziewczynka go porzuciła. Wściekły pies gryzie Hombre albo Hombre zabija i zjada wściekłego psa, ale co z tego? Hombre zapada na wściekliznę, a potem gryzie Ignacia, lecz co miałoby z tego wyniknąć?

– Chodziło o to, co myślą lwice – tłumaczył Vargasowi do znudzenia. – Lupe czytała lwom w myślach; wiedziała, że Hombre nie skrzywdziłby Ignacia. A dziewczęta z La Maravilli nigdy nie zaznałyby spokoju, dopóki żył treser. O tym również wiedziała, bo czytała też w myślach Ignacia. Oczywiście ta pokrętna logika odbiegała duchem od „badań", które przekonały doktora Vargasa.

– Chcesz powiedzieć, iż Lupe jakimś cudem wiedziała, że lwice zabiłyby Ignacia, ale tylko jeśli on zabije lwa? – pytał (zawsze z niedowierzaniem) lekarz.

– Tak mi powiedziała – powtarzał Juan Diego. – Nie mówiła, że „zabiłyby" Ignacia: nie użyła trybu przypuszczającego, tylko czasu przyszłego. Powiedziała, że lwice nienawidzą Ignacia. Mówiła, że to „ciemne masy", są zazdrosne o względy lwa! Treser nie musiał obawiać się Hombre: Lupe zawsze podkreślała, że Ignacio powinien bać się lwic.

– Lupe to wszystko wiedziała? Ale skąd? – wypytywał doktor Vargas. I dalej prowadził swoje badania. (Wścieklizna u lwów nie była zbyt popularną dziedziną).

Dzień, w którym Juan Diego nie odważył się puścić, zasłynie (na pewien czas) w Oaxaca jako Dzień Nosa. Nie zapisze się w kościelnym kalendarzu jako *El Día de la Nariz*, nie stanie się świętem państwowym ani nawet dniem patrona. Dzień Nosa wkrótce odejdzie w niepamięć – przestanie być nawet tematem plotek – ale na krótką chwilę urośnie do rangi małej wielkiej afery.

Lupe i Juan Diego stali w przejściu między namiotami; było jeszcze wcześnie, przed poranną mszą w kościele, i Circo de La Maravilla jeszcze trwał pogrążony we śnie.

Z psiego namiotu dobiegły odgłosy zamieszania – jak widać, Estrella i psy nie spały – i dzieci pospieszyły zobaczyć, co się dzieje. Widok garbusa nie był tutaj rzeczą codzienną – samochodzik stał pusty, ale brat Pepe pozostawił włączony silnik – i dzieci usłyszały jazgot kundla Perro Mestizo. Wilczyca Alemania warczała przy wejściu do namiotu: trzymała Edwarda Bonshawa w szachu.

– Są! – zawołał Pepe na widok dzieci.
– Oho! – mruknęła Lupe. (Chyba wyniuchała, co się święci).
– Nie widzieliście Rivery? – spytał brat Pepe Juana Diego.
– Od wczoraj go tu nie było – odpowiedział chłopiec.
– Miał iść na pierwszą mszę dzisiaj rano – oznajmiła Lupe; odczekawszy, aż brat przetłumaczy, opowiedziała mu resztę. Wiedziała, o czym myślą Pepe i señor Eduardo, nie czekała, aż sami mu powiedzą, co się stało. – Święta zmora wyhodowała sobie nowy nos – poinformowała. – Albo zwędziła cudzy. Nietrudno zgadnąć, że zdania są podzielone.
– Co do czego? – spytał chłopiec.
– Co do cudu. Istnieją dwie teorie – dodała Lupe. – Rozsypaliśmy prochy starego nosa, a teraz zmora ma nowy. Cud, a może zwykła operacja? Ojciec Alfonso i ojciec Octavio wolą nie szafować słowem *milagro*, rzecz jasna.

Señor Eduardo podchwycił i zrozumiał *milagro*.
– Lupe mówi, że to cud? – zapytał.
– Lupe mówi, że to jedna z teorii – uściślił Juan Diego.
– A co mówi o zmianie koloru? – wtrącił brat Pepe. – Rivera wytarł prochy, ale posąg ma ciemniejszą karnację, niż miał.
– Ojciec Alfonso i ojciec Octavio utrzymują, że to nie nasza Matka Boska o śnieżnobiałym licu – poinformowała dziewczynka. – Są zdania, że zmora bardziej przypomina Guadalupe... Mówią, że Niepokalana stała się wielką *la virgen morena*.

Ale kiedy Juan Diego przetłumaczył jej słowa, Edward Bonshaw nagle się ożywił – o ile mógł to uczynić oko w oko z warczącą wilczycą.
– Czy my... my, Kościół... nie twierdzimy aby, że Matka Boska i Nasza Pani z Guadalupe to jedno i to samo? – zapytał. – Jeżeli tak, to kolor skóry chyba nie ma znaczenia, prawda?
– To jedna z teorii – zaznaczyła Lupe. – Co do koloru skóry świętej zmory, zdania również są podzielone.
– Rivera był sam z posągiem. O to poprosił – przypomniał dzieciom brat Pepe. – Nie sądzicie, że mógł coś wykombinować?

Tutaj też zdania były podzielone, jak łatwo sobie wyobrazić.

– Mówił, że przedmiotu, nad którym pracuje, nie można położyć na płask ani chwycić u podstawy – zaznaczyła Lupe.
– Jak nos – skwitowała.
„Coś w rodzaju klamki... albo zasuwki do okna lub drzwi. Coś bardzo podobnego", powiedział *el jefe*. (Nos, wypisz wymaluj, pomyślał Juan Diego).
„Niezły pasztet", skwitowała Lupe. Ale nigdy nie twierdziła, że wie, jakoby Rivera szykował nos dla świętej zmory, oboje zaś wiedzieli – na długo zanim wsiedli w czwórkę do garbusa i pojechali z powrotem do świątyni – jaki bywał skryty.

Trafili na poranną godzinę szczytu i dotarli do kościoła po mszy. Część gapiów jeszcze stała z wzrokiem wbitym w ciemnoskóry posąg. Riverze udało się zetrzeć prochy wraz z ich chemiczną zawartością. (Wyglądało, że szata nie ucierpiała – a w każdym razie nie pociemniała tak drastycznie, jak skóra).

Rivera był na mszy, lecz oddzielił się od gapiów; modlił się po cichu na klęczniku, w pewnym oddaleniu od przednich ławek. Osłonił się spokojem jak tarczą przed aluzjami obu starych kapłanów.

Co do nowego odcienia cery Niepokalanej, wspomniał tylko o farbie i terpentynie – bądź „jakimś rozcieńczalniku do farb" i „lakierze do drewna". Nie omieszkał też zaznaczyć obecności benzyny, swojej ulubionej rozpałki z wysypiska.

Stanowczo zaprzeczał, jakoby nos znalazł się tam, kiedy sprzątał. (Pepe twierdził, że nie zauważył nosa, kiedy zamykał na noc).

Lupe uśmiechała się do ciemnoskórej zmory – Niepokalana nabrała tubylczego wyglądu. Nos też się dziewczynce spodobał.

– Jest mniej doskonały, bardziej ludzki – zawyrokowała. Ojciec Alfonso i ojciec Octavio, nienawykli do widoku jej uśmiechu, poprosili o przekład.

– Wygląda jak bokserski – stwierdził ojciec Alfonso w odpowiedzi na jej stwierdzenie.

– Z całą pewnością był złamany – dodał ojciec Octavio, świdrując dziewczynkę wzrokiem. (Zdaje się, że określenie

„mniej doskonały, bardziej ludzki" nie pasowało mu w kontekście Niepokalanej).

Sprowadzili Vargasa, żeby się wypowiedział z mocy autorytetu naukowego. Brat Pepe wiedział, że niekoniecznie lubią (i wierzą w) naukę, ale Vargas nie szafowałby słowem *milagro*; ba, Vargas nie użyłby go wcale, a ojciec Alfonso i ojciec Octavio stanowczo woleli zbagatelizować wszelkie „cudowne" interpretacje ciemniejszej skóry oraz nowego nosa Niepokalanej. (Musieli wiedzieć, że sporo ryzykują, zasięgając opinii lekarza).

Światopogląd Edwarda Bonshawa na nowo doznał szoku, zwłaszcza w świetle złamanych ślubów i hasła przewodniego; señor Eduardo miał własne powody, aby po cichu liczyć na aprobatę odmienionej, ale nie mniej ważnej Dziewicy Maryi.

Co do brata Pepe, on zawsze chętnie witał zmiany – i zawsze był wyrozumiały. Jego angielszczyzna uległa znacznej poprawie dzięki rozmowom z Juanem Diego i Amerykaninem, ale w swym entuzjazmie dla ciemnoskórej Panienki stwierdził, że „ma ona swoje wady i zalety".

Wprawił tym ojców w pewną konsternację, gdyż żadną miarą nie rozumieli, jak „autochtońska" Niepokalana (z bokserskim nosem) może mieć jakiekolwiek zalety.

– Jest, jaka jest – stwierdziła Lupe. – I tak zrobiła więcej, niż się po niej spodziewałam. Lepsze to niż nic, prawda? – zwróciła się do starych księży. – A czy to ważne, skąd ma ten nos? Czy nos musi być cudem? I dlaczego nie miałby nim być? Czy wszystko musi mieć swoje uzasadnienie? I czy wiemy, jak wyglądała prawdziwa Niepokalana? – dodała, tocząc wzrokiem po zgromadzonych. – Czy wiadomo, jaki miała kolor skóry i jaki kształt nosa? – wyraźnie się rozkręcała. Juan Diego tłumaczył każde słowo.

Nawet gapie oderwali wzrok od posągu i przenieśli uwagę na bełkoczącą dziewczynkę. Szef wysypiska przerwał modlitwę. I wszyscy zobaczyli, że Vargas był tam od początku, stał w pewnym oddaleniu od figury. Oglądał nos przez lornetkę, poprosił już nową sprzątaczkę o przyniesienie wysokiej drabiny.

– Chciałbym dodać też dwa słowa od Szekspira – wtrącił Edward Bonshaw, urodzony nauczyciel. (Był to znajomy fragment z jego ukochanej tragedii miłosnej *Romeo i Julia*). – „Czymże jest nazwa?", zaczął; oczywiście zamienił „różę" na „nos". „To, co zowiem nosem, pod inną nazwą równie by pachniało", wyrecytował grzmiącym głosem.

Ojciec Alfonso i ojciec Octavio zaniemówili, słysząc tłumaczenie natchnionego monologu Lupe, ale Szekspir nie wywarł na nich wrażenia – znali go, znali, bardzo świecki.

– Pytanie o tworzywo, doktorze Vargas: czy twarz i nos wykonano z tego samego? – Ojciec Alfonso zwrócił się do lekarza, który dalej oglądał figurę przez lornetkę.

– I czy widać rysę w miejscu złączenia? – uzupełnił ojciec Octavio.

Sprzątaczka (grubo ciosana niewiasta) wlokła drabinę główną nawą. Esperanza w życiu nie przywlekłaby jej (ani nie przyniosła) sama. Vargas pomógł kobiecie rozstawić drabinę i oparł ją o Niepokalaną.

– Nie pamiętam, jak zmora reaguje na drabiny – mruknęła Lupe do brata.

– Ja też nie pamiętam – odparł.

Dzieci nie miały pewności, czy poprzedni nos świętej zmory był z drewna, czy może z kamienia; zdawało im się, że z drewna, malowanego drewna. Jednakże po latach, kiedy brat Pepe pisał Juanowi Diego o „renowacji wnętrza" kościoła, wspomniał coś o „nowym wapieniu".

„Czy wiesz", zapytywał w liście Pepe, „że wapień wydziela wapno w czasie palenia?". Juan Diego nie miał o tym pojęcia, nie wiedział też, czy braciszkowi chodziło o renowację samego posągu. Może olbrzymka też załapała się na remont – a jeśli tak, to czy poprzednią jej wersję wykonano z innego kamienia?

Gdy Vargas wchodził na drabinę, by obejrzeć z bliska twarz zmory – chwilowo nieprzeniknioną, z oczami, które nie zdradzały oznak najmniejszego ożywienia – Lupe zajrzała bratu do głowy.

– Uhm, też myślę, że drewno, nie kamień – stwierdziła.
– Chociaż z drugiej strony, jeżeli Rivera używał dłut do obróbki kamienia, tłumaczyłoby to, dlaczego się zranił. To mu się chyba nigdy nie zdarzyło, co?

– No – mruknął Juan Diego. Przypuszczał, że oba nosy były drewniane, ale Vargas wymyśli zapewne pseudonaukową bajeczkę i wymiga się od konkretnej odpowiedzi na pytanie o tworzywo, z jakiego wykonano cudowny (lub niecudowny) narząd powonienia.

Dwaj starzy księża bacznie wpatrywali się w lekarza, który coś tam majstrował.

– Czy to nóż? Tylko nie nożem, łaskawco! – zaniepokoił się ojciec Alfonso.

– To scyzoryk. Też taki miałem, ale... – zaczął Edward Bonshaw, lecz ojciec Octavio nie dał mu skończyć.

– Tylko bez upuszczania krwi, doktorze Vargas! – zawołał.

Lupe i Juan Diego nie przejęli się scyzorykiem, wpatrzeni w nieruchome oczy Niepokalanej.

– Czysta robota, muszę przyznać – oznajmił Vargas z okolic wierzchołka niepewnej drabiny. – W przypadku operacji często zachodzi znaczna różnica między fuszerką a sztuką.

– Czy to znaczy, że w tym wypadku mówimy o sztuce, lecz było to celowe działanie? – zapytał ojciec Alfonso.

– Z jednej strony widzę małą plamę, coś jak znamię... z dołu jej nie zobaczycie – zawołał Vargas.

To może być krew, pomyślał Juan Diego.

– Owszem – potwierdziła Lupe. – *El jefe* pewnie bardzo krwawił.

– Niepokalana ma znamię? – zapytał z urazą ojciec Octavio.

– Nie nazwałbym tego skazą... to w sumie bardzo ciekawe – odpowiedział Vargas.

– A tworzywo, doktorze? Nowy nos, twarz? – ponaglił ojciec Octavio.

– Ach, węszę tu większe powinowactwo z ziemią niż niebem – odrzekł Vargas; żartował sobie z księży, a oni o tym wiedzieli.
– W jej perfumach wyczuwam nutkę *basurero*, a nie zaświatów.

– Trzymajmy się faktów – burknął ojciec Alfonso.

– Jak zachce nam się poezji, poczytamy Szekspira – zawtórował mu ojciec Octavio, łypiąc na papugę, który zrozumiał, iż dalsze cytaty z *Romea i Julii* są niemile widziane.

Szef wysypiska skończył się modlić i wstał z kolan. Nawet nie pisnął, czy nos to jego robota; trzymał nerwy na wodzy, a język za zębami.

Wyszedłby z kościoła, pozostawiając Vargasa na drabinie, a księży z poczuciem, że zostali wystrychnięci na dudka, ale Lupe chciała, żeby wszyscy usłyszeli, co ma do powiedzenia. Juan Diego nie od razu zrozumiał, z jakiego powodu.

Ostatni z gapiów opuścili kościół; możliwe, że liczyli na cud, ale doświadczenie im podpowiadało, iż nie usłyszą o nim z ust lekarza uzbrojonego w lornetkę i scyzoryk.

– Nos za nos. Mnie pasuje. Tłumacz wszystko, co mówię – poleciła Lupe. – Kiedy umrę, nie macie mnie spalić. Poproszę o całe czary-mary – podjęła, spoglądając prosto na ojca Alfonso i ojca Octavio. – Jeśli chcecie coś sfajczyć – zwróciła się do Rivery i Juana Diego – weźcie moje ubrania, moje rzeczy. I martwego szczeniaczka, jeśli się jakiś trafi. Ale mnie nie palcie. Zróbcie tak, jak ona by chciała – oznajmiła pod adresem wszystkich, wskazując na świętą zmorę z bokserskim nosem. – I posypcie... tylko posypcie, nie rzucajcie, prochy u stóp Niepokalanej. Tak jak mówiłeś na początku – powiedziała do papugi. – Posypcie trochę, i tylko na stopy!

Tłumacząc to słowo w słowo, Juan Diego widział, że dwaj starzy księża są pod wrażeniem przemowy.

– I uważajcie na Jezuska... nie nasypcie mu do oczu – poprosiła Lupe brata. (Brała pod uwagę nawet skurczonego Jezusa, krwawiącego na krzyżu u stóp Matki).

Juan Diego nie musiał być telepatą, żeby przejrzeć brata Pepe. Czy możliwe, że Lupe przeszła nawrócenie? Jak to ujął przy okazji pierwszego „sypania" w kościele: „Cóż za zmiana. Wyczuwam inne nastawienie".

Oto co myślimy w zabytku duchowego świata, świątyni Towarzystwa Jezusowego. Tutaj – w nachalnej obecności wielkiej Bogurodzicy – mamy nabożne (lub bezbożne) myśli. Na dźwięk takich słów myślimy o tym, co nas dzieli i łączy w sensie religijnym; słyszymy tylko to, co bierzemy za religijne poglądy Lupe bądź jej uczucia religijne, i zestawiamy je z własnymi.

Ateista Vargas – lekarz, który przyszedł zbadać zwykły lub nadzwyczajny nos z własną lornetką i scyzorykiem – powiedziałby, że Lupe jest „zaawansowana duchowo" jak na trzynastolatkę.

Rivera, przesądny wyznawca Bogurodzicy, który wiedział, że Lupe nie jest zwykłym dzieckiem, i wręcz czuł przed nią strach – któż może wiedzieć, co sobie myślał? (Zapewne odetchnął, że jej skrajne dotąd przekonania uległy pewnemu złagodzeniu).

A dwaj starzy księża, ojciec Alfonso i ojciec Octavio, z pewnością winszowali sobie i ekipie z sierocińca ewidentnych postępów tej jakże trudnej i wymagającej podopiecznej.

Dobry brat Pepe raczej dziękował Bogu za nadzieję dla Lupe; może nie była tak całkiem „stracona", jak zakładał na początku, może coś z niej będzie, w religijnym kontekście. W oczach Pepe wyglądała na nawróconą.

Żadnego stosu – taka myśl przyświecała señorowi Eduardo. Brak stosu musiał wydać mu się krokiem we właściwą stronę.

Tym tokiem płynęły myśli wszystkich i każdego z osobna. I nawet Juan Diego, który najlepiej znał siostrę – nawet on nie usłyszał tego, co powinien był usłyszeć.

Dlaczego trzynastolatka mówiła o umieraniu? Czemu wybrała sobie właśnie tę chwilę, by wyrazić ostatnie życzenia? Była dziewczynką, która czytała w myślach innym – nawet lwom, nawet lwicom. Dlaczego nikt nie odczytał jej myśli?

28

Przepastne żółte oczy

Tym razem Juan Diego tak głęboko zapadł w przeszłość – bądź tak dalece oderwał się od teraźniejszości – że nie ocucił go nawet odgłos wysuwanego podwozia ani wstrząs, z jakim samolot opadł na pas startowy w Laoagu.

– Marcos stąd pochodzi – mówiła Dorothy.
– Kto? – spytał Juan Diego.
– Marcos. Słyszałeś o pani Marcos, nie? – zapytała Dorothy. – Imelda, ta od miliona butów. Wciąż jest posłanką z tego okręgu – dodała.
– Musi być po osiemdziesiątce – zauważył Juan Diego.
– Uhm. Na pewno jest stara – skwitowała Dorothy.

Uprzedziła go, że czeka ich godzina jazdy – kolejna ciemna droga, kolejna noc ze skrawkami obcych widoków za oknem. (Chaty kryte strzechą, kościoły w hiszpańskim stylu, psy albo tylko ich oczy). I, adekwatnie do mroku, jaki otaczał ich w samochodzie – właściciel pensjonatu podstawił limuzynę – Dorothy opisywała mu męki amerykańskich jeńców wojennych w Wietnamie Północnym. Wyglądało, że zna straszliwe szczegóły tortur w Hanoi Hiltonie (jak nazywano więzienie Hoa Lo w stolicy Wietnamu Północnego); podobno najokrutniej traktowano pilotów, których zestrzelono i schwytano.

Znowu polityka – stara polityka, pomyślał Juan Diego w ciemności. Nie stronił od polityki, ale jako pisarz uważał na ludzi, którzy zakładali, że znają jego poglądy (bądź mu je narzucali). Miał z nimi do czynienia na każdym kroku.

Po cóż innego by go tu przywiozła? Był Amerykaninem, toteż uznała za stosowne pokazać mu miejsce, gdzie przyjeżdżały na urlop „przerażone dziewiętnastolatki", żyjące w ciągłym strachu przed widmem tortur, które czekały ich na froncie.

Dorothy mówiła tonem krytyków i dziennikarzy, którzy uważali, że w swojej twórczości powinien bardziej zaznaczać, skąd pochodzi. Czy miał pisać jak Amerykanin meksykańskiego pochodzenia? A może pisać o swoim pochodzeniu? (Czy krytycy w zasadzie nie próbowali narzucić mu tematów?)

„Nie bądź jednym z tych Meksykanów, którzy...", wypalił Pepe, ale nie dokończył.

„Którzy co?", spytała Flor.

„Którzy nienawidzą Meksyku", zaryzykował Pepe, kiedy się żegnali. „I nie bądź jednym z tych Meksykanów, którzy ciągle wracają... którzy nie mogą wysiedzieć na miejscu", dodał.

Flor zgromiła biednego Pepe wzrokiem, mało go nie udusiła. „I czym jeszcze ma nie być?", spytała. „Jaki jeszcze typ Meksykanina jest zabroniony?".

Nigdy nie rozumiała aspektu literackiego, a mianowicie oczekiwań stawianych amerykańskiemu pisarzowi meksykańskiego pochodzenia, o czym ma (a o czym nie powinien) pisać – otóż „zabroniony" (w oczach wielu dziennikarzy oraz krytyków) był meksykańsko-amerykański pisarz, który nie pisze o swoich meksykańsko-amerykańskich „doświadczeniach".

Juan Diego wychodził z założenia, że jeśli godzisz się na etykietkę, udzielasz zgody na stawiane ci oczekiwania.

A w porównaniu z tym, co spotkało Juana Diego w Meksyku – w porównaniu z jego dzieciństwem oraz wczesnym okresem dorastania – odkąd przeniósł się do Stanów, w jego życiu nie wydarzyło się nic godnego opisania.

Owszem, miał intrygującą młodszą kochankę, ale jej poglądy – albo raczej jej wizja poglądów Juana Diego – skłaniały

Dorothy do wyjaśnień, czym jest dla niego miejsce, w którym się znajdują. Kompletnie niczego nie rozumiała. Juan Diego nie potrzebował „być" na północno-zachodnim Luzonie ani go „zwiedzać", aby mieć świadomość losów „przerażonych dziewiętnastolatków".

Być może sprawił to błysk reflektorów przejeżdżającego samochodu, ale ciemne oczy Dorothy nabrały na chwilę bursztynowego odcienia – jak oczy lwa – i przeszłość znów chwyciła Juana Diego w swoje szpony.

Poczuł się tak, jakby nigdy nie opuścił Oaxaca: raz jeszcze znalazł się w porannej szarzyźnie psiego namiotu i czekała go tylko przyszłość tłumacza siostry w cyrku La Maravilla. Nie miał jaj, żeby zostać podniebnym wędrownikiem. W cyrku nie było etatu dla akrobaty sufitowego. (Jeszcze nie wiedział, że Dolores była ostatnią na swoim stanowisku). Kiedy masz czternaście lat i depresję, prawdopodobieństwo innej przyszłości równa się zeru. „W każdym życiu", powiedziała Dolores, „przychodzi chwila, kiedy trzeba się zdecydować, gdzie twoje miejsce".

W psim namiocie mrok przed świtem był nieprzenikniony. Kiedy Juan Diego nie mógł spać, próbował identyfikować oddechy. Jeśli nie słyszał chrapania Estrelli, zakładał, że śpi w innym namiocie albo wykitowała. (Tamtego ranka pamiętał, że zrobiła sobie wolne od podopiecznych).

Alemania miała najtwardszy sen ze wszystkich psów; oddychała najgłębiej i najbardziej miarowo. (Zapewne odsypiała policyjny etat).

Dzidziuś był we śnie najbardziej aktywny: przebierał krótkimi nóżkami albo kopał zawzięcie. (I szczekał, gdy dopadał wyimaginowaną zwierzynę).

Perro Mestizo, jak mawiała Lupe, był zawsze „czarnym charakterem". Oceniając go po samym pierdzeniu – cóż, zatruwał wszystkim życie jak nikt (chyba że miał konkurencję w postaci papugi).

Co do Pastory, wiele łączyło ją z Juanem Diego – była melancholijna i cierpiała na bezsenność. Kiedy nie spała, chodziła i dyszała; popiskiwała przez sen, jakby szczęście miało dla niej równie ulotny charakter, jak odpoczynek.

– Leżeć, Pastora – rozkazał Juan Diego najciszej, jak mógł; nie chciał obudzić pozostałych psów.

Tamtego ranka bez trudu rozróżnił oddech każdego czworonoga. Z Lupe zawsze miał najtrudniej; spała tak cichutko, jak gdyby wcale nie oddychała. Chłopiec wytężał słuch, gdy naraz natrafił ręką na jakiś przedmiot pod poduszką. Musiał sięgnąć po latarkę, żeby zobaczyć, co tam jest.

Zaginiona pokrywka niegdyś bezcennej puszki po kawie nie różniłaby się od innych pokrywek, gdyby nie zapach; obecne w prochach chemikalia spychały Esperanzę, dobrego gringo i szczeniaczka na dalszy plan, a magia zawarta w starym nosie Niepokalanej była dla, hm, nosa niewyczuwalna. Tamta pokrywka kryła w sobie więcej *basurero* niż elementów nie z tego świata, a jednak Lupe ją zachowała – i przekazała bratu.

Pod poduszką Juana Diego znajdowała się również plecionka z kluczami od lwich klatek. Zawieszono na niej dwa klucze, rzecz jasna – od klatki Hombre oraz od klatki lwic.

Żona dyrygenta orkiestry cyrkowej lubiła robić plecionki; jej mąż nosił na takiej gwizdek, kiedy dyrygował. Drugą zrobiła dla Lupe, biało-czerwoną; dziewczynka nosiła klucze na szyi, kiedy szła karmić lwy.

– Lupe? – powiedział Juan Diego, ciszej niż do Pastory. Nikt go nie usłyszał, nawet żaden pies. – Lupe! – rzucił ostro i poświecił latarką na jej pustą pryczę.

„Jestem tam, gdzie zawsze", mawiała. Nie tym razem. Tym razem, tuż przed świtem, Juan Diego znalazł Lupe w klatce lwa.

Nawet po wyjęciu tacy ze szczeliny w podłodze Hombre nie zmieściłby się pod spodem.

„To bezpieczne", powiedział Edward Bonshaw po tym, gdy asystował Lupe przy karmieniu zwierząt. „Chciałem się tylko upewnić co do wielkości otworu".

Ale pierwszej nocy w mieście Meksyk Lupe powiedziała do brata: „Dam radę przejść przez ten otwór do karmienia. Ja się zmieszczę".

„Brzmi tak, jakbyś próbowała", odpowiedział Juan Diego.
„A po co miałabym próbować?", spytała.
„No właśnie... po co?", odparł.

Nie odpowiedziała mu – ani tamtej nocy w mieście Meksyk, ani nigdy. Zawsze wiedział, że siostra na ogół nie myli się co do przeszłości, ale z przyszłością różnie bywało. Telepaci niekoniecznie bywają dobrymi prognostykami, jednak Lupe musiała dojść do wniosku, że wie, co się stanie. Czyżby uznała, że widzi własną przyszłość, czy też próbowała zmienić przyszłość brata? A może sądziła, że widzi przyszłość, jaka ich czeka, jeśli zostaną w cyrku, a cyrk zostanie taki, jak jest?

Lupe zawsze była wyalienowana – jakby nie alienowało samo bycie trzynastolatką! Nigdy się nie dowiemy, co myślała, ale musiało jej straszliwie ciążyć. (Wiedziała, że nie rosną jej piersi; wiedziała, że nie dostanie okresu).

Ściśle rzecz biorąc, przewidziała przyszłość, która ją przeraziła, i wykorzystała nadarzającą się okazję, aby ją radykalnie zmienić. To, co zrobiła, zmieniło więcej niż przyszłość jej brata. To, co zrobiła, skazało Juana Diego na przeżycie reszty życia w wyobraźni i wyznaczyło początek końca cyrku La Maravilla.

W Oaxaca, jeszcze długo po tym, gdy ludzie przestali gadać o Dniu Nosa, najbardziej wytrwali obywatele miasta nadal plotkowali o niejasnym upadku – sensacyjnym rozpadzie – Cyrku Cudu. Czyn Lupe musiał wywrzeć jakiś skutek, ale nie w tym rzecz. Czyn Lupe był po prostu potworny. Brat Pepe, który znał i kochał sieroty, stwierdził później, że tylko rozpacz mogła pchnąć trzynastolatkę do takiego kroku. (No tak, ale kto ma wpływ na to, co myśli trzynastolatka?).

Musiała otworzyć klapkę poprzedniego wieczoru – w ten sposób mogła zostawić klucze pod poduszką brata.

Może Hombre był pobudzony, bo przyszła go nakarmić o nietypowej porze – jeszcze panował mrok. Do tego wysunęła tacę całkowicie z klatki i nie położyła na niej mięsa.

To, co się później zdarzyło, pozostaje w sferze domysłów. Ignacio twierdził, że Lupe poszła nakarmić Hombre i wpełzła do klatki. Zdaniem Juana Diego mogła udać, że zjada mięso albo mu je zabrała. (Jak tłumaczyła señorowi Eduardo, lwy mają bzika na punkcie mięsa).

I czy od samego początku nie nazywała Hombre „ostatnim psem"? „Ostatni", powtórzyła. *El último perro*, powiedziała wyraźnie. *El último*. (Jakby Hombre był królem psów z dachu, królem tych, które gryzą – ostatnim, który ugryzł).

„Wszystko będzie dobrze", pocieszała lwa od początku. „To nie twoja wina", zapewniała.

Hombre chyba był innego zdania, kiedy Juan Diego zobaczył go w rogu klatki. Skruchę miał wypisaną na pysku. Tkwił jak najdalej od miejsca, gdzie leżała Lupe, zwinięta w kłębek – w rogu na ukos od niego. Leżała przy otworze do karmienia, odwrócona twarzą od brata. Wówczas był wdzięczny, że nie widzi jej wyrazu. Później żałował, że nie zobaczył – oszczędziłby sobie dociekań, które będą go prześladować do końca życia.

Hombre zabił Lupe jednym kłapnięciem – „miażdżącym ugryzieniem w kark", jak określi to Vargas po zbadaniu jej ciała. Na zwłokach nie było innych ran, nawet zadrapania. W okolicach ugryzienia znajdowały się nieliczne ślady krwi, w klatce zaś nie było jej wcale. (Ignacio stwierdził później, że Hombre na pewno ją zlizał – mięso też zjadł).

Kiedy Ignacio zabił Hombre – dwoma strzałami w wielką czaszkę – w rogu klatki, gdzie lew skazał się na dobrowolne wygnanie, krwi było mnóstwo. Skrucha mu nie pomogła. Ignacio pospiesznie ogarnął wzrokiem ciało Lupe i lwa wciśniętego (niemal potulnie) w róg. Miał przy sobie broń, którą zabrał z namiotu, gdy chłopiec go zawołał.

Zastrzelił Mañanę, bo koń złamał nogę. Zdaniem Juana Diego nie miał najmniejszego powodu, aby zabijać Hombre. Lupe miała rację: lew nie zawinił temu, co się stało. Ignacio działał z dwojakich pobudek. Po pierwsze, był tchórzem; bał się wejść do klatki, dopóki Hombre żył. (Nie wiedział, co go tam spotka). Po drugie, padł ofiarą głupich i wydumanych stereotypów – otóż chciał wierzyć, że w takich wypadkach śmierć człowieka jest zawsze winą zwierzęcia.

I naturalnie – bez względu na to, jak pokręcona była jej logika – Lupe pierwszorzędnie przewidziała dalszy ciąg zdarzeń. Wiedziała, że Ignacio zastrzeli Hombre, i musiała wiedzieć, do czego to doprowadzi.

Traf chciał, że Juan Diego miał docenić dalekowzroczność siostry (jej nadludzką, żeby nie powiedzieć boską, wszechwiedzę) dopiero następnego dnia rano.

W dniu, kiedy Lupe umarła, w Circo de La Maravilla zaroiło się od typów, które Ignacio postrzegał jako „władze". A ponieważ zawsze stawiał siebie na piedestale, nie uśmiechała mu się konkurencja w postaci innych „władz" – policji i tym podobnych służbistów.

Zbył chłopca, który mu oznajmił, że Lupe nakarmiła lwice przed nakarmieniem Hombre. Juan Diego miał co do tego pewność: Lupe musiała założyć, że w przeciwnym razie będą tego dnia głodne.

Widok lwic utwierdził go w tym przekonaniu. Poprzedniego wieczoru im też otworzyła klapkę do karmienia. Musiała je nakarmić jak zwykle, następnie wysunęła tacę i pozostawiła ją opartą o klatkę, podobnie jak zrobiła z tacą Hombre.

Ignacio dał chłopcu do zrozumienia, że nie przywiązuje do tego wagi; niesłusznie, jak się okazało. Bardzo niesłusznie. To znaczyło, że w dniu śmierci Lupe i Hombre nikt inny nie musiał ich karmić.

Juan Diego próbował nawet oddać treserowi dwa klucze od klatek, ale Ignacio nie chciał kluczy. „Możesz je zatrzymać, mam własne", odpowiedział.

Naturalnie brat Pepe i Edward Bonshaw nie pozwolili chłopcu spędzić kolejnej nocy w psim namiocie. Pomogli mu się spakować i zabrać rzeczy Lupe – czyli jej odzież. (Lupe nie miała żadnych osobistych drobiazgów, była bardzo nietypową trzynastolatką).

W toku pospiesznej przeprowadzki z La Maravilli do Zagubionych Dzieci Juan Diego zgubił pokrywkę od jakże znaczącej puszki, lecz następnej nocy spał w swoim dawnym pokoju w sierocińcu, z plecionką Lupe na szyi. Czuł obecność dwóch kluczy; przed snem ściskał je po ciemku między kciukiem a palcem wskazującym. Obok, na małym łóżku należącym niegdyś do Lupe, czuwał przy nim papuga – znaczy jeśli akurat nie chrapał.

Chłopcy marzą o byciu bohaterami; śmierć Lupe przekreśliła te marzenia. Wiedział, że siostra chciała go ratować; wiedział, że on jej nie zdołał. Los go naznaczył – Juan Diego wiedział to już w wieku czternastu lat.

Rankiem, dzień po stracie Lupe, Juan Diego obudził się na dźwięk modlitwy – przedszkolaki powtarzały litanię za siostrą Glorią. *Ahora y siempre*, skandowały. „Teraz i na zawsze" – tylko nie to, nie przez resztę życia, pomyślał; nie spał, ale zaciskał powieki. Nie chciał patrzeć na swój dawny pokój w sierocińcu; nie chciał widzieć pustego (albo z papugą) łóżka Lupe.

Owego ranka ciało Lupe znajdowało się już u doktora Vargasa. Ojciec Alfonso i ojciec Octavio poprosili go o zgodę na obejrzenie zwłok; chcieli wziąć ze sobą do szpitala jedną z zakonnic. Debatowano, jak ubrać dziewczynkę do trumny i – zważywszy na charakter obrażeń – czy trumna powinna być otwarta. (Brat Pepe oznajmił, że nie da rady – znaczy oglądać ciała. To dlatego dwaj starzy księża go wyręczyli).

Tamtego ranka, o ile wszystkim w La Maravilli było wiadomo – oprócz Ignacia, który wiedział swoje – Dolores po prostu uciekła. Znalazła się na ustach całego cyrku; aż dziw brał, że nikt nie widział jej w Oaxaca. Przecież taka ładna dziewczyna z takimi długimi nogami nie mogła tak po prostu zniknąć, prawda?

Być może tylko Ignacio wiedział, że Dolores jest w Guadalajarze; może fuszerka już się dokonała i zapalenie otrzewnej się nasilało. Może Dolores wierzyła, że wkrótce dojdzie do siebie, i ruszyła w drogę powrotną do Oaxaca.

Tamtego ranka w sierocińcu Edward Bonshaw miał mętlik w głowie. Musiał coś wyznać ojcu Alfonso i ojcu Octavio – i raczej nie chodziło o spowiedź, do jakiej dwaj księża byli przyzwyczajeni. Czuł, że potrzebuje pomocy Kościoła, tymczasem nie tylko złamał swoje śluby, ale był gejem zakochanym w transwestycie.

Jak dwoje takich ludzi mogło mieć nadzieję na adoptowanie sieroty? Na jakiej podstawie przydzielono by im prawną opiekę nad chłopcem? (Señor Eduardo nie tylko potrzebował pomocy Kościoła: Kościół musiałby nagiąć dla niego zasady, i to bardziej niż trochę).

Tamtego ranka w La Maravilli Ignacio wiedział, że sam musi nakarmić lwice. Kogóż innego by do tego skłonił? Soledad z nim nie rozmawiała, akrobatki zaś (przez niego) bały się lwów jak ognia – i to jeszcze zanim Hombre zabił Lupe. Lwice również je przerażały.

„Powinien bać się lwic", przepowiedziała Lupe.

Tamtego ranka, dzień po tym, gdy Ignacio zastrzelił Hombre, w czasie karmienia lwic musiał popełnić błąd. „Nie nabiorą mnie; wiem, co im chodzi po głowie", chełpił się dawniej. „Czytam w nich jak w książce", oznajmił dziewczynce. „Do *las señoritas* niepotrzebny mi telepata".

Mówił Lupe, że czyta lwicom w myślach na podstawie części ciała, którymi je nazwano.

Tamtego ranka lwice nie były chyba tak oczywiste, jak mu się zdawało. Z badań prowadzonych w Serengeti wynika, jak napisze później Juanowi Diego Vargas, że to lwice są odpowiedzialne za większość polowań. Umieją polować jako drużyna; kiedy tropią stado antylop albo zebr, najpierw je osaczają, odcinając drogę ucieczki, a potem przypuszczają atak.

Kiedy dzieci po raz pierwszy zobaczyły Hombre, Flor wyszeptała do Edwarda Bonshawa: „Jeżeli myślisz, że widziałeś króla zwierząt, to się zastanów. Teraz go poznasz. Ignacio jest królem zwierząt".

„Królem świń", oznajmiła Lupe niespodziewanie.

Co do statystyk z Serengeti tudzież innych badań nad lwami, do króla świń być może dotarłoby tylko to, co dzieje się po tym, kiedy lwice zabiją ofiarę. Wtedy samiec zaznacza swoją dominację – najada się pierwszy, a lwice po nim. Juan Diego był pewien, że król świń nie miałby nic przeciwko temu.

Tamtego ranka nikt nie widział, co spotkało Ignacia, kiedy karmił lwice, lecz one były cierpliwe; umiały czekać na swoją kolej. *Las señoritas* – młode damy Ignacia – wreszcie się doczekały. Tamtego ranka dopełnił się początek końca cyrku. Paco i Piwny Brzuch pierwsi znaleźli ciało; szli sobie przejściem między namiotami w stronę pryszniców. Pewnie się zastanawiali, jak to możliwe, że lwice zabiły Ignacia, skoro jego zmasakrowane zwłoki leżały poza klatką. Lecz połapałby się każdy, kto znał ich metody, i Vargas (oczywiście to on dokonywał oględzin) z łatwością ustalił przypuszczalny ciąg zdarzeń.

Kiedy Juan Diego mówił o fabule w sensie literackim – a konkretnie o jej obmyślaniu – wspominał „pracę zespołową lwic" jako „pierwowzór". W wywiadach zaczynał od tego, że nikt nie widział, co dokładnie spotkało tresera, a później dodawał, że bez końca snuje możliwy scenariusz i nigdy nie ma go dosyć, co przynajmniej częściowo skłoniło go do zostania pisarzem. A jeśli dodać los Ignacia do możliwych teorii Lupe – no cóż, nietrudno zgadnąć, czym karmiła się wyobraźnia czytelnika z wysypiska, prawda?

Ignacio jak zwykle wyłożył mięso na tacę. I wsunął tacę dołem, też jak zwykle. A potem musiało się stać coś niezwykłego.

Vargas nie mógł się powstrzymać przed opisywaniem niezliczonych śladów pazurów na ramionach Ignacia oraz jego barkach i karku; jedna z lwic dopadła go pierwsza – potem dosięgły go inne pazury. Lwice musiały przycisnąć tresera do prętów klatki.

Vargas opowiadał, że treser stracił nos i uszy, a także policzki, podbródek i palce u obu rąk – lwice przeoczyły jeden kciuk. Zabiło go podgryzienie gardła – które lekarz określił jako „paskudne".

„To nie była czysta robota", dodał. Wyjaśnił, że lwica może zabić antylopę lub zebrę jednym podgryzieniem gardła, ale pręty znajdowały się zbyt blisko siebie; lwica, która skróciła męki Ignacia, nie mogła wsadzić między pręty głowy – i rozdziawić pyska tak szeroko, jak chciała, nim na dobre zacisnęła

zęby na szyi Ignacia. (I dlatego Vargas użył przymiotnika „paskudne" na określenie zabójczego ugryzienia).
Po tym incydencie „władze" (jak nazywał je w myślach Ignacio) wzięły cyrk pod lupę. Zdarzało się to po każdym śmiertelnym wypadku – przyjeżdżali eksperci i tropili wszystkie nieprawidłowości. (Stwierdzili, że Ignacio dawał lwom niewłaściwą ilość mięsa; liczba karmień też była niewłaściwa).
A kogo to obchodzi, myślał sobie Juan Diego; wyleciało mu z głowy, jaka byłaby „właściwa" ilość i „odpowiednia" liczba. Wszelkie uchybienia w cyrku wynikały z osoby Ignacia. To on był uchybieniem! Nie potrzebowali ekspertów, żeby to wiedzieć.
Na końcu, myślał Juan Diego, Ignacio ujrzał przepastne żółte oczy – ich ostatnie, niezbyt czułe spojrzenia – bezlitosne oczy ostatnich młodych dam tresera.

Każdy upadły cyrk ma postscriptum. Co się dzieje z cyrkowcami, kiedy cyrk ogłasza upadłość? Sama Cud, jak wiemy, wcześniej zwinęła manatki. Ale też wiemy, że pozostali nie mogli pójść w jej ślady. Nie dla każdego podniebne spacery, co Juan Diego mógł sam stwierdzić.
Estrella znajdzie domy dla psów. Cóż, nikt nie chciał kundla, więc sama musiała go wziąć. Jak stwierdziła Lupe, Perro Mestizo był zawsze czarnym charakterem.
I żaden inny cyrk nie chciał Piżamy; wyprzedziła go sława o jego próżności. Przez jakiś czas, w weekendy, wyginał się na użytek turystów w *zócalo*.
Doktor Vargas wyrazi później ubolewanie z powodu przeniesienia szkoły medycznej. Nowa szkoła, naprzeciwko szpitala, położona z dala od centrum miasta, znajduje się daleko od kostnicy i szpitala Czerwonego Krzyża, ulubionych miejsc Vargasa – tam, gdzie znajdowała się stara szkoła medyczna, w czasach, kiedy Vargas jeszcze tam uczył.
Była ostatnim miejscem, w którym widział Piżamę. Zwłoki człowieka gumy wyjęto z kąpieli kwasowej na żłobiony metalowy wózek, aby ociekły do wiaderka przez otwór w okolicach

głowy. Na pochyłym stole sekcyjnym – z głębokim rowkiem pośrodku i dziurą, również w okolicach głowy – otwarto zwłoki. Rozciągnięty i na zawsze zesztywniały, Piżama nie został rozpoznany przez studentów, ale Vargas go poznał.

„Nigdzie nie uświadczysz takiej pustki, takiej nicości, jak na twarzy trupa", napisze do Juana Diego po jego przeprowadzce do Iowa. „Ludzkie marzenia znikają", doda, „ale nie ból. Ostają się też resztki próżności, którą miał za życia. Musisz pamiętać, z jakim pietyzmem rzeźbił bródkę i przycinał wąsy, co dowodzi, ile czasu spędzał przed lustrem, jak trząsł się nad swoim wyglądem".

Sic transit gloria mundi, powtarzali z upodobaniem ojciec Alfonso i ojciec Octavio.

„Tak przemija chwała tego świata", przypominała sierotom siostra Gloria.

Argentyńscy akrobaci byli zbyt świetni w swoim fachu i zbyt ze sobą szczęśliwi, by nie znaleźć innego cyrku. Dosyć niedawno (Juan Diego umownie określał tym mianem wszystko po roku dwa tysiące pierwszym, czyli w nowym stuleciu) brat Pepe słyszał o nich od kogoś, kto ich widział: ponoć fruwali na trapezach w małym cyrku w górach, około godziny drogi od miasta Meksyk. Możliwe, że od tamtej pory już przeszli na emeryturę.

Po zamknięciu La Maravilli Paco i Piwny Brzuch wrócili do miasta Meksyk – stamtąd pochodzili i (według brata Pepe) Piwny Brzuch tam pozostał. Zmienił branżę, ale Juan Diego nie pamiętał, na jaką – nie wiedział też, czy Piwny Brzuch jeszcze żyje, i nie mógł go sobie wyobrazić inaczej niż w roli klowna. (Oczywiście Piwny Brzuch miał na zawsze pozostać karłem).

Paco już nie żyła. Oaxaca przyciągała ją jak magnes, podobnie jak Flor. I podobnie jak Flor lubiła przesiadywać w starych, ulubionych miejscach. Była zawsze stałą bywalczynią w La Chinie, gejowskim barze na Bustamante, później przemianowanym na Chinampę. Regularnie zaglądała też do La Coronity – klubu dla transwestytów, zamkniętego w latach dziewięćdziesiątych na jakiś czas (po śmierci właściciela, który był homoseksualistą). Tak jak Edward Bonshaw i Flor, właściciel La Coronity i Paco zmarli na AIDS.

Soledad, która niegdyś nazwała Juana Diego Cudownym Chłopcem, przeżyje La Maravillę o wiele lat. Nadal jest pacjentką Vargasa. Niewątpliwie ma zrujnowane stawy – jak Vargas kiedyś słusznie zauważył – ale bez względu na swoje dolegliwości nie narzeka na brak sił. Juan Diego miał zapamiętać, że na trapezie to ona łapała partnera, rzecz jak na kobietę niezwykła. Była tak silna i miała tak mocny uchwyt, że z łatwością łapała mężczyzn.

Pepe wspomni Juanowi Diego (przy okazji rozwiązania sierocińca), że Vargas był jedną z osób, które zapewniły Soledad referencje, kiedy adoptowała dwie sieroty, dziewczynkę i chłopca.

Była cudowną matką, donosił. Nikogo to nie dziwiło. I wspaniałą kobietą – cóż, potrafiła być nieco chłodna, ale Juan Diego zawsze ją podziwiał.

Owszem, doszło do małego skandalu, po tym gdy adoptowane dzieci Soledad dorosły i wyprowadziły się z domu. Ona związała się z niewłaściwym mężczyzną; wprawdzie Pepe i Vargas nie wdawali się w szczegóły, ale Juan Diego się domyślił, że chodziło o skłonność do przemocy.

Zdziwiło go, że po Ignaciu znalazła w sobie cierpliwość dla niewłaściwego mężczyzny; nie wyglądała na kobietę, która tolerowałaby przemoc.

Jak się okazało, długo nie musiała. Któregoś ranka wróciła do domu ze sklepu i zastała go martwego z głową na rękach, jakby jeszcze nie wstał od stołu. Zeznała, że siedział, kiedy wychodziła.

„Musiał dostać zawału", wyraził przypuszczenie brat Pepe.

Oczywiście to Vargas dokonał oględzin. „Ktoś musiał się zakraść", stwierdził. „Ktoś, kto miał z nim na pieńku... ktoś o silnych rękach". Niewłaściwy mężczyzna został uduszony, zanim wstał.

Doktor wykluczył udział Soledad. „Jej ręce się sypią", zeznał. „Nie wycisnęłaby soku z cytryny!", tak się wyraził.

Przedstawił jej leki przeciwbólowe na dowód, że tak „uszkodzona" kobieta nie mogła nikogo udusić. Były to leki na zmiany zwyrodnieniowe stawów – nadwerężone palce i nadgarstki Soledad.

„Bardzo uszkodzone... bardzo obolałe", skwitował lekarz.

Juan Diego nie wątpił ani w ból, ani w zwyrodnienia. Niemniej jednak, spoglądając wstecz – kiedy wspominał Soledad w namiocie tresera i spojrzenia, które słała w stronę męża – dostrzegał coś w oczach byłej akrobatki. I chociaż wcale nie były bursztynowe, skrywały coś z nieodgadnionych pobudek lwicy.

29

Podróż w jedną stronę

– Walki kogutów są tutaj legalne i bardzo popularne – mówiła Dorothy. – Stuknięte koguty nie śpią przez całą noc i pieją. Głupki nakręcają się na kolejną walkę.

Hm, pomyślał Juan Diego, to tłumaczyłoby dziwne zachowanie koguta w sylwestrowy wieczór, ale nie jego nagły, przedśmiertny wrzask – jakby Miriam dopięła swego samym życzeniem.

Grunt, że wiedział, co go czeka: w pensjonacie opodal Vigan nabuzowane koguty będą piać całą noc. Juana Diego bardzo ciekawiło, co zrobi z tym Dorothy.

„Ktoś powinien go zatłuc", mruknęła Miriam niskim, ochrypłym głosem tamtej nocy w Encantadorze. Następnie, gdy oszalały kogut zapiał po raz trzeci i umilkł, dodała: „Nareszcie. Koniec z obwieszczaniem fałszywej jutrzenki, koniec z kłamliwymi posłańcami".

– A ponieważ koguty pieją całą noc, psy nie przestają szczekać – uzupełniła Dorothy.

– Wygląda na to, że się wyśpimy – stwierdził Juan Diego. Pensjonat składał się z kilku starych budynków. Hiszpańskie wpływy były oczywiste; być może pensjonat pełnił dawniej funkcję misji – wśród domków znajdował się kościół.

Hotel nosił nazwę El Escondrijo – „Kryjówka". O godzinie dziesiątej wieczorem, gdyż o tej właśnie przyjechali, trudno było się rozeznać. Pozostali goście (o ile jacyś byli) udali się już na spoczynek. Jadalnia znajdowała się na zewnątrz pod strzechą, otwarta po bokach na pastwę żywiołów, chociaż Dorothy zapewniła, że nie ma komarów.

– Co zabija komary? – spytał.

– Zapewne nietoperze... albo duchy – rzuciła obojętnie. Domyślał się, że nietoperze również nie śpią całą noc – nie pieją wprawdzie ani nie szczekają, tylko bezszelestnie mordują. Juan Diego był przyzwyczajony do duchów, a przynajmniej tak mu się zdawało.

Przebywali nad morzem, od którego wiała bryza. Nie znajdowali się w Vigan ani żadnej innej miejscowości, ale widzieli światła Vigan, opodal brzegu zaś cumowały dwa lub trzy frachtowce. Dostrzegali światła ze statków, a kiedy czasami zawiało, słyszeli radiostacje.

– Mają tutaj mały basen... chyba dla dzieci – mówiła Dorothy. – Tylko nie wpadnij tam w nocy, bo go nie podświetlają.

Nie było klimatyzacji, lecz Dorothy twierdziła, że nocą panuje miły chłód, więc nie ma takiej potrzeby, a zresztą mieli wiatrak u sufitu. Wprawdzie stukał, ale co tam, jeśli koguty miały piać, a psy szczekać? „Kryjówka" nie była typowym kurortem.

– Plaża sąsiaduje z wioską rybacką i szkołą podstawową, dzieci słychać tylko z daleka, czyli nie jest tak źle – stwierdziła Dorothy, kiedy się kładli. – Psy z wioski są trochę zaborcze, ale grunt to trzymać się mokrego piasku blisko wody – poradziła.

Jacy ludzie przyjeżdżają do El Escondrijo, zastanawiał się Juan Diego. „Kryjówka" nasuwała mu skojarzenie z uciekinierami i rewolucjonistami, a nie turystyką. Już zasypiał, kiedy (wyciszony) telefon Dorothy zawibrował na nocnym stoliku.

– Cóż za niespodzianka, mamo – powiedziała z sarkazmem. Nastała długa cisza, mącona tylko pianiem i szczekaniem, po czym Dorothy mruknęła kilkakrotnie „uhm", raz czy dwa powiedziała „okej", a następnie „chyba żartujesz".

Serię charakterystycznych odzywek zwieńczyło jedno jedyne zdanie, kończące rozmowę: – Nie chcesz wiedzieć, co mi się śni, słowo daję.

Juan Diego rozmyślał w ciemności o tej matce i córce; wracał do początków ich znajomości i nie mógł się nadziwić, jak bardzo stał się od nich zależny.

– Śpij, kochanie – powiedziała Dorothy; prawie jakby słyszał Miriam w tym „kochanie". Młoda kobieta wysunęła rękę i bezbłędnie odnalazła jego penis, po czym dwuznacznie go ścisnęła.

– Dobrze – chciał odpowiedzieć, ale nie mógł. Sen spłynął na niego jak na komendę.

„Kiedy umrę, nie macie mnie spalić. Poproszę o całe czary-mary", powiedziała Lupe, spoglądając prosto na ojca Alfonso i ojca Octavio. Juan Diego usłyszał jej głos we śnie.

Nie docierało do niego pianie kogutów ani szczekanie psów; nie słyszał kotów, które tłukły się albo gziły (bądź jedno i drugie) na pokrytym strzechą daszku prysznica na zewnątrz. Nie słyszał, jak Dorothy wstaje w nocy, otwiera drzwi prysznica i zapala światło.

– Znikać albo zdychać – warknęła do kotów, a one zaraz ucichły. Do ducha, który stał pod prysznicem, jakby się kąpał (woda nie leciała, a on miał na sobie ubranie), odezwała się łagodniejszym tonem. – Wybacz, nie mówiłam do ciebie, tylko do kotów – zapewniła, ale młody duch zniknął.

Juan Diego nie słyszał jej przeprosin kierowanych do jeńca wojennego, jednego z duchów gościnnych. Wynędzniały młodzieniec miał zszarzałą skórę i strój więzienny; był to jeden z zadręczonych jeńców z Wietnamu Północnego. I sądząc po wyrazie jego znękanej twarzy, należał do tych, którzy się złamali. Może skapitulował pod wpływem bólu. Może podpisał zeznania, w których przyznał się do niepopełnionych przez siebie czynów. Niektórzy młodzi Amerykanie występowali w nagraniach, w których głosili propagandę komunistyczną.

To nie była ich wina, nie powinni się tym zadręczać, tłumaczyła Dorothy duchom z El Escondrijo, lecz one zawsze znikały, zanim skończyła mówić.

– Chcę tylko, aby wiedzieli, że wybaczono im to, co zrobili lub do czego byli zmuszeni – mówiła Juanowi Diego. – Ale te młode duchy chodzą własnymi ścieżkami. Nie słuchają nas, nie chcą mieć z nami do czynienia.

Opowiadała też Juanowi Diego, że jeńcy, którzy zginęli w Wietnamie Północnym, nie zawsze mają na sobie szary ubiór więzienny; część młodszych nosi mundury polowe.

– Nie wiem, czy sami o tym decydują: widywałam ich w odzieży sportowej, hawajskich koszulach i tym podobnych – wyliczała. – Nie wiadomo, jakie tam panują zasady.

Juan Diego miał nadzieję, że widok torturowanych jeńców w hawajskich koszulach zostanie mu oszczędzony, lecz pierwszej nocy w starym pensjonacie na przedmieściach Vigan nie natknął się na nikogo z widmowej klienteli El Escondrijo; zadowolił się towarzystwem duchów z własnej przeszłości. Juan Diego śnił – w tym wypadku sen był głośny. (Nic dziwnego, że nie usłyszał warknięcia i przeprosin Dorothy).

Lupe poprosiła o „całe czary-mary" i kościół Towarzystwa Jezusowego stanął na wysokości zadania. Brat Pepe bardzo się starał; próbował ubłagać dwóch starych kapłanów o zachowanie prostoty, ale poszli na całego. Śmierć niewiniątek była chlebem powszednim Kościoła – gdy umierają dzieci, o prostocie nie ma mowy. Lupe dostanie pogrzeb z wielką pompą – żadnej prostoty.

Ojciec Alfonso i ojciec Octavio nalegali też na otwarcie trumny. Lupe leżała ubrana w białą sukienkę, z szyją owiniętą białym szalem – nie było widać opuchlizny ani ugryzień. (Strach pomyśleć, jak wyglądał jej kark). Nastąpiło tyle machania kadzidłem, że Niepokalana z bokserskim nosem zniknęła w wonnych oparach mgły. Rivera martwił się o dym – jakby dziewczynkę trawiły piekielne ognie *basurero*, jak niegdyś sobie tego życzyła.

– Spokojnie; spalimy coś później, tak jak mówiła – szepnął do *el jefe* Juan Diego.

– Mam na celowniku szczeniaczka... jakiegoś znajdę – odszepnął mu szef wysypiska.

Pojawienie się Hijas del Calvario – Cór Golgoty, wynajętych zakonnic płaczek – zrobiło na nich obu piorunujące wrażenie.

„Zawodowe płaczki", jak nazywał je Pepe, zdawały się pewną przesadą. Wystarczy, że siostra Gloria przywlekła skandujące przedszkolaki.

– *¡Madre! Ahora y siempre* – powtarzały za nią dzieci. „Matko! Prowadź mnie, teraz i na zawsze". Ale ciemnoskóra Niepokalana z bokserskim nosem pozostała głucha również i na te błagania, o zawodzeniach Cór Golgoty i machaniu kadzidłem nie wspominając (fakt, że Juan Diego słabo ją widział w oparach).

Doktor Vargas przyszedł do kościoła; prawie nie odrywał oczu od posągu i nie dołączył do procesji żałobników (i zaciekawionych turystów oraz innych zwiedzających), którzy napływali do jezuickiej świątyni złaknieni widoku lwiej dziewczynki w otwartej trumnie. Właśnie tak nazwano Lupe w Oaxaca i okolicy: „lwią dziewczynką".

Zjawił się na uroczystości z Alejandrą, która awansowała chyba ostatnimi czasy i nie była już „dochodzącą". Lubiła Lupe, ale Vargas nie podszedł wraz z nią do otwartej trumny.

– Nie patrzysz? – zapytała.

– Wiem, jak wygląda Lupe. Już widziałem – odparł.

Juan Diego i szef wysypiska też nie chcieli oglądać Lupe całej na biało. Woleli zachować wspomnienia tego, jak wyglądała za życia. Siedzieli bez ruchu w swojej ławce, obok Vargasa, a ich myśli płynęły torami szefa i czytelnika z wysypiska: dumali o tym, co spalą, i prochach, którymi posypią stopy Niepokalanej – „tylko posypcie, nie rzucajcie", poinstruowała, „może nie całe prochy, i tylko na stopy!", powiedziała wyraźnie.

Rzuciwszy okiem na „lwią dziewczynkę" w otwartej trumnie, zaciekawieni turyści oraz inni zwiedzający wyszli niegrzecznie przed mszą pogrzebową, chyba rozczarowani brakiem jakichkolwiek śladów na ciele nieboszczki. (Trumny Ignacia nie otwarto – ze zrozumiałych względów).

Niewydarzony dziecięcy chór – również wynajęty, jak Córy Golgoty – zaintonował *Ave Maria*. Byli to smarkacze w mundurkach z jakiejś nadętej szkoły muzycznej; rodzice pstrykali im zdjęcia w czasie uroczystości.

W pewnej chwili do chóru dołączyła orkiestra cyrkowa. Ojciec Alfonso i ojciec Octavio kazali jej zostać przed kościołem, lecz symfoniczna wersja *Ulic Laredo* w formie łzawego lamentu kowboja wdarła się przemocą do wnętrza; usłyszała ją pewnie Lupe w zaświatach.

Dziecięcy chór, który zdzierał głosiki *Ave Marią*, nie dorównał werwą i rozmachem orkiestrze cyrkowej. *Ulice Laredo* w wykonaniu La Maravilli huczały w *zócalo*. Koleżanki Flor – prostytutki z hotelu Somega – mówiły, że kowbojska pieśń żałobna dotarła aż na ulicę Zaragoza.

– Może posypanie będzie łatwiejsze – powiedział z nadzieją brat Pepe do Juana Diego, kiedy wychodzili z mszy – nieświętych czarów-marów i katolickiej abrakadabry, których życzyła sobie Lupe.

– Tak... może bardziej duchowe – wtrącił Edward Bonshaw.

Początkowo nie zrozumiał nazwy Hijas del Calvario, która oznaczała „Córy Golgoty", chociaż w kieszonkowym słowniku, do którego zajrzał señor Eduardo, wyraz *calvario* mógł oznaczać również „serię katastrof".

Edward Bonshaw, którego życie będzie serią katastrof, mylnie przyjął, że wynajęte płaczki występują pod nazwą „Córy Serii Katastrof". Zważywszy na los sierotek z Zagubionych Dzieci i straszliwe okoliczności śmierci Lupe – cóż, nic dziwnego, że papuga zbłądził.

Nietrudno też zrozumieć Flor, która zaczynała tracić cierpliwość. Ujmując rzecz wprost, czekała, aż papuga się zesra albo zejdzie z nocnika. A kiedy pomylił Córy Golgoty z zakonem serii katastrof, tylko przewróciła oczami.

Kiedy wreszcie – jeśli w ogóle – zdobędzie się na odwagę i porozmawia o niej z dwoma starymi księżmi?

– Liczy się tolerancja, tak? – mówił señor Eduardo, kiedy wychodzili ze świątyni Towarzystwa Jezusowego i mijali portret świętego Ignacego, który na nich nie spojrzał, tylko dalej wbijał wzrok w niebo. Piżama ochlapywał twarz wodą święconą, a Soledad i młode akrobatki pochyliły głowy, kiedy Juan Diego przekuśtykał obok. Paco i Piwny Brzuch stali przed kościołem, gdzie orkiestra dudniła pełną parą.

– *¡Que triste!* – krzyknął Piwny Brzuch na widok Juana Diego.

– *Sí, sí*, braciszek Lupe, jaki smutny, jaki smutny – powtórzyła Paco i przytuliła chłopca.

Łomot *Ulic Laredo* uniemożliwił Edwardowi Bonshawowi wyznanie – bez względu na to, czy zdobyłby się na odwagę.

Jak powiedziała Dolores do Juana Diego, namawiając go do zejścia na dół: „ty będziesz miał jaja na co innego". Ale kiedy i na co?, zastanawiał się Juan Diego, a orkiestra grała, jakby nigdy nie miała przestać.

Ulice Laredo niosły się echem, aż trząsł się cały róg las calles de Trujano y Flores Magón. Rivera widać uznał, że bezpiecznie jest krzyczeć; łudził się, że nikt go nie usłyszy. Ale się mylił: nawet orkiestra nie mogła zagłuszyć tego, co wykrzyczał.

Odwróciwszy się twarzą do wejścia świątyni, pogroził Niepokalanej pięścią; aż kipiał ze złości.

– Jeszcze tu wrócimy, przyniesiemy ci prochy! – wrzasnął.

– Mówisz o „posypaniu", jak mniemam – odrzekł konspiracyjnie brat Pepe.

– No właśnie, posypanie – wtrącił doktor Vargas. – Koniecznie dajcie znać, kiedy to ma nastąpić, żebym się stawił – powiedział do Rivery.

– Mamy co nieco do spalenia. I parę rzeczy do przemyślenia – bąknął *el jefe*.

– I nie chcemy za dużo prochów... tym razem w sam raz – dorzucił Juan Diego.

– I tylko na stopy! – przypomniał mu señor Eduardo.

– *Sí, sí*, na to potrzeba czasu – zaznaczył Rivera.

Ale w snach nie zawsze. W snach czas się kurczy.

Na jawie Dolores trafiła do szpitala po kilku dniach z ciężkim zapaleniem otrzewnej. (Juan Diego pominął to w swoim śnie). Na jawie *el hombre papagayo* – kochany papuga – odczekał kilka dni, aby zebrać się na odwagę, a Juan Diego odkrył, że ma jaja na inne sprawy, jak przepowiedziała mu Dolores, kiedy zamarł na wysokości. (We śnie naturalnie przeskoczył ten odstęp czasu).

Na jawie też brat Pepe przez kilka dni zbierał informacje: wertował przepisy na temat opieki prawnej, zwłaszcza nad sierotami, oraz roli, jaką odgrywał i mógł odegrać Kościół przy wskazaniu bądź zarekomendowaniu opiekunów dla swoich podopiecznych. Pepe miał głowę do takiej roboty: w powoływaniu się na argumenty zaczerpnięte z historii nie miał sobie równych.

Stwierdzenie „Jesteśmy Kościołem zasad", które tak często przytaczali ojciec Alfonso i ojciec Octavio, uważał za nieistotne; ciekawe, iż nikt nie słyszał, aby mówili, że naginają owe zasady lub byliby do tego skłonni. Istotne było to, jak często je naginali – niektóre sieroty nie nadawały się do adopcji i nie każdy potencjalny opiekun bezwzględnie nadawał się do opieki. Brat Pepe dążył do wykazania, dlaczego Flor i Edward Bonshaw to wymarzeni kandydaci na rodziców zastępczych dla Juana Diego – nietrudno zgadnąć, iż musiał sięgać tu po cały arsenał argumentów. (Juan Diego pominie we śnie również argumenty).

I jeszcze jedno: Rivera i Juan Diego potrzebowali kilku dni na przygotowanie stosu „pogrzebowego" – nie tylko obmyślenie tego, co spalą, lecz jak długo ma się palić oraz ile prochów zabrać. Tym razem pojemnik będzie mały: nie puszka po kawie, lecz tylko kubek. Lupe lubiła pić w nim kakao; zostawiła go w chacie w Guerrero, teraz mógł się na coś przydać.

Istniała też druga część jej ostatniej prośby, a mianowicie „posypanie" – ale przygotowanie intrygującej zawartości kubka również nie znalazło się we śnie Juana Diego. (Sny nie tylko toczą się szybciej niż jawa, lecz bywają bardzo wybiórcze).

Pierwszej nocy w El Escondrijo Juan Diego wstał siku – nie zapamięta tego, co się stało, bo nadal spał. Usiadł na sedesie, bo dzięki temu robił to ciszej, a nie chciał obudzić Dorothy. Usiadł jeszcze z innego powodu, a mianowicie zobaczył swoją komórkę, leżącą obok na blacie.

Ponieważ spał, nie przypominał sobie zapewne, że tylko tu znalazł kontakt, aby ją naładować, ponieważ Dorothy zajęła wtyczkę w pokoju – była niezwykle zaradna technicznie.

Juan Diego wręcz przeciwnie. Wciąż nie mógł się połapać, jak działa jego komórka, i wciąż nie miał dostępu do funkcji obecnych (lub nieobecnych) na denerwującym menu – rzeczy, które inni z łatwością odnajdywali i w które gapili się jak cielęta na malowane wrota. Juana Diego telefon nie interesował – przynajmniej nie tak jak innych. W Iowa City nie miał obok siebie młodej osoby, która objaśniłaby mu tajemnicze zasady jego działania. (Był to przestarzały już model z klapką).

Denerwowało go – w półśnie i śnie oraz podczas sikania na siedząco – że wciąż nie może znaleźć zdjęcia ze stacji metra.

Wszyscy usłyszeli nadjeżdżający pociąg – młody Chińczyk musiał się pospieszyć. Zrobił Juanowi Diego, Miriam i Dorothy zdjęcie z zaskoczenia. Młodzi Chińczycy uznali je chyba za nieudane – może nieostre? – ale przyjechał pociąg i zrobiło się zamieszanie. Miriam wyrwała chłopakowi komórkę, a Dorothy – jeszcze szybciej – odebrała ją matce. Kiedy oddała Juanowi Diego telefon, aparat był już wyłączony.

„Źle wychodzimy", powiedziała Miriam do Chińczyka, który sprawiał wrażenie dziwnie wytrąconego z równowagi. (Może zwykle robił ładniejsze zdjęcia).

A teraz, na sedesie w łazience w El Escondrijo, Juan Diego odkrył – zupełnie przypadkowo i pewnie będąc w letargu – łatwiejszy sposób na znalezienie zdjęcia. Nawet nie zapamięta, jak do tego doszło. Niechcący wcisnął przycisk z boku telefonu i uruchomił funkcję aparatu. Mógł pstryknąć fotkę swoich gołych kolan prostopadle do klopa, gdy naraz jego wzrok padł na ikonkę z napisem „Galeria" – i w ten oto sposób znalazł fotografię ze stacji Koulun, czego oczywiście nie zapamiętał.

Co więcej, rankiem uznał, że zdjęcie tylko mu się śniło, gdyż to, co zobaczył na zdjęciu, nie mogło być prawdziwe.

Na fotografii stał sam na peronie na stacji Koulun – tak jak powiedziała Miriam, ona i Dorothy naprawdę „źle" wychodziły na zdjęciach. Nic dziwnego, że nie mogły na siebie „patrzeć" – w ogóle się na zdjęciach nie pojawiały! To całkowicie zrozumiałe, że młodzi Chińczycy sprawiali wrażenie co nieco wzburzonych.

Ale Juan Diego nie był w pełni świadomy: tkwił w szponach najważniejszego snu i wspomnienia swojego życia – snu i wspomnienia o posypaniu. Poza tym nie dotarło do niego (na razie), że na zdjęciu faktycznie jest sam – na zdjęciu zrobionym im z zaskoczenia.

A gdy możliwie jak najciszej spuścił wodę, nie zauważył młodego ducha pod prysznicem na zewnątrz. Nie był to ten sam duch, którego widziała Dorothy; ten miał na sobie mundur polowy i był młody, chyba jeszcze nie zaczął się golić. (Dorothy musiała zostawić włączone światło).

W ułamku sekundy, nim zniknął, na zawsze zaginiony w akcji, Juan Diego pokuśtykał z powrotem do pokoju: nie zapamięta, że zobaczył tylko siebie na zdjęciu. Stwierdzi, że to tylko sen, tak silna była świadomość, że dwie kobiety towarzyszyły mu podczas tej podróży.

Gdy kładł się obok Dorothy – a przynajmniej zdawało mu się, że ona leży obok – być może słowo „podróż" przypomniało mu o czymś, nim znowu mógł zasnąć i wrócić do przeszłości. Gdzie schował bilet ze stacji Koulun? Wiedział, że z jakiegoś powodu go zachował; zapisał coś na nim długopisem, który zawsze przy sobie nosił. Tytuł przyszłej jego powieści? „Podróż w jedną stronę" – czy nie tak to szło?

Owszem! Ale myśli (i sny) płynęły tak chaotycznie, że nie mógł się skupić. Możliwe, że tego wieczoru zażył podwójną dawkę beta-blokerów – innymi słowy, nie uprawiali seksu – tylko nadrabiał pominięte dawki? Jeśli wziął podwójną dawkę lopressoru – czy miałoby znaczenie, gdyby ujrzał młodego ducha pod prysznicem na zewnątrz? Czy uwierzyłby, że tylko śni, gdyby zobaczył żołnierza?

„Podróż w jedną stronę" – to brzmiało prawie jak tytuł już napisanej powieści. Z tą myślą odpłynął w sen, który nieodłącznie mu towarzyszył. Podróż w „jedną" stronę – podróż bez odwrotu, a może „jedna", bo jedyna w swoim rodzaju?

A potem przestał myśleć. I przeszłość znowu nim zawładnęła.

30

Posypanie

Posypanie, czyli kolejna odsłona ostatniej woli Lupe, nie miało w sobie pierwiastka „duchowości", rozpoczęło się w sposób dość prozaiczny. Brat Pepe prowadził rozmowy z amerykańskim urzędnikiem imigracyjnym – pozostając przy tym w stałym kontakcie z władzami meksykańskimi. Określenie „opiekun prawny" nie było jedynym, którym się przerzucano: otóż Edward Bonshaw miał zostać „sponsorem" Flor w celu uzyskania przez nią „stałego pobytu", tłumaczył dyskretnie Pepe. Słyszeli go tylko oni oboje.
Oczywiście Flor zaprzeczyła, jakoby miała kryminalną przeszłość. (To będzie wymagało dalszego nagięcia zasad).
– Nie popełniłam żadnego przestępstwa! – zaoponowała.
Policja jednak przyskrzyniła ją raz czy dwa.
Była notowana za pobicia w hotelu Somega, ale zaklinała się, że „tylko" pobiła Garzę – „stary alfons sam się o to prosił!" – innym razem zaś przyłała jego chłoptasiowi Césarowi. To nie były pobicia na przestępczą skalę, podkreślała. Co do wydarzeń w Houston, amerykański urzędnik stwierdził, że nic nie wypłynęło. (Kucyk z pocztówki, którą señor Eduardo na zawsze schował w sercu, również nie liczył się jako przestępstwo – nie w Teksasie).

A zanim przystąpiono do posypania, prochy wzbudziły zupełnie „nieduchowe" zainteresowanie.
— Co dokładnie zostało spalone, jeśli wolno spytać? — zainteresował się ojciec Alfonso.
— Mamy nadzieję, że nie żadna obca substancja — dorzucił ojciec Octavio.
— Ubrania Lupe, plecionka, którą nosiła na szyi, klucze plus kilka drobiazgów z Guerrero — wyliczył Juan Diego.
— Głównie cyrkowe rzeczy? — spytał ojciec Alfonso.
— No, paliliśmy w *basurero*... palenie jest wysypiskowe — odparł czujnie *el jefe*.
— Tak, tak, wiemy — wtrącił pospiesznie ojciec Octavio. — Ale zawartość prochów to głównie pamiątki cyrkowe, tak? — drążył.
— Głównie — wymamrotał Rivera; miał się na baczności, by nie wspomnieć o „szczeniaczkowym" miejscu Lupe, gdzie znalazła Moruska. Znajdowało się ono w pobliżu jego chałupy w Guerrero i znalazł tam martwego pieska na stosie rzeczy Lupe.
Przyszli Vargas z Alejandrą, na własną prośbę. Lekarz miał za sobą ciężki dzień: incydent z Dolores zwalił mu na głowę przeróżnych służbistów, co wytrąciło go z równowagi.
Ojciec Alfonso i ojciec Octavio wyznaczyli termin na porę sjesty, ale bezdomni — hipisi oraz pijacy szwendający się po *zócalo* — chodzili do kościołów na popołudniowe drzemki. Ostatnie ławki jezuickiej świątyni były tym samym chwilowo zajęte, toteż dwaj księża woleli się szybko uwinąć. Rozsypanie prochów, choćby tylko na stopy, stanowiło dość niecodzienną prośbę. Ojciec Alfonso i ojciec Octavio nie chcieli, by ludzie nabrali błędnego mniemania, że każdy może to zrobić.
„I uważajcie na Jezuska... nie nasypcie mu do oczu", poprosiła Lupe brata.
Juan Diego, ściskając kubek, w którym siostra lubiła niegdyś pić kakao, zbliżył się z szacunkiem do świętej zmory.
— Te prochy źle na ciebie wpłynęły... znaczy się ostatnio — zaczął ostrożnie; sam nie wiedział, jak zwracać się do kogoś

tej wielkości. – Nie próbuję cię nabrać. To nie ona, tylko jej ubrania i kilka drobiazgów. Liczę, że nie masz nic przeciwko temu – mówił do olbrzymki, posypując cokół, na którym stała, z wielkimi stopami w chmurach przetykanych aniołkami. (Sypiąc na stopy, musiał nasypać im do oczu, lecz Lupe nie wspomniała nic o uważaniu na aniołki).

Posypywał dalej; baczył, aby robić to z dala udręczonej twarzy konającego Jezusa – w kubku niewiele mu już zostało.

– Czy mogę coś powiedzieć? – zapytał nagle brat Pepe.
– Oczywiście, Pepe – odparł ojciec Alfonso.
– Mów, Pepe – ponaglił ojciec Octavio.

Lecz Pepe nie zwracał się do dwóch księży, tylko padł na kolana przed olbrzymką i przemówił do niej:

– Jeden z nas, kochany Edward – nasz drogi Eduardo – chciałby cię o coś prosić, Najświętsza Matko – oznajmił.

– Prawda, Eduardo? – mruknął do Amerykanina.

Edward Bonshaw okazał się odważniejszy, niż Flor przypuszczała.

– Wybacz, jeśli cię zawiodłem – powiedział do beznamiętnej zmory – ale złamałem moje śluby... jestem zakochany. W niej. – Wskazał na Flor. Zadrżał mu głos i schylił głowę do stóp Niepokalanej. – Przepraszam, jeśli sprawiłem zawód i wam – dorzucił, zerkając przez ramię na starych kapłanów. – Błagam, pozwólcie nam odejść... pomóżcie nam – zwrócił się do ojca Alfonso i ojca Octavio. – Chcę zabrać ze sobą Juana Diego, jestem mu szczerze oddany. Będę się nim opiekował najlepiej, jak potrafię, przysięgam – zapewnił.

– Kocham cię – powiedziała Flor do Amerykanina, który zaczął płakać; ramiona zatrzęsły mu się w hawajskiej koszuli, wśród drzew usianych kolorowymi papugami. – Robiłam różne rzeczy – powiedziała nagle do Bogurodzicy. – Nie napotkałam na swojej drodze wielu tak zwanych dobrych ludzi. Pomóżcie nam – zwróciła się do starych księży.

– Błagam o inną przyszłość! – krzyknął Juan Diego, najpierw do zmory, ale nie miał już czym posypać cokołu, więc przeniósł wzrok na ojca Alfonso i ojca Octavio. – Pozwólcie

mi z nimi jechać. Tutaj już spróbowałem: chciałbym spróbować w Iowa – powiedział.
– Wstydziłbyś się, Edwardzie... – zaczął ojciec Alfonso.
– Wy dwoje... do czego to podobne! Wy mielibyście wychowywać dziecko... – zachłysnął się ojciec Octavio.
– Nie jesteście nawet małżeństwem! – dodał ojciec Alfonso.
– Nie jesteś nawet kobietą! – krzyknął do Flor ojciec Octavio.
– Tylko małżeństwa mogą... – zaczął ojciec Alfonso.
– Ten chłopiec nie może... – wypalił ojciec Octavio, ale Vargas mu przerwał.
– A co go tutaj czeka? – zapytał dwóch starych księży. – Jakie ma widoki w Oaxaca po wyjściu z sierocińca? – dodał głośniej. – Właśnie widziałem gwiazdę cyrku La Maravilla! – krzyknął. – Jeśli Dolores nie dostała szansy, jakie szanse ma dziecko z wysypiska? Pojedzie z nimi, to je dostanie! – dodał, wskazując na Flor i Edwarda.
Nie było to dyskretne posypanie, o jakie chodziło księżom. Vargas obudził krzykami bezdomnych, którzy powstali z ostatnich ławek – wszyscy oprócz jednego hipisa, który zasnął pod ławką. Nogi wychodziły mu na główną nawę i wszyscy widzieli przetarte, osamotnione sandały na jego brudnych stopach.
– Nie prosiliśmy o konsultację, doktorze Vargas – zaznaczył ojciec Alfonso uszczypliwie.
– Apelujemy o ciszę... – dorzucił ojciec Octavio.
– Ciszę? – wrzasnął Vargas. – A gdybym to ja z Alejandrą chciał adoptować Juana Diego... – zaczął, ale ojciec Alfonso był szybszy.
– Nie jesteście małżeństwem – zauważył spokojnie.
– Te wasze zasady! Co mają wasze zasady do tego, jak ludzie naprawdę żyją? – zapytał Vargas.
– To nasz Kościół i nasze zasady, doktorze Vargas – przypomniał mu ojciec Alfonso.
– Jesteśmy Kościołem zasad... – zaczął ojciec Octavio. (Brat Pepe słyszał to po raz setny).

– My je ustanawiamy – przypomniał ten ostatni – ale czy ich nie naginamy... czy nie możemy ich nagiąć? Myślałem, że kroczymy drogą miłosierdzia.

– Bez przerwy robicie przysługi „władzom", a one są waszymi dłużnikami, prawda? – zapytał retorycznie Vargas. – Ten chłopiec nie dostanie lepszej szansy niż ci dwoje... – zaczął, lecz ojciec Octavio nagle postanowił wypędzić bezdomnych i był rozkojarzony. Tylko ojciec Alfonso słuchał Vargasa, dlatego Vargas przerwał. Uznał, że to wszystko nie ma sensu. Dwaj księża za nic nie dadzą się przekonać.

Juan Diego był tego samego zdania.

– Zrób coś – mówił do figury błagalnie. – Niby jesteś kimś, ale nic nie robisz! Jeśli nie możesz mi pomóc, w porządku, ale co tak stoisz? Zrób coś, jeśli możesz – dorzucił, ale głos go zawiódł. Stracił ducha i resztę wiary.

Odwrócił się od posągu, nie mógł na niego patrzeć. Flor też stała już tyłem, zresztą nigdy nie pokładała wielkiej wiary w Bogurodzicę. Nawet Edward Bonshaw odwrócił głowę, choć nadal trzymał rękę na cokole, tuż obok wielkich stóp.

Bezdomni niemrawo wylegli z kościoła i ojciec Octavio powrócił do głównej atrakcji. Ojciec Alfonso i brat Pepe wymienili spojrzenia, po czym uciekli nimi w bok. Vargas nie zwracał większej uwagi na posąg, nie tym razem – cały swój wysiłek skupił na kapłanach. Alejandra zaś tkwiła we własnym świecie, jakkolwiek go nazwać: świecie niezamężnej młodej kobiety związanej z lekarzem odludkiem. (Ten świat chyba nie ma nazwy).

Nikt nie prosił już o nic Panienki i tylko jeden z uczestników ceremonii, ten, który nie wypowiedział jeszcze ani jednego słowa, nie spuszczał z niej wzroku. Rivera obserwował ją z uwagą; od samego początku na nikogo innego nie patrzył.

– Spójrzcie na nią – powiedział nagle. – Nie widzicie? Musicie podejść bliżej, jej twarz jest zbyt daleko. Ma tak wysoko głowę... o tam. – Widzieli, co pokazuje, ale musieli się zbliżyć, aby zobaczyć jej oczy. Posąg był bardzo wysoki.

Pierwsze łzy zmory kapnęły na rękę Edwarda Bonshawa; leciały z takiej wysokości, że aż plusnęły.

– Nie widzicie? – powtórzył szef wysypiska. – Ona płacze. Czy widzicie jej oczy? Widzicie jej łzy?

Pepe stanął z zadartą głową; wpatrywał się w krzywy nos Niepokalanej, kiedy wielka łza chlapnęła mu między brwi. Kolejne łzy padały na wzniesione dłonie papugi. Flor odmówiła wyciągnięcia ręki, ale stała tak blisko señora Eduardo, że słyszała, jak na niego kapią, i widziała twarz Niepokalanej zalaną łzami. Vargasa i Alejandrę pchała ciekawość innego rodzaju. Alejandra z wahaniem wysunęła dłoń – powąchała łzę, która na nią plusnęła, po czym wytarła rękę o biodro. Vargas oczywiście musiał polizać i wytężał wzrok ponad głowę posągu, czy dach nie przecieka.

– Nie pada, doktorze – odezwał się Pepe.

– Tylko sprawdzam – zabrzmiała odpowiedź.

– Kiedy ktoś umiera, doktorze... mam na myśli ludzi, których pan na zawsze zapamięta, którzy zmienili pańskie życie... oni tak naprawdę nigdy nie odchodzą – oznajmił młodemu lekarzowi Pepe.

– Wiem, Pepe. Ja też mieszkam z duchami – zapewnił Vargas.

Dwaj starzy księża podeszli ostatni; samo posypanie było dla nich sporym odstępstwem od normy – kilka drobiazgów Lupe, w proch obróconych – ale to jeszcze nie koniec, ponieważ Maryja (nie tak znowu nieożywiona) zapłakała. Ojciec Alfonso dotknął łzy, którą pokazał mu chłopiec: lśniącej, krystalicznej kropli w zagłębieniu małej dłoni.

– Tak, widzę – rzekł najbardziej uroczystym tonem, na jaki było go stać.

– Chyba nie pękła rura... w suficie chyba nie ma rur, prawda? – zapytał, nie tak znowu niewinnie, Vargas.

– Zgadza się, nie ma – uciął ojciec Octavio.

– A zatem to cud, prawda? – spytał Edward Bonshaw, który też płakał. – *Un milagro*... tak to nazywacie?

– Nie, nie, tylko nie *milagro* – zaoponował ojciec Alfonso.

– O wiele za wcześnie, by mówić o cudzie, takie rzeczy wymagają czasu. Najpierw trzeba to zbadać – mówił ojciec Octavio, jakby do siebie lub ćwiczył sprawozdanie dla biskupa.

- Najpierw trzeba powiedzieć biskupowi... - podchwycił ojciec Alfonso, zanim ojciec Octavio wpadł mu w słowo.
- Tak, tak, naturalnie... ale biskup to dopiero początek. Obowiązuje procedura - zaznaczył. - To się może ciągnąć latami.
- W takich przypadkach przestrzegamy procedury... - zaczął ojciec Alfonso, ale urwał ze wzrokiem utkwionym w pusty kubek. Juan Diego nadal go ściskał. - Jeśli skończyłeś, Juanie Diego, chciałbym dostać ten kubek. Włączymy go do akt - oznajmił.

Minęło dwieście lat, zanim Kościół ogłosił, że Nasza Pani z Guadalupe to Maryja, pomyślał Juan Diego. (W roku tysiąc siedemset pięćdziesiątym czwartym papież Benedykt XIV ogłosił ją patronką Nowej Hiszpanii). Ale nie powiedział tego na głos. Zrobił to za niego papuga, w chwili kiedy Juan Diego podawał kubek ojcu Alfonso.

- Czy mówicie o dwustu latach? - zapytał Edward Bonshaw. - Wyjeżdżacie nam tu z Benedyktem XIV? Ogłosił, że wasza Guadalupe to Maryja, dwieście lat po fakcie. Czy taką procedurę ojciec ma na myśli? - zwrócił się do ojca Octavio. - Przestrzegacie procedury, która potrwa dwieście lat? - zapytał ojca Alfonso.

- Do tego czasu wszyscy umrzemy, prawda? - odezwał się Juan Diego. - I nie będzie świadków? (Zrozumiał, że Dolores nie żartowała: naprawdę „miał jaja do innych spraw").

- Myślałem, że wierzymy w cuda - powiedział brat Pepe do księży.

- Ale nie w ten cud, Pepe - wtrącił Vargas. - Chodzi o te wasze zasady? - zawrócił się do starych kapłanów. - Nie liczą się cuda, tylko zasady, tak?

- Wiem, co widziałem - oznajmił Rivera. - Wy nie zrobiliście nic... ona tak - dodał. Wskazywał na twarz świętej zmory, mokrą od łez. - Nie przychodzę tu dla was, tylko dla niej.

- Nie chodzi o wasze nadęte święte - burknęła Flor do ojca Alfonso. - Liczycie się tylko wy i wasze zasady... wasze zasady dla nas - dorzuciła pod adresem ojca Octavio. - Oni nam nie

pomogą – powiedziała do señora Eduardo. – Nie pomogą nam, bo ich zawiodłeś, a mnie potępiają.
— Olbrzymka chyba przestała płakać. Zdaje się, że to koniec łez – poinformował Vargas.
— Mogliście nam pomóc, gdybyście chcieli – szepnął chłopiec do księży.
— Czy ja ci nie mówiłam, że on ma jaja? – spytała Flor señora Eduardo.
— Tak, chyba łzy się skończyły – stwierdził ojciec Alfonso; w jego głosie zabrzmiała ulga.
— Nie widzę żadnych nowych łez – zawtórował mu z nadzieją ojciec Octavio.
— Tym trojgu – rzekł nagle brat Pepe, obejmując dwoje nieprawdopodobnych kochanków i kalekiego chłopca, jakby chciał ich ze sobą związać – moglibyście pomóc rozwiązać problemy. Ja wiem, co trzeba zrobić i jak. Możecie to załatwić – zapewnił. – *Quid pro quo*... dobrze to powiedziałem? – zwrócił się do Amerykanina, który – jak wiedział – szczycił się swoją łaciną.
— *Quid pro quo* – powtórzył papuga. – Coś za coś – powiedział do ojca Alfonso. – Umowa, innymi słowy – dodał, spoglądając na ojca Octavio.
— Wiemy, jak to rozumieć, Edwardzie – burknął z irytacją ten pierwszy.
— Ci troje pojadą do Iowa, z waszą pomocą – zakomunikował brat Pepe. – Chyba że macie... mamy, my, w sensie Kościół... w zanadrzu jakiś cud czy nie cud, żeby ich powstrzymać.
— Nikt nie mówi o powstrzymywaniu, Pepe – zganił go ojciec Alfonso.
— Po prostu byłoby przedwcześnie mówić o cudzie. Poczekamy, zobaczymy – dodał z wyrzutem ojciec Octavio.
— Pomóżcie nam wyjechać do Iowa – poprosił chłopiec – a poczekamy przez następne dwieście lat i zobaczymy.
— To dobry układ, dla wszystkich – wtrącił Amerykanin. – Gwoli ścisłości – zwrócił się do chłopca – Guadalupe czekała dwieście dwadzieścia trzy lata na oficjalne zatwierdzenie.

– Nieważne, ile poczekamy, zanim nam powiedzą, że *milagro* to *milagro*... nieważne nawet, czym jest ten *milagro*.
– Zmora przestała płakać, *el jefe* wychodził. – Nie musimy „zatwierdzać" cudu, bo widzieliśmy go na własne oczy – przypomniał. – Oczywiście, że ojciec Alfonso i ojciec Octavio wam pomogą. Nie trzeba być telepatą, żeby to wiedzieć, nie? – zwrócił się do chłopca. – Lupe wiedziała, że bez tych dwojga się nie obejdzie, prawda? – Wskazał na Flor i Edwarda. – I chyba wiedziała, że ci dwaj też się przydadzą? – Wycelował palcem w kapłanów.

Przystanął przy wodzie święconej i chwilę się zastanowił, ale jej nie dotknął – chyba wystarczyły mu łzy.

– Tylko przyjdź pożegnać się przed wyjazdem – rzucił do chłopca. Chyba nie miał już ochoty na rozmowę z nikim innym.

– Wpadnij do mnie za dzień lub dwa, *el jefe* – wyjmę ci szwy! – krzyknął za nim Vargas.

Juan Diego nie miał wątpliwości, że Rivera ma rację; wiedział, że dwaj księża ustąpią, i wiedział, że Lupe to przewidziała. Ich miny utwierdziły go w przekonaniu, że też wiedzieli, że się zgodzą.

– Jak to szło po łacinie? – spytała Flor.

– *Quid pro quo* – odpowiedział ściszonym tonem; nie chciał do tego wracać.

Teraz Pepe się rozpłakał – jego łzy oczywiście nie były cudem, lecz Pepe rzadko płakał, a teraz nie mógł się powstrzymać. Łzy leciały jak groch.

– Będę za tobą tęsknił, kochany czytelniku – powiedział do Juana Diego. – Chyba już za tobą tęsknię! – krzyknął.

Juana Diego nie zbudziły koty, tylko Dorothy. Była niezrównana w pozycji na jeźdźca; widok biustu rozkołysanego tuż nad jego twarzą oraz biodra, które sunęły tam i z powrotem, zaparły mu dech.

– Ja też będę za tobą tęsknił! – zawołał, kiedy jeszcze spał i śnił. I ani się obejrzał, jak doszedł – nie pamiętał, żeby zakładała mu prezerwatywę – i Dorothy też doszła. *Un terremoto*, trzęsienie ziemi, pomyślał.

Jeżeli na krytym strzechą dachu prysznica na zewnątrz ostały się jakieś koty, krzyk Dorothy je z pewnością wypłoszył; uciszył też na chwilę koguty. Psy jazgotały dalej.

W pokojach nie było telefonów, w przeciwnym razie jakiś „łupek" na pewno zadzwoniłby ze skargą. Co do duchów młodych Amerykanów, którzy zginęli w Wietnamie i urlopowali na wieki w El Escondrijo, wybuchowe wrzaski Dorothy musiały sprawić, że ich zastygłe serca zabiły raz lub dwa.

Juan Diego pokuśtykał do łazienki i dopiero wtedy zobaczył otwarte opakowanie viagry: rozsypane tabletki leżały obok jego komórki, podłączonej do kontaktu. Juan Diego nie pamiętał, żeby ją łykał, ale musiał wziąć całą tabletkę, nie połówkę – bez względu na to, czy wziął ją sam w półśnie, czy Dorothy podała mu sto miligramów, gdy spał jak zabity i śnił o posypywaniu. (A czy to ważne, w jaki sposób ją zażył? Grunt, że na pewno zażył).

Trudno powiedzieć, co go bardziej zdziwiło. Czy był to sam młody duch, czy może jego hawajska koszula? Przedziwne było, że amerykańska ofiara dawnej wojny stała przed lustrem nad umywalką i wcale się w nim nie odbijała. (Niektóre duchy pojawiają się w lustrach – ten do nich nie należał. Niełatwo usystematyzować duchy). Widok Juana Diego w tymże samym lustrze sprawił, że duch natychmiast zniknął.

Duch, który nie miał odbicia, przypomniał Juanowi Diego o dziwnym śnie o zdjęciu, które młody Chińczyk zrobił na stacji Koulun. Dlaczego nie było na nim Miriam i Dorothy? Jak to Consuelo nazwała tę pierwszą? „Pani, która się pojawia" – czy nie tak powiedziała dziewczynka z warkoczykami?

Ale jak Miriam i Dorothy zniknęły ze zdjęcia? A może po prostu się na nim nie załapały?

Ta myśl, ta analogia – nie sam duch ani jego hawajska koszula – wystraszyła Juana Diego najbardziej. Kiedy Dorothy zastała go w łazience stojącego jak słup soli, od razu się domyśliła, że zobaczył ducha.

– Widziałeś jednego, prawda? – zapytała; przelotnie cmoknęła go w kark i przeszła nago za jego plecami w stronę prysznica.

– Jednego, tak – odpowiedział. Nie odrywał wzroku od lustra. Poczuł, jak Dorothy go pocałowała, jak się o niego otarła. Ale nie pojawiła się w lustrze – podobnie jak duch w hawajskiej koszuli nie miała odbicia. I w przeciwieństwie do ducha wcale się w tym lustrze nie szukała; przemknęła tak szybko, że Juan Diego nie zauważył, że jest naga – dopóki nie ujrzał jej pod prysznicem.

Chwilę obserwował, jak myje włosy. Uważał ją za bardzo atrakcyjną młodą kobietę, a jeśli była duchem – bądź w jakimś sensie nie z tego świata – łatwiej mógł wytłumaczyć sobie, że z nim jest, jakby ów fakt był w samej swej naturze złudny i nierealny.

„Kim ty jesteś?", zapytał w El Nido, ale spała lub udawała, że śpi – a może tylko mu się zdawało, że zapytał.

Obecnie darował sobie pytania. Prawdę mówiąc, odetchnął, że Miriam i Dorothy mogą być duchami. Świat wyimaginowany sprawiał mu więcej satysfakcji i o wiele mniej bólu niż jawa.

– Chcesz się ze mną wykąpać? – zapytała. – Chodź, będzie fajnie. Tylko koty i psy nas widzą albo duchy, ale co je to obchodzi.

– Tak, będzie fajnie – powiedział. Nadal wpatrywał się w lustro, gdy wypełzł zza niego mały gekon i odwzajemnił jego spojrzenie paciorkami oczu. Nie ulegało wątpliwości, że jaszczurka go zobaczyła, ale na wszelki wypadek wzruszył ramionami i przekrzywił głowę z boku na bok. Gekon umknął z powrotem za lustro, skrył się w ułamku sekundy. – Już idę! – zawołał Juan Diego do Dorothy; prysznic na zewnątrz (o Dorothy nie wspominając) wyglądał nader obiecująco. A gekon widział go na sto procent – Juan Diego wiedział, że jeszcze żyje, a przynajmniej jest widoczny. Nie był duchem – jeszcze. – Idę! – powtórzył.

– Obiecanki cacanki – odkrzyknęła Dorothy spod prysznica.

Lubiła namydlać jego członek i ocierała się o niego pod wodą. Juan Diego zachodził w głowę, dlaczego nigdy nie poznał takiej dziewczyny, ale nawet w młodości był dosyć sztywny, a jego powaga musiała odstraszać rozrywkowe rówieśniczki. Może właśnie dlatego wymyślił sobie kogoś takiego?

– Duchami się nie przejmuj. Uznałam tylko, że powinieneś je widzieć – mówiła do niego pod prysznicem. – One niczego od ciebie nie chcą, są smutne i nic na to nie poradzisz. Jesteś Amerykaninem. To, przez co przeszły, jest częścią ciebie albo ty jesteś tego częścią... coś w tym rodzaju. – Usta jej się nie zamykały.

Ale jaka ich część stanowiła część jego? Ludzie – a nawet duchy, jeśli Dorothy była duchem – zawsze chcieli zrobić go „częścią" czegoś!

Śmieciarz zostaje śmieciarzem; *los pepenadores* będą obcy, gdziekolwiek pojadą. Czego częścią był Juan Diego? Nosił w sobie uniwersalną obcość; taki już był, nie tylko jako pisarz. Fikcyjne miał nawet nazwisko – nie „Rivera", tylko „Guerrero". Amerykański urzędnik sprzeciwił się temu, aby nosił nazwisko *el jefe*. Nieważne, że Rivera „raczej" nie był jego ojcem. Rivera żył, toteż nie wypadało, by adoptowany chłopiec nosił jego nazwisko.

Pepe musiał wytłumaczyć tę niezręczność szefowi wysypiska; Juan Diego nie umiałby mu wyjaśnić, że „adoptowany chłopiec" potrzebuje nowego nazwiska.

– A może Guerrero? – podsunął Rivera, patrząc tylko na Pepe, nie Juana Diego.

– Może być Guerrero, *el jefe*? – spytał chłopiec.

– Pewnie – odpowiedział Rivera, nadal skrzętnie unikając jego wzroku. – Nawet dziecko z wysypiska wie, skąd się wzięło – dodał.

– Ja nie zapomnę, skąd się wziąłem, *el jefe* – zapewnił Juan Diego. I tak jego nazwisko stało się czymś „zmyślonym".

Dziewięcioro ludzi widziało cud w kościele Towarzystwa Jezusowego – łzy spływające z oczu posągu. Wprawdzie był to posąg Niepokalanej, ale cudu nigdy nie ogłoszono, a sześcioro ze świadków już umarło. Sam cud umrze wraz ze śmiercią ostatnich trzech – Vargasa, Alejandry i Juana Diego, czyż nie? Gdyby żyła Lupe, powiedziałaby bratu, że płaczący posąg nie jest głównym cudem w jego życiu. „My jesteśmy cudem", tak powiedziała. I czy nie była nim sama Lupe? Czego ona nie wiedziała, czego nie zaryzykowała – jak zabiegała o inną przyszłość dla niego! Był częścią tych tajemnic. Na ich tle bladły inne doświadczenia.

Dorothy bez przerwy nadawała.

– À propos duchów – przerwał jej możliwie zdawkowo. – Chyba można je odróżnić od innych gości?

– Znikają, kiedy na nie spojrzysz, to chyba wystarczy – odrzekła.

Przy śniadaniu odkryli, że pensjonat jest niezbyt zatłoczony. Goście, którzy zasiedli przy stolikach na zewnątrz, nie znikali, gdy się na nich spojrzało, lecz zrobili na nim wrażenie trochę starych i zmęczonych. Rzecz jasna, rano się przeglądał – nieco dłużej, niż miał w zwyczaju – i powiedziałby o sobie to samo.

Po śniadaniu Dorothy chciała mu pokazać kościółek albo świątynię będącą częścią pensjonatu; twierdziła, że chyba zbudowano ją w hiszpańskim stylu, jaki pamiętał z Oaxaca. (Ach, ci Hiszpanie – wszędzie ich pełno, pomyślał).

Wnętrze kościoła okazało się bardzo skromne, bez żadnych udziwnień i zdobień. Ołtarz przypominał kawiarniany stolik na dwie osoby. Był również Chrystus na krzyżu – niezbyt umęczony – i Matka Boska naturalnych rozmiarów. Oboje wyglądali tak, jakby niemal ze sobą gawędzili. Lecz to nie oni najbardziej rzucali się w oczy, nie oni natychmiast zwrócili uwagę Juana Diego.

Jego wzrok padł na dwa młode duchy w pierwszej ławce. Mężczyźni trzymali się za ręce, jeden oparł drugiemu głowę na ramieniu. Nie wyglądali na zwykłych towarzyszy broni, choć obaj mieli na sobie mundury polowe. Nie zdziwiło go, że są (lub byli) kochankami. Nie zauważyli nadejścia Juana Diego i Dorothy; nie tylko nie zniknęli, ale wciąż wpatrywali się błagalnie w Maryję i Jezusa – jakby sądzili, że w kościele są sami i nikt na nich nie patrzy.

Juana Diego zdziwiły ich miny: jak to możliwe, że duchy nadal szukają wsparcia? Jak to możliwe, że nie znają odpowiedzi?

Lecz te dwa duchy wyglądały na tak zagubione, jak dwoje pierwszych z brzegu stroskanych kochanków zapatrzonych bezradnie w święte posągi. Ci dwoje, zrozumiał, niczego nie wiedzieli. Nie byli lepiej poinformowani niż żywi i wciąż szukali odpowiedzi.

– Koniec z duchami... dosyć się ich naoglądaliśmy – powiedziała Dorothy i dwaj młodzi mężczyźni zniknęli.

Juan Diego i Dorothy spędzili w „Kryjówce" jeszcze cały dzień i noc – piątek. Opuścili Vigan w sobotę kolejnym nocnym samolotem z Laoagu do Manili. I jeszcze raz – nie licząc okazjonalnego statku – przelecieli nad ciemnością bez świateł, jaką była Zatoka Manilska.

31

ADRENALINA

Kolejny nocny przyjazd do kolejnego hotelu, pomyślał Juan Diego, ale widział już lobby hotelu Ascott w Makati City, gdzie zgodnie z poleceniem Miriam miał zatrzymać się w czasie kolejnego pobytu. Niesamowite: meldował się z Dorothy tam, gdzie swego czasu wyobrażał sobie spektakularne wejście Miriam.

Dobrze pamiętał: od wind do recepcji prowadziła długa droga.

– Jestem trochę zdziwiona, że nie ma jeszcze... – zaczęła Dorothy; rozglądała się po recepcji, gdy Miriam nagle się pojawiła. Juan Diego wcale się nie zdziwił, że ochroniarze pożerali ją wzrokiem przez całą drogę od wind. – Cóż za niespodzianka, mamo – rzuciła lakonicznie Dorothy, ale Miriam ją zignorowała.

– Biedaczek! – zawołała do Juana Diego. – Pewnie dosyć się naoglądałeś duchów Dorothy... nie każdy ma do tego zdrowie.

– Chcesz powiedzieć, że teraz twoja kolej? – spytała Dorothy.

– Nie bądź wulgarna, Dorothy. Nigdy nie chodzi o seks tak bardzo, jak myślisz – oznajmiła jej matka.

– Chyba żartujesz – burknęła Dorothy.
– Już czas... jesteśmy w Manili – przypomniała Miriam.
– Wiem, że czas... i wiem, że w Manili.
– Dosyć tego seksu, Dorothy – powtórzyła Miriam.
– A co, ludzie przestali go uprawiać? – spytała Dorothy, lecz Miriam ponownie ją zignorowała.
– Wyglądasz na zmęczonego, kochanie. Trochę mnie to martwi, Juanie Diego – powiedziała.

Patrzył, jak Dorothy wychodzi z recepcji. Miała nieodparcie szorstki powab; ochroniarze obserwowali, jak do nich podchodzi, ale nie patrzyli na nią tak jak na Miriam.

– Jezu, Dorothy – mruknęła Miriam, widząc, że córka odchodzi obrażona. Usłyszał ją tylko Juan Diego. – Wiesz co, Dorothy! – krzyknęła za nią Miriam, ale Dorothy chyba nie usłyszała, winda już się zamykała.

Na prośbę Miriam przeniesiono go do apartamentu z kuchnią. Juan Diego nie wiedział po co.

– Po tej płaskiej dziurze El Escondrijo przydadzą ci się lepsze widoki – oznajmiła Miriam.

Bez względu na rzekomą jakość widok z hotelu Ascott w Makati City – manilskiej Wall Street, biznesowym i finansowym centrum Filipin – w niczym nie odbiegał od widoku z innych drapaczy chmur nocą: okna licznych hoteli i apartamentowców jaśniały na tle przygaszonych lub ciemnych okien biur. Nie chciał wyjść na niewdzięcznika, ujrzał jednak (wyzbytą tożsamości narodowej) uniwersalną jednostajność miejskiego krajobrazu.

Miejsce, do którego zabrała go na kolację – bardzo blisko hotelu, w centrum Ayala – zdawało się gwarne, a przy tym bardzo wyszukane (było to centrum handlowe przeniesione na lotnisko międzynarodowe, albo na odwrót). Jednak być może sprawiła to anonimowość lokalu albo bezosobowa, tymczasowa atmosfera hotelu, że opowiedział Miriam taką osobistą historię: to, co spotkało dobrego gringo – nie tylko o spaleniu w *basurero*, ale o *Ulicach Laredo*, którą wyrecytował jednostajnym tonem. (W przeciwieństwie do dobrego gringo nie miał głosu). Nie zapominajmy, że spędził dużo czasu z Dorothy. Widocznie uznał, że Miriam jest lepszą słuchaczką.

„Nie płakalibyście, gdybyście wciąż pamiętali, że waszą siostrę zabił lew?", zapytała dzieci w Encantadorze. A potem Pedro zasnął z głową wtuloną w jej pierś, jak zaczarowany.

Juan Diego stwierdził, że powinien mówić do niej non stop; jeśli nie dopuści Miriam do głosu, może ona nigdy go nie zaczaruje.

Gadał i gadał o *el gringo bueno*, nie tylko o jego przyjaźni z dziećmi, ale i wstydliwej kwestii tego, że nie zna jego nazwiska. Głównym celem jego wizyty na Filipinach był amerykański cmentarz poległych, obawiał się jednak, że nie znajdzie grobu ojca hipisa – nie wśród jedenastu sektorów, jeśli nie znał nazwiska.

– Ale obietnica to obietnica – skwitował w restauracji w centrum Ayala. – Obiecałem dobremu gringo, że oddam cześć jego ojcu. Spodziewam się, że cmentarz jest przytłaczający, ale muszę tam jechać. Muszę go przynajmniej zobaczyć.

– Byle nie jutro, kochanie, jutro jest niedziela, i to nie byle jaka – odrzekła Miriam. (Od razu widać, jak storpedowała jego plany ciągłego mówienia. Miriam i Dorothy tak miały: wiedziały o tylu rzeczach, których on nie wiedział).

Następnego dnia, w niedzielę, miała odbyć się procesja znana jako Święto Czarnego Nazarejczyka.

– To coś pochodzi z Meksyku... przypłynęło na hiszpańskim galeonie z Acapulco do Manili. Zdaje się, że na początku siedemnastego wieku. Chyba przywieźli to augustianie – dodała.

– Czarny Nazarejczyk? – upewnił się Juan Diego.

– Nie czarny w sensie Murzyn – wyjaśniła. – To drewniany posąg Jezusa naturalnej wielkości, Jezusa niosącego krzyż. Możliwe, że został wyrzeźbiony z ciemnego drewna, ale nie miał być czarny: na statku wybuchł pożar.

– Chcesz powiedzieć, że został osmalony? – spytał Juan Diego.

– Płonął co najmniej trzy razy. Przyjechał osmalony, ale potem były jeszcze dwa pożary. Kościół Quiapo spłonął dwukrotnie, w osiemnastym wieku i w latach dwudziestych dwudziestego – opowiadała Miriam. – Do tego dochodzą dwa trzęsienia ziemi w Manili, jedno w siedemnastym wieku, drugie w dziewiętnastym. Kościół przywiązuje ogromną wagę do tego, że Czarny Nazarejczyk „przetrwał" trzy pożary i dwa trzęsienia ziemi oraz wyzwolenie Manili w tysiąc dziewięćset czterdziestym piątym roku, jedno z najgorszych bombardowań w tej części świata podczas drugiej wojny światowej, tak à propos. Ale cóż w tym wielkiego, że drewniana figura „przetrwała": przecież nie można jej zabić, prawda? Po prostu kilkakrotnie się przypaliła i zrobiła jeszcze bardziej czarna! – skwitowała Miriam. – I chyba raz do niej strzelano, dostała w policzek. Zdaje się, że niedawno... w latach dziewięćdziesiątych – dodała. – Jakby nie dość wycierpiał w drodze na Golgotę, to jeszcze „przetrwał" sześć katastrof, również naturalnych. Wierz mi – powiedziała nagle – nie chcesz wychodzić jutro z pokoju. Kiedy wyznawcy Czarnego Nazarejczyka urządzają sobie procesję, w Manili panuje piekło.

– Tysiące uczestników? – zapytał domyślnie.

– Gdzie tam, miliony – odrzekła. – Na dodatek masa z nich wierzy, że dotknięcie Czarnego Nazarejczyka uleczy ich z wszelkich chorób. Wielu ludzi odnosi obrażenia. Jest też grupa, która ochrzciła się mianem Hijos del Señor Nazareno – „Synów Pana Nazarejczyka" – która w swoim poświęceniu „utożsamia się" z męką Jezusa. Pewnie idioci chcą cierpieć tak samo – skwitowała; to, jak wzruszyła ramionami, przyprawiło Juana Diego o ciarki. – Któż może wiedzieć, o co chodzi takim prawdziwym wyznawcom.

– W takim razie może pojadę w poniedziałek – zaproponował.

– W poniedziałek w Manili zapanuje bajzel: cały dzień będą sprzątać po procesji i opatrywać rannych – uprzedziła. – Jedź we wtorek, najlepiej po południu. Najwięksi fanatycy robią wszystko z samego rana, jeśli mają taką możliwość... Nie jedź rano.

– Dobrze – ustąpił. Już samo słuchanie Miriam sprawiało, że czuł się wykończony, jakby szedł w procesji na cześć Czarnego Nazarejczyka, doznając nieuniknionych obrażeń i odwodnienia. Ale mimo zmęczenia powątpiewał w jej słowa. Zawsze mówiła władczym tonem, ale tym razem było w nim dużo przesady, wręcz fałszu. Przecież Manila to wielkie miasto. To możliwe, że procesja w Quiapo sparaliżuje okolice Makati?

Wypił za dużo san miguela i chyba zjadł coś; nie czuł się najlepiej, zapewne z różnych powodów. Podejrzewał kaczkę po pekińsku. (Czemu zawijają kaczkę w sajgonki?). Nie wiedział też, że *lechon kawali* to wieprzowina smażona w głębokim tłuszczu, dopóki Miriam mu nie powiedziała; nie spodziewał się też kiełbasy z majonezem. Później dowiedział się od Miriam, że majonez doprawiono przyprawą z fermentowanej ryby, od której Juan Diego miał niestrawność lub zgagę.

Bardzo możliwe, że wcale mu nie zaszkodziło filipińskie jedzenie (ani nadmiar piwa San Miguel). Po prostu zdenerwował się znajomą wizją fanatycznych wyznawców Czarnego Nazarejczyka. Oczywiście, że spalony Jezus z osmalonym krzyżem musiał pochodzić z Meksyku, rozmyślał, kiedy jeździli ruchomymi schodami po centrum Ayala, a potem wysoko, wysoko windą w hotelu.

Raz jeszcze prawie nie zauważył, że w obecności Miriam lub Dorothy właściwie nie kuleje. Do tego Clark French bombardował go wiadomościami. Biedna Leslie napastowała Clarka, próbując mu uświadomić, że jego były wykładowca znajduje się „w szponach literackiej dewiantki".

Juan Diego nie wiedział o istnieniu takowych; wątpił, czy Leslie (świeżo upieczona adeptka literatury) miała z nimi do czynienia, ale powiedziała Clarkowi, że Juan Diego został uwiedziony przez „fankę, która żeruje na pisarzach". (Clark z uporem nazywał Dorothy „D."). Dodała też, że Dorothy jest „kobietą o przypuszczalnie satanicznych pobudkach". Określenie „sataniczny" niezmiernie wprawiało Clarka w stan najwyższego podniecenia.

Juan Diego miał wyłączony telefon, dlatego Clark tak go bombardował. Wyłączył komórkę przed wylotem z Laoagu i przypomniał sobie o niej dopiero po wyjściu z restauracji. Do tego czasu Clark zdążył się nieźle nakręcić.

„Nic ci nie jest?", tak rozpoczynała się jego ostatnia wiadomość. „A co, jeśli D. jest satanistką? Widziałem Miriam: ona na pewno!".

Juan Diego zauważył też wiadomość od Bienvenido, który wiedział o zmianie hotelu. Wprawdzie nie zaprzeczył ostrzeżeniom Miriam co do niedzieli, ale nie był tak kategoryczny.

„Jutro lepiej się nie wychylać, będą tłumy na procesji Czarnego Nazarejczyka – grunt to trzymać się z dala od trasy", napisał. „W poniedziałek zawiozę cię na spotkanie autorskie z panem Frenchem i na kolację".

„Jakie spotkanie autorskie, Clark – jaka kolacja?", napisał niezwłocznie Juan Diego do Clarka Frencha, na razie nie nawiązując do satanistycznych podniet byłego ucznia.

Clark zadzwonił, żeby to wyjaśnić. W Makati City, nieopodal hotelu Juana Diego, znajduje się niewielki teatr – „mały, ale przyjemny", zdaniem Clarka. W poniedziałkowe wieczory, kiedy nie odbywają się przedstawienia, organizowano tam spotkania z pisarzami. Miejscowa księgarnia dostarcza książki do podpisywania, a Clark często jest prowadzącym. A potem jest kolacja z organizatorami – „tylko garstka osób", zapewnił, „ale dzięki temu masz okazję spotkać się ze swoimi filipińskimi czytelnikami".

Clark French był jedynym znanym Juanowi Diego pisarzem, który gadał jak rzecznik prasowy. I – jak na rzecznika przystało – dopiero na końcu wspominał o dziennikarzach. Przyjdzie jeden czy dwóch, na spotkanie i na kolację, lecz obiecał go ostrzec, na których uważać. (Clark powinien siedzieć w domu i pisać, pomyślał Juan Diego).

– I będą tam twoje znajome – powiedział.

– Jakie znajome, Clark? – zapytał Juan Diego.

– Miriam z córką. Widziałem listę gości z kolacji, napisano tylko „Miriam z córką, znajome pisarza". Wolałem cię uprzedzić – dodał Clark.

Juan Diego rozejrzał się chyłkiem po pokoju. Miriam była w łazience; dochodziła północ – pewnie szykowała się do snu. Pokuśtykał w okolice kuchni i zniżył głos.

– D. to Dorothy, Clark. Dorothy to „córka". Spałem z nią, zanim przespałem się z Miriam – przypomniał dawnemu uczniowi. – Spałem z Dorothy, zanim poznała Leslie, Clark.

– Przecież sam mówiłeś, że słabo je znasz – zaznaczył Clark.

– Podkreślałem, że są dla mnie zagadką, ale twoja koleżanka Leslie ma własne problemy. Ona jest zazdrosna, Clark.

– Nie przeczę, że biedna Leslie ma swoje problemy... – zaczął Clark.

– Jeden z jej synów został stratowany przez bawołu... a potem poparzony przez różowe meduzy pływające pionowo – wyszeptał Juan Diego do słuchawki. – A drugiego poparzył plankton przypominający kondomy dla trzylatków.

– Parzące kondomy... tylko mi nie przypominaj! – krzyknął Clark.

– Nie kondomy. On tylko tak wyglądał, Clark.

– Dlaczego szepczesz? – zdziwił się Clark.

– Bo jestem z Miriam – wyszeptał Juan Diego; kuśtykał po kuchni, zerkając nerwowo na zamknięte drzwi łazienki.

– Nie będę cię dłużej zatrzymywał – odszepnął Clark. – Pomyślałem sobie, że we wtorek mógłbyś jechać na cmentarz...

– Tak, po południu – przerwał mu Juan Diego.

– Umówiłem Bienvenido też na rano – poinformował Clark. – Pomyślałem, że chciałbyś zobaczyć tutejsze sanktuarium Naszej Pani z Guadalupe. To tylko kilka budynków, stary kościół i klasztor. Nic na miarę waszego w mieście Meksyk. Kościół i klasztor znajdują się w slumsach, Guadalupe Viejo, położonych na wzgórzu ponad rzeką Pasig – uzupełnił Clark.

– Guadalupe Viejo... slumsy – wykrztusił Juan Diego.

– Masz zmęczony głos. Później pogadamy – stwierdził Clark.

– Guadalupe, *sí*... – zaczął Juan Diego. Drzwi łazienki były otwarte; zobaczył Miriam w sypialni – miała na sobie tylko ręcznik i zaciągała zasłony.

– Czyli zgadzasz się na Guadalupe Viejo? Chcesz tam pojechać? – upewnił się Clark French.
– Tak, Clark – potwierdził Juan Diego.
Nazwa Guadalupe Viejo nie pasowała mu do slumsów – w uszach dziecka wysypiska brzmiała wręcz swojsko. Nagle odniósł wrażenie, że samo istnienie sanktuarium Naszej Pani z Guadalupe stanowiło ważniejszy powód jego przyjazdu aniżeli sentymentalne przyrzeczenie złożone dobremu gringo. Wyglądało, że prędzej „zląduje" tam niż na cmentarzu poległych, mówiąc językiem Dorothy. A jeśli faktycznie los go naznaczył, czy Guadalupe Viejo nie wyglądało na miejsce na miarę jego potrzeb?
– Ty drżysz, kochanie... masz dreszcze? – spytała Miriam, kiedy wszedł do pokoju.
– Nie, rozmawiałem tylko z Clarkiem Frenchem – wyjaśnił. – Zorganizował jakieś spotkanie autorskie, wspólny wywiad. Słyszałem, że ty i Dorothy będziecie.
– Tak rzadko mamy okazję być na spotkaniach autorskich – odpowiedziała z uśmiechem. Rozłożyła po swojej stronie łóżka na wykładzinie ręcznik pod stopy. Wślizgnęła się pod kołdrę. – Wyłożyłam twoje tabletki – dodała rzeczowym tonem. – Nie byłam pewna, co dzisiaj bierzesz.
Juan Diego wiedział, że igra z ogniem: raz łaknął przypływu adrenaliny, innym razem dawał za wygraną i czuł się skurczony. Miał świadomość, że pomijanie dawki beta-blokerów – zwłaszcza w celu odblokowania receptorów adrenaliny w ciele i jej uwolnienia – to niebezpieczna zabawa. Ale nie był pewien, od kiedy zaczął stale brać tabletki na przemian, jak wynikało z wypowiedzi Miriam.
Uderzyło go łudzące podobieństwo między nimi dwiema: nie miało nic wspólnego z ich wyglądem ani seksualnością. Łączyło je bezbłędne nim manipulowanie – nie wspominając o tym, że ilekroć był z jedną, o drugiej natychmiast zapominał. (Lecz zapominał o nich obu i za obiema szalał!).
Istniało pewne określenie na to, jak się zachowywał, doszedł do wniosku – nie tylko wobec tych dwu kobiet, ale

wobec leków. Otóż zachowywał się dziecinnie – trochę tak, jak traktowali z Lupe święte panienki: najpierw woleli Guadalupe od świętej zmory, dopóki Guadalupe nie sprawiła im zawodu. Potem Bogurodzica się wykazała, zwracając ich uwagę, nie tyle nosem za nos, ile łzami.

Ascott to nie El Escondrijo – żadnych duchów, nie licząc Miriam, i nieograniczona liczba gniazdek, do których mógł podłączyć swoją komórkę. Wybrał jednak okolice umywalki, bo tam miał spokój. I nadzieję, że – bez względu na to, czy jest duchem – Miriam zaśnie, zanim on wyjdzie z łazienki.

„Dosyć tego seksu, Dorothy", powiedziała Mirian, nie po raz pierwszy, i dodała jeszcze: „Nigdy nie chodzi o seks tak bardzo, jak myślisz".

Jutro przypada niedziela. W środę wraca do domu. Pomyślał sobie, że nie tylko ma dosyć seksu, ale dosyć tych tajemniczych kobiet, kimkolwiek są. Użył przecinacza do tabletek i przekroił na pół podłużny lopressor: wziął przepisową dawkę leku plus kolejną połówkę.

Bienvenido radził, by w niedzielę lepiej się nie wychylać, więc Juan Diego zastosował się do jego rady – będzie przytłumiony większość niedzieli. Nie tylko chciał celowo przeczekać religijny obłęd procesji: miał nadzieję, że Miriam i Dorothy po prostu znikną. Pragnął czuć się skurczony jak zwykle.

Usiłował wrócić do normalności, nie wspominając o tym, że poniewczasie stosował się do zaleceń lekarki. (Często wracał do niej myślami, nie tylko w kontekście tego, że była jego lekarzem).

„Kochana doktor Rosemary", zaczął pisać do niej wiadomość, ponownie siedząc na sedesie ze swą nieodgadnioną komórką. Chciał powiedzieć Rosemary, że trochę zaszalał z lekami, chciał wyjaśnić jej niezwykłe okoliczności i opisać dwie interesujące (a przynajmniej zainteresowane nim) kobiety. Pragnął jednocześnie zapewnić, że nie jest samotny ani żałosny, i obiecać, że przestanie majstrować przy dawkach leków. Chciał, ale po prostu nie mógł: samo „kochana doktor Rosemary" zabrało mu wieki – ta głupia komórka była obrazą dla pisarza! Nigdy nie pamiętał, który durny przycisk nadusić, aby zacząć wielką literą.

Wówczas wpadł na prostsze rozwiązanie: mógłby wysłać Rosemary zdjęcie ze stacji Koulun, dzięki czemu wiadomość byłaby krótsza i zabawniejsza. „Poznałem te dwie kobiety i zachachmęciłem z lekami. Nie lękaj się! Już jestem grzeczny. Pozdrawiam...".

Byłaby to najbardziej zwięzła forma przyznania się do winy, prawda? I nie użalałby się nad sobą wcale a wcale – ani nie nawiązałby do poczucia straconej szansy, związanego z wieczorem na Dubuque Street, kiedy Rosemary ujęła jego twarz ze słowami: „Poprosiłabym, żebyś się ze mną ożenił".

Biedny Pete siedział za kierownicą, a biedna Rosemary usiłowała wybrnąć: „Mówię tylko, że może bym cię poprosiła". Wiedział, że płacze, nie musiał nawet na nią patrzeć.

No cóż – grunt to się nad tym nie zastanawiać, tak będzie najlepiej dla nich obojga. Tylko jak miał jej wysłać zdjęcie? Znowu nie mógł go znaleźć, nie wspominając o tym, że nie umiałby go dołączyć do wiadomości. Nie wiedział nawet, jak skasować to, co już wystukał. Rozzłoszczony skasował po jednej literce.

Clark French potrafiłby znaleźć fotkę zrobioną przez młodego Chińczyka; pokazałby Juanowi Diego, jak wysłać ją razem z wiadomością. Clark French poradziłby sobie ze wszystkim prócz biednej Leslie, pomyślał Juan Diego, kuśtykając do łóżka.

Nic nie szczekało ani nie piało, a jednak – podobnie jak w sylwestrowy wieczór w Encantadorze – nie słyszał oddechu Miriam.

Spała na lewym boku, odwrócona do niego plecami. Pomyślał, że może zrobić to samo i objąć ją ramieniem; chciał położyć rękę na jej sercu, nie piersi. Sprawdzić, czy wyczuje tętno.

Doktor Rosemary Stein powiedziałaby mu, że łatwiej wyczuć tętno w innych miejscach. Obmacał Miriam – po całej piersi! – ale tętna nie wyczuł.

Gmerając ręką, niechcący dotknął stopami jej stóp; jeśli jest istotą z krwi i kości, musiała to poczuć. Niemniej jednak mężnie brnął dalej.

Chłopiec urodzony w Guerrero był za pan brat z duchami. Oaxaca to miasto pełne świętych dziewic; nawet sklep z ozdobami na świąteczne przyjęcia na Independencia – łącznie z dmuchanymi Maryjami – nosił znamiona świętości. A Juan Diego był dzieckiem z sierocińca; z pewnością zakonnice oraz dwaj starzy księża z Towarzystwa Jezusowego zapewnili mu kontakt ze światem duchowym. Nawet szef wysypiska modlił się do Matki Boskiej. Miriam i Dorothy nie budziły w Juanie Diego strachu – kimkolwiek lub czymkolwiek były. Jak to ujął *el jefe*, „nie musimy zatwierdzać cudu, bo widzieliśmy go na własne oczy".

Nieważne, kim lub czym była Miriam. Jeśli obie miały być jego osobistymi aniołami śmierci, miał to w nosie. Nie będą jego pierwszym i jedynym cudem. „My jesteśmy cudem", powiedziała mu Lupe. W to właśnie wierzył – próbował wierzyć i bardzo chciał – nadal dotykając Miriam.

Lecz i tak zdębiał, kiedy nieoczekiwanie nabrała tchu.

– Wziąłeś lopressor, jak mniemam – odezwała się swoim niskim, zachrypniętym głosem.

– Skąd wiesz? – zapytał, siląc się na obojętność.

– Twoje dłonie i stopy, najdroższy – odpowiedziała Miriam. – Są zimne jak lód.

To prawda, że beta-blokery zaburzają krążenie. Kiedy się obudził w południe, miał lodowate ręce i stopy. Nie zdziwił się, że Miriam zniknęła i nie pozostawiła mu wiadomości.

Kobiety wiedzą, kiedy mężczyźni ich nie pragną: duchy i czarownice, bóstwa i demony, aniołowie śmierci – nawet dziewice, nawet zwykłe kobiety. Wiedzą zawsze; wyczuwają bezbłędnie, kiedy już ich nie pożądamy.

Juan Diego czuł się przytłumiony; nie pamiętał, jak minęła mu ta niedziela. Połówka lopressora go dobiła. Wieczorem wrzucił drugą do kibla i zażył wskazaną dawkę. I spał do południa w poniedziałek. Jeśli w ten weekend coś się wydarzyło, żył w błogiej nieświadomości.

Koledzy z roku nazywali Clarka Frencha „katolikiem od serca" i „überkujonem". Podczas gdy Juan Diego spał, Clark miał pełne ręce roboty. „Biedna Leslie martwi się o ciebie", tak rozpoczynała się jego kolejna wiadomość. Naturalnie było ich więcej i dotyczyły głównie spotkania autorskiego. „Spokojna głowa: nie zapytam cię, kto napisał Szekspira, i pominiemy kwestię autobiografii jako gatunku literackiego!".

Nie był to koniec doniesień na temat biednej Leslie. „Leslie twierdzi, że nie jest zazdrosna – nie chce mieć z D. do czynienia", informował. „Boi się, że D. rzuci na ciebie urok i cię opęta. Werner powiedział mamie, że bawół tratował jak w transie – i że to D. wepchnęła mu gąsienicę do nosa!".

Ktoś tutaj kłamie, pomyślał Juan Diego. Podejrzewał, że Dorothy byłaby zdolna wepchnąć gąsienicę aż po oczodoły. Coś mu podpowiadało, że smarkacz Werner również.

„Czy to była zielonożółta gąsienica z ciemnobrązowymi brwiami?", odpisał Clarkowi.

„Tak!", nadeszła odpowiedź. Wyglądało na to, że Werner dobrze się przyjrzał.

„To na pewno czary", napisał Juan Diego. „Nie sypiam już z Dorothy ani z jej matką", dopisał na pocieszenie.

„Biedna Leslie będzie dzisiaj na twoim spotkaniu. Czy D. też przyjdzie? Z matką? Leslie się dziwi, że matka D. jeszcze żyje".

„Owszem, będą", tak brzmiała ostatnia wiadomość Juana Diego do Clarka. Wysłanie jej sprawiło mu niejaką przyjemność. Zauważył, że w przytłumionym stanie łatwiej mu wykonywać czynności, które nie wymagają dużego zaangażowania intelektualnego.

Może to dlatego emeryci kopią ogródki, grają w golfa i robią inne tego typu bzdury – w rodzaju wystukiwania wiadomości tekstowych, literka po literce. Może łatwiej znosić banały, kiedy człowiek czuje się przytłumiony.

Nie spodziewał się, że wszystkie wiadomości w telewizji oraz artykuły w gazecie, którą dostarczono mu do pokoju, będą się kręcić wokół procesji Czarnego Nazarejczyka w Manili.

Nadawano tylko wiadomości lokalne. W niedzielę był taki skołowany, że nie zauważył mżawki – gazeta określiła ją mianem „północno-wschodniego monsunu". Pomimo pogody w procesji wzięło udział około półtora miliona filipińskich katolików (wielu szło boso); nad ich bezpieczeństwem czuwało trzy i pół tysiąca policjantów. Podobnie jak w latach ubiegłych było kilkuset rannych. Troje wiernych spadło lub skoczyło z mostu Quezon, donosiła straż przybrzeżna, która wysłała również kilka ekip w pontonach do patrolowania rzeki Pasig – „nie tylko dla bezpieczeństwa wiernych, ale na wypadek intruzów, którzy mogliby zakłócić spokój".

Jaki „spokój", zastanawiał się Juan Diego.

Procesja kończyła się zawsze w kościele Quiapo, gdzie następowała ceremonia o nazwie *pahalik* – podczas której całowano Czarnego Nazarejczyka. Tłumy ludzi sterczały w kolejce, stłoczone w okolicach ołtarza, w oczekiwaniu na swoją kolej do całowania posągu.

Do telewizji zaproszono lekarza, który z lekceważeniem opowiadał o „drobnych obrażeniach" pięciuset sześćdziesięciu uczestników tegorocznej procesji. Z mocą zaznaczył, że wszelkie rany szarpane były do przewidzenia.

– Typowe urazy, do jakich dochodzi w wielkich skupiskach ludzi, na przykład potknięcia: te bose stopy prosiły się o kłopoty – oznajmił lekarz. Był młody i zniecierpliwiony. A kłopoty żołądkowe?, zapytano. – Zwykła niestrawność – uciął lekarz. A skręcenia? – No cóż, upadki i przepychanki. – Lekarz westchnął. Bóle głowy? – Odwodnienie... ludzie piją za mało wody – oświadczył z narastającą pogardą. Setki uczestników procesji trafiły do szpitali z dusznościami i zawrotami głowy, niektórzy mdleli, powiedziano lekarzowi. – Bo nie wiedzą, jak chodzić! – zawołał, unosząc ręce; przypominał Juanowi Diego doktora Vargasa. (Wyglądał, jakby miał zawołać: „To religia jest problemem!").

A bóle pleców?

– Mogły być spowodowane czymkolwiek, w tym przepychankami i potrącaniem – odpowiedział lekarz i przymknął oczy. A pobudzenie? – Mogło być spowodowane czymkolwiek – powtórzył, nie otwierając oczu. – Nawet chodzeniem. – Zawiesił głos, po czym nagle otworzył oczy i przemówił prosto do kamery. – Powiem wam, kto ma największy pożytek z tej procesji – oznajmił. – Zbieracze śmieci.

Naturalnie dziecko wysypiska bywa wyczulone na obraźliwe użycie tego określenia. Juan Diego pomyślał nie tylko o *los pepenadores z basurero*; oprócz „zawodowych" zbieraczy wspomniał czule psy i mewy. Ale młody lekarz mówił obraźliwie tylko o procesji; wspominając o „pożytku" dla zbieraczy śmieci, miał na myśli biednych – tych, którzy zbierają plastikowe opakowania i puste butelki rzucane przez tłumy wiernych.

No tak – biednych, pomyślał Juan Diego. Wiele łączyło biednych z Kościołem katolickim. On i Clark French często się o to kłócili.

Oczywiście Kościół jest „szczery" w swej miłości do biednych, jak zawsze podkreślał Clark – Juan Diego nie miał tutaj nic do powiedzenia. Dlaczego Kościół miałby nie kochać biednych? Ale co z antykoncepcją? Co z aborcją? To „postawa społeczna" Kościoła katolickiego doprowadzała Juana Diego do szału. Polityka Kościoła – sprzeciw wobec aborcji, nawet antykoncepcji! – nie tylko „podporządkowywała" kobiety rodzeniu, jak to nazywał, ale przyczyniała się do pogorszenia sytuacji biedoty. Biedni ludzie nadal się rozmnażają, prawda?

Nie było końca ich sprzeczkom na ten temat. Jeśli temat Kościoła nie wypłynie wieczorem w czasie spotkania autorskiego, siłą rzeczy musi wypłynąć jutro w rzymskokatolickim kościele. Jak mogą razem wejść do świątyni Naszej Pani z Guadalupe, nie wałkując swojej ulubionej kwestii?

Od razu pomyślał o adrenalinie – o tym, jak jej potrzebuje. Łaknął przypływu adrenaliny nie tylko z powodu seksu; brakowało mu jej, odkąd zaczął brać leki. Po raz pierwszy zetknął się z historią Kościoła katolickiego na osmalonych kartkach książki ocalonej z ognia; jako dziecko sierocińca znał różnicę między mistycznymi zagadkami bez odpowiedzi a regułami Kościoła, będącymi dziełem człowieka.

Jeśli ma jechać rano z Clarkiem do kościoła Naszej Pani z Guadalupe, może lepiej nie brać dzisiaj tabletki, przyszło mu do głowy. Zważywszy na to, kim był Juan Diego Guerrero i skąd pochodził – no cóż, na jego miejscu każdy życzyłby sobie nieograniczonego dostępu do swojej adrenaliny.

Czekało go jeszcze spotkanie autorskie, a potem kolacja – byle do środy, pomyślał. Wziąć czy nie wziąć tabletki, oto jest pytanie.

Wiadomość od Clarka Frencha była krótka, ale wystarczająca. „Zacznijmy jednak od pytania, kto napisał Szekspira – tutaj się zgadzamy. Uporamy się z kwestią tego, czy osobiste doświadczenie jest dla pisarza jedyną kanwą; również i tutaj jesteśmy tego samego zdania. Co do tych, którzy wierzą, że Szekspir był kimś innym: nie doceniają potęgi wyobraźni i przeceniają bagaż osobistych doświadczeń – do tego sprowadzają się ich argumenty, nie uważasz?". Biedny Clark: niezmordowany teoretyk, niedojrzały i maniakalnie kłótliwy.

Dawać mi tu adrenalinę, pomyślał Juan Diego – i raz jeszcze nie zażył leków.

32

Nie Zatoka Manilska

Z punktu widzenia Juana Diego plusem spotkania autorskiego było to, że mówił głównie Clark. Konieczność jego słuchania, takiego „kaznodziei", wymagała samozaparcia, a kiedy trzymał stronę swojego rozmówcy, stawał się wręcz nie do zniesienia.

Ostatnio przeczytali książkę Jamesa Shapiro zatytułowaną *Contested Will: Who Wrote Shakespeare?**. Obaj byli nią zachwyceni i przekonały ich argumenty pana Shapiro – wierzyli, że Szekspir ze Stratfordu był jedynym prawdziwym Szekspirem, a sztuki mu przypisywane są wyłącznie jego autorstwa.

Tylko dlaczego – dziwił się Juan Diego – Clark French nie zaczął od przytoczenia jednego z najważniejszych zdań, zawartego w epilogu? (Shapiro pisze: „W stwierdzeniu, iż Szekspir ze Stratfordu nie miał doświadczenia, które pozwoliłoby mu napisać te wszystkie dzieła, najbardziej denerwuje mnie założenie, że brakowało mu tego, co czyni go tak wyjątkowym: wyobraźni").

Dlaczego Clark zaczął od napaści na Marka Twaina? Lektura *Życia na Missisipi*, którą musiał przeczytać w liceum, zadała

---

* „Zakwestionowany testament: kto napisał Szekspira?". Gra słów: Will jako William oraz *will* (ang.) – ostatnia wola, również spadek.

– jak sam to ujął – „prawie śmiertelny cios jego wyobraźni". Autobiografia Twaina przekreśliła niemalże jego ambicje, aby zostać pisarzem. *Przygody Tomka Sawyera* zaś i *Przygody Hucka* powinny być jedną powieścią – „krótką", oznajmił Clark.

Juan Diego widział, że publiczność nie ma pojęcia, o co mu chodzi – zwłaszcza że ani słowem nie nawiązał do drugiego pisarza na scenie (a mianowicie Juana Diego). Juan Diego zaś, w przeciwieństwie do publiczności, czuł, co się święci: wiedział, że porównanie Twaina z Szekspirem dopiero nastąpi.

Mark Twain był jednym z winowajców, którzy uważali, iż Szekspir nie mógł napisać sztuk mu przypisywanych. Utrzymywał, że jego własne powieści to „po prostu autobiografie"; jak pisze pan Shapiro, Twain wierzył, że „każda wielka proza, w tym jego własna, musi mieć korzenie w życiu osobistym pisarza".

Ale Clark nie połączył tego z debatą „kto napisał Szekspira?", o którą mu tak naprawdę chodziło, tylko w kółko nadawał o braku wyobraźni Twaina.

– Pisarze pozbawieni wyobraźni… pisarze, którzy potrafią pisać jedynie o własnym życiu… po prostu nie umieją sobie wyobrazić, że inni pisarze mają fantazję! – krzyknął. Juan Diego miał ochotę się pod ziemię zapaść.

– Ale kto napisał Szekspira, Clark? – usiłował go naprowadzić.

– Szekspir napisał Szekspira! – wykrztusił triumfalnie Clark.

– Otóż to – skwitował Juan Diego. Wśród publiczności nastało pewne poruszenie, jedna czy dwie osoby zachichotały. Clarka zdumiał ten chichot, mimo że był cichy – jakby zapomniał, że w ogóle jest tu jakaś publiczność.

Zanim mógł się wyżyć na innych ograniczonych bałwanach, którzy głosili herezje, że sztuki Szekspira napisał ktoś inny, Juan Diego usiłował wtrącić dwa słowa na temat świetnej książki Jamesa Shapiro: że Szekspir „nie żył, tak jak my, w epoce wspomnień i pamiętników" oraz że „za jego czasów, i przez ponad półtora wieku po jego śmierci, nikt nie traktował dzieł Szekspira jako autobiograficznych".

– Miał chłopak szczęście! – wykrzyknął Clark French. Z ogłupiałej widowni wystrzeliło smukłe ramię – drobna kobieta była prawie niewidoczna ze sceny, ale jej uroda rzucała się w oczy (nawet mimo tego, że siedziała między Miriam i Dorothy). Bransoletki na jej szczupłym nadgarstku wyglądały (nawet z daleka) na bardzo kosztowne: takie bransoletki mogła nosić była żona bogatego męża.

– Czy pana zdaniem Shapiro zniesławia Henry'ego Jamesa? – zapytała nieśmiało Leslie. (Była to bez wątpienia biedna Leslie).

– Henry'ego Jamesa! – zawołał Clark, jakby z Jamesem też miał rachunki do wyrównania. Biedna Leslie aż się skurczyła. Czy tylko Juan Diego zauważył, czy może Clark również, że trzymała się za rękę z Dorothy? (A ktoś tu nie chciał mieć do czynienia z D.!).

„Niełatwo znaleźć źródło wątpliwości Jamesa co do autorstwa dzieł Szekspira", pisze Shapiro. „W przeciwieństwie do Twaina unikał otwartego zajmowania stanowiska". (Juan Diego nie nazwałby tego zniesławieniem – choć podzielał zdanie Shapiro na temat „zabójczo eliptycznego i wymijającego stylu Jamesa").

– A czy pani zdaniem Shapiro zniesławia Freuda? – odpowiedział pytaniem Clark, lecz Leslie się go bała: wręcz wtopiła się w krzesło.

Juan Diego mógłby przysiąc, że Miriam otoczyła długim ramieniem jej roztrzęsione ramiona.

„Autoanaliza umożliwiła Freudowi analizowanie Szekspira", pisze Shapiro.

Nikt prócz Freuda nie mógł sobie wyobrazić jego żądzy wobec matki i zazdrości o ojca, stwierdził Clark, dodając, że autoanaliza nasunęła Freudowi wniosek, iż jest to „uniwersalne zjawisko we wczesnym dzieciństwie".

Ach, te uniwersalne zjawiska we wczesnym dzieciństwie! Juan Diego miał nadzieję, że Clark zostawi Freuda w spokoju. Nie chciał słyszeć, co Clark ma do powiedzenia na temat zazdrości o posiadanie członka.

– Przestałbyś już, Clark – odezwał się stanowczy damski głos z widowni; tym razem nie była to Leslie, tylko żona Clarka, doktor Josefa Quintana, niezwykła kobieta. Powstrzymała męża przed opowiedzeniem publiczności, jakie to szkody wyrządziły teorie Freuda literaturze oraz bezbronnej wyobraźni młodego Clarka.

Jak mogła wyglądać dalsza rozmowa po tak przytłaczającym początku? Aż dziw, że publiczność nie opuściła sali – nie licząc Leslie, która wyszła w sposób dosyć widoczny. Całe szczęście, że wywiad wypadł nieco lepiej. Padła wzmianka na temat powieści Juana Diego, a kwestia jego pochodzenia obyła się bez nawiązań do Freuda, Jamesa bądź Twaina.

Ale biedna Leslie nie wyszła sama, niezupełnie. Bez względu na charakter swego pokrewieństwa dwie kobiety wyprowadziły ją z sali tak stanowczo, jakby świetnie umiały przejmować inicjatywę. Ich zachowanie mogło w zasadzie wzbudzić pewne podejrzenia wśród bardziej spostrzegawczych obserwatorów – jeśli ktokolwiek zwrócił na to uwagę. Trzymały biedną Leslie tak mocno, jakby ją pocieszały lub porywały. Trudno określić to z całą stanowczością.

I gdzie one się podziały, pomyślał Juan Diego. A co go to obchodzi? Przecież sam chciał, żeby po prostu wyparowały. Lecz co to znaczy, kiedy nasi aniołowie śmierci odchodzą – gdy osobiste widziadła przestają nas prześladować?

Kolacja odbyła się w labiryncie centrum Ayala. Dla człowieka spoza ich kręgu goście nie różnili się od siebie niczym. Juan Diego umiał rozpoznać czytelników – demaskowała ich znajomość jego powieści – jednakże goście, których Clark nazwał „organizatorami", stanowili dla niego zagadkę, podobnie jak stosunek do jego osoby.

Z organizatorami różnie bywa. Niektórzy nic nie czytają; to oni często sprawiają wrażenie, że przeczytali wszystko. Pozostali siedzą z nieobecną miną i milczą, a jeśli już się odezwą, to na temat sałatki bądź nakryć – i zwykle to oni przeczytali wszystko, co kiedykolwiek napisałeś i sam przeczytałeś.

– Uważaj na organizatorów – szepnął mu do ucha Clark.
– Nie są tym, kim się wydają.
Juan Diego zaczynał mieć dość Clarka – każdego doprowadziłby do obłędu. Istniały pewne rzeczy, co do których się nie zgadzali, lecz Clark najbardziej działał mu na nerwy, kiedy się z nim zgadzał.

Żeby było jasne: Clark uprzedził go, że na kolacji będzie „jeden czy dwóch dziennikarzy"; obiecał też wskazać mu tych, na których trzeba „uważać". Ale Clark nie znał wszystkich dziennikarzy.

Jeden z tych nieznanych zapytał Juana Diego, czy pije pierwsze, czy może drugie piwo.

– Pyta pan, ile piw wypił? – warknął Clark do młodego człowieka. – A wie pan, ile on napisał powieści? – spytał dziennikarza, któremu koszula wyłaziła ze spodni. Była to elegancka biała koszula, ale nie pierwszej świeżości. Sądząc po jej zużyciu i plamach, koszula – i jej młody właściciel – świadczyła (choćby tylko w oczach Clarka) o dość niechlujnej jakości życia.

– Lubi pan san miguela? – wypytywał dalej dziennikarz, wskazując na piwo; rozmyślnie zignorował Clarka.

– Niech pan wymieni dwa tytuły jego powieści, chociaż dwa – napierał Clark. – I jedną, którą pan przeczytał. Tylko jedną – dodał.

Juan Diego nigdy nie zachowałby się tak jak Clark, ale Clark z każdą chwilą rósł w jego oczach; przypomniał sobie, za co go najbardziej lubi – plus inne cechy, które czyniły Clarka Clarkiem.

– Tak, lubię san miguela – odpowiedział dziennikarzowi i podniósł kufel, jakby wznosił toast za zdrowie nieoczytanego młodzieńca. – I zdaje się, że to moje drugie.

– Nie gadaj z nim. Nie odrobił zadania domowego – oświadczył Clark.

Juan Diego dochodził do wniosku, że Clark wcale nie jest taki do rany przyłóż, albo jest, ale nie wobec dziennikarzy, którzy nie odrobili zadania domowego.

Co do nieprzygotowanego dziennikarza – młody mężczyzna, który nie czytał, poszedł sobie.

– Nie mam pojęcia, co to za jeden – wymamrotał Clark, wyraźnie sobą rozczarowany. – Ale tę znam. – Wskazał na kobietę w średnim wieku, która obserwowała ich z daleka. (Czekała, aż młodzieniec się ulotni). – Fałszywa baba. Wyobraź sobie jadowitego chomika – syknął Clark.

– Rozumiem, że to na nią powinienem uważać. – Uśmiechnął się porozumiewawczo do byłego ucznia. – Przy tobie czuję się bezpiecznie, Clark – powiedział nagle. Była to bardzo szczera i spontaniczna uwaga, ale dopiero teraz zrozumiał, jak niepewnie czuł się do tej pory... i przez jak długi czas! (Dzieci wysypiska cenią poczucie bezpieczeństwa; cyrkowe dzieci nie zakładają, że w dole czeka na nie rozpięta siatka).

Clark odruchowo opasał go silnym ramieniem.

– Ale chyba nie muszę cię chronić przed nią – wyszeptał Juanowi Diego do ucha. – To tylko plotkara.

Mówił o dziennikarce w średnim wieku, która właśnie do nich podchodziła – „jadowitym chomiku". Czy chodziło mu o to, że jej myśli kręcą się jak na kołowrotku? Ale co miała w sobie jadowitego?

– Jej pytania to popłuczyny. Rzeczy wyczytane w Internecie, głupie grepsy, na które odpowiadałeś dziesiątki razy – szeptał dalej Clark. – Nie przeczytała ani jednej twojej powieści, ale przeczytała wszystko na twój temat. Na pewno znasz ten typ.

– Znam, Clark. Dziękuję – odpowiedział łagodnie Juan Diego i uśmiechnął się do dawnego ucznia. Na szczęście była tam Josefa i odciągnęła męża. Juan Diego nie zauważył, że stoi w kolejce do bufetu, który znajdował się tuż przed nim.

– Polecam rybę – oznajmiła dziennikarka. Wepchnęła się przed nim w kolejkę, zapewne jak na jadowitego chomika przystało.

– To mi wygląda na sos serowy na rybie – odpowiedział; nałożył sobie makaronu sojowego z warzywami oraz czegoś pod nazwą wołowina po wietnamsku.

– Nie widziałam, żeby ktoś tutaj jadł miażdżoną wołowinę – stwierdziła. Pewnie miała na myśli „mieloną", ale Juan Diego jej nie poprawił. (Może Wietnamczycy miażdżą wołowinę, a kto ich tam wie).

– Drobna, ładna kobietka... ta, która była na spotkaniu – podjęła dziennikarka, nakładając sobie rybę. – Wcześnie wyszła – dodała po dłuższej chwili.

– Tak, wiem, o kim pani mówi. Leslie... Nie znam nazwiska. Jej też nie znam – skwitował.

– Leslie prosiła, żebym coś panu przekazała – powiedziała kobieta konspiracyjnie (ale niezbyt mile).

Juan Diego czekał; nie chciał okazać zainteresowania. Rozglądał się za Clarkiem i Josefą; nie miałby nic przeciwko, żeby ten pierwszy przygadał dziennikarce, chociaż trochę.

– Mam panu przekazać, że kobieta, która towarzyszy Dorothy, wcale nie jest jej matką. Jest za młoda, a poza tym wcale nie są do siebie podobne – dodała dziennikarka.

– Zna pani Miriam i Dorothy? – zapytał. Kobieta miała na sobie coś w rodzaju luźnego serdaczka – bluzkę podobną do tych, jakie nosiły hipiski w Oaxaca. Te, które nie nosiły staników i wplatały kwiaty we włosy.

– No cóż, nie znam, widziałam tylko, że Leslie jest z nimi bardzo zżyta – stwierdziła kobieta. – I wszystkie wcześnie wyszły. Ja też uważam, że ta starsza nie wygląda na matkę młodszej. I wcale, ale to wcale nie są do siebie podobne.

– Ja też je widziałem – odpowiedział tylko. Prawdę mówiąc, nie miał pojęcia, co robiły z Leslie. I co biedna Leslie z nimi robiła.

Clark chyba poszedł do toalety, bo gdzieś przepadł. Ale ratunek przyszedł z nieoczekiwanej strony: kiepski ubiór mógł zdradzać kolejną dziennikarkę, ale w jej ożywionych oczach widniał znajomy błysk uwielbienia, jakby lektura powieści Juana Diego zmieniła jej życie. Chciała mu opowiedzieć, jak ją uratował: może stała na skraju samobójstwa albo zaszła w ciążę w wieku szesnastu lat bądź straciła dziecko – jednym słowem, w jej oczach lśniły emocje pod szyldem „ocalona przez twoje powieści". Juan Diego przepadał za swoimi zagorzałymi wielbicielami. W ich oczach błyszczało to, co ukochali w jego książkach.

Dziennikarka dostrzegła nadciągającą czytelniczkę. Czyżby się rozpoznały? Trudno powiedzieć. Mogły być w podobnym wieku.

Wypuściła na koniec zatrutą strzałę.

– Lubię Marka Twaina.

I to ma być ten jad, zastanawiał się Juan Diego.

– Proszę to powiedzieć Clarkowi – rzucił za nią, ale chyba nie usłyszała, bo odeszła w pośpiechu.

– Spadaj! – krzyknęła za nią czytelniczka. – Nic nie czytała – oznajmiła. – A ja jestem pana największą fanką.

Faktycznie była spora, ważyła lekko siedemdziesiąt pięć, osiemdziesiąt kilo. Miała na sobie workowate dżinsy z dziurami na obu kolanach i czarną koszulkę z groźnym tygrysem między piersiami. Na koszulce widniało hasło nawołujące do ochrony zagrożonych gatunków. Juan Diego był tak zacofany, iż nie wiedział, że tygrysom coś grozi.

– Pan też je wołowinę, no proszę! – zawołała jego nowa największa fanka i objęła go ramieniem równie silnym jak ramię Clarka. – Coś panu powiem – dodała, prowadząc go do swojego stolika. – Pamięta pan tę scenę z facetami, którzy polują na kaczki? Kiedy idiota zapomina zdjąć prezerwatywę, wraca do domu i zaczyna sikać przy żonie? Po prostu bomba! – oświadczyła, pchając go przed sobą.

– Nie wszyscy lubią tę scenę – zauważył. Przypomniał sobie jedną czy dwie recenzje.

– Szekspir napisał Szekspira, tak? – zapytała i posadziła go na krześle.

– Tak mi się zdaje – odpowiedział czujnie. Wciąż rozglądał się za Josefą i Clarkiem; kochał swoich zagorzałych fanów, ale bywali męczący.

Josefa go znalazła i zaprowadziła do stolika, przy którym na niego czekali.

– To też dziennikarka, jedna z dobrych – poinformował Clark. – Tych, które naprawdę czytają.

– Widziałem Miriam i Dorothy w czasie spotkania – powiedział Juan Diego. – Była z nimi twoja przyjaciółka Leslie.
– Właśnie, widziałam Miriam z kimś, kogo nie znam – stwierdziła Josefa.
– To była jej córka, Dorothy – wyjaśnił Juan Diego.
– D. – dorzucił Clark. (Musieli tak ją nazywać w rozmowach).
– Nie wyglądała na córkę Miriam – stwierdziła doktor Quintana. – Nie była wystarczająco ładna.
– Leslie bardzo mnie zawiodła – oświadczył Clark żonie i byłemu wykładowcy. Josefa nic nie odpowiedziała.
– Zawiodła – powtórzył Juan Diego. Nie dawała mu spokoju. Dlaczego wyszła z Miriam i Dorothy? Po co w ogóle z nimi była? Nie mogła z nimi być, doszedł do wniosku. Chyba że została zaczarowana.

W Manili był wtorkowy ranek – jedenasty stycznia dwa tysiące jedenastego roku – i z przybranej ojczyzny Juana Diego nie napływały pomyślne wiadomości. To się stało w sobotę: kongresmenka Gabrielle Giffords, demokratka z Arizony, została postrzelona w głowę; dawano jej spore szanse na przeżycie, lecz nie było wiadomo, czy w pełni wróci do zdrowia. W czasie strzelaniny zginęło sześć osób, w tym dziewięcioletnia dziewczynka.

Zamachowcem okazał się dwudziestojednolatek uzbrojony w półautomatyczny pistolet z trzydziestoma kulami. Bredził jak niepoczytalny – Juan Diego zastanawiał się, czy to przypadkiem nie kolejny stuknięty anarchista.

Ja siedzę na Filipinach, pomyślał, ale nienawiść i podziały mojej przybranej ojczyzny są na wyciągnięcie ręki.

Co do lokalnej prasy – przeczytał przy śniadaniu gazetę – stwierdził, że dobra dziennikarka, jego największa fanka, nie wyrządziła mu żadnej krzywdy. Notka była sensowna i zawierała kilka miłych zdań na temat jego powieści; obrończyni tygrysów świetnie wywiązała się ze swego zadania. Juan Diego wiedział, że zdjęcie dołączone do artykułu nie było jej winą: z pewnością zostało wybrane przez redaktora naczelnego.

Dziennikarka z pewnością nie wymyśliła też podpisu pod zdjęciem.

Pisarza sfotografowano przy stole, z piwem i „miażdżoną" wołowiną – miał zamknięte oczy. We śnie nie wyglądałby gorzej; sprawiał wrażenie, jakby się upił i odleciał. Podpis głosił: LUBI PIWO SAN MIGUEL.

Jego irytacja musiała dowodzić przypływu adrenaliny, lecz wolał się nad tym nie zastanawiać. Nie zwrócił też uwagi na drobną niestrawność – znowu zgaga. W obcym kraju nietrudno o zjedzenie czegoś, co potem leży na żołądku. Pewnie śniadanie albo wczorajsza wołowina – tak rozmyślał, podążając długim przejściem do windy, gdzie czekał na niego Clark.

– Widzę, że się obudziłeś! – powitał dawnego nauczyciela. Musiał widzieć zdjęcie pod artykułem. I znowu trzepnął jak gołąb na parapet.

Nic dziwnego, że w windzie nie mieli sobie wiele do powiedzenia. Samochód, z Bienvenido za kółkiem, czekał na nich na poziomie ulicy, gdzie Juan Diego ufnie wyciągnął rękę do jednego z psów do wykrywania bomb. A Clark French, który zawsze odrabiał zadanie domowe, rozpoczął wykład z chwilą, gdy ruszyli do Guadalupe Viejo.

Guadalupe była dzielnicą Latynosów i nazwano ją na cześć „patronki" pierwszych osadników hiszpańskich – „naszych starych przyjaciół z Towarzystwa Jezusowego", oznajmił Clark.

– Ach, ci jezuici, wszędzie ich pełno – skwitował Juan Diego. Zdziwił się, jak trudno mu oddychać i mówić jednocześnie. Miał poczucie, jakby oddychanie przestało być dla niego naturalnym procesem. Coś leżało mu nieznośnie na żołądku, a zarazem przytłaczało pierś. Pewnie wołowina – z całą pewnością „miażdżona", pomyślał. Czuł, że ma wypieki, oblał się potem. Mimo swej niechęci do klimatyzacji miał ochotę poprosić Bienvenido o jej podkręcenie, ale dał za wygraną – wydało mu się nagle, że nie wykrztusi ani słowa.

W czasie drugiej wojny światowej Guadalupe ucierpiała najbardziej ze wszystkich dzielnic, perorował Clark French.

– Mężczyźni, kobiety i dzieci byli mordowani przez japońskich żołnierzy – wtrącił Bienvenido.

Naturalnie Juan Diego wiedział, do czego to wszystko zmierza – Nasza Pani z Guadalupe, obrończyni uciśnionych! Upodobali ją sobie też obrońcy życia. „Od łona do zgonu", powtarzali do znudzenia prałaci.

I zawsze cytowali coś z Jeremiasza, stojąc na meczach z transparentami. Jak to szło? Juan Diego chciał zapytać Clarka, on na pewno znał na pamięć: „Zanim ukształtowałem cię w łonie matki, znałem cię; nim przyszedłeś na świat, poświęciłem cię"*. (Coś w tym rodzaju). Chciał podzielić się tym z Clarkiem, ale słowa więzły mu w gardle, liczył się tylko oddech. Pot lał się z niego strumieniami, kleiło się do niego ubranie. Czuł, że nie przebrnąłby przez: „Zanim ukształtowałem cię w łonie..." – przypuszczał, że na „łonie" by zwymiotował.

Może w samochodzie kołysało – może miał chorobę lokomocyjną, rozmyślał, kiedy Bienvenido jechał z wolna wąskimi uliczkami slumsów na wzgórzu ponad rzeką Pasig. Na brudnym od sadzy dziedzińcu starego kościoła i klasztoru stała tablica z napisem: UWAGA NA PSY.

– Wszystkie? – wydusił Juan Diego, ale Bienvenido parkował, a Clark oczywiście gadał. Żaden z nich nie usłyszał, że Juan Diego próbuje coś powiedzieć.

Obok posągu Jezusa przy wejściu do klasztoru rósł zielony krzak, ozdobiony kolorowymi gwiazdkami jak choinka.

„Wszędzie stale widać świąteczny szajs", powiedziała Dorothy, lub powiedziałaby tak, gdyby stała tu z nim przed kościołem Naszej Pani z Guadalupe. Ale oczywiście jej nie było – słyszał tylko głos. Zastanawiał się, czy ma omamy. Najbardziej słyszał – na co wcześniej nie zwrócił uwagi – łoskot własnego serca w piersi.

Ubrana w niebieską szatę Santa Maria de Guadalupe, na wpół ukryta wśród palm, które ocieniały brudne od sadzy

---

* Księga Jeremiasza 1,5, Biblia Tysiąclecia.

mury klasztoru, miała dziwnie spokojną minę jak na kogoś, kto przetrwał zawieruchę historii – oczywiście Clark przytaczał ze szczegółami losy świętej, a jego mentorski ton współbrzmiał z miarowym pulsem Juana Diego.

Klasztor był wprawdzie zamknięty – nie wiadomo dlaczego – ale Clark zaprowadził dawnego nauczyciela do kościoła – zwanego oficjalnie Nuestra Señora de Gracia, tłumaczył. Kolejna „Nasza Pani" – wystarczy tych „Naszych Pań"! Ale Juan Diego nic nie powiedział, oszczędzał oddech.

Obraz przedstawiający Naszą Panią z Guadalupe został przywieziony z Hiszpanii w tysiąc sześćset czwartym roku; w tysiąc sześćset dwudziestym dziewiątym ukończono budowę kościoła i klasztoru. Dziesięć lat później doszło do najazdu Chińczyków – nie wiadomo po co! Lecz Hiszpanie zabrali obraz na pole bitwy i stał się cud: przeprowadzono pokojowe negocjacje i nie doszło do rozlewu krwi. (Może to wcale nie był cud – kto mówi o cudzie?).

To nie był koniec kłopotów, rzecz jasna: w tysiąc siedemset sześćdziesiątym trzecim roku kościół i klasztor zostały zajęte przez oddziały brytyjskie, które niszczyły i paliły. Wizerunek Naszej Pani z Guadalupe ostał się dzięki interwencji irlandzkiego funkcjonariusza katolickiego. (Jakiego znowu funkcjonariusza, zdumiał się Juan Diego).

Bienvenido czekał w samochodzie. Clark i Juan Diego przebywali sami w starym kościele, nie licząc dwóch kobiet w żałobie, klęczących w pierwszej ławce na wprost gustownego, niemal delikatnego ołtarza i niezbyt nachalnego wizerunku Guadalupe. Kobiety miały zasłonięte twarze. Clark taktownie zniżył głos.

W tysiąc osiemset pięćdziesiątym roku trzęsienia ziemi prawie unicestwiły Manilę; zawaliło się sklepienie kościoła. W tysiąc osiemset osiemdziesiątym drugim roku klasztor zamieniono na sierociniec dla dzieci ofiar cholery. W tysiąc osiemset dziewięćdziesiątym ósmym roku Pío del Pilar – filipiński generał rewolucjonista – zajął kościół oraz klasztor ze swoimi buntownikami. Rok później zmuszono go do odwrotu i na pożegnanie wzniecił pożar – spłonęły książki, meble i dokumenty.

Jezu, Clark – czy ty nie widzisz, co się ze mną dzieje? Juan Diego czuł, że coś nie gra, ale Clark nie patrzył na niego.

W tysiąc dziewięćset trzydziestym piątym roku, oznajmił niespodziewanie, papież Pius XI ogłosił Naszą Panią z Guadalupe „patronką Filipin". W tysiąc dziewięćset czterdziestym pierwszym roku przyleciały amerykańskie bombowce i zbombardowały japońskich żołnierzy, którzy się tu ukrywali. W tysiąc dziewięćset dziewięćdziesiątym piątym roku zakończono renowację ołtarza i zakrystii, podsumował Clark. Dwie kobiety w żałobie ani drgnęły; klęczały z pochylonymi głowami jak posągi.

Juan Diego wciąż z trudem łapał oddech, ale ostry ból w piersi sprawiał, że zatrzymywał powietrze w płucach, to znów go gwałtownie nabierał i wstrzymywał oddech. Clark French, jak zwykle pochłonięty własną tyradą, nic nie zauważał.

Juan Diego wiedział, że nie zdołałby przytoczyć całego Jeremiasza, zabrakłoby mu tchu. Postanowił ograniczyć się do samej końcówki; wiedział, że Clark zrozumie. „Nim przyszedłeś na świat, poświęciłem cię".

– Niektóre wersje podają „wyróżniłem cię", ale ja wolę „poświęciłem"; obie są poprawne – oznajmił Clark i zwrócił się w jego stronę. W porę chwycił dawnego nauczyciela pod pachy, w przeciwnym razie Juan Diego upadłby na posadzkę.

W zamieszaniu, które potem nastąpiło, ani Clark, ani Juan Diego nie zwróciliby uwagi na kobiety w czerni, które tylko lekko odwróciły głowy. Uniosły woalki, żeby sprawdzić, co się dzieje – Clark pobiegł po Bienvenido i obaj podnieśli Juana Diego z ostatniej ławki. W takich okolicznościach – i na kolanach, gdyż obie klęczały w półmroku starego kościoła – nikt nie rozpoznałby w nich Miriam ani Dorothy (nie w czerni, z zasłoniętymi twarzami).

Juan Diego był pisarzem, który przywiązywał wagę do chronologii fabuły; w jego przypadku wybór początku i zakończenia był zawsze świadomy. Ale czy Juan Diego miał świadomość, że umiera? Musiał zrozumieć, że utrudniony oddech i ból piersi nie świadczą o wołowinie po wietnamsku, ale nie przywiązywał wielkiej wagi do tego, co mówili Clark i Bienvenido. Ten drugi wyraził opinię na temat „brudnych szpitali publicznych"; oczywiście Clark chciał wieźć pisarza do szpitala żony – gdzie wszyscy znali doktor Josefę Quintanę i gdzie jego dawny nauczyciel uzyskałby najlepszą możliwą opiekę.

– Na szczęście – powiedział, kiedy szofer go poinformował, że najbliższy szpital katolicki znajduje się w San Juan City, miasteczku oddalonym o zaledwie dwadzieścia minut. Mówiąc o szczęściu, Clark miał na myśli to, że pracuje tam jego żona – był to ośrodek medyczny Cardinal Santos.

Z perspektywy Juana Diego dwudziestominutowa podróż minęła jak we śnie, nic do niego nie docierało. Nie zareagował ani na centrum handlowe Greenhills, ani na klub golfowy Buh Buh, położony obok szpitala. Clark martwił się o dawnego wykładowcę, który przyjął obojętnie wzmiankę o błędzie ortograficznym w nazwie.

– Wiadomo, że piłka golfowa robi „buch", ale dlaczego samo „h"? – zapytał. – Zawsze uważałem, że golfiści tracą czas. Nic dziwnego, że nie znają ortografii.

Ale Juan Diego milczał; nie zareagował na krzyże w poczekalni szpitala – to dopiero było niepokojące. Nie zwrócił też uwagi na zakonnice w czasie obchodu. (Clark wiedział, że rano przychodzą też księża z komunią dla pacjentów, którzy sobie tego życzą).

„Pan idzie pływać!". Zdawało mu się, że słyszy okrzyk Consuelo, lecz pośród uniesionych twarzy nie było dziewczynki z warkoczykami. Nie było tam żadnych Filipińczyków, a Juan Diego nie pływał i nie utykał, nareszcie. Szedł do góry nogami, oczywiście; spacerował po niebie, na wysokości dwudziestu pięciu metrów – zrobił pierwsze dwa śmiałe kroki. (Potem kolejne dwa i następne). Znów otoczyła go przeszłość – otoczyła go jak wzniesione twarze wyczekującego tłumu.

Wyobraził sobie, że wśród nich jest Dolores; mówiła: „Kiedy chodzisz dla Świętych Dziewic, pozwalają ci to robić zawsze". Ale co to dla niego podniebny spacer? Wyciągał pierwsze książki z ognisk, parzył ręce, żeby je ratować. Cóż znaczy szesnaście kroków na dwudziestu pięciu metrach dla czytelnika z wysypiska? Czy nie mógł wieść takiego życia, gdyby starczyło mu na nie odwagi? Ale w wieku czternastu lat przyszłość jest bardzo niepewna.

Jeszcze dziesięć kroków, pomyślał; liczył po cichu. (Oczywiście nie słyszał tego nikt z izby przyjęć).

Pielęgniarka wiedziała, że go traci. Wezwała już kardiologa, Clark domagał się wezwania jego żony – pewnie też do niej pisał.

– Przyjdzie, prawda? – spytała pielęgniarka; jej zdaniem nie miało to większego znaczenia, lecz wolała odwrócić jego uwagę.

– Tak, tak... już idzie – wymamrotał Clark. Napisał jeszcze raz, musiał się czymś zająć. Nagle go zdenerwowało, że stara zakonnica jeszcze tu jest, jeszcze sobie nie poszła. Przeżegnała się, ruszając ustami. Co ona wyprawia, pomyślał Clark – czy ona się modli? Nawet jej modlitwa go zdenerwowała.

– Może ksiądz... – zaczęła, ale wpadł jej w słowo.
– Nie, żadnego księdza! – powiedział. – Juan Diego nie życzyłby sobie księdza.

– O nie, na pewno – usłyszał głos kobiety, bardzo stanowczy, skądś go znał. Ale skąd? Nie pamiętał.

Kiedy podniósł wzrok znad telefonu, Juan Diego po cichu odliczył jeszcze dwa kroki – potem następne i kolejne dwa. (Zostały tylko cztery, pomyślał).

Clark French widział tylko pielęgniarkę i starą zakonnicę. Ta druga się odsunęła; taktownie stała teraz w pewnym oddaleniu od miejsca, gdzie Juan Diego walczył o życie. Ale dwie kobiety – całe w czerni, o zasłoniętych twarzach – przeszły korytarzem, zanim Clark zdążył się im przyjrzeć. „O nie, na pewno", usłyszał wyraźnie słowa Miriam. Ale nie skojarzył głosu z kobietą, która nabiła jaszczurkę na widelec.

Wedle wszelkiego prawdopodobieństwa – gdyby Clark French przyjrzał się kobietom w korytarzu – nie rozpoznałby w nich matki i córki. Ich zasłonięte głowy i milczenie skojarzyły mu się z zakonnicami, całymi w czerni. (Co do Miriam i Dorothy, po prostu zniknęły – jak miały w zwyczaju. Zawsze tylko się pojawiały i znikały, prawda?).

– Sam pójdę po Josefę – rzucił bezradnie Clark do pielęgniarki. (Z Bogiem – nic tu po tobie, pomyślałaby, gdyby cokolwiek przyszło jej do głowy). – Żadnego księdza! – powtórzył prawie ze złością pod adresem zakonnicy. Nie odpowiedziała; widziała już umieranie wszelkiego rodzaju – znała cały proces i jego desperacką, bezsilną otoczkę (w stylu zachowania Clarka).

Pielęgniarka wiedziała, kiedy serce daje za wygraną; tu nie pomoże ani ginekolog, ani kardiolog, ale – mimo to – pobiegła po kogoś.

Juan Diego wyglądał, jakby stracił rachubę. Zostały jeszcze tylko dwa czy może cztery kroki? Dopadło go wahanie. Podniebny akrobata (prawdziwy podniebny akrobata) nigdy się nie waha, ale Juan Diego stanął. Wtedy zrozumiał, że tak naprawdę nie chodzi po linie do góry nogami; wiedział, że wszystko sobie tylko wyobraża.

W tym był naprawdę dobry – w wyobrażaniu. Dotarło do niego, że umiera – i śmierć nie była wyimaginowana. Zrozumiał też, że to – właśnie to – robią ludzie, kiedy umierają; i tego właśnie chcą, kiedy odchodzą – w każdym razie on. Niekoniecznie życia wiecznego, czy tak zwanego życia po śmierci, ale prawdziwego życia, które nie było mu dane – życia bohaterskiego, które niegdyś sobie wymarzył.

A więc to jest śmierć – tylko to i nic więcej, pomyślał. Na myśl o Lupe trochę mu ulżyło. Śmierć nie była nawet niespodzianką. *Ni siquiera una sorpresa*, wymamrotał. („Nawet niespodzianką").

Już nie było szansy na opuszczenie Litwy. Pozostała tylko ciemność bez świateł. Tak Dorothy nazwała widok z samolotu na Zatokę Manilską: ciemnością bez świateł. „Nie licząc sporadycznego statku", wyjaśniła. „Ta ciemność to Zatoka Manilska". Nie tym razem, pomyślał Juan Diego – nie ta ciemność. Ta ciemność bez świateł nie była Zatoką Manilską.

Stara zakonnica ujęła zasuszoną ręką krzyżyk na szyi: zamknęła go w dłoni i przycisnęła do bijącego serca. I nikt – na pewno nie Juan Diego, który umarł – nie usłyszał, jak mówi po łacinie: *Sic transit gloria mundi*. („Tak przemija chwała tego świata").

Nikt nie zwątpiłby w jej słowa, poza tym miała rację; nawet Clark French, gdyby tam był, nie miałby nic mądrego do dodania. Nie każde fatum przychodzi znienacka.

Podziękowania

- Julia Arvin
- Martin Bell
- David Calicchio
- Nina Cochran
- Emily Copeland
- Nicole Dancel
- Rick Dancel
- Daiva Daugirdiene
- John DiBlasio
- Minnie Domingo
- Rodrigo Fresán
- Gail Godwin
- Dave Gould
- Ron Hansen
- Everett Irving
- Janet Irving
- Stephanie Irving
- Bronwen Jervis
- Karina Juárez
- Delia Louzán
- Mary Ellen Mark
- José Antonio Martínez
- Anna von Planta

- Benjamin Alire Sáenz
- Marty Schwartz
- Nick Spengler
- Jack Stapleton
- Abraham Verghese
- Ana Isabel Villaseñor

Spis treści

1. Zagubione Dzieci 7
2. Święte zmory 24
3. Matka i córka 39
4. Rozbite boczne lusterko 47
5. Żaden nie strąci wiatr 58
6. Seks i wiara 69
7. Dwie Panienki 82
8. Dwie prezerwatywy 95
9. Jeśli chcecie wiedzieć 112
10. Bez kompromisów 127
11. Samoistny krwotok 137
12. Ulica Zaragoza 150
13. Teraz i na wieki 164
14. Nada 184
15. Nos 202
16. Król zwierząt 222
17. Sylwester w Encantadorze 247
18. W obliczu żądzy 267
19. Cudowny chłopiec 279
20. Casa Vargas 298

21. Pan idzie pływać 320
22. Mañana 341
23. Roślinnych, zwierzęcych ani mineralnych 359
24. Biedna Leslie 373
25. Akt 5, scena 3 384
26. Rozsypanie 404
27. Nos za nos 421
28. Przepastne żółte oczy 438
29. Podróż w jedną stronę 452
30. Posypanie 463
31. Adrenalina 477
32. Nie Zatoka Manilska 492
Podziękowania 509